La bibliothécaire d'Auschwitz

ANTONIO G. ITURBE

La bibliothécaire d'Auschwitz

ROMAN

Traduit de l'espagnol
par Myriam Chirousse

J'AI LU

Les extraits des livres cités dans ce roman
ont été traduits par Myriam Chirousse
d'après les traductions espagnoles utilisées par l'auteur.

TITRE ORIGINAL
La bibliotecaria de Auschwitz

ÉDITEUR ORIGINAL

À Dita Kraus

un endroit atypique, une bizarrerie. Ou plutôt, une anomalie. Un succès de Fredy Hirsch, qui a débuté comme simple instructeur de sports pour des groupes de jeunes et qui est maintenant un athlète effectuant à Auschwitz une course d'obstacles contre le plus gros rouleau-compresseur de vies de l'histoire de l'humanité. Il a réussi à convaincre les autorités allemandes du *lager* que le fait d'occuper les enfants dans un baraquement faciliterait le travail des parents de ce camp BIIb, appelé « camp familial » parce que, dans les autres, les enfants sont aussi rares que les oiseaux. Il n'y a pas d'oiseaux à Auschwitz ; ils s'électrocutent sur les clôtures.

Le haut commandement du camp a consenti à la création d'un baraquement pour enfants, peut-être était-ce son intention dès le départ, mais à condition qu'il s'agisse d'un bloc d'activités ludiques : l'enseignement de la moindre matière scolaire y était strictement interdit.

Hirsch apparaît à la porte de sa chambre de *Blockältester*[1] du 31 et il n'a pas besoin de dire un seul mot aux assistants ni aux professeurs, qui ont les yeux rivés sur lui. Il acquiesce imperceptiblement de la tête. Son regard exprime son exigence. Il fait toujours ce qu'il doit faire et il attend que tout le monde agisse de même.

Les leçons s'arrêtent et se transforment en banales chansonnettes en allemand ou en jeux de devinettes afin de feindre que tout est en ordre lorsque les loups aryens pointeront le bout de leur

1. Prisonnier désigné par les SS pour être chef de bloc. (*N.d.T.*)

regard blond. En général, la patrouille se compose de deux ou trois soldats qui entrent de façon routinière dans le baraquement mais en franchissent à peine la porte, ils restent là quelques secondes à observer les enfants, parfois même ils applaudissent une chanson ou caressent la tête d'un petit, puis ils reprennent aussitôt leur ronde.

Mais Jakopek ajoute à l'alerte habituelle :

— Inspection ! Inspection !

L'inspection, c'est autre chose. Il faut se mettre en formation, des fouilles ont lieu, les gardes interrogent parfois les plus petits pour tenter de leur soutirer des informations en profitant de leur naïveté. Ils n'en ont jamais rien obtenu. Les tout-petits comprennent bien mieux les choses que leurs frimousses barbouillées de morve ne le laisseraient croire.

Quelqu'un souffle : « Le Curé !... » Et un murmure de désespoir s'élève. C'est ainsi que l'on appelle un sous-officier SS (un *Oberscharführer*) qui marche en tenant toujours ses mains rentrées dans les manches de son uniforme à la façon d'un prêtre, mais sa seule religion connue est celle de la cruauté.

— Vite, vite, vite ! Toi, Juda, dis « Je vois, je vois... » !

— Et je vois quoi, monsieur Stein ?

— Ce que tu veux ! Dieu du ciel, mon garçon, ce que tu veux !

Deux professeurs lèvent des visages angoissés. Ils ont entre leurs mains une chose rigoureusement interdite à Auschwitz et peuvent être condamnés à mort si jamais on les découvre. Ces engins, tellement dangereux que leur possession justifie la peine maximale, ne tirent pas de projectile et ne sont pas non plus des objets pointus, coupants ou contondants. Ce que les implacables soldats du Reich redoutent tant, ce ne sont que des livres : de vieux ouvrages sans reliure, aux pages arrachées et presque en lambeaux. Mais les nazis les traquent, les chassent et les bannissent d'une façon qui tourne à l'obsession. Au cours de l'Histoire, tous les dictateurs, tyrans et répresseurs, qu'ils soient aryens, noirs, orientaux, arabes, slaves ou de n'importe quelle autre couleur de peau, qu'ils défendent la révolution du peuple, les privilèges des classes patriciennes, le mandat de Dieu ou la discipline sommaire des militaires, quelle que soit leur idéologie, tous ont eu un point commun : ils ont toujours traqué les livres avec acharnement. Les livres sont très dangereux, ils font réfléchir.

Les groupes sont à leur place et chantonnent en attendant l'arrivée des gardes, mais voilà qu'une jeune fille brise l'harmonie propre à un paisible baraquement de loisirs et se met tout à coup à courir entre les cercles de tabourets.

— Assieds-toi !

— Que fais-tu ? Tu es folle ? lui crie-t-on.

Un professeur tente de l'attraper par le bras pour l'arrêter, mais elle s'esquive et continue de courir tant bien que mal, alors qu'il lui faudrait rester immobile pour passer inaperçue. Elle monte sur la cheminée horizontale d'un mètre de hauteur qui divise le baraquement en deux et saute de l'autre côté. Elle freine un peu trop tard et renverse un tabouret vide, qui roule avec fracas au point de faire taire un instant les activités.

— Maudite sois-tu ! Tu vas tous nous trahir ! lui crie madame Krizková, rouge de colère.

Les enfants, lorsqu'ils ne sont pas devant elle, l'appellent « madame Cou de Dindon ». Elle ne sait pas que c'est cette même jeune fille après laquelle elle crie qui a inventé ce surnom.

— Assieds-toi au fond avec les assistants, idiote !

Mais elle ne s'arrête pas, elle poursuit sa course frénétique, étrangère à tous les regards de désapprobation. Beaucoup d'enfants observent, fascinés, sa façon de galoper sur ses jambes fines vêtues de hautes chaussettes en laine à rayures horizontales. C'est une fille très mince mais pas chétive, aux cheveux châtains mi-longs qui se balancent d'un côté puis de l'autre dans son zigzag véloce entre les groupes. Dita Adlerova se déplace au milieu d'une centaine de personnes, mais elle court seule. Nous courons toujours seuls.

Elle arrive en serpentant jusqu'au centre du baraquement, où elle se fraie tant bien que mal un passage au milieu d'un groupe. Elle pousse brusquement un siège et une fillette roule au sol.

— Eh, pour qui tu te prends ! lui crie-t-elle à terre.

Avec stupéfaction, l'institutrice de Brno voit se planter devant elle la jeune bibliothécaire haletante. Trop pressée et essoufflée pour dire un mot, Dita lui arrache le livre des mains et l'institutrice se sent tout à coup légère. Quand, un instant après, elle réagit pour la remercier, Dita se trouve à plusieurs enjambées de là. Il ne reste plus que quelques secondes avant l'arrivée des nazis.

L'ingénieur Marody, qui a vu la manœuvre, l'attend en dehors du cercle. Il lui remet au vol le livre d'algèbre comme s'il lui passait le témoin d'une course de relais. Dita court désespérément vers les assistants qui, au fond du baraquement, font mine de balayer le sol.

Elle est encore à mi-chemin quand elle remarque que les voix des groupes flanchent un instant, ployant comme la flamme d'une bougie à l'ouverture d'une fenêtre. Elle n'a pas besoin de se retourner pour savoir que la porte s'est ouverte et que les gardes SS font leur entrée. Elle se laisse brusquement choir et atterrit dans un groupe de filles de onze ans. Elle glisse les livres sous sa robe et croise les bras sur sa poitrine pour éviter qu'ils ne tombent. Les filles la regardent du coin de l'œil, amusées, tandis que l'institutrice, très anxieuse, leur indique du menton de continuer à chantonner. À l'entrée du baraquement, après avoir observé pendant quelques secondes le panorama, les SS crient l'une de leurs paroles de prédilection :

— *Achtung !*

Le silence tombe. Les chansonnettes et le « je vois, je vois » s'arrêtent. Les mouvements se figent. Et cependant, au milieu du silence, on entend quelqu'un siffloter très clairement la cinquième symphonie de Beethoven. Le Curé est un sergent redoutable, mais même lui semble quelque peu tendu, car un individu encore plus sinistre l'accompagne aujourd'hui.

— Que Dieu nous vienne en aide, susurre l'institutrice.

La mère de Dita jouait du piano avant la guerre et elle reconnaît donc parfaitement Beethoven. Elle se rend compte qu'elle a déjà entendu cette façon si particulière de siffler les symphonies avec une précision de mélomane. C'était après avoir voyagé pendant trois jours, entassés dans un wagon de marchandises fermé, sans eau ni nourriture, en provenance du ghetto de Terezín, où ils avaient été déportés après leur expulsion de Prague et dans lequel ils avaient vécu pendant un an. Il faisait nuit quand ils sont arrivés à Auschwitz-Birkenau. Impossible d'oublier le bruit de ferraille de la porte métallique qui s'ouvrait. Impossible d'oublier la première bouffée de cet air glacé qui sentait la chair brûlée. Impossible d'oublier l'éclat des lumières, intenses dans la nuit : la rampe de chemin de fer était éclairée comme un bloc opératoire. Puis les ordres, les coups de crosse contre la tôle du wagon, les tirs, les sifflets, les cris. Et au milieu de la confusion, cette symphonie de Beethoven impeccablement sifflée avec le calme le plus total par un capitaine, un Haupsturmführer que les SS eux-mêmes regardaient avec terreur.

Ce jour-là, l'officier était passé près de Dita, et elle avait vu son uniforme impeccable, ses gants d'un blanc immaculé et la croix de fer sur le plastron de son uniforme ; une médaille qui ne se gagne qu'au combat. Il s'était arrêté devant un groupe de mères et d'enfants, et il avait donné à un petit une tape amicale de sa main gantée. Il avait même souri. Il avait désigné deux frères jumeaux de quatorze ans – Zdenek et Jirka –, et un caporal s'était empressé de les faire sortir du rang. Leur mère avait saisi le garde par le pan de son uniforme et elle s'était agenouillée en implorant de ne pas les emmener. Le capitaine était intervenu avec un calme absolu.

— Nulle part ils ne seront traités comme l'oncle Josef va les traiter.

Et d'une certaine façon, ce serait vrai. Personne dans tout Auschwitz ne touche à un seul cheveu des jumeaux que le docteur Josef Mengele collectionne pour ses expériences. Personne ne les traite comme il le fait dans ses macabres expérimentations génétiques visant à découvrir un moyen pour que les femmes allemandes mettent au monde des jumeaux et multiplier ainsi les naissances aryennes. La jeune fille revoit Mengele s'éloigner en tenant les enfants par la main, sans cesser de siffloter paisiblement.

Cette même symphonie qui résonne maintenant dans le bloc 31.

Mengele…

La porte de la chambre du responsable de bloc s'ouvre dans un léger miaulement, et le Blockältester Hirsch sort de son minuscule réduit en faisant mine de s'étonner poliment de la visite des SS. Il fait claquer ses talons sur le sol pour saluer l'officier ; c'est une formule de respect par laquelle il reconnaît le rang du militaire, mais c'est aussi une façon d'adopter une attitude martiale, ni servile ni craintive. Mengele le regarde à peine, il suit ses pensées et continue de siffloter en gardant ses mains derrière son dos comme si rien de tout cela ne le concernait. Le sergent – le Curé, comme tout le monde l'appelle – scrute le baraquement de ses yeux presque transparents sans sortir les mains des manches de son uniforme posées sur sa poitrine, pas très loin de l'étui de son revolver.

Jakopek ne s'est pas trompé.

— Inspection, susurre l'Oberscharführer.

Les SS qui l'accompagnent répètent son ordre et l'amplifient jusqu'à en faire un cri qui perce les tympans des prisonniers. Au milieu du groupe de filles, Dita tressaille, elle serre ses bras contre son corps et sent le crissement des livres contre ses côtes. S'ils découvrent ces livres sur elle, tout sera fini.

— Ce ne serait pas juste... murmure-t-elle.

Elle a quatorze ans et la vie devant elle, encore tout à faire. Rien n'a pu ne serait-ce que commencer. Les paroles que sa mère lui répète avec insistance depuis des années lorsque qu'elle se plaint de son sort lui reviennent en tête : « C'est la guerre, Edita... C'est la guerre. »

Elle était tellement jeune qu'elle ne se rappelle presque pas le monde avant la guerre. De même qu'elle cache des livres sous sa robe dans cet endroit où on lui a tout pris, elle conserve aussi dans sa tête un album de photographies composé de souvenirs. Elle ferme les yeux et tente de se remémorer le monde lorsque la peur n'existait pas.

Elle se revoit à l'âge de neuf ans, figée devant l'horloge astronomique de la place de l'hôtel de ville de Prague, au début de l'année 1939. Elle observait un peu à la dérobée le vieux squelette qui surveillait les toits de la ville de ses énormes orbites vides semblables à des poings obscurs.

À l'école, on leur avait raconté que cette grosse horloge était un dispositif mécanique inoffensif inventé par maître Hanus plus de cinq siècles auparavant. Mais la légende que racontaient ses grands-mères l'angoissait : le roi avait demandé à Hanus de construire l'horloge astronomique avec ses statuettes qui défilaient à chaque heure pile, puis il avait ordonné à ses gens de lui crever les yeux afin qu'il ne puisse jamais reproduire une telle merveille pour un autre monarque. En guise de vengeance, l'horloger avait introduit sa main dans le mécanisme et l'avait rendu inutilisable. Lorsque les engrenages l'avaient sectionnée, la machinerie s'était coincée et personne n'avait pu la réparer pendant des années. La nuit, Dita rêvait parfois de cette main amputée sinuant de haut en bas entre les roues dentées du mécanisme. Le squelette avait agité sa clochette et le festival mécanique avait commencé : un défilé d'automates qui se déployait pour rappeler aux habitants de la ville que les minutes se bousculent fébrilement les unes les autres et que les heures s'en vont les unes après les autres, comme ces statuettes qui, depuis des siècles, entrent et sortent à la hâte de cette boîte à musique gigantesque. Cependant, tenaillée par l'angoisse, Dita se rend compte aujourd'hui qu'à neuf ans, une fillette ne comprend pas encore ces choses-là et croit que le temps est une pâte épaisse, une mer immobile et poisseuse sur laquelle on n'avance pas. À cet âge-là, les horloges ne font peur que lorsqu'elles ont des squelettes à côté de leurs cadrans.

Agrippée à ces vieux livres qui peuvent la conduire à la chambre à gaz, Dita revoit avec nostalgie la fillette heureuse qu'elle était. Lorsqu'elle accompagnait sa mère faire des courses dans le centre, elle adorait s'arrêter devant l'horloge astronomique de la place de l'hôtel de ville, mais pas pour voir le spectacle mécanique – en réalité, ce squelette l'inquiétait plus qu'elle ne voulait l'admettre –, mais pour s'amuser à épier du coin de l'œil les passants ébahis, pour beaucoup des étrangers de passage dans la capitale, qui observaient d'un air très concentré l'apparition des automates. Elle contenait assez mal le rire qu'éveillaient en elle leurs mines étonnées et leur sourire bêta. Elle leur inventait des surnoms. Elle se rappelle avec une pointe de mélancolie que l'une de ses distractions favorites était de donner des surnoms à tout le monde, en particulier aux voisins et aux relations de ses parents. La hautaine madame Gottlieb, qui tenait toujours son cou bien droit pour se donner de l'importance, elle l'appelait « madame Girafe ». Et le tapissier chrétien de la boutique d'en bas, chauve et malingre, devenait en son for intérieur « monsieur Crâne de Quille ». Elle se revoit en train de poursuivre sur plusieurs mètres le tramway, qui agitait sa clochette en se balançant à l'angle de la place Staroměstské et se perdait en serpentant dans le quartier de Josefov, puis quand elle se mettait à courir vers le magasin de monsieur Ornest, où sa mère achetait le tissu pour lui confectionner ses manteaux et ses robes d'hiver. Elle n'a pas oublié à quel point elle aimait ce magasin, qui avait au-dessus de sa porte une enseigne lumineuse dont les bobines colorées s'allumaient l'une après l'autre jusqu'à arriver tout en haut et recommencer.

Si elle n'avait pas été une fillette galopant avec ce bonheur ingénu des enfants, peut-être aurait-elle remarqué, en passant à côté du kiosque du marchand de journaux, qu'il y avait une longue file d'acheteurs et que, dans la pile des exemplaires du *Lidové Noviny*, le titre, sur quatre colonnes et en grosses lettres démesurées, semblait crier en première page : « Le gouvernement négocie l'entrée de l'armée allemande dans Prague. »

Dita ouvre un instant les yeux et voit les SS fureter au fond du baraquement. Ils soulèvent même les dessins épinglés au mur à l'aide de clous fabriqués avec des pointes en fil de fer, pour voir si quelque chose se cache derrière. Personne ne parle, et le bruit des soldats effectuant la fouille s'entend nettement dans ce baraquement qui sent l'humidité et le moisi. La peur aussi. C'est l'odeur de la guerre. Des rares souvenirs qu'elle garde de son enfance, il lui revient à la mémoire que la paix sentait bon le bouillon de poule épais qui mijotait toute la nuit du vendredi. Comment ne pas se rappeler le goût de l'agneau bien rôti, et celui des pâtisseries aux œufs et aux noix. Les longues journées d'école, et les après-midis passés à jouer à la marelle et à « un, deux, trois, soleil » avec Margit et d'autres camarades de classe qui s'estompent dans sa mémoire… Jusqu'à ce que tout parte à vau-l'eau.

Les changements n'avaient pas été soudains, mais progressifs. Toutefois, il y avait bien eu un jour où son enfance s'était refermée comme la caverne d'Ali Baba pour disparaître enterrée dans le sable. De ce jour-là, elle garde un souvenir net. Elle n'en connaît pas la date, mais c'était le 15 mars 1939. Prague s'était réveillée en tremblant.

Les larmes de verre du lustre du salon vibraient, mais Dita savait que ce n'était pas un tremblement de terre car personne ne courait ni ne s'affolait. Son père buvait la tasse de thé de son petit-déjeuner et lisait le journal en feignant l'indifférence.

Elle était partie pour l'école en compagnie de sa mère et la ville tressaillait. Elle avait commencé à entendre le bruit en se dirigeant vers la place Venceslas, où la trépidation du sol était tellement forte qu'elle chatouillait la plante des pieds. La rumeur sourde se faisait de plus en plus perceptible à mesure qu'elles approchaient, et Dita se sentait intriguée par l'étrange phénomène. En arrivant, elles n'avaient pas pu traverser la rue obstruée de gens, ni voir autre chose qu'une muraille de dos, de manteaux, de nuques et de chapeaux.

Sa mère s'était brusquement arrêtée. Son visage s'était tendu et elle avait vieilli d'un coup. Elle avait saisi la main de sa fille pour revenir en arrière et effectuer un détour par un autre chemin jusqu'à l'école, mais Dita n'avait pas pu résister à la curiosité et, d'une bourrade, elle s'était dégagée de la main qui la tenait. Comme elle était menue et mince, elle n'avait pas eu de mal à se faufiler dans cette masse de personnes agglutinées sur le trottoir pour aller se placer au premier rang, juste là où les policiers de la ville formaient un cordon de leurs mains entrelacées.

Le bruit était assourdissant : l'un après l'autre, des side-cars gris passaient devant elle en transportant des soldats aux blousons de cuir reluisants et aux lunettes de motards pendues à leur cou. Leurs casques brillaient, ils sortaient tout droit des usines du centre de l'Allemagne, sans une égratignure encore, sans trace de batailles. Des chars de combat équipés d'énormes mitrailleuses venaient derrière et, à leur suite, des tanks tonitruants, qui progressaient dans l'avenue avec la lenteur menaçante des éléphants.

Elle se rappelle avoir pensé que tous ces individus qui défilaient étaient des automates, comme ceux de l'horloge astronomique de l'hôtel de ville, et qu'au bout de quelques secondes une porte se refermerait derrière eux et qu'ils disparaîtraient.

Et le tremblement cesserait. Cette fois cependant, ce n'étaient pas des automates qui formaient cette procession mécanique, mais des hommes. Avec les années, elle apprendrait que la différence entre les uns et les autres n'est pas toujours perceptible.

Elle n'avait que neuf ans, mais elle avait pris peur. Il n'y avait pas de fanfares, il n'y avait pas d'éclats de rire ni de tintamarre, il n'y avait pas de sifflets... C'était un défilé muet. Pourquoi ces hommes en uniforme étaient-ils là ? Pourquoi personne ne riait-il ? Tout à coup, ce défilé silencieux lui avait rappelé un cortège funèbre.

La poigne de fer de sa mère l'avait tirée hors de la foule. Elles s'étaient éloignées dans la direction opposée, et Prague était redevenue sous ses yeux la ville pétillante qu'elle connaissait. C'était comme se réveiller avec soulagement d'un mauvais rêve et voir que tout est revenu à sa place.

Mais le sol s'agitait encore sous ses pieds. La ville tremblait. Sa mère aussi tremblait. Elle la tirait désespérément par la main et, à petits pas pressés dans ses jolies chaussures vernies, essayait de laisser derrière elle le défilé et d'échapper à la griffe gigantesque de la guerre.

Dita soupire, agrippée à ses livres. Elle comprend avec tristesse que c'est ce jour-là, et non celui de ses premières menstruations, qu'elle a quitté l'enfance, parce qu'elle a alors cessé d'avoir peur des squelettes ou des vieilles histoires de mains fantômes, et qu'elle a commencé à craindre les hommes.

2

Les SS ont débuté l'inspection du baraquement en regardant à peine les prisonniers, pour ne s'occuper que des murs, du sol et des objets. Les Allemands sont des gens méthodiques : d'abord le contenant, ensuite le contenu. Le docteur Mengele se retourne pour parler avec Fredy Hirsch, qui est resté presque tout le temps au garde-à-vous, sans bouger d'un millimètre. Dita se demande de quoi ils parlent. Que peut lui raconter Hirsch pour que cet officier, que même les SS redoutent, reste planté à côté de lui sans faire un geste ni manifester la moindre réaction, mais apparemment attentif ? Très peu de Juifs seraient capables de s'adresser avec autant d'assurance à cet homme que certains appellent le Docteur de la Mort, très peu pourraient lui parler sans que leur voix tremble ou que la nervosité de leurs gestes les trahisse. Mais à cette distance, Hirsch semble faire la conversation aussi naturellement que quelqu'un qui s'arrête dans la rue pour bavarder avec un voisin.

Certains disent que Hirsch est un homme sans peur. D'autres affirment qu'il s'attire les bonnes grâces des Allemands parce qu'il est lui-même allemand, et d'autres encore vont jusqu'à insinuer qu'il y a quelque chose de louche derrière ses airs impeccables.

Le Curé, qui dirige la perquisition, fait un geste que Dita n'arrive pas à déchiffrer. Si on leur ordonne de se lever et qu'ils doivent se mettre au garde-à-vous, comment va-t-elle tenir les livres et les empêcher de tomber ?

La première leçon que tout vétéran donne à un nouvel arrivant est qu'il faut toujours garder clairement à l'esprit son objectif : survivre. Survivre quelques heures de plus, et accumuler ainsi un jour de plus, qui additionné à d'autres pourra devenir une semaine de plus. Et ainsi de suite : ne jamais faire de grands projets, ne jamais avoir de grands objectifs, seulement survivre à chaque instant. Vivre est un verbe qui ne se conjugue qu'au présent.

C'est sa dernière chance de glisser sa main sous sa robe et de laisser en catimini les livres sous le tabouret vide qui se trouve à un mètre. Quand tout le monde se lèvera pour se mettre en formation et que les gardes les découvriront, ils ne pourront pas l'accuser ; le coupable, ce sera tout le monde et personne. Et ils ne pourront pas envoyer tout le monde à la chambre à gaz. Mais à coup sûr, ils fermeront le bloc 31. Dita se demande si cette fermeture serait véritablement importante. On lui a raconté que certains professeurs se sont rebellés au début : est-ce vraiment utile de faire étudier des enfants qui, probablement, ne sortiront jamais vivants d'Auschwitz ? Cela a-t-il un sens de leur parler des ours polaires ou de leur rebattre les oreilles avec les tables de multiplication au lieu de discuter avec eux des cheminées qui, à quelques mètres, expulsent la fumée noire des corps incinérés ? Hirsch les a convaincus avec son autorité et son enthousiasme. Il leur a dit que le bloc 31 serait une oasis pour les enfants.

Une oasis ou un mirage ? se demandent encore certains.

Le plus logique serait de se débarrasser des livres, lutter pour sa vie. Mais elle hésite.

Le sous-officier se met au garde-à-vous devant son supérieur et reçoit des ordres précis, qu'il transmet aussitôt d'une voix autoritaire :

— Debout ! Garde-à-vous !

Maintenant oui, l'agitation des personnes qui se lèvent commence. C'est l'instant de confusion dont elle a besoin pour sauver sa peau. Elle relâche la pression de ses bras et les livres glissent à l'intérieur de sa robe jusqu'à sa taille. Mais elle se remet aussitôt à les serrer contre son ventre et le fait avec une telle force qu'elle les sent craquer comme s'ils avaient des os. Chaque seconde compte ; plus elle tarde à s'en défaire, plus sa vie est en danger.

Les SS ordonnent d'une voix impérieuse de faire silence, et que personne ne bouge de sa place. Ce qui irrite le plus les Allemands, c'est le désordre. C'est une chose qui leur est insupportable. Au début, lorsqu'ils ont mis en marche la solution finale pour les races ennemies comme la race juive, les exécutions sanglantes ont provoqué le refus de nombreux officiers SS. Le fatras des corps morts enchevêtrés à ceux des agonisants, la tâche ardue d'achever les fusillés un par un, marcher dans le bourbier sanguinolent des chairs abattues, les mains des moribonds s'enroulant aux bottes comme des plantes grimpantes, tout cela leur était difficilement supportable. Depuis qu'ils ont trouvé la formule pour exterminer les Juifs avec efficacité et sans créer de situations de chaos dans des centres tels qu'Auschwitz, le crime de masse dicté depuis Berlin a cessé d'être un problème. C'est devenu pour eux une routine supplémentaire découlant de la guerre.

Les professeurs et les élèves se mettent debout devant Dita, et les SS ne peuvent plus la voir. Elle glisse sa main droite sous sa blouse et saisit le traité de géométrie. Elle sent la rugosité de ses pages et parcourt avec son doigt les sillons de gomme arabique sur son dos arraché. Elle s'aperçoit en le touchant que le dos dénudé d'un livre est un champ labouré.

Alors elle ferme les yeux et serre très fort les livres. Elle sait ce qu'elle a su dès le départ : qu'elle ne va pas le faire. Elle est la bibliothécaire du bloc 31. Elle ne va pas décevoir Fredy Hirsch car c'est elle-même qui lui a demandé, qui a presque exigé de lui qu'il lui accorde sa confiance. Et il l'a fait, il lui a montré les huit exemplaires clandestins et il lui a dit : « Voilà ta bibliothèque. »

Elle finit par se lever avec précaution. Elle garde un bras fermement croisé sur sa poitrine pour soutenir les livres et qu'ils ne tombent pas bruyamment par terre. Elle se place au centre du groupe de filles, qui la cachent un peu, mais elle est plus grande et sa posture suspecte est trop évidente.

Avant de débuter l'inspection des prisonniers, le sergent donne des ordres et deux SS disparaissent dans la chambre du chef de bloc. Dita pense aux autres livres cachés dans la chambre de Hirsch et comprend que le Blockältester court à présent un grand danger. S'ils les découvrent, tout sera fini pour lui. Cependant, la cachette lui semble sûre. La chambre possède un sol en planches et l'une d'elles, dans un coin, peut s'enlever et se remettre. Dessous, la terre a été creusée juste ce qu'il faut pour créer une cavité où déposer la petite bibliothèque. Les livres rentrent avec une exactitude tellement millimétrique que même si la planche est foulée ou frappée avec la jointure des doigts, elle ne sonne pas creux et rien ne laisse soupçonner qu'il y a une minuscule cachette en dessous.

Dita n'est la bibliothécaire que depuis quelques jours, mais cela semble faire des semaines ou des mois. À Auschwitz, le temps ne court pas, il se traîne. Il tourne à une vitesse infiniment plus lente que dans le reste du monde. Quelques jours à Auschwitz changent un novice en vétéran. Ils peuvent aussi transformer un jeune en vieillard, ou une personne robuste en un être décrépit.

Pendant que les Allemands passent l'intérieur de la chambre au crible, Hirsch ne bouge pas d'un cil. Mengele, les mains dans le dos, s'éloigne de quelques pas en sifflotant des mesures de Liszt. Deux SS attendent devant la chambre que les autres aient fini la perquisition et se détendent déjà, rejetant leur tête en arrière dans une attitude paresseuse. Hirsch reste droit comme le mât d'un drapeau. C'est un drapeau. Plus les soldats négligent leur posture, plus il raidit la sienne. Il ne va pas laisser passer la plus petite occasion de démontrer par n'importe quel moyen, aussi infime soit-il, la résistance d'un Juif. Il est convaincu qu'ils sont beaucoup plus forts que les nazis, c'est pour cette raison que ces derniers les craignent. C'est pour cette raison qu'ils veulent les exterminer. Ils ne les ont soumis que parce qu'ils n'ont pas d'armée à eux, mais Hirsch a la conviction que c'est une erreur qu'ils ne commettront plus. Il n'en doute pas un seul instant : quand tout ceci sera terminé, ils créeront une armée et ce sera la plus dure parmi les dures.

Les deux SS sortent de la chambre ; le Curé tient des feuilles de papier dans sa main. Apparemment, c'est tout ce qu'ils ont trouvé de suspect. Mengele les examine sommairement et les rend au sous-officier avec dédain, en les laissant presque retomber sur lui. Ce sont les rapports que le chef de baraquement rédige sur le fonctionnement du bloc 31 pour le commandement du *lager*. Mengele les connaît parfaitement puisque c'est pour lui qu'il les écrit.

Le Curé remet les mains dans les manches quelque peu élargies de son uniforme. Il donne ses ordres à voix basse, mais les gardes bondissent comme des ressorts et la partie de chasse est lancée. Ils avancent vers les détenus en assenant de violents coups de pied aux tabourets qui se trouvent sur leur chemin. La peur s'empare des enfants et des professeurs novices, qui laissent échapper des cris d'angoisse et des sanglots. Les vétérans s'inquiètent moins. Hirsch ne bouge pas d'un millimètre. Pas très loin, dans un coin, Mengele observe à distance.

Les vétérans savent qu'il ne s'agit pas d'un accès soudain de vandalisme, les nazis ne sont pas brusquement devenus fous et ils ne vont pas se mettre à tirer dans tous les sens avec leurs mitraillettes.

C'est la routine de la guerre : donner des coups de pied aux sièges fait partie de la procédure. Crier, aussi. Et même flanquer un coup de crosse. Cela n'a rien de personnel. Renverser des tabourets est une façon de prévenir que, l'instant d'après, ils peuvent se mettre à abattre des vies avec la même facilité. Tuer aussi, c'est une routine de la guerre.

En arrivant au premier groupe de détenus, la meute s'arrête net. Lorsque leur supérieur les rejoint, ils débutent la vérification comme au ralenti. Ils s'interrompent à tout bout de champ pour scruter les prisonniers, en fouiller certains, tourner la tête en haut et en bas à la recherche d'ils ne savent trop quoi. Tout le monde fait mine de regarder droit devant, mais chacun se tourne à la dérobée vers le camarade qui est à ses côtés.

Les SS exigent de l'une des professeurs qu'elle sorte du rang. C'est une femme de grande taille qui enseigne les travaux manuels et réussit à faire faire de petits miracles aux enfants avec de vieux lacets, des bouts de bois, des cuillères cassées ou des tissus effilochés. Elle ne comprend pas ce qu'ils lui disent, elle ne distingue pas bien les mots, mais les soldats lui crient dessus, l'un d'eux la bouscule. Probablement sans raison. La professeure, grande et mince, ressemble à un jonc en passe de se briser dans un craquement sec. Finalement, une bourrade violente et un autre cri la renvoient à sa place dans le groupe.

Les gardes avancent à nouveau. Dita a le bras qui fatigue, mais elle serre encore plus fort les livres contre sa poitrine. Ils s'arrêtent au groupe d'à côté, à trois mètres d'elle. Le Curé hausse le menton et ordonne à un homme de sortir du rang.

C'est la première fois que Dita remarque le professeur Morgenstern, un homme à l'apparence inoffensive qui, d'après les plis de peau sous son menton, a dû être rondouillard autrefois. Il a des cheveux blancs frisés, un costume aux fines rayures serrées et des lunettes rondes devant ses yeux myopes de castor. Dita n'entend pas bien les paroles que le Curé lui adresse, mais elle voit le professeur Morgenstern lui tendre ses lunettes. L'Oberscharführer les prend et les examine ; aucun détenu n'est autorisé à conserver des objets personnels, mais on n'a pas dû considérer que des lunettes étaient pour un myope un accessoire somptueux. Le SS les examine quand même, comme s'il ne savait pas qu'elles ne sont pas en or, qu'elles n'ont aucune valeur ni d'autre utilité que de permettre au vieil architecte d'y voir quelque chose. Le Curé lui tend ses lunettes pour les lui rendre, mais quand l'instituteur tend la main pour les prendre, l'autre les laisse tomber et elles s'écrasent sur un tabouret avant d'atteindre le sol.

— Maladroit ! Idiot ! lui crie le sous-officier.

Le professeur Morgenstern s'accroupit docilement pour ramasser ses lunettes cassées. Il va pour se relever quand tombent alors de sa poche quelques cocottes en papier froissées, et voilà qu'il doit s'accroupir à nouveau. Ce faisant, ses lunettes tombent encore. Le Curé observe sa maladresse avec une irritation à peine contenue. Il tourne les talons, agacé, et poursuit l'inspection.

En retrait, Mengele observe tout sans en perdre une miette. Les SS, avec leurs casquettes à tête de mort et leurs bottes qui écrasent tout, avancent très lentement, en fixant les détenus du regard avec une soif de violence qui fait briller leurs yeux d'avidité. Dita les sent arriver, elle n'ose même pas les regarder du coin de l'œil. Par malheur, ils s'arrêtent juste devant son groupe, et le Curé se plante en face d'elle à moins de quatre ou cinq pas. Dita voit les filles trembler devant elle comme des brins d'herbe. Quant à elle, sa transpiration s'est glacée dans son dos. Elle sait qu'il n'y a rien à faire : sa taille la fait dépasser des autres filles et elle est la seule à ne pas être au garde-à-vous avec les bras collés le long du corps. Sa position étrange – il est évident qu'elle est en train de tenir quelque chose avec son bras – la trahit. Impossible d'échapper à l'œil implacable du Curé, l'un de ces nazis abstèmes, comme Hitler, qui ne s'enivrent que de haine.

Elle a les yeux fixés droit devant, mais elle sent le regard du Curé la transpercer. La peur forme une boule dans sa gorge, l'air lui manque, elle étouffe. Elle entend une voix masculine et s'apprête déjà à sortir du centre du groupe.

Tout est fini...

Mais pas encore. Elle reste immobile car elle se rend compte que ce n'est pas la voix du Curé qui l'appelle, mais une autre beaucoup plus modeste. C'est la voix balbutiante du professeur Morgenstern.

— Excusez-moi, monsieur le sous-officier... Est-ce que vous m'autorisez à reprendre ma place dans le rang ? Si cela vous semble bien, naturellement, dans le cas contraire je resterai là jusqu'à ce qu'on me l'ordonne. Je ne voudrais surtout pas vous causer le moindre dérangement...

Le Curé tourne la tête et effectue un geste furieux en direction de ce nabot insignifiant qui a osé s'adresser à lui sans avoir été autorisé à parler. Le vieux professeur a remis ses lunettes, qui ont un verre fendu, et, en dehors de la formation, il observe les SS avec un visage bêta d'une infinie bonté. Le Curé fait quelques pas vers lui et les gardes le suivent. Pour la première fois, il élève la voix :

— Espèce de vieux Juif stupide ! Si tu n'es pas à ta place dans trois secondes, je te tire dessus !

— À vos ordres, comme vous l'exigez, répond le vieil homme avec docilité. Je vous prie de m'excuser, je ne cherchais pas à vous importuner, mais j'ai préféré demander avant de commettre peut-être un acte d'indiscipline qui aurait pu être contraire aux ordres, parce qu'il ne me plaît pas d'agir d'une manière inconvenante et mon souhait est de vous servir de la manière la plus correcte qu...

— Dans le rang, imbécile !

— Oui, monsieur. À vos ordres, monsieur. Excusez-moi encore une fois. Il n'était pas dans mon intention d'interrompre, précisément...

— Tais-toi avant que je te mette une balle dans la tête ! crie le nazi, hors de lui.

Le professeur marche à reculons, en inclinant plusieurs fois la tête avec exagération, jusqu'à s'insérer dans son groupe. Le Curé ne s'est pas aperçu que ses gardes l'ont suivi et, en se retournant brusquement, plein de fureur, il leur rentre tout à coup dedans. Une scène digne des comédies du cinématographe : les nazis se cognant les uns les autres comme des boules de billard. Certains enfants rient sous cape, et les professeurs, alarmés, leur donnent des coups de coude pour qu'ils gardent le silence.

Visiblement désarçonné, le sergent regarde en douce son supérieur, le ténébreux médecin-capitaine, qui reste là, les mains dans le dos, dans un coin sombre. Le Curé ne parvient pas à voir son visage, mais il imagine sa moue dédaigneuse. Rien ne provoque autant le mépris de Mengele que la médiocrité et l'incompétence.

Le sous-officier écarte ses hommes d'un geste irrité et reprend l'inspection. Il passe devant la rangée de Dita et celle-ci serre son bras engourdi. Ses dents aussi. Elle serre tout ce qu'elle peut serrer. Si elle le pouvait, elle serrerait jusqu'à ses oreilles. Mais comme le Curé est déconcentré et qu'il a l'impression d'avoir déjà examiné ce groupe, il passe au suivant. Il y a d'autres cris, d'autres bousculades, une fouille... puis le cortège s'éloigne lentement de son secteur.

La bibliothécaire reprend sa respiration, mais tant qu'ils n'auront pas disparu du baraquement le danger ne sera pas passé. Ce sont des serpents venimeux : ils peuvent se retourner quand vous vous y attendez le moins. Elle écrase les livres contre son corps et se réjouit, pour une fois, de ne pas avoir une poitrine volumineuse. Ses seins enfantins lui permettent d'y ajuster discrètement les livres. Elle a mal au bras de le garder si longtemps dans la même position. Elle ressent des picotements, mais elle n'ose pas bouger de crainte que les livres ne tombent au sol. Pour ne pas penser à la douleur, elle se remémore comment le hasard l'a conduite au bloc 31.

L'arrivée du convoi qui l'a amenée en décembre avait coïncidé avec les derniers préparatifs d'une représentation théâtrale de *Blanche-Neige et les sept nains*. Une façon de célébrer Hanoukka, la fête qui commémore la révolte des armées juives macabéennes contre les Grecs. Avant l'appel du matin, sa mère était tombée sur une connaissance de Terezín, madame Turnovská, une marchande de fruits de Zlín. Une petite joie au milieu de toutes ces pénuries.

C'était cette femme sympathique, devenue veuve au début de la guerre, qui lui avait expliqué qu'elle avait entendu parler de l'existence d'un baraquement-école où se rendaient les enfants jusqu'à treize ans. Quand sa mère lui avait dit qu'Edita avait quatorze ans, madame Turnovská lui avait raconté que le directeur de l'école avait été prévoyant et qu'il avait convaincu les Allemands qu'il lui fallait un certain nombre d'assistants pour l'aider à maintenir l'ordre dans le baraquement. Il avait ainsi employé plusieurs jeunes de quatorze à seize ans.

— Là-bas, ils font l'appel à l'abri, ils ne sont pas sous la pluie et ils ne restent pas dans ce froid tous les matins. Ils ne sont pas obligés de travailler toute la journée. Même les rations de nourriture sont un peu mieux.

Madame Turnovská, qui savait tout, avait appris que Miriam Edelstein allait bientôt les rejoindre comme directrice adjointe de Fredy Hirsch.

— Miriam Edelstein dort dans mon baraquement, elle me connaît. Allons lui parler.

Elles étaient tombées sur celle-ci tandis qu'elle marchait d'un pas rapide dans la *lagerstrasse*, l'avenue principale du camp qui le traverse de part en part. Elle était débordée et de mauvaise humeur ; les choses n'allaient pas bien du tout pour elle depuis son transfert du ghetto de Terezín, où son mari Yakub avait été président du Conseil juif. Dès leur arrivée, il avait été séparé du groupe et enfermé avec les prisonniers politiques à Auschwitz I.

Madame Turnovská lui avait aussitôt vanté les mérites de Dita, comme si elle était en train de vendre des prunes, mais avant même qu'elle ait achevé sa litanie, Miriam Edelstein l'avait interrompue.

— Le quota d'assistants est complet et beaucoup de gens m'ont déjà demandé la même chose avant vous.

Et elle s'était remise à marcher à toute vitesse.

Mais alors qu'elle était sur le point de se perdre dans le marasme de la *lagerstrasse*, elle s'était arrêtée. Elle était revenue sur ses pas. Les trois femmes étaient tellement désappointées qu'elles n'avaient pas bougé d'un centimètre de l'endroit où elles se trouvaient.

— Vous dites que cette jeune fille parle parfaitement le tchèque et l'allemand, et qu'elle lit très bien ?

Le hasard avait voulu que meure ce matin-là le souffleur de la pièce de théâtre qui allait être représentée dans la soirée au bloc 31.

— Nous avons de toute urgence besoin d'un souffleur. Serait-elle capable de faire ça ?

Tous les regards étaient retombés sur Dita.

Bien sûr qu'elle pouvait le faire !

Cet après-midi-là, elle était entrée pour la première fois dans le bloc 31. En apparence, ce n'était qu'un baraquement ordinaire parmi les trente-deux qui composaient le camp BIIb, répartis en deux rangées de seize et séparés par la rue principale, la *lagerstrasse*, si tant est que ce bourbier puisse être appelé une rue. Une simple étable rectangulaire au sol de terre battue traversé par une cheminée en briques horizontale qui divisait l'espace en deux moitiés. Mais elle avait découvert que le bloc 31 présentait une différence fondamentale : au lieu des rangées de châlits triples où dormaient les prisonniers, il n'y avait que des tabourets ; et, à la place du bois pourri, c'étaient des dessins d'esquimaux et des nains de *Blanche-Neige* que l'on voyait aux murs.

On avait disposé les tabourets de façon à former un parterre de fortune, et il régnait un joyeux chaos d'allées et venues de volontaires occupés à transformer un baraquement misérable en théâtre. Les uns finissaient de placer les sièges, les autres apportaient et remportaient des tissus colorés, et un groupe répétait quelques paragraphes avec des enfants qui s'appliquaient à les mémoriser. Au fond du baraquement, les assistants s'efforçaient d'imbriquer les matelas qui formaient une petite scène, et deux femmes d'un âge indéfinissable ajustaient les tissus verts qui allaient devenir la forêt de *Blanche-Neige*. À ce moment-là, Dita s'était souvenue du dernier livre qu'elle avait lu avant de quitter Prague : il s'intitulait *Chasseurs de microbes*, et son auteur, Paul de Kruif, expliquait les vies des grands chercheurs dont le domaine était les bactéries et les êtres microscopiques. Dans ce baraquement, elle se sentait un peu comme Koch, Grassi ou Pasteur regardant à travers une loupe le mouvement frénétique d'êtres minuscules qui gesticulaient vigoureusement dans un monde aux dimensions d'une goutte d'eau. Comme dans la plus petite tache de moisi, dans ce trou aussi, contre toute attente, la vie poursuivait obstinément son cours.

On lui avait préparé une petite cabine en face de la scène, faite de papier kraft peint en noir. Rubícheck, le metteur en scène, s'était approché d'elle et lui avait dit de faire attention à la petite Sarah, car lorsqu'elle devenait nerveuse les mots ne lui venaient plus en allemand et elle passait au tchèque sans s'en apercevoir. Une des conditions que les nazis avaient imposées pour autoriser la représentation était qu'elle devait se faire en allemand.

De la pièce de théâtre, elle se souvient de sa nervosité avant de commencer, du poids de la responsabilité dans un baraquement bondé de spectateurs et de la présence inquiétante, au premier rang, de certains officiers qui dirigeaient Auschwitz II, comme le commandant Schwarzhuber ou le docteur Mengele. Elle regardait à travers un trou dans le carton, et elle était surprise de les voir rire et applaudir. Ils semblaient enchantés par la représentation. Étaient-ce ces mêmes hommes qui envoyaient des milliers d'enfants à la mort tous les jours ? Oui, c'étaient bien eux.

De toutes les pièces de théâtre qui furent jouées dans le bloc 31, celle de *Blanche-Neige* de décembre 1943 resterait à jamais gravée dans la mémoire de ceux qui y assistèrent et qui vécurent ensuite pour la raconter.

Au début de la pièce, le miroir magique qui devait dire à la marâtre qui était la plus belle du royaume se mit à bégayer.

— La plus belle c'est t-t-t-t-toi, ma r-r-r-r-reine…

Le parterre fut parcouru d'éclats de rire. On crut que c'était une blague qui faisait partie du scénario. Dita transpirait dans sa coquille en papier. Le bégaiement ne provenait pas du texte mais des nerfs du garçon ; cependant la moindre étincelle d'humour était accueillie avec joie car, à Auschwitz, les rires étaient encore plus rares que le pain. Et ils avaient désespérément besoin de rire.

Quand Blanche-Neige fut abandonnée dans la forêt, les fous rires cessèrent. Une fillette au regard triste l'interprétait. Ses cernes maquillés de rouge accentuaient sa mine désemparée. Elle avait l'air tellement fragile, errant perdue dans la forêt, appelant à l'aide de sa voix fluette, que Dita sentit un nœud dans sa poitrine en se reconnaissant tout aussi démunie dans ce coin reculé de Pologne, égarée dans une forêt hostile remplie de loups en uniforme.

Les rires sporadiques causés par les oublis de certaines phrases ou par le bégaiement du chasseur qui abandonne Blanche-Neige à son sort dans la forêt (ce maladroit avait failli tomber de la scène la tête la première, se souvient Dita) s'arrêtèrent d'un coup lorsque la petite Blanche-Neige se mit à chanter. Ceux qui n'avaient pas compris pourquoi, alors que l'on pouvait choisir parmi des dizaines d'enfants, on avait pris pour ce rôle une fillette aussi menue et aussi pâle, au visage d'ancienne poupée en porcelaine, eurent alors leur réponse. Sa voix était merveilleuse et les chansons sirupeuses, tirées du film de Walt Disney, prenaient une telle intensité, sans autre accompagnement musical que le timbre de ses cordes vocales, que beaucoup sentirent se desserrer les boulons de leurs défenses émotionnelles. Quand les individus sont entassés, marqués et sacrifiés comme des animaux, ils en viennent à croire qu'ils sont du bétail. Rire et pleurer leur rappelle qu'ils sont encore des êtres humains.

Le prince sauveur était enfin apparu sous les applaudissements, très grand par rapport aux autres acteurs, large d'épaules et aux cheveux humides peignés vers l'arrière comme s'il avait mis de la gomina : Fredy Hirsch en personne. Blanche-Neige s'était réveillée grâce au plus vieux remède du monde, et la pièce s'était achevée sur une énorme ovation du public. Même l'impassible docteur Mengele applaudissait, sans retirer toutefois ses gants blancs.

Ce même docteur Mengele qui reste là, dans un coin du bloc 31, à radiographier ce qu'il s'y passe, les mains dans le dos comme si rien ne le concernait vraiment. Le Curé dirige son cortège funèbre de soldats vers le fond du baraquement en donnant des coups de pied dans les tabourets et en jouant avec les nerfs, et il fait sortir du rang quelques détenus, davantage pour les harceler que pour les fouiller. Par chance, ils s'éloignent et n'ont trouvé aucune excuse pour arrêter quelqu'un, du moins pour le moment.

Les nazis achèvent de passer en revue le baraquement. Ils arrivent au bout. Le sergent se retourne vers le médecin-capitaine, mais celui-ci n'est plus là, il s'est volatilisé. Les gardes devraient être contents de ne pas être tombés dans leur inspection sur des tunnels secrets, des armes ou toute autre chose contraire au règlement. Cependant, ils sont en colère de n'avoir rien à punir. Ils lancent quelques cris en guise de bouquet final, bousculent violemment un pauvre garçon qui travaille comme assistant, lancent des menaces de mort et s'en vont par la porte de derrière. Pour cette fois, les loups se sont contentés de remuer le feuillage avec leur gueule. Ils sont partis, mais ils reviendront.

Lorsque la porte se referme derrière eux, il y a un murmure de soulagement. Fredy Hirsch porte à ses lèvres le sifflet qu'il a toujours autour du cou et siffle avec fermeté pour ordonner de rompre les rangs. Dita a le bras tellement perclus qu'elle ne peut presque pas l'écarter de son corps. Il est tellement endolori que les larmes lui montent aux yeux, mais le soulagement qu'elle éprouve au départ des nazis est si grand qu'elle pleure et qu'elle rit.

Une certaine électricité nerveuse s'est emparée des gens. Les professeurs ont envie de parler, de raconter leurs sensations, de s'expliquer les uns aux autres ce qu'ils viennent tous de voir. Les enfants profitent de ce moment pour galoper et se défouler. Dita voit venir en face d'elle la professeure Krizková. Elle avance vers elle en ligne droite, comme un rhinocéros. La peau qui pendouille sous son menton comme le cou des dindons s'agite lorsqu'elle marche. Elle se plante à moins d'un centimètre d'elle.

— Est-ce que tu as perdu la tête, ma petite ? Tu ne sais pas que, quand l'ordre est donné, tu dois te mettre à ta place dans le coin des assistants au lieu de courir comme une folle ? Tu ne comprends pas qu'ils peuvent t'arrêter et te tuer ? Tu ne comprends pas qu'ils peuvent tous nous tuer ?

— J'ai fait ce que je croyais le mieux...

— Ce que tu croyais... Et qui es-tu pour changer les règles qui ont été décidées à l'unanimité ? Est-ce que tu crois tout savoir ?

Le visage de la professeure se froisse jusqu'à se briser en un millier de plis.

— Je suis désolée, madame Krizková...

Dita serre les poings pour que les larmes ne roulent pas sur ses joues. Elle ne va pas lui faire ce plaisir.

— J'informerai de ce que tu as fait...

— Ce ne sera pas nécessaire.

C'est une voix très masculine, posée et ferme à la fois, qui parle en tchèque avec un fort accent allemand. En se retournant, elles voient Hirsch, parfaitement rasé et recoiffé.

— Madame Krizková, les leçons ne sont pas encore terminées. Vous devriez aller vous occuper de votre groupe, qui est assez dissipé.

La professeure se vante tout le temps d'avoir, grâce à sa rectitude, le groupe de filles le plus discipliné et studieux de tout le bloc 31. Elle ne dit rien, mais elle regarde un instant le chef du baraquement d'un air furieux. Elle fait demi-tour et, bien droite, la tête haute, repart très dignement et de mauvaise humeur vers ses élèves. Dita soupire, soulagée.

— Merci, monsieur Hirsch.

— Appelle-moi Fredy...

— Je regrette d'avoir enfreint les ordres.

Hirsch sourit.

— Le bon soldat est celui qui n'a pas besoin d'attendre de recevoir des ordres car il sait toujours où est son devoir.

Avant de repartir, il se retourne un instant vers elle et regarde les livres qu'elle tient contre sa poitrine.

— Je suis fier de toi, Dita. Que Dieu te bénisse.

En le voyant s'en aller de son pas énergique, elle repense au soir de la représentation de *Blanche-Neige*. Pendant que les assistants démontaient la scène, elle était sortie de sa cachette de souffleuse et s'était dirigée vers la sortie, persuadée qu'elle ne remettrait sans doute plus les pieds dans ce baraquement capable de se transformer en théâtre. Mais une voix vaguement familière l'avait arrêtée.

— Jeune fille...

Fredy Hirsch avait encore sur le visage son maquillage blanc à la craie. Dita avait trouvé surprenant qu'il se souvienne d'elle. Au ghetto de Terezín, Hirsch était le responsable du Bureau de la Jeunesse, mais elle ne l'avait aperçu en coup de vent que deux ou trois fois lorsqu'elle aidait la bibliothécaire à pousser son chariot de livres entre les bâtiments de la ville-prison.

— Ton arrivée au camp est providentielle, avait-il dit.

— Providentielle ?

— Absolument !

Il lui avait fait un geste pour qu'elle le suive derrière la scène, où il ne restait plus personne. De près, les yeux de Hirsch possédaient un étrange mélange de douceur et d'insolence, et ses paroles en tchèque avaient un fort accent allemand.

— Il me faut de toute urgence une bibliothécaire pour notre bloc pour enfants.

Dita était restée abasourdie. Elle n'était qu'une enfant de quatorze ans qui se mettait parfois un peu sur la pointe des pieds pour avoir l'air plus grande.

— Excusez-moi, monsieur, je crois qu'il y a un malentendu. La bibliothécaire, c'était mademoiselle Sittigová. Moi, je l'aidais juste de temps en temps à transporter les livres d'un endroit à l'autre.

Le directeur du bloc 31 souriait de cette façon bien à lui, si particulière, aimable et avec une pointe de condescendance.

— Je t'ai aperçue plusieurs fois. Tu poussais le chariot des livres.

— Oui, parce qu'il était trop lourd pour elle et qu'il roulait mal sur les pavés. Mais c'est tout.

— Tu poussais le chariot. Tu aurais pu passer l'après-midi allongée sur ton lit, ou à te promener avec tes amis ou encore à t'occuper de tes affaires. Mais au lieu de ça, tu poussais le chariot pour que les gens aient des livres.

Elle le regardait avec perplexité, mais les paroles de Hirsch n'admettaient aucune réplique. Il ne dirigeait pas un baraquement, il dirigeait une armée. Tout comme le général d'une révolution populaire qui se dresse en armes contre une troupe d'envahisseurs et désigne un paysan auquel il dit : « Toi, tu seras colonel », il avait ce soir-là désigné Dita avec la même solennité dans ce baraquement délabré et il lui avait dit : « Toi, tu seras notre bibliothécaire. »

Toutefois il avait également ajouté :

— Mais c'est dangereux. Très dangereux. Ici, manipuler des livres n'est pas un jeu. Si les SS découvrent quelqu'un avec des livres, ils l'exécuteront.

En disant cela, il avait levé le pouce et tendu l'index. Il avait visé le front de Dita avec ce pistolet imaginaire. Elle aurait voulu ne pas paraître impressionnée, mais elle sentait monter sa nervosité face à cette responsabilité inattendue.

— Comptez sur moi.

— C'est un grand risque.

— Je m'en fiche complètement.

— Ils pourraient te tuer.

— Je m'en moque.

Dita s'efforçait de donner de la fermeté à ses paroles, mais elle n'y arrivait pas. Elle ne réussissait pas non plus à contrôler le tremblement de ses jambes, qui la faisaient vibrer tout entière. Le chef de bloc observait le dansotement de ces bielles folles qu'étaient ses jambes fines enveloppées de hautes chaussettes en laine.

— Pour s'occuper de la bibliothèque, il faut quelqu'un de courageux...

Dita avait rougi car ses jambes n'arrêtaient pas de trembler. Plus elle voulait les arrêter, plus elles s'agitaient. Et voilà que ses mains tremblaient aussi, en partie à la pensée des nazis, et en partie de peur que le directeur ne pense qu'elle avait peur et ne l'accepte pas. La peur de la peur, c'est comme dévaler une pente en courant.

— Donc... vous ne voulez pas de moi ?

— Tu me sembles être une fille très courageuse.

— Mais je tremble ! avait-elle répondu, dévastée.

Alors Hirsch avait de nouveau souri de cette façon bien à lui, comme s'il observait les difficultés du monde depuis un fauteuil confortable.

— Et c'est pour cette raison que tu es courageuse. Les courageux ne sont pas ceux qui n'ont pas peur. Ceux-là, ce sont les téméraires, ceux qui ignorent le risque et se mettent en péril sans être conscients des conséquences. Quelqu'un qui n'est pas conscient du danger peut faire courir un risque à tous ceux qui sont à ses côtés. C'est le genre de personne que je ne veux pas dans mon équipe. Ceux dont j'ai besoin, ce sont ceux qui tremblent mais qui ne cèdent pas, ceux qui sont conscients de ce qu'ils risquent et qui continuent malgré tout.

En l'écoutant, Dita avait senti le tremblement de ses jambes diminuer.

— Les courageux sont ceux qui sont capables de surmonter leur peur. Tu es de ceux-là. Comment t'appelles-tu ?

— Je m'appelle Edita Adlerova, monsieur Hirsch.

— Bienvenue au bloc 31, Edita. Que Dieu te bénisse. S'il te plaît, appelle-moi Fredy.

Elle se souvient nettement qu'au soir de la représentation ils avaient discrètement laissé tout le monde s'en aller. Puis Dita était entrée dans la chambre de Fredy Hirsch, un rectangle étroit meublé d'une paillasse et de deux vieilles chaises. C'était plein à craquer de paquets ouverts, de récipients vides, de papiers estampillés de sceaux officiels, de chutes de tissu en trop du décor de *Blanche-Neige*, de quelques gamelles cabossées et de vêtements à lui, peu nombreux mais parfaitement pliés.

Quand Hirsch avait demandé à ce que l'alimentation extrêmement pauvre des enfants soit améliorée, le docteur Mengele avait ordonné avec une indulgence surprenante que les paquets envoyés aux détenus décédés par leurs familles soient portés au bloc 31. Les admissions au baraquement médical étaient fréquentes, et les décès quotidiens. Sur les cinq mille sept déportés qui étaient arrivés en septembre, près de mille étaient morts à la fin décembre. Outre les maladies respiratoires, comme les bronchites et les pneumonies, il y avait l'érysipèle et la jaunisse, aggravées par la malnutrition et le manque d'hygiène. Après être passés par les mains des SS, les paquets orphelins arrivaient tellement saccagés au bloc 31 qu'ils ne contenaient certains jours que des miettes et des emballages vides. Parfois, cependant, il y avait quelques biscuits, un bout de charcuterie, un peu de sucre… C'était un précieux complément à l'alimentation des enfants, et cela servait à organiser des concours et des festivals dont le prix était une moitié d'oignon, une once de chocolat ou une pincée de semoule.

Hirsch lui avait raconté une chose qui l'avait laissée bouche bée : ils possédaient une bibliothèque sur jambes. Plusieurs professeurs qui connaissaient à fond une œuvre littéraire étaient devenus des personnes-livres. Ils tournaient dans les différents groupes pour raconter aux enfants les histoires qu'ils connaissaient pratiquement par cœur.

— Magda est très bonne avec *Le Merveilleux Voyage de Nils Holgersson*, et les enfants se régalent lorsqu'elle les fait s'imaginer en train de voler agrippés aux oies dans le ciel de Suède. Shasehk explique très bien les histoires d'Indiens et les aventures de l'Ouest. Dezo Kovak sait narrer les récits des patriarches dans le moindre détail, on dirait presque une Bible parlante.

Mais Fredy Hirsch n'allait pas s'en contenter. Il lui avait raconté que les livres étaient arrivés l'un après l'autre dans le camp, clandestinement. Un charpentier polonais appelé Mietek en avait apporté trois, et un électricien slovaque deux autres. Ces détenus se déplaçaient avec une plus grande liberté entre les camps car ils étaient employés à des tâches de maintenance. De l'énorme hangar où allaient atterrir les objets réquisitionnés aux prisonniers à leur arrivée à Auschwitz, que l'on appelait le Canada, ils avaient réussi à rapporter quelques livres, que Hirsch leur avait payés grâce aux provisions des paquets qu'il avait à sa disposition.

Dita allait devenir l'assistante chargée de contrôler à quel professeur les livres étaient prêtés, et de les ramasser à la fin des cours pour les remettre dans leur cachette au terme de la journée.

La chambre était pleine à craquer, mais pas désordonnée. Il y avait, au cas où, un désordre méticuleusement calculé par Hirsch lui-même et qui lui permettait de dissimuler certaines choses qui ne devaient pas rester à la vue. Le chef de bloc s'était dirigé vers un coin où s'empilaient des chutes de tissu et les avait écartées. Il avait retiré une planche et les livres avaient commencé à surgir. Dita n'avait pu contenir sa joie et avait applaudi comme s'il s'agissait d'un numéro de prestidigitation.

— Voilà ta bibliothèque. Ce n'est pas grand-chose, avait-il dit en la regardant du coin de l'œil pour voir l'effet produit sur elle.

Ce n'était pas une grande bibliothèque. En réalité, elle était constituée de huit livres, et certains en mauvais état. Mais c'étaient des livres. Dans cet endroit obscur où l'humanité avait atteint sa propre noirceur, la présence de livres était un vestige d'époques moins lugubres, plus douces, où les mots avaient plus de force que les mitraillettes. Un temps révolu. Dita avait pris un par un les volumes entre ses mains avec la même délicatesse qu'une personne qui berce un nouveau-né.

Le premier était un atlas sans reliure auquel il manquait des pages et qui montrait une Europe aux pays cloisonnés et aux empires qui avaient cessé d'exister depuis quelque temps. L'éclat de ses cartes politiques aux mosaïques de couleurs vives – le rouge vermillon, des verts brillants, l'orange, le bleu marine – contrastait avec la grisaille qui entourait Dita, caractérisée par le ton marron foncé de la boue, l'ocre fatigué des baraquements, le gris du ciel voilé de cendres. Elle s'était mise à feuilleter l'atlas et c'était comme si elle volait au-dessus du monde : elle traversait les océans, doublait des caps aux noms exotiques – Bonne-Espérance, Horn, la pointe de Tarifa –, survolait des montagnes, sautait au-dessus de détroits qui semblaient se toucher – comme celui de Béring, de Gibraltar ou de Panamá – naviguait avec son doigt sur le Danube, la Volga, puis sur le Nil. Faire tenir tous ces millions de kilomètres carrés de mers, de forêts, toutes les cordillères de la Terre, toutes les rivières, toutes les villes et tous les pays dans un espace aussi minuscule était un miracle seulement à la portée d'un livre.

Fredy Hirsch l'observait en silence, réjoui par son regard fasciné et sa bouche ouverte tandis qu'elle feuilletait l'atlas. S'il avait eu encore un doute quant à la responsabilité qu'il confiait à cette petite Tchèque, il s'était dissipé en cet instant. Il avait su qu'Edita s'occuperait soigneusement de la bibliothèque. Elle avait ce lien qui unit certaines personnes aux livres. Une complicité que lui-même ne possédait pas, trop actif pour se laisser absorber par des lignes imprimées sur du papier. Fredy préférait l'action, l'exercice, les chansons, les discours... Mais il avait compris que Dita avait cette empathie qui fait que, pour certaines personnes, et pour elles seules, une poignée de pages se transforment en un monde entier.

Le *Traité élémentaire de géométrie* était un peu mieux conservé et étalait sur ses pages une autre géographie : un paysage fait de triangles isocèles, d'octogones et de cylindres, des suites de nombres bien alignés, des exercices d'arithmétique, des ensembles semblables à des nuages et des parallélogrammes qui avaient des airs de cellules mystérieuses.

Le troisième livre lui avait fait ouvrir des yeux ronds. C'était la *Brève histoire du monde*, de H.G. Wells. Un livre peuplé d'hommes primitifs, d'Égyptiens, de Romains, de Mayas, de civilisations qui avaient formé des empires et s'étaient effondrées pour que d'autres surgissent à leur tour.

Le quatrième titre était une *Grammaire russe*. Dita n'y comprenait rien, mais elle aimait ces lettres énigmatiques qui semblaient faites pour narrer des légendes. Maintenant que l'Allemagne était aussi en guerre contre la Russie, les Russes étaient leurs amis. Dita avait entendu dire qu'il y avait beaucoup de prisonniers de guerre russes à Auschwitz et que les nazis faisaient preuve avec eux d'une extrême cruauté. Elle ne se trompait pas.

Un autre livre était un roman en français très détérioré auquel il manquait des pages et qui avait des taches d'humidité. Dita ne comprenait pas le français, mais elle s'était dit qu'elle trouverait bien un moyen de déchiffrer le secret de son histoire. Il y avait aussi un traité intitulé *Nouveaux Chemins de la thérapie psychanalytique*, d'un professeur dénommé Freud. Puis un autre roman en russe qui n'avait pas de couverture. Et le huitième livre était un roman en tchèque dans un piteux état, une simple liasse de feuillets fragilement maintenus par quelques coutures dans le dos. Avant qu'elle puisse le prendre entre ses mains, Fredy Hirsch s'en était emparé. Elle l'avait regardé avec une expression de bibliothécaire contrariée. Elle aurait aimé avoir des lunettes en écaille pour le regarder par-dessus, comme le faisaient les bibliothécaires sérieuses.

— Celui-ci est très abîmé. On ne s'en sert pas.

— Je le réparerai.

— Et puis... ce n'est pas un livre dont la lecture convient à des mineurs. Et encore moins à des jeunes filles.

Dita avait fait les gros yeux pour manifester son irritation.

— Avec tout mon respect, monsieur Hirsch, j'ai quatorze ans. Vous croyez vraiment qu'après avoir vu tous les jours la marmite du petit-déjeuner croiser la charrette des morts et observé ces dizaines de personnes qui entrent dans les chambres à gaz du bout du *lager*, je vais être impressionnée par ce que je pourrais lire dans un roman ?

Hirsch l'avait dévisagée, surpris. Et il n'était pas facile de le surprendre. Il lui avait expliqué qu'il s'agissait des *Aventures du brave soldat Švejk*, qu'il avait été écrit par un alcoolique blasphémateur appelé Jaroslav Hašek, qu'il contenait des opinions scandaleuses sur la politique et la religion, et des situations d'une morale plus que douteuse, très peu appropriées pour son âge. Cependant, Hirsch lui-même s'était rendu compte qu'il essayait de se persuader sans grande conviction, et que cette jeune fille aux yeux d'un bleu verdâtre le regardait avec une intense détermination. Hirsch s'était frotté le menton comme s'il avait voulu y effacer la barbe poussée pendant la journée. Il avait soupiré. Il s'était recoiffé les cheveux en arrière et il avait finalement accepté. Il lui avait également confié ce livre détérioré.

Dita regardait les livres, mais plus encore elle les caressait. Ils étaient écornés et déchirés, usés, ocellés de ronds brunâtres d'humidité, certains mutilés... mais c'était un trésor. Leur fragilité les rendait encore plus précieux. Elle comprenait qu'elle devait soigner ces livres comme des vieilles personnes ayant survécu à une catastrophe, car ils avaient une importance cruciale : sans eux, le savoir de siècles de civilisation pouvait se perdre. La technique géographique, qui nous permettait de connaître la forme du monde ; l'art de la littérature, qui multipliait la vie d'un lecteur par des douzaines d'autres ; le progrès scientifique que signifiaient les mathématiques ; l'histoire, qui nous rappelait d'où nous venions et nous aiderait peut-être à décider vers où aller ; la grammaire, qui permettait de tisser les liens de la communication entre les gens... Plus qu'une bibliothécaire, Dita était devenue ce jour-là une infirmière de livres.

3

Dita avale tout doucement l'éternelle soupe de navets parce qu'on dit qu'ainsi, elle tient mieux au corps. Mais, même en l'aspirant du bout des lèvres, ce brouet n'enlève pas la faim, il la trompe à peine. Par petits groupes, entre deux cuillerées, les professeurs commentent l'intervention peu subtile de cet étourdi de professeur Morgenstern.

— C'est un homme très bizarre, tantôt il parle beaucoup et tantôt il n'adresse la parole à personne.

— Il vaut mieux qu'il ne parle pas. Il ne dit que des sottises. Il est gaga.

— Cette façon d'incliner servilement la tête devant le Curé était pitoyable.

— On ne peut pas dire que ce soit un héros de la résistance.

— Je ne sais pas pourquoi Hirsch autorise cet homme à faire cours aux enfants. Il a un grain.

Dita écoute à une certaine distance et elle a de la peine pour cet homme âgé qui lui rappelle un peu son grand-père. Elle le voit assis sur un tabouret au fond du baraquement, en train de manger tout seul, et même de parler tout seul, portant sa cuillère à sa bouche dans un geste empreint de cérémonie, le petit doigt levé avec un raffinement déplacé dans cette étable, comme s'il partageait la table et le couvert dans un hôtel particulier, entouré d'aristocrates.

Comme d'habitude, ils consacrent l'après-midi à des jeux et des activités sportives pour les enfants, mais elle a hâte que la journée se termine et qu'ils effectuent l'appel de fin d'après-midi pour aller vite voir ses parents. Dans le camp familial, les nouvelles courent de baraquement en baraquement et, à force de rebondir, elles se cabossent et se déforment.

Dès qu'elle le peut, elle sort à toute vitesse pour aller rassurer sa mère, qui doit déjà être au courant de la perquisition du bloc 31 ; seul Dieu sait ce que les autres ont pu lui raconter. Alors qu'elle remonte la *lagerstrasse*, son amie Margit vient à sa rencontre.

— Ditinka, il paraît que vous avez eu une inspection au 31 ?

— C'était ce salaud de Curé.

— Faut vraiment que tu sortes des insultes à tout bout de champ ? demande Margit, puis elle laisse échapper un petit rire.

— « Salaud » n'est pas une insulte, c'est la vérité. Il me dégoûte ! Comment une chose peut-elle être la vérité et, en même temps, une insulte ?

— Ils ont trouvé quelque chose ? Arrêté quelqu'un ?

— Rien du tout, et d'abord… il n'y a rien à trouver, rétorque Dita en lui lançant un petit clin d'œil. Il y avait aussi Mengele.

— Le docteur Mengele ? Mon Dieu ! Vous avez vraiment eu de la chance. On raconte des choses horribles sur cet homme. Il est fou. Pour que les gens aient les yeux bleus, il a essayé d'injecter de l'encre bleue dans les pupilles de trente-six enfants. C'est horrible, Ditinka. Certains sont morts d'une infection et d'autres sont devenus aveugles.

Toutes les deux se taisent. Margit est sa meilleure amie et elle est au courant pour son travail à la bibliothèque clandestine, mais Dita lui a demandé de ne rien raconter à sa mère. Sûrement que cette dernière essaierait de l'en empêcher, elle lui dirait que c'est trop risqué, elle aurait peut-être les larmes aux yeux et la menacerait de tout dire à son père ; elle n'est pas très croyante, mais elle se mettrait à implorer Dieu ou quelque chose dans le genre. Non, il vaut mieux ne rien lui dire. Et à son père non plus, il est déjà assez abattu comme ça. Pour changer de sujet, elle raconte à Margit, le sourire aux lèvres, l'incident du professeur Morgenstern.

— Quelle histoire ! Tu aurais dû voir la tête du Curé quand tout lui tombait des poches chaque fois qu'il se baissait.

— Je vois qui c'est, un très vieux monsieur avec un costume plein de petites rayures, qui incline la tête chaque fois qu'il passe devant une dame… et il en croise tellement qu'on dirait une de ces marionnettes qui ont un ressort à la place du cou ! Je crois que cet homme est un peu maboul.

— Et qui ne l'est pas, ici ?

En arrivant, elle voit ses parents en train de se reposer à l'extérieur, assis sur le côté du baraquement. Il fait froid, mais dedans, c'est bourré de monde. Elle les trouve fatigués, surtout son père.

La journée est longue : on les fait se lever avant l'aube, puis passer un appel très long à la belle étoile, et on les oblige ensuite à travailler toute la journée dans les ateliers. Son père fabrique des sangles pour porter les fusils en bandoulière, et c'est pour cette raison qu'il a souvent les mains noires et des ampoules aux doigts, à cause des résines toxiques et des colles qu'ils utilisent. Sa mère est dans un atelier de confection de casquettes, où la tâche est plus supportable. Les heures sont interminables, surtout avec une alimentation aussi pauvre, mais ils travaillent au moins à l'abri et assis. Il y en a qui ont moins de chance : ceux qui ramassent les morts dans la charrette des défunts, ceux qui nettoient les latrines, ceux du drainage des tranchées ou encore les équipes d'ouvriers qui passent leur journée à charrier des matériaux.

Son père lui adresse un clin d'œil et sa mère se lève précipitamment dès qu'elle la voit.

— Tu vas bien, Edita ?

— Ouiii.

— Tu ne me mens pas ?

— Bien sûr que non ! Tu ne me vois pas ?

À ce moment-là, monsieur Tomashek passe par là.

— Hans, Liesl ! Comment allez-vous ? Je vois que votre fille a toujours le plus joli sourire de toute l'Europe.

Les joues rouges, Dita annonce qu'elle va faire un tour avec Margit, et les deux jeunes filles laissent les adultes.

— Qu'il est gentil, ce monsieur Tomashek !

— Tu le connais aussi, Margit ?

— Oui, il rend souvent visite à mes parents. Ici beaucoup de gens ne pensent qu'à leur nombril, mais monsieur Tomashek est de ceux qui s'inquiètent pour les autres. Il leur demande comment ils vont, il s'intéresse à leurs histoires.

— Et il les écoute...

— C'est quelqu'un de bien.

— Heureusement que tout le monde n'est pas pourri dans cet enfer.

Margit reste silencieuse. Bien qu'elle ait deux ans de plus, elle est gênée par la manière très directe avec laquelle Dita formule les choses, mais elle sait qu'elle a raison. Les voisines de paillasse se dérobent leurs cuillères, leurs habits ou quoi que ce soit d'autre. On vole leur pain aux enfants dès que les mères ont les yeux tournés, on dénonce la moindre broutille aux *kapos* pour obtenir une cuillerée supplémentaire de soupe. Auschwitz ne tue pas seulement des innocents, il tue également l'innocence.

— Tes parents restent dehors avec le froid qu'il fait ! Dita, ils ne vont pas attraper une pneumonie ?

— Ma mère préfère ne pas tomber sur sa camarade de lit. Elle a un caractère de chien... mais pas pire que la mienne !

— Mais vous avez de la chance, vous dormez dans la paillasse du haut. Nous, on est toutes réparties dans les paillasses du bas.

— Il doit y avoir beaucoup d'humidité qui remonte du sol.

— Ah, Ditinka, Ditinka. Le pire, c'est pas ce qui remonte du sol mais ce qui peut tomber d'en haut. Tes voisines du dessus peuvent avoir mal au cœur et vomir sans avoir le temps de regarder où. Et certaines souffrent de dysenterie et se font dessus. Ça coule à flots, Ditinka. Je l'ai vu dans d'autres lits.

Dita s'arrête un instant et se retourne vers elle, le visage grave.

— Margit...

— Quoi ?

— Pour ton anniversaire, fais-toi offrir un parapluie.

Son amie, plus grande mais à la mine enfantine, secoue la tête. Sa mère a raison quand elle dit que Dita est incroyable : elle est capable de blaguer à propos de tout et n'importe quoi !

— Et comment vous les avez eues, vos places dans les paillasses du haut ? demande-t-elle.

— Tu te souviens de cette foire d'empoigne qu'il y a eu quand notre convoi est arrivé en décembre ?

Toutes les deux se taisent un instant. Les vétérans de septembre n'étaient pas seulement des Tchèques mais aussi des connaissances, des amis, voire des parents qui avaient également été déportés du ghetto de Terezín, tout comme eux. Mais personne ne s'était réjoui de voir arriver les nouveaux. L'incorporation de cinq mille détenus supplémentaires dans le camp signifiait qu'il allait falloir se partager le filet d'eau qui sortait des robinets, que les appels en plein air deviendraient interminables et que les baraquements seraient pleins à craquer.

— Quand ma mère et moi sommes entrées dans le baraquement qu'on nous avait assigné pour essayer de partager un lit avec une vétérane, c'était le chaos.

Margit acquiesce. Elle se rappelle les disputes dans son baraquement, les cris et les luttes des femmes qui se querellaient pour une couverture ou un oreiller crasseux.

— Dans mon baraquement, explique Margit, il y avait une femme très malade qui n'arrêtait pas de tousser, et quand elle essayait de s'asseoir sur une paillasse, son occupante la repoussait violemment par terre. Alors la femme toussait encore plus et gémissait, à bout de forces pour se relever. « Bande d'incapables ! leur a crié la *kapo*. Vous vous croyez bien portantes ? Vous croyez que ça change quelque chose d'avoir une malade contagieuse dans le même lit ou dans le lit d'à côté ? »

— Pour le coup, c'était une *kapo* pleine de bon sens.

— Des clous ! Après avoir dit ça, elle a sorti un bâton et elle a commencé à distribuer des coups à droite et à gauche. Elle tapait même sur la femme qui était tombée par terre, qu'elle voulait soi-disant aider.

Dita se rappelle la cohue et les cris, la ruée vers les lits, les sanglots, et continue de parler :

— Ma mère a voulu qu'on sorte du baraquement jusqu'à ce que les choses se calment à l'intérieur. Il faisait froid. Une femme a dit qu'il n'y aurait pas assez de paillasses même si on les partageait toutes, qu'il y aurait des femmes qui allaient devoir dormir à même le sol, sur la terre.

— Et vous avez fait quoi ?

— On a continué de se geler dehors. Tu connais ma mère, elle n'aime pas attirer l'attention. Si un jour un tramway lui passait dessus, elle ne crierait pas afin d'éviter les commérages. Mais moi, j'avais les nerfs en pelote. Alors je ne lui ai pas demandé la permission, elle ne me l'aurait pas donnée, je me suis levée et je suis retournée à l'intérieur en courant avant qu'elle puisse dire quoi que ce soit. Et je me suis aperçue d'une chose...

— Quoi ?

— Que les lits d'en haut étaient presque tous occupés. C'est comme ça que j'ai compris que c'étaient certainement les meilleurs. Je ne savais pas exactement pourquoi, mais dans un endroit comme celui-ci il faut regarder ce que font les vétérans.

— J'ai vu une vétérane qui acceptait que tu viennes dans sa paillasse si tu lui donnais quelque chose en échange. Une femme a réussi à se faire accepter dans une paillasse contre une pomme.

— Une pomme, c'est une fortune, répond Dita. Elle ne devait pas connaître les prix. Avec une moitié de pomme on peut acheter beaucoup de choses et beaucoup de services.

— Tu avais quelque chose à donner ?

— Rien. J'ai regardé quelles vétéranes n'avaient pas de camarades de lit. Quand les paillasses avaient déjà deux occupantes, les femmes étaient assises dessus avec les jambes pendantes à l'extérieur pour marquer leur territoire. Il y avait des femmes de notre convoi qui erraient à la recherche d'une place, en haut ou en bas, n'importe où, en implorant la compassion. Elles cherchaient les détenues les moins endurcies qui les laisseraient s'allonger sur leur paillasse. Mais les vétéranes aimables avaient déjà accepté de partager leur lit.

— C'était pareil pour nous aussi, explique Margit. C'est une chance qu'on ait finalement trouvé une voisine de chambrée de Terezín qui nous a aidées, ma mère, ma sœur et moi.

— Moi, je ne connaissais personne. Et je n'avais pas besoin d'une place, mais de deux.

— Tu as finalement trouvé une vétérane compatissante ?

— C'était trop tard. Il ne restait plus que les égoïstes et les hargneuses. Alors tu sais ce que j'ai fait ?

— Non.

— J'ai cherché la pire de toutes.

— Pourquoi ?

— Parce que j'étais désespérée. J'ai repéré une vétérane d'âge mûr, aux cheveux courts comme si on les lui avait arrachés avec les dents, assise sur sa paillasse de la couchette supérieure. Elle avait un air agressif. Une cicatrice noire lui barrait le visage. Un tatouage bleu sur le dos de sa main t'indiquait qu'elle avait été en prison. Une femme s'est approchée d'elle en suppliant, et elle l'a chassée à grands cris. Elle a même tenté de lui flanquer des coups avec ses pieds crasseux. Des pieds énormes et tout tordus !

— Et tu as fait quoi ?

— Je me suis plantée devant elle avec insolence et je lui ai dit : « Hé, toi ! »

— Arrête ! Je ne te crois pas ! Tu racontes des bobards ! Tu vois une vétérane qui a une tête de criminelle et, sans la connaître, tu lui lances « Hé, toi ! » bien tranquille ?

— Qui t'a dit que j'étais tranquille ? J'étais morte de trouille ! Mais une femme comme ça, tu ne peux pas aller la voir et lui dire : « Bonsoir, chère madame, croyez-vous que cette année les abricotiers seront mûrs en septembre ? » Elle t'enverrait paître ! Pour qu'elle m'écoute, il fallait que je lui parle dans sa langue.

— Et elle t'a écoutée ?

— Elle m'a d'abord jeté un regard assassin. Je devais être plus pâle qu'un linge, mais j'essayais de ne pas le montrer. Je lui ai dit que la *kapo* finirait par placer de manière arbitraire les femmes qui n'auraient pas de lit : « Dehors, il y en a encore vingt ou trente. Il y en a une très grosse qui t'écraserait l'estomac. Une autre qui sent plus fort de la bouche que des pieds. Certaines sont des vieilles qui digèrent mal et qui puent. »

— Dita, mais comment tu es ! Et elle t'a répondu quoi ?

— Elle m'a regardée méchamment. Mais cette femme serait incapable de regarder gentiment même si elle le voulait. En tout cas, elle m'a laissée parler : « Je pèse moins de quarante-cinq kilos. Tu ne trouveras personne d'aussi mince que moi dans tout le convoi. Je ne ronfle pas, je me lave tous les jours et je sais quand je dois me taire. Même en cherchant à la loupe, tu ne trouverais pas une camarade de lit présentant autant d'avantages que moi dans tout Birkenau. »

— Et elle a fait quoi ?

— Elle a tendu la tête vers moi et elle m'a dévisagée comme quand tu regardes une mouche sans savoir si tu vas l'écraser d'une claque ou la laisser. Si mes jambes n'avaient pas tremblé autant, je serais partie en courant.

— Bon, mais elle a fait quoi ?

— Elle m'a dit : « Toi, tu restes avec moi, pour sûr. »

— Tu t'en es bien sortie !

— Non, pas encore. Je lui ai dit : « Comme tu le vois, je suis un très bon parti pour partager un lit, mais je ne viens avec toi que si tu m'aides à obtenir une autre paillasse en haut pour ma mère. » Tu aurais vu comme elle s'est énervée ! Ça ne lui a pas plu du tout qu'une petite morveuse lui dise ce qu'elle devait faire, c'était clair. Mais je voyais bien qu'elle observait d'un air dégoûté les femmes qui erraient dans le baraquement. Tu sais ce qu'elle m'a demandé avec le plus grand sérieux ?

— Quoi ?

— « Est-ce que tu pisses au lit ? » « Non, madame. Jamais », je lui ai répondu. « Vaut mieux pour toi », elle m'a rétorqué de sa grosse voix de buveuse de vodka. Puis elle s'est retournée vers la fille de la paillasse d'à côté, qui était seule. « Hé, Boskovi », elle lui a lancé, « t'as pas compris qu'ils ont donné l'ordre de partager les paillasses ? » L'autre a fait celle qui ne voulait rien savoir. « Ça reste à voir, je suis pas convaincue par tes arguments. »

— Et elle a fait quoi, ta vétérane ?

— Elle avait d'autres arguments. Elle a fouillé dans la paille de son lit et elle en a sorti un bout de fil de fer recourbé d'une dizaine de centimètres avec une pointe très aiguisée. Elle s'est appuyée d'une main sur la paillasse de sa voisine, et de l'autre elle lui a collé le fil de fer sous le cou. Cet argument l'a mieux convaincue, je crois. Elle a acquiescé à toute allure, les yeux tellement écarquillés de panique qu'on aurait cru qu'ils allaient lui sortir de la tête !

Et Dita éclate de rire.

— Moi, je ne trouve pas ça drôle. Quelle femme horrible ! Dieu la punira.

— Tu sais, un jour j'ai entendu le tapissier chrétien qui avait sa boutique en bas de chez nous dire que Dieu écrit droit avec des lignes courbes. Peut-être que ça marche aussi avec du fil de fer courbe. Je l'ai remerciée et je lui ai dit : « Je m'appelle Edita Adlerova. Peut-être qu'on arrivera à devenir de bonnes amies. »

— Et elle a répondu quoi ?

— Rien. Elle a dû trouver qu'elle avait déjà perdu trop de temps avec moi. Elle s'est retournée vers le mur et elle m'a tout juste laissé quelques centimètres pour m'allonger tête-bêche.

— Et elle ne t'a rien dit d'autre ?

— Elle ne m'a jamais adressé la parole, Margit. Tu arrives à le croire ?

— Ah, Ditinka. Je peux tout croire. Que Dieu nous protège.

C'est l'heure du repas du soir et elles se séparent pour retourner chacune à son baraquement. La nuit est tombée et seules les lumières orangées éclairent le camp. Dita voit deux *kapos* qui bavardent devant la porte d'un bloc. Elle les reconnaît à leurs habits qui sont de meilleure qualité, au bracelet marron des prisonniers spéciaux et au triangle qui les marque comme non juifs. Le triangle rouge différencie les prisonniers politiques, pour beaucoup des communistes ou des sociaux-démocrates. Le marron est pour les Tsiganes. Le vert pour les criminels et les délinquants de droit commun. Le noir est pour les asociaux, les attardés ou les lesbiennes. Les homosexuels portent un triangle rose. On voit rarement à Auschwitz des *kapos* avec des triangles noirs ou roses, ce sont des prisonniers de moindre catégorie, presque au niveau des Juifs. Mais dans le BIIb les exceptions sont la règle. Les deux *kapos* qui parlent, un homme et une femme, portent un triangle noir et un rose. Probablement que personne d'autre ici ne veut parler avec eux.

Dita touche son étoile jaune et marche vers son baraquement en pensant à ce morceau de pain qu'ils vont lui donner. Pour elle c'est un mets de choix, la seule nourriture solide de la journée, car la soupe n'est qu'un jus lavasse tout juste bon à calmer la soif un moment.

Une ombre noire, plus noire que toutes les autres, marche aussi dans la *lagerstrasse* en direction contraire. Les gens s'écartent devant elle, en se poussant sur le côté afin qu'elle puisse passer sans s'arrêter. On dirait la mort. Et c'est elle. La mélodie de *La Chevauchée des walkyries*, de Wagner, fend l'obscurité.

Le docteur Mengele.

Quand il arrive à sa hauteur, Dita s'apprête à baisser la tête et à se ranger sur le côté, comme tous les autres. Mais l'officier s'arrête et braque son regard sur elle.

— C'est toi que je cherchais.

— Moi ?

Mengele l'observe attentivement.

— Je n'oublie jamais un visage.

Ses paroles ont le calme des cimetières. Si la mort parlait, elle le ferait avec cette cadence glacée. Dita se remémore les évènements survenus aujourd'hui dans le bloc 31. Le Curé n'a pas pu faire attention à elle grâce à l'altercation qui s'est produite avec ce cinglé de professeur et elle a cru être tirée d'affaire. Mais elle n'a pas pensé au docteur Mengele. Il était plus loin, mais il est clair qu'il l'a vue. Impossible que son regard de médecin légiste ne se rende pas compte qu'elle n'était pas à la bonne place, qu'elle avait un bras croisé, qu'elle cachait quelque chose. Elle le lit dans la froideur qui se dégage de ses yeux, d'un marron peu commun pour un nazi.

— Numéro ?

— 73 305.

— Je vais te surveiller. Même quand tu ne me verras pas, je serai en train de t'observer. Quand tu croiras que je ne t'entends pas, je serai en train de t'écouter. Je sais tout. Si tu outrepasses d'un seul millimètre les règles du camp, je le saurai et tu finiras allongée dans ma salle d'autopsie. Les autopsies sur patient vivant sont très révélatrices.

En disant cela il hoche la tête, comme s'il ne se parlait déjà plus qu'à lui-même.

— Tu vois arriver dans l'estomac les dernières vagues de sang lancées par le cœur. C'est un spectacle extraordinaire.

Mengele reste plongé dans ses pensées, songeant à ce laboratoire médico-légal parfait qu'il a fait installer au crématoire II, où il dispose des instruments les plus modernes qui soient. Il adore le sol en ciment rouge, ainsi que la table de dissection en marbre poli avec ses lavabos et sa robinetterie en nickel. C'est son autel consacré à la science. Il en est fier. Tout à coup, il se souvient que des enfants tsiganes attendent qu'il achève une expérience sur les crânes, et il part à grandes enjambées, car les faire attendre serait un manque d'éducation de sa part.

Dita reste au milieu du camp, abasourdie. Elle tremble sur ses jambes, fines comme des crayons. L'instant d'avant, il y avait beaucoup de monde dans la *lagerstrasse*, mais elle s'est retrouvée toute seule. Ils ont tous disparu comme par enchantement. Personne ne vient voir si elle se sent bien ou si elle a besoin de quelque chose. Le docteur Mengele a posé sa marque sur elle. Restés à distance prudente pour observer la scène, quelques détenus ont de la peine en la voyant aussi effrayée, aussi désorientée. Il y a même une femme qui la connaît de vue du ghetto de Terezín. Mais ils décident de presser le pas et de déguerpir. La survie d'abord. C'est un commandement divin.

Dita réagit et file jusqu'à son baraquement. Va-t-il vraiment la surveiller ? Elle se le demande. Et la réponse, c'est ce regard glacé. Pendant qu'elle marche, les questions se multiplient dans sa tête. Que doit-elle faire à partir de maintenant ? La prudence voudrait qu'elle renonce à son poste de bibliothécaire. Comment va-t-elle manipuler des livres avec le docteur Mengele sur ses talons ? Il y a quelque chose en lui qui la terrifie, qui n'est pas tout à fait normal. Elle a vu beaucoup de nazis ces dernières années, mais celui-là est différent. Elle pressent qu'il possède un don particulier pour faire le mal.

Elle souhaite bonne nuit à sa mère dans un rapide murmure afin que celle-ci ne remarque pas son angoisse, et elle se couche soigneusement à côté des pieds pestilentiels de la vétérane. Elle murmure un « bonne nuit » qui se perd dans les fissures du plafond.

Elle ne peut pas dormir, ni bouger. Elle doit garder son corps immobile pendant que tout tourne dans sa tête. Mengele lui a lancé un avertissement. Et il s'agit sans doute d'un privilège, car il n'y en aura certainement pas d'autre. La prochaine fois, il lui plantera une aguille hypodermique dans le cœur. Elle ne peut pas continuer de s'occuper des livres du bloc 31. Mais comment renoncer à la bibliothèque ?

Si elle le fait, tout le monde pensera qu'elle a peur. Elle donnera des explications, toutes très sensées et raisonnables. N'importe qui à sa place ayant deux doigts de jugeotte ferait pareil. Mais elle sait qu'à Auschwitz, les nouvelles sautent de lit en lit plus rapidement que des puces. Si dans la première paillasse quelqu'un raconte qu'un homme a bu un verre de vin, quand la nouvelle arrive au dernier châlit, l'homme a englouti une barrique entière. Et les femmes ne font pas cela par méchanceté. Ce sont toutes des personnes très respectables. Même madame Turnovská, qui est une gentille femme et qui se comporte très bien avec sa mère, se laisse prendre au jeu : elle a de la dynamite au bout de la langue.

Dita entend déjà ses paroles : « C'est sûr, cette petite est effrayée... » Et elles parleront sur ce ton condescendant, faussement compréhensif, qui lui fait bouillir le sang. Et le pire, c'est qu'il y aura forcément une personne pleine de bonté pour dire : « Pauvre petite, il faut la comprendre. Elle a eu peur. C'est une enfant. »

Une enfant ? Pas du tout, madame ! Pour être une enfant, encore faudrait-il avoir une enfance.

4

Une enfance…

C'est au cours d'une de ces nuits d'insomnie qu'elle a imaginé un jeu. Celui de transformer ses souvenirs en photographies et de faire de sa tête le seul album que personne ne pourra jamais lui arracher. Après l'entrée des nazis dans Prague, ils avaient dû quitter leur appartement aux lumières électriques. Cet endroit lui plaisait beaucoup car c'était le plus moderne de la ville, avec une buanderie au rez-de-chaussée et un interphone que lui enviaient ses camarades de classe. Elle se souvient de son père à son retour de l'école, debout dans le salon, aussi élégant que d'habitude, dans son complet gris croisé, mais d'une gravité anormale. Il lui avait annoncé qu'ils allaient abandonner ce merveilleux appartement pour un logement près du château, à Hradčany.

— C'est plus ensoleillé, lui avait-il dit sans la regarder dans les yeux.

Il n'avait même pas ajouté une petite plaisanterie, comme il avait coutume de le faire quand il voulait dédramatiser les choses. Sa mère feuilletait une revue et n'avait pas dit un mot.

— Je ne veux pas partir d'ici ! avait bramé Dita.

Son père avait baissé la tête d'un air abattu, et c'était sa mère qui s'était alors levée du fauteuil, qui avait marché jusqu'à elle et qui lui avait donné une gifle, laissant la marque de ses doigts sur sa joue.

— Mais, maman… avait protesté Dita, plus perplexe que meurtrie, habituée à ce que sa mère ne lève pas même la voix après elle. Tu disais que cet appartement avec l'électricité était le rêve de ta vie…

Et Liesl l'avait serrée dans ses bras.

— C'est la guerre, Edita. C'est la guerre.

Un an plus tard, son père se tenait à nouveau debout au milieu du salon. Dans le même complet gris croisé. À cette époque, il avait déjà moins de travail à la sécurité sociale, où il exerçait son métier d'avocat, et il restait de nombreux après-midis à la maison, occupé à étudier des cartes et à faire tourner son globe terrestre. Il lui avait dit qu'ils partaient vivre dans le quartier de Josefov. Tous les Juifs devaient y être concentrés sur ordre du Reichsprotektor[1] nazi qui commandait tout le pays. Ils avaient dû s'installer, tous les trois et avec ses grands-parents, dans un minuscule appartement délabré de la rue Elisky Krášnohorské, à deux pas de cette synagogue extravagante qu'elle connaissait bien car son père, chaque fois qu'ils passaient par là, lui avait expliqué qu'elle était d'architecture espagnole. Elle n'avait pas posé de question ni tenté de s'y opposer.

1. Gouverneur du protectorat de Bohême-Moravie créé par Hitler le 16 mars 1939. (*N.d.T.*)

C'était la guerre, Edita, c'était la guerre.

Et, sur ce toboggan où la vie normale glissait irrémédiablement, un soir avait fini par arriver l'assignation du Conseil juif de Prague qui les sommait de déménager à nouveau, mais cette fois en dehors de la ville. Ils devaient aller à Terezín, un petit village qui avait été un ancien fort militaire et se retrouvait transformé en ghetto juif. Un ghetto qui lui avait paru terrible à son arrivée, mais qu'elle regrette à présent, et à partir duquel ils avaient dégringolé encore d'un étage en tombant dans les ténèbres et la boue de cendre d'Auschwitz. Il ne reste plus maintenant aucun échelon à descendre.

Ou peut-être que si...

Après cet hiver de l'année 1939 où tout avait commencé, une année qui avait vu le défilé des nazis sans bruit, comme un virus grippal congestionnant la réalité, le monde autour d'eux ne s'était pas fissuré d'un coup ni effondré subitement. Mais tout était allé en se délitant, d'abord peu à peu, puis de plus en plus vite. Les cartes de rationnement, les interdictions d'entrer dans les cafés, d'aller faire ses courses dans les magasins à la même heure que les autres citoyens, de posséder des postes de radio, de se rendre dans les cinémas et les théâtres, d'acheter des pommes... Viendrait ensuite l'expulsion des enfants juifs des écoles. On leur avait même interdit de jouer dans les parcs. C'est comme s'ils voulaient interdire aux enfants l'enfance elle-même.

Dita ébauche un sourire... Ils n'avaient pas réussi.

Une photographie apparaît dans l'album de son esprit. Deux enfants marchent main dans la main à travers le vieux cimetière juif de Prague, au milieu des sépultures constellées de bouts de papier, coincés sous de petits cailloux afin que le vent ne les emporte pas. Les nazis n'avaient pas imposé de restrictions pour se rendre au cimetière, conservé en bon état depuis le XVe siècle. Dans ses plans, organisés et démentiels, Hitler voulait faire de la synagogue et du cimetière un musée de ce qui deviendrait la race juive éteinte. Un musée anthropologique où les Juifs seraient comme les dinosaures d'un âge lointain que des groupes d'écoliers – aryens, bien sûr – visiteraient avec une curiosité blasée.

La marmaille juive de la ville, qui n'avait pas le droit d'entrer dans les parcs et les écoles, avait fait du vieux cimetière son terrain de jeux. Entre les tombes centenaires, bordées d'herbes et plongées dans le silence des siècles, les enfants galopaient.

Sous le marronnier, abrités derrière deux grosses pierres inclinées, presque écroulées, Dita avait montré à son camarade de classe une tombe plus grande sur laquelle on lisait le nom de Juda Lœw ben Betzalel. Erik ne savait pas qui c'était et elle le lui avait raconté car son père, lorsqu'il mettait sa kippa et qu'ils allaient se promener dans le cimetière, lui avait bien des fois relaté son histoire.

Lœw était un rabbin du ghetto de Josefov, où tous les Juifs étaient contraints de vivre, comme maintenant. Il étudiait la kabbale et il avait découvert comment donner la vie à une sculpture d'argile.

— Personne ne peut faire ça ! l'avait interrompue Erik en éclatant de rire.

C'est alors, et Dita sourit encore à ce souvenir, qu'elle avait utilisé l'astuce de son père : baissant le ton, elle avait approché sa tête et avait murmuré d'une voix caverneuse.

— Le Golem.

Erik était devenu pâle. Tout le monde à Prague avait entendu parler du gigantesque Golem, le monstre de pierre.

Dita lui avait raconté, comme son papa le lui avait expliqué, que le rabbin avait réussi à déchiffrer la parole sacrée que Yahvé avait utilisée pour accorder le don de la vie. Il avait modelé une petite statuette en terre et avait placé dans sa bouche un papier avec la parole secrète. Et la statuette avait grandi et grandi jusqu'à devenir un colosse doué d'une vie à lui. Mais rabbi Lœw n'avait pas su le contrôler, et l'homme de pierre sans cerveau s'était mis à dévaster le quartier et à semer la panique. C'était un titan indestructible et le vaincre semblait impossible. Il n'y avait qu'une seule solution : attendre qu'il s'endorme et, en rassemblant tout son courage pour introduire sa main dans la bouche du géant à l'occasion d'un ronflement, en retirer le papier afin qu'il redevienne un être inanimé. Le rabbin avait déchiré en mille morceaux le papier où était écrit le mot magique, et enterré le Golem.

— Où ça ? demandait Erik avec inquiétude.

Nul ne le sait, dans un endroit secret. Et il avait dit que lorsque le peuple juif se retrouverait en difficulté, un autre rabbin éclairé par Dieu surgirait et qu'il déchiffrerait à nouveau la parole magique pour que le Golem revienne nous sauver.

Erik avait regardé Ditinka avec admiration parce qu'elle connaissait des histoires aussi mystérieuses que celle du Golem. Il avait doucement caressé sa joue et, à la faveur des murs épais du cimetière et des confidences, il avait innocemment posé ses lèvres sur sa joue.

Elle sourit avec espièglerie à ce souvenir.

Le premier baiser, si petit soit-il, ne s'efface jamais, peut-être parce qu'il dessine la première ligne de l'amour sur une page encore blanche. Elle se souvient avec contentement du plaisir de cet après-midi-là et se surprend de cette capacité à faire germer la joie dans le désert de la guerre. Les adultes s'épuisent inutilement à la recherche d'un bonheur qu'ils ne trouvent jamais ; alors que les enfants, au contraire, ont le bonheur qui leur pousse au creux de la main.

Mais Dita se sent maintenant femme et elle ne laissera personne la traiter comme une enfant. Elle ne va pas démissionner. Elle va tenir bon, parce que c'est ce qu'il faut faire. C'est ce que Hirsch lui a dit : tu mâches ta peur et tu l'avales. Et tu continues. Les courageux se nourrissent de leur peur. Non, elle ne va pas abandonner la bibliothèque.

Ne jamais reculer d'un pas…

Elle ne va pas faire ce plaisir aux vieilles commères venimeuses, ni à ce docteur satanique, ce Mengele. S'il veut son âme pour l'ouvrir en deux, qu'il vienne la chercher !

Après cet instant de fierté, elle ouvre les yeux dans l'obscurité du baraquement et l'intensité de son feu intérieur se mue en petite flamme de lampe à huile. Les toux, les ronflements, les geignements d'une femme qui semble être à l'agonie. Elle ne veut sans doute pas se l'avouer, mais ce n'est pas ce que diront les autres détenus qui l'inquiète le plus, qu'il s'agisse de madame Turnovská ou de n'importe qui d'autre. Ce qui la préoccupe en vérité, c'est ce que Fredy Hirsch penserait d'elle.

Quelques jours plus tôt, elle l'a entendu parler avec un groupe d'adultes qui ont formé une équipe d'athlétisme et qui s'entraînent le soir en courant autour du baraquement. Qu'il neige ou qu'il pleuve, qu'il fasse froid ou très froid. Hirsch court avec eux, devant, le premier.

« L'athlète le plus fort n'est pas celui qui atteint la ligne d'arrivée avant les autres. Ça, c'est le plus rapide. Le plus fort, c'est celui qui se relève chaque fois qu'il tombe. Celui qui ne s'arrête pas quand il sent une douleur au côté. Celui qui n'abandonne pas quand il voit que la ligne d'arrivée est encore très loin. Quand ce coureur-là atteint la ligne d'arrivée, même s'il arrive le dernier, il a gagné. Parfois, vous avez beau le vouloir, il n'est pas entre vos mains d'être le plus rapide, parce que vos jambes ne sont pas aussi longues qu'il le faudrait ou parce que vos poumons sont trop étroits. Mais vous pouvez toujours choisir d'être le plus fort. Cela ne dépend que de vous, de votre volonté et de vos efforts. Je ne vais pas vous demander d'être les plus rapides, mais je vais exiger de vous que vous soyez les plus forts. »

Dita est certaine que si elle lui disait qu'elle doit abandonner la bibliothèque, il aurait pour elle des paroles aimables, extrêmement éduquées, voire même réconfortantes... mais elle ne sait pas si elle arriverait à supporter son regard de déception. Dita l'imagine comme un homme indestructible, comme ce Golem imparable de la légende juive qui les sauvera tous un jour.

Fredy Hirsch...

Elle invoque son nom pour se donner du courage dans cette nuit si sombre.

Parmi les images conservées dans sa tête, elle en trouve une qui remonte à quelques années en arrière dans les douces prairies de Strašnice, aux abords de Prague. C'est là que les Juifs pouvaient prendre un peu l'air, loin des restrictions sévères de la ville. Là aussi que les installations sportives de Hagibor se trouvaient.

Dans cette photographie, c'est l'été, un jour de chaleur, beaucoup de garçons vont torse nu. L'image montre trois personnes au milieu d'une foule d'enfants et d'adolescents réunis en cercle. L'une d'elles est un gamin potelé de douze ou treize ans qui porte des lunettes et un simple short de couleur blanche. Au milieu, un magicien, qui s'est pompeusement présenté sous le nom de Borghini, exécute une révérence. Il est élégamment vêtu d'une chemise, d'une veste et d'une cravate à rayures. De l'autre côté, il y a un homme jeune chaussé de sandales et seulement paré d'un short qui lui permet d'exhiber son corps mince mais athlétique. Elle avait appris ce jour-là que son nom était Fredy Hirsch et qu'il dirigeait les activités pour la jeunesse à Strašnice. Le garçon à lunettes tient l'extrémité d'une cordelette, le magicien la soutient à la moitié et Hirsch tient l'autre bout. Dita se souvient parfaitement de la posture de l'entraîneur : une main posée à la taille avec une certaine coquetterie tandis que l'autre tient l'extrémité du cordon. Hirsch regarde le prestidigitateur avec un sourire un peu narquois.

Ce professeur de sport et instructeur pour la jeunesse lui avait paru très beau, mais il y avait autre chose qui vous empêchait de le quitter des yeux. Ce n'étaient pas seulement ses traits rectilignes et son corps d'athlète, c'était aussi l'élégance de chaque geste de ses mains, la précision de chacune de ses paroles, sa façon pénétrante de regarder dans les yeux celui qui l'écoutait, et même de scruter à tour de rôle tout son public sans n'exclure personne. Il y avait une certaine martialité dans ses mouvements secs, mais aussi une harmonie propre à la danse classique. Il parlait avec tant de fermeté, il s'exprimait d'une façon tellement séduisante qu'ils seraient allés randonner jusqu'aux sommets du Golan s'il le leur avait demandé. Il leur faisait éprouver une telle fierté d'être juifs qu'il était difficile de ne pas vouloir faire partie de son équipe. Il ne parlait pas comme un rabbin, il était bien plus passionné et beaucoup moins orthodoxe. Peut-être à cause de sa constitution physique, il ressemblait moins à un religieux qu'à un colonel haranguant ses jeunes troupes, une armée rêveuse qui buvait ses paroles.

Le spectacle avait ensuite commencé et ce brave Borghini s'était efforcé d'opposer ses petits tours de magie au rouleau compresseur de la guerre : des mouchoirs colorés dans la manche contre des canons, des as de trèfle contre des avions de chasse ; et, chose extraordinaire, pendant quelques instants pleins de visages ébahis et souriants, la magie avait gagné.

Une fille très décidée s'était avancée vers Dita avec une pile de papiers et lui avait tendu un feuillet.

— Tu peux te joindre à nous. Nous organisons des camps d'été pour faire du sport et renforcer l'esprit juif à Bezprávi, près de la rivière Orlice. Toutes nos activités sont décrites dans le prospectus.

Son père n'aimait pas ce genre de choses. Dita l'avait entendu dire à son oncle que le mélange du sport et de la politique ne lui plaisait guère. On racontait que ce dénommé Hirsch organisait des jeux de guérilla avec les enfants, qu'ils creusaient des tranchées dans lesquelles ils faisaient semblant de tirer des coups de feu et qu'il leur parlait des techniques de combat comme s'il s'agissait d'une petite armée sous son commandement.

Si leur commandant est Hirsch, elle est prête à descendre dans n'importe quelle tranchée. De toute façon, elle est déjà dedans jusqu'au cou. Ce sont des Juifs, des gens coriaces. Ils ne la feront pas plier, ils ne feront pas plier Hirsch. Elle ne va pas renoncer à la bibliothèque... mais elle va devoir faire très attention, avoir quatre oreilles et huit yeux, surveiller les ombres dans lesquelles Mengele se meut pour ne pas se laisser prendre à leur piège. Elle est une gamine de quatorze ans et ils sont l'appareil militaire de destruction le plus puissant de l'Histoire, mais elle ne va pas continuer d'assister muette au défilé. Pas cette fois. Elle va tenir tête.

Coûte que coûte.

Dita n'est pas la seule personne du camp à agiter ses pensées dans le shaker de l'insomnie.

En tant que chef du bloc 31, Fredy Hirsch a le privilège de dormir dans une chambre à lui et, qui plus est, il le fait dans un baraquement dont il est l'unique locataire. Après avoir travaillé un moment à l'un de ses rapports, il sort de sa chambre et se retrouve seul face à un silence dans lequel flottent encore quelques restes des voix et de l'effervescence de la journée. Les murmures se sont éteints, les livres se sont refermés, les chansons se sont tues… Quand les enfants sortent avec précipitation, l'école redevient un vulgaire hangar en bois.

— Ils sont ce que nous avons de meilleur… se dit-il à lui-même.

Encore une journée et encore une inspection de passées. Chaque jour qui s'achève est une bataille de gagnée. Comme s'il retirait en cet instant le bouchon d'un ballon gonflable, sa poitrine bombée d'athlète s'affaisse et ses clavicules droites s'enfoncent dans ses épaules. Il se laisse mollement tomber sur un tabouret et ferme les yeux. Tout à coup, il se rend compte qu'il se sent très fatigué. Il est exténué, mais personne ne doit le savoir. Il est un chef de file. Il n'a pas droit au découragement. Ils ont confiance en lui, il ne peut pas les décevoir.

S'ils savaient…

Il est en train de leur mentir à tous. S'ils savaient qui il est en réalité, ceux qui l'admirent aujourd'hui le haïraient.

Il se sent épuisé. Alors il se lève et s'allonge à plat ventre, les paumes posées au sol, et il entreprend une série de pompes. Il le dit souvent aux membres de son équipe : la fatigue s'en va avec l'effort.

Descendre et monter, descendre et monter.

Le sifflet qu'il porte toujours pendu à son cou frappe en rythme la terre battue. Cacher les choses signifie traîner jour et nuit un lourd boulet en fer attaché à la cheville, mais il sait aussi qu'il est essentiel de le faire, de même qu'il doit serrer les dents quand ses bras lui font mal lorsqu'il s'efforce de hisser son corps dans une nouvelle pompe. Il faut continuer de monter et de descendre. Le battement du sifflet métallique sur le sol ne doit pas s'arrêter. Serrer les dents.

Monter et descendre.

— La faiblesse est un péché, murmure-t-il presque hors d'haleine.

Il pense que dire la vérité rend les hommes libres. Dire la vérité est très prestigieux, c'est ce que font les courageux. Mais il est vrai aussi que la vérité brûle parfois tout ce qu'elle touche. Il continue donc de serrer les mâchoires et il entame une nouvelle série de pompes, et à mesure que la sueur coule dans son dos, il songe que garder cette sale vérité à l'intérieur de lui et endurer son feu seul afin que les autres n'en subissent pas les brûlures est peut-être aussi un acte de générosité. De générosité ou de lâcheté ? Ne panique-t-il pas à l'idée de perdre l'admiration qu'il s'est gagnée au prix de tant d'efforts ? Il aime mieux ne plus y penser, continuer de compter les pompes et serrer les dents.

C'est pour cette raison que le sport n'a jamais été pour lui un sacrifice, mais une libération. À Aix-la-Chapelle, où il est né en 1916, pas très loin de la frontière de l'Allemagne avec la Belgique et la Hollande, tous les enfants allaient à l'école en marchant. Il était le seul à le faire en courant, son livre et son cahier attachés dans son dos par une ficelle. Dans la rue, les commerçants lui demandaient à la blague où il allait comme ça pour être si pressé, et il les saluait très poliment, mais sans ralentir. Non pas qu'il eût risqué d'arriver en retard ou qu'il eût une raison précise de se dépêcher, mais parce qu'il adorait courir. Quand un adulte lui demandait pourquoi il allait toujours partout au petit trot, il répondait que marcher lui semblait très ennuyeux, qu'il se fatiguait tout de suite, mais qu'il ne se fatiguait pas lorsqu'il courait.

Il arrivait au pas de course sur la petite place située devant la porte principale de l'école et, comme à cette heure-ci, il n'y avait pas de vieillards assis à prendre le soleil, il profitait de son élan pour franchir le banc d'un grand saut, comme s'il effectuait une course d'obstacles. Son rêve était de devenir un athlète professionnel, et il l'expliquait à tous ses camarades de classe à la moindre occasion.

Quand il a eu dix ans, son enfance, faite de foulées vigoureuses et de matchs de foot dans les terrains vagues du quartier, s'est brisée en mille morceaux à la mort de son père. Tandis qu'il s'assoit sur le tabouret du baraquement pour faire une pause, il essaie d'évoquer son image, mais sa mémoire était à l'époque un ciment encore trop tendre. Ce dont il se souvient le mieux, c'est du manque laissé par son absence. Ce vide, qui s'est inscrit au fond de lui, ne s'est jamais comblé. Aujourd'hui encore, il continue d'éprouver cette sensation inconfortable d'être seul alors qu'il est entouré de gens.

Ses forces avaient alors commencé à le lâcher même pour courir. Il avait perdu jusqu'à son goût de la course. Il était désorienté. Sa mère consacrait désormais ses journées à travailler et, pour qu'il ne passe pas tout son temps seul à la maison ou à se disputer avec son grand frère, elle l'avait inscrit au Jüdischer Pfadfinderbund Deutschland (JPD), un groupe d'activités pour la jeunesse qui correspondait à une version juive et allemande des *boy scouts*, avec une branche sportive appelée Maccabi Hatzair.

La première fois qu'il était entré dans ce vaste local quelque peu délabré, dont le règlement était épinglé sur la porte à l'aide d'une punaise, cela sentait l'eau de Javel. Il s'en souvient bien, et il n'oublie pas non plus qu'il avait dû ravaler ses larmes pour ne pas pleurer. Cependant, au JPD, le petit Fredy Hirsch avait peu à peu trouvé la chaleur que ne lui procuraient pas une maison vide, un père disparu et une mère presque toujours absente. Il y avait découvert sa place dans le monde. La camaraderie, les jeux de table des jours de pluie ou les excursions, où il y avait toujours une guitare et quelqu'un pour raconter de belles histoires sur les martyrs d'Israël. Les matchs de foot, le basket-ball, les courses en sac ou l'athlétisme avaient été pour lui une planche de salut à laquelle s'accrocher. Quand le samedi arrivait et que tous les autres restaient chez eux en famille, il allait seul sur le terrain de sport lancer le ballon dans les cerceaux rouillés du panier de basket ou effectuer de très longues séries d'abdominaux jusqu'à tremper son maillot.

S'entraîner jusqu'à l'exténuation effaçait ses préoccupations, dissipait ses incertitudes. Il se donnait de petits défis : aller et revenir cinq fois jusqu'au coin de la rue en moins de trois minutes, faire dix pompes et à la dernière frapper dans ses mains, réussir quatre paniers à la suite depuis une certaine distance et en un certain nombre d'essais… Pendant qu'il se concentrait sur ses défis, il ne pensait à rien d'autre, il pourrait même dire qu'il était heureux et qu'il ne se rappelait pas qu'il avait perdu son père au moment où il avait le plus besoin de lui.

Sa mère s'était remariée et, pendant son adolescence, Fredy se sentait plus à l'aise au siège du JPD que dans sa propre maison. Dès qu'il sortait du collège, il filait directement là-bas, il avait toujours une bonne excuse à donner à sa mère pour rentrer tard à la maison : réunions de la direction de la jeunesse – dont il faisait maintenant partie –, organisation d'excursions, tournois sportifs, travaux de maintenance au siège... Cependant, à mesure qu'il devenait adulte, sa capacité à entrer en contact avec les garçons et les filles de son âge allait en diminuant ; beaucoup ne partageait pas son mysticisme sioniste enflammé qui lui faisait concevoir le retour en Palestine comme une mission, ni sa passion exagérée pour pratiquer le sport à toute heure. On s'était mis à l'inviter à certaines fêtes où les premiers couples commençaient à se former, mais Fredy n'était pas à l'aise et avançait des prétextes pour ne pas y aller, jusqu'à ce que l'on cesse de l'inviter.

Il avait découvert que ce qui lui plaisait le plus, c'était d'organiser des équipes et des tournois pour les plus petits, que cela lui réussissait bien. La passion avec laquelle il préparait ses équipes de volley et de basket communiquait son enthousiasme à ses élèves. Ses équipes se battaient toujours jusqu'au bout.

— Allez, allez ! En avant ! Donnez tout, allez ! criait-il aux garçons depuis la ligne de touche. Si vous ne vous battez pas pour la victoire, n'allez pas pleurer ensuite pour la défaite !

Fredy Hirsch ne pleure pas. Jamais.

Descendre et monter. Descendre et monter. Descendre et monter.

Seuls ses muscles tendus, qui s'étirent et se contractent machinalement jusqu'à venir à bout de sa longue série de pompes, pleurent des gouttes de sueur. Il se relève, satisfait de lui-même. Aussi satisfait que peut l'être un homme qui cache la vérité.

5

Rudi Rosenberg est à Birkenau depuis près de deux ans, et c'est une prouesse. Un curieux hasard qui a fait de lui un vétéran de dix-neuf ans et qui lui a permis d'obtenir un poste de secrétaire, lequel consiste à tenir à jour les registres d'entrée et de sortie des détenus dans un lieu où le mouvement de personnes est tragiquement constant. C'est une fonction très appréciée des nazis, qui sont méticuleux même pour tuer. Rudi Rosenberg ne porte donc pas l'uniforme rayé des prisonniers ordinaires. Il arbore fièrement une vieille culotte de cheval qui partout ailleurs aurait semblé bonne à jeter, mais qui, à Auschwitz, fait l'effet d'une tenue de soirée. Mis à part les *kapos*, les cuisiniers et les postes de confiance tels que les préposés aux registres ou les secrétaires de bloc, tous les détenus portent des uniformes rayés répugnants de saleté. À de rares exceptions près, comme au camp familial.

Il traverse le poste de contrôle du camp de quarantaine, auquel il est affecté, en adressant un sourire affable de détenu modèle aux gardes qu'il croise. Ces derniers ne lui opposent pas d'objection majeure lorsqu'il les informe qu'il se rend au camp BIId pour y apporter des listes.

Il marche sur l'allée en terre qui relie les différents camps du complexe de Birkenau par son périmètre extérieur, et il regarde au loin la rangée d'arbres qui délimite la forêt, dessinant une ligne vaporeuse en cet après-midi hivernal. Une bourrasque de vent lui apporte une légère odeur douceâtre d'herbe humide, de champignons et de mousse. Rudi ferme les yeux un instant pour s'en repaître. La liberté a un parfum de forêt détrempée.

Il a été convoqué à une réunion clandestine pour parler de cet énigmatique camp familial. Le jeune secrétaire se remémore des souvenirs d'il y a quelques mois mais qui, dans cet endroit en dehors de la réalité qu'est le *lager*, lui semblent des évènements anciens remontant à une époque imprécise. Tout comme les boussoles se détraquent en approchant du pôle Nord, les calendriers s'affolent à Auschwitz.

C'était un matin de septembre. Il s'attendait à la même chose que d'habitude : des individus dans leur uniforme de prisonnier, aux traits froissés, aux crânes rasés, encore hébétés par leur arrivée dans le monde barbelé d'Auschwitz, qui empeste la chair brûlée. Des visages de stupeur identiques, car le désespoir met tout le monde sur un pied d'égalité. Mais ce qu'il avait trouvé de l'autre côté de la table lorsqu'il avait levé les yeux, c'était la frimousse enjouée d'une fillette mouchetée de taches de rousseur et coiffée de deux tresses blondes, qui serrait son ours en peluche. Il en était resté coi. La fillette se tenait là et le regardait. Après tant d'atrocités, le Slovaque avait oublié qu'il était possible de regarder le monde de cette façon : sans peur, sans haine, sans traces de folie. Elle avait six ans et elle était vivante à Auschwitz. Il avait cru à un miracle.

Ni lui ni la Résistance ne s'étaient alors expliqué pourquoi les nazis laissaient des enfants en vie dans le *lager*. Une chose pareille ne s'était produite que dans le camp tsigane que le docteur Mengele utilisait pour ses expériences raciales, mais jamais avec les Juifs. Et un autre convoi était arrivé en décembre, en provenance également du ghetto tchèque de Terezín.

La procédure est toujours la même pour tous les convois qui arrivent. On fait descendre les gens à grand renfort de bousculades et de coups. On sépare les hommes et les femmes en deux grands ensembles. À même le quai, on les fait passer un par un sous le regard d'un médecin qui les envoie à droite ou à gauche. Les personnes en bonne santé qui peuvent être exploitées comme main-d'œuvre sont mises d'un côté. Les vieillards, les enfants, les femmes enceintes et les malades sont placés dans un groupe qui ne mettra même pas les pieds au *lager* : ils sont directement envoyés dans la partie supérieure du camp, où se dressent les crématoires, qui œuvrent jour et nuit. Ils y sont exécutés dans les chambres à gaz.

Quand Rudi Rosenberg arrive au point de rencontre, à l'arrière d'un baraquement du camp BIId, deux hommes l'attendent. L'un d'eux porte un tablier de cuisine et présente une pâleur maladive ; il s'appelle Lem, tout court. David Schmulewski, qui a débuté comme couvreur et qui est maintenant l'assistant du Blockältester du baraquement 27 du camp BIId, est en tenue de civil : un pantalon en velours élimé et un pull-over aussi chiffonné que sa figure. Sa vie entière est gravée sur son visage.

Ils ont déjà reçu des informations sommaires sur l'arrivée du nouveau contingent de décembre au camp familial BIIb, mais ils veulent que Rosenberg leur fournisse le plus de détails possible. Le Slovaque leur confirme l'arrivée en décembre de cinq mille Juifs déportés du ghetto de Terezín. Ils sont arrivés au camp familial dans deux trains successifs à trois jours d'intervalle. Comme pour ceux de septembre, ils ont pu garder leurs vêtements de ville, même leurs cheveux, et l'entrée des enfants a été autorisée.

Les deux dirigeants de la Résistance acquiescent en silence aux paroles de Rudi Rosenberg. C'est une information qu'ils connaissaient déjà mais qu'ils ont du mal à assimiler : une usine de la mort comme Auschwitz-Birkenau, où l'on exploite au maximum le travail esclave des détenus, a opté pour une chose aussi peu rentable que de transformer l'un de ses camps en parc familial. Quelque chose cloche dans l'équation.

— Je ne comprends toujours pas, murmure Schmulewski. Les nazis sont des psychopathes et des criminels, mais pas des imbéciles : pourquoi garder des enfants en bas âge dans un camp de travaux forcés, où ils consomment de la nourriture, occupent de l'espace et ne produisent aucun bénéfice ?

— Et si c'était une expérience à grande échelle de ce cinglé de docteur Mengele ?

Personne n'a la réponse. Rosenberg insiste sur l'un des aspects les plus intrigants. Les fiches du convoi de septembre comportaient une annotation particulière : « *Sonderbehandlung* (traitement spécial) au bout de six mois. » Et sur leur tatouage, confirmant la chose, on peut lire « SB6 » à côté du numéro.

— On a découvert quelque chose à propos de ce « traitement spécial » ?

L'interrogation flotte dans l'air sans que personne ne s'en empare. Le cuisinier polonais se met à gratter de son ongle un reste de crasse sèche collée sur son tablier, qui n'est plus blanc depuis des lustres. Gratter des croûtes sur le tissu sali est devenu pour lui une addiction, comme fumer l'est pour d'autres. Schmulewski marmonne ce qu'ils pensent tous : ici, les traitements sont tellement spéciaux qu'ils vous tuent.

— Mais ça n'a pas de sens ! lâche Rudi Rosenberg. S'ils veulent se débarrasser d'eux, pourquoi dépenser de l'argent pour les nourrir pendant six mois ? Ce n'est pas logique.

— Pourtant, ça doit l'être. S'il y a une chose que tu apprends en travaillant avec eux, c'est que tout correspond toujours à une logique, n'importe laquelle, terrible, impitoyable, mais elle existe forcément. Rien n'est aléatoire ni n'arrive sans raison. Il doit y avoir autre chose. Les Allemands ne sont pas capables de vivre en dehors d'une certaine logique.

— Mais si le traitement spécial consiste à les conduire aux chambres à gaz, qu'est-ce qu'on peut faire ?

— Pour l'instant, pas grand-chose. Nous n'avons même pas la certitude que ce soit ça.

Un autre homme arrive à ce moment-là, grand et fort, l'air anxieux. Il ne porte pas non plus l'uniforme des prisonniers mais arbore un pull-over à col roulé, un privilège peu fréquent parmi les détenus. Rudi s'apprête à s'en aller pour ne pas interférer dans leurs affaires, mais le Polonais lui demande d'un geste de rester.

— Je te remercie d'être venu, Shlomo. On a très peu d'informations du Sonderkommando.

— Je ne pourrai pas rester longtemps, Schmulewski.

Le jeune homme bouge excessivement les mains. Rudi déduit de ce détail qu'il est d'origine latine et il ne se trompe pas, car Shlomo est issu d'une communauté juive italienne de Thessalonique.

— On ne sait pas bien ce qui se passe du côté des chambres à gaz.

— Ce matin, encore trois cents rien qu'au crématoire numéro deux. Presque tous des femmes et des enfants.

Shlomo marque une pause et les regarde. Il se demande s'il peut vraiment raconter l'irracontable. Ses mains s'agitent follement et il lève les yeux au ciel, mais celui-ci est chargé de nuages sombres.

— Il a fallu que j'aide une petite fille à enlever ses chaussures parce que sa mère tenait un bébé dans ses bras et qu'ils doivent entrer nus dans la salle. Elle s'amusait à me tirer la langue pendant que je lui retirais ses sandales, elle ne devait pas avoir quatre ans.

— Et ils ne se doutent de rien ?

— Que Dieu me pardonne… Ils viennent juste d'arriver d'un voyage de trois jours, entassés dans un wagon. Ils sont hébétés, ils ont peur. Un SS avec une mitraillette leur dit qu'on va les désinfecter, qu'ils vont aller aux douches, et ils le croient. Tu penses qu'ils ont le choix ? Les nazis leur font accrocher leurs vêtements à des portemanteaux et ils leur disent de bien regarder le numéro pour les récupérer après, et ils leur font croire ainsi qu'ils vont revenir. Ils leur font même attacher leurs souliers par deux pour ne pas les perdre. C'est plus facile ensuite pour ramasser les paires de chaussures sans les mélanger et les porter au bloc Canada, où ils trient les meilleurs articles pour les envoyer en Allemagne. Les Allemands tirent profit de tout.

— Mais toi, tu ne peux pas prévenir les gens ? rétorque Rudi.

Il sent aussitôt le regard sévère de Schmulewski se planter sur lui. Ici, Rudi Rosenberg n'a pas voix au chapitre. Mais l'Italo-Grec lui répond de cette manière bien à lui, bouleversé de parler, demandant pardon à chaque mot qui sort de sa bouche.

— Que Dieu me pardonne. Non, je ne les préviens pas. À quoi ça servirait ? Que peut faire une mère de famille avec ses deux enfants ? Se retourner contre des gardes armés ? Ils la tabasseraient devant ses enfants, ils lui flanqueraient des coups de pied par terre. En fait, c'est déjà ce qu'ils font. Quand quelqu'un pose une question, ils lui cassent les dents d'un coup de crosse pour qu'il se taise, et plus personne ne dit un mot, tout le monde regarde ailleurs. Les SS ne permettent pas le moindre accroc dans le processus. Un jour, une vieille dame très bien habillée et très digne est arrivée en tenant son petit-fils de six ou sept ans par la main. Cette femme savait, je ne sais pas comment, mais elle savait qu'ils allaient les tuer. Elle s'est jetée aux pieds d'un SS, elle s'est mise à genoux, elle l'a imploré de la tuer mais de laisser vivre son petit-fils. Et vous savez ce que le soldat a fait ? Il a baissé sa braguette, il a sorti son membre et il s'est mis à lui uriner dessus sans un mot. La femme est retournée à sa place, humiliée. Aujourd'hui, il y avait une femme très élégante, elle venait sûrement d'une très bonne famille. Elle avait vraiment honte de se déshabiller. Je me suis placé devant elle, de dos, pour lui servir un peu de paravent. Après, elle était tellement gênée d'être nue devant nous qu'elle tenait sa fille contre elle pour se cacher, mais elle m'a remercié d'un sourire tellement doux...

Shlomo s'interrompt un instant et les autres respectent ce silence, ils baissent même la tête comme pour ne pas regarder impudiquement cette mère nue serrant sa fille contre elle.

— Elles sont entrées avec les autres... que Dieu me pardonne. Ils les entassent, tu sais ? Ils en mettent plus que la chambre ne peut en contenir. Quand il y a des hommes en bonne santé, ils les gardent pour la fin, puis ils les obligent à entrer à coups de matraque pour qu'ils poussent et qu'ils se fassent de la place en écrasant ceux qui sont déjà dedans. Puis ils referment la chambre, qui a des pommeaux de douche pour qu'ils ne se méfient pas et qu'ils continuent de croire qu'on va les laver.

— Et après ? demande Schmulewski.

— On ouvre le couvercle du réservoir et un SS balance le bidon de gaz Zyklon. Puis il faut attendre une quinzaine de minutes, peut-être moins... Après, c'est le silence.

— Ils souffrent ?

D'abord un soupir, puis un regard vers le ciel.

— Que Dieu me pardonne, vous ne savez pas ce que c'est... Quand vous entrez, vous trouvez une montagne de cadavres emmêlés les uns avec les autres. Sans doute que beaucoup meurent écrasés ou asphyxiés. Quand le poison arrive, le corps réagit d'une façon horrible, avec des étouffements, des convulsions. Les cadavres sont couverts d'excréments. Ils ont les yeux exorbités, le corps en sang, comme si l'organisme avait éclaté de l'intérieur. Et les bras crispés, comme des griffes, accrochés aux corps des autres dans un geste de désespoir, le cou tellement tendu vers le haut pour trouver de l'air qu'on croirait qu'il va se casser.

— C'est quoi, ta fonction ?

— Je dois couper les cheveux, surtout les cheveux longs ou les tresses. Ils les chargent ensuite dans un camion. Comme mon travail est plus facile à faire, parfois j'alterne avec des camarades pour arracher les dents en or. Parfois aussi pour traîner les cadavres jusqu'à l'élévateur qui les monte du sous-sol au four crématoire. Les traîner, c'est horrible. Il faut d'abord les démêler des autres corps, devenus un fouillis de bras, poisseux de sang et de tout. Tu les tires par la main et elle est mouillée. En un rien de temps, tes mains deviennent tellement visqueuses que tu ne peux plus rien attraper. Finalement, on utilise les cannes des vieillards qui sont morts et on les attrape par la nuque, c'est le meilleur moyen. En haut, ils les brûlent.

— J'ai entendu dire qu'on utilisait parfois les armes.

— Seulement pour ce qu'ils appellent « le camion balai ». Il arrive en dernier. Il amène depuis le quai ceux qui ne peuvent plus marcher : les invalides, les malades, les personnes très âgées. Il s'arrête devant le four crématoire, il vide la benne et décharge les gens par terre comme si c'était du gravier. Les déshabiller et les mettre dans la chambre à gaz serait trop fastidieux. Ce qu'on doit faire, c'est les soulever l'un après l'autre par une oreille et un bras, et un SS leur tire une balle dans la tête. Il faut ensuite leur baisser rapidement la tête en les laissant retomber, parce que le sang gicle comme une fontaine, et s'il éclabousse le SS, il se met en rogne et il nous punit, il peut même nous tirer dessus tout de suite.

— On parle de combien d'assassinats par jour ?

— Va savoir. Il y a un service le jour et un autre la nuit, ça ne s'arrête jamais. Au moins deux cents ou trois cents personnes chaque fois, et ça juste dans notre crématoire. Parfois il y a une fournée par jour, parfois deux. Souvent les fours ne suffisent pas à brûler les corps et les SS nous demandent de transporter les cadavres jusqu'à une clairière dans la forêt. On les charge dans une camionnette, et après il faut les décharger encore une fois.

— Et vous les enterrez ?

— Ça demanderait trop d'unités de travail ! Ils ne veulent pas ! Que Dieu me pardonne. On les asperge d'essence et on les brûle. Il faut ensuite ramasser les cendres à la pelle et les jeter dans un camion. Je crois qu'ils les utilisent comme engrais. Les os des hanches sont trop gros et ils ne brûlent pas, il faut les broyer.

— Mon Dieu... murmure Rudi.

— Au cas où quelqu'un ne serait pas au courant, leur dit Schmulewski d'un air sombre, c'est ça, Auschwitz-Birkenau.

Pendant que cette sinistre réunion a lieu, deux camps plus loin, Dita arrive face au baraquement 22, à côté du deuxième bloc de latrines. Elle regarde d'un côté puis de l'autre : il n'y a pas de gardes ni de personne louche en vue dans les environs. Pourtant elle n'arrive pas à se débarrasser de la sensation poisseuse d'être surveillée. Mais elle entre quand même.

Ce matin après l'appel, son attention a été attirée par une femme d'un certain âge qui, bravant l'interdiction, rôdait du côté des barbelés. Madame Turnovská, qu'elle surnomme Radio Birkenau, a raconté à sa mère que les gardes laissaient à cette femme une certaine liberté. C'est la couturière, que tout le monde connaît sous le nom de Dudince parce qu'elle est originaire de cette ville dans le sud de la Slovaquie. À proximité de la clôture, elle dégote de petits bouts de fil de fer cassé qui, une fois aiguisés à l'aide d'une pierre, lui servent d'aiguilles à coudre de fortune.

Dita a pris la ferme décision de rester à son poste de bibliothécaire, mais elle doit trouver une manière plus prudente de faire son travail. Après le dernier appel, et avant le couvre-feu qui interdit de sortir des baraquements, vient le moment des transactions ; c'est l'heure où Dudince reçoit sa clientèle. On dit que ses retouches sont les moins chères de Pologne : pour raccourcir une veste, une demi-ration de pain ; resserrer la taille d'un pantalon, deux cigarettes ; coudre une robe entière, tissu compris, une ration complète de pain.

Assise sur son grabat, un mégot coincé entre les lèvres, la couturière slovaque est occupée à mesurer du tissu à l'aide d'un mètre qu'elle s'est fabriqué sommairement sur une bandelette de cuir. Quand elle relève les yeux pour voir ce qui lui cache la lumière, elle tombe sur une jeune fille mince, aux cheveux en bataille et au regard décidé.

— Je veux que vous me cousiez deux poches à l'intérieur de ma blouse, à la hauteur des côtes. Il faut que ce soit solide.

La femme prend ce qu'il reste de sa cigarette entre le bout de ses doigts et tire une profonde bouffée.

— Des goussets sous ton vêtement, je vois. Et à quoi vont-elles te servir, ces poches secrètes ?

— Je n'ai pas dit qu'elles seraient secrètes...

Dita exagère son sourire en s'efforçant d'avoir l'air d'une godiche. La couturière la regarde et hausse les sourcils.

— Écoute, je ne suis pas tombée de la dernière pluie.

Dita commence à regretter d'être venue jusqu'ici. Il court certaines histoires dans le camp à propos de délateurs qui vendent leurs camarades pour un bol de soupe ou un demi-paquet de cigarettes. Et elle remarque que la couturière fume, avec une certaine allure de vampiresse ruinée.

La comtesse au Mégot, la baptise-t-elle pour elle-même.

Mais elle se dit aussi que si cette femme obtenait ses privilèges en jouant les informatrices, elle n'aurait pas besoin de passer ses après-midis à coudre à la lueur blafarde des lampes du baraquement. Et elle ressent pour elle une certaine tendresse.

Non, plutôt la comtesse à l'Aiguille.

— Bon, oui. C'est un peu un secret. C'est parce que j'aimerais garder sur moi des souvenirs de mes grands-mères qui sont mortes.

Et Dita adopte à nouveau son visage de fille ingénue.

— Tu sais, je vais te donner un conseil. Et en plus, je vais te le donner gratis. Si tu ne sais pas mentir mieux que ça, il vaut mieux qu'à partir de maintenant tu dises toujours la vérité.

Là-dessus, la Slovaque tire une nouvelle bouffée tellement profonde que la braise de sa cigarette atteint la pointe de ses doigts jaunâtres. Dita rougit et baisse la tête. C'est alors au tour de la vieille Dudince d'esquisser un léger sourire, comme une grand-mère devant les espiègleries de sa petite-fille.

— Écoute-moi, gamine, je m'en fiche comme de l'an quarante de ce que tu vas mettre dans tes poches, quand bien même ce serait un pistolet. Ah, si seulement c'en était un et que tu collais une balle à l'un de ces salauds !

Ayant dit cela, elle crache une salive brunâtre.

— Si je te demande ça, c'est uniquement pour savoir si ce que tu veux cacher pèse lourd ou pas, parce que si c'est le cas, ça va déformer toute ta blouse et ça va se voir. Alors, ce qu'il faudrait faire, c'est placer des pinces de renfort sur les côtés pour que ça tienne.

— Ça pèse lourd. Mais j'ai bien peur que ce ne soit pas un pistolet.

— D'accord, d'accord, ça ne m'intéresse pas. Je ne veux rien savoir d'autre. Ça va représenter du travail. Tu as apporté du tissu ? Non, bien sûr. Bon, tata Dudince a un bout de chute qui fera l'affaire. Ça te coûtera une demi-ration de pain avec son morceau de margarine, et pour le tissu un autre quart de pain.

— D'accord, répond Dita.

La couturière la dévisage avec stupéfaction, encore plus étonnée que lorsqu'elle pensait que Dita voulait porter un pistolet.

— Tu ne marchandes pas ?

— Eh bien, non. Vous réalisez un travail et vous méritez une récompense.

La femme se met à rire et à tousser en même temps. Puis elle crache sur le côté.

— Ah, les jeunes ! Vous ne connaissez rien à la vie. C'est ça, ce qu'il vous apprend, votre joli directeur ? Bon, ce n'est pas non plus un mal qu'il reste un peu de décence. Écoute, je ne te prendrai pas le beurre, j'en ai marre de cette graisse rance. Juste la demi-ration de pain. Pour le tissu, ce n'est pas grand-chose, je t'en fais cadeau.

La nuit est tombée lorsque Dita prend congé de la comtesse à l'Aiguille et repart d'un pas pressé en direction de son baraquement. Elle ne veut pas d'une autre rencontre imprévue à une heure pareille. Mais une main saisit son bras et un cri nerveux sort de sa gorge.

— C'est moi, c'est Margit !

Dita retrouve son souffle, qui s'était suspendu, et son amie la regarde avec inquiétude.

— Quel cri. Pourquoi tu t'es mise dans cet état ? Tu as l'air très troublée, Dita. Il t'est arrivé quelque chose ?

Margit est la seule personne à qui elle peut le raconter.

— C'est à cause de ce maudit docteur…

Elle n'est même pas capable de lui trouver un sobriquet, sa tête se bloque dès qu'elle pense à lui.

— Il m'a menacée.

— De qui tu parles ?

— De Mengele.

Margit pose la main devant sa bouche dans un geste épouvanté. Comme si elle avait nommé le diable. En réalité, c'est ce qu'elle a fait.

— Il a dit qu'il allait m'avoir à l'œil. S'il me surprend en train de faire quelque chose de bizarre, il m'ouvrira en deux comme un veau à l'abattoir.

— Mon Dieu, mais c'est terrible ! Il faut que tu fasses attention !

— Et tu voudrais que je fasse quoi ?

— Tu dois te montrer prudente.

— Je le suis déjà.

— Hier, dans les châlits, les femmes ont raconté une chose terrible !

— Quoi ?

— J'ai entendu une amie de ma mère raconter que Mengele pratiquait le culte du diable, qu'il allait la nuit dans la forêt avec des bougies noires.

— Quelle ânerie !

— C'est vrai, c'est ce qu'elles ont dit. C'est la *kapo* qui l'a raconté. Elle disait que c'est bien vu chez les chefs nazis. Qu'ils n'ont pas de religion.

— On dit beaucoup de choses...

— Les païens font ces choses-là. Ils adorent Satan.

— Eh bien, en ce qui nous concerne, Dieu nous protège... plus ou moins.

— Ne parle pas comme ça, ce n'est pas bien ! Évidemment que Dieu nous protège.

— Pourtant je ne me sens pas très protégée ici.

— Il nous enseigne aussi que nous devons veiller sur nous-mêmes.

— C'est ce que je fais.

— Cet homme, c'est le diable. On dit qu'il ouvre le ventre des femmes enceintes avec un bistouri et sans anesthésie, et qu'après il ouvre aussi les fœtus. Il injecte les bactéries du typhus à des personnes bien portantes pour observer comment la maladie se développe. Il a soumis un groupe de religieuses polonaises à des séances de rayons X jusqu'à les brûler. On raconte qu'il oblige des sœurs jumelles à avoir des relations sexuelles avec des frères jumeaux pour savoir s'ils engendreront comme ça des jumeaux. C'est répugnant, tu imagines ? Il a fait des greffes de peau humaine et les patients sont morts à cause de la gangrène…

Elles gardent le silence un instant en songeant au laboratoire des horreurs de Mengele.

— Il faut que tu sois prudente, Dita.

— Je t'ai dit que je l'étais !

— Encore plus prudente.

— Nous sommes à Auschwitz. Tu veux que je fasse quoi ? Que je prenne une assurance-vie ?

— Tu dois prendre plus au sérieux cette menace de Mengele. Il faut que tu pries, Dita.

— Margit…

— Quoi ?

— Tu parles comme ma mère.

— Et c'est mal ?

— Je ne sais pas.

Elles se taisent toutes les deux jusqu'à ce que Dita se décide à parler à nouveau.

— Ma mère ne doit pas l'apprendre, Margit. Pour l'amour de tout ce que tu veux. Elle se ferait du souci, elle n'en dormirait pas et son angoisse finirait par me faire culpabiliser.

— Et ton père ?

— Il ne va pas bien, même s'il dit se porter à merveille. Je ne veux pas l'inquiéter.

— Je ne dirai rien.

— Je sais.

— Mais je crois que tu devrais le raconter à ta mère…

— Margit !

— D'accord, d'accord. Comme tu veux.

Dita sourit. Margit est la grande sœur qu'elle n'a jamais eue.

Elle retourne à son baraquement, accompagnée par le crissement de ses pas sur la terre gelée. Accompagnée aussi par cette étrange impression de sentir des pupilles rivées dans son dos. Mais les seuls yeux qu'elle aperçoit dans l'obscurité en regardant derrière elle sont les lueurs rougeâtres des fours crématoires, qui, vus de loin, prennent des airs d'irréalité ou de rêve inquiétant. Elle arrive saine et sauve au baraquement et, après avoir embrassé sa mère, elle se blottit contre les pieds énormes de la vétérane. Il lui semble que celle-ci pousse un peu ses jambes pour qu'elle puisse mieux s'installer, mais quand Dita lui souhaite gentiment bonne nuit, elle ne répond même pas. Elle sait que le sommeil ne va pas se laisser apprivoiser facilement, mais elle ferme les yeux et serre les paupières de toutes ses forces pour le convaincre. Elle est tellement têtue qu'elle finit par s'endormir.

Après l'appel, la première chose qu'elle fait ce matin est de se présenter avant tout le monde dans la chambre du Blockältester. Elle frappe trois coups espacés, et Hirsch sait qu'il s'agit de la bibliothécaire. Il lui ouvre la porte et la referme aussitôt derrière elle. Elle dégage rapidement la petite trappe et sélectionne les livres que les professeurs lui ont demandés pour la journée, avec un maximum de quatre. Quand il y a davantage de demandes, elles doivent attendre le lendemain, car il n'y a plus de place dans les compartiments secrets de sa robe.

Pour glisser les livres dans ses poches intérieures, Dita doit dégrafer quelques boutons du haut de sa robe. Fredy la regarde et elle hésite un instant. Une fille décente ne devrait pas se trouver seule dans la chambre d'un homme. Et encore moins déboutonner sa robe devant lui. Si sa mère l'apprenait, ce serait une catastrophe. Mais elle n'a pas de temps à perdre, c'est trop dangereux, quelqu'un pourrait à tout moment venir frapper à la porte du chef de bloc. Elle dégrafe sa robe et l'un de ses petits seins apparaît. À cet instant Hirsch se rend compte de la situation et détourne le regard vers la porte. Dita rougit, mais elle se sent fière. Il s'est aperçu qu'il ne pouvait pas la regarder comme une petite fille.

Les goussets en toile sont pourvus d'une ceinture au niveau du ventre, qui les relie entre eux et permet aux livres de ne pas se balancer. Les quatre ouvrages ne se remarquent presque pas sous cette robe trop large que Dita ne remplit pas tout à fait. Le directeur du bloc acquiesce avec satisfaction devant l'idée de la jeune fille pour camoufler les livres. Ce matin, il n'y a que deux demandes faites la veille : le livre d'algèbre et la *Brève histoire du monde*.

Dita sort de la chambre du Blockältester comme elle y était entrée en apparence, sans rien tenir entre ses mains, les petits volumes parfaitement dissimulés sous ses vêtements. Quelqu'un qui la verrait entrer et sortir ne devinerait pas ce qu'elle manigance. Elle profite du moment de chahut où les rangs se défont et où les enfants vont s'installer dans leurs groupes pour filer au fond du baraquement. Elle se cache derrière une pile de planches et sort les livres de sous sa robe. Les autres la voient arriver avec les livres à la main, mais ils ne savent pas exactement d'où elle les a sortis. Un truc de prestidigitation qui éveille chez les enfants cette admiration souriante que l'on a pour les magiciens.

C'est le professeur Avi Ofir qui a demandé le traité de mathématiques pour ses élèves, qui sont les plus âgés de l'école. Dita se considère comme une fille ordinaire, qui passe souvent inaperçue, trop même : elle aimerait parfois être plus grande et avoir plus de formes. Quand elle a commencé à travailler comme bibliothécaire, elle croyait donc qu'elle arriverait près d'un groupe, qu'elle donnerait son livre au professeur et que personne ne lui accorderait la moindre attention. Qu'elle s'évanouirait comme une ombre dans la foule du baraquement. Mais elle se trompait.

Dès qu'elle approche, un mélange d'instinct et de curiosité pousse même les plus turbulents – ceux qui se chamaillent en tirant sur leurs habits ou qui sont plongés dans une conversation sur des marques de voitures – à interrompre tout à coup ce qu'ils font et à contempler son geste : elle tend la main et remet un livre. Le professeur le prend et tourne sa couverture. Ouvrir un livre est ici un rituel.

Beaucoup d'élèves détestaient les livres lorsqu'ils allaient à l'école. Les livres étaient synonymes d'études rébarbatives, d'interminables leçons de sciences, de séances de lecture sous le regard menaçant du maître, de devoirs à la maison qui les empêchaient de sortir jouer dans la rue. Mais ici, le livre agit comme un aimant ; ils ne peuvent pas le quitter des yeux et beaucoup n'arrivent pas à résister à la tentation de se lever des tabourets et d'entourer Avi Ofir pour qu'il les autorise à le toucher. Leur fébrilité provoque un petit chahut, et le professeur donne l'ordre de retourner s'asseoir.

Dita fixe son attention sur Gabriel, un garçon aux cheveux carotte plein de taches de rousseur et d'espièglerie. Impossible de le voir sans qu'il soit en train d'imiter les bruits des animaux au milieu de la classe, de tirer une fille par les cheveux ou de tramer un mauvais tour. Mais il contemple le livre, fasciné. Ils le sont tous.

Les premiers jours, elle ne comprenait pas cet intérêt soudain pour les livres, y compris chez les élèves les moins appliqués. Mais elle a peu à peu réalisé que si les livres ont un lien avec les examens, l'étude et les corvées les plus ingrates de la scolarité, ils sont également le signe d'une vie sans barbelés ni peur. Même ceux qui n'ont jamais ouvert un livre autrement qu'en ronchonnant reconnaissent maintenant, dans cet objet fait de pâte à papier, un allié. Si les nazis interdisent les livres, c'est que les livres sont de leur côté.

Toucher des livres les rapproche un peu plus de la normalité, et c'est leur rêve à tous. Car ce ne sont pas des jouets luxueux ni des choses extraordinaires qu'ils demandent avec ferveur dans les prières qu'ils récitent en fermant très fort les yeux ; ce qu'ils demandent à Dieu, c'est de jouer à cache-cache sur une place, boire l'eau d'une fontaine.

Alors que Dita s'apprête à confier le livre suivant, elle voit que d'autres professeurs lui font des signes indiquant qu'ils aimeraient emprunter l'un des exemplaires. Un professeur du groupe d'à côté dresse la tête et lui dit qu'il serait également intéressé, puis c'est celui de derrière. Quand elle croise le directeur adjoint Lichtenstern, elle lui avoue son étonnement.

— Je ne sais pas ce qui s'est passé. Tout à coup, les demandes de livres ont explosé…

— Ils se sont aperçus que la bibliothèque fonctionnait.

Elle sourit, un peu impressionnée par le compliment et par la responsabilité. À présent, tout le monde attend beaucoup d'elle. Mais elle n'est qu'une enfant de quatorze ans dans la ligne de mire d'un nazi détraqué qui n'oublie jamais un visage !

Peu importe.

— Monsieur Lichtenstern ? J'ai une suggestion à faire. Est-ce que monsieur Hirsch vous a raconté le système que j'ai inventé pour camoufler les livres sous mes habits ?

— Oui, il trouve ça très bien.

— En fait, ce système facilite les choses en cas d'inspection-surprise. Mais ça ne se produit pas très souvent. Ce que je vous propose, c'est que, en prenant comme patron ma poche secrète, vous en fassiez fabriquer deux autres pour un autre assistant volontaire. Comme ça, nous pourrions avoir tous les livres ici pendant la journée, à disposition des professeurs. Pour le coup, ce serait comme une vraie bibliothèque.

Lichtenstern la dévisage.

— Je ne suis pas sûr de te suivre...

— Nous poserions les livres sur la cheminée pendant les leçons du matin et comme ça, à chaque changement de cours, les professeurs pourraient venir les emprunter, un professeur pourrait même emprunter plusieurs livres différents au cours de la même matinée s'il le souhaite. Et s'il y a une inspection, nous les cachons dans les compartiments secrets sous nos habits.

— Tu veux poser les livres sur la cheminée ? C'est très imprudent. Je ne suis pas d'accord.

— Et croyez-vous que monsieur Hirsch le serait ?

Elle formule sa question avec une candeur tellement exagérée que le directeur adjoint monte sur ses grands chevaux. Est-ce que par hasard cette morveuse aurait l'intention de court-circuiter son autorité ? Apparemment oui, mais il préfère exposer lui-même l'idée à Hirsch ; il ne faudrait tout de même pas que cette gamine audacieuse réussisse à le convaincre.

— J'en parlerai au directeur, mais tu peux déjà oublier cela. Je connais Hirsch.

Sur ce point, il se trompe. Personne ne connaît la vérité cachée de Hirsch.

Personne ne connaît personne.

6

Lichtenstern possède l'unique montre du camp et, à la fin de la matinée, il frappe sur un gong fabriqué avec une écuelle en métal particulièrement fine, qui vibre haut et fort pour indiquer la fin des cours. C'est l'heure de la soupe. Un demi-litre d'eau saumâtre où flotte parfois un morceau de navet ou, les grands jours, un bout de pomme de terre. Malgré leur envie de rassasier une faim perpétuelle, les enfants doivent d'abord former un rang ordonné pour se rendre aux latrines et se laver dans les grands abreuvoirs en fer transformés en lavabos.

Dita se dirige vers le recoin du professeur Morgenstern et lui reprend le livre de H.G. Wells avec lequel il a expliqué à ses élèves la chute de l'Empire romain. Le professeur a des airs de Père Noël dépenaillé, avec sa chevelure neigeuse toujours décoiffée, sa longue barbe grise et ses fins sourcils de fil blanc. Il porte un vieux veston très usé, décousu aux épaules et sans boutons, mais dans lequel il marche la tête haute, avec une dignité cérémonieuse, et ses manières sont empreintes d'une courtoisie à l'ancienne un tantinet excessive, comme l'habitude d'appeler « monsieur » et « madame » même les enfants les plus petits.

Dita saisit le livre avec ses deux mains, il ne manquerait plus que cet homme si pataud le laisse tomber. Depuis son incident lors de l'inspection, qui l'avait bien arrangée pour éviter le Curé, Dita a ressenti pour lui une curiosité particulière et elle vient de temps en temps le voir l'après-midi. Chaque fois qu'il la voit arriver, le professeur Morgenstern s'empresse de se lever et lui fait une révérence aristocratique. Elle sourit quand, par moments, sans venir à propos, il se met tout à coup à parler de n'importe quoi.

— As-tu déjà remarqué l'importance de la distance entre les sourcils et les yeux ? demande-t-il avec perplexité. Il est bien difficile de rencontrer des individus présentant la distance correcte, ni trop près ni trop loin.

Il parle comme un moulin, enthousiasmé par les sujets les plus absurdes, mais il peut aussi se taire subitement et regarder au plafond ou dans le vague. Si quelqu'un tente de l'interrompre, il fait un geste de la main pour qu'il attende un peu.

— Je suis en train d'écouter tourner les engrenages de mon cerveau, affirme-t-il, très sérieux.

Il ne participe pas aux échanges que les professeurs organisent en fin de journée. Il n'y serait pas non plus bien reçu. La plupart d'entre eux pensent qu'il est maboul. L'après-midi, pendant que ses élèves jouent à l'arrière du baraquement avec ceux d'autres groupes, il reste assis tout seul. Avec les rares feuilles que l'on jette quand il ne tient plus une seule ligne d'écriture dessus, le professeur Morgenstern confectionne des cocottes en papier.

Quand Dita s'avance vers lui cet après-midi, il abandonne un bout de papier à moitié plié et se lève à la hâte pour la saluer en inclinant la tête et en la regardant à travers ses lunettes fissurées.

— Mademoiselle la bibliothécaire... C'est un honneur.

Elle est doucement amusée par cet accueil, qui la flatte et la fait se sentir plus âgée. Pendant un instant, elle se demande s'il ne serait pas en train de se moquer d'elle, mais elle rejette cette idée. Le regard du vieil homme est plein de bonté. Il lui parle de constructions parce qu'il « était architecte avant la guerre ». Quand elle lui dit qu'il l'est encore, qu'après la parenthèse de la guerre, il continuera d'élever des monuments, il sourit avec bienveillance.

— Je n'ai plus la force d'élever quoi que ce soit, pas même de me lever de ce banc tellement bas.

Avant d'arriver à Auschwitz, il a passé plusieurs années sans pouvoir exercer sa profession au prétexte qu'il était juif, et il lui dit qu'il commence à perdre la mémoire.

— Je ne me souviens plus des formules pour calculer les charges et ma main tremble tellement que je serais incapable de tracer même les plans d'une piscine.

Puis, ayant dit cela, il sourit.

Morgenstern lui avoue qu'il demande parfois à emprunter un livre, mais qu'il se met ensuite à parler d'autre chose et qu'il lui arrive de ne même pas l'ouvrir.

— Alors pourquoi me le demandez-vous ? lui reproche Dita en se fâchant. Vous ne savez pas que les livres sont rares et qu'il ne faut pas les emprunter par caprice ?

— Vous avez raison, mademoiselle Adlerova, vous avez toute la raison du monde. Je vous présente mes excuses. Je suis un vieil égoïste capricieux.

Puis il se tait, et Dita ne sait pas quoi dire. Le professeur semble vraiment contrit. Peu après, il sourit tout à coup, sans transition. Il lui souffle à voix basse, comme s'il s'agissait d'un secret, que poser un livre sur ses genoux pendant qu'il raconte aux enfants l'histoire de l'Europe ou l'exode des Juifs lui permet de se sentir un véritable professeur.

— Les enfants m'écoutent mieux ainsi. Ils ne prêteraient aucune attention aux paroles d'un vieux toqué, mais si les paroles sortent d'un livre... alors c'est autre chose. Les livres gardent dans leurs pages la sagesse de ceux qui les ont écrits. Les livres ne perdent jamais la mémoire.

Et il penche la tête vers Dita pour lui confier une chose très secrète et mystérieuse. Elle voit sa barbe grise embroussaillée et ses yeux minuscules.

— Mademoiselle Adlerova... les livres savent tout.

Elle laisse Morgenstern à ses pliages, avec lesquels il s'efforce de faire quelque chose qui ressemble à un phoque en papier. Elle a l'impression que le vieux professeur a les boulons du cerveau qui se desserrent, et pourtant... ce qu'il dit est à la fois absurde et plein de bon sens. Elle ne sait pas réellement si c'est un fou ou un sage.

Lichtenstern lui adresse des signes fébriles pour qu'elle vienne parler avec lui. Il fait une tête infiniment contrariée. La même que celle qu'il prend quand il n'a plus de cigarettes.

— Le directeur a dit que ta proposition lui semblait bien.

Le directeur adjoint l'observe, attend sa réaction victorieuse, mais Dita n'est plus une enfant : elle sait rire tout bas. De fait, elle affiche une mine grave et concentrée pendant que Lichtenstern arbore un visage amer. À l'intérieur, son âme cabriole de joie, bondissant follement comme sur un trampoline.

— Il a dit oui, donc il en sera fait ainsi. C'est lui le chef. Mais à la moindre alerte d'inspection, il faudra ranger les livres à toute vitesse. Tout ceci est sous ta responsabilité.

Elle acquiesce.

— Il y a un point sur lequel j'ai été d'une intransigeance absolue, affirme-t-il plus vigoureusement, comme pour sauver son honneur blessé. Hirsch insistait pour porter lui-même les poches intérieures au cas où il y aurait une inspection. Je lui ai fait voir que c'était une bêtise. Il doit recevoir les gardes, il va être à quelques centimètres d'eux, il ne peut pas les porter sur lui. Il s'est montré très obstiné. Tu le connais, c'est un Allemand. Mais moi, je suis un Tchèque. Il est buté, mais je suis tenace. Et j'ai eu gain de cause. Chaque jour, un assistant différent s'occupera avec toi de la bibliothèque.

— Parfait, monsieur Lichtenstern ! Demain nous inaugurerons la bibliothèque publique !

— Toute cette histoire de livres me semble de la folie, soupire-t-il en s'éloignant. Mais y a-t-il quelque chose ici qui ne soit pas de la folie ?

Dita sort du baraquement toute contente, excitée aussi, réfléchissant à l'organisation qu'elle va mettre en place pour que l'emprunt des livres fonctionne bien. Elle est plongée dans ses pensées quand elle tombe sur Margit, qui l'attendait dehors. Juste en face, elles voient sortir du baraquement qui sert d'hôpital un homme tirant une charrette où l'on a recouvert un cadavre d'un drap. Le passage des cadavres est tellement habituel que pratiquement plus personne ne semble le remarquer. Les deux filles se regardent et ne disent rien, il vaut mieux ne pas parler. Elles marchent donc en silence jusqu'à voir débouler devant elles Renée, une jeune fille aux cheveux blonds avec qui Margit s'est liée d'amitié un jour, dans la queue pour la soupe. Elle porte des habits maculés de boue après sa journée de travail dans les fossés de drainage et ses cernes la font paraître plus vieille.

— Quelle guigne tu as eue avec ce travail, Renée !

— Et la guigne me poursuit… dit-elle.

Elle a parlé d'une manière un brin énigmatique pour que les deux autres l'écoutent avec attention. Elle leur fait un signe de la main puis elle s'enfonce dans la ruelle formée entre deux baraquements. À l'arrière d'un bloc, elles cherchent un endroit éloigné de quelques mètres d'un groupe d'hommes qui, à leur façon de chuchoter et de redresser la tête avec méfiance pour les regarder, doivent être en train de parler de politique. Elles se serrent toutes les trois l'une contre l'autre pour avoir moins froid, et alors Renée raconte.

— Il y a un garde qui me regarde.

Les deux amies échangent un regard d'étonnement. Margit ne sait pas quoi dire et Dita se montre ironique.

— Ils sont payés pour ça, Renée. Pour regarder les prisonniers.

— Mais lui, il me regarde d'une façon différente... très fixement. Il attend que je sorte de la formation après l'appel et il me suit du regard, je le sens. Et à l'appel du soir, c'est la même chose.

Dita est sur le point de lui sortir une autre blague et de lui dire qu'elle est vaniteuse, mais Renée a l'air tellement inquiète qu'elle préfère se taire.

— Au début, je n'y ai pas accordé trop d'importance, mais cet après-midi, pendant qu'il faisait une ronde dans le camp, il a dévié de sa trajectoire au centre de la *lagerstrasse* et il est venu jusqu'au fossé où nous travaillons. Je n'ai pas osé me retourner, mais j'ai senti qu'il passait tout près. Puis il s'est éloigné.

— Peut-être qu'il inspectait simplement le travail dans le fossé ?

— Mais il est aussitôt retourné au centre de la *lagerstrasse*. Je l'ai un peu observé et il n'a plus dévié jusqu'à la fin. C'est comme si j'étais la seule qu'il surveille.

— Et tu es sûre que c'est toujours le même SS ?

— Oui, il est plutôt petit, on le reconnaît facilement, dit-elle en cachant son visage dans ses mains. J'ai peur.

La tête basse et soucieuse, Renée part rejoindre sa mère.

— Cette fille se prend trop la tête, lance Dita avec un peu de mépris.

— Elle est effrayée. Moi aussi, je le suis. Tu n'as jamais peur, Dita ? Toi, on te surveille pour de vrai, c'est justement toi qui devrais être la plus effrayée. Pourtant, tu es celle qui a le moins peur. Tu es très courageuse.

— Arrête ! Bien sûr que j'ai peur ! Mais je ne le crie pas sur les toits.

— On a parfois besoin de partager ce que l'on ressent.

Elles restent silencieuses un instant, puis elles se séparent. Dita revient dans la *lagerstrasse* et tourne vers son baraquement. La neige s'est mise à tomber, et les gens se replient à l'intérieur des blocs. Ce sont des étables répugnantes, mais il y fait quand même un peu moins froid. De loin, elle voit que personne n'est rassemblé devant la porte du bloc 16, le sien, contrairement à l'habitude prise surtout par les gens mariés, qui profitent de l'heure avant le couvre-feu pour rester ensemble. Très vite, elle découvre pourquoi il n'y a pas un chat. La musique de *Tosca*, l'opéra de Puccini, flotte dans l'air. Dita le connaît bien, c'est l'un des préférés de son père. Quelqu'un siffle ses accords avec précision et, plissant les yeux, elle aperçoit une silhouette coiffée de la casquette plate des officiers SS appuyée à côté du montant de la porte.

— Dieu du ciel…

On dirait qu'il attend quelqu'un. Mais personne ne veut être attendu par lui. Dita s'arrête au milieu de la *lagerstrasse* ; elle ne sait pas s'il l'a vue. À cet instant, un groupe de quatre femmes la dépasse, marchant d'un bon pas pour arriver avant le couvre-feu tout en discutaillant fébrilement de leurs maris. Dita fait deux enjambées, baisse la tête et se place juste derrière elles pour se cacher. Au moment où elle arrive à la porte du baraquement, sans lever les yeux du sol, elle les dépasse à toute vitesse et rentre presque au pas de course.

Elle a lu un jour dans un livre sur la faune africaine que si l'on se retrouve en face d'un lion, il ne faut jamais courir, mais se déplacer très lentement. Peut-être qu'elle a commis une erreur mortelle en rentrant au pas de course, mais elle se dit que ce livre, même s'il en savait long sur les lions, n'expliquait pas comment se comporter avec les psychopathes nazis. Elle est rentrée en baissant la tête pour passer encore plus inaperçue, mais elle n'a pas pu s'empêcher de regarder un instant le médecin-capitaine du coin de l'œil. Un jour, un vétéran de la Grande Guerre était venu rendre visite à son père ; il avait perdu un œil à cause de la mitraille d'une bombe et il portait un œil de verre. Elle n'a jamais oublié le regard neutre de cet œil qui, en vérité, ne regardait rien puisque ce n'était que de la matière inerte. Le regard de Mengele est exactement ainsi. C'est le regard de deux yeux de verre glacés dans lesquels il n'y a ni vie ni émotion.

Elle est persuadée que le lion affamé va lui emboîter le pas. Elle arrive presque en courant à son châlit et grimpe d'un bond sur sa paillasse. Pour la première fois, elle se réjouit d'y retrouver la vétérane à la cicatrice, et elle se recroqueville contre ses pieds sales comme si elle s'imaginait qu'en se dissimulant derrière, elle allait pouvoir échapper à ce médecin-capitaine qui voit tout. Mais elle n'entend pas de claquements de bottes précipités ni d'ordres en allemand. Mengele ne court pas après elle, ce qui la rassure momentanément.

Dita ne sait pas que personne n'a jamais vu cet homme courir. Il ne trouve pas cela élégant. Pourquoi courir ? Un prisonnier ne peut se cacher nulle part. C'est comme pêcher un poisson dans un bocal.

Sa mère, en la voyant arriver toute agitée, lui dit de ne pas s'inquiéter, qu'il reste encore du temps avant le couvre-feu. Dita acquiesce, elle se débrouille même pour sauver les apparences et sourire comme si de rien n'était.

Elle souhaite une bonne nuit à sa mère, puis elle souhaite la même chose aux chaussettes crasseuses de la vétérane, qui dégagent une odeur de vieux fromage. Elle ne reçoit pas de réponse. Elle se demande ce que Mengele fabriquait à l'entrée de son baraquement. Était-il en train de l'attendre ? Si un homme aussi puissant que lui pense qu'elle cache quelque chose aux autorités du camp, pourquoi ne l'arrête-t-il pas ? Elle ne le sait pas. Mengele ouvre le ventre de milliers de personnes et reluque leurs entrailles avec des yeux gourmands, mais personne ne sait ce qu'il a dans la tête. Les lumières s'éteignent et Dita se sent enfin hors de danger. Mais elle se met à réfléchir et elle réalise qu'elle s'est trompée.

Quand Mengele l'a menacée, elle n'a pas su si elle devait le dire à la direction du bloc 31. Si elle l'avait fait, ils l'auraient relevée de ses fonctions afin qu'elle ne coure aucun risque. Et si cela s'était produit, tout le monde aurait cru qu'elle avait demandé à quitter son poste parce qu'elle avait peur. Elle a donc fait tout le contraire : elle a rendu la bibliothèque plus accessible et aussi plus visible. Elle a pris encore plus de risques, afin que personne n'ait le moindre doute que Dita Adlerova n'a jamais peur devant aucun nazi.

Et de quel droit ? se demande-t-elle.

En se mettant en danger, elle met en danger tous les autres. S'ils la découvrent avec les livres, ils fermeront le bloc 31 tout entier. Pour cinq cents enfants, le rêve d'avoir quelque chose qui ressemble à une vie normale s'achèvera. La coquetterie de se sentir courageuse l'a poussée à renoncer à la prudence. En réalité, elle a seulement remplacé une peur par une autre : la peur pour son intégrité physique par la peur de ce que les autres penseront d'elle. Elle se croit très courageuse avec ses livres et sa bibliothèque, mais quelle sorte de courage est le sien ? Elle est prête à mettre en danger le bloc tout entier juste par crainte du discrédit. Hirsch a parlé de ceux qui ignoraient le danger et qui jouaient avec la vie des autres. Les téméraires, a-t-il dit. Ceux-là, il n'en voulait pas. Ils ne font pas l'affaire. Ils se douchent à l'essence en fumant une cigarette. Quand leur audace tourne bien, on leur donne une médaille et ils bombent le torse. Mais quand cela tourne mal, ils entraînent tout le monde dans leur chute.

Elle ouvre les yeux et les chaussettes noirâtres la regardent dans l'obscurité. Elle ne peut pas cacher la vérité dans les compartiments en toile de sa robe. La vérité pèse trop lourd, elle finit par percer toutes les doublures, tombant brutalement, cassant tout. Elle pense à Hirsch. C'est un homme transparent et elle n'a pas le droit de lui cacher les faits simplement par vanité de se sentir courageuse.

Ce serait de la triche. Fredy ne le mérite pas.

Elle décide d'aller lui parler le lendemain. Elle lui expliquera que le docteur Mengele la surveille étroitement et qu'en suivant sa piste, il peut remonter jusqu'à la bibliothèque et découvrir la véritable fonction du bloc 31. Hirsch la fera remplacer, naturellement. Plus personne ne la regardera avec admiration. Elle en est un peu triste. Personne ne complimente ceux qui font machine arrière. Elle se rend compte qu'il est facile de mesurer la grandeur de l'héroïsme, de le quantifier avec des honneurs et des médailles. Mais comment mesure-t-on le courage de ceux qui renoncent ?

7

Rudi Rosenberg s'approche de la clôture qui sépare le camp de quarantaine, où il a son bureau, de l'effervescence du camp familial. Le secrétaire a envoyé un message à Hirsch pour convenir d'un rendez-vous et parler, même avec des barbelés au milieu. Rosenberg respecte énormément le travail que l'instructeur de la jeunesse réalise dans le bloc 31. Il y a aussi des mauvais esprits qui pensent qu'il collabore avec trop d'enthousiasme avec le commandement du camp, mais, en règle générale, il suscite la sympathie et s'avère fiable. Schmulewski, de cette voix rauque bien à lui, a dit qu'il était « aussi fiable que quelqu'un peut l'être à Auschwitz ». Rosenberg s'est peu à peu rapproché de Hirsch à travers des conversations fugaces et il lui a rendu quelques menus services avec les listes. Pas seulement parce qu'il l'aime bien : Schmulewski lui a demandé de découvrir, discrètement, tout ce qu'il pouvait sur lui. Les informations sont infiniment plus précieuses que l'or.

Mais ce à quoi Rudi ne s'attendait pas ce matin, c'était à voir le responsable du bloc 31 s'avancer pour discuter accompagné d'une jeune fille qui, même vêtue d'une jupe longue toute tachée et d'une veste en laine trop large pour elle, possède l'élégance d'une gazelle.

Fredy lui parle des problèmes d'approvisionnement qu'il rencontre dans le bloc, de sa tentative pour qu'on lui accorde une nouvelle amélioration des rations des enfants.

— J'ai entendu dire, lâche Rosenberg sur un ton neutre, comme s'il s'agissait d'un commentaire banal, que la pièce de théâtre que vous avez donnée au bloc 31 pour fêter Hanoukka a été un succès. Il paraît que les officiers SS ont beaucoup applaudi. Apparemment, le commandant Schwarzhuber a passé un très bon moment.

Hirsch sait que la Résistance n'arrive pas à lui faire confiance. Lui non plus ne fait pas confiance à la Résistance.

— Tout le monde s'est bien amusé, oui. J'ai profité de ce que le docteur Mengele était de bonne humeur pour aller le trouver et lui demander s'ils pouvaient nous céder le hangar qui jouxte le baraquement des vestiaires, pour faire une garderie pour les plus petits.

— Le docteur Mengele, de bonne humeur ?

Rosenberg écarquille les yeux, comme s'il lui semblait impossible qu'un individu qui envoie chaque semaine des centaines de personnes à la mort sans broncher d'un cil puisse éprouver un sentiment aussi humain.

— L'ordre, avec son autorisation, est arrivé aujourd'hui. Les tout-petits pourront donc avoir leur espace et ils ne distrairont plus les grands.

Rosenberg acquiesce et sourit. Sans s'en rendre compte, le secrétaire a gardé son regard rivé aux yeux de la jeune fille, qui assiste en silence à la discussion, prudemment éloignée de quelques pas. Hirsch, qui s'en aperçoit, la lui présente comme Alice Munk, l'une des jeunes assistantes qui l'aident au bloc 31.

Rudi s'efforce de tourner la tête vers Hirsch, mais ses yeux roulent comme des billes vers la jeune assistante, dont les lèvres adolescentes lui renvoient un sourire mutin. Hirsch est capable de ne pas bouger d'un muscle et de rester imperturbable face à un bataillon d'officiers SS, mais il se sent embarrassé quand il s'aperçoit que les deux jeunes gens se font les yeux doux. Depuis son adolescence, l'amour a été pour lui une source de problèmes. Ces dernières années, il s'est efforcé d'être constamment accaparé par ses tournois et ses entraînements, et il a organisé des tas d'évènements à la fois afin d'avoir la tête occupée. Être débordé lui a également permis de dissimuler le fait que, tout en étant tellement populaire et sollicité par tout le monde, il reste en définitive toujours seul.

Il préfère finalement dire à ces deux jeunes gens dont les yeux jettent des étincelles qu'il a quelque chose d'urgent à faire. Il s'éclipse discrètement afin qu'ils puissent continuer de tisser la toile d'araignée de l'amour, dont le fil est si transparent et si fort à la fois, si collant que l'on y reste parfois pris sans le vouloir.

— Je m'appelle Rudi.

— Je sais. Moi, je m'appelle Alice.

À présent qu'ils se retrouvent seuls, Rosenberg tente de sortir son plus grand jeu de séduction, plutôt minuscule en vérité ; il n'a jamais eu de petite amie. Jamais non plus de relations avec une femme. À Birkenau, hormis la liberté, tout peut s'acheter et se vendre ; le sexe aussi. Mais il n'a jamais voulu ou jamais osé s'aventurer sur ce marché charnel qui s'épanouit dans la clandestinité. Un ange passe et Rudi s'empresse de le chasser, car il s'aperçoit tout à coup que ce qu'il souhaite le plus au monde, c'est que cette fille gracile comme un jeune chevreuil ne parte pas, qu'elle reste éternellement là, de l'autre côté des barbelés, à lui sourire de ces lèvres roses fendillées par le froid dont il adorerait guérir les gerçures d'un baiser.

— Ça se passe bien, le travail, au bloc 31 ?

— Plutôt bien. Nous, les assistants, on veille à ce que tout soit en ordre. Certains s'occupent d'allumer la cheminée quand il y a du charbon ou du bois, mais c'est seulement de temps en temps. D'autres aident à faire manger les plus petits. On passe aussi un coup de balai. En ce moment, je suis dans le groupe des crayons.

— Le groupe des crayons ?

— Oui, il y a très peu de vrais crayons et on les garde pour les grandes occasions. Alors on fabrique des crayons plutôt rudimentaires, mais très utiles.

— Et comment vous faites ?

— D'abord, on aiguise des petites cuillères avec deux pierres jusqu'à ce qu'elles soient tranchantes. Ensuite, à l'aide de cette lame qu'on a fabriquée, on taille des éclats de bois qu'on trouve sur des planches inutilisables. Je me charge généralement de la partie finale : brûler la pointe jusqu'à ce qu'elle devienne noire comme du charbon. Les enfants peuvent écrire quelques mots avec. Il faut donc tailler et cramer tous les jours de nouveaux bouts de bois.

— Avec le nombre d'enfants qu'il y a ! Peut-être que je pourrais vous obtenir quelques crayons...

— Pour de vrai ?

Les yeux d'Alice se mettent à briller et voilà qui plaît à Rudi.

— Mais, ajoute la jeune fille, ça doit être très difficile de les faire passer dans le camp.

Voilà qui lui plaît encore plus. Une occasion de marquer des points.

— J'ai juste besoin qu'il y ait quelqu'un de confiance de l'autre côté de la clôture... Ça pourrait être toi.

Elle acquiesce avec une grande véhémence, heureuse de pouvoir être encore plus utile à Hirsch, pour qui elle éprouve, comme tous les jeunes assistants, une profonde admiration.

Un instant après, un tourbillon de doutes traverse la tête du secrétaire. Jusqu'à présent, les choses se sont bien passées pour lui à Auschwitz et il a obtenu une place privilégiée parce qu'il a bien joué ses cartes. Il a su se gagner les détenus influents qui avaient des postes de confiance, et il a eu l'habileté de se mettre en danger juste ce qu'il fallait, de traficoter avec des produits et des services à faible risque et haute rentabilité pour son statut. Obtenir des crayons, pour lesquels il devra donner quelque chose en échange, afin de les donner à un baraquement d'enfants totalement improductif n'est pas payant ni prudent. Mais il regarde le sourire et l'éclat noir des yeux de cette jeune fille et oublie tout le reste.

— Dans trois jours. À ce même endroit de la clôture. À la même heure.

Alice acquiesce et s'éloigne en courant, toute excitée, comme si elle était prise d'une hâte soudaine. Il la regarde s'en aller, ses cheveux agités par la brise froide de l'après-midi. Il va devoir enfreindre la règle de survie qui avait très bien fonctionné pour lui jusque-là : ne pas demander un service pour lequel il ne reçoit rien en retour. Quand le bénéfice est maigre, la perte n'est pas loin. Et à Auschwitz, vous ne pouvez pas vous permettre le luxe de perdre quoi que ce soit. Avec cette fille, il a fait une mauvaise affaire, et pourtant, de manière incompréhensible, il est content. Pendant qu'il regagne son baraquement du camp BIIa, il se sent tout mou, comme si ses jambes flanchaient. Jamais il n'aurait cru que tomber amoureux ressemblerait autant à la grippe.

Dita Adlerova a elle aussi les jambes qui tremblent. Ses genoux claquent comme des maracas. Les enfants et les professeurs entrent les uns après les autres et découvrent que la bibliothécaire se trouve derrière le conduit horizontal de la cheminée et qu'il y a une dizaine de volumes devant elle. Dita ressemble à une vendeuse qui s'apprête à servir sa marchandise derrière son comptoir. Cela fait des mois, au moins depuis Terezín, qu'ils n'ont pas vu autant de livres réunis. Les professeurs s'approchent et lisent les dos qui sont lisibles, demandent du regard s'ils peuvent les prendre pour les feuilleter, et Dita acquiesce. Mais elle ne les quitte pas des yeux. Quand une femme ouvre avec trop d'impétuosité le livre de psychanalyse, Dita l'invite à la douceur. En réalité, elle l'exige, mais avec le sourire, et la professeure se met à la dévisager, un peu confuse d'avoir été rabrouée par une assistante de quatorze ans.

— Ils sont très fragiles, explique Dita avec un sourire forcé.

Les livres doivent revenir à chaque changement d'heure pour qu'il y ait une rotation et que Dita puisse les contrôler. Durant la matinée, elle les observe éparpillés aux quatre coins du baraquement. Elle les reconnaît même lorsqu'ils ont été emportés par l'un des groupes de la partie la plus éloignée. Elle voit tout au fond une professeure qui exécute de grands gestes en tenant le livre de géométrie dans la main. Près d'elle, appuyé contre un tabouret, elle voit l'atlas, le plus grand de tous les livres, mais qui pourtant rentre bien dans sa poche intérieure. Elle distingue très facilement la couleur verte de la grammaire russe, qu'ils utilisent parfois pour que les enfants s'émerveillent devant ces lettres cyrilliques si mystérieuses. Les romans sont moins empruntés. Certains professeurs ont demandé à les lire, mais il faut le faire sans sortir du bloc 31.

Elle doit parler avec Lichtenstern pour savoir si on l'autoriserait à les prêter l'après-midi aux professeurs qui n'ont rien à faire pendant qu'on organise des jeux ou quand se réunit la chorale d'Avi Ofir, qui réjouit tellement les enfants et inonde le baraquement de voix joyeuses lorsqu'ils chantent *Alouette, gentille alouette*[1].

À la fin de la matinée, tout le monde rend les livres, et Dita les reçoit avec le soulagement d'une

1. En français dans le texte. (*N.d.T.*)

fille qui se penche à la fenêtre et voit rentrer à la maison ses parents âgés, sortis faire un petit tour avec leurs cannes. Elle grimace un peu et regarde en fronçant les sourcils le professeur qui lui rend un exemplaire plus déchiré qu'il n'était parti. Au fil des jours, elle en est venue à connaître chaque ride de chaque livre, chaque fracture, chaque cicatrice. À leur retour, elle les inspecte comme une mère sévère inspecte les égratignures sur le genou d'un enfant qui rentre après avoir joué dans la rue.

Tenant quelques papiers à la main, Fredy Hirsch passe d'un air affairé devant l'étal de la jeune fille sur la cheminée. Il s'arrête quand même un instant et observe la petite bibliothèque. Fredy est de ces personnes qui sont toujours pressées mais qui ont toujours le temps.

— Eh bien, jeune fille. Voilà qui ressemble à une bibliothèque !

— Je suis heureuse que cela vous plaise.

— Voilà qui est bien. Les Juifs ont toujours été le peuple le plus cultivé, dit-il en lui souriant. Si je peux faire quelque chose pour toi, dis-le-moi.

Hirsch fait demi-tour et se met à marcher de son pas énergique.

— Fredy !

L'appeler avec une telle familiarité embarrasse encore Dita, mais c'est lui qui lui avait ordonné de le faire.

— Oui, vous pouvez faire quelque chose pour moi…

Il l'interroge du regard.

— Me fournir du sparadrap, de la colle et des ciseaux. Ces pauvres livres ont besoin de quelques soins.

Hirsch acquiesce. Il sourit pendant qu'il marche vers la sortie. Il ne se lasse jamais de répéter à qui veut l'entendre : « Les enfants sont ce que nous avons de meilleur. »

Dans l'après-midi, malgré le froid, les petits profitent que la pluie se soit arrêtée pour aller jouer dehors à chat ou à rechercher des trésors invisibles dans la terre humide. Les plus grands ont rassemblé leurs tabourets en demi-cercle. Dita a ramassé les livres et s'approche pour écouter. Hirsch se tient au centre, et il est en train de leur parler de l'un de ses sujets préférés : l'*aliyah*, le départ vers les terres de Palestine. Les enfants l'écoutent avec intérêt, fascinés. Au cœur de la plus grande vulnérabilité possible, alors que leur estomac est constamment vide et que la brise leur apporte en permanence cette odeur de peau brûlée qui leur rappelle la menace de la mort, le directeur du bloc les fait se sentir invincibles.

— L'*aliyah*, ce n'est pas seulement le fait d'émigrer. Non, ce n'est pas ça. Il ne s'agit pas de partir en Palestine comme on irait n'importe où ailleurs pour y gagner sa vie et basta. Non, non, non. Pas du tout.

Et il marque une longue pause pendant laquelle un silence attentif s'installe.

— C'est un voyage de connexion avec la force de vos ancêtres. Il s'agit de reprendre un fil qui a été rompu. De prendre la terre et de la faire vôtre. C'est la *hagshama atzmit*. Quelque chose de beaucoup plus profond. Peut-être que vous ne le remarquez pas, mais il y a une lampe à l'intérieur de vous. Oui, oui, ne me regardez pas comme ça, vous avez une lampe en vous... Toi aussi, Markéta ! Mais votre lampe est éteinte. Quelqu'un dira : « Qu'est-ce que ça peut bien faire ? Jusqu'à présent, j'ai vécu comme ça et tout va bien pour moi. » Bien sûr que vous pouvez vivre comme vous l'avez fait jusque-là, mais ce sera une vie médiocre. La différence entre vivre avec cette lampe éteinte ou allumée, c'est comme éclairer une grotte obscure avec une allumette ou avec un projecteur. Si vous accomplissez l'*aliyah* et que vous vous mettez en route pour la terre de nos anciens, quand vous poserez un pied en terre d'Israël, cette lampe s'allumera avec une puissance incroyable et vous illuminera de l'intérieur. C'est une chose que je ne peux pas vous raconter, vous devez le vivre par vous-mêmes. Alors vous comprendrez tout. Et alors, vous saurez qui vous êtes.

Les gamins l'observent avec une concentration totale. Ils écarquillent les yeux, certains caressent inconsciemment leur poitrine, comme s'ils y recherchaient un interrupteur capable d'allumer ces lumières éteintes dont Hirsch dit qu'ils les portent en eux.

— Nous voyons les nazis, avec leur armement moderne et leurs uniformes brillants. Et nous croyons qu'ils sont puissants, invincibles même. Non, non, non. Détrompez-vous : à l'intérieur de ces uniformes qui brillent tant, il n'y a rien. C'est une coquille vide. Ils ne sont rien. Nous, nous ne cherchons pas à briller à l'extérieur, nous voulons briller intérieurement. C'est ça, au bout du compte, qui nous fera gagner. Notre force n'est pas dans nos uniformes mais dans notre foi, dans notre fierté et dans notre détermination.

Fredy fait une pause et observe son public, qui le regarde avec des yeux ronds.

— Nous sommes plus forts qu'eux car notre cœur est plus fort. Nous sommes meilleurs qu'eux car notre cœur est plus puissant. C'est pour cette raison qu'ils ne nous auront pas. C'est pour cette raison que nous retournerons en terre de Palestine et que nous nous soulèverons. Et plus jamais personne ne pourra nous humilier. Parce que nous nous armerons, de fierté mais aussi d'épées... très tranchantes. Ceux qui disent que nous sommes un peuple de comptables se trompent : nous sommes un peuple de guerriers, et nous rendrons tous les coups et toutes les attaques au centuple.

Dita écoute un moment en silence, puis elle s'éloigne discrètement. Les paroles de Hirsch ne laissent personne indifférent. Elle non plus.

Elle ira parler avec lui dès que tout le monde sera parti. Elle ne veut pas qu'il y ait des curieux papillonnant dans les parages quand elle lui exposera son incident avec Mengele. Trop de professeurs et d'assistants sont encore là, occupés à bavarder en petits groupes. Elle aperçoit quelques-unes des filles les plus âgées, en train de rire. Et certains garçons, qui lui font l'effet d'empotés couverts de boutons, comme ce Milan, qui se croit très beau. Bon, c'est vrai qu'il est beau, mais si un idiot pareil essayait de lui conter fleurette, elle l'enverrait paître. De toute façon, Milan ne jetterait jamais son dévolu sur une fille aussi maigrichonne qu'elle, Dita le sait bien. Même avec la diète féroce du camp, certaines filles ont des hanches prononcées et une poitrine magnifique.

Elle décide d'attendre que tous soient partis pour aller parler avec Hirsch. Elle choisit de se cacher dans le recoin formé par des planches empilées, où le vieux professeur Morgenstern s'éclipse parfois, et elle s'assoit sur un banc. Sa main frôle un bout de papier : c'est une cocotte au bec pointu, un peu froissée. Elle a envie d'ouvrir l'album photo de sa tête et de retourner à Prague, peut-être parce que, quand vous ne pouvez pas rêver à l'avenir, vous pouvez toujours le faire avec le passé.

Elle tombe sur une photo très nette : sa mère en train de coudre une affreuse étoile jaune sur sa jolie blouse bleu marine. Ce qui la déconcerte le plus dans cette image, c'est le visage de sa mère : concentré sur l'aiguille, imperturbable, aussi neutre que si elle repassait l'ourlet d'une jupe. Quand elle lui avait demandé, furieuse, ce qu'elle était en train de fabriquer avec sa blouse préférée, Dita se souvient que sa mère s'était contentée de lui répondre que ce n'était pas la mer à boire de porter une étoile en tissu sur soi. Elle n'avait même pas levé les yeux de son ouvrage. Dita se souvient qu'elle serrait les poings, rouge d'indignation car ces étoiles jaunes en toile épaisse se mariaient horriblement mal avec le satin de sa veste bleue, et elle imaginait déjà qu'elles iraient encore plus mal avec son chemisier vert. Elle ne comprenait pas comment sa mère, qui était tellement élégante, qui savait parler français et qui lisait ces jolis magazines de mode européens qu'elle posait sur la table basse du salon, pouvait coudre ces verrues de tissu sur leurs vêtements ! C'est la guerre, Edita… c'est la guerre, lui avait-elle murmuré sans lever les yeux de sa couture. Et elle, elle s'était tue et elle l'avait accepté comme une chose inévitable, comme sa mère et les adultes l'acceptaient. C'était la guerre, on ne pouvait rien y faire.

Elle se pelotonne dans sa cachette et recherche une autre image, celle du jour où elle a eu douze ans. Elle revoit l'appartement, ses parents, ses grands-parents, ses oncles et tantes et quelques cousins. Elle se tient au milieu, attendant quelque chose, et toute la famille forme un cercle autour d'elle. Elle esquisse ce sourire mélancolique bien à elle, celui qui apparaît quand elle laisse choir son masque de fille belliqueuse et que la Dita timide qui se cache derrière son effronterie apparente montre le bout de son nez. Le plus étrange dans cette image, c'est que personne d'autre de sa famille ne sourit.

Elle se souvient bien de cette fête, la dernière, et du gâteau délicieux que sa mère avait préparé. Il n'y en avait plus eu ensuite, et aujourd'hui la fête consiste à trouver un morceau de patate flottant dans ce liquide salé qu'ils appellent de la soupe. Certes, ce *strudel*, bien qu'elle en ait l'eau à la bouche maintenant en se le rappelant, était beaucoup plus petit que ceux que sa mère avait coutume de préparer autrefois, mais Dita n'avait pas protesté car elle l'avait vue pendant toute la semaine se rendre chez des douzaines de commerçants pour tenter d'obtenir plus de raisins secs et de pommes. Impossible. Elle arrivait tous les jours à la porte de l'école avec son cabas vide et pas une ombre de contrariété sur le visage.

Sa mère était ainsi, peu portée à fournir des explications, comme si raconter ses inquiétudes était un comportement indécent. Dita songe qu'elle aurait aimé lui dire : Maman, lâche-toi, raconte-moi tout...

Mais c'était une femme d'une autre époque, faite dans un autre matériau, comme ces casseroles en céramique qui ne laissent pas passer la chaleur et gardent tout à l'intérieur. Du haut de ses douze ans, Dita adorait au contraire tout raconter à tout le monde, elle aimait parler et que les autres lui parlent, faire le poirier contre le soubassement des façades et aspirer sa soupe en faisant du bruit. C'était une enfant heureuse et, en y réfléchissant bien, il lui semble que même aujourd'hui, dans ce camp horrible, elle n'a pas renoncé à l'être.

Sa mère était apparue dans le salon en souriant avec nervosité, son cadeau entre les mains. Les yeux de Dita s'étaient mis à briller, parce que c'était un carton à chaussures et qu'elle rêvait depuis des mois d'avoir des souliers neufs. Elles les aimaient de couleurs claires, avec une boucle et si possible un petit talon.

Elle avait ouvert en toute hâte la boîte en carton et trouvé à l'intérieur des souliers ordinaires, noirs, fermés et tristounets. En les regardant de plus près, elle s'était aperçue qu'ils n'étaient même pas neufs : ils avaient une éraflure sur la pointe, masquée par du cirage. Un silence pesant était soudain tombé : ses grands-parents, ses parents et ses oncles et tantes la dévisageaient attentivement, guettant sa réaction. Elle avait esquissé un grand sourire et elle leur avait dit que son cadeau lui plaisait énormément. Elle était allée embrasser sa mère, qui l'avait serrée très fort dans ses bras, puis son père, qui, avec son humour élégant, lui avait dit qu'elle était une sacrée veinarde car les souliers noirs fermés allaient être le dernier cri à Paris cet automne.

Dita sourit à ce souvenir. Mais elle avait sa petite idée pour son douzième anniversaire. Le soir, quand sa mère était venue dans sa chambre pour lui souhaiter bonne nuit, elle lui avait demandé un autre cadeau. Avant de l'entendre protester, elle lui avait dit qu'il ne coûterait rien : elle venait d'avoir douze ans et elle aurait voulu qu'elle lui laisse lire l'un de ses livres de grands. Sa mère était restée silencieuse un instant, puis elle avait fini d'arranger les couvertures et elle était sortie sans dire un mot.

Un peu plus tard, alors que Dita commençait à s'endormir, elle avait entendu la porte s'ouvrir discrètement et elle avait vu une main déposer sur la table de chevet l'exemplaire de *La Citadelle*, d'A.J. Cronin. Dès que sa mère était ressortie, elle s'était dépêchée de mettre sa robe de chambre par terre, devant l'interstice sous la porte, afin que personne ne s'aperçoive que la lumière était allumée. Et elle n'avait pas dormi de la nuit.

> Vers la fin d'un après-midi d'octobre 1924, un jeune homme assez négligemment vêtu regardait d'un air rêveur par la fenêtre d'un compartiment de troisième classe, dans le train presque vide qui, au départ de Swansea, remontait péniblement la vallée de Penowell. Manson avait voyagé toute la journée depuis le nord, en changeant à Carlisle puis à Shrewbury, et cependant la dernière étape de son ennuyeux voyage le plongeait dans une vive excitation à la perspective de sa destination – le premier poste de sa carrière de médecin – dans cette contrée étrange et inhospitalière.

Elle s'était emmitouflée dans le compartiment à côté du jeune docteur Manson et avait voyagé avec lui jusqu'à Drineffy, une misérable localité minière dans les montagnes du pays de Galles. Elle était montée dans le train de la lecture. Elle avait ressenti cette nuit-là l'émotion d'une découverte : celle de savoir que toutes les barrières que pouvaient poser tous les Reichs de la planète n'avaient pas d'importance, car il lui suffisait d'ouvrir un livre pour sauter par-dessus.

En repensant maintenant à *La Citadelle*, elle sourit avec tendresse, et même avec gratitude. Elle cachait ce livre dans son cartable sans que sa mère s'en aperçoive, afin de continuer à lire pendant la récréation. C'était le premier livre qui avait su provoquer son indignation.

Ce jeune docteur idéaliste et talentueux, qui croyait dur comme fer à l'importance de combattre la maladie par la rigueur scientifique, s'installe dans une ville plus grande lorsqu'il épouse Christine, l'adorable maîtresse d'école de Drineffy. Et quand il commence à être admis dans la classe aisée, il se met à s'obnubiler absurdement avec les honoraires et à devenir un docteur pour dames fortunées dont la seule maladie réelle est l'ennui.

Dita secoue la tête. Le docteur Manson était bien stupide de devenir un pédant pareil et de délaisser Christine !

C'était aussi le premier livre qui avait su la faire pleurer.

Quand le docteur Manson réagit enfin, après le décès d'un patient modeste dû à la négligence de l'un de ses nouveaux confrères de l'aristocratie médicale, il se jette à genoux et demande pardon à Christine. Manson décide de rompre avec ce monde frivole, de redevenir un authentique médecin et d'aider les gens, qu'ils aient de l'argent ou pas pour payer des notes élevées. Il redevient alors l'homme admirable du début et Christine retrouve le sourire. Hélas, peu de temps après, comme le veut le genre romanesque, cette brave femme décède.

Dita sourit à présent en repensant à ces pages. À partir de là, elle a su que sa vie serait plus riche car les livres multiplient votre existence et vous permettent de rencontrer des gens comme Andrew Manson et, surtout, comme Christine, une femme qui ne s'est jamais laissé éblouir par la haute société ni l'argent, qui n'a jamais renoncé à ses convictions, qui s'est montrée forte et n'a pas cédé devant ce qu'elle croyait injuste.

Depuis, Dita a voulu devenir madame Manson. Elle ne se laisserait pas abattre par la guerre, car ce roman démontrait que, si vous persévérez dans vos convictions, à la fin, la justice qui semblait avoir fait naufrage remonte à la surface. Dita hoche la tête de plus en plus lentement, et le sommeil a doucement raison d'elle dans sa cachette derrière les planches.

Quand elle rouvre les yeux, il fait très sombre et le baraquement est plongé dans le silence. Pendant un instant, elle est prise d'une attaque de panique à l'idée que la sirène du couvre-feu a peut-être retenti et qu'elle ne l'a pas entendue. Ne pas regagner son baraquement serait une faute très grave, ce serait l'erreur que Mengele attend pour la transformer en rat de laboratoire. Mais elle tend l'oreille et se rassure en percevant le léger brouhaha des gens dehors. Elle entend aussi des voix et comprend que ce sont elles qui l'ont réveillée. Elles parlent en allemand.

Elle sort la tête et voit que la porte de la chambre de Hirsch est ouverte, que la lumière est allumée. Hirsch accompagne quelqu'un à l'entrée du baraquement et ouvre la porte avec prudence.

— Attends un peu, il y a des gens pas loin.

— Tu as l'air inquiet, Hirsch.

— Je crois que Lichtenstern se doute de quelque chose. Il faut essayer par tous les moyens que ni lui ni personne du bloc 31 ne l'apprenne. Sinon, je suis fini.

L'autre éclate de rire.

— Allons, ne t'inquiète pas. Qu'est-ce qu'ils peuvent te faire ? Après tout, ce ne sont que des prisonniers juifs... Ils ne vont pas te fusiller !

— S'ils découvrent à quel point je leur mens, certains auront envie de le faire.

L'autre individu sort finalement du baraquement et Dita l'aperçoit en coup de vent. C'est un homme bien charpenté qui porte un large imperméable. Elle le voit rabattre sa capuche bien qu'il ne pleuve pas, comme s'il voulait passer inaperçu. Cependant ses chaussures restent visibles : ce ne sont pas les sabots habituels des prisonniers mais des bottes reluisantes.

Que fait ici un SS incognito ? se demande-t-elle.

La lumière qui s'échappe de la porte de Hirsch lui permet de voir celui-ci revenir la tête basse vers sa chambre. Jamais elle ne lui avait vu cette mine abattue. L'homme au front toujours haut baisse la tête.

Dita reste paralysée dans sa cachette. Elle ne comprend pas ce qu'elle vient de voir ; en réalité, elle a peur de le comprendre. Elle a clairement entendu ce que Hirsch a dit : il leur ment.

Mais... pourquoi ?

Dita croit sentir le sol bouger sous ses pieds et elle s'assoit de nouveau sur le banc. Elle avait honte parce qu'elle n'avait pas dit à Hirsch toute la vérité, mais voilà qu'il est le premier à cacher qu'il rencontre en secret des SS, qui profitent de la nuit pour se déplacer camouflés dans le camp.

Mon Dieu...

Elle soupire et pose ses mains sur sa tête.

Comment vais-je dire la vérité à quelqu'un qui la cache lui-même ? Si Hirsch n'est pas digne de confiance, qui peut l'être ?

Elle est tellement désorientée qu'en se levant, elle se sent nauséeuse. Quand Hirsch s'enferme dans sa chambre, Dita sort du baraquement sans faire de bruit. Les portes des blocs sont comme celles des cellules des asiles de fous : elles n'ont pas de loquet pour s'enfermer de l'intérieur.

À cet instant, elle entend la sirène qui annonce l'imminence du couvre-feu. Les derniers traînards qui ont défié le froid de la nuit et la fureur des *kapos* de leurs baraquements courent vers leurs lits. Dita n'a même pas la force de courir. Ses questions pèsent trop lourd, elles s'enroulent à ses jambes.

Et si la personne avec qui parlait Hirsch n'était pas un SS mais quelqu'un de la Résistance ? Dans ce cas, pourquoi serait-il inquiet que les gens du bloc 31 l'apprennent, puisque la Résistance est de notre côté ? Et combien de membres de la Résistance parlent avec cet accent arrogant de Berlin ?

Tout en marchant, elle secoue la tête. Impossible de nier l'évidence. C'était un SS. Hirsch est obligé de les fréquenter, c'est un fait. Mais cette visite n'avait rien d'officiel. Le nazi était là incognito et il lui parlait avec familiarité, et même avec camaraderie. Puis, après, cette image d'un Fredy écrasé de remords...

Il y a tout le temps des bruits qui courent sur l'existence d'informateurs et d'espions des nazis parmi les prisonniers. Elle ne peut pas arrêter ses jambes de trembler.

Non, non et non.

Hirsch, un mouchard ? Si quelqu'un lui avait suggéré cela deux heures plus tôt, elle lui aurait arraché les yeux ! Cela n'aurait pas de sens qu'il soit un informateur des SS alors qu'il berne lui-même les nazis en transformant le bloc 31 en école. Rien n'a de sens. Il lui vient soudain à l'esprit que Hirsch fait peut-être semblant d'être un informateur auprès des nazis, mais qu'il ne leur passe que des informations insignifiantes ou fausses, et qu'il endort ainsi leur méfiance.

Cela expliquerait tout !

Mais alors elle se rappelle cette manière qu'avait Hirsch de marcher la tête basse vers sa chambre quand il s'est retrouvé seul. Ce n'était pas un homme fier de lui qui est en train d'accomplir une mission. Il traînait le poids de la culpabilité. Elle l'a lu dans sa posture.

Elle rentre dans son baraquement alors que la *kapo* est déjà à la porte avec son bâton pour frapper celles qui arrivent après le couvre-feu, et elle se protège la tête avec les mains pour amortir le coup. La *kapo* la frappe très fort, mais Dita sent à peine la douleur. En grimpant sur sa paillasse, elle voit une tête dressée dans le châlit d'à côté. C'est sa mère.

— Tu rentres très tard, Dita. Tu vas bien ?

— Oui, maman.

— Pour de vrai, tu vas bien ? Tu ne me mens pas ?

— Noooon, répond-elle en grognant.

Ça l'agace que sa mère la traite comme une petite fille. Elle aurait presque envie de dire qu'elle lui ment, bien sûr, qu'à Auschwitz tout le monde ment à tout le monde. Mais ce ne serait pas juste de faire payer à sa mère la colère qui bout en elle.

— Alors tout va bien ?

— Oui, maman.

— Bouclez-la, sales chiennes, ou je viens vous tordre le cou ! rugit quelqu'un.

— C'est fini, ce raffut ! ordonne la *kapo*.

Le silence s'installe dans le baraquement, mais l'écho des voix ne s'éteint pas dans la tête de Dita. Hirsch n'est donc pas celui qu'ils croient ? Qui est-il, dans ce cas ?

Elle tente de reconstituer tout ce qu'elle sait de lui, mais elle se rend compte que ce n'est pas grand-chose. Après l'avoir fugacement aperçu sur les terrains de sport des environs de Prague, la fois suivante où elle était tombée sur lui avait eu lieu à Terezín.

Dans le ghetto de Terezín...

8

Elle se rappelle nettement cette lettre écrite à la machine portant le sceau du Reichsprotektor, sur la toile cirée à carreaux grenat de la table dans l'appartement exigu du quartier de Josefov. Un papier minuscule qui changeait tout. Même le nom de la petite localité de Terezín, à soixante kilomètres de Prague, était écrit dessus à la manière allemande en majuscules très noires, comme s'ils voulaient crier son nom : « THERESIENSTADT ». À côté, le mot « Transfert ».

Terezín, que les Allemands s'obstinaient à appeler Theresienstadt, était une ville qu'Hitler avait généreusement offerte aux Juifs. Voilà ce que disait la propagande nazie. On alla même jusqu'à tourner un documentaire dirigé par le réalisateur juif Kurt Gerron, où l'on voyait les gens travailler joyeusement dans les ateliers, s'adonner à des activités sportives, et même assister gentiment à des conférences et à des évènements culturels, le tout agrémenté d'une voix off qui expliquait à quel point les Juifs étaient heureux à Terezín. Ce documentaire prouvait que les rumeurs d'internement et d'assassinats de Juifs étaient fausses.

Immédiatement après qu'il eut fini son film, les nazis envoyèrent Kurt Gerron à Auschwitz, où il mourut en 1944.

Dita soupire.

Le ghetto de Terezín…

Le Conseil juif de Prague avait proposé au Reichsprotektor Reinhard Heydrich différentes options pour l'emplacement de cette ville des Juifs. Mais Heydrich voulait Terezín, aucune autre. Et pour une raison indiscutable : Terezín était une ville fortifiée.

Dita se souvient de la tristesse pesante de ce matin où ils avaient dû mettre leur vie entière dans deux valises et les traîner jusqu'au point de rendez-vous, dans le parc Stromovka. La police tchèque les avait escortés jusqu'à la gare de Bubny pour s'assurer qu'ils prenaient bien le train pour Terezín.

Elle retrouve dans sa tête une photo de novembre 1942. Son père aide son grand-père, le vieux sénateur, à descendre du train en gare de Bohušovice. Au fond, sa grand-mère observe la manœuvre avec attention. Une ombre furieuse passe sur le visage de Dita, exaspérée par cette décadence biologique qui s'attaque même aux personnes les plus robustes et énergiques. Son grand-père avait été une forteresse de pierre, et il n'était plus désormais qu'un château de sable. Elle voit aussi dans cette image arrêtée, un pas en arrière, sa mère avec ce regard bien à elle, obstinément neutre, feignant l'indifférence, essayant de ne pas attirer l'attention. Et Dita se revoit aussi elle-même à treize ans, plus enfantine et bizarrement dodue. Sa mère lui avait fait enfiler plusieurs pull-overs les uns sur les autres. Pas pour le froid, mais parce qu'ils ne pouvaient emporter dans leurs bagages que cinquante kilos par personne et que, de la sorte, ils pouvaient prendre quelque chose en plus. Son père se tenait derrière elle. « Edita, je t'avais bien dit de ne pas manger autant de faisans ! » lui avait-il dit de ce ton sérieux qu'il adoptait pour plaisanter.

Dans l'album de Terezín, la première photo que ses yeux avaient conservée, une fois traversé le poste de garde de l'entrée, sous l'arche portant la phrase « *Arbeit macht frei* » (Le travail rend libre), était celle d'une ville dynamique. Un endroit aux avenues pleines de gens, avec un hôpital, une caserne de pompiers, des cuisines, des ateliers, une garderie. Terezín possédait même ses propres policiers juifs, la *ghettowache*, qui déambulaient affublés de leur vareuse et de leur casquette sombre comme les agents de n'importe quelle autre police du monde. Mais si vous observiez avec plus d'attention le va-et-vient des gens, vous remarquiez qu'ils transportaient des paniers sans anses, des couvertures effilochées, des montres sans aiguilles… Dita pense que vivre au milieu d'affaires personnelles cassées est un signe de vies brisées. Les gens allaient et venaient comme s'ils étaient pressés, mais elle avait fini par comprendre que, quelle que soit la vitesse à laquelle vous marchiez, vous tombiez toujours sur la muraille. L'imposture était là.

Terezín était une ville dont les rues ne menaient nulle part.

C'était là qu'elle avait revu Fredy Hirsch, même si son premier souvenir n'est pas une image mais un bruit. Un grondement de cavalcade de bisons, comme dans les romans d'aventure de Karl May qui se déroulent dans les grandes plaines d'Amérique du Nord. C'étaient ses premiers jours au ghetto et elle était encore hébétée par l'arrivée. Elle rentrait du travail auquel on l'avait affectée, dans les potagers plantés au pied des murailles pour approvisionner la garnison SS.

Elle marchait dans la rue pour regagner sa chambrée quand elle avait entendu un galop s'approcher dans une rue voisine. Elle s'était collée contre la façade d'un bloc résidentiel pour ne pas être écrasée, car elle avait pensé que ce ne pouvait être que des chevaux. Mais ce qui était apparu au coin de la rue, c'était un groupe compact de garçons et de filles en train de courir. Un homme athlétique courait à leur tête, les cheveux impeccablement coiffés en arrière. Il effectuait des foulées élastiques et il l'avait saluée d'un léger mouvement de tête en passant. C'était Fredy Hirsch. Reconnaissable entre tous, élégant même en short et en maillot de corps.

Elle mettrait un certain temps à le revoir ensuite. Et ce serait une histoire de livres qui présiderait à leur prochaine rencontre.

Tout avait commencé quand elle avait découvert qu'au milieu des draps, des habits, du linge de rechange et des effets personnels que sa mère avait entassés dans les valises, son père – sans que cette dernière s'en aperçoive car elle aurait poussé un cri devant un tel gaspillage de poids – avait caché un livre. Quand sa mère avait ouvert la valise le premier soir, elle avait levé l'épais volume devant son visage d'un air surpris et avait jeté un regard sévère à son père.

— Avec ce que pèse cet objet, nous aurions pu emporter trois autres paires de chaussures.

— Pourquoi vouloir autant de chaussures, Liesl, puisque nous ne pouvons aller nulle part ?

Sa mère n'avait pas répondu, mais Dita avait cru la voir baisser la tête pour qu'ils ne s'aperçoivent pas de son sourire. Liesl reprochait parfois à son mari d'être trop rêveur mais, dans le fond, elle adorait qu'il soit ainsi.

Papa avait raison. Ce livre m'a emmenée beaucoup plus loin que n'importe quelle paire de chaussures.

Allongée au bord de son châlit à Auschwitz, elle sourit en se rappelant l'instant où elle avait ouvert la couverture de *Der Zauberberg* (*La Montagne magique*).

Commencer un livre, c'est monter dans un train qui vous emmène en vacances.

L'histoire racontait comment Hans Castorp voyageait de Hambourg à Davos, dans les Alpes suisses, afin de rendre visite à son cousin Joachim, contraint de suivre une cure dans un élégant établissement où l'on soigne la tuberculose. Au début, Dita ne savait pas s'il valait mieux s'identifier au joyeux Hans Castorp, qui vient d'arriver au sanatorium pour y passer quelques jours de vacances, ou bien au malade et courtois Joachim.

> — Oui, nous voilà assis en train de rire, dit-il d'un air douloureux, interrompu par les dernières convulsions de sa poitrine. Et pourtant il est impossible de prévoir, même approximativement, quand je pourrai m'en aller. Quand le docteur Behrens dit « encore six mois », sans doute faut-il s'attendre à bien davantage.

C'est très éprouvant. Tu peux imaginer la tristesse que je ressens. J'avais obtenu mon inscription et je devais me présenter aux examens d'officier le mois suivant. Et voilà où j'en suis, à m'alanguir avec un thermomètre dans la bouche et à perdre mon temps. Un an, c'est si important à nos âges, cela implique tellement de bouleversements et d'évolutions là-bas, dans la vallée ! Mais je dois rester ici comme dans un marécage ; oui, comme dans un trou pourri, et je t'assure que la comparaison n'est pas exagérée.

Dita se souvient qu'elle acquiesçait inconsciemment lorsqu'elle lisait, et elle le fait encore aujourd'hui, incapable de trouver le sommeil sur sa paillasse d'Auschwitz. Elle avait le sentiment que les personnages de ce roman la comprenaient mieux que ses parents, car chaque fois qu'elle se plaignait de tous les malheurs qui leur arrivaient à Terezín (son père obligé de passer la nuit dans un autre pavillon, le travail aux potagers, l'asphyxie de vivre dans une ville close, la nourriture monotone...), ils lui disaient d'être patiente, que tout finirait très bientôt. « L'année prochaine peut-être, la guerre sera terminée », disaient-ils comme s'ils lui annonçaient une merveilleuse nouvelle. Pour les adultes, une année n'était guère plus qu'un quartier d'orange. Ses parents lui souriaient, et elle ravalait sa rage car ils n'y comprenaient rien : quand vous êtes jeune, une année équivaut presque à une vie entière.

Certaines fins d'après-midi où ses parents restaient dans la cour intérieure du pavillon à bavarder avec d'autres couples, elle s'allongeait et, après avoir remonté sur elle la couverture, elle se sentait un peu comme Joachim effectuant sa cure de repos dans son transat du sanatorium. Ou plutôt comme Hans Castorp, qui décide de prendre également quelques jours de détente et de suivre les séances de repos, mais avec moins de rigidité, comme un touriste et non comme un malade. Castorp, qui était venu passer trois semaines de vacances, commence à se sentir gagné par la façon de mesurer le temps qui règne en ce lieu, où on lui a dit que l'unité minimum était le mois, pour moins on ne comptait pas, et où la notion des heures et des jours se perd dans la routine des repas et des plages de repos qui se succèdent jour après jour, sans distinction.

À Terezín, Dita aussi attendait la tombée de la nuit, allongée comme les deux cousins, mais son dîner était beaucoup plus frugal que les cinq plats servis au sanatorium international Berghof : à peine un morceau de pain avec du fromage.

Du fromage ! se rappelle-t-elle dans son lit à Auschwitz. Quel goût a le fromage, je ne m'en souviens plus ? Un goût délicieux !

En revanche, à Terezín, même engoncée dans ses quatre pull-overs, elle avait aussi froid que Joachim et les malades qui s'allongeaient, emmitouflés dans leurs couvertures, sur le balcon de leurs chambres pour respirer l'air sec de la nuit dans ces montagnes, qui semblait posséder de grands pouvoirs curatifs pour les poumons. Et comme Joachim, allongée et les yeux fermés, elle avait le sentiment que la jeunesse dure un battement de paupières. Ce livre était très long, si bien qu'elle avait partagé pendant les mois suivants l'enfermement de Joaquim et de son joyeux cousin Hans Castorp. Elle s'était immiscée dans les secrets, les ragots et les obligations du somptueux Berghof, dans ce temps immobile de la maladie qui semble s'épaissir, elle avait participé aux conversations des cousins avec d'autres patients et elle s'était jointe d'une certaine manière à celles-ci. Pendant de nombreuses fins d'après-midi de lecture assidue, la barrière qui la séparait des personnages, celle qui isole la réalité réelle de la réalité lue, fondait dans sa tête comme du chocolat chaud. La réalité du livre était beaucoup plus véridique et compréhensible que celle qui l'entourait dans cette ville cernée de murs. Plus crédible que ce cauchemar d'électricité et de chambres à gaz qui constituait son monde actuel, Auschwitz.

En la voyant lire autant, une camarade de chambrée du ghetto, qui traînait par là sans que Dita fasse attention à elle, s'était un jour décidée à lui demander si elle avait entendu parler de la *République de Skid* et des garçons du bloc L417. Bien sûr qu'elle avait entendu parler d'eux !

Ce jour-là, Dita avait refermé son livre et ouvert ses oreilles. La curiosité avait germé en elle comme un haricot dans un verre d'eau, et elle avait demandé à Hanka de l'emmener avec elle faire la connaissance de ces garçons… « Tout de suite ! » La jeune fille à moitié allemande avait tenté de lui dire qu'il était un peu tard, que peut-être demain, mais Dita lui avait coupé la parole et elle sourit encore à ce souvenir :

— Demain n'existe pas pour nous, tout doit être maintenant !

Les deux filles s'étaient dirigées d'un pas rapide vers le bloc L417, un bloc pour garçons, mais où elles pouvaient se rendre jusqu'à sept heures du soir. À l'entrée, Hanka s'était arrêtée une seconde et avait tourné un visage très sérieux vers sa voisine de lit.

— Attention à Ludek… Il est très beau ! Mais ne t'avise pas de lui tourner autour, je l'ai vu la première.

Dita avait levé la main droite avec une solennité enjouée et les deux filles avaient monté l'escalier en riant. Dès qu'elles étaient arrivées en haut, Hanka s'était mise à bavarder avec un garçon filiforme et Dita, sans savoir très bien quoi faire, s'était approchée d'un garçon occupé à dessiner la planète Terre vue de l'espace.

— C'est quoi, ces montagnes bizarres qu'on voit devant ? lui avait-elle demandé sans le connaître ni d'Ève ni d'Adam.

— C'est la Lune.

Petr Ginz était le rédacteur en chef du *Vedem*, le magazine clandestin écrit sur des feuilles volantes qui était lu à haute voix le vendredi soir et qui relatait les évènements du ghetto, en plus de contenir des articles d'opinion, des poèmes et des récits fantastiques. C'était un grand admirateur de Jules Verne et *De la Terre à la Lune* comptait parmi ses lectures favorites. Le soir, couché sur sa paillasse, il imaginait à quel point il aurait été extraordinaire de posséder un canon comme celui de monsieur Barbicane et de se propulser vers l'espace à l'intérieur d'une balle géante. Laissant son dessin un instant, il avait relevé la tête et observé avec attention la jeune fille qui l'avait interrompu avec un tel culot. La vivacité de ses yeux lui avait plu, mais il avait pris une voix sévère pour s'adresser à elle.

— Il me semble que tu es bien curieuse.

Dita avait rougi et toute sa timidité lui était remontée d'un coup. Elle avait regretté d'avoir la langue trop bien pendue. Alors Petr avait changé d'attitude.

— La curiosité est la principale vertu d'un bon journaliste. Je suis Petr Ginz. Bienvenue au *Vedem* !

Dita se demande quelle chronique Petr Ginz aurait pu écrire sur les activités du bloc 31 s'il avait été là. Elle se demande ce qu'a pu devenir ce garçon maigrichon et sensible qui disait que ses parents lui apprendraient un jour à parler l'espéranto, une langue créée pour que tous les hommes et les femmes de la Terre puissent enfin se comprendre. Une idée trop généreuse pour réussir.

Le lendemain de leur première rencontre, Dita traversait la rue devant les « Blocs de Dresde » en compagnie de Petr. Lorsqu'il lui avait demandé si elle aimerait venir avec lui faire une interview pour l'hebdomadaire, elle avait mis une seconde – probablement moins – à accepter. Ils allaient donc interviewer le directeur de la bibliothèque.

Elle ouvrait grand les yeux, gagnée par l'enthousiasme qui se dégageait de ce garçon. Faire du journalisme lui semblait une chose palpitante et elle avait ressenti un fourmillement de fierté quand elle s'était présentée à côté de l'intrépide Petr Ginz à la porte du bâtiment L304, où se trouvait la bibliothèque, et qu'ils avaient demandé si le directeur, le docteur Utitz, pouvait recevoir deux reporters du magazine *Vedem*. La secrétaire leur avait souri avec amabilité et leur avait demandé d'attendre.

Au bout de quelques minutes, ils avaient vu apparaître Emil Utitz, qui avait été avant la guerre professeur de philosophie et de psychologie à l'Université Charles de Prague et chroniqueur dans différents journaux.

Il leur avait raconté qu'il y avait dans cette bibliothèque près de soixante mille volumes, issus du démantèlement et de la spoliation que les nazis avaient opérés de centaines de bibliothèques publiques et privées de la communauté juive. Il leur avait aussi expliqué qu'ils n'avaient pas encore de salle de lecture et que la bibliothèque était donc ambulante : ils se déplaçaient avec les livres de pavillon en pavillon et les proposaient au prêt. Petr lui avait demandé si c'était vrai qu'il avait été l'ami de Franz Kafka. Et il avait acquiescé.

Le rédacteur en chef du *Vedem* lui avait demandé l'autorisation d'accompagner l'un des bibliothécaires dans sa tournée de distribution des livres afin de pouvoir raconter leur travail dans le magazine, et Utitz avait accepté avec joie.

Dita n'avait pas pu voir le sourire mélancolique du professeur lorsqu'il avait regardé ces deux jeunes gens tellement enthousiastes et joyeux s'en aller. Le docteur Utitz ne parvenait pas à chasser de son esprit le souvenir des conversations du Café Louvre, comme s'il regrettait toutes ces questions qu'il n'avait pas posées à Kafka en ce temps-là, toutes ces choses que le romancier ne lui avait pas racontées alors et qui étaient perdues pour toujours. Il se demandait ce que le méditatif Franz en serait venu à écrire s'il avait vécu assez longtemps pour voir ce qui se passait aujourd'hui. Et pourtant Utitz ne pouvait même pas savoir à ce moment-là que ses sœurs, Elli et Valli Kafka, mourraient un peu plus tard dans les chambres à gaz du camp d'extermination de Chełmno et que la petite Ottla serait également assassinée au gaz Zyklon à Auschwitz-Birkenau.

En réalité, l'auteur de *La Métamorphose* avait su avant tout le monde ce qui allait se produire : que les hommes se transformeraient du jour au lendemain en des créatures monstrueuses.

La bibliothèque de Terezín était une pieuvre de papier qui déroulait ses tentacules à partir du bâtiment L304 et transportait ses livres à travers toute la ville. Les volumes voyageaient sur des présentoirs roulants qui passaient dans les différents blocs d'habitation afin que les gens les empruntent.

Petr était de corvée aux champs et, après son travail, il avait ce jour-là un récital de poésie : c'était donc Dita qui avait eu le plaisir d'accompagner une bibliothécaire, mademoiselle Sittigová, pendant que celle-ci poussait son chariot de livres dans les rues de Terezín. Après des heures de labeur dans les ateliers, les usines, les fonderies ou aux travaux agricoles, cette offre d'évasion qui arrivait en roulant depuis la bibliothèque était vraiment la bienvenue. Certes, mademoiselle Sittigová lui racontait aussi que les livres étaient souvent volés et pas toujours pour être lus, mais pour être utilisés comme papier hygiénique ou combustible pour les poêles. D'une manière ou d'une autre, les livres s'avéraient tout de même d'une grande utilité.

Elle n'avait pas à donner de la voix pour annoncer son arrivée : « Service de bibliothèque ! » Jeunes et vieux formaient aussitôt un écho de voix disparates qui répandait la nouvelle, et celle-ci ricochait en cris joyeux jusqu'à ce qu'apparaissent par la porte des bâtiments des personnes qui sortaient gaiement feuilleter les différents volumes. Dita avait tellement adoré pousser les livres à travers la ville qu'à compter de ce jour, elle s'était mise à faire les tournées avec eux. Sa journée de travail une fois terminée, les jours où elle n'avait pas sa leçon de peinture, elle aidait la bibliothécaire dans sa tâche.

Et c'est ainsi qu'elle avait revu Fredy Hirsch.

Il vivait dans l'un des bâtiments qui s'élevaient à côté du dépôt central de vêtements. Il était rare de l'y trouver car il était tout le temps en train d'aller et venir, d'organiser des compétitions sportives ou de participer à des activités avec les jeunes du ghetto. Les jours où Dita le voyait s'approcher de son chariot, il arrivait toujours de sa démarche énergique, dans ses habits soignés, et il la saluait de son sourire léger mais suffisant pour vous faire sentir important. Il cherchait des recueils de chansons ou des ouvrages de poésie afin de les utiliser dans les réunions qu'il organisait avec des groupes de garçons et de filles le vendredi soir pour célébrer le shabbat. On y chantait, on y racontait des histoires, et Fredy leur parlait du retour en Israël, où ils iraient après la guerre. Un jour, il avait même encouragé la jeune Dita à se joindre à eux, et elle lui avait répondu en rougissant qu'une autre fois peut-être, mais elle se sentait très gênée à l'idée d'y aller et elle ne croyait pas que ses parents l'y auraient autorisée. Dans le fond, cependant, elle aurait adoré prendre part à ces groupes d'adolescents un peu plus âgés qui chantaient, débattaient comme s'ils étaient des adultes et s'embrassaient même en cachette. Fredy repartait ensuite de son pas vigoureux d'homme qui a une mission à accomplir.

Dita se rend compte qu'elle connaît bien peu Alfred Hirsch. Et il tient sa vie entre ses mains. S'il dit aux autorités allemandes : « La détenue Edita Adlerova cache des livres clandestins sous ses vêtements », ils peuvent la prendre en flagrant délit à la première inspection. Mais s'il voulait la dénoncer, pourquoi ne l'a-t-il pas déjà fait ? Et pourquoi Hirsch irait-il se dénoncer lui-même, étant donné que tout le bloc 31 est son initiative ? Elle ne comprend pas. Elle va devoir enquêter, mais il va falloir le faire avec discrétion. Peut-être Hirsch sert-il d'une certaine manière la cause des prisonniers et qu'elle risquerait de tout faire tomber à l'eau.

Ça doit être ça.

Elle veut faire confiance à Hirsch. Mais alors, pourquoi le chef de bloc a-t-il peur qu'ils ne le découvrent et qu'ils ne le détestent ? Hirsch ne peut pas être un traître, se dit-elle. C'est impossible. Hirsch est l'homme qui a le plus tenu tête aux nazis, celui qui les méprise le plus, celui qui se sent le plus fier d'être juif, celui qui joue sa tête pour que les enfants aient une école.

Alors pourquoi nous ment-il ?

9

Le camp de quarantaine est bondé de soldats russes arrivés depuis peu. De leur dignité de soldats, il ne reste pas grand-chose : on leur a rasé la tête et ils portent les tenues rayées des prisonniers. C'est maintenant une armée de mendiants. Ils attendent en tournant en rond ou assis par terre, par petits groupes et dans un grand silence. Certains regardent à travers la clôture et voient les femmes tchèques du camp familial, aux chevelures intactes, et les enfants qui gambadent dans la *lagerstrasse*.

Rudi Rosenberg, en sa qualité de secrétaire du camp de quarantaine, travaille activement à la rédaction des listes des nouveaux arrivants. Rudi parle russe, également polonais et un peu d'allemand. Cela facilite les choses aux SS qui sont de garde pour superviser l'enregistrement, et Rudi le sait. Ce matin, il a veillé à faire disparaître dans ses poches les trois ou quatre crayons dont il disposait et il se dirige vers un brigadier encore plus jeune que celui qu'il connaît et avec qui il a l'habitude d'échanger quelques blagues, surtout aux dépens des jeunes filles qui arrivent dans les convois de femmes.

— Brigadier Latteck, on est débordés aujourd'hui. C'est toujours sur vous que tombe le sale boulot !

Les Allemands doivent être vouvoyés, même lorsqu'il s'agit d'un gamin de dix-huit ans.

— C'est vrai ! Tu l'as remarqué aussi, Rosenberg ? Tout le boulot, c'est moi qui me le farcis. À croire qu'il n'y a pas d'autre brigadier dans la section. Ce foutu sergent-chef ne peut pas me sentir. C'est un sale plouc de Bavière, il ne supporte pas les Berlinois. Bon sang, faites qu'on m'accorde enfin mon affectation au front.

— Brigadier, excusez-moi de vous importuner, mais je n'ai plus de crayons.

— J'enverrai un soldat au poste de garde t'en chercher un.

— Tant qu'à y aller, il pourrait profiter du voyage. Pourquoi ne lui dites-vous pas d'en rapporter une boîte ?

Le SS le regarde fixement, puis il se fend d'un sourire.

— Une boîte ? Et qu'est-ce que tu veux foutre avec tous ces crayons, Rosenberg ?

Rudi comprend que le brigadier est moins bête qu'il n'en a l'air. Alors il lui renvoie son sourire malicieux, comme s'ils étaient deux larrons en foire.

— Eh bien, c'est qu'il y a beaucoup de choses à noter ici. Et en vérité... Oui, si j'ai un ou deux crayons en trop, ça arrangerait les gars des vestiaires pour prendre leurs notes, parce que c'est vrai qu'ils sont durs à obtenir dans le *lager*. Alors quand quelqu'un peut leur fournir des crayons, ils peuvent parfois vous renvoyer l'ascenseur avec une paire de chaussettes neuves.

— Ou une petite pute juive !

— Ça peut.

— Je vois...

Le regard inquisiteur du SS est dangereux. S'il le dénonce, il est perdu. Il faut vite qu'il morde à l'hameçon.

— En fait, il s'agit juste d'être un peu sympa avec les gens. Comme ça, ils peuvent l'être avec vous aussi. Il y a des gens sympas qui m'offrent parfois des cigarettes.

— Des cigarettes ?

— Dans les vêtements qui arrivent à la laverie, il y a parfois un paquet de cigarettes resté dans une poche... Un jour, j'ai même vu du tabac blond.

— Du blond ?

— Du blond.

Rudi sort une cigarette de la poche de sa chemise.

— Comme celui-ci.

— Tu es un enfoiré, Rosenberg. Un sacré petit malin d'enfoiré.

Le brigadier sourit.

— Elles ne sont pas faciles à trouver, mais je pourrais peut-être vous en dégoter quelques-unes.

— J'adore le tabac blond.

Et en disant cela, le SS a une étincelle d'avidité dans le regard.

— Il a un autre goût, c'est sûr. Rien à voir avec le brun.

— Non...

— Le tabac blond, c'est comme les femmes blondes. Une autre qualité.

— Oui...

Le lendemain, Rosenberg a rendez-vous avec Alice et emporte deux paquets de crayons dans sa poche. Il va devoir rendre quelques services pour obtenir les cigarettes du brigadier, mais cela ne l'inquiète pas outre mesure. Il sait comment faire. Tandis qu'il marche vers la frontière barbelée, il s'interroge encore une fois au sujet du camp familial. On n'a jamais autorisé les Juifs à rester en famille. À quoi peuvent bien servir des enfants et des vieillards dans un camp de travaux forcés et d'extermination ? Au milieu de douzaines de sous-camps, le BIIb fait figure d'exception. Pourquoi les nazis l'ont-ils permise ? Cette énigme est un casse-tête pour la Résistance. Il se demande si Fredy Hirsch n'en sait pas plus long qu'il n'en a l'air. Hirsch ne garderait-il pas un atout dans sa manche ? Et pourquoi pas ? Tout le monde ne fait-il pas la même chose ? Pour sa part, il ne raconte pas à Schmulewski les bonnes relations qu'il entretient avec certains SS, ce qui lui permet de traficoter de petites denrées. Peut-être que ce ne serait pas très bien vu par la Résistance, mais c'est bon pour lui. Sans doute que Schmulewski non plus, sous ses airs sévères et réservés, ne dévoile pas toutes ses cartes. Est-ce qu'il ne bénéficie pas d'un poste d'adjoint au *kapo* allemand de son baraquement ? Quelles concessions le héros des Brigades internationales a-t-il dû faire pour obtenir ce poste avantageux ? Combien de cartes sont cachées sous le tapis de jeu boueux d'Auschwitz ?

Il tourne en rond à l'arrière des baraquements jusqu'à l'arrivée d'Alice. Il se dirige alors vers la clôture. Si le garde du mirador est de ceux qui ont un caractère de cochon, il donnera un coup de sifflet d'un moment à l'autre pour leur ordonner de s'éloigner. Alice se tient de l'autre côté des barbelés, à quelques mètres à peine. Depuis deux jours Rudi ne pense qu'à cet instant et, en la voyant, il ressent une joie qui lui fait oublier toutes les pénuries.

— Assieds-toi.

— Je suis bien debout. Le sol est tout boueux !

— Oui, mais tu dois t'asseoir pour que le garde sache que nous sommes juste en train de bavarder et qu'il n'aille pas soupçonner que nous fabriquons autre chose près de la clôture.

Au moment où Alice s'assoit, sa jupe se soulève et laisse entrevoir un instant sa culotte, miraculeusement blanche dans ce bourbier. Rudi sent son corps s'électriser.

— Comment ça va ? lui demande Alice.

— Maintenant que je te vois, tout va bien.

Alice rougit puis sourit de plaisir.

— J'ai les crayons.

Elle ne semble pas très surprise, et cela déçoit un peu Rudi. Il s'attendait à ce que les crayons soient un coup de maître et qu'elle dise quelque chose, qu'elle s'évanouisse presque sous le coup de l'émotion. La jeune fille ne doit pas savoir que magouiller n'est pas simple dans le *lager* et que, pour y arriver, il a dû embobiner un SS.

Rudi ne connaît pas les femmes. Alice est véritablement impressionnée, il suffirait qu'il lise dans ses yeux pour s'en apercevoir. Les hommes attendent toujours qu'on leur dise tout.

— Et comment vas-tu les introduire dans notre camp ? Avec un messager ?

— On ne peut faire confiance à personne par les temps qui courent.

— Alors comment ?

— Tu verras bien.

Rudi observe du coin de l'œil la silhouette du soldat dans le mirador. Il est assez loin, et l'on ne distingue qu'une petite partie de son torse et de sa tête. Mais comme il porte un fusil en bandoulière, Rudi sait à quel moment le soldat est tourné vers eux et quand il est de dos : lorsqu'il se tient face à eux, la pointe du fusil qui apparaît sur son épaule droite est orientée vers l'intérieur du camp. Lorsqu'il leur tourne le dos, la pointe du fusil change de côté et indique l'extérieur de l'enceinte. Grâce à cette boussole improvisée, Rudi se rend compte que le soldat pivote nonchalamment toutes les deux ou trois secondes. Dès qu'il voit la pointe du fusil se tourner vers l'entrée, il se lève et s'avance hardiment vers la clôture. Alice met sa main sur sa bouche dans un geste effrayé.

— Vite, approche !

Il sort de sa poche les deux fagots de crayons solidement liés par une ficelle, et en faisant très attention, il serre les doigts afin de glisser les paquets de l'autre côté de la clôture à travers les trous des barbelés électrifiés. Alice s'empresse de les ramasser par terre. Jamais elle ne s'était autant approchée de cette clôture de plusieurs milliers de volts. Ils reculent tous les deux de quelques mètres et, à cet instant précis, Rudi voit le canon lui indiquant le mouvement du garde se mettre à tourner comme l'aiguille d'une montre jusqu'à les avoir dans son champ de vision.

— Pourquoi ne m'as-tu pas prévenue que nous allions faire comme ça ? dit Alice, le cœur battant à toute allure sous sa poitrine. Je m'y serais préparée un peu !

— Il y a des choses pour lesquelles il vaut mieux ne pas se préparer. Parfois, il faut agir impulsivement.

— Je donnerai les crayons à monsieur Hirsch. Nous te sommes très reconnaissants.

— Maintenant, il faut que nous partions…

— Oui.

— Alice…

— Quoi ?

— J'aimerais te revoir.

Elle sourit. C'est beaucoup mieux que des mots.

— Demain à la même heure ? demande Rudi.

Elle acquiesce et commence à s'éloigner vers la rue principale de son camp. Rudi lui dit au revoir de la main. De ses lèvres pulpeuses, Alice lui souffle un baiser qui s'élève au-dessus des barbelés et qu'il attrape au vol. Jamais il n'aurait pensé qu'un simple geste pouvait le rendre aussi heureux.

Il y a quelqu'un qui, ce matin, a un labyrinthe dans la tête. Dita est attentive à la moindre mimique, aux sourcils qui se haussent et aux mâchoires qui se crispent, elle observe tout ce qui se trouve autour d'elle avec l'intérêt avide des chasseurs de microbes du livre de Paul de Kruif posant l'œil sur leur microscope. Adoptant une attitude policière, elle s'efforce de découvrir quelque chose dans la façon dont chacun se meut. Elle veut savoir la vérité que les mots ne racontent pas. Et elle espère qu'une manière de regarder, de bafouiller ou de ravaler sa salive trahira ceux qui cachent quelque chose. La méfiance est une démangeaison qui démarre en douceur mais, quand vous en prenez conscience, vous ne pouvez déjà plus vous empêcher de vous gratter.

Toutefois, la vie continue, et Dita ne veut pas non plus que l'on remarque son inquiétude. Elle est donc à la bibliothèque dès la première heure, assise sur un banc, le dos appuyé au conduit d'évacuation horizontal de la cheminée. Elle a disposé les livres sur un autre banc devant elle, défiant le monde. Lichtenstern lui a cédé l'un des assistants pour qu'il l'aide à contrôler le va-et-vient des livres à chaque changement d'heure, et ce matin c'est un garçon à la peau laiteuse qui s'est assis près d'elle, tellement taciturne qu'il n'a pas encore ouvert la bouche.

Le premier à s'approcher est un jeune professeur qui fait cours à un groupe d'enfants près d'elle et qui la salue d'un mouvement de tête silencieux. Elle a entendu dire qu'il était communiste. Et aussi très cultivé, qu'il parlait même l'anglais. Elle observe ses gestes pour savoir s'il est digne de confiance, mais elle ne sait pas quoi penser. Elle remarque cependant une étincelle d'intelligence derrière son indifférence étudiée. Il promène son regard sur les livres et, en apercevant celui de H.G. Wells, il acquiesce comme pour donner son approbation. Il s'arrête ensuite sur le livre des théories de Freud et secoue négativement la tête. Dita l'observe avec attention et redoute presque ce qu'il va dire. Finalement, il reste songeur un instant.

— Si H.G. Wells savait qu'il est le voisin de Sigmund Freud, il serait en colère contre toi.

Dita le regarde avec des yeux ronds comme des soucoupes et rougit un peu.

— Je ne vous suis pas...

— Ne fais pas attention à ce que je dis. C'est juste qu'il me choque de voir côte à côte un rationaliste socialiste comme Wells et un marchand de fantaisies comme Freud.

— Freud est un auteur de contes fantastiques ?

— Non, absolument pas. Freud était un psychiatre autrichien, de Moravie, juif. Quelqu'un qui regardait ce qu'il y avait dans la tête des gens.

— Et qu'est-ce qu'il a vu ?

— Bien des choses, selon lui. Dans ses livres, il explique que le cerveau est un placard où les souvenirs pourrissent et rendent les gens fous. Il a inventé une méthode pour guérir les maladies mentales : allonger le patient sur un divan et le faire parler jusqu'à ce qu'il raconte le dernier de ses souvenirs ; ainsi, il fouille dans ses pensées les plus secrètes. Il a appelé ça la psychanalyse.

— Qu'est-ce qu'il est devenu ?

— Il est devenu célèbre. C'est ce qui lui a permis de s'enfuir de justesse, à Vienne en 1938. Les nazis sont entrés dans son cabinet, ils ont tout détruit et ils ont fait main basse sur mille cinq cent dollars. Quand ils en ont informé Freud, il a dit que lui-même n'avait jamais obtenu autant d'une simple visite. Il connaissait beaucoup de personnes influentes. Et pourtant, ils ne l'ont pas laissé sortir du pays et partir pour Londres avec sa femme et sa fille avant qu'il ait signé un papier où il disait à quel point il avait été bien traité par les autorités nazies et combien la vie était merveilleuse à Vienne sous le Troisième Reich. À la fin du document, il a demandé à rajouter quelque chose parce qu'ils étaient encore loin du compte et il a écrit : « Je recommande vivement la Gestapo à tout le monde. » Les nazis étaient enchantés.

— Ils ne connaissent rien à l'humour juif.

— Pour les Allemands, l'humour consiste à se chatouiller sous les pieds.

— Et quand il est arrivé en Angleterre ?

— Freud est mort l'année suivante, en 1939. Il était déjà très âgé et très malade, ajoute-t-il en prenant le volume de Freud et en le feuilletant. Les livres de Freud ont été les premiers qu'Hitler a ordonné de brûler en 1933. Ce livre est une vraie bombe à retardement : non seulement il s'agit d'un livre clandestin, mais il est également interdit.

Dita ressent un léger frisson et décide de changer de sujet.

— Et H.G. Wells, c'était qui ?

— Un libre-penseur, un socialiste. Mais c'était surtout un grand romancier. As-tu entendu parler de l'homme invisible ?

— Oui...

— Eh bien, c'est lui qui a écrit ce roman. Ainsi que *La Guerre des mondes*, où il raconte que les Martiens débarquent sur la Terre. Et *L'Île du docteur Moreau*, avec ce scientifique cinglé qui réalise des mélanges génétiques entre les hommes et les animaux. Le docteur Mengele adorerait ! Mais je crois que son meilleur roman, c'est *La Machine à explorer le temps*. Avancer et reculer dans le temps... (et à ces mots, il devient songeur). Tu imagines ? Tu sais ce que cela signifierait de monter à bord de cette machine, de voler jusqu'en 1924 et d'empêcher Adolf Hitler de sortir de prison ?

— Mais toute cette histoire de machine n'est qu'une invention, n'est-ce pas ?

— Malheureusement, oui. Les romans apportent à la vie ce qui lui manque.

— Bon, si vous préférez, je peux placer monsieur Freud et monsieur Wells chacun à une extrémité du banc.

— Non, laisse-les ainsi. Peut-être apprendront-ils quelque chose l'un de l'autre.

Et il prononce ces mots avec une telle gravité que Dita ne sait pas si ce professeur, qui possède l'aplomb d'un homme mûr malgré son tout jeune âge, parle sérieusement ou s'il plaisante.

Alors qu'il fait demi-tour pour retourner vers son groupe, Dita se dit que cet homme est une encyclopédie ambulante. L'assistant qui est à ses côtés n'a pas articulé ne serait-ce qu'une syllabe. Ce n'est qu'au moment où le professeur s'éloigne qu'il dit d'une voix d'enfant aussi aiguë qu'un mirliton (et Dita comprend alors pourquoi il s'efforce de parler le moins possible) que cet homme s'appelle Ota Keller et qu'il est communiste. Elle hoche la tête.

Dans l'après-midi, on a demandé à Dita l'un de ses livres vivants, *Le Merveilleux Voyage de Nils Holgersson*. Madame Magda est une femme à l'apparence fragile, aux cheveux très blancs et tellement menue qu'elle ressemble à un moineau. Mais dès qu'elle se met à raconter cette histoire, elle prend de l'ampleur, sa voix se fait étonnamment puissante et elle ouvre les bras dans un mouvement spectaculaire pour décrire les oies en train de battre des ailes et d'emporter Nils Holgersson dans les airs. Sur cette bande d'oiseaux vigoureux grimpent à leur tour les nombreux enfants d'âges variés qui suivent ses paroles en groupe avec les pupilles dilatées et qui s'envolent, montés sur leur croupe, à travers le ciel de Suède.

Presque tous ont déjà entendu cette histoire auparavant, et même plusieurs fois, mais ceux qui la connaissent le mieux sont ceux qui la savourent le plus, car ils reconnaissent au fur et à mesure les différentes étapes du récit et ils rient avant même que les évènements se produisent, prenant part eux aussi aux péripéties. Même Gabriel, la terreur des professeurs du bloc 31, incapable de tenir en place un instant en temps normal, s'est mué en statue.

Nils est un garçon capricieux qui joue de vilains tours aux animaux de sa ferme. Un jour qu'il reste seul à la maison pendant que ses parents sont à la messe, il se dispute avec un lutin qui en a assez de son attitude prétentieuse et qui le rapetisse à la taille d'un habitant des bois. Pour se racheter, le garçon s'accroche au cou d'une oie domestique et rejoint un vol d'oies sauvages qui sillonnent le ciel de son pays. À mesure que l'impertinent Nils, accroché au cou du brave Martin, commence à mûrir et à comprendre que le monde s'étend bien au-delà de lui et de son attitude égoïste, l'auditoire s'élève également au-dessus de son âpre réalité, où règne souvent aussi l'égoïsme, comme c'est le cas quand certains se faufilent dans la queue pour arriver avant les autres à la soupe ou volent la cuillère de leur voisin.

Quand Dita va trouver madame Magda pour lui dire qu'elle a une séance de Nils Holgersson à telle heure, cette dernière a parfois un moment d'hésitation.

— Mais ils ont déjà tous entendu ce conte une bonne douzaine de fois ! Quand ils vont voir que je raconte encore la même chose, ils vont se lever des tabourets et partir.

Mais personne ne part jamais. Peu importe combien de fois ils ont déjà entendu ce conte, il leur plaît toujours. En plus, ils veulent toujours l'écouter depuis le début. Parfois, de crainte de les ennuyer, la professeure cherche à prendre des raccourcis et à le rendre plus bref en sautant un passage, mais des protestations s'élèvent aussitôt dans le public.

— C'était pas comme ça ! lui disent-ils.

Et elle doit rembobiner et tout raconter de nouveau, sans rien sauter. Plus les enfants écoutent cette histoire, plus elle leur appartient.

Le conte se termine, d'autres groupes achèvent leurs jeux de devinettes ou les modestes travaux manuels qu'ils peuvent se permettre avec les rares matériaux disponibles. Un groupe de filles a confectionné des marionnettes à partir de vieilles chaussettes et de petits bouts de bois. Après l'appel de la fin d'après-midi, supervisé par le directeur adjoint, les enfants abandonnent le baraquement 31 pour retourner auprès de leurs familles.

Les assistants terminent rapidement leur tâche ; leur application à passer les balais en bruyère sur le sol répond plus à un rituel ou à une façon de justifier leur poste qu'à une réelle nécessité. Ils finissent aussi de remettre les tabourets à leur place et de nettoyer des restes imaginaires de nourriture, car personne ne gâche rien et les écuelles sont nettoyées à coups de langue pour en laper jusqu'à la dernière goutte de soupe. Une miette est un trésor. Ils quittent le baraquement à mesure qu'ils achèvent leur simulacre de nettoyage, et le calme s'installe pour de bon dans le bloc 31, qui a fourmillé toute la journée de leçons, de chansons et de réprimandes aux plus dissipés.

Les professeurs s'assoient sur un îlot de tabourets et commentent les incidents de la journée. Dita est restée dans son recoin caché derrière les planches, comme elle le fait parfois à la fin des cours, histoire de lire un moment, car les livres ne peuvent pas sortir du bloc. Les livres, à Auschwitz, n'existent pas officiellement. Dans l'angle, appuyé contre le mur, elle remarque qu'il y a un bâton muni d'une ficelle formant un petit maillage, comme s'il s'agissait d'une sorte de filet à papillons, mais tellement mal conçu qu'à la moindre tentative d'en attraper un, celui-ci s'échapperait par un trou. Elle ne voit pas à qui un objet aussi inutile peut appartenir. Il n'y a pas de papillons à Auschwitz. Elle aurait tellement aimé en voir un.

Elle aperçoit alors quelque chose dans un trou d'une planche du mur, et en tirant dessus elle voit qu'il s'agit d'un crayon minuscule, tout juste un bout doté d'une pointe noire. Mais un crayon est une machine extraordinaire. Elle ramasse par terre une cocotte en papier abandonnée par le professeur Morgenstern et la déplie soigneusement ; elle obtient ainsi un bout de papier sur lequel dessiner. Il est froissé et à moitié gribouillé, mais cela reste du papier. Cela fait tellement longtemps qu'elle ne dessine plus… Depuis Terezín.

Le très gentil professeur de peinture qui donnait des cours aux enfants du ghetto disait que peindre était une façon de s'en aller loin d'ici. Il s'agissait d'un homme tellement cultivé et passionné que Dita n'avait jamais osé le contredire. Mais la peinture ne la transportait pas au loin et ne la faisait pas non plus monter dans le wagon d'autres vies comme les livres. C'était plutôt le contraire : la peinture la catapultait à l'intérieur d'elle-même. Peindre n'était pas une façon de sortir, mais de rentrer. Les tableaux qu'elle peignait à Terezín étaient donc obscurs, remplis de traits agités et de ciels lourds d'un gris ténébreux, comme si elle pressentait que ce ciel intérieur deviendrait le seul qu'elle verrait lorsqu'on les emmènerait à Auschwitz, un ciel dont les nuages sont faits de cendre. Peindre avait été une façon de se parler à elle-même pendant toutes ces fins d'après-midi où elle était gagnée par l'accablement d'une jeunesse qui n'avait pas encore commencé mais semblait déjà condamnée.

Elle dessine sur le papier un croquis du baraquement, avec ses archipels de tabourets, la cheminée comme une rayure de pierre et les deux bancs : l'un pour elle et l'autre pour les livres. Voilà son monde.

Elle ne peut pas ne pas entendre venir à elle le ressac des voix des professeurs, particulièrement crispées cet après-midi. Madame Cou de Dindon se plaint amèrement qu'il lui est impossible d'expliquer la géographie aux enfants et leur raconter la différence entre le climat méditerranéen et le climat continental pendant que l'on entend les cris, les ordres et les pleurs des déportés qui entrent dans le camp et passent à quelques mètres du baraquement en route pour les douches ou la mort.

— Les trains arrivent, et nous devons faire comme si nous n'entendions rien et poursuivre la leçon, et les enfants tournent la tête, chuchotent entre eux, et nous, comme si nous étions sourds, comme si nous ne savions rien... Est-ce qu'il ne vaudrait pas mieux regarder les choses en face, parler avec eux du camp de concentration, leur expliquer ce qui est en train de se passer, si tant est qu'ils ne soient pas déjà parfaitement au courant ?

Fredy Hirsch n'est pas là, il a pour habitude de s'enfermer dans sa chambre l'après-midi pour travailler et il participe de moins en moins à la vie sociale. Dita le trouve dans son repaire quand elle va remettre les livres dans leur cachette, et elle le voit occupé à écrire sur des papiers. Il lui a expliqué un jour que c'était un rapport pour Berlin, qu'ils étaient très intéressés par l'expérience du bloc 31. Est-ce que cette ombre que Hirsch cherche à dissimuler aux autres se trouve dans ces rapports ? En son absence, c'est Miriam Edelstein qui se montre inflexible avec la coriace madame Krizková et lui rappelle les ordres de la direction.

— Mais ne crois-tu pas que les enfants sont très inquiets ? l'interpelle une autre professeure.

— Raison de plus, répond Miriam Edelstein. Quel sens cela a-t-il d'insister là-dessus ? À quoi bon jeter du sel sur une blessure ? Cette école a une mission au-delà de sa visée purement pédagogique : transmettre aux enfants une certaine sensation de normalité, éviter qu'ils ne tombent dans le désespoir, leur montrer que la vie suit son cours.

— Pour combien de temps ? demande une voix.

Et la conversation s'emballe. De tous côtés jaillissent des commentaires pessimistes, optimistes, des théories diverses et variées pour tenter d'expliquer le tatouage sur le bras des enfants du convoi de septembre qui parle d'un traitement spécial au bout de six mois, et le dialogue se transforme en cacophonie.

Dita, qui est la seule jeune assistante autorisée à rester dans le baraquement à cette heure-ci, se sent vaguement embarrassée d'être témoin du débat des professeurs, et le mot « mort » résonne à ses oreilles comme une chose obscène et immorale, une chose qu'une jeune fille ne devrait pas entendre. Alors elle sort. Aujourd'hui, elle n'a vu Hirsch nulle part. Apparemment, il est pris par une affaire importante. Il doit se préparer pour une visite protocolaire du haut commandement. C'est Miriam Edelstein qui a la clef de la chambre, et elle ouvre la porte à Dita pour lui permettre d'accéder à la cachette et d'y ranger les livres. Elles se regardent toutes les deux un instant. La jeune fille essaie de voir si elle détecte chez la directrice adjointe une quelconque expression de trahison ou de fausseté, mais elle ne sait pas quoi penser. Ce qu'elle voit chez madame Edelstein, c'est une profonde tristesse.

Elle sort du bloc 31, pensive. Elle se demande si elle ne devrait pas consulter son père, qui est une personne sensée. Tout à coup, elle se rappelle qu'elle doit aussi faire attention à Mengele, et elle tourne deux ou trois fois la tête à toute vitesse pour voir si quelqu'un la suit. Comme le vent est tombé, il s'est mis à neiger sur le camp et la *lagerstrasse* est presque vide, seuls quelques individus marchent avec empressement vers la chaleur des baraquements. Aucun signe de SS. En revanche, dans l'un des passages latéraux entre deux blocs, elle aperçoit un homme en train d'effectuer des bonds, défiant la température glacée dans une vieille veste usée, avec un mouchoir en guise d'écharpe. Elle regarde plus attentivement : cette barbe blanche, ces cheveux en bataille, ces lunettes rondes... C'est le professeur Morgenstern.

Il gesticule énergiquement, un coup en haut, un coup en bas, tout en brandissant un bâton sur lequel est attaché un filet, et Dita s'aperçoit que c'est le filet à papillons qu'elle a vu dans le bloc 31. Elle sait maintenant à qui il appartient. Elle observe le professeur pendant quelques instants car elle ne comprend pas ce qu'il fabrique en agitant ce machin dans l'air, puis elle réalise enfin. Jamais elle n'aurait pu imaginer que Morgenstern l'utilisait pour capturer des flocons de neige.

La voyant immobile, en train de le regarder sans dire un mot, il la salue d'un geste amical. Puis il poursuit sa laborieuse chasse aux papillons de glace. Parfois, s'élançant après un flocon, il est sur le point de glisser et trébucher, mais il réussit finalement à l'attraper et il le dépose un instant dans le creux de sa main pour le regarder fondre. Des cristaux de glace étincellent dans la barbe grise du vieux professeur, et la jeune fille croit bien deviner sur son visage lointain le sourire du bonheur.

10

Lorsqu'elle va ranger les livres dans la chambre de Fredy Hirsch l'après-midi, elle fait en sorte de s'en aller tout de suite et de ne pas croiser son regard. Elle ne veut pas courir le risque de découvrir dans ses yeux quelque chose qui pourrait faire s'effondrer ce château de cartes que nous appelons la confiance. Elle préfère croire en lui les yeux fermés, comme on le fait avec les choses les plus sacrées. Mais elle est têtue et, elle a beau faire, l'eau de Javel de la foi n'arrive pas à effacer la scène à laquelle elle a assisté dans le bloc 31. De même que Nils Holgersson s'est accroché au cou d'une oie pour partir au loin, elle s'accroche aux livres de sa bibliothèque pour qu'ils la sortent de ce marécage de fange et de doutes.

La curiosité que le professeur Ota Keller a fait naître en elle la pousse à se blottir dans son recoin l'après-midi et à lire H.G. Wells, pendant que les cours ordinaires ont cessé et que les élèves jouent dans le baraquement, qu'il y a des concours de devinettes, que l'on fait des dessins avec des crayons apparus comme par miracle ou que l'on prépare des pièces de théâtre. Elle aurait préféré qu'ils aient l'un de ces romans tellement excitants dont parlait le professeur, mais la *Brève histoire du monde* est le livre le plus demandé de sa bibliothèque car c'est celui qui ressemble le plus à un manuel scolaire. C'est vrai que plonger dans ses pages lui donne la sensation de revenir dans son école à Prague et, levant les yeux, de voir devant elle le tableau vert et la maîtresse aux mains tachées de craie.

> L'histoire de notre monde n'est encore connue que d'une manière fort imparfaite. Il y a quelques centaines d'années en arrière, c'était à peine si les hommes connaissaient l'histoire des trois derniers millénaires. Ce qu'il s'était produit auparavant relevait de la légende ou de la spéculation.

Wells était davantage un romancier qu'un historien. Dans son livre, il parlait de la formation de la Terre en évoquant des théories extravagantes à propos de la Lune que les scientifiques avaient émises au début du XXe siècle, puis il conduisait son lecteur à travers les âges géologiques : le précambrien, et les premières algues ; le cambrien, et ces drôles de trilobites ; le carbonifère, où poussent des forêts colossales ; ou encore le permien, où apparaissent les premiers reptiles.

Dita se promène avec ébahissement sur une planète agitée de convulsions volcaniques, avec les brusques variations climatiques qui s'ensuivent, où les époques de chaleur alternent avec des glaciations extrêmes. L'ère des dinosaures, ces reptiles aux dimensions démesurées qui régnaient en maîtres sur la planète, attire puissamment son attention.

> Cette différence entre le monde des reptiles et le monde de nos comportements humains est une chose que nous ne devons pas ignorer. Nous ne pouvons pas concevoir en nous-mêmes l'immédiateté et l'absence de complications liées au comportement instinctif des reptiles, pas plus que leurs appétits, leurs peurs et leurs phobies. Il nous est impossible de les comprendre dans leur simplicité car toutes nos motivations sont complexes ; nous soupesons et nous évaluons nos comportements, et nous ne nous contentons pas d'agir de manière impétueuse.

Elle se demande ce que dirait H.G. Wells s'il voyait l'endroit où ils vivent, s'il saurait encore distinguer les reptiles des humains.

Ce livre l'accompagne lors des après-midis plus désordonnés du bloc 31 et, s'en servant comme d'un laissez-passer, elle pénètre dans les passages souterrains des imposantes pyramides d'Égypte, elle traverse la Babylone des jardins suspendus ou l'Assyrie des grandes batailles. Une vaste carte des possessions de Darius Ier, l'empereur des Perses, lui révèle un territoire démesuré, plus grand que le plus grand des empires actuels. Elle constate que ce que l'auteur explique dans « Prêtres et prophètes en Judée » ne correspond pas à ce qu'on lui a enseigné dans son enfance sur l'histoire sacrée, ce qui la rend un brin perplexe.

Elle préfère donc revenir aux pages de l'Égypte ancienne, qui la transportent dans un monde de pharaons aux noms mystérieux et lui permettent de monter à bord de leurs barques naviguant sur le Nil. En fin de compte, H.G. Wells avait raison et sa machine à explorer le temps existe bel et bien : ce sont les livres.

Dès que la journée s'achève, elle doit rendre les livres avant l'heure de l'appel. Après l'interminable torture de rester en formation pendant une heure et demie dans le baraquement, elle sort toute contente pour se rendre à la leçon de son père ; aujourd'hui, c'est géographie.

En passant devant le baraquement 14, elle aperçoit Margit assise sur le côté avec Renée. Elles viennent de finir leur appel, qui est beaucoup plus éprouvant pour elles car elles sont exposées à tous les vents. Elle remarque leurs visages graves et s'arrête pour leur dire bonjour.

— Qu'est-ce que vous avez, les filles ? Ça ne va pas ? Vous allez geler ici !

Margit se tourne vers Renée, qui semble avoir quelque chose à raconter. La jeune fille déroule une boucle blonde de son front et la mordille avec nervosité. Elle soupire, et une volute blanche sort de sa bouche pour se perdre dans l'air.

— C'est ce nazi… Il me harcèle.

— Il t'a fait quelque chose ?

— Non, pas encore. Mais ce matin, il s'est une nouvelle fois approché et il s'est planté devant moi. Je savais que c'était lui et je ne voulais pas relever la tête. Mais il ne partait pas. Finalement, il m'a touché le bras.

— Et qu'est-ce que tu as fait ?

— Je savais que si je relevais la tête pour le regarder, je ne pourrais plus lui échapper. Alors, tout en creusant, j'ai jeté une pelletée de terre sur ma camarade d'à côté et elle s'est mise à crier comme un putois. Ça a créé un petit raffut, et le reste de la patrouille est venu. Il a reculé et il ne m'a rien dit. Mais il venait me chercher... Ce ne sont pas des idées que je me fais, Margit l'a bien vu hier.

— Oui, c'est vrai, après l'appel. On bavardait toutes les deux avant de rentrer au baraquement pour voir nos parents et il s'est arrêté à quelques pas. Il regardait Renée, aucun doute.

— Il la regardait d'un air fâché ? demande Dita.

— Non. Il la regardait très fixement. C'était, comment dire... ce regard sale des hommes.

— Sale ?

— Je crois qu'il veut avoir des relations charnelles avec Renée.

— Tu es folle, Margit ?

— Je sais de quoi je parle. Les hommes, on voit tout dans leur regard, ils restent là la bouche ouverte, c'est comme s'ils t'imaginaient déjà toute nue. Ce sont des porcs.

— J'ai peur, murmure Renée.

Dita la serre dans ses bras et lui dit qu'elles ont toutes peur. Qu'elles resteront avec elle chaque fois que possible.

Renée a les yeux remplis de larmes et elle grelotte, on ne sait pas si de froid ou de peur. Margit aussi semble sur le point de se mettre à pleurer ou d'éternuer. Dita ramasse un petit bout de bois par terre et commence à tracer résolument des carrés sur le sol blanc de neige.

— Qu'est-ce que tu fabriques ? demandent les deux autres presque d'une seule voix.

— Une marelle.

— Ditinka, je t'en prie ! Nous avons seize ans. Nous ne jouons plus à la marelle. C'est pour les fillettes.

Mais Dita poursuit son idée, traçant le terrain de jeu avec soin comme si elle ne l'avait pas entendue. Lorsqu'elle a fini, elle relève la tête vers ses amies, qui l'observent en attendant sa réponse.

— Les gens sont rentrés dans leurs baraquements. Personne ne nous verra !

Renée et Margit froncent les sourcils et font non de la tête pendant que Dita cherche quelque chose par terre.

— Le bout de bois fera l'affaire, dit-elle.

Elle le lance sur l'un des carrés puis elle saute, en manquant un peu d'équilibre.

— Quelle pataude ! rit Renée.

— Parce que tu y arriverais mieux, toi, peut-être, avec cette neige ? réplique-t-elle en faisant mine d'être fâchée.

Renée retrousse légèrement sa jupe, lance le bout de bois et se met à sauter avec précision sous les applaudissements de Margit. Puis Margit elle-même suit. C'est la plus maladroite des trois : elle trébuche en sautant à cloche-pied et s'étale de tout son long sur le sol enneigé. Dita essaie de l'aider à se relever, mais elle glisse sur une plaque de glace et s'écroule en arrière.

Renée éclate de rire. Toujours au sol, Margit et Dita lui lancent deux boules de neige qui s'écrasent dans ses cheveux et les teignent en blanc.

Et elles rient toutes les trois.

Enfin, elles rient.

Dita, mouillée mais joyeuse, s'enfuit à la hâte car le mercredi elle a sa leçon de géographie. Le lundi est consacré aux mathématiques, et le vendredi au latin. Son professeur est monsieur Adler, son père. Et son cahier de notes n'est autre que sa tête.

Elle se souvient encore du jour où, regagnant leur appartement de Josefov, elle avait vu son père, qui n'avait plus de bureau, assis à l'unique table de la maison, celle du séjour-salle à manger. Il faisait tourner le globe terrestre avec son doigt. Entrant avec son cartable, Dita était venue lui faire un bisou comme chaque après-midi. Certains jours, son père l'asseyait sur ses genoux et ils jouaient à dire un pays, à faire tourner très vite le globe terrestre sur son axe métallique et à l'arrêter d'un coup avec le doigt en essayant de tomber juste. Ce jour-là, il était distrait. Il lui avait dit qu'ils avaient reçu un message de l'école : vacances. Le mot « vacances » est une douce musique à l'oreille des enfants. Mais la façon dont son père l'avait prononcé et la soudaineté de ces vacances scolaires inattendues avaient rendu la musique dissonante. Elle se souvient d'être passée de la joie du premier instant à une angoisse déroutée en comprenant qu'elle n'irait jamais plus à l'école. Son père lui avait alors fait un geste pour qu'elle vienne s'asseoir sur ses genoux.

— Tu étudieras à la maison. Oncle Emil, qui est pharmacien, t'enseignera la chimie, et cousine Ruth te donnera des cours de dessin. J'en parlerai avec eux, tu verras. Moi, je te donnerai des cours de langue et de mathématiques.

— Et de géographie ?

— Bien sûr. Tu seras fatiguée de voyager à travers le monde !

Et il en avait été ainsi.

C'étaient leurs derniers temps à Prague, peu avant la déportation à Terezín en 1942. Et, vu depuis les oubliettes d'Auschwitz, ce n'était pas si mal. Jusque-là son père avait tellement travaillé qu'il n'avait jamais eu trop de temps pour être avec sa fille. Dita avait donc adoré qu'il se transforme en son professeur et qu'il lui explique que la plus haute montagne du monde est l'Everest ou que les sources d'eau souterraines des déserts forment les oasis.

Les leçons avaient lieu l'après-midi. Le matin, son père continuait de se lever à la même heure que d'habitude, il se rasait et enfilait son costume comme il l'avait fait toute sa vie, exécutant avec un très grand soin le double nœud de sa cravate. Avant de sortir pour se rendre à son travail au bureau de la sécurité sociale, il leur donnait, à sa mère et elle, un baiser qui sentait bon la lotion après-rasage.

Puis il y avait eu ce matin où Dita était allée se promener dans le centre. Elle était passée par hasard devant le Café Continental et, à travers la vitre, elle avait vu son père à l'intérieur. Après avoir consacré la moitié de la matinée à regarder les vitrines de boutiques où il lui était interdit d'entrer, elle était à nouveau passée devant le Continental et son père était toujours là, à la même petite table ronde, avec la même tasse vide devant lui et le même journal. Elle avait brusquement compris certaines conversations que ses parents avaient à voix basse et qui s'arrêtaient net dès qu'elle approchait. Son père avait été renvoyé depuis longtemps, mais il ne voulait pas que sa fille le sache.

Elle était discrètement repartie et ne lui avait jamais dit qu'elle savait que son travail consistait à se rendre dans la rue Graben pour prendre une infusion au Café Continental – infusion qu'il devait faire durer toute la matinée – et à être si possible le premier à s'emparer du journal, qui était encastré dans une baguette en métal au cachet de l'établissement, l'un des derniers endroits où le patron, un Juif influent, avait gardé sa licence.

En route pour le baraquement de son père, elle se retourne deux ou trois fois pour regarder derrière elle, car il ne faudrait tout de même pas que Mengele soit collé à ses talons. Même si, pour l'heure, elle s'inquiète davantage de savoir à quoi s'en tenir à propos du directeur du bloc 31.

Son père l'attend sur le côté du baraquement, comme tous les lundis, mercredis et vendredis où il ne pleut pas. Il déplie une vieille couverture à carreaux toute déchirée et l'étale le plus proprement possible pour qu'ils puissent s'y asseoir tous les deux. Voilà leur école. Quand elle arrive, son père a déjà tracé une carte du monde dans la boue à l'aide d'un bâton. Pour qu'elle mémorise les lieux, quand elle était plus petite, il lui disait que la péninsule scandinave était la tête d'un serpent géant et l'Italie la botte d'une dame très élégante. Dessiné dans la fange d'Auschwitz, le monde est difficile à reconnaître.

— Aujourd'hui, nous allons étudier les mers de la planète, Edita.

Elle est incapable de se concentrer sur la leçon. Elle imagine à quel point son père serait heureux avec l'atlas du bloc 31, mais il est interdit de sortir les livres et, avec le souffle de Mengele sur sa nuque, il est même impossible d'envisager une seconde de le faire. Cet après-midi, elle est trop distraite pour prêter attention aux explications, et le fait est que la température est glacée et qu'il commence à neiger.

Elle se réjouit donc de voir sa mère arriver avant l'heure.

— Il fait trop froid. Arrêtez là pour aujourd'hui ou vous allez attraper un rhume.

Ici, sans pénicilline, ni couverture, ni nourriture suffisante, les rhumes sont des maladies mortelles.

Ils se lèvent, et son père l'enveloppe dans la couverture alors qu'en réalité, c'est lui qui grelotte.

— Rentrons au baraquement, ils vont bientôt distribuer le repas.

— Appeler repas un quignon de pain sec, c'est très optimiste, maman.

— C'est la guerre, Edita...

— Je sais, je sais. C'est la guerre.

Sa mère se tait, et Dita en profite pour mettre sur la table la question qui la préoccupe sans l'exposer directement.

— Papa... si, ici dans le camp, tu devais confier un secret à quelqu'un, à qui ferais-tu une confiance aveugle ?

— À toi et à ta mère.

— Oui, ça, je sais. Mais je veux parler des autres.

— Madame Turnovská est quelqu'un de très bien, tu peux être sûre d'elle, le devance sa mère.

— Oh oui, tu peux être sûre que si tu lui racontes quelque chose, très vite même le *kommando* de nettoyage des latrines le saura ! Cette femme est comme une radio, rétorque son père.

— Je suis d'accord, papa.

— La personne la plus intègre que je connaisse ici, c'est monsieur Tomashek. Il est justement passé nous saluer il y a un moment. C'est quelqu'un qui s'inquiète d'autre chose que d'arriver le premier dans la queue de la soupe. Il fait attention aux gens, il les soutient, il s'intéresse à ce qui arrive aux autres. Il n'y a pas beaucoup de personnes comme ça ici.

— Alors, si tu lui demandais une opinion sincère sur quelque chose, tu crois qu'il te dirait la vérité ?

— Certainement. Pourquoi demandes-tu ça ?

— Bah, rien d'important. Des bêtises...

Dita en prend note mentalement. Il faudra qu'elle aille s'entretenir avec monsieur Tomashek pour voir ce qu'il pense.

— Ta grand-mère disait toujours, indique sa mère, que les seuls à dire la vérité sont les enfants et les fous.

Les enfants et les fous... Les enfants ne savent rien ou presque de Hirsch. Mais une ampoule s'allume dans la tête de Dita. Morgenstern... Elle ne peut pas aller voir le premier adulte venu pour lui dire qu'elle a des doutes à propos d'une personne aussi prestigieuse que Hirsch, car on pourrait la réprimander sévèrement, l'accuser devant les autres de trahison ou allez savoir quoi. Mais avec Morgenstern, elle ne court pas ce risque. Si le vieil homme allait tout déballer, elle démentirait, elle dirait que c'est encore l'une de ses divagations. Sait-il quelque chose au sujet de Hirsch ? Elle se dit qu'il faudra vérifier.

Elle prend congé de ses parents au prétexte d'aller voir Margit. Elle sait que l'architecte retraité a pour habitude de rester jusqu'à l'heure de la soupe dans le bloc 31, parfois dans cette même cachette derrière les planches où elle s'installe l'après-midi pour feuilleter un livre et ouvrir des fenêtres dans les barbelés.

Les assistants ordinaires n'ont pas le droit de rester après la fin des cours, mais elle est la bibliothécaire et elle a un autre statut. C'est peut-être pour cette raison que les autres garçons et filles la regardent de travers et qu'elle n'a pas réussi à se gagner la sympathie des gens de son âge. Ce n'est pas non plus si important pour elle. Sa tête est un chaudron dans lequel trop de choses mijotent. Son cœur est trop perturbé depuis que le ver rongeur du doute s'est niché à l'intérieur et qu'elle ne sait plus si Fredy est un prince ou un vilain.

Il y a un groupe de professeurs occupés à bavarder et ils ne la remarquent même pas. Elle va jusqu'au fond et passe la tête dans la cachette derrière les planches. Le professeur Morgenstern est bien là, occupé à refaire le pliage d'une cocotte en papier dont la feuille est déjà très usée. Il n'est pas facile d'obtenir de vieilles feuilles de papier, c'est un matériau très recherché pour de nombreux usages, notamment hygiéniques.

— Bonsoir, professeur.

— Ça par exemple, mademoiselle la bibliothécaire ! Quelle charmante visite !

Il se lève et lui fait une révérence.

— Puis-je vous être utile à quelque chose ?

— Non, à rien de particulier. Je me promenais juste...

— Et vous faites bien. Se promener une demi-heure tous les jours prolonge la vie de dix ans.

Un mien cousin qui se promenait trois heures quotidiennement a vécu jusqu'à cent quatorze ans. Et il est mort après avoir trébuché au cours d'une promenade et être tombé dans un ravin.

— Quel dommage que cet endroit horrible n'invite pas à la promenade.

— Eh bien, pour ce qui est de bouger les jambes, il peut quand même faire l'affaire. Les jambes n'ont pas d'yeux.

— Professeur Morgenstern... est-ce que vous connaissez monsieur Hirsch depuis longtemps ?

— Nous nous sommes rencontrés par hasard dans le train en venant ici. Ce devait être...

— En septembre.

— Exact !

— Et quel effet vous a-t-il fait ?

— Celui d'un jeune homme très distingué.

— C'est tout ?

— Cela vous semble peu ? À notre époque, il n'est pas facile de rencontrer des gens qui ont de la classe. La bonne éducation n'est pas du tout à la mode.

Dita hésite, mais elle n'a pas si souvent l'occasion d'ouvrir son cœur à quelqu'un.

— Professeur... croyez-vous que Hirsch cache quelque chose ?

— Oui, bien sûr.

— Quoi ?

— Des livres.

— Bon sang ! Mais ça, je le sais !

— Voyons, mademoiselle Adlerova, ne vous mettez pas en colère. Vous avez posé une question et j'y réponds.

— Oui, oui, excusez-moi. Ce que je voulais vous demander, entre nous, c'est si vous pensez qu'on peut lui faire confiance.

— Vous posez des questions bien étranges.

— Oui, oubliez cela.

— Je ne suis pas certain de saisir ce que vous voulez dire par faire confiance à Hirsch. Confiance en ses compétences comme directeur de bloc ?

— Pas exactement. Je voulais dire… si vous avez l'impression qu'il est réellement comme il en a l'air.

Le professeur réfléchit un instant.

— Non, il ne l'est pas.

— Il n'est pas qui il semble être ?

— Non. Et moi non plus, je ne le suis pas. Ni vous. Personne ne l'est. C'est pour cette raison que Dieu a fait en sorte que nos pensées soient muettes : pour que nous soyons les seuls à pouvoir les entendre. Personne ne doit savoir ce que nous pensons en réalité. Chaque fois que je dis ce que je pense, les gens se mettent très en colère après moi.

— Ha…

— Je crois que ce que vous êtes en train de me demander, c'est à qui peut-on faire confiance ici, dans cc trou d'Auschwitz…

— C'est ça !

— Je vous avouerai que, personnellement, pour ce qui est de faire confiance, je ne fais confiance qu'à mon meilleur ami.

— À la bonne heure ! Et qui est votre meilleur ami ?

— Moi-même. Je suis mon meilleur ami.

Dita regarde un instant le vieux professeur, qui continue de lisser avec application la pointe de sa cocotte en papier. Elle renonce. Elle ne va rien obtenir de cet homme.

Ou alors, se dit-elle intérieurement, qu'il me rende folle.

Elle arrive à son baraquement et tout est tranquille. Cela fait plusieurs jours qu'elle ne voit plus aucune trace de Mengele. C'est une bonne chose. Mais elle ne peut pas baisser la garde, cet homme a des yeux partout. Au moment où elle s'allonge, tout en s'efforçant de ne pas glisser vers la courbure gravitationnelle créée dans la paillasse par le postérieur volumineux de sa camarade de lit, elle se dit qu'elle pourrait peut-être parler de Hirsch avec la directrice adjointe, Miriam Edelstein. Mais… et si Miriam Edelstein était de mèche ? Son mari, Jakub, était le président du Conseil juif du ghetto de Terezín, et les nazis l'ont séparé des autres prisonniers tchèques. Miriam est très inquiète, sa tristesse est palpable, et quand elle croit que son fils n'est pas dans les parages, elle couvre ses yeux de sa main dans un geste de désespoir. Impossible que cette femme soit du côté des nazis. Est-ce qu'elle deviendrait paranoïaque ?

Cependant, peut-être qu'il n'y a pas que des nazis et des prisonniers, peut-être qu'il y a d'autres factions et que cette nuance lui échappe. Elle essaiera de parler avec ce monsieur Tomashek. Tout est très confus, mais lorsqu'elle ferme les yeux, il lui vient une image qu'elle va classer dans ses photos les plus prisées d'Auschwitz : Margit et elle affalées sur le sol enneigé, Renée en train de les regarder et toutes les trois en train de rire aux éclats. Tant qu'elles riront encore, tout ne sera pas perdu.

11

À la fin du mois de février 1944, une délégation menée par Adolf Eichmann (*Obersturmbannführer* responsable du Bureau des affaires juives de la Gestapo entre 1941 et 1945) et le directeur de la section extérieure de la Croix-Rouge allemande, Dieter Neuhaus, visita Auschwitz-Birkenau. Sa mission était de recevoir en main propre un rapport sollicité auprès du Blockältester du bloc 31 sur le fonctionnement de ce baraquement expérimental, le seul de tout le complexe de camps d'Auschwitz à accueillir des enfants.

Hirsch a donné des instructions précises à Lichtenstern afin que tous, petits et grands, se tiennent en formation et parfaitement prêts pour le passage en revue. Le responsable du bloc 31 est particulièrement à cheval sur l'hygiène. Tous les jours, les enfants se lèvent à sept heures du matin, et les assistants les conduisent en ordre jusqu'aux douches. Là, ils se lavent avec un filet d'eau tellement froide qu'elle brûle plus qu'elle ne nettoie. La température en janvier à l'aube peut descendre jusqu'à moins vingt-cinq degrés ; il y a des jours où les canalisations sont gelées. Mais Hirsch insiste de manière obsessionnelle sur les habitudes de propreté, même si les enfants grelottent de froid en se lavant. Ils ont très peu de serviettes, si bien qu'ils en partagent une pour vingt ou trente enfants. De là, ils regagnent le baraquement pour l'appel.

Quand Hirsch apparaît en milieu de matinée, parfaitement coiffé et rasé, les enfants sont déjà en formation. Sa tension est palpable à son attitude encore plus militaire que d'habitude : ses ordres sont secs. Dehors, on entend quelques coups de sifflet, et les bottes des bourreaux retentissent sur l'estrade qui a été installée sur le côté du baraquement. Peu après, quelques SS font leur apparition et ouvrent la voie à un groupe d'officiers bardés de toute une quincaillerie d'insignes et de décorations.

Fredy Hirsch se fraie un passage entre les rangées de prisonniers et se plante au garde-à-vous en donnant un coup de talons martial avec ses chaussures, moins pratiques mais plus élégantes que les sabots habituels. Après avoir demandé la permission de parler, il se met à expliquer qu'ils rassemblent les enfants dans le bloc 31 pendant la journée, afin qu'ils ne gênent pas le bon fonctionnement du reste du camp et que leurs parents en soient libérés pour travailler dans les différents ateliers. Hirsch semble apprécier de pouvoir s'exprimer dans sa langue, le tchèque n'est pas son fort.

Le commandant Rudolf Höss et Eichmann conduisent le cortège. Puis viennent d'autres commandants SS, parmi lesquels Dita reconnaît Schwarzhuber, le *Lagerführer* responsable d'Auschwitz-Birkenau. Plus loin derrière, un peu sur le côté, se trouve le docteur Mengele. Son rang de capitaine est inférieur à celui des lieutenants-colonels qui dirigent la visite, et l'on pourrait penser qu'il se tient à distance en signe de respect envers la hiérarchie. Mais Dita l'observe et croit voir sur son visage une telle indifférence qu'il semble plutôt s'ennuyer. Et c'est le cas : ce défilé d'autorités, qui ont décidé d'aller passer la matinée au *lager* comme on va jouer sur un terrain de golf, lui semble des plus rébarbatifs.

Tout à coup, Mengele lève la tête et regarde vers les détenus. Vers elle. Dita fait semblant de regarder au loin, mais elle sait que Mengele l'observe avec le même intérêt distant qu'un médecin examinant un patient. Elle voudrait disparaître sous terre. Qu'est-ce que cet homme peut bien vouloir d'elle ? Elle ne croit pas que ce soit sexuel, comme dans le cas de Renée. Elle aimerait que Margit soit là pour voir si son amie, qui a l'air de s'y connaître, percevrait cette fameuse saleté dont elle dit que les hommes l'ont dans les yeux quand ils regardent les jeunes filles. Pour sa part, elle ne trouve pas à Mengele un regard sale. Il n'y a aucune expression sur son visage. Son regard n'est rien. Et c'est terrifiant.

Eichmann hoche la tête et il y a dans son apparence sévère une condescendance non dissimulée envers les paroles de Hirsch ; il est en train de lui faire savoir qu'il lui accorde une faveur énorme en l'écoutant. Aucun des officiers ne s'approche à moins d'un mètre du Blockältester juif. Bien qu'il porte une chemise propre et un pantalon pas trop froissé, Hirsch a l'air d'un paysan pauvre au milieu d'une réunion de potentats exhibant leurs uniformes repassés, leurs bottes luisantes et leurs bonnes mines. Cependant, Dita le regarde et, malgré tous ses doutes, elle ne peut s'empêcher d'éprouver une admiration immense pour cet homme désarmé qui se place devant les gueules des requins et réussit à ne pas être dévoré. Ils l'écoutent. Avec mépris, certes, mais ils l'écoutent. Hirsch est un fakir qui hypnotise des serpents très venimeux. Dita croit en lui. Elle a désespérément besoin de croire en lui.

Dès que le cortège des hautes bottes et des longues matraques s'éloigne, deux assistants arrivent chargés de la marmite de la soupe de midi, prête à être servie dans le baraquement, et le train-train quotidien reprend. On sort les écuelles cabossées et les cuillères tordues, et les enfants demandent à Dieu qu'au moins un bout de carotte tombe dans leur bol. Après manger, ils sont libres de jouer à leur guise ou de retourner avec leurs parents et le baraquement se vide. Seuls quelques professeurs se réunissent sur les tabourets du fond pour commenter les répercussions de la visite des gros bonnets nazis. Ils auraient aimé savoir ce que Hirsch en pense, mais le chef s'est encore une fois évaporé, justement pour que personne ne lui demande rien.

Où est Hirsch ? s'interrogent certains.

Il y a un repas de gala au mess des officiers. Soupe de tomate, poulet, pommes de terre, chou rouge, brochet au four, glace à la vanille, bière. Les femmes qui servent sont des prisonnières Témoins de Jéhovah ; ce sont les préférées de Höss car elles ne se plaignent jamais, elles considèrent que si telle est la volonté de Dieu, il faut s'y soumettre joyeusement.

— Regardez, dit-il à ses acolytes en se levant de table sans ôter sa serviette de sa poitrine.

Il fait signe à l'une des serveuses de s'approcher et dégaine son Luger. Il pose le canon du pistolet sur sa tempe. Les autres chefs nazis cessent de manger leur soupe et observent attentivement. On fait silence, et une certaine tension flotte dans la salle à manger. La prisonnière ne bronche pas d'un cil, elle tient deux assiettes sales dans les mains et ne regarde même pas le pistolet ni l'homme qui l'empoigne. Elle fixe le néant et prie dans un murmure inaudible. Pas une plainte, pas une protestation, pas une ombre de terreur.

— Elle est en train de remercier Dieu ! leur dit Höss en ricanant.

Les autres rient légèrement, par politesse. Rudolf Höss a été relevé récemment du commandement général d'Auschwitz parce que les officiers sous ses ordres ont commis certaines irrégularités dans la gestion des comptes du *lager*, et plusieurs hauts dirigeants de la Gestapo ne le regardent déjà plus d'un si bon œil. Eichmann ne s'attend pas à ce que Höss retourne s'asseoir à table et se mette à manger sa soupe en silence. Ce genre de blagues lui semble déplacé au cours d'un repas. Tuer des Juifs est pour lui une tâche sérieuse. Aussi, quand le chef de la SS, Heinrich Himmler, lui demandera lors de cette même année 1944 d'arrêter la solution finale au vu de leur défaite inévitable, continuera-t-il d'ordonner des assassinats de masse jusqu'à la fin.

L'information dont parlait madame Turnovská – que Dita surnomme à juste titre Radio Birkenau – à propos d'un repas spécial pour les prisonniers avec des saucisses pour tout le monde s'est révélée une fausse rumeur. Une de plus.

Dita part rejoindre ses parents mais, dans cette foule de gens qu'il y a dehors à l'heure de la pause, avant que les adultes retournent travailler dans les ateliers, elle aperçoit monsieur Tomashek non loin et le moment lui semble bien choisi pour lui parler. Cet homme l'orientera. Il connaît tellement de monde qu'il pourra certainement lui dire que Fredy Hirsch est une personne honnête, qu'il n'y a aucune ombre en lui. Elle se dirige vers lui, mais la *lagerstrasse* est tellement pleine de monde qu'il est difficile d'avancer. Elle le perd de vue à plusieurs reprises puis le voit réapparaître. Il marche en direction du bloc 31 et du baraquement-hôpital, la partie la moins fréquentée. Bien que ce soit un homme de l'âge de son père, il meut ses jambes avec agilité et Dita n'arrive pas à le rattraper. Elle le voit passer devant le bloc 31 et poursuivre presque jusqu'au bout du camp, où se trouve le baraquement des vestiaires, qui est dirigé par un prisonnier de droit commun allemand, non juif, au statut de *kapo*. Elle ne sait pas ce qu'il va faire là-bas, car les détenus n'ont pas le droit d'y entrer sans autorisation. Aux yeux des nazis, les oripeaux gardés dans cet entrepôt doivent sembler des possessions de grande valeur. Probablement que monsieur Tomashek va tenter d'obtenir un vêtement pour un détenu dans le besoin. Ses parents lui ont expliqué que cet homme généreux aidait beaucoup de monde, qu'il fournissait même des vêtements à ceux qui en manquaient.

L'homme entre dans l'entrepôt d'un pas décidé et Dita n'a pas le temps de le rattraper, si bien qu'elle doit l'attendre à la sortie. Elle lambine un peu autour du baraquement. Derrière la clôture du camp familial se trouve la grande avenue d'entrée dans Auschwitz-Birkenau, avec cette ligne de chemin de fer dont ils achèvent actuellement la construction afin que les convois ferroviaires puissent pénétrer jusque dans les entrailles du camp en passant sous le mirador du portail principal, qui domine tout. Elle n'aime pas rester là, tellement exposée à la vue des sentinelles de l'entrée principale, alors elle déambule sur le côté du baraquement-entrepôt et aperçoit une fenêtre. Celle-ci attire son attention parce que les autres baraquements n'ont pas de fenêtre et parce qu'ils l'ont laissée ouverte pour aérer l'intérieur, éternellement humide. Elle s'approche et entend la voix posée de monsieur Tomashek à l'intérieur. Il récite des noms et des numéros de baraquement. Il le fait en allemand. Dita, un peu intriguée, s'assoit sous la fenêtre. Ce n'est pas bien d'écouter les conversations des autres.

Mais ce n'est pas bien non plus d'asphyxier des gens avec du gaz empoisonné...

Une voix énervée interrompt l'énumération de monsieur Tomashek.

— On te l'a déjà dit ! On ne veut pas les noms des retraités socialistes ! On veut les noms de la Résistance.

Dita reconnaît cette voix et cette façon dure et froide de parler. C'est le Curé.

— Ce n'est pas facile. Ils se cachent. J'essaie...

— Essaie mieux.

— Oui, monsieur.

— Allez, fous le camp.

— Oui, monsieur.

Dita se sauve à l'arrière du baraquement pour qu'ils ne la voient pas en sortant, et elle se laisse glisser au sol. Ses yeux sont tellement écarquillés qu'ils en tomberaient presque de son visage.

Ce bon monsieur Tomashek... Quel beau salaud !

Elle s'éloigne avec prudence et se demande ce que la vérité est devenue dans ce camp. C'est comme si la boue l'avait engloutie.

Et maintenant, à qui diable vais-je faire confiance ?

Les mots du professeur Morgenstern lui reviennent à l'esprit : « Aie confiance en toi-même. »

Ce vieux fou va finalement avoir raison.

Elle est seule dans cette affaire et elle va devoir se débrouiller seule.

Fredy Hirsch est un homme qui s'est lui aussi retrouvé seul dans son labyrinthe. Peut-être parce qu'il s'efforce depuis des années d'en masquer les fissures à l'aide d'un ciment de mensonges qui se désagrège dès que l'on y touche.

L'instructeur est assis sur sa chaise dans sa chambre et l'on frappe à la porte. Miriam Edelstein entre et s'assoit à même le plancher, le dos appuyé contre la cloison en bois, comme si elle éprouvait une fatigue terrible.

— Eichmann t'a dit quelque chose sur ton rapport ?

— Rien.

— Pourquoi le veut-il ?

— Va savoir...

— Schwarzhuber était ravi, il n'arrêtait pas de sourire à Eichmann comme un petit toutou.

— Ou comme un doberman.

— Oui, son visage fait penser à un doberman blond. Et que me dis-tu de Mengele ? Il avait l'air à côté de la plaque.

— C'est un électron libre.

Miriam se tait un instant. Il ne lui serait jamais venu à l'esprit de parler ainsi de Mengele, comme d'une vulgaire connaissance.

— Je ne sais pas comment tu peux t'entendre avec un homme aussi répugnant.

— C'est lui qui a autorisé que les lots de nourriture arrivant au camp au nom d'un détenu décédé soient redirigés vers le bloc 31. Je m'entends avec lui parce que j'y suis contraint. Je sais qu'il y a des gens qui disent que Mengele est mon ami. Ils ne savent rien. Je pourrais m'entendre avec le diable en personne, si j'en obtenais des améliorations pour nos enfants.

— C'est déjà ce que tu fais, lui dit Miriam avec un sourire et un clin d'œil de connivence.

— Traiter avec Mengele présente un avantage. Il ne nous hait pas. Il est trop intelligent pour ça. C'est probablement pour cette raison qu'il est le plus effroyable de tous les nazis.

— S'il ne nous hait pas, pourquoi collabore-t-il à toute cette aberration ?

— Parce qu'elle sert ses intérêts. Ce n'est pas l'un de ces nazis qui croient que les Juifs sont une race d'êtres inférieurs et difformes venus d'un monde infernal. Il me l'a dit : il trouve beaucoup de choses admirables chez les Juifs...

— Alors pourquoi nous écrase-t-il ?

— Parce que nous sommes dangereux. Nous sommes la race qui peut tenir tête aux aryens, celle qui peut vaincre leur hégémonie. C'est pour cette raison qu'il leur faut nous éliminer. Pour lui ce n'est rien de personnel, juste une question pratique. Le fermier qui plante des patates et sait qu'il y a des sangliers dans les parages va poser des pièges pour tuer les sangliers. Ils meurent dans des traquenards hérissés de clous horribles, c'est une mort très cruelle. Mais il n'y a pas chez ce paysan une haine furieuse contre eux ; s'il les voyait trotter dans les bois, il trouverait même que ce sont des animaux sympathiques. Mengele est comme ce fermier. Au lieu de pommes de terre, il cultive la suprématie de la race aryenne parce que c'est la sienne. C'est un homme qui ne connaît pas la haine… Ce qui est terrible, c'est qu'il ne connaît pas non plus la pitié. Rien n'est capable de l'émouvoir.

— Je ne pourrais pas négocier avec des criminels pareils.

En disant cela, Miriam fait une grimace douloureuse. Fredy se lève et s'approche d'elle. Il lui parle avec tendresse.

— A-t-on des nouvelles de Yakub ?

Quand elle est arrivée avec sa famille, il y a six mois, en provenance de Terezín, deux membres de la Gestapo ont arrêté son mari et l'ont transféré à la prison des prisonniers politiques d'Auschwitz I, à trois kilomètres de là. Elle ne l'a pas revu et n'a eu aucune nouvelle de lui.

— J'ai pu m'approcher un instant d'Eichmann ce matin. Il me connaît de certaines réunions à Prague, bien qu'il ait fait semblant au début de ne pas me remettre. C'est un scélérat, comme tous les nazis. Les gardes étaient sur le point de me frapper, mais, au moins, il leur a ordonné de s'arrêter et il m'a laissée l'interroger à propos de Yakub. Il m'a dit qu'on l'avait transféré en Allemagne, qu'il se porte à merveille et que nous serions bientôt tous réunis. Puis il a fait demi-tour et il m'a laissée plantée là. J'avais une lettre pour Yakub, mais je n'ai même pas pu la lui donner. Ariah avait écrit quelques lignes pour son père...

— Je verrai si j'arrive à savoir quelque chose.

— Merci, Fredy.

— Je lui dois bien ça, ajoute Hirsch.

Miriam acquiesce de nouveau. Elle le sait, mais c'est une chose dont on ne doit pas parler. Fredy Hirsch est l'Achille des Juifs : à lui seul, il pourrait prendre Troie tout entière. Mais il pourrait aussi s'écrouler d'une manière spectaculaire, parce qu'il a un talon terriblement fragile.

C'est tout le problème des mythes : ils ne tombent jamais, ils s'effondrent. Dita marche dans la *lagerstrasse* bien décidée à renverser un mythe du camp familial. Elle ne sait pas si ce sera facile. Après tout, il s'agit d'un homme prestigieux, aux manières polies, soigné, charmant et aimable avec tout le monde. Et elle n'est qu'une gamine maigrichonne. Mais elle va aller le trouver. Il la dégoûte encore plus que les SS. Eux, au moins, ils portent des uniformes, et elle sait qui ils sont et pourquoi ils sont là. Elle les craint, elle les méprise, elle va même jusqu'à les haïr... mais jamais elle n'avait ressenti cette nausée que soulève en elle l'image de l'élégant sourire juif de monsieur Tomashek.

Tout en marchant à vive allure, portée par ses jambes de héron, elle tente d'échafauder un plan à la même vitesse, mais elle ne parvient à en élaborer aucun. Son seul but est de dire la vérité, même si cela ne semble pas très à la mode à Auschwitz.

Elle arrive au baraquement de son père et trouve devant l'entrée le groupe d'individus qui se réunit habituellement autour de monsieur Tomashek, assis sur un tapis composé des couvertures de chacun. Bien sûr, ses parents sont là. Une femme est en train de raconter quelque chose, et monsieur Tomashek, au milieu du cercle, acquiesce en plissant les yeux ; un sourire bienveillant sur les lèvres, il encourage la femme à poursuivre ses explications.

Dita déboule comme un chien dans un jeu de quilles, elle piétine même lourdement l'une des couvertures, la tachant de boue.

— Mais, enfin... !

Dita est rouge et sa voix tremble. Mais son bras ne tremble pas lorsqu'elle le lève et pointe son doigt vers le centre du cercle.

— Monsieur Tomashek est un traître. C'est un mouchard des SS.

Des murmures s'élèvent aussitôt et les gens s'agitent nerveusement. Monsieur Tomashek tente de conserver son sourire, mais il n'y arrive pas tout à fait. Ses lèvres s'affaissent d'un côté.

Liesl est l'une des premières à se lever.

— Edita ! Qu'est-ce que tu racontes ?

— Je vais vous le dire ! bondit une femme. Votre fille est une mal élevée ! Comment ose-t-elle débarquer ainsi pour insulter une personne aussi convenable que monsieur Tomashek ?

— Madame Adlerova, renchérit un homme, vous devriez donner une bonne gifle à votre fille. Et si vous ne le faites pas, c'est moi qui m'en chargerai.

— Maman, je dis la vérité ! s'écrie Dita d'une voix fébrile, avec déjà moins de conviction. Je l'ai entendu parler avec le Curé dans le baraquement des vestiaires. C'est un mouchard !

— C'est impossible ! reprend la femme d'avant, totalement indignée.

— Ou vous flanquez vous-même une gifle à cette gamine pour qu'elle la boucle, ou je la lui donne, moi ! dit l'homme en commençant à se lever.

— S'il faut punir quelqu'un, punissez-moi, dit Liesl avec docilité. Je suis sa mère, et si ma fille n'a pas agi correctement, c'est moi que vous devez gifler.

C'est au tour de Hans Adler de se lever.

— Personne ne va frapper personne, affirme-t-il d'une voix catégorique. Edita dit la vérité. Je le sais.

Un chœur de murmures stupéfaits s'élève du groupe.

— Bien sûr que je dis la vérité ! crie Dita en retrouvant son courage. J'ai entendu le Curé lui demander de lui donner des informations sur la Résistance. C'est pour ça qu'il passe ses journées à droite et à gauche, qu'il pose toutes ces questions et qu'il demande aux gens de lui raconter leurs vies.

— Allez-vous le nier, monsieur Tomashek ? demande Hans en braquant son regard sur lui.

Presque tout le monde s'est mis debout et les têtes se tournent vers Tomashek, toujours assis et muet comme une statue. Il se lève lentement et garde sur son visage un demi-sourire ; c'est son expression habituelle, mais plus crispée, comme si c'était le seul sourire qu'il sache esquisser et, dans un cas comme celui-ci, qu'il n'avait pas d'autre choix que de le conserver à tout prix.

— Je... commence-t-il à dire.

Tout le monde s'apprête à l'écouter avec attention, car monsieur Tomashek possède une grande aisance verbale et certainement que tout ceci n'est qu'un malentendu qu'il peut parfaitement expliquer.

— Je...

Mais il n'ajoute rien. Il baisse la tête et ne dit plus rien. Il se fraie un chemin et se retire rapidement vers son baraquement. Tous restent hébétés, se regardant les uns les autres, et observant tout particulièrement les trois membres de la famille Adler. Dita se serre dans les bras de son père.

— Hans, demande Liesl. Comment savais-tu avec autant certitude que Dita disait vrai ? Cela semblait tellement incroyable !

— Je ne le savais pas. Mais c'est un truc qu'on utilise dans les procès. Un coup de bluff : tu fais comme si tu savais quelque chose d'une façon absolument certaine, alors qu'en réalité tu n'en sais rien, et l'accusé est trahi par son propre manque de confiance. Il se croit découvert et il s'effondre.

— Et s'il n'avait pas été un délateur ?

— Je lui aurais présenté mes excuses. Mais – il adresse un clin d'œil à sa fille – je savais que j'avais de très bonnes cartes dans mon jeu.

Un homme du groupe s'approche et pose une main amicale sur son épaule.

— J'avais oublié que tu étais avocat.

— Moi aussi, répond-il.

La femme et l'homme qui s'étaient montrés tellement agressifs l'instant d'avant se retirent, honteux.

Mais il manque encore un élément pour désactiver la carrière de mouchard de monsieur Tomashek : une discussion avec Radio Birkenau s'impose. Ils vont voir tous les trois madame Turnovská. La brave femme s'en remet plusieurs fois à Dieu, ainsi qu'à un certain nombre de patriarches bibliques. Puis elle met le tam-tam en marche.

Le doute est une plante qui pousse très bien dans la glèbe d'Auschwitz. Au bout de quarante-huit heures, tout le monde est prévenu et monsieur Tomashek tombe en disgrâce. Plus personne ne va vouloir s'asseoir à côté de lui à l'heure de la soupe, ni lui raconter quoi que ce soit. Une fausse idole s'effondre.

12

Rudi Rosenberg se rend à l'arrière de son baraquement du camp de quarantaine et s'avance jusqu'à la clôture électrifiée. De l'autre côté, Alice Munk l'attend. Ils s'arrêtent à trois pas de la clôture, puis ils font encore un pas en avant, malgré les milliers de volts qui serpentent dans les barbelés, et ils s'assoient lentement afin d'amadouer la méfiance des gardes des miradors qui sont en train de les observer.

C'est l'un de ces nombreux après-midis où Rudi vient la retrouver un moment pour bavarder avec elle de choses et d'autres. Alice lui parle de sa famille d'industriels aisés du nord de Prague et de ses envies de rentrer chez elle. Rosenberg lui raconte son rêve de partir en Amérique le jour où le cauchemar de la guerre et des camps sera terminé.

— C'est la terre des opportunités. Là-bas, le commerce est sacré. C'est le seul endroit au monde où un homme pauvre peut devenir président de la nation.

Il fait un froid glacial et le sol est couvert de givre. Leurs voix chevrotent. Rudi porte une veste en drap, mais Alice n'a sur elle que son gilet usé et un vieux châle en laine. Quand il la voit grelotter, les lèvres violettes, il lui dit qu'il vaudrait mieux qu'elle regagne son bloc, mais elle refuse.

Elle se sent beaucoup mieux dans l'intimité glacée de l'après-midi qu'à l'intérieur de son baraquement de femmes, qui pue la transpiration et la maladie. Et parfois la rancœur.

Quand le froid devient insupportable, ils se lèvent et marchent d'un même pas chacun d'un côté de la clôture. Les gardes se sont habitués à leur présence, le secrétaire fournit du tabac à certains d'entre eux, quand il ne leur sert pas d'interprète avec les soldats russes ou tchèques, et il a ainsi obtenu une tolérance provisoire pour ses rendez-vous à proximité des barbelés.

Il raconte à Alice la moindre péripétie amusante de son travail de secrétaire. Il ne veut pas lui dire ce qu'il lit dans le regard des visages accablés qu'il voit de l'autre côté de la table d'enregistrement dès leur arrivée au camp. Alors, pour que ses anecdotes soient plus divertissantes, il les invente parfois. Quand Alice lui demande si c'est vrai qu'ils tuent tous les jours des centaines de personnes avec des inhalations de gaz, il lui dit que c'est seulement les mourants, qu'elle ne s'inquiète pas, et il change vite de sujet. Rudi sait que la vérité est une mauvaise affaire à Auschwitz.

— Je t'ai apporté un cadeau…

Il glisse sa main dans sa poche et ouvre son poing. Ce qu'il lui montre est une chose très petite, mais Alice écarquille les yeux en s'apercevant de sa valeur élevée. C'est un bijou. Une gousse d'ail.

Rudi a développé une certaine pratique pour observer du coin de l'œil le soldat du mirador et, quand la position du fusil sur son épaule indique qu'il est de dos, tourné vers l'autre côté du *lager*, il s'approche de la clôture en deux enjambées. Il ne doit pas frôler le métal, mais il ne peut pas non plus se permettre d'hésiter, car si les sentinelles l'aperçoivent elles peuvent le punir sévèrement. Il n'a que dix secondes avant que le garde pivote de leur côté. Il serre ses doigts, les introduit pile dans le trou. Cinq secondes. Il laisse tomber l'ail. Alice tend la main et le ramasse rapidement. Quatre secondes. Ils effectuent deux pas en arrière et reviennent à l'endroit où ils étaient, à quelques mètres des barbelés.

Alice le regarde avec un air de crainte et d'admiration. Rudi est heureux d'éveiller ce genre de sentiments chez la jeune fille. En fait, peu de gens s'aventurent à glisser leurs doigts au milieu de ce fil de fer qui tue. Certains trafiquants du marché noir lancent les choses d'un camp à l'autre par-dessus la clôture, mais il trouve que ce mouvement se voit de très loin et qu'il y a trop d'yeux dans le *lager*, trop de langues.

— Mange-la, Alice, ça contient beaucoup de vitamines.

— Mais alors je ne pourrais plus t'embrasser…

— Arrête, Alice, c'est important. Tu dois manger. Tu es très maigre.

— Je ne te plais pas ? demande-t-elle en minaudant.

Rudi soupire.

— Tu me plais à la folie, tu le sais bien ! Et aujourd'hui, tu es magnifique avec cette coiffure.

— Tu as remarqué ?

— Mais il faut que tu manges cette gousse d'ail ! J'ai eu beaucoup de mal à l'obtenir.

— Et je t'en remercie du fond du cœur.

Mais elle la cache dans son poing et ne la mange pas. Rudi bougonne tout bas.

— Tu as fait la même chose la dernière fois, quand je t'ai apporté la branche de céleri.

Alice fait alors une moue coquette en levant les yeux vers le haut, comme pour lui montrer quelque chose. Et Rudi réalise brusquement et se tape le front.

— Alice, tu es folle !

Il vient juste de s'apercevoir du serre-tête qu'elle porte dans ses cheveux. Une parure violette, sans doute trop enfantine pour elle, mais qui est ici un article de luxe. Tellement luxueux qu'il lui a coûté une branche de céleri. Elle se met à rire.

— Non, tu ne dois pas faire ça ! L'hiver n'est pas fini, tu n'as presque pas de vêtements chauds, tu dois te nourrir. Enfin, tu ne te rends pas compte ? Tous les matins, le *kommando* de la charrette ramasse une douzaine de cadavres dans ton camp, des gens qui meurent d'épuisement, de malnutrition ou d'un simple rhume. Ici, un rhume peut tuer, Alice ! Nous sommes très affaiblis. Tu dois manger !

Rudi a durci le ton, c'est la première fois qu'il parle à Alice aussi sévèrement.

— Je veux que tu manges cette gousse d'ail tout de suite !

Pour l'obtenir, il a dû passer en sous-main les noms et les grades des officiers russes du dernier convoi à un certain commis de cuisine. Il ne sait pas et ne veut pas savoir pourquoi cet homme voulait la liste, mais l'information a une valeur et la Résistance possède de nombreuses ramifications qu'il ignore. Rendre ce genre de services pourrait lui coûter la vie. Et elle ne va même pas la manger.

Alice le regarde avec tristesse, une larme pointe dans ses yeux.

— Tu ne comprends pas, Rudi.

Elle n'ajoute rien et se tait, elle n'est pas du genre bavard. Eh bien non, il ne comprend pas. Il trouve que c'est de la bêtise d'échanger un aliment aussi nutritif et dur à obtenir que le céleri contre un stupide morceau de fil de fer doublé de velours, bricolé à la main et à la va-vite dans l'un des ateliers du camp. Il ne comprend pas qu'Alice va fêter ses dix-sept ans et qu'elle ne les aura plus jamais. La caducité de leurs vies progresse à une vitesse vertigineuse, la décrépitude prend à Auschwitz des raccourcis insoupçonnés. Après avoir passé toute son adolescence attrapée dans la laideur de la guerre, se sentir belle le temps d'un après-midi lui permet d'être heureuse un instant. Ce moment la nourrit davantage qu'une plantation entière de céleri.

Elle fait la moue à Rudi pour qu'il lui pardonne, et celui-ci hausse les épaules. Il ne la comprend pas, mais impossible d'être en colère contre elle.

Il ne le sait pas, mais sa gousse d'ail a déjà un destin tout tracé. Après leur rendez-vous de l'après-midi, Alice se dirige à toute vitesse vers le baraquement 9 pour demander monsieur Lada. C'est un homme de petite taille qui travaille dans le groupe de la charrette des défunts. Ce n'est pas un travail agréable, mais il lui permet de se déplacer dans le *lager*. Et se déplacer est synonyme de commerce.

Alice hume la minuscule savonnette et celle-ci sent divinement bon. Lada fait de même avec la gousse d'ail. Pour lui aussi, l'ail sent divinement bon.

Elle est tellement ravie de son acquisition qu'elle consacre tout le temps qu'il reste avant le couvre-feu à faire sa lessive. Alice porte un gilet en laine tout troué et une vieille jupe à carreaux qu'elle garde sous l'oreiller de sa paillasse. Ce sont les seuls vêtements qu'elle peut se mettre quand, toutes les deux semaines, elle lave sa robe bleue, ou déjà grise, ses sous-vêtements et ses chaussettes.

Elle doit faire une heure et demie de queue devant les trois uniques robinets d'où s'écoule un filet d'eau, non potable, qui a déjà emporté dans la tombe un certain nombre de personnes qui ne croyaient pas qu'elle était mauvaise ou qui n'ont pas résisté à la soif qui les tenaillait, surtout à la tombée de la nuit, quand de longues heures se sont écoulées depuis le dernier liquide, la soupe de midi.

L'eau glacée lui brûle les mains, les rendant insensibles et rugueuses. Alice n'est pas là depuis une minute que des femmes dans la queue l'apostrophent et l'injurient pour qu'elle termine plus vite. Certaines grommellent à haute voix pour qu'Alice les entende. Dans le camp, les secrets n'existent pas et les rumeurs salissent tout, c'est comme une tache d'humidité qui suinte à travers les murs, du sol au plafond, et gangrène tout ce qu'elle trouve sur son passage.

Sa relation avec le secrétaire slovaque est connue et ne plaît pas à certains prisonniers, principalement à ceux qui détestent que quelque chose de bon puisse arriver aux autres. Le désir de survie des détenus entraîne une telle dégradation morale que beaucoup transforment leur peur et leur douleur en rancœur agressive. Faire du mal aux autres est pour eux une forme de justice qui allège leur souffrance.

— Quelle injustice, ces chiennes en chaleur qui écartent les jambes pour les détenus influents ont un bout de savon, alors que les femmes décentes doivent laver à l'eau sale ! dit une femme.

Un brouhaha de têtes coiffées de foulards lui donne raison.

— Il n'y a plus de dignité, dit une autre. On ne respecte plus rien.

— Une honte, commente encore quelqu'un, d'une voix délibérément forte pour qu'Alice l'entende.

La jeune fille frotte avec rage, comme si ce savon à la glycérine pouvait faire partir la rancœur, puis elle abandonne brusquement sa tâche, sans terminer, sans oser relever la tête, honteuse et incapable de se défendre. En partant, elle laisse le bout de savon sur le bord du bac. Plusieurs femmes se précipitent dessus et c'est une foire d'empoigne de coups et de cris.

Alice se sent tellement humiliée et à bout de nerfs qu'elle ne veut pas croiser sa mère et finit par se rendre au bloc 31. Les portes des baraquements doivent obligatoirement rester ouvertes en permanence. Lorsqu'elle entre, une écuelle métallique contenant des écrous tombe par terre ; c'est une astuce de Hirsch pour savoir si quelqu'un pénètre dans le baraquement à une heure indue. Le chef de bloc sort de sa chambre et découvre une Alice tremblante.

— Que t'arrive-t-il, mon enfant ?

— Elles me détestent, monsieur Hirsch !

— Qui ?

— Toutes ces femmes ! Elles m'insultent parce que je suis l'amie de Rudi Rosenberg !

Hirsch la prend par les épaules, Alice ne peut plus s'arrêter de pleurer.

— Ces femmes ne te détestent pas, elles ne te connaissent même pas.

— Elles me détestent ! Elles m'ont dit des choses horribles, et je n'ai même pas été capable de leur répondre comme elles le méritent.

— Et tu as bien fait. Quand un chien aboie avec férocité après un étranger, et même quand il le mord, il ne le fait pas par haine, mais par peur. Si tu te retrouves un jour devant un chien agressif, tu ne dois pas courir ni crier parce que tu finirais par l'effrayer et il te mordrait. Tu dois rester tranquille et lui parler doucement pour calmer sa peur. Elles sont effrayées, Alice, elles sont furieuses à cause de tout ce qui nous arrive.

Alice se tranquillise peu à peu.

— Tu devrais aller mettre ton linge à sécher.

La jeune fille acquiesce de la tête et, comme elle s'apprête à le remercier, Hirsch fait un geste de la main pour l'arrêter. Elle n'a pas à lui dire merci. Il est responsable des gens qui travaillent pour lui. Les assistants sont ses soldats. Et un soldat ne remercie jamais : il se met au garde-à-vous et effectue un salut militaire. C'est tout.

Une fois Alice partie, Hirsch contemple le silence des tabourets et des murs ornés de dessins, puis il retourne s'enfermer dans sa chambre. Mais en réalité, le baraquement n'est pas vide. Recroquevillé derrière son parapet de planches, quelqu'un a observé la scène en catimini.

Son père traîne depuis des jours un rhume dont il peine à guérir, et sa mère l'a obligé à suspendre les leçons en plein air, si bien que Dita a passé ses après-midis à monter la garde dans sa cachette au fond du baraquement. Elle espérait voir réapparaître le contact secret des SS, mais jusqu'à présent sa surveillance n'a pas donné de résultat. Puisqu'elle ne peut faire confiance à personne, il va falloir qu'elle élucide le mystère de Hirsch par ses propres moyens. Certains jours, Fredy est sorti de sa chambre pour faire des pompes et des abdominaux, ou bien il s'est mis à soulever des tabourets comme si c'étaient des altères, et elle a dû rester complètement immobile, pelotonnée derrière les planches. Un après-midi, Miriam Edelstein est venue lui rendre visite, mais c'est tout. Dita se languit des conversations avec Margit, car elle sait que celle-ci s'assoit parfois avec Renée pour bavarder.

Persuadé que le baraquement était vide, Hirsch a éteint les lumières et Dita se retrouve dans le noir. Elle se recroqueville pour se réchauffer un peu et le frisson qui la parcourt réveille en elle le souvenir des malades du sanatorium Berghof, qui s'allongeaient la nuit face aux Alpes pour que le froid sec des montagnes cautérise l'humidité de leurs poumons rongés par la tuberculose. Ces dernières semaines au *lager*, elle a eu du mal à retourner s'asseoir pour lire avec l'intensité avec laquelle elle lisait à Terezín *La Montagne magique*. Cette lecture l'avait tellement marquée que ses personnages font désormais partie de ses souvenirs.

Hans Castorp, qui était venu rendre visite à son cousin et ne devait initialement passer que quelques jours au sanatorium, avait fini par y rester pendant des mois. Même quand son cousin Joachim avait décidé de rentrer chez lui pour reprendre sa carrière militaire, malgré la désapprobation de l'équipe médicale, Castorp était placidement resté dans le microcosme de l'établissement, avec ses cures de repos, ses repas gargantuesques et ses petits rites de tous les jours qui secouaient à peine une routine soporifique. Mais sous cette apparence de vie quotidienne inoffensive, la tuberculose laissait régulièrement des chaises vides dans la salle à manger et le froid de la mort régnait dans les couloirs.

Le Berghof rappelait à Dita le ghetto. La vie y était meilleure qu'à Auschwitz. C'était un endroit beaucoup moins violent et terrible que cette usine de douleur dans laquelle ils survivent aujourd'hui, mais Terezín était en réalité un sanatorium dans lequel personne ne guérissait.

Castorp était venu pour quelques jours, mais les mois puis les années avaient passé. Au moment où il s'apprêtait enfin à s'en aller, le docteur Behrens lui détectait une légère affection au poumon et il devait prolonger son séjour. Quand Dita lisait ce livre, cela faisait un an qu'elle était arrivée à Terezín, et elle ne savait toujours pas quand elle allait pouvoir sortir de cette ville-prison. Cependant, quand elle entendait les échos du monde extérieur, avec l'avancée implacable des nazis à travers l'Europe dans une guerre qui comptait ses morts par millions et avec ces rumeurs de camps où ils envoyaient les Juifs pour les exterminer, elle en venait à penser que les murailles de Terezín l'emprisonnaient, certes, mais qu'elles la protégeaient également, comme c'était le cas pour Hans Castorp au sanatorium Berghof, qu'il ne voulait plus quitter pour aller affronter son époque.

Son travail avait changé, elle n'allait plus dans les potagers le long des murailles de Terezín mais dans un atelier plus confortable d'articles textiles militaires et, pendant que le temps passait et que sa mère perdait son énergie et que son père faisait de moins en moins d'observations ingénieuses, Dita continuait de lire. L'histoire de Hans Castorp la captivait et elle avait accompagné le personnage jusqu'à l'instant culminant de sa vie : c'était la nuit du carnaval et, profitant de la liberté permise ce jour-là par l'alibi des déguisements, il avait osé parler pour la première fois à madame Chauchat, une splendide dame russe dont il était éperdument amoureux, bien qu'il n'eût jamais échangé avec elle que d'exquises formules de politesse. Dans l'atmosphère guindée et cérémonieuse du Berghof, il avait eu l'audace, à la faveur du carnaval, de la tutoyer et de l'appeler Clawdia. Dita ferme les yeux et ressuscite encore une fois dans sa mémoire ce moment où Hans, tellement romantique, se prosterne devant elle et lui déclare avec galanterie et passion son impétueux amour.

Dita aime bien madame Chauchat, c'est une dame très élégante aux yeux en amande qui arrive toujours la dernière dans la somptueuse salle à manger et qui en referme la porte avec tellement de force que Hans Castorp sursaute sur sa chaise ; les premiers jours, désagréablement irrité, puis plus tard éperdument fasciné par sa beauté tartare. Madame Chauchat, dans ce moment de liberté offert par la parenthèse du carnaval, quand ceux qui parlent ne sont plus les individus entravés par les règles strictes de la courtoisie sociale mais les masques, dit à Castorp : « Vous, les Allemands, vous aimez mieux l'ordre que la liberté, l'Europe entière le sait. »

Et, blottie dans sa cachette derrière les planches, Dita acquiesce.

Madame Chauchat avait bien raison !

Elle se dit qu'elle aimerait être comme elle, une femme cultivée, raffinée et indépendante. Et quand elle entrerait dans un salon, tous les garçons la regarderaient discrètement du coin de l'œil. Après les propos galants, assurément audacieux mais exquis du jeune Allemand, qui en vérité ne déplaisent pas du tout à la dame russe, il se produit un évènement tout à fait inattendu. Elle décide de partir au Daghestan, ou peut-être en Espagne, pour changer d'air.

Si Dita avait été Clawdia Chauchat, elle n'aurait pas pu résister à la gentillesse et au charme d'un gentleman comme Hans Castorp. Et ce n'est pas que le cœur lui manque pour parcourir le monde. Quand ce cauchemar de la guerre sera fini, elle aimerait partir n'importe où avec sa famille. Peut-être pour cette terre de Palestine dont parle tellement Fredy Hirsch, qui sait.

Juste à ce moment, le bruit de la porte du baraquement se fait entendre. En se penchant avec prudence, Dita voit qu'il s'agit de la même silhouette que la première fois, grande, chaussée de bottes et vêtue d'un manteau sombre. Son cœur fait une pirouette dans sa poitrine.

L'instant de vérité tant attendu est arrivé. Mais est-elle vraiment certaine de vouloir la connaître ? Chaque fois que la vérité montre son nez, quelque chose s'écroule. Dita soupire et se dit que la meilleure chose à faire serait de se lever et sortir du baraquement sur la pointe des pieds, tant qu'il en est encore temps. Ce ne sont pas des papillons qui s'agitent dans son ventre, mais un troupeau de buffles, et l'incertitude la ronge de l'intérieur. La vérité peut la brûler… mais elle en a besoin. Elle sait que si elle ne soulève pas le couvercle maintenant, le mensonge la cuira à petit feu jusqu'à la consumer comme une cuisse de poulet dans la marmite d'un bouillon. Elle va donc rester, jusqu'à voir le fond du chaudron.

Dans un exemplaire du *Reader's Digest* qu'elle avait pris en douce sur la table basse du salon quand ses parents étaient sortis, elle avait lu un article sur l'espionnage qui disait qu'il était possible d'écouter les conversations à travers une cloison en collant son oreille contre le fond d'un verre. Tenant l'écuelle du petit-déjeuner, elle se dirige à pas feutrés jusqu'au mur de la chambre du Blockältester. C'est risqué. S'ils la surprennent en train d'espionner, elle ne sait pas ce qu'il peut lui arriver. Mais si elle n'en a pas le cœur net, elle explosera.

Elle place le gobelet en métal, mais elle s'aperçoit qu'elle entend parfaitement juste en approchant son visage du panneau en bois. Et il y a même un trou par lequel elle réussit à voir l'intérieur comme si elle regardait à travers le judas d'une porte.

C'est Hirsch. Il a l'air maussade. Elle voit de dos l'homme blond qui se tient en face de lui. Il ne porte pas l'uniforme des SS, mais ses habits ne sont pas non plus ceux d'un prisonnier ordinaire. Elle remarque alors le brassard marron qui le signale comme *kapo* de baraquement.

— Ce sera la dernière fois, Ludwig.

— Pourquoi ?

— Je ne peux pas continuer à mentir à tous ces gens.

Il passe sa main dans ses cheveux pour les lisser.

— Ils croient que je suis une chose, alors qu'en réalité j'en suis une autre, très différente.

— Et quelle est cette chose si terrible que tu es ?

Il sourit amèrement.

— Tu le sais très bien. Mieux que personne.

— Allons, Fredy, aie le courage de le dire…

— Il n'y a rien de plus à dire.

— Vraiment ?

Un mélange d'ironie et de ressentiment entache les paroles de son interlocuteur.

— L'homme sans peur n'ose pas reconnaître ce qu'il est ? Tu n'as pas le courage de dire cette chose si terrible que tu es ?

Le Blockältester soupire et sa voix s'assombrit :

— Un… inverti.

— Bon sang, appelle ça par son nom ! Le grand Fredy Hirsch est une tapette !

Hirsch, hors de lui, se jette sur lui et le saisit violemment par le col. Il le plaque contre le mur et les veines de son cou enflent.

— Tais-toi ! Ne répète plus jamais ce que tu viens de dire.

— Là, du calme… Est-ce que c'est si terrible ? J'en suis une aussi et je ne me considère pas comme un monstre. Crois-tu que je sois un monstre ?

Crois-tu que je mérite d'être marqué comme un pestiféré ?

Et en disant cela, il regarde le triangle rose qu'il porte cousu sur sa chemise.

Hirsch le relâche. Il passe une main dans ses cheveux et se recoiffe tandis qu'il ferme les yeux en essayant de se calmer.

— Excuse-moi, Ludwig. Il n'était pas dans mon intention de te blesser.

— Eh bien, c'est ce que tu as fait.

Il arrange avec une délicatesse de dandy son col froissé.

— Tu dis que tu ne veux pas mentir à tous ces gens qui te suivent. Et que feras-tu quand tu sortiras d'ici ? Tu te trouveras une gentille petite femme juive qui te cuisinera des plats *kasher* et tu l'épouseras ? Tu la tromperas ?

— Je ne veux tromper personne, Ludwig. C'est pour cette raison que nous ne devons plus nous voir.

— Comme tu voudras. Réprime-toi si tu te sens mieux ainsi. Essaie de faire l'amour à une fille. Moi, j'ai essayé : c'est comme de manger un plat de soupe sans bouillon. Mais ce n'est pas non plus complètement mauvais. Et tu crois qu'ainsi c'en sera fini des mensonges ? Comme tu te trompes ! Il y aura quelqu'un à qui tu mentiras atrocement : toi-même.

— Je t'ai dit que tout était fini, Ludwig.

Ce sont des paroles qui n'admettent aucune réplique. Ils se regardent tristement et gardent le silence. Le *kapo* au triangle rose acquiesce lentement, acceptant sa défaite. Il s'approche de Hirsch et l'embrasse sur les lèvres. Une larme coule sur la joue de Ludwig, aussi silencieuse qu'une goutte de pluie glissant sur le carreau d'une fenêtre.

De l'autre côté du mur en bois, Dita est sur le point de pousser un cri. C'est plus que sa jeunesse ne peut en supporter. Elle n'a jamais vu deux hommes s'embrasser et elle trouve cela répugnant. Encore plus s'agissant de Fredy Hirsch. Son Fredy Hirsch ! Sans faire de bruit, elle sort à toute vitesse du baraquement et même la gifle froide de la nuit ne la fait pas réagir. Elle est tellement bouleversée qu'elle en oublie de prendre des précautions au cas où le docteur Mengele rôderait dans les parages. Elle est abasourdie à l'extérieur et elle se sent sale à l'intérieur. Elle ressent en elle une colère infinie envers Fredy Hirsch. Elle se sent flouée. Des larmes de rage troublent sa vue.

Elle bouscule alors quelqu'un qui marche en sens contraire.

— Attention, jeune fille !

— C'est vous qui ne regardez pas où vous allez, bon sang ! répond-elle de manière grossière.

Et en regardant mieux, elle reconnaît le visage et la barbe blanche du professeur Morgenstern et elle réalise sa brusquerie. Elle a presque flanqué ce pauvre vieux par terre.

— Je vous demande pardon, professeur. Je ne vous avais pas reconnu.

— C'est vous, mademoiselle Adlerova !

Et il tend alors le cou pour approcher ses yeux myopes de Dita.

— Mais vous pleurez ?

— C'est ce fichu froid qui m'irrite les yeux ! rétorque-t-elle sèchement.

— Puis-je faire quelque chose pour vous ?

— Non, personne ne peut.

Le professeur pose ses poings sur ses hanches.

— En es-tu sûre ?

— Je ne peux rien vous expliquer. C'est un secret.

— Alors ne me le dis pas. Les secrets sont faits pour être gardés.

Sans rien ajouter, le professeur incline la tête et part en direction de son baraquement. Dita se retrouve encore plus déconcertée qu'elle ne l'était. C'est peut-être de sa faute. Probablement que cet homme a raison et qu'elle ne devrait pas fourrer son nez dans la vie des autres pour percer leurs secrets. Elle se demande avec qui elle pourrait parler de cette affaire, et elle a l'intuition qu'il doit y avoir au moins une personne à bien connaître Hirsch : Miriam Edelstein. Elle est la seule à venir le voir en dehors des heures, quand on ne reçoit plus que les amis dignes de confiance.

Elle trouve celle-ci avec son fils Ariah dans le baraquement 28. Il ne reste plus longtemps avant le couvre-feu. Ce n'est pas la meilleure heure pour une visite, mais quand la directrice adjointe voit arriver la bibliothécaire si perturbée et que celle-ci la supplie de sortir parler un moment dehors, elle ne peut pas refuser.

L'obscurité et le froid n'invitent pas aux longs discours, mais Dita lui raconte tout depuis le début : la mise en garde de Mengele, la façon dont elle a été le témoin fortuit du premier rendez-vous de Hirsch avec un individu, ses doutes et comment elle a tenté de les élucider en découvrant la vérité. Miriam l'écoute sans l'interrompre, sans manifester d'étonnement lorsqu'elle lui explique les aventures clandestines de Hirsch avec d'autres hommes, et elle garde même un instant le silence après que Dita a achevé son récit.

— Alors ? lui demande la jeune fille, impatiente.

— Alors tu as ta vérité, répond-elle. Tu devrais être contente.

Dita remarque le ton de reproche de sa voix.

— Que voulez-vous dire ?

— Tu voulais une vérité, mais une vérité à ta mesure. Tu voulais que Fredy Hirsch soit un homme courageux, efficace, incorruptible, charmant, irréprochable, et tu te sens trahie parce qu'il est homosexuel. Tu devrais te réjouir d'avoir la confirmation qu'il n'est pas un informateur des SS et qu'en effet il est bien l'un des nôtres, et l'un des meilleurs. Mais non, tu te sens offensée parce qu'il n'est pas exactement comme tu aurais voulu qu'il soit.

— Non, ne me jugez pas mal. Bien sûr que je suis soulagée de savoir qu'il n'est pas avec eux ! C'est juste que... je ne pouvais pas imaginer ça de lui !

— Edita, tu en parles comme si c'était un crime. La seule différence, c'est qu'au lieu d'être attiré par les femmes, il préfère les hommes. Ça ne semble pas un délit si terrible.

— À l'école, on nous a expliqué que c'était une maladie.

— La vraie maladie, c'est l'intolérance.

Elles se taisent toutes les deux un instant.

— Vous le saviez, n'est-ce pas, madame Edelstein ?

La directrice adjointe acquiesce.

— Je t'en prie, appelle-moi Miriam. À présent, nous partageons un secret. Mais ce n'est pas le nôtre, donc nous n'avons pas le droit de le révéler.

— Vous connaissez bien Hirsch, n'est-ce pas ?

— Il m'a raconté certaines choses, puis j'en ai appris d'autres...

— Qui est Fredy Hirsch ?

Miriam lui fait un signe de la tête pour qu'elles se mettent à marcher autour du baraquement. Elle commence à avoir les pieds gelés.

— Fredy Hirsch a perdu son père quand il était très jeune. Il se sentait perdu. On l'a alors inscrit au JPD, l'organisation allemande où les jeunes Juifs de l'époque avaient l'habitude de se retrouver. Il y a grandi, il y a trouvé un foyer. Et le sport était tout pour lui. Ils se sont très vite aperçus qu'il avait des dons d'entraîneur et d'organisateur.

Dita prend le bras de Miriam Edelstein pour qu'elles se tiennent chaud tout en marchant, et ses paroles se mêlent au bruit de leurs sabots foulant le givre de la nuit.

— Son prestige comme entraîneur au JPD est allé en grandissant. Mais l'essor du parti nazi a tout fichu par terre. Fredy m'a raconté que les adeptes d'Adolf Hitler n'étaient que de misérables trublions qui bafouaient les lois de la République allemande. Ensuite, ce sont eux qui se sont mis à les faire à leur goût.

Hirsch lui a raconté qu'il n'oublierait jamais l'après-midi où il était arrivé au siège du JPD et il était tombé sur une peinture qui disait : « Traîtres juifs ». Il s'était demandé ce qu'ils avaient trahi et il n'avait pas su répondre. Des pierres faisaient parfois éclater les carreaux des fenêtres l'après-midi, pendant l'atelier de poterie ou les répétitions de la chorale. À chaque explosion de vitres, quelque chose se brisait à l'intérieur de lui.

Un jour, sa mère lui avait demandé de rentrer directement à la maison après l'école parce qu'ils devaient parler d'une affaire importante. Fredy avait des choses à faire, mais il avait obéi sans rechigner à l'ordre de sa mère car l'un des enseignements inculqués au JPD était de respecter scrupuleusement les hiérarchies et les rangs ; d'une certaine manière, le JPD était comme une armée sans armement, avec ses uniformes, ses galons et sa chaîne de commandement.

Il avait trouvé le clan familial réuni ; la gravité que tout le monde affichait était très peu habituelle dans cette maison : sa mère leur avait annoncé que son beau-père avait perdu son emploi parce qu'il était juif et que la situation devenait dangereuse. Ils avaient donc décidé de partir pour l'Amérique du Sud, en Bolivie, et d'y refaire leur vie.

— Partir pour la Bolivie ? Fuir, tu veux dire ? avait-il répondu avec hostilité.

Son beau-père, qui n'avait jamais réussi à faire fléchir la volonté de Fredy, avait serré les dents, sur le point de se lever de table pour le prendre entre quatre yeux. Mais c'était son frère aîné, Paul, qui avait exigé de lui qu'il la boucle.

Il était sorti de chez lui abasourdi, avec cette sensation de vertige que produisent les mauvaises nouvelles reçues à l'improviste. Et sa désorientation l'avait conduit par habitude au seul endroit où il arrivait à donner aux choses de l'ordre et de la cohérence : le siège du JPD. Il y avait trouvé l'un des directeurs, occupé à inspecter les gourdes pour la prochaine excursion. Il n'avait pas l'habitude de parler de ses affaires personnelles, mais il l'avait fait ce jour-là. Il ne ressentait pas seulement la contrariété d'un gamin contraint au déracinement : il ne supportait pas la lâcheté de baisser la tête parce que l'on est juifs et de fuir.

Le coordinateur des activités de plein air était un homme aux cheveux blonds, bien qu'ils aient commencé à blanchir. Il avait vu Fredy grandir. Il l'avait regardé fixement et il lui avait dit que s'il voulait rester, il y aurait une place pour lui au JPD.

Hirsch n'avait que dix-sept ans, mais il possédait déjà cette confiance en lui qui allait toujours l'accompagner. Sa famille était partie et il s'était retrouvé seul. Mais pas complètement : il avait le JPD. En 1935, il avait été nommé moniteur pour la jeunesse au bureau de Düsseldorf. Il avait raconté à Miriam qu'il s'était d'abord senti euphorique de ce nouvel emploi dans cette ville si active, mais que son enthousiasme était vite retombé à cause de l'ambiance hostile qui régnait à l'égard des Juifs. Ils avaient cessé d'appeler le vitrier car les pierres pleuvaient tous les jours sur les fenêtres. Des cris insultants montaient depuis la rue. Les enfants étaient de moins en moins nombreux à venir. Certains matins, son équipe de volley ne comptait qu'un seul joueur.

Un jour, il avait vu par la fenêtre quelqu'un en train de peindre un X jaune sur le portail en bois de l'entrée, et il était descendu en courant. Le garçon qui tenait le pinceau l'avait regardé d'un air moqueur et avait continué de peindre comme si de rien n'était. Fredy s'était jeté sur lui et l'avait attrapé par la chemise avec une telle force que l'autre en avait fait tomber son pot de peinture.

— Pourquoi fais-tu ça ? lui avait-il demandé en regardant le brassard à croix gammée sur son bras, avec un mélange de colère et de perplexité face à tout ce qu'il se passait dans son propre pays.

— Vous, les Juifs, vous êtes un péril pour la civilisation ! avait crié l'autre avec mépris.

— La civilisation ? Vous allez me donner des leçons de civilisation, vous qui passez vos journées à tabasser des personnes âgées et à caillasser des maisons ? Tu n'as aucune idée de ce qu'est la civilisation ! Pendant que les Aryens vivaient dans des cabanes en bois dans le nord de l'Europe, vêtus de peaux de bêtes et grillant de la viande sur un bâton, nous, les Juifs, nous érigions des cités entières !

Plusieurs personnes avaient vu Fredy tenir le jeune nazi par la chemise et s'étaient approchées.

— Un Juif est en train d'attaquer un pauvre garçon ! avait crié une voix de femme.

Un garçon d'épicerie s'était avancé avec la perche pour relever le store, et une douzaine d'autres hommes s'étaient également dirigés vers lui. Une main avait empoigné Fredy par le bras et l'avait tiré de là.

— Fichons le camp ! lui avait crié le directeur.

Ils avaient juste eu le temps de regagner l'intérieur du bâtiment et de refermer le portail derrière eux pour ne pas être assaillis par une foule de citoyens possédés par une colère qui avait fait à Hirsch l'impression d'une folie collective. Ce politicard aigri avec sa petite moustache ridicule avait bien réussi son coup. Les hommes s'étaient transformés en machines à haïr.

Le lendemain, ils avaient fermé la succursale du JPD et ils l'avaient envoyé en Bohême. Là-bas, il avait continué de travailler pour la Maccabi Hatzair à l'organisation d'activités sportives pour les jeunes à Ostrava, à Brno et finalement à Prague.

La capitale tchèque ne lui plaisait pas particulièrement ; le tempérament tchèque, plus insouciant et moins formel que le caractère allemand, le déconcertait. Mais il avait trouvé à l'extérieur de la ville, au Club Hagibor, un endroit exceptionnel pour les activités sportives. Il avait été nommé responsable d'un groupe de garçons entre douze et quatorze ans. L'idée était de les faire sortir de Bohême et, en traversant des pays neutres, de les conduire jusqu'en Israël. Ils devaient être en bonne condition physique, mais aussi connaître l'histoire des Juifs face à l'adversité afin de se sentir fiers et désireux de fouler à nouveau la terre de leurs ancêtres.

Hirsch s'était attelé à la tâche avec son dévouement aux ordres reçus et son enthousiasme habituels. Son mélange d'efficacité et de charisme avec les enfants était tel que les dirigeants de la jeunesse du Conseil juif de Prague avaient décidé que ce jeune homme tellement responsable et tenace se chargerait d'organiser les nouveaux groupes d'enfants, qui arrivaient souvent un peu désorientés.

Fredy n'avait jamais pu oublier à quel point il avait eu du mal à motiver ces enfants. Contrairement à ceux des Havlagah, qui avaient des parents dotés d'une forte conscience juive et sioniste, et qui arrivaient généralement déjà très sensibilisés et débordants d'enthousiasme, les garçons et les filles de cet autre groupe étaient repliés sur eux-mêmes, tristes et apathiques. Aucun jeu ne semblait les motiver, aucune de ses histoires drôles ne leur arrachait un sourire, aucun sport ne paraissait les intéresser. L'un d'eux avait douze ans et s'appelait Zdenek. Il avait les plus longs cils que Hirsch ait vu de sa vie. Les yeux les plus tristes, également.

À la fin du premier jour, alors que Hirsch essayait de mieux les connaître, il leur avait proposé le jeu suivant : dire à quel endroit ils aimeraient être à ce moment. En ce jour de septembre 1939, Zdenek avait répondu avec le plus grand sérieux qu'il aimerait être au ciel pour revoir ses parents ; la Gestapo les avait arrêtés, et sa grand-mère lui avait dit qu'on ne les reverrait plus jamais. Zdenek s'était assis et n'avait plus ouvert la bouche. Quelques garçons, très sages jusque-là, avaient ri avec ce manque gratuit de tact que les enfants ont parfois. Se moquer des autres est une façon de poser un pansement sur ses propres peurs.

Un soir, le responsable des activités pour la jeunesse au siège du Conseil juif de Prague avait donné rendez-vous à Hirsch. Le vice-président lui avait expliqué gravement que l'étau nazi se resserrait, que les frontières se refermaient, et qu'il ne serait bientôt plus possible d'évacuer qui que ce soit de Prague. Le premier groupe Havlagah devait donc partir sur-le-champ, dans les vingt-quatre ou, au maximum, quarante-huit heures. Il lui avait demandé s'il voulait, en tant que premier instructeur, se charger d'accompagner ce groupe.

C'était la meilleure offre qu'on lui eût jamais faite. Il aurait pu partir avec le groupe, laisser derrière lui la terreur de la guerre et arriver en Israël, comme il en avait toujours rêvé. Cependant, partir signifiait laisser les groupes qu'il avait commencé à instruire à Hagibor, abandonner une tâche dont il se rendait compte qu'elle était très importante pour des enfants étranglés à Prague par les interdictions, les privations et les humiliations du Reich. Partir signifiait abandonner Zdenek et les autres. Il s'était alors souvenu de ce que le JPD avait représenté pour lui à Aix-la-Chapelle après la perte de son père, lorsqu'il se sentait déboussolé : il y avait trouvé sa place dans le monde.

— N'importe qui aurait dit qu'il partait, raconte Miriam. Mais Hirsch ne voulait pas être n'importe qui. Il a donc dit non, qu'il restait à Hagibor.

Le responsable de la Jeunesse du Conseil avait acquiescé très lentement et les deux hommes étaient restés un long moment en silence, comme mesurant les conséquences de cette décision. C'était impossible, on ne pouvait pas les mesurer. Le futur ne peut jamais être mesuré.

— Hirsch aurait pu s'en aller, mais il est resté. C'est un fonctionnaire du Conseil juif de Prague qui me l'a raconté.

— Après tout ce qu'il a traversé, je me sens coupable d'avoir douté de lui…

Miriam soupire et son haleine se transforme en vapeur blanche. À ce moment retentit la sirène qui ordonne à tout le monde de regagner son baraquement.

— Edita…

— Oui ?

— Demain, tu dois parler à Hirsch à propos du docteur Mengele. Il saura ce qu'il faut faire. Quant au reste…

— C'est notre secret.

Miriam acquiesce et Dita part en courant, elle vole presque au-dessus de la boue couverte de givre. Elle ressent encore une douleur lancinante dans les couches profondes de ses sentiments les plus intimes, ceux que nous ne voulons pas nous-même aller trop retourner. Mais Hirsch est de leur côté. Et même si elle a mal d'avoir perdu un prince, elle goûte au soulagement d'avoir gagné un chef.

13

À quelques baraquements de là, dans le bloc 31, une autre conversation a lieu. C'est Fredy Hirsch, qui parle aux tabourets vides.

— Je l'ai fait. J'ai fait ce que je devais faire.

Sa voix, qui résonne dans l'obscurité du baraquement, lui semble étrange.

Il a dit à ce beau Berlinois de ne pas revenir. Il devrait se sentir fier de lui, heureux même, de ce triomphe de la volonté sur les instincts. Mais il ne l'est pas. Il préférerait aimer les femmes, comme les hommes respectables, mais il y a quelque chose de défectueux dans ses engrenages.

Peut-être une pièce mise à l'envers, ou quelque chose comme ça…

Il sort du bloc et contemple avec tristesse ce paysage fait de boue, de baraquements et de miradors. Les lumières électriques permettent d'entrevoir deux silhouettes qui se tiennent face à face, de part et d'autre de la clôture. C'est Alice Munk et le secrétaire du camp de quarantaine. Le thermomètre doit avoisiner le zéro, mais ils n'ont pas froid ; ou s'ils ont froid, ils le partagent pour le rendre plus supportable.

C'est peut-être ça, l'amour : partager le froid.

Le baraquement 31 est étroit et bruyant quand les enfants sont là, mais immense et sans âme dès qu'ils en repartent. Sans les enfants, cet endroit cesse d'être une école. Il redevient une étable vide dans laquelle le froid s'immisce.

Pour se réchauffer, il s'allonge sur le dos, les coudes plaqués au sol, et il entreprend de faire des ciseaux avec ses jambes pour mettre une claque à ses abdominaux. Il faut fatiguer le corps pour l'apprivoiser. Depuis l'adolescence, l'amour a été pour lui une source constante de problèmes. Sa nature s'obstinait résolument à ne pas écouter ce que sa tête s'efforçait de lui dicter. Lui qui a toujours été discipliné en tout, il ressent une profonde frustration de n'avoir pas eu assez de volonté pour dominer ses instincts les plus enfouis.

Un, deux, trois, quatre, cinq...

Lors des excursions du JPD, il aimait se blottir dans son sac de couchage au milieu des autres garçons, toujours prêts à blaguer et à l'accueillir. Après la mort de son père, il se sentait tellement vulnérable et tellement bien avec eux... Rien n'était comparable à cette sensation de camaraderie. Une équipe de football n'était pas une équipe de football, c'était une famille.

Dix-huit, dix-neuf, vingt, vingt et un...

À mesure qu'il grandissait, ce plaisir de se blottir au milieu des garçons ne disparaissait pas. Avec les filles, il y avait une distance trop grande, il n'y avait pas cette fraternité qu'il partageait avec ses camarades. Les filles l'intimidaient, elles rejetaient les garçons, s'en moquaient. Il ne se sentait bien qu'avec ses camarades d'équipe ou ses copains de randonnées et de jeux. Et il avait beau grandir, il ne se débarrassait pas de cette sensation d'affection pour eux. Puis il a quitté Aix-la-Chapelle pour Düsseldorf.

Il y a un âge où le corps décide à votre place. Et les rendez-vous clandestins étaient arrivés. Certains dans ces toilettes publiques à la lumière blafarde où le sol était invariablement mouillé et où il y avait invariablement des coulures de rouille sur la faïence des lavabos. Et cependant, il y avait eu un regard doux, une caresse moins mécanique, un instant de plénitude auxquels il était difficile de résister. L'amour était devenu un tapis de verre brisé.

Trente-huit, trente-neuf, quarante…

Pendant toutes ces années, il s'est efforcé d'être toujours accaparé par ses tournois et ses entraînements, organisant des tas d'évènements afin d'avoir à la fois l'esprit occupé et le corps fatigué. Ainsi, il évite ces pulsions qui jettent à bas la volonté avec laquelle il s'est construit et qui peuvent anéantir, d'un seul faux pas, tout ce que son prestige a accumulé au fil des ans. Être débordé lui a également permis de dissimuler le fait que, tout en étant tellement populaire et sollicité par tout le monde, il se retrouve en fin de compte toujours seul.

Cinquante-sept, cinquante-huit, cinquante-neuf…

Voilà pourquoi il continue de croiser ses jambes comme des ciseaux, découpant l'air afin que les muscles de son abdomen lui fassent mal. Se mettant une claque parce ce qu'il n'est pas ce qu'il aurait voulu être, ou ce que les autres voulaient qu'il soit.

Soixante-trois, soixante-quatre, soixante-cinq…

Une flaque de transpiration trahit son obstination, son aptitude au sacrifice... son triomphe. Il s'assoit sur le sol et, à présent plus détendu, ses souvenirs remplissent le vide de la nuit.

Et ses souvenirs le ramènent à Terezín.

Comme s'il n'était qu'un Tchèque parmi les autres, il avait été déporté au ghetto de Terezín en mai 1942. Il faisait partie des tout premiers arrivants. En même temps qu'eux, les nazis envoyaient des ouvriers, des médecins, des membres du Conseil juif et des instructeurs culturels et sportifs. Ils préparaient l'envoi massif de Juifs.

À son arrivée, il avait découvert une ville rectiligne. C'était un plan urbain conçu par un militaire, aux rues tracées à l'équerre, aux bâtiments géométriques, aux plates-bandes rectangulaires qui devaient probablement fleurir au printemps... Cette ville rationnelle lui avait plu, elle correspondait à son sens de la discipline. Il avait même pensé qu'une nouvelle étape meilleure pour les Juifs commencerait peut-être ici, une phase préalable au retour en Palestine.

La première fois qu'il s'était arrêté pour contempler Terezín, une rafale de vent l'avait légèrement ébouriffé et il avait recoiffé ses cheveux lisses en arrière. Il n'était pas prêt à laisser quoi que ce soit lui faire perdre sa contenance, il n'était pas prêt à être rejeté en arrière par le vent de l'Histoire, même si celui-ci soufflait désormais comme un ouragan dévastateur. Il appartenait à une race millénaire et à un peuple élu.

Il venait d'effectuer un gros travail à Prague avec des groupes de jeunes, et il était bien décidé à poursuivre en ce lieu ses activités sportives et ses rencontres du vendredi pour promouvoir l'esprit hébreu. Ce ne serait pas facile : il aurait les nazis contre lui, mais aussi un certain membre du Conseil juif qui connaissait la tache qu'il s'évertuait à dissimuler avec tellement de soin et qui ne le lui pardonnait pas. Par chance, il avait toujours pu compter sur le soutien de Yakub Edelstein, le président du Conseil.

Il avait réussi à mettre sur pied des équipes d'athlétisme, des cours de boxe et de jiu-jitsu, des championnats de basket et une ligue de football comprenant plusieurs équipes. Il avait même convaincu les nazis de monter une équipe de gardes qui rivaliserait avec les détenus.

Il se souvient de moments glorieux, comme le rugissement des spectateurs, qui remplissaient non seulement le pourtour du terrain, mais aussi les ouvertures des bâtiments qui donnaient sur la cour intérieure du pâté de maisons où les matchs avaient lieu.

Également de leurs faiblesses, si nombreuses.

Il se souvient surtout d'un match, d'une rencontre qu'il avait organisée entre les gardes SS et les Juifs, et où il avait servi d'arbitre. Il n'y avait plus une seule place de libre aux fenêtres qui donnaient sur la cour et, à tous les étages, des centaines d'yeux suivaient la rencontre avec une intensité portée à son comble. C'était un match de football mais, pour beaucoup, c'était bien plus. En particulier pour lui. Il avait passé des semaines à entraîner l'équipe, à étudier la tactique, à les préparer mentalement, à leur faire faire des séries d'exercices, à rendre des services pour obtenir des rations de lait pour ses footballeurs.

Il ne restait plus que quelques minutes avant la fin et l'attaquant des gardes avait intercepté le ballon dans le rond central. Il s'était mis à courir en ligne droite vers la surface et il avait pris par surprise les milieux de terrain de l'équipe des détenus. Il ne restait plus qu'un seul défenseur pour lui barrer la route. Le nazi avait couru vers lui et, juste quand il allait l'intercepter, le détenu avait discrètement replié sa jambe pour que l'autre puisse passer. Le SS avait shooté à bout portant et mis le but de la victoire. Hirsch revoit encore les visages de satisfaction furieuse des Aryens. Ils avaient battu les Juifs. Même sur le terrain de sport.

Hirsch avait sifflé la fin sans prolonger le match, avec une impartialité impeccable, et il était allé féliciter l'attaquant qui avait marqué le dernier but. Il lui avait serré la main avec fermeté et le SS avait souri, révélant une mâchoire édentée, à croire qu'on lui avait flanqué un coup de crosse dans la bouche. Fredy s'était dirigé vers les vestiaires improvisés avec une expression feinte de neutralité, mais il avait fait semblant de s'arrêter pour attacher ses lacets et il avait laissé passer les joueurs jusqu'à ce que l'un d'eux arrive devant lui. Dans un mouvement rapide que personne n'avait vu, il l'avait fait entrer d'une violente bourrade dans le local de nettoyage et l'avait cloué contre les manches à balai.

— Qu'est-ce qui vous prend ? avait demandé le joueur étonné.

— À toi de me le dire. Pourquoi as-tu laissé ce nazi nous mettre un but et nous vaincre ?

— Écoutez, Hirsch, ce gars, je le connais. C'est une vraie saloperie de brigadier, un gros sadique. Il a les dents cassées à force d'ouvrir les conserves avec sa bouche. C'est un sauvage. Et il aurait fallu que je lui flanque un coup de pied et que je joue ma peau ? Ce n'est qu'un jeu !

Fredy se rappelle avec exactitude chaque mot qu'il lui avait répondu, tant le mépris que lui inspirait ce misérable était profond.

— Tu as tort. Ce n'est pas qu'un jeu. Il y avait des centaines de personnes, et nous les avons déçues. Il y avait des douzaines d'enfants. Qu'est-ce qu'ils vont penser ? Comment vont-ils se sentir fiers d'être juifs si nous rampons comme des vers de terre ? Ton devoir est de te donner à fond dans chaque action de jeu.

— Je crois que vous dramatisez les choses…

Hirsch avait mis son visage à moins de cinq millimètres de ce joueur et avait vu de la peur dans ses yeux, mais il ne pouvait pas reculer davantage dans le cagibi.

— Maintenant, écoute-moi bien. Je ne te le répéterai pas. Au prochain match que tu joueras contre les SS, si tu ne tends pas ta jambe, je te la couperai avec une scie.

L'homme, blanc comme un linge, lui avait filé entre les doigts et avait quitté la pièce en courant.

Avec le recul, on pourrait considérer cet incident avec un certain humour, mais Fredy soupire de contrariété en se le remémorant.

Ce type ne valait rien. Les adultes sont un matériau retors. C'est pour cette raison que les jeunes sont tellement importants. Il est encore possible de les modeler et de les rendre meilleurs.

Le 24 août 1943, un contingent de 1 260 enfants arriva à Terezín en provenance de Białystok. Plus de cinquante mille Juifs avaient été confinés dans le ghetto de cette ville polonaise et, pendant l'été, les SS avaient systématiquement exterminé la quasi-totalité des adultes.

Les enfants de Białystok furent installés dans un secteur à part : des blocs de la partie ouest du ghetto de Terezín entourés de barbelés. Les soldats SS les surveillaient étroitement. Des ordres catégoriques de l'Hauptsturmführer de Terezín transmis au Conseil des Anciens avaient indiqué qu'il était formellement interdit d'établir le moindre contact avec ce contingent, qui ne serait là que de passage et dont la destination finale était un secret. Seul était autorisé à se rendre auprès des enfants un groupe composé de cinquante-trois personnes, comprenant notamment du personnel de santé dont la mission était d'éviter les problèmes infectieux susceptibles d'engendrer une épidémie. Les contrevenants se verraient appliquer les plus lourdes peines.

Les nazis ne permettaient aucun contact avec les enfants polonais, à la fois témoins et victimes du massacre perpétré à Białystok, afin que l'écho de leurs crimes soit le moins audible possible dans une Europe assourdie par la guerre.

C'était presque l'heure du dîner et le temps avait commencé à fraîchir à Terezín. Fredy Hirsch, couvert de sueur et songeur, arbitrait un match de football à vingt contre trente. En réalité, il était plus attentif à l'arcade de la cour qui s'ouvrait sur la rue qu'à l'essaim de jambes qui couraient derrière le ballon.

Malgré plusieurs demandes écrites qu'il avait présentées, il n'avait pas obtenu d'autorisation pour que le Bureau de la Jeunesse puisse intervenir auprès des enfants arrivés de Pologne. Alors, dès qu'il avait vu le groupe de soignants revenir des blocs interdits où les enfants de Białystok étaient placés en isolement, il avait passé le sifflet au garçon le plus proche et il était rapidement parti à leur rencontre.

L'équipe médicale marchait sur le trottoir, dans des blouses très sales et avec des visages profondément fatigués. Fredy s'était planté devant eux et les avait interrogés sur l'état des enfants, mais ils s'étaient montrés revêches et étaient passés sans s'arrêter. Ils avaient ordre de respecter la plus stricte confidentialité. À la fin du groupe, une infirmière marchait à la traîne. Elle marchait seule, lentement, comme distraite ou légèrement désorientée. Elle s'était arrêtée un instant, et Hirsch avait pu voir dans ses yeux une indignation lasse.

Elle lui avait dit que les enfants avaient très peur, et que la plupart d'entre eux souffrait de malnutrition aiguë : « Quand les gardes ont voulu les conduire aux douches, ils sont devenus hystériques. Ils donnaient des coups de pied et criaient qu'ils ne voulaient pas aller au gaz. Il a fallu les emmener de force. L'un d'eux, dont je désinfectais la blessure, m'a dit qu'avant de monter dans le train ils avaient appris que leurs pères, leurs mères et leurs grands frères et sœurs avaient été tués. Il me serrait le bras très fort et il me disait avec terreur qu'il ne voulait pas aller aux douches de gaz. »

L'infirmière, pourtant habituée à en voir de toutes les couleurs à l'hôpital de Terezín, ne pouvait pas ne pas se sentir bouleversée par l'effroi de ces orphelins qui se retrouvaient sous la garde des bourreaux qui avaient assassiné leurs parents. Elle avait raconté à Fredy Hirsch que les enfants serraient leurs jambes dans leurs bras, qu'ils simulaient des douleurs et des maladies, mais que ce dont ils avaient besoin, ce n'étaient pas de médicaments, mais d'affection, de protection, d'aide, d'une étreinte qui atténuerait leur peur.

Le lendemain, plusieurs artisans affectés à diverses réparations, des commis de cuisine et des équipes de santé traversaient le poste de contrôle des blocs ouest, où les enfants de Białystok étaient tenus à l'écart. Les SS du poste de garde observaient d'un visage plein d'ennui le va-et-vient du personnel.

Une brigade d'ouvriers transportait des matériaux de construction pour effectuer des réparations dans l'un des bâtiments. Impossible de voir le visage de l'un des artisans car il portait une planche sur son épaule ; il avait les clavicules droites et les bras musclés caractéristiques des travailleurs de la construction. Pourtant il ne s'agissait pas d'un maçon, mais d'un instructeur d'éducation physique. Fredy Hirsch avait réussi à se glisser dans la zone interdite en portant une planche à la suite de l'équipe d'ouvriers.

Une fois dedans, il avait pu se déplacer librement et il s'était dirigé d'un pas rapide vers le bâtiment le plus proche. Il avait senti une pointe de nervosité en voyant deux gardes SS devant, mais il avait surmonté sa peur et l'avait transformée en aplomb. Au lieu de reculer, il avait continué tout droit en marchant vers eux d'une manière encore plus résolue. Quand il était passé à leur côté, ils n'avaient même pas fait attention à lui ; il y avait beaucoup de civils juifs qui vaquaient dans la zone à différentes tâches.

Il était entré dans l'un des pavillons, qui avait la même structure que les autres édifices de Terezín : une entrée donnant sur un hall avec un escalier de chaque côté et, en continuant tout droit, une grande cour intérieure carrée formée par les bâtiments. Il avait choisi un escalier au hasard et, en montant, il avait croisé deux électriciens chargés de rouleaux de câbles qui l'avaient salué poliment. En arrivant au premier étage, il avait déjà entraperçu quelques enfants, assis sur des châlits, les jambes ballantes.

Sur le palier, il avait croisé un brigadier et l'avait salué d'un léger mouvement de tête. Le SS avait continué tout droit. Fredy avait alors réalisé avec un certain malaise qu'il y avait trop de silence pour un lieu rempli d'autant d'enfants. Trop calmes. Juste à cet instant, il avait entendu quelqu'un prononcer son nom derrière lui :

— Herr Hirsch ?

Dans un premier temps, il avait pensé qu'il s'agissait d'une connaissance du ghetto, mais en se retournant il avait trouvé le SS qu'il venait de croiser. Il lui souriait amicalement. C'était un sourire édenté, et Hirsch avait reconnu le joueur de l'équipe de foot des gardes. Il lui avait rendu son sourire avec beaucoup de sang-froid, mais le nazi s'était aussitôt mis à contracter son visage jusqu'à transformer celui-ci en une feuille de papier froissée. Il venait de réaliser que ce n'était pas un endroit où devait se trouver un professeur de gymnastique. Il avait levé le bras d'une manière expéditive et pointé son doigt vers l'escalier pour qu'il passe devant lui, comme on le fait avec un détenu. Hirsch, d'un ton affable, comme pour dédramatiser la chose, avait essayé d'inventer une justification à sa présence, mais le garde s'était montré catégorique.

— Au poste de garde ! Tout de suite !

Quand ils l'avaient emmené devant le SS-Obersturmführer qui commandait la garde, Fredy s'était mis au garde-à-vous devant lui et il avait même fait claquer les talons de ses chaussures avec force. L'officier lui avait demandé de lui montrer son autorisation d'être dans l'enceinte. Il ne l'avait pas. Le nazi avait approché sa tête à deux centimètres de celle de Fredy et il lui avait demandé ce qu'il venait foutre ici. Hirsch, le regard droit devant lui, n'avait pas paru se troubler et lui avait répondu avec sa politesse habituelle.

— J'essayais juste d'effectuer au mieux mon travail de coordinateur des activités des enfants hébergés à Terezín, monsieur.

— Et vous ne savez pas que tout contact avec ce contingent est interdit ?

— Je le sais, monsieur. Mais j'ai pensé que l'on me considérait comme faisant partie du personnel de soin attaché aux enfants, puisque je suis responsable du Bureau de la Jeunesse.

Le flegme de Hirsch avait calmé l'humeur du lieutenant et l'avait fait douter. Il lui avait dit qu'il allait rédiger un rapport pour ses supérieurs et qu'il serait informé de leur décision.

— Un conseil de guerre n'est pas à exclure.

Ils l'avaient provisoirement enfermé dans la zone de détention annexe au poste de garde, et ils lui avaient dit qu'il en sortirait quand ils auraient fini de vérifier son identité en vue du rapport. Fredy tournait en rond de son pas résolu dans cette sorte de chenil vide, contrarié de n'avoir pas pu voir les enfants, mais tout à fait serein. Personne n'allait convoquer un conseil de guerre pour lui, il était un homme bien vu au sein de l'Administration allemande du camp. Ou c'était ce qu'il croyait.

De l'autre côté du grillage, le rabbin Murmelstein, qui faisait partie du triumvirat de recteurs du Conseil juif du ghetto, était passé dans la rue. Il avait été désagréablement surpris de voir l'un des responsables du Bureau de la Jeunesse enfermé là. Hirsch, à l'évidence, avait transgressé la règle de ne pas s'approcher de l'enceinte des enfants de Białystok, et il était maintenant arrêté d'une manière peu flatteuse, comme un vulgaire délinquant. Le sévère recteur s'était approché du grillage et les deux hommes s'étaient affrontés du regard.

— Monsieur Hirsch, lui avait-il reproché. Que faites-vous là-dedans ?

— Et vous, monsieur Murmelstein, que faites-vous là, dehors ?

Il n'y avait pas eu de conseil de guerre ni de condamnation apparente. Mais un après-midi, Pavel « Sac d'os », le messager officiel du conseil du ghetto – dont les jambes ressemblaient à des cannes en bambou et qui était, par ailleurs, le sprinteur le plus rapide de tout Terezín –, avait interrompu l'entraînement de saut en longueur pour l'informer qu'il devait se présenter l'après-midi même sans faute au bloc de Magdebourg, le siège de l'Administration de l'Autorité juive.

C'était Yakub Edelstein en personne, le président du Conseil, qui lui avait appris la nouvelle : les autorités allemandes avait inscrit son nom dans le prochain transfert de gens à destination de la Pologne, plus précisément au camp d'Auschwitz, près d'Oświęcim.

Il avait entendu des choses terribles sur Auschwitz : des assassinats en masse, un traitement esclavagiste qui conduisait les travailleurs à la mort par exténuation, des humiliations en tout genre, des personnes transformées en squelettes ambulants à cause de la faim, des épidémies de typhus que personne ne soignait… Mais ce n'étaient que des rumeurs. Personne n'avait pu les confirmer de source sûre ; personne non plus n'était revenu pour les démentir. Edelstein lui avait raconté que les SS avaient demandé à ce que, dès son arrivée à Auschwitz, il se fasse connaître des autorités du camp, car cela les intéressait qu'il poursuive son travail à la tête de groupes de jeunes. Le visage de Hirsch s'était éclairé.

— Alors je vais continuer de travailler avec les jeunes, les choses ne vont pas changer ?

Edelstein, au visage rond et débonnaire de maître d'école et aux lunettes en écaille, avait grimacé.

— Les choses seront dures là-bas, très dures. Plus que dures, Fredy. Beaucoup sont partis pour Auschwitz, et personne n'en est revenu. Mais nous devons continuer de nous battre.

Hirsch se rappelle avec une précision millimétrique les dernières paroles que le président du Conseil lui avait adressées ce jour-là :

— Nous ne pouvons pas perdre espoir, Fredy. Ne laisse pas la flamme s'éteindre.

C'était la dernière fois qu'il l'avait vu, debout, les mains jointes dans son dos et le regard perdu dans la fenêtre. Sans doute savait-il déjà que lui-même n'allait pas tarder à partir pour le camp d'extermination. Il venait de recevoir l'ordre qui le destituait de son poste de président du Conseil juif. En tant que plus haut dirigeant de Terezín, il avait la responsabilité d'exercer un contrôle sur les personnes détenues dans le ghetto. La surveillance des SS n'était pas excessivement rigoureuse aux différents points d'accès et il y avait des gens qui s'échappaient. Edelstein n'en référait pas aux autorités et les couvrait, jusqu'au jour où le trou est devenu trop grand et les SS se sont aperçus qu'il manquait au moins cinquante-cinq détenus évadés du ghetto.

Le sort d'Edelstein était scellé. Il était perdu. En arrivant au *lager,* au lieu d'être emmené au camp familial d'Auschwitz-Birkenau, il fut conduit à la prison d'Auschwitz I. Fredy ne l'a jamais dit à Miriam, mais il sait que l'on y pratique la torture selon les méthodes les plus cruelles que l'humanité ait jamais connues.

Qu'a bien pu devenir Yakub Edelstein ? Et qu'allons-nous devenir, nous tous, ici ?

14

Quand les enfants sont repartis et qu'il ne reste plus qu'une poignée de professeurs absorbés dans leur discussion, Dita remballe la bibliothèque. C'est peut-être la dernière fois qu'elle le fait parce qu'il va falloir qu'elle dise la vérité : qu'elle est dans le collimateur de Mengele. Alors, avant de remiser les livres, elle sort le rouleau de sparadrap de sa poche secrète et répare une déchirure de la grammaire russe. Puis elle sort le flacon de gomme arabique et recolle les dos aux bords arrachés de deux autres volumes. Le livre de H.G. Wells a un coin écorné, et elle le déplie. Au passage, elle déplie ou plutôt elle caresse l'atlas, puis les autres livres, y compris ce roman sans couverture dont Hirsch parlait avec tellement de réticence. Dita en profite pour lui réparer une page déchirée à l'aide d'une bande de sparadrap très étroite. Puis elle introduit d'une main délicate les livres dans un sac en toile que lui a donné tata Dudine et elle les place comme une infirmière installerait des nouveau-nés dans leurs berceaux. Elle va jusqu'à la chambre du Blockältester et toque à la porte avec ses phalanges.

Hirsch est assis sur sa chaise, occupé à rédiger l'un de ses rapports ou à planifier le calendrier d'une vague ligue de volley-ball. Elle lui demande l'autorisation de parler, et il se retourne pour la regarder avec son visage serein et ce sourire dont personne ne sait déchiffrer le sens.

— Je t'écoute, Edita.

— Il y a quelque chose que vous devez savoir. Le docteur Mengele a des soupçons sur moi, peut-être sur la bibliothèque. C'était après l'inspection. Il m'a arrêtée dans la *lagerstrasse*. Il s'était aperçu que je cachais quelque chose. Il m'a menacée, il m'a dit qu'il allait me surveiller de près et j'ai l'impression qu'il m'observe.

Hirsch se lève de sa chaise et se promène dans la chambre pendant quelques secondes, l'air concentré. Finalement, il s'arrête et s'adresse à Dita en la regardant dans les yeux.

— Mengele observe tout le monde.

— Il a dit qu'il allait me mettre sur une table d'autopsie et m'ouvrir en deux.

— Il adore les autopsies, il s'en délecte.

Ces mots prononcés, un silence embarrassé s'installe.

— Vous allez me renvoyer de mon poste à la bibliothèque ? Je sais que c'est pour mon bien...

— Tu veux arrêter ?

Le regard de Fredy brille. Cette lampe, dont il répète tout le temps que nous en avons tous une en nous, s'est brusquement allumée en lui. Et celle de Dita s'éclaire aussi, car l'électricité de Hirsch est contagieuse.

— Pas question !

Fredy Hirsch hoche la tête comme s'il disait : « Je le savais. »

— Alors tu resteras à ton poste. C'est un risque, bien sûr, mais nous sommes en guerre, même si parfois certains l'oublient ici. Nous sommes des soldats, Edita. N'écoute pas ces grincheux qui disent que nous sommes à l'arrière-garde et qui baissent les bras. C'est faux. Dans une guerre, chacun a son front à défendre. Celui-ci est le nôtre, et nous devons lutter jusqu'au bout.

— Et pour Mengele ?

— Un bon soldat doit être prudent. Et encore plus avec Mengele. Personne ne peut jamais savoir ce qu'il pense exactement. Il peut parfois te sourire, comme s'il le faisait avec affection, mais, l'instant d'après, il redevient sérieux, et tu sens son regard te geler les entrailles. Si ses soupçons à ton sujet étaient solides, tu serais déjà morte. Mais on ne sait jamais ce qu'il peut avoir derrière la tête. Alors le mieux est qu'il ne te voie pas, qu'il ne t'entende pas, qu'il ne te flaire pas. Il faut que tu évites tout contact avec lui. Si tu le vois venir d'un côté, pars de l'autre. Si tu le croises sur ton chemin, tourne la tête l'air de rien. Le mieux qu'il puisse se passer, c'est qu'il oublie ton existence.

— Je vais essayer.

— Bien. C'est tout.

— Fredy... Merci !

— Je te demande de rester en première ligne de front à jouer ta vie et tu me remercies ?

Elle voulait dire en réalité : je suis désolée, je m'excuse d'avoir douté de toi. Mais elle ne sait pas comment le faire.

— C'est-à-dire que… je voulais vous remercier d'être là.

Hirsch sourit.

— Alors pas besoin. Je suis là où je dois être.

Dita sort. La neige est tombée sur le camp et Birkenau, festonné de blanc, offre un visage moins terrible, plus somnolent. Le froid est intense, mais il est parfois préférable aux conversations enfiévrées des baraquements.

Elle croise Gabriel, le champion des punitions et des blâmes des professeurs, une terreur rousse âgée de dix ans qui porte un pantalon très large, trop grand pour lui de plusieurs tailles, noué à la ceinture par une cordelette, et une chemise tout aussi grande maculée de taches. Il est à la tête d'un commando d'une demi-douzaine de garçons de son âge.

C'est sûr, il ne mijote rien de bon… se dit Dita.

Derrière eux, à quelques mètres, un groupe d'enfants de quatre et cinq ans suivent en se tenant par la main. Leurs habits sont usés et leurs visages sales, contrairement à leurs yeux d'un blanc très pur, comme celui de la neige qui vient de tomber.

Gabriel est l'une des idoles des enfants du bloc 31 en raison de son effronterie et de son imagination pour les espiègleries en tout genre. Dita a déjà vu plusieurs fois les petits essayer de le suivre quand ils pressentent qu'il va jouer l'un de ses mauvais tours. Pas plus tard que ce matin, il a lancé une sauterelle sur la tête d'une pimbêche qui s'appelle Marta Kovac, et ses cris d'hystérie ont pétrifié tout le bloc. Gabriel lui-même est demeuré interdit devant la réaction disproportionnée de la fillette, qui, dans son affolement, s'est plantée devant lui et lui a flanqué une gifle qui lui a presque décollé ses taches de rousseur. Avec un sens très talmudique de la justice, leur professeur a estimé qu'ils étaient quittes, et les leçons ont repris sans autre punition pour Gabriel que celle reçue par voie manuelle.

Quand les petits tentent de le suivre pour se divertir de ses mauvais tours, il essaie généralement de les semer ou de les chasser à grands cris, et il distribue des claques s'ils s'obstinent à lui coller aux basques. Dita s'étonne donc que l'expéditif Gabriel accepte de traîner derrière lui ce cortège de bambins qui forme presque une procession, et elle décide de les suivre à distance, comme si elle jouait à pister leurs empreintes dans la neige, pour découvrir à quoi est dû ce soudain changement de stratégie qui, s'agissant de Gabriel, doit sans doute être lié à l'une de ses espiègleries.

Elle les observe traverser le camp vers la sortie et comprend alors vers où ils se dirigent : la cuisine. Elle voit le groupe d'amis de Gabriel freiner prudemment devant cet endroit proscrit du camp, mais leur meneur continue d'un pas rapide et, malgré l'interdiction, il entre à l'intérieur. Les autres s'approchent de la porte. Ce que Dita voit alors ressemble à une saynète : Gabriel sort à toutes jambes et, derrière lui, une cuisinière au caractère de cochon appelée Beáta agite les bras dans tous les sens et fait fuir les gamins comme une volée d'oiseaux.

Dita comprend qu'il a dû aller lui demander des épluchures de pomme de terre, une friandise dont raffolent tous les enfants, mais on dirait bien que la cuisinière en a par-dessus la tête des quémandeurs et qu'elle a décidé de les envoyer méchamment paître ailleurs. Cependant, les enfants de dix ans et Gabriel ne battent pas en retraite, ils s'écartent juste de quelques mètres, formant un couloir qui laisse passer Gabriel et la cuisinière en colère. Le garnement fait un pas de côté, et la cuisinière manque de glisser sur une plaque de verglas et s'étaler de tout son long. Retrouvant l'équilibre, elle voit planté devant elle le groupe des petits, qui viennent d'arriver juste à l'instant. Ils se tiennent tous par la main et soufflent de la vapeur par la bouche à cause de l'effort qu'ils ont fourni pour suivre le pas rapide des grands. Beáta ne peut ignorer leurs visages d'éternels affamés. Et, prise de court, elle stoppe ses gesticulations et s'arrête, les poings sur la taille, devant ce troupeau d'angelots crottés de boue et de neige qui lèvent des yeux implorants.

Dita ne peut pas l'entendre, mais elle n'en a pas besoin. La cuisinière a un caractère fort, des mains rugueuses et un cœur tendre. La bibliothécaire sourit en songeant à l'astuce de Gabriel, qui a conduit les plus petits jusque-là pour l'attendrir. Beáta doit être en train de leur dire d'un ton sévère qu'elle n'a pas le droit de donner des restes de nourriture sans autorisation, que si la *kapo* la surprend, elle ou un commis de cuisine, en train de le faire, ils perdront leur travail et seront cruellement punis, et patati et patata… Et les bambins continuent de la regarder de leurs yeux larmoyants, alors elle va faire une exception, mais surtout qu'elle ne les revoie plus traîner dans les parages ou elle les rouera de coups de bâton. Certains enfants acquiescent en lui donnant raison, pour finir de se la mettre dans la poche.

La cuisinière disparaît à l'intérieur et réapparaît peu après avec un seau en fer rempli d'épluchures de pomme de terre. Devant la cohue qui se forme, elle les arrête d'une main comme si c'était la butée métallique où les trains achèvent leur course dans les gares. Elle les fait passer un par un, d'abord les petits, puis les grands, et tous regagnent le bloc 31 en mordillant une épluchure de pomme de terre.

Dita retourne de bonne humeur dans la *lager-strasse* mais, à mi-chemin, elle aperçoit sa mère. Celle-ci est étrangement mal coiffée ; elle qui, même à Auschwitz, s'est débrouillée pour obtenir un vieux bout de peigne et a toujours les cheveux dignement arrangés.

Elle sait que quelque chose ne va pas. Elle court à sa rencontre et sa mère la serre dans ses bras avec une ardeur inhabituelle : quand elle est allée retrouver son père à la sortie de l'atelier, il n'était pas là. Un camarade, monsieur Brady, lui a dit qu'il n'était pas venu travailler parce qu'il n'avait pas pu se lever de son lit ce matin.

— Il m'a raconté qu'il avait de la fièvre, mais le *kapo* a dit qu'il valait mieux ne pas l'emmener à l'hôpital.

Liesl est désorientée et ne sait pas très bien quoi faire.

— Peut-être que je devrais insister auprès de son *kapo* pour qu'il l'envoie à l'hôpital...

— Papa a dit que le *kapo* de son baraquement n'était pas un Juif, mais un Allemand social-démocrate, froid mais plutôt juste. L'hôpital, ce n'est peut-être pas une bonne idée. Nous avons l'hôpital en face du bloc 31 et...

Dita se tait, elle est sur le point de dire qu'elle voit les malades y entrer en clopinant et ressortir la plupart du temps dans la charrette des défunts poussée par monsieur Lada et quelques autres. Mais il ne faut pas nommer la mort, il vaut mieux ne pas l'invoquer, ne pas l'appeler, la tenir éloignée de son père.

— Nous ne pouvons même pas le voir, se lamente sa mère. Nous ne pouvons pas entrer dans un baraquement d'hommes. J'ai demandé à son camarade, un monsieur très aimable de Bratislava, de bien vouloir entrer le voir pour moi et me dire comment il va pendant que j'attends à la porte…

Liesl doit s'arrêter pour contenir son émotion. Dita prend sa main.

— Il m'a dit qu'il était pareil que ce matin quand il l'a laissé, à moitié inconscient à cause de la fièvre. Qu'il avait mauvaise mine. Edita, peut-être que ton père devrait aller à l'hôpital.

— Allons le voir.

— Quoi ? Nous ne pouvons pas entrer dans son baraquement ! C'est interdit !

— C'est interdit aussi d'enfermer les gens et de les tuer, et pourtant ça ne les empêche pas de le faire. Va m'attendre à la porte de son baraquement.

Dita part en courant à la recherche de Milan, l'un des assistants. Elle le voit parfois assis avec ses copains sur le côté du bloc 23. C'est un beau garçon, mais elle ne le trouve pas très sympathique. Même si l'antipathique, c'est peut-être elle, qui ne fréquente pratiquement pas les autres assistants, qui préfère passer son temps libre à lire et à rester avec Margit ou ses parents. Les minauderies des filles et les fanfaronnades des garçons de son âge la mettent mal à l'aise.

Effectivement, elle trouve Milan au bloc 23. C'est un après-midi de ce froid polonais implacable, mais lui et deux autres sont assis dehors, le dos appuyé contre la façade en bois du baraquement. Ils tuent le temps en regardant passer les détenus et en disant des choses aux adolescentes. Cela ne la réjouit pas du tout d'aller se planter devant ces garçons un peu plus âgés qu'elle, qui ont du poil sous le nez, des boutons de toutes les tailles et qui se comportent comme de petits coqs de combat. Elle est gênée chaque fois qu'elle passe près d'eux. Elle a l'impression qu'ils se moquent de ses jambes trop maigres et même de ses hautes chaussettes en laine, un peu enfantines. Mais elle s'arrête devant eux et ne peut pas se permettre le luxe de la timidité.

— Tiens donc ! brame Milan, qui s'empresse de parler le premier afin de bien montrer qui est le chef. Mais qui voilà ? La bibliothécaire...

— Il ne faut pas parler de ce sujet en dehors du bloc 31, le coupe-t-elle.

Elle regrette aussitôt d'avoir répondu aussi sèchement, car l'autre accuse le coup et rougit. Il n'apprécie pas qu'une fille plus petite lui remonte les bretelles devant ses copains. Et Dita qui venait précisément lui demander un service.

— Écoute, Milan, je voudrais te demander quelque chose...

Les trois amis se donnent des coups de coude mal dissimulés et lâchent quelques ricanements qui se veulent malicieux. Milan s'égaie aussi et retrouve son assurance.

— C'est que... les filles viennent souvent me demander des tas de trucs, dit-il d'un ton crâneur, en regardant du coin de l'œil l'effet que ses paroles produisent sur ses deux copains, qui rigolent en montrant leurs dents abîmées.

— J'ai besoin que tu me prêtes ton manteau un moment.

Milan affiche un visage stupéfait et son ricanement se dégonfle d'un coup. Son manteau ? Elle est en train de lui demander son manteau ? Il a eu une sacrée veine de tomber dessus au moment de la distribution de vêtements, c'est l'un des meilleurs manteaux du BIIb. On lui a offert des rations de pain, des pommes de terre et même une tablette de chocolat en échange, mais il n'est prêt à s'en séparer pour rien au monde. Comment supporterait-il ces soirées à zéro degré sans son manteau ? Et puis, il lui va bien ; quand il le porte, il plaît encore plus aux filles.

— Ça va pas la tête ? Mon manteau, personne n'y touche. Et personne, ça veut dire personne, tu piges ?

— Ce sera juste pour un moment...

— Arrête tes salades ! Y a pas de moment qui tienne ! Tu me prends pour un con ou quoi ? Je te laisse mon manteau, tu vas aller le revendre et je peux lui dire adieu. Je te conseille de débarrasser le plancher avant que je me fâche pour de bon ! dit-il d'un air mauvais en se mettant debout, histoire de bien faire voir à Dita qu'il mesure au moins vingt centimètres de plus qu'elle.

— Je veux juste l'enfiler un moment. Tu peux venir avec moi pendant ce temps pour t'assurer que ton manteau ne disparaît pas. Je te donnerai ma ration de pain du soir.

Dita a prononcé les mots magiques : nourriture. Une ration supplémentaire de pain, pour un garçon en pleine croissance qui ne se rappelle pas la dernière fois qu'il a été capable de rassasier sa faim, ce n'est pas rien. Son estomac grogne jour et nuit, son besoin de nourriture vire à l'obsession, et la seule chose qui l'excite plus que les cuisses d'une fille, c'est une cuisse de poulet.

— Une ration entière… répète-t-il en évaluant la proposition, imaginant déjà le festin : il pourrait même en garder un bon morceau pour accompagner le jus de chaussette du lendemain matin et avoir un petit-déjeuner décent. Et tu dis que tu enfiles juste le manteau un moment, je t'accompagne et tu me le rends après ?

— C'est ça. Je ne vais pas t'entourlouper, on travaille dans le même baraquement. Si je t'arnaque et que tu me dénonces, on me renverra de mon poste au bloc 31. Et aucun de nous n'a envie d'en partir.

— Bon, faut que j'y réfléchisse.

Il demande à ses amis d'approcher leurs têtes et les voilà qui forment une mêlée de murmures où il y a des délibérations et d'où s'échappe aussi un ricanement. Finalement, un Milan tout sourire relève la tête d'un air de triomphe.

— D'accord. Je te laisse mon manteau un moment, à condition que tu me donnes ta ration de pain… et que tu nous laisses toucher tes nichons !

Il regarde un instant ses copains, et ces derniers acquiescent avec un tel enthousiasme que leur cou ressemble à un ressort.

— Sois pas bête. J'en ai presque pas…

Elle voit les trois garçons s'esclaffer comme s'ils s'amusaient follement ou plutôt comme s'ils avaient besoin de dissimuler sous leurs éclats de rire la nervosité et la gêne qu'éveille en eux le fait d'aborder ce sujet. Dita soupire. S'ils ne la dépassaient pas tous les trois de plusieurs dizaines de centimètres, elle leur donnerait une bonne gifle à chacun.

Pour leur apprendre à être des obsédés, ou des idiots.

Mais elle n'a pas le choix.

Et, après tout, quelle importance.

— D'accord, marché conclu. Maintenant laisse-moi mettre ce fichu manteau.

Milan tressaille quand il se retrouve dans le froid avec la seule camisole à trois boutons qu'il porte en dessous. Dita enfile le caban, beaucoup trop grand pour elle, exactement comme elle le voulait. Cet habit a quelque chose qui le rend très précieux à ses yeux en cet instant, et que peu dans le camp possèdent : une capuche. Et elle se met à marcher avec Milan derrière elle.

— On va où ?

— Au baraquement 15.

— Et tes nichons ?

— Après.

— T'as dit le baraquement 15 ? Mais c'est un baraquement d'hommes…

— Ouais…

Et Dita rabat la capuche sur sa tête, qui se retrouve presque entièrement couverte.

Milan s'arrête.

— Attends, attends… Tu comptes entrer là-dedans ? C'est interdit aux femmes. Je refuse de t'accompagner, si tu te fais pincer ils vont me punir aussi. Je crois que t'es un peu cinglée.

— Je vais entrer. Avec ou sans toi.

Le garçon écarquille des yeux ronds et son grelottement de froid s'accélère.

— Tu peux m'attendre à la porte si tu veux.

Milan doit accélérer le rythme car Dita marche d'un pas très décidé. Elle voit sa mère quelques mètres plus loin, errant à proximité du baraquement de son père, et elle ne s'arrête même pas pour la saluer. Liesl Adlerova est tellement préoccupée qu'elle n'a pas reconnu sa fille accoutrée de ce vêtement masculin. Dita entre dans le baraquement sans hésitation aucune et personne ne la remarque. Milan s'arrête à la porte et pousse un juron, indécis, incapable de savoir si cette fille ne vient pas de se payer sa tête et s'il reverra un jour son manteau.

Dita avance au milieu des châlits. Il y a des hommes sur la cheminée horizontale, qui est éteinte, d'autres qui bavardent assis sur leurs paillasses. Bien qu'il soit interdit de se coucher avant le couvre-feu, certains sont allongés ; cela indique qu'ils ont un *kapo* indulgent. L'odeur est très forte, encore plus que dans son baraquement de femmes, une puanteur de transpiration aigre qui monte à la tête. Elle a gardé sa capuche et personne ne fait attention à elle.

Au fond, elle trouve son père allongé sur le matelas de paille de la couchette du bas. Elle s'approche de son visage et retire sa capuche.

— C'est moi, murmure-t-elle.

Ses yeux sont fermés, mais il les rouvre légèrement en entendant sa fille. Dita pose une main sur son front et le trouve brûlant. Elle n'est pas certaine qu'il l'ait reconnue, mais elle lui prend quand même la main et continue de lui parler à voix basse. Il n'est généralement pas facile de parler à une personne dont vous ne savez pas si elle vous écoute, mais les mots jaillissent de sa bouche avec une aisance surprenante et elle lui dit toutes ces choses que l'on ne pense jamais à dire car on croit toujours que l'on aura le temps de le faire.

— Tu te souviens quand tu m'apprenais la géographie à la maison ? Moi, je m'en souviens très bien... Tu sais tellement de choses ! Je me suis toujours sentie très fière de toi, papa. Toujours.

Et elle lui parle des jours heureux de son enfance à Prague, puis des bons moments dans le ghetto de Terezín, et elle lui dit à quel point elles l'aiment, sa mère et elle. Elle le lui répète plusieurs fois, pour que les mots s'infiltrent à travers le rideau de la fièvre. Et elle a l'impression qu'il bouge un peu. Peut-être qu'il est en train de l'écouter à l'intérieur.

Hans Adler lutte contre les bacilles de la pneumonie avec très peu d'armes : un homme seul, sous-alimenté et brisé par les froidures de la guerre, face à une armée de virus débordants d'énergie. Dita se rappelle que, dans le livre de Paul de Kruif sur les chasseurs de microbes, ceux-ci apparaissaient au microscope comme une meute de prédateurs miniatures.

Trop d'ennemis contre lesquels se battre.

Elle lâche la main de son père, la lui replace sous le drap sale et dépose un baiser sur son front. Elle remet la capuche sur sa tête et s'apprête à partir. À cet instant, elle voit Milan à quelques pas derrière elle. Elle se dit qu'il doit être furieux, mais il la regarde avec une tendresse inattendue.

— C'est ton père ? demande-t-il.

Elle acquiesce. Dita fouille sous ses vêtements et sort son quignon de pain du repas. Elle le lui tend, mais Milan ne sort pas les mains de ses poches et fait non de la tête. Une fois à la porte du baraquement, Dita enlève le caban et sa mère, la reconnaissant, reste bouche bée.

— Tu peux le prêter un moment à ma mère ? demande-t-elle, mais elle n'attend même pas la réponse. Maman, mets ça et entre.

— Mais Edita...

— Tu seras camouflée ! Allez ! Il est au fond à droite. Il n'est pas conscient, mais je crois qu'il peut nous entendre.

Liesl met la capuche sur sa tête et entre déguisée. Milan demeure silencieux à côté d'elle, sans savoir quoi dire ou faire.

— Merci, Milan.

Le garçon acquiesce de la tête et reste un moment indécis, comme s'il cherchait les mots.

— Pour... tu sais quoi, commence Dita en regardant sa poitrine presque plate.

— Oublie, s'il te plaît ! la coupe-t-il en rougissant et en agitant vivement les mains. Faut que j'y aille maintenant, tu me rendras le manteau demain.

Il tourne les talons et s'éloigne au pas de course.

Il se demande comment il va expliquer à ses potes qu'il revient sans le manteau et sans la fille. Ils vont sûrement penser qu'il n'est qu'un crétin. Il pourrait leur dire qu'il a mangé le pain en cours de route et, bien sûr, qu'il lui a touché les nichons, qu'il l'a fait en leur nom à tous les trois, parce qu'après tout le caban est à lui. Mais il secoue la tête. Non, il sait qu'ils s'apercevront immédiatement du bobard. Il leur dira la vérité. Ils vont se payer sa tête, à tous les coups, et le traiter de pigeon. Mais il sait comment arranger ces choses-là.

Entre garçons, c'est facile de se comprendre : le premier qui l'ouvre, il lui flanque une beigne tellement forte qu'il faudra qu'il aille rechercher ses dents à la loupe. Copains comme cochons.

Pendant que Dita attend que sa mère ressorte, Margit apparaît. À son visage affligé, Dita comprend qu'elle est au courant pour son père. À Auschwitz, les nouvelles, surtout si elles sont mauvaises, sont des taches d'huile sur du papier. Margit s'approche d'elle et la prend dans ses bras.

— Comment va ton père ?

Dita sait que cette question en cache une autre : est-ce qu'il va vivre ?

— Il ne va pas bien, il a beaucoup de fièvre, sa poitrine fait du bruit quand il respire.

— Il faut garder la foi, Dita. Ton père a surmonté beaucoup de choses.

— Trop de choses.

— C'est un homme fort. Il va résister.

— Il était fort, Margit. Mais ces dernières années lui ont donné un coup de vieux. J'ai toujours été optimiste, mais je ne sais plus quoi penser. Je ne sais pas si nous allons résister.

— Bien sûr que nous résisterons.

— Comment peux-tu en être aussi sûre ?

Son amie se tait et se mord la lèvre quelques secondes, à la recherche d'une réponse.

— Parce que je veux y croire.

Elles n'ajoutent rien et se taisent toutes les deux. Elles sont en train de sortir de cet âge où l'on arrive à croire qu'il suffit de désirer une chose pour que celle-ci se produise. Quand vous êtes petit, vos rêves sont comme la carte d'un restaurant : vous montrez ce que vous voulez et l'avenir vous le sert sur un plateau d'argent. Puis on abandonne l'enfance derrière soi et la vie prend des bifurcations qui n'étaient pas prévues. Le serveur arrive à votre table et vous dit que la cuisine est fermée.

La sirène du couvre-feu retentit et sa mère sort du baraquement comme un fantôme qui traînerait ses pieds dans la boue.

— Il faut nous dépêcher, dit Margit.

— Vas-y, rentre vite, lui répond Dita. Nous, nous allons marcher un peu plus lentement.

Son amie s'en va et elles restent seules toutes les deux. Sa mère a le regard perdu dans le vide.

— Comment va papa ?

— Un peu mieux, répond Liesl.

Mais sa voix est tellement brisée qu'il est impossible de la croire. De plus, Dita la connaît, sa mère a passé sa vie à faire comme si tout allait bien, comme si rien n'altérait l'ordre des choses.

— Il t'a reconnue ?

— Oui, bien sûr.

— Et il t'a dit quelque chose ?

— Non, il était un peu fatigué... Il ira mieux demain.

Elles ne disent plus un mot jusqu'à leur baraquement.

Il ira mieux demain.

Sa mère a dit cela avec une conviction qui n'admet pas le doute, et les mères savent ces choses-là. Ce sont elles qui restent au chevet de leurs enfants la nuit quand ils ont de la fièvre. Ce sont elles qui posent leur paume sur leur front et savent ce qu'il faut faire pour qu'ils guérissent. Elle donne la main à sa mère et elles pressent le pas de peur qu'un garde ne les arrête pour être dans la rue à une heure indue.

Lorsqu'elles entrent dans leur baraquement, presque toutes les femmes sont déjà couchées. Elles tombent nez à nez avec la *kapo*, une Hongroise qui porte la marque orange des prisonniers de droit commun, un statut supérieur. Une voleuse, une arnaqueuse, une assassine, tout vaut mieux qu'une Juive. Elle vient de vérifier qu'on a bien mis les récipients qu'elles utilisent pour faire leurs besoins la nuit, et en les voyant arriver en retard elle brandit le bâton qu'elle tient à la main et fait mine de les frapper.

— Excusez-nous, *kapo*, c'est parce que mon père...

— Tais-toi et file dans ton lit, idiote.

— Oui, madame.

Dita tire sa mère par la main et elles arrivent à leurs châlits. Liesl monte lentement et, avant de s'allonger, elle se tourne un instant. Ses lèvres ne disent rien, mais ses yeux souffrent.

— Ne t'inquiète pas, maman, la réconforte sa fille. Si papa est toujours dans cet état demain, nous irons parler avec son *kapo* pour qu'il l'emmène chez le médecin. Au besoin, j'en parlerai avec mon directeur du bloc 31. Monsieur Hirsch peut certainement nous aider.

— Il ira mieux demain.

Les lumières s'éteignent et Dita dit bonne nuit à sa camarade de lit, qui ne lui répond rien. Elle est tellement angoissée qu'elle n'arrive pas à fermer les yeux. Elle survole les images de son père et essaie de trouver les plus belles. Il y en a une qui lui plaît beaucoup : c'est une image de son père et de sa mère, assis au piano. Tous les deux élégants et beaux. Son père, vêtu d'une chemise blanche retroussée au-dessus des poignets, une cravate sombre et une paire de bretelles ; sa mère, dans un corsage cintré qui souligne sa taille. Ils rient, il est clair qu'ils n'arrivent pas à se coordonner pour jouer à quatre mains. Le plus beau est de les voir heureux parce qu'ils sont encore jeunes et forts, et que le futur n'est pas mort.

La dernière image qui clôt cette étape de la vie normale, qui s'est achevée lorsqu'ils ont quitté Prague, est celle de l'appartement de Josefov au moment où ils ont ouvert la porte, ont posé leurs valises sur le palier et se sont apprêtés à refermer derrière eux cette porte dont ils ne savaient pas si elle se rouvrirait un jour. Son père était retourné un instant dans l'appartement pendant qu'elles l'observaient depuis le palier. Il s'était approché du buffet du salon-salle à manger et il avait fait tourner une dernière fois le globe terrestre.

Et Dita s'endort enfin.

Mais son sommeil est agité, il y a quelque chose qui la tenaille. Au petit matin, elle se réveille en sursaut avec la sensation brûlante que quelqu'un l'a appelée. Elle rouvre les yeux, inquiète, et son cœur bat très fort. À côté d'elle se trouvent les pieds de sa camarade endormie, et tout est plongé dans un profond silence déchiré par les ronflements et les murmures monotones des femmes qui parlent en dormant. Ce n'était qu'un cauchemar, mais Dita a un mauvais pressentiment. Elle se met dans la tête que cette personne qui l'appelait était son père.

Au lever du jour, le camp est plein de gardes et de *kapos* pour l'appel du matin. Deux heures d'attente qui lui semblent les plus longues de sa vie. Sa mère et elle se lancent des regards dans la formation. Il est interdit de parler, mais en réalité il est presque préférable de ne rien se dire. Quand les rangs se défont, elles profitent du fait que les queues pour le petit-déjeuner sont en train de se former pour se rendre jusqu'au bloc 15. Lorsqu'elles arrivent, monsieur Brady sort de la file. Il a les épaules lourdes de mauvaises nouvelles.

— Madame…

— Mon mari ? demande-t-elle d'une voix brisée. Il a empiré ?

— Il est mort.

Comment peut-on conclure une vie en trois mots aussi courts ? Comment un aussi petit nombre de lettres peut-il contenir autant de désolation ?

— Pouvons-nous entrer pour le voir ? demande Liesl.

— Je regrette, ils l'ont déjà emmené.

Elles auraient dû le savoir. Les cadavres sont ramassés au point du jour, entassés dans la charrette et emmenés aux fours crématoires pour y être incinérés.

Sa mère semble vaciller un instant et être sur le point de se briser. En apparence, la nouvelle de sa mort ne l'a pas tellement décontenancée ; probablement l'a-t-elle su dès l'instant où elle l'a vu allongé sur sa paillasse. Mais ne pas pouvoir lui dire adieu la frappe d'un coup rude.

Liesl retrouve cependant son aplomb, qu'elle n'a perdu que pendant quelques secondes, et elle prend sa fille par l'épaule pour la consoler.

— Au moins, ton père n'a pas souffert.

Dita, qui sentait que son sang commençait à bouillir, est encore plus irritée de s'entendre parler comme à une petite fille.

— Pas souffert ? rétorque-t-elle en se dégageant brusquement de ses bras. On lui a pris son travail, sa maison, sa dignité, sa santé... Et pour finir, on l'a laissé mourir seul comme un chien sur une paillasse pleine de puces. Ce n'est pas de la souffrance, ça ?

Ces derniers mots, elle les a presque criés.

— Dieu a voulu qu'il en soit ainsi, Edita. Nous devons nous résigner.

Elle fait non de la tête. Non, non et non.

— Je n'ai pas envie de me résigner ! hurle-t-elle au milieu de la *lagerstrasse*.

Mais c'est l'heure du petit-déjeuner, peu de gens font attention à elle.

— Si Dieu était là devant moi, je lui dirais ce que j'en pense, de lui et de son sens pervers de la miséricorde !

Elle se sent mal, et pire encore quand elle réalise qu'elle vient d'être très rude avec sa mère précisément au moment où celle-ci a le plus besoin de réconfort et de soutien, mais cette docilité la met hors d'elle, c'est plus fort qu'elle. Elle est soulagée de voir arriver madame Turnovská, qui doit déjà être au courant de tout, en embuscade sous son énorme foulard. Elle presse affectueusement le bras de Dita et étreint Liesl avec tendresse. Celle-ci s'agrippe à son amie avec une émotion inattendue. Voilà ce qu'elle aurait dû faire, se dit-elle, prendre sa mère dans ses bras. Mais elle n'y arrive pas, elle est trop furieuse pour se laisser aller aux embrassades, elle ne ressent que l'envie de mordre et de détruire autant qu'on l'a détruite.

Apparaissent trois autres femmes, qu'elle connaît à peine de vue, qui se mettent à pleurer à chaudes larmes. Dita, qui a les yeux secs, les regarde avec stupeur. Elles se dirigent vers sa mère, mais madame Turnovská les devance.

— Fichez le camp ! Oust !

— Nous voulons juste présenter nos condoléances à madame.

— Si vous ne partez pas en moins de dix secondes, je vous expédie à coups de pied !

Liesl est trop hébétée pour se rendre compte de quoi que ce soit, et Dita ne se sent pas la force de demander pardon à ces femmes et de leur dire de rester.

— Qu'est-ce que vous faites, madame Turnovská ? Est-ce que tout le monde est devenu fou ?

— Ce sont des charognardes. Elles savent que les proches des décédés perdent l'appétit à cause du chagrin, et elles viennent verser quelques larmes de crocodile pour faire main basse sur votre ration de nourriture.

Dita se sent abasourdie : en cet instant, elle hait la terre entière. Elle demande à madame Turnovská de veiller sur sa mère et elle s'éloigne. Elle a besoin d'aller quelque part, mais il n'y a nulle part où aller. Ce n'est pas qu'elle ait du mal à se faire à l'idée qu'elle ne sera plus jamais avec son père, c'est qu'elle ne veut pas s'y faire. Elle n'est pas prête à l'accepter, elle ne va pas se résigner, ni maintenant, ni jamais. Elle part en marchant les poings serrés. Les doigts crispés et blancs. Une colère blanche la brûlant à l'intérieur.

Plus jamais il ne rentrera du travail vêtu de son costume croisé et de son chapeau de feutre, plus jamais il ne collera son oreille au poste de radio en regardant le plafond, il ne la fera plus s'asseoir sur ses genoux pour lui apprendre les pays du monde et il ne la grondera plus avec tendresse à cause de son écriture tordue.

Et elle, elle n'est même pas capable de le pleurer, elle a les yeux secs. Et cela la rend encore plus furieuse. Comme elle n'a pas d'autre endroit où aller, ses pas la conduisent au bloc 31. Les enfants sont occupés à prendre leur petit-déjeuner et elle se dirige au fond du baraquement, sans s'arrêter, en quête de son refuge derrière les piles de planches. Elle sursaute presque en découvrant dans son recoin une silhouette solitaire assise sur le tabouret.

Morgenstern la salue avec sa politesse cultivée, mais cette fois Dita ne sourit pas et le vieux professeur interrompt ses révérences théâtrales.

— Mon père...

Et disant cela, Dita a l'impression que tout son sang est une essence qui s'enflamme et brûle dans ses veines. Un mot lui vient alors à la bouche comme une montée de bile :

— Assassins !

Et elle le mâche entre ses dents, elle le répète cinq, dix, cinquante fois :

— Assassins, assassins, assassins, assassins... !

Elle donne un coup de pied à un tabouret, puis elle l'attrape et le brandit comme une masse. Elle veut casser quelque chose et ne sait pas quoi. Elle veut frapper quelqu'un et ne trouve pas qui. Elle a les yeux exorbités et elle halète d'anxiété. Le professeur Morgenstern se relève avec une souplesse inattendue chez un vieil homme à l'allure si fragile, et il lui prend le tabouret des mains, fermement mais doucement.

— Je les tuerai ! s'exclame-t-elle avec rage. Je me procurerai un pistolet et je les tuerai !

— Non, non, Edita, lui dit-il lentement. Notre haine est leur victoire.

Dita tremble et le professeur l'enveloppe et elle enfouit sa tête entre les bras du vieil homme. Alertés par le raffut, quelques professeurs pointent le bout de leur nez, suivis d'un bataillon d'élèves curieux, et le professeur pose son doigt sur ses lèvres pour qu'ils ne disent rien, puis il secoue la tête pour qu'ils s'en aillent. Surpris de voir le professeur Morgenstern aussi sérieux, ils lui obéissent et les laissent seuls.

Dita lui avoue qu'elle se hait d'être partie en courant et de ne pas avoir été capable de pleurer, d'avoir abandonné son père, de ne pas avoir pu le sauver. Elle se hait de tout. Le vieux professeur lui dit que les larmes viendront quand la colère s'en ira.

— Mais comment ne pas être en colère ? Mon père n'a jamais fait de mal à personne, il n'a jamais manqué de respect à personne… On lui a tout pris et maintenant, dans ce trou répugnant, on lui a même volé sa vie.

— Écoute-moi bien, Edita : ceux qui s'en vont ne souffrent plus.

Ceux qui s'en vont ne souffrent plus, lui murmure-t-il encore et encore comme s'il s'agissait d'un baume à appliquer plusieurs fois sur une blessure pour qu'elle cesse de lanciner.

— Ceux qui s'en vont ne souffrent plus, ceux qui s'en vont ne souffrent plus...

Morgenstern sait bien que c'est une piètre consolation, désuète, usée, l'une de ces phrases utilisées par les vieilles personnes. Mais à Auschwitz, c'est une médecine qui aide à supporter la tristesse pour les défunts. Dita cesse de se tordre les doigts, elle acquiesce de la tête et s'assoit lentement sur le banc. Le professeur Morgenstern plonge la main dans sa poche et en sort une cocotte en papier un peu froissée et jaunie. Il l'offre à Dita.

La jeune fille regarde cette pauvre cocotte en papier, aussi vulnérable que son père en ses dernières heures. Aussi fragile que ce vieux professeur maboul aux lunettes cassées. Ils sont tous si fragiles... Et voilà qu'elle se sent insignifiante et subitement faible. Le béton armé de la colère, qui nous rend forts dans ces moments-là, finit par s'effriter, et les larmes coulent enfin, éteignant l'incendie qui brûlait tout.

L'architecte acquiesce et elle s'abandonne aux pleurs sur l'épaule aux mille rayures du vieux Morgenstern.

— Ceux qui s'en vont ne souffrent plus...

Qui sait quelle quantité de souffrance attend encore ceux qui restent.

Dita relève la tête et essuie ses larmes dans sa manche. Elle remercie le professeur et lui dit que, avant que l'heure du petit-déjeuner soit terminée, elle a une chose importante à faire. Elle retourne à toute vitesse vers son baraquement. Sa mère a besoin d'elle. Ou c'est elle qui a besoin de sa mère.

Quelle différence...

Sa mère est avec madame Turnovská, assise sur le conduit éteint de la cheminée. Quand elle s'approche des deux femmes, Liesl est très calme, comme absente. Madame Turnovská a posé son écuelle vide par terre et boit le thé du matin du gobelet de Liesl, dans lequel elle trempe un morceau de pain que la jeune veuve n'a pas dû manger la veille au soir.

La marchande de fruits s'immobilise en voyant Dita les yeux braqués sur le gobelet de sa mère.

— Ta mère n'en voulait pas, dit-elle en s'étranglant un peu de cette apparition inattendue, qui la prend la main dans le sac. J'ai beaucoup insisté. Et c'est déjà presque l'heure d'aller à l'atelier, on aurait été obligées de le jeter.

Elles se dévisagent toutes les deux en silence. Sa mère est comme partie, elle doit être en train de voyager au pays des souvenirs. Madame Turnovská lui tend le gobelet pour qu'elle en boive les dernières gorgées, mais Dita fait non de la tête. Il n'y a pas de reproche dans son regard, plutôt un mélange de compréhension et de tristesse.

— Finissez-le, je vous en prie. Nous avons besoin que vous soyez en forme pour pouvoir aider maman.

Le visage de Liesl a la sérénité des statues de cire. Dita s'agenouille devant elle et sa mère réagit en bougeant les yeux. Son regard se pose sur sa fille et son expression neutre finit par se briser. Dita la serre très fort dans ses bras, elle la presse contre elle. Et sa mère pleure enfin.

15

Viktor Pestek est né dans la région de la Bessarabie, un territoire moldave à l'origine, qui a été rattaché à la Roumanie au XIXe siècle, un pays qui a soutenu les nazis depuis le départ. Son uniforme de la SS, son pistolet au ceinturon et son galon de caporal-chef font de lui un homme très puissant à Auschwitz. Un être supérieur ayant à ses pieds des milliers de personnes qui ne peuvent même pas lui adresser la parole sans autorisation préalable de sa part. Des milliers de personnes obligées de faire ce qu'il leur dit ou dont il ordonnera simplement la mort sans broncher d'un cil.

Quiconque verrait Pestek marcher fièrement la tête haute, la casquette vissée sur le chef et les mains dans le dos, croirait qu'il s'agit d'un être indestructible. À Auschwitz pratiquement rien n'est ce dont il a l'air : personne ne peut le savoir, mais le SS se fissure intérieurement. Depuis des semaines, son esprit est hanté par une femme.

En réalité, il s'agit d'une très jeune fille. Il n'a pas échangé ne serait-ce qu'un mot avec elle et il ne connaît même pas son prénom. Il l'a vue un jour alors qu'il lui incombait de superviser un groupe de travail. C'était, en apparence, une Juive comme toutes les autres : vêtue de guenilles, un foulard sur la tête et le visage fin. Mais elle a fait un geste apparemment insignifiant qui l'a hypnotisé : elle a pris l'une des boucles blondes qui tombaient devant ses yeux et elle l'a déroulée jusqu'à ses lèvres pour la mordiller. C'était un geste sans importance, quelque chose qu'elle faisait de manière inconsciente, mais qui la rendait unique malgré elle. Viktor Pestek est tombé amoureux de ce geste.

Il l'a mieux regardée : elle avait un visage agréable, une magnifique chevelure dorée, une fragilité de chardonneret dans une cage. Et il n'a plus pu s'empêcher de la regarder pendant tout le temps qu'il était resté à commander la garde. Il a tenté de s'approcher d'elle à plusieurs occasions, mais il n'a pas osé lui parler. Elle semble avoir peur de lui. Ce qui ne l'étonne pas.

Quand il avait adhéré à la Garde de fer roumaine, il trouvait cela fantastique : on vous donnait un bel uniforme marron clair, on vous emmenait à la campagne chanter des hymnes patriotiques, vous vous sentiez important. Au début, c'était même drôle de démolir les taudis pestilentiels des Tsiganes qui rôdaient aux abords de la ville.

Puis les choses s'étaient compliquées. Les bagarres à mains nues avaient cédé la place aux chaînes. Puis les pistolets étaient arrivés. Il avait quelques connaissances chez les Tsiganes, mais il avait surtout des amis juifs. Comme Ladislaus. Il allait chez lui et ils faisaient leurs devoirs scolaires ensemble ou bien ils partaient ramasser des châtaignes dans les bois. Un jour, sans presque s'en rendre compte, il avait un brandon à la main et il était en train de mettre le feu à la maison de Ladislaus.

Il aurait pu faire machine arrière, mais il ne l'avait pas fait. La paie était bonne dans la SS. Les gens lui donnaient des tapes amicales dans le dos. Sa famille était fière de lui pour la première fois de sa vie et, un jour qu'il était rentré à la maison en permission, ils l'avaient même emmené se faire tirer le portrait en uniforme pour le poser sur le meuble de la salle à manger.

Et un jour, il avait été affecté à Auschwitz.

Il n'est plus très sûr à présent que sa famille serait encore fière de lui s'ils savaient que son travail consiste à obliger des gens à travailler jusqu'à l'exténuation, à conduire des enfants aux chambres à gaz, à frapper leurs mères si elles résistent. Il trouve que tout ceci est une aberration, et il a parfois peur que cela ne commence à se remarquer sur son visage. Deux ou trois fois déjà, un officier lui a dit qu'il devait être plus dur avec les détenus.

Il n'est affecté à aucune garde, et les autorités du *lager* n'autorisent pas les SS à pulluler dans le camp familial quand ils ne sont pas en service, mais le sergent du poste de contrôle est un ami à lui. Il passe sans problème, les gardes se mettent au garde-à-vous en sa présence. Il aime ça.

C'est la fin de l'appel de l'après-midi. Il sait à quel groupe appartient cette jeune fille tchèque et, quand sa formation rompt les rangs, il la détecte dans le flot de femmes. Il s'avance vers elle, mais la fille le voit venir et presse le pas. Il marche plus vite et, il n'a pas le choix, il la saisit par le poignet avec force pour l'obliger à s'arrêter. Elle a des os minuscules et une peau rêche, mais la tenir si près de lui l'emplit d'une joie étrange. Elle relève enfin son visage et le regarde pour la première fois. Elle a des yeux bleus très brillants et un air effrayé. Il voit que d'autres détenues se sont arrêtées à quelques pas. Le SS se tourne d'un air menaçant et le groupe de voyeurs se dissout immédiatement. Susciter la peur chez les autres est pratique et l'on peut facilement s'y habituer.

— Je m'appelle Viktor.

Elle reste muette et il s'empresse de lâcher son poignet.

— Excuse-moi, je ne voulais pas te faire peur. Je voulais juste… savoir ton nom.

La jeune fille tremble légèrement et les mots ont du mal à sortir de sa bouche.

— Je m'appelle Renée Naumann, monsieur, répond-elle. J'ai fait quelque chose de mal ? Vous allez me punir ?

— Non, non ! Pas du tout ! C'est seulement que je t'ai vue…

Le SS hésite, il ne trouve pas les mots.

— Je voudrais simplement être ton ami.

Renée le regarde d'un air étonné.

Son ami ? Vous pouvez obéir à un SS, vous pouvez lui passer la brosse à reluire ou être son indic pour obtenir certains avantages, vous pouvez même devenir sa maîtresse. Mais peut-on être l'ami d'un SS ? Pouvez-vous être l'ami de votre bourreau ?

Comme elle reste là à le regarder avec perplexité, sans dire un mot, Pestek hoche la tête et lui parle à voix basse.

— Je sais ce que tu penses. Tu penses que je ne suis qu'un de ces cinglés de la SS. En effet, c'est ce que je suis. Mais je ne suis pas fou. Je n'aime pas toutes ces choses qui vous arrivent. Ça me dégoûte.

Renée n'ouvre pas la bouche. Elle ne comprend pas à quoi rime tout cela, elle est déroutée. Trop souvent, elle a entendu parler de gardes qui font semblant d'exécrer le Reich pour se gagner la confiance des détenus, qui feignent d'être leurs amis et qui leur soutirent des informations sur la Résistance. Elle a peur.

Le sous-officier sort un petit objet de sa poche et le lui tend. C'est un cube en bois laqué. Le garde essaie de le poser dans la paume de sa main, mais elle recule.

— C'est pour toi. Un cadeau.

Elle regarde la chose jaune avec méfiance et il soulève un minuscule couvercle. Une mélodie métallique et douce se met à jouer.

— C'est une boîte à musique ! dit-il avec satisfaction.

Renée observe pendant quelques secondes l'objet qu'il lui tend, mais elle ne fait même pas mine de vouloir le prendre. Il hoche la tête en souriant, attendant sa réaction joyeuse.

Renée ne manifeste aucune joie. Sa bouche est droite. Ses yeux ne parlent pas.

— Quoi ? Ça ne te plaît pas ? demande-t-il, interdit.

— Ça ne se mange pas, répond-elle.

Sa voix est râpeuse, encore plus que cette brise froide de février qui écorche tout.

Pestek se sent confus lorsqu'il réalise sa stupidité. Il a passé une semaine à chercher une boîte à musique sur le marché noir. Il est allé à droite et à gauche, il a négocié avec des camarades SS et avec des trafiquants juifs en tout genre jusqu'à en dénicher une. Il a soudoyé, imploré et menacé. Il a cherché et recherché jusqu'à obtenir celle-ci. Et maintenant seulement il se rend compte que c'est un cadeau inutile. Dans un endroit où les gens ont faim et froid, tout ce qu'il a trouvé à offrir à cette fille, c'est une stupide boîte à musique.

Ça ne se mange pas...

Il referme sa main et serre son poing si fort que l'on entend le craquement de la petite boîte musicale, qu'il a écrasée comme si c'était un moineau.

— Excuse-moi, dit-il d'une voix triste. Je suis un imbécile fini. Je ne me rends compte de rien.

Renée a l'impression que ce SS est réellement abattu, comme si sa peine n'était pas feinte et qu'il se souciait vraiment de ce qu'elle peut penser de lui.

— Qu'est-ce que tu aimerais que je t'apporte ?

Elle garde le silence. Elle sait qu'il y a des filles qui vendent leur corps pour une ration de pain. Son visage affiche une indignation tellement évidente que Pestek réalise qu'il s'est fourvoyé encore une fois.

— Comprends-moi bien. Je ne veux rien en échange. Je veux juste faire quelque chose de bien dans tout le mal que nous faisons ici tous les jours.

Renée demeure silencieuse. Le SS se rend compte qu'il ne va pas être facile de gagner sa confiance. La jeune fille tire sur l'une de ses boucles et la porte à sa bouche dans ce geste qu'il adore.

— Tu veux bien que je revienne te voir un autre jour ?

Elle ne répond pas. Le regard de la jeune fille recommence à balayer la boue du camp. C'est un SS, il peut faire ce qu'il veut, il n'a pas besoin de lui demander l'autorisation pour lui parler. Ou pour ce qu'il veut. Elle n'autorise rien, mais Pestek est tellement enthousiasmé qu'il interprète son silence comme une affirmation discrète.

Après tout, elle n'a pas dit non.

Il sourit avec bonheur et lui fait de la main un geste d'au revoir maladroit.

— Alors à bientôt… Renée.

Elle voit ce SS déconcertant s'en aller et reste un long moment sans bouger, tellement perplexe devant ce qu'il vient de se produire qu'elle ne sait plus quoi penser. Sur la boue noire flottent des engrenages argentés, des ressorts et de petits éclats de bois dorés.

Pour Dita, ce n'est pas facile. L'absence de son père lui pèse au-delà du supportable. Elle déambule dans le camp avec la lenteur de qui traîne un boulet en fer enchaîné à la cheville. Comment ce qui n'est plus là peut-il peser physiquement ? Comment le vide peut-il peser autant ?

Car il pèse.

Ce matin, elle ne pouvait presque pas descendre de sa paillasse. Elle l'a fait tellement lentement que cela a mis hors d'elle sa disgracieuse camarade de lit. En se voyant bloquée par cette espèce de paresseux qui descendait du châlit au ralenti, elle s'est mise à blasphémer de la façon la plus grossière que Dita ait jamais entendue. En temps normal, elle aurait pris peur devant la fureur de la vétérane, mais elle n'avait même pas l'énergie de s'en effrayer. Elle a tourné la tête et l'a regardée si fixement et avec une telle indifférence que l'autre s'est tue et, contre toute attente, n'a plus rien dit jusqu'à ce que Dita achève sa lente descente.

Après l'appel de l'après-midi et l'ordre de rompre les rangs, les enfants du bloc 31 sortent en chahutant pour jouer dehors ou s'en vont à la rencontre de leurs parents. Dita se met à ranger les livres avec une lenteur infinie et se dirige en traînant les pieds vers la chambre du Blockältester pour les cacher. Fredy est en train d'examiner des paquets qui sont arrivés à moitié écrabouillés, mais dans lesquels on pourra encore trouver quelque chose pour égayer le repas du shabbat dans le baraquement.

— J'avais quelque chose pour toi, lui dit Hirsch. Pour quand tu devras réparer tes livres.

Il lui tend une jolie paire de ciseaux d'écolier bleue, à pointe arrondie ; cela n'a pas dû être facile pour lui d'obtenir un objet aussi exceptionnel dans le *lager*. Le directeur sort immédiatement pour éviter qu'elle ne le remercie.

Elle décide d'en profiter pour couper les fils défaits de ce vieux livre en tchèque. Elle préfère rester dans le bloc 31 à faire la première tâche venue, car elle sait que sa mère est en compagnie de madame Turnovská et d'autres connaissances de Terezín, et elle n'a envie de voir personne. La jeune fille cache tous les volumes sauf ce roman en piteux état. Elle prend dans le trou une bourse en velours nouée par un cordon où elle range sa petite pharmacie de bibliothécaire. Cette aumônière contenait quatre dragées, qui ont servi de récompense lors d'un concours acharné de mots croisés, dont la victoire a été célébrée par les vainqueurs avec une joie débordante. Parfois, elle porte la bourse à son nez et retrouve l'odeur merveilleuse des dragées.

Elle s'installe dans son recoin derrière les planches et se met consciencieusement à l'ouvrage. D'abord, elle coupe les fils qui dépassent avec ses nouveaux ciseaux. Puis, comme si elle suturait une blessure ouverte, elle recoud avec du fil et une aiguille de fortune certaines pages qui sont sur le point de se détacher. Le résultat n'est pas très esthétique, mais les feuillets sont bien maintenus. Elle pose aussi des bandes de sparadrap sur les pages déchirées, et le livre cesse d'être un objet sur le point de tomber en lambeaux.

Elle veut échapper à l'odieuse réalité de ce camp qui a tué son père et elle sait qu'un livre est une trappe qui conduit vers un grenier secret : vous l'ouvrez et vous entrez dedans. Et votre monde devient autrc.

Elle se demande un instant si elle doit ou ne doit pas lire ce livre aux pages arrachées, qui ne convient pas aux demoiselles, d'après Hirsch, intitulé *Les Aventures du brave soldat Švejk*. Mais son hésitation dure moins longtemps que le bol de soupe de midi.

Après tout, qui a dit qu'elle voulait être une demoiselle ?

Elle, elle voudrait devenir chercheuse de microbes ou pilote d'avion, pas une snob qui porte des robes à volants et des chaussettes blanches en maille côtelée.

L'auteur situe l'action dans la Prague de la Grande Guerre et décrit le personnage principal comme un individu rondouillard et bavard qui, après avoir déjà échappé une première fois à son enrôlement dans l'armée – « exempté pour cause d'imbécillité » –, est à nouveau convoqué au recrutement et se présente en fauteuil roulant, soi-disant atteint de rhumatisme aux genoux. Un drôle de lascar qui aime manger et boire toute la liqueur que son ventre peut contenir, et travailler le moins possible. Il s'appelle Švejk et gagne sa vie en capturant des chiens errants et en les revendant comme s'il s'agissait de chiens de race. Il parle très poliment avec tout le monde et fait preuve d'une bonté énorme dans ses gestes et dans son regard affable. Face à tout ce qui lui est demandé, il a toujours une histoire ou une anecdote pour illustrer l'affaire, même si celle-ci tombe souvent à côté de la plaque ou que personne n'a demandé à l'écouter. Et quand quelqu'un l'attaque, lui crie après ou l'insulte, au lieu de répliquer, il donne raison à l'autre, ce qui laisse tout le monde perplexe. Ainsi parvient-il à ce qu'on lui fiche la paix, les autres étant convaincus qu'il n'est qu'un idiot fini.

— Vous êtes un parfait imbécile !
— Oui, monsieur, c'est une grande vérité que vous dites là, réplique-t-il de son ton le plus docile.

Dita regrette le docteur Manson, qu'elle avait accompagné au fil de ses lectures dans les villages miniers des montagnes du pays de Galles, ou même Hans Castorp, nonchalamment allongé dans sa chaise longue face aux Alpes. Ce livre s'obstine à la rattacher à la Bohême et à la guerre. Elle laisse ses yeux glisser sur les pages et ne comprend pas très bien ce que cherche à lui raconter cet auteur tchèque dont elle n'avait jamais entendu parler. Un officier désespéré houspille le soldat protagoniste, ce pauvre diable ventru, loqueteux et frisant la sottise. Ça ne lui plaît pas, la situation est décadente. Elle aime les livres qui agrandissent la vie, pas ceux qui la rendent plus petite.

Mais il y a quelque chose dans ce personnage qui lui est familier. Et de toute façon, le monde qui s'étend dehors est bien pire, alors elle préfère rester blottie sur son tabouret, plongée dans sa lecture, et que les professeurs occupés à leur causerie oublient sa présence.

Plus loin, elle tombe sur un Švejk gauchement vêtu en soldat sous le drapeau de l'Empire austro-hongrois, alors que cela n'enchantait pas beaucoup les Tchèques, du moins ceux des classes populaires, d'être sous les ordres de ces coincés de teutons pendant la Première Guerre mondiale.

— Et ils avaient bien raison, soupire Dita.

Il est l'assistant du lieutenant Lukás, qui lui crie après, le traite d'animal et lui flanque une calotte chaque fois qu'il le fait sortir de ses gonds. Car il est vrai que Švejk possède une grande facilité pour compliquer les choses, égarer les documents qui lui sont confiés, exécuter les ordres de travers et tourner l'officier en ridicule, bien que le brave soldat agisse toujours, en apparence, avec la meilleure intention et des manières pleines de bonté, mais très peu de cervelle. À ce moment du livre, Dita n'arrive toujours pas à déterminer si Švejk joue les imbéciles ou s'il est réellement bête comme ses pieds.

Elle a du mal à comprendre ce que l'auteur veut raconter. Ce soldat loufoque répond d'une façon si minutieuse et détaillée aux questions et indications de ses supérieurs que les réponses traînent en longueur, s'éternisent, se ramifient en digressions et en petites histoires de parents ou de voisins que le soldat, avec tout le sérieux du monde, introduit dans son raisonnement de la manière la plus absurde : « J'ai bien connu un certain Paroubek qui tenait une taverne à Lieben. Un jour, un télégraphiste s'était soûlé au gin et, au lieu de remettre les messages de condoléances d'un pauvre monsieur décédé, il a porté à ses proches la liste des prix des liqueurs qu'il y avait au-dessus du bar. Et ce fut un grand scandale. Surtout parce que personne n'avait lu jusque-là la liste des prix, et ce brave Paroubek faisait apparemment toujours payer quelques centimes de plus à chaque verre, bien qu'il ait expliqué par la suite que tout allait aux œuvres de charité... »

Les anecdotes qui illustrent ses explications sont tellement longues et surréalistes que le lieutenant finit par lui crier de disparaître : « Hors de ma vue, espèce d'animal ! »

Et Dita se surprend à lâcher un ricanement en imaginant la tête du lieutenant. Elle se réprimande aussitôt. Comment un personnage aussi stupide peut-il la faire rire ? Elle se demande même un instant s'il est permis de rire après tout ce qu'il s'est passé, avec tout ce qu'il continue de se passer.

Comment peut-on rire quand il y a des êtres chers qui meurent ?

Elle songe un instant à Hirsch, qui a ce perpétuel sourire énigmatique. Et elle a soudain une révélation : le sourire de Hirsch est sa victoire. Son sourire dit à celui qu'il a en face de lui : je suis plus fort que toi. Dans un endroit comme

Auschwitz où tout est conçu pour faire pleurer, le rire est un acte de rébellion.

Elle emboîte alors le pas à cette triple buse de Švejk pour suivre ses facéties. En cette heure si sombre de sa vie où elle ne sait plus où aller, voilà qu'elle s'accroche à la main de ce drôle de lascar qui l'entraîne avec lui en avant.

Lorsqu'elle regagne son baraquement, la nuit est tombée et un vent glacé chargé de flocons de neige fondue lui pique le visage. Malgré tout, elle se sent mieux, plus enjouée. Mais dans un endroit comme Auschwitz, la joie est un battement de paupières. Un individu arrive en face, sifflant quelques mesures de Puccini.

— Mon Dieu, murmure Dita.

Il lui reste encore plusieurs baraquements à parcourir et, à cet endroit, le centre de la rue est mal éclairé, si bien qu'elle s'engouffre à toute vitesse dans le premier qui se présente devant elle en espérant qu'il ne l'ait pas vue. Elle déboule avec une telle énergie qu'elle bouscule deux femmes et fait claquer la porte en la refermant.

— Qu'est-ce qui te prend d'entrer comme une folle ?

Les yeux écarquillés de frayeur, Dita désigne l'extérieur.

— Mengele...

Les femmes passent alors de l'irritation à l'alarme.

— Le docteur Mengele ! murmurent-elles.

Le message se répand à voix basse de lit en lit et les conversations s'éteignent.

— Le docteur de la Mort...

Certaines femmes se mettent à prier. D'autres demandent le silence pour voir si elles entendent quelque chose dehors. À travers la pluie, une petite musique aiguë s'infiltre doucement.

L'une des détenues explique que la fixation du docteur Mengele pour la couleur des yeux relève de l'obsession.

— On raconte qu'un médecin juif prisonnier appelé Jancu Vexler a vu, dans le bureau de Mengele dans le camp des Tsiganes, une table en bois avec des échantillons d'yeux.

— J'ai entendu dire qu'il épinglait les globes oculaires dans du liège sur le mur, comme si c'était une collection de papillons.

— Moi, on m'a raconté qu'il a cousu des enfants ensemble par le côté. Ils sont retournés à leur baraquement en marchant cousus ensemble. Ils criaient de douleur et ils empestaient la chair gangrénée. Ils sont morts dans la nuit.

— Eh bien, moi, j'ai entendu dire qu'il cherchait comment stériliser les femmes juives pour que nous n'ayons plus d'enfants. Qu'il leur appliquait des rayons sur les ovaires, puis qu'il les leur extirpait pour étudier les effets. Qu'il n'utilisait même pas d'anesthésie, ce fils de Satan. Les cris des femmes étaient assourdissants.

Quelqu'un demande le silence. La petite musique semble s'éloigner.

On commence alors à entendre un ordre qui rebondit de gorge en gorge dans une course de relais qui traverse tout le camp BIIb : « Les jumeaux au bloc 32 ! » Les détenus qui sont dans la rue ont ordre de répéter l'ordre, et s'ils ne le font pas ils peuvent être punis sévèrement ; l'exécution est une possibilité toujours très présente à Auschwitz. Où qu'ils se trouvent, les frères Zdenek et Jirka et les sœurs Irene et Renée doivent se présenter immédiatement au baraquement-hôpital.

Josef Mengele a obtenu son diplôme de médecine à l'université de Munich et, depuis 1931, il a milité dans des organisations proches du parti nazi. Il a été le disciple du docteur Ernst Rudin, l'un des principaux défenseurs de l'idée de détruire la vie sans valeur et l'un des instigateurs des lois sur la stérilisation obligatoire promulguées par Hitler en 1933 pour les personnes atteintes de difformités, de handicaps psychiques, de dépression ou d'alcoolisme. Il a réussi à être affecté à Auschwitz, où il a un arsenal humain à sa disposition pour ses expériences génétiques.

La mère des garçons remonte la rue avec eux. Elle ne peut pas s'enlever de la tête toutes ces histoires sanglantes sur le docteur Mengele. Il faut qu'elle se morde la lèvre pour ne pas pleurer pendant que les deux enfants marchent joyeusement, bondissant de flaque en flaque sans que leur mère ait la force de leur dire d'arrêter de s'éclabousser de boue. Sa lèvre est en sang.

Au poste de contrôle du camp, elle les remet à un SS et les voit traverser la porte métallique pour se diriger vers le laboratoire du médecin nazi. Elle pense qu'elle ne les reverra peut-être jamais ou qu'à leur retour ils auront un bras en moins, la bouche cousue ou toute autre difformité provoquée par les idées excentriques de ce dément. Mais on ne peut rien y faire, car refuser d'obéir à l'ordre d'un officier est puni de mort. Parfois, c'est Mengele en personne qui occupe une salle du bloc médical du baraquement 32 et d'autres fois, celles qu'elle redoute le plus, ils conduisent les enfants à son laboratoire.

Jusque-là, les garçons sont revenus en bon état de leur séjour avec le docteur, et même contents, après être restés là-bas quelques heures et être sortis avec la saucisse ou le morceau de pain que leur a offert l'oncle Josef, ils vont jusqu'à dire qu'il est très sympathique et qu'il les fait rire. Ils ont expliqué qu'il leur mesurait la tête, qu'il leur demandait de réaliser le même mouvement ensemble et séparément, qu'il leur faisait tirer la langue. Parfois, ils n'ont rien envie d'expliquer et ils éludent les questions de leurs parents sur ce qu'il se passe lors de ces heures opaques dans le laboratoire. La femme retourne à son baraquement avec un nœud de fil de fer barbelé dans la gorge. Ses jambes tremblent comme des cordes de guitare.

Dita soupire de soulagement car ce n'était pas elle qu'il venait chercher ce soir. La détenue qui raconte les histoires les plus détaillées sur Mengele est une femme aux cheveux blancs loqueteux qui s'échappent de son foulard. Elle semble en savoir long sur lui. Alors Dita s'avance vers elle.

— Excusez-moi, je voudrais vous demander quelque chose.

— Je t'écoute, jeune fille.

— Voilà, j'ai une amie qui a été interpellée par Mengele…

— Interpellée ?

— Oui, mise en garde qu'il allait la surveiller.

— Pas bon…

— Qu'est-ce que vous voulez dire ?

— Quand il rôde autour de quelqu'un, c'est comme les rapaces qui volent au-dessus de leur proie : ils l'ont dans le collimateur.

— Mais avec tous ces gens qu'il y a ici, toutes les affaires dont il s'occupe...

— Mengele n'oublie jamais un visage. Je le sais.

En disant cela, elle devient extrêmement sérieuse puis elle garde le silence. Elle ne veut brusquement plus parler, un souvenir la fait taire un instant.

— Qu'elle le fuie comme la peste, qu'elle ne se mette pas sur son chemin. Les chefs nazis pratiquent des rituels de magie noire, je le sais. Ils s'enfoncent dans la forêt et ils célèbrent des messes noires. Le chef de la SS, Himmler, ne prend jamais une décision sans consulter son voyant. Ce sont des gens qui sont du côté obscur, je le sais. Malheur à celui qui se met en travers de leur chemin. Leur malfaisance n'est pas de ce monde, elle vient de l'enfer. Je crois que Mengele est l'ange déchu. C'est Lucifer en personne, qui s'est mis dans un corps d'homme. S'il en a après quelqu'un, que Dieu ait pitié de son âme.

Dita acquiesce de la tête et s'en va en silence. Si Dieu existe, le diable aussi. Ce sont deux voyageurs sur la même ligne de chemin de fer : l'un va dans une direction et l'autre dans le sens opposé. D'une certaine manière, le bien et le mal se contrebalancent. On pourrait presque dire qu'ils ont besoin l'un de l'autre : comment saurions-nous que ce que nous faisons est le bien, s'il n'existait pas le mal pour que nous puissions comparer et voir la différence ? se demande-t-elle. Elle pense qu'en réalité, nulle part ailleurs dans le monde le démon ne pourrait se sentir aussi à l'aise qu'à Auschwitz.

Lucifer sifflerait-il des airs d'opéra ?

La nuit est noire et seul le vent siffle à présent. Un frisson la parcourt à l'intérieur. Elle voit quelqu'un près de la clôture, sous un faisceau de lumière. Les lampadaires d'Auschwitz ont une drôle de forme recourbée, comme des serpents. C'est une femme qui parle avec quelqu'un de l'autre côté. Elle a l'impression que c'est l'une des assistantes, la plus âgée de toutes, et la plus jolie, prénommée Alice. Un jour, elle était de garde avec elle à la bibliothèque. Elle lui a raconté qu'elle connaissait le secrétaire Rosenberg et elle a précisé plusieurs fois qu'ils étaient juste des amis, comme si c'était important pour elle.

Elle se demande de quoi ils peuvent bien parler. Reste-t-il des choses à se dire ? Peut-être qu'ils se regardent simplement et se disent ce genre de belles paroles que se disent les amoureux. Si Rosenberg était Hans Castorp et qu'Alice était madame Chauchat, il s'agenouillerait de l'autre côté des barbelés et il lui dirait : « Je t'ai reconnue », comme ce dernier lui avait dit au cours de la nuit du carnaval, où il lui avait enfin ouvert son cœur. Il lui avait expliqué que tomber amoureux, c'était voir une personne et tout à coup la reconnaître, savoir que cette personne était celle que l'on avait toujours attendue. Dita se demande si elle aura un jour ce genre de révélation.

Elle pense encore à Rosenberg et à Alice. Quelles relations peut-on entretenir avec quelqu'un qui est de l'autre côté d'une clôture ? Elle n'en est pas bien sûre. À Auschwitz, les choses les plus étranges sont la norme. Serait-elle capable de tomber amoureuse de quelqu'un qui se trouverait de l'autre côté d'une barrière ? Et plus encore : dans cet endroit infernal où les nazis sont des envoyés de Satan, l'amour peut-il croître quelque part ? Eh bien, il semblerait que oui, car Alice Munk et Rudi Rosenberg sont là, à défier le froid et la neige, aussi immobiles que s'ils avaient pris racine dans le sol.

Dieu a permis qu'Auschwitz existe, alors ce n'est peut-être pas un horloger infaillible, comme on le lui a raconté. Mais il est vrai aussi que dans le fumier le plus pestilentiel naissent les plus belles fleurs. Peut-être, se dit finalement Dita, que Dieu n'est pas un horloger mais un jardinier.

Dieu sème et le diable moissonne avec sa faux qui tranche tout.

Qui gagnera cette partie de fous ? se demande-t-elle.

16

Alors qu'il marche vers le baraquement-atelier de son père, le professeur Ota Keller se demande quelle histoire, parmi toutes celles qu'il a dans la tête, il va raconter cet après-midi aux enfants. Il aimerait réunir un jour toutes ces histoires de Galilée qu'il invente pour distraire les enfants du bloc 31 et publier un livre.

Il y a tant de choses à faire !

Mais ils sont piégés par la guerre. Il fut un temps où il croyait aux révolutions et qu'il pouvait y avoir une guerre juste.

Il y a si longtemps de cela...

Il profite de la pause du repas de midi pour rendre visite à son père, qui avale sa soupe devant l'atelier où il rivète des sangles pour accrocher les gourdes de l'armée allemande. C'est un homme âgé et dépouillé de tout ce qu'il était avant la guerre, mais le vieux monsieur Keller n'a pas perdu son envie de vivre. La semaine dernière encore, il a eu l'idée de se proposer comme ténor pour donner un petit concert au fond du baraquement avant le couvre-feu. Et Ota reconnaît que, bien que sa voix ait perdu de sa force, il continue de chanter comme un professionnel. Les hommes l'écoutaient avec plaisir, et même avec amusement. Ils devaient penser que c'était un vieux bohémien, peut-être un artiste de second rang à la retraite et vaguement dérangé. Peu d'entre eux savent que Richard Keller était jusqu'à récemment un important homme d'affaires de Prague, propriétaire d'une usine prospère de lingerie féminine qui donnait du travail à cinquante personnes.

Il s'occupait méticuleusement des finances de son usine, mais sa passion avait toujours été l'opéra. Certains chefs d'entreprise fronçaient les sourcils lorsqu'ils apprenaient le goût démesuré de monsieur Keller pour les roulades et les trilles : il prenait même des cours de chant, à son âge ! Il n'était pas rare qu'ils manifestent un certain dédain à son égard aux réunions de son club, la chose ne leur semblant pas digne d'un entrepreneur sérieux.

Ota, en revanche, trouve que son père est l'homme le plus sérieux du monde, et c'est pourquoi il ne cesse jamais de chanter, que ce soit à haute voix ou bien tout bas. Quand l'émissaire du Conseil juif a annoncé à la moitié de leur dortoir de Terezín qu'on les déportait à Auschwitz, certains ont crié, d'autres ont pleuré, quelques-uns ont commencé à frapper les murs de leurs poings. Son père s'est mis à entonner à voix basse une aria de *Rigoletto*, le moment où Gilda est enlevée et où le duc de Mantoue est submergé de chagrin : « *Ella mi fu rapita ! Parmi veder le lagrime*... » Sa voix était la plus grave de toutes, la plus douce. C'est peut-être pour cette raison que, peu à peu, le silence s'était fait jusqu'à ce qu'il ne reste plus que sa voix.

Monsieur Keller lui adresse un clin d'œil en le voyant. Le vieil homme a perdu son usine et sa maison, réquisitionnées par les nazis, ainsi que sa dignité de citoyen de première classe, voué maintenant à cette paillasse crasseuse infestée de punaises, de puces et de poux. Mais il n'a pas perdu sa force intérieure ni ses envies de plaisanter, comme quand il dit que les articles qu'il confectionnait dans son usine – désignant ainsi les porte-jarretelles et les nuisettes – étaient pour certaines femmes leur bleu de travail.

Comme il voit que son père va bien et qu'il est en pleine discussion avec d'autres camarades de l'atelier, commentant les décès du jour dans ce qui est devenu une habitude nécrologique, Ota s'en retourne vers le bloc 31. Il jette un coup d'œil aux gens, en cette heure où les détenus s'assoient quelques minutes pour écluser leur écuelle, et le panorama est bien triste : des individus squelettiques vêtus comme des mendiants. Il n'aurait jamais cru qu'il verrait un jour les siens dans un tel état, mais plus il les voit abattus, plus sa conscience juive se réveille.

Il a laissé derrière lui l'époque de son adolescence où il s'était laissé fasciner par les enseignements de Karl Marx, quand il croyait que l'internationalisation et le communisme étaient la réponse à tous les problèmes de l'Histoire. En fait, son esprit rationnel et libre avait fini par trouver beaucoup plus de questions que de réponses. À un moment donné, il n'avait plus su qui il était : un enfant de la bourgeoisie flirtant avec le communisme de salon, un Tchèque de langue allemande, un Juif. Quand les nazis étaient entrés dans Prague et qu'ils avaient commencé à confiner les Juifs, Ota avait enfin réalisé quelle était sa place dans le monde : la tradition millénaire et le sang l'unissaient beaucoup plus aux Juifs qu'à n'importe quelle autre communauté. Et s'il avait encore un doute sur son identité, les nazis s'étaient chargés de lui coudre une étoile jaune sur la poitrine, pour qu'il ne l'oublie pas une seule seconde de sa vie.

Il avait donc rejoint les sionistes et il était devenu un membre actif du mouvement Hachshara, qui préparait les jeunes à l'*aliyah* : le retour à la terre d'Israël. Il se souvient avec bonheur, et avec une pointe de mélancolie, de ces excursions où il y avait toujours une guitare et un moment pour les chansons. Il y avait dans cette fraternité de *boy scouts* quelque chose de l'esprit primitif qu'il avait tant cherché : une communauté de mousquetaires où ils étaient un pour tous et tous pour un.

C'est au cours de ces soirées passées à se raconter des histoires effrayantes autour du feu qu'il avait commencé à imaginer ses premiers contes. En ce temps-là, il s'était parfois retrouvé en compagnie de Fredy Hirsch. Ce dernier lui semblait être de ceux qui n'ont aucune faille dans leurs convictions. Il se sentait donc fier d'être sous ses ordres dans ce bloc 31 qui était devenu une arche de Noé pour les enfants dans ce déluge d'humiliations.

Les temps ne sont pas bons…

Mais Ota est une personne optimiste. Il a hérité de son père son sens de l'humour ironique et il refuse de croire qu'ils ne vont pas sortir de ce trou après une Histoire truffée de fondrières. Et pour chasser de lui ces pensées négatives, il se remet à réfléchir au conte qu'il va leur raconter, parce qu'il faut que les contes ne s'arrêtent jamais pour que l'imagination ne s'éteigne pas et que les enfants continuent de rêver.

Tu es ce à quoi tu rêves, se dit Ota.

Ota Keller a vingt-deux ans, mais son aplomb lui en donne plus. Il a déjà raconté bien des fois l'histoire de ce marchand fourbe qui vend des flûtes muettes sur les chemins de Galilée, mais il ne lésine pas sur son enthousiasme lorsqu'il narre le conte du commerçant dont les flûtes n'ont pas de trous parce qu'ainsi le son magnifique qu'elles produisent ne peut être entendu que dans les cieux...

— Et les gens accourent de partout pour lui acheter sa marchandise ! Jusqu'au jour où son client est un enfant...

C'est une histoire qu'il a inventée ; par conséquent, s'il en oublie un détail, il le remplace par un autre. Quand il arrive à la fin du conte, les enfants partent en se bousculant vers la porte avec cette urgence soudaine du jeune âge. Chaque minute est vécue intensément car il n'existe que le présent. Ota les voit s'éloigner et il voit aussi filer vers la sortie, telle une météorite, une assistante dont les cheveux mi-longs se balancent au rythme de ses pas.

La bibliothécaire aux jambes fines est toujours en train de courir...

Il trouve à cette jeune fille un visage d'ange, mais à sa façon énergique de se déplacer et de gesticuler, il croirait plutôt que tous les diables risquent de l'emporter si elle ne réussit pas à parvenir à ses fins. Il s'est aperçu qu'elle n'a pas pour habitude de parler avec les professeurs, elle leur laisse les livres et les leur reprend avec un mouvement de tête, toujours à la hâte. Ou alors, pense-t-il, c'est peut-être la timidité qui la pousse à faire comme si elle était toujours pressée.

Dita, en effet, sort à toute vitesse du baraquement. Elle ne veut croiser personne parce qu'elle porte deux livres sous sa robe et que c'est une matière inflammable.

Cet après-midi, en allant rendre les livres qu'il lui restait à ranger, elle a trouvé la chambre de Fredy Hirsch close et, bien qu'elle ait frappé à plusieurs reprises à la porte, personne n'a ouvert. Dans le coin où les professeurs s'assoient pour tenir leur conciliabule de tabourets, elle a trouvé Miriam Edelstein. Celle-ci lui a dit que le commandant Schwarzhuber avait réclamé Hirsch à l'improviste et qu'il avait probablement oublié de lui laisser la clef de la chambre. Miriam s'écarte un peu du groupe et lui demande à voix basse ce qu'elle compte faire des deux livres qui n'ont pas été rangés à la fin des leçons du matin.

— Ne vous inquiétez pas, je m'en charge.

Miriam acquiesce. Elle lui demande du regard de faire attention.

Dita ne donne pas d'autres explications. C'est sa prérogative de bibliothécaire. Les deux livres qu'elle porte sur elle dans ses poches secrètes dormiront avec elle cette nuit. C'est dangereux, mais les laisser dans le baraquement ne lui inspire pas confiance.

Presque tous les élèves se sont dispersés, et certains tuteurs en ont conduit d'autres pratiquer des activités sportives à l'arrière du baraquement. Dans le bloc 31, il ne reste plus qu'un groupe de garçons et de filles d'âges variés qui écoutent attentivement le professeur Ota Keller. Ce jeune professeur, qui sait tellement de choses et parle d'une manière si ironique, en impose à Dita. Elle est à deux doigts de rester pour écouter ce qu'il leur raconte, on dirait que c'est quelque chose sur la Galilée, mais elle a rendez-vous avec un drôle de lascar dénommé Švejk. Cependant, elle entend quelques paroles du professeur et ce qu'il est en train de dire la surprend, car ce n'est pas une leçon de politique ou d'histoire, ses matières habituelles du matin, mais une fable. En plus, elle trouve très captivante la manière pleine de fougue qu'il a de relater l'histoire. Il lui semble fascinant que ce jeune homme si cultivé et sérieux soit capable de se mettre à raconter des contes avec un tel enthousiasme.

L'enthousiasme est très important pour elle. Elle a besoin de s'enthousiasmer pour les choses afin d'aller de l'avant. C'est pour cette raison qu'elle se consacre corps et âme à la tâche de distribuer les livres ; ceux de papier le matin, pendant les heures d'étude, et les livres vivants l'après-midi, quand l'ambiance est plus détendue ; pour ces derniers, elle a organisé une rotation des professeurs, qui se sont transformés en livres qui parlent, et qui parfois même crient et distribuent des calottes aux enfants qui n'écoutent pas.

La discrétion imposait que ces deux livres qui n'ont pas été rangés dans la cachette ne sortent pas de dessous sa robe jusqu'au lendemain matin. Mais elle n'a pas pu résister à la tentation de voir où en est son ami Švejk et elle va lire dans les latrines, un baraquement muni de longues rangées de trous noirâtres comme des bouches fétides.

Elle parvient à s'installer dans un recoin discret qu'il y a dans un angle. Elle se dit que Švejk et son créateur, l'écrivain Jaroslav Hašek, auraient trouvé cet endroit on ne peut plus pertinent pour cette lecture. Dans l'introduction de la deuxième partie du livre, l'auteur estime que « les personnes qui se fâchent à cause des expressions grossières sont des lâches, puisque la vie réelle les surprend. Il est dit de Saint Louis, dans le roman d'Eustache le Moine, que lorsqu'il entendait un homme lâcher des vents sonores, il se mettait à pleurer et ne pouvait retrouver son calme qu'en priant. Il y a une série de personnes qui souhaiteraient transformer la République tchèque en un vaste salon orné de parquet dans lequel il faudrait déambuler en frac et en gants blancs. Un endroit où les délicats usages du grand monde seraient préservés et où, sous leur masque, les loups raffinés pourraient s'adonner aux pires vices et excès. »

Ici, avec quatre cents toilettes fonctionnant à plein rendement le matin, le pauvre Saint Louis aurait matière à prier.

Elle sort des latrines alors qu'il fait déjà nuit noire et doit marcher avec prudence parce que le sol se couvre de verglas. La nuit, Auschwitz-Birkenau est un lieu fantasmagorique où les rangées de baraquements des camps successifs deviennent des masses obscures mal éclairées par les lampadaires, qui dessinent des lignes de lumière géométriques sur un quadrillage interminable. Le silence est une bonne nouvelle, il n'y a pas trace de la petite musique sinistre de Mengele.

En arrivant à son baraquement, elle se rend auprès de sa mère. Dita est un moulin à paroles et elle a pris l'habitude de lui raconter les anecdotes et les espiègleries des enfants du bloc 31, mais ce soir elle est muette. Liesl, en la serrant dans ses bras, remarque les bosses dures des livres sous sa robe, mais elle ne dit rien non plus.

Les mères en savent toujours plus long que ce que leurs enfants peuvent croire. Et dans ce monde clos, les nouvelles sautent de litière en litière comme des poux.

Dita croit qu'elle protège sa mère en ne lui racontant pas ce qu'elle fait au bloc 31. Elle ne sait pas que c'est sa mère qui la protège. Liesl sait qu'en faisant semblant de tout ignorer, elle permet à Edita de ne pas s'inquiéter de ses tourments et d'être ainsi plus tranquille. Elle ne veut pas être un poids sur ses épaules d'adolescente. Ce poids-là au moins, elle va le lui enlever. Quand Dita lui demande si elle a écouté Radio Birkenau cet après-midi, sa mère fait mine de se fâcher.

— Ne te moque pas de madame Turnovská, lui dit-elle.

En réalité, elle est heureuse que Dita se remette à plaisanter.

— Nous avons parlé de recettes de tartes. Elle ne connaissait pas celle aux myrtilles et citron râpé ! Et nous avons passé un après-midi très agréable.

Un après-midi très agréable, à Auschwitz ?

Dita se dit au fond d'elle-même que sa mère commence peut-être à perdre la tête, mais c'est sans doute mieux ainsi.

Elles ont traversé des journées très difficiles au cours de cet épouvantable mois de février.

— Il reste encore une heure avant le couvre-feu. Va donc voir Margit dans son baraquement !

Liesl fait souvent cela en fin de journée : l'expédier loin de là, lui dire d'aller bavarder avec ses amies, faire en sorte qu'elle ne reste pas enfermée dans ce baraquement, cernée de veuves.

Tout en marchant vers le bloc 8, Dita palpe les livres, qui se balancent doucement sous sa robe, et elle se dit que ces dernières semaines, sa mère a fait preuve d'une surprenante force de caractère.

Elle trouve Margit assise au pied de plusieurs châlits à côté de sa propre mère et de sa sœur Helga, de deux ans sa cadette. Elle salue la famille, et la mère, qui sait que les adolescentes sont plus à l'aise seules pour parler de leurs petites affaires, s'en va saluer une voisine. Helga reste, mais elle a les yeux à moitié fermés, elle dort presque. Elle est très fatiguée car elle n'a pas eu de chance dans la répartition des tâches : on l'a affectée au groupe de ceux qui charrient inutilement des pierres pour essayer de paver la rue principale du camp. C'est un travail stérile. Quand ils arrivent le matin, le sol est tellement gelé qu'il est impossible d'y planter les pavés. Ensuite, la couche de gel fond et le sol devient tellement boueux qu'il avale les pierres et les enterre dans la fange jusqu'à les faire disparaître. Le lendemain, ils recommencent à traîner d'autres pierres et la même chose se répète.

Cette glèbe noire engloutit tout.

Travailler toute la journée dehors avec une telle dépense physique, en se nourrissant seulement de l'infusion du matin, de la soupe de midi et du morceau de pain du soir, entamerait n'importe qui. Dita, avec sa manie de donner des surnoms, l'appelle intérieurement « la Belle au bois dormant », mais comme elle l'a dit un jour à Margit et qu'elle a vu que cela ne l'amusait pas une seconde, elle n'a plus recommencé à l'appeler ainsi à haute voix. Mais c'est bien ce qu'elle est : une adolescente extrêmement maigre, presque exténuée, qui tombe endormie d'épuisement dès qu'elle s'assoit quelque part.

— Ta mère nous a laissées seules... quelle prévenance !

— Les mères savent ce qu'elles doivent faire.

— En venant ici, je pensais à la mienne. Tu la connais bien. On dirait une femme timorée. Mais elle est beaucoup plus forte que ce que j'aurais pu imaginer. Après ce qui s'est passé pour mon père, elle a continué de travailler dans cet atelier puant sans jamais se plaindre, elle n'a même pas pris froid dans ce frigidaire en bois où nous dormons.

— C'est une bonne chose...

— Un jour, j'ai entendu deux jeunes femmes qui dorment à côté de nous... Tu sais comment elles ont appelé ma mère et ses amies ?

— Comment ?

— Le club des vieilles poules.

— Comme c'est méchant !

— Mais elles ont raison : elles se mettent parfois à parler toutes en même temps sur leurs paillasses et elles s'agitent comme des poules dans un poulailler.

Margit sourit. C'est une fille très raisonnable et elle ne trouve pas cela bien de se moquer des personnes plus âgées, mais elle aime voir Dita plaisanter à nouveau. C'est bon signe.

— Et tu as des nouvelles de Renée ? lui demande-t-elle.

Margit redevient alors sérieuse.

— Cela fait des jours qu'elle me fuit…
— Ah bon ?
— Enfin, pas seulement moi. Dès que la journée de travail est finie, elle va avec sa mère et elle ne parle à personne.
— Mais pourquoi ?
— Les gens murmurent…
— Comment ça, les gens murmurent ? Sur Renée ? Pourquoi ?
Margit se sent un peu mal à l'aise car elle ne trouve pas les mots justes pour raconter la chose.
— Elle a des relations avec un SS.
Il y a des lignes rouges que l'on ne peut pas franchir à Birkenau. C'est l'une d'entre elles.
— Ce ne serait pas une rumeur, des fois ? Tu sais que les gens inventent beaucoup de choses…
— Non, Dita. Je l'ai vue parler avec lui. Ils restent appuyés au poste de garde de l'entrée parce que c'est un endroit dont les gens ne s'approchent pas en général. Mais depuis le baraquement 1 et depuis le 3, on les voit parfaitement.
— Et ils s'embrassent ?
— Mon Dieu, j'espère que non ! Rien que d'y penser, j'en ai la chair de poule.
— Moi, j'embrasserais plus volontiers un porc.
Margit est pliée de rire et Dita réalise qu'elle commence à parler comme ce brave soldat Švejk. Le pire, c'est que cela ne lui déplaît pas.
Au même moment, à quelques baraquements de là, Renée débarrasse de ses poux la tête de sa mère. C'est un exercice qui vous occupe les mains et la vue, mais qui laisse l'esprit libre.
Elle sait que les autres femmes la critiquent. Elle non plus, elle ne trouve pas cela bien d'accepter

l'amitié d'un SS, même s'agissant d'un homme aussi éduqué et attentionné que Viktor.

Viktor ?

Aimable ou pas, c'est un geôlier. Pire encore, un bourreau. Pourtant, avec elle, il se comporte bien. Il lui a offert ce peigne fin avec lequel elle est en train de libérer sa mère de la torture des poux, qui finissent par la rendre folle à force de lui démanger la tête jour et nuit. Il lui a également apporté un petit pot de confiture de groseilles. Il y avait tellement longtemps qu'elle n'avait plus senti cette saveur dans sa bouche ! Sa mère et elle en ont étalé sur le pain pâteux du soir et elles ont dîné avec bonheur pour la première fois depuis des mois. Ces apports en vitamines sont ceux qui peuvent permettre à votre corps de ne pas tomber malade et qui vous sauvent la vie.

Devrait-elle se montrer farouche avec ce jeune homme de la SS qui ne lui a jamais rien demandé en échange ? Devrait-elle refuser ces choses et lui dire qu'elle ne veut rien de lui ?

Elle sait que beaucoup de celles qui la critiquent, si elles se trouvaient dans la même situation, prendraient tout ce qu'elles pourraient. Ce serait pour leur mari, pour leurs enfants, ou pour qui que ce soit. Mais elles le prendraient. C'est facile de sauver l'honneur quand on ne vous place pas à côté d'un pot ouvert de confiture de groseilles et d'une tranche de pain à tartiner.

Il lui dit qu'il aimerait bien qu'ils puissent se fiancer, quand tout cela sera terminé. Elle ne dit jamais rien. Il lui parle de la Roumanie, il lui décrit son village, où ils célèbrent la fête patronale par des courses en sac et un grand ragoût de viande aigre-doux sur la place. Renée aimerait bien le détester. Elle sait que son obligation est de le haïr. Mais la haine ressemble beaucoup à l'amour : cela ne se choisit pas non plus.

La nuit tombe sur Auschwitz. Dans l'obscurité continuent d'arriver des trains qui déposent d'autres innocents désorientés tremblant comme des feuilles, et l'éclat rougeâtre des cheminées rappelle que les fours ne connaissent pas le repos. Les détenus du camp familial essaient de dormir sur leurs couches infestées de poux et de vaincre l'insomnie de la peur. Chaque nuit est une petite victoire.

Le matin, c'est de nouveau la toilette du visage au-dessus de ces abreuvoirs métalliques, de nouveau l'impudeur de baisser sa culotte et remonter sa jupe pour faire ses besoins à côté de trois cents autres personnes. Ça ne sent pas la rose. Puis cet appel d'une lenteur épouvantable dans un autre jour gelé. Il monte du sol une haleine froide qui transforme les sabots en souliers de glace. Les gardes abandonnent le camp avec leurs listes marquées de croix sur les numéros qui ne sont pas sortis vainqueurs du match de la nuit, et la routine humiliante se fait plus supportable. Enfin, Fredy Hirsch referme la porte du baraquement et arque un sourcil. Le spectacle de la vie peut commencer. Les enfants rompent les rangs bruyamment et s'installent sur leurs tabourets, certains professeurs passent par la bibliothèque et un nouveau jour commence dans le bloc 31.

Mais elle, ce qu'elle attend avec impatience, c'est la soupe de midi. Elle réconforte. Et puis cela marque le début de l'après-midi, moment où Dita retourne partager les péripéties de ce soldat gaffeur et panier percé dont elle est devenue l'amie. Un des officiers autrichiens qui commandent le bataillon de Švejk est un rustre nommé Dauerling ; ses supérieurs l'apprécient parce qu'il est très sévère avec les soldats et qu'il les frappe.

« Peu de temps après sa naissance, Konrad Dauerling se flanqua un coup sur la tête et l'on peut voir aujourd'hui encore sur celle-ci une étendue plate semblable à celle laissée par une comète qui s'est écrasée au pôle Nord. Tout le monde doutait, dans l'hypothèse où il survivrait à cette commotion cérébrale, que l'on puisse un jour réussir à faire quelque chose de lui. Seul son père, le colonel, garda espoir et fut convaincu que cela ne pouvait pas lui porter préjudice. Dans le cas où il se rétablirait, le petit Dauerling devait embrasser une carrière militaire. Les quatre années de l'école primaire supposèrent une lutte énorme. Plusieurs professeurs particuliers lui donnèrent des leçons : un de ses maîtres vieillit et devint gâteux prématurément, alors qu'un autre voulu se jeter du haut de la tour Saint-Étienne de pur désespoir. Il entra finalement à l'école des cadets de Hainburg. Sa bêtise était tellement éblouissante qu'elle justifiait ses espoirs d'intégrer, en quelques années, l'école thérésienne des officiers ou le ministère de la Guerre. »

Lire est une joie.

Mais il y a des gens prêts à troubler la moindre fête. Les trouble-fêtes sont-ils des enfants de Dieu ou du diable ? Cette fouinarde de madame Cou de Dindon, reconnaissable entre mille à son chignon sale et à son étalage de peau tremblotante, passe la tête dans sa cachette. Et elle vient avec une autre professeure aux yeux très petits, presque microscopiques.

Toutes deux se plantent devant Dita et, les sourcils froncés, elles lui demandent de leur montrer ce qu'elle lit. Dita leur tend la liasse de feuilles et l'une d'elles s'empare du livre d'un geste trop énergique. Les feuilles se séparent dangereusement et le fil délicat qui les retient dans le dos manque de se rompre. Dita grimace, mais le respect dû aux adultes l'empêche de dire ce qu'elle pense de cette façon crétine de traiter les livres.

La professeure lit et ses yeux s'écarquillent. La peau flasque de son cou palpite d'indignation. Dita a envie de sourire, elle se dit que la tête de madame Cou de Dindon est exactement celle que ferait l'un des officiers du régiment de Švejk à l'une de ses répliques.

— Ceci est inacceptable et indécent ! Une jeune fille de votre âge ne peut pas lire ces aberrations. Il y a des blasphèmes inadmissibles.

Juste à cet instant, Lichtenstern et Miriam Edelstein, les deux directeurs adjoints, ses chefs directs, sortent de la chambre de Hirsch. Madame Krizková sourit avec satisfaction devant ce déploiement de responsables, et elle leur fait des signes et des gestes pour qu'ils s'approchent de toute urgence.

— Regardez, cet endroit a vocation à être une école, pour miteuse qu'elle soit. En tant que directeurs adjoints, vous ne pouvez pas permettre que la jeunesse lise ce genre de romans grossiers de bas étage qui portent atteinte à la bonne éducation et à la décence. Il y a dans ce livre les plus gros blasphèmes que j'aie entendus dans ma vie.

Pour renforcer ses paroles, elle leur demande d'écouter à quel point on y manque de respect et quelles grossièretés sont dites à propos d'un religieux, un ministre de Dieu :

> « Il est soûl comme une barrique. Il a un grade de capitaine. Dieu a accordé à tous ces aumôniers militaires, quelle que soit leur catégorie, le don de pouvoir se gaver indéfiniment de boisson jusqu'à exploser. Pour ma part, j'ai connu un prêtre appelé Katz qui a failli vendre son propre nez afin de boire. Il a vendu l'ostensoir et nous avons bu tout ce que l'on a bien voulu nous en donner, et si quelqu'un nous avait donné quelque chose pour Dieu, nous l'aurions également dépensé en boisson. »

La professeure referme violemment les feuillets quand elle s'aperçoit que Lichtenstern est sur le point de pouffer de rire et qu'il doit faire des efforts pour garder un visage sérieux. Dita ne quitte pas des yeux la souffrance des coutures du livre, qui peuvent lâcher à tout moment. La professeure affirme que c'est une affaire très grave et exige l'interdiction de ce livre. Elle continue d'agiter les feuillets dans tous les sens et demande encore une fois quelle sorte de valeurs nous allons inculquer à nos jeunes si nous permettons la lecture de livres aberrants. Et Dita, à bout de nerfs de la voir agiter le livre comme s'il s'agissait d'une tapette à mouches, se lève comme un ressort, se plante devant elle, même en étant plus petite de quinze centimètres, et lui demande, en des termes polis mais sur un ton qui trancherait le fer, de bien vouloir lui passer le livre un instant...

— ... s'il vous plaît.

Et elle insiste tellement sur le « s'il vous plaît » que c'est comme si elle lui tapait sur la tête avec.

17

Dita déploie sa bibliothèque un matin de plus. En se présentant dans la chambre de Hirsch, elle l'a trouvé occupé à dessiner une tactique pour son équipe de volley, qui va affronter celle d'un autre professeur dans un match très important prévu cet après-midi, après la soupe, à l'arrière du baraquement. Moins euphorique que son chef, elle a des crampes dans les jambes après l'interminable appel du matin.

— Comment ça va, Edita ? Une belle matinée, n'est-ce pas ? Aujourd'hui, le soleil va se montrer un peu, tu verras.

— J'ai les jambes en compote à cause de ces fichus appels. Ils sont interminables. Je déteste ça.

— Edita, Edita... Quelle joie de faire l'appel ! Sais-tu pourquoi c'est si long ?

— Eh bien...

— Parce que nous sommes tous là. Nous n'avons pas perdu un seul enfant depuis septembre. Tu te rends compte ? Depuis septembre, plus de mille cinq cents personnes sont mortes dans le camp familial, de maladie, de malnutrition ou d'épuisement.

Edita acquiesce tristement.

— Mais pas un seul enfant du bloc 31 ! On va y arriver, Edita, on va y arriver !

Elle lui sourit avec la joie des victoires tristes. Si seulement son père était encore là pour qu'elle puisse le lui raconter, pendant qu'il lui dessinerait la carte du monde dans le sol à l'aide d'un bâton.

Discrètement, elle déplace le banc des livres d'un mètre ou deux. Ainsi, elle peut suivre d'un peu plus près les leçons du professeur Ota Keller. Maintenant que son père n'est plus là, il faut qu'elle veille à ne pas négliger ses études. Et écouter Keller n'est jamais une perte de temps, car il est de ces personnes qui ont toujours une chose intéressante à dire. Elle observe son pull-over en grosse laine et son doux visage rond qui indique qu'il était probablement avant la guerre un garçon rondouillard.

Il parle de volcanisme aux enfants.

— À des centaines de mètres sous le sol, la Terre est en feu. Parfois, la pression interne crée des cheminées par lesquelles ce matériau incandescent qui constitue les volcans remonte à la surface. Ces pierres sont fondues dans une sorte de pâte très chaude qu'on appelle la lave. Au fond de la mer, les éruptions volcaniques parviennent à accumuler des colonnes de lave et finissent par former des îles. C'est ainsi que sont nées les îles de Hawaï, par exemple.

Elle regarde le brouhaha de leçons qui s'élève au-dessus des petits groupes ; c'est comme une vapeur qui réchauffe cette écurie inhospitalière et la transforme en école. Et elle se demande unc nouvelle fois pourquoi ils sont encore en vie. Auschwitz est un gigantesque presse-agrumes de la main-d'œuvre esclave et un broyeur bien huilé des personnes qui n'ont aucune place dans les plans messianiques d'Hitler.

Pourquoi ont-ils permis à des enfants de cinq ans de gambader ici ?

La question que tout le monde se pose.

Si elle pouvait appuyer son écuelle en métal sur le mur du salon des officiers du *lager* et y coller l'oreille, elle aurait la réponse qu'elle a tant cherchée.

Dans le mess des officiers, il ne reste plus que le SS-Lagerführer Schwarzhuber, responsable du camp de Birkenau, et le docteur Mengele, un SS-Hauptsturmführer aux attributions « spéciales ». Le commandant a devant lui une bouteille de liqueur de pomme, et le médecin-capitaine une tasse de café.

Mengele observe avec indifférence le commandant, au visage allongé et au regard fanatique. Le médecin-capitaine ne se considère pas du tout comme un extrémiste mais plutôt comme un scientifique. Peut-être ne veut-il pas reconnaître qu'il envie à Schwarzhuber ce regard si profondément bleu, ces magnifiques yeux presque transparents si incontestablement aryens, tandis que les siens, de couleur marron, associés à sa peau plus brune, lui donnent une apparence désagréablement méridionale. À l'école, certains enfants se moquaient de lui et le traitaient de tsigane. Aujourd'hui, il adorerait les coucher sur sa table de dissection et leur demander de lui répéter cela.

La dissection des êtres vivants est une expérience extraordinaire. C'est l'horlogerie de la vie…

Il observe Schwarzhuber boire. Il trouve lamentable qu'un commandant SS ayant des douzaines d'assistants à sa disposition ne soit pas capable d'offrir au regard des bottes impeccablement reluisantes ou des cols de chemise correctement repassés. Cela dénote du laisser-aller et c'est une chose impardonnable chez un officier SS. Il méprise les ploucs dans son genre qui se coupent en se rasant. Par-dessus le marché, une chose lui tape sur les nerfs : avec lui, les mêmes conversations reviennent encore et encore sur le tapis, avec exactement les mêmes mots et les mêmes arguments maladroits.

Une fois de plus, le commandant lui demande pourquoi ses supérieurs vouent un tel intérêt à cet absurde camp familial, sachant par avance que le médecin va lui répondre ce qu'il sait déjà. Mengele s'arme de toute sa patience et déploie une affabilité toute feinte, mais, délibérément, il lui parle comme il le ferait à un petit enfant ou à un idiot.

— Vous savez bien, Herr Kommandant, que ce camp est stratégiquement très important pour Berlin.

— Oui, je le sais, Herr Doktor, bon sang ! Mais je ne sais pas à quoi riment toutes ces attentions. Allons-nous mettre aussi une garderie pour les enfants maintenant ? Voyons, est-ce qu'ils sont tous devenus fous ? Ils croient qu'Auschwitz est une villégiature ?

— C'est ce que nous voulons faire croire à un certain nombre de pays qui sont en train de nous observer attentivement. Des rumeurs courent. Quand la Croix-Rouge internationale a commencé à demander plus d'informations sur nos camps et qu'elle a sollicité l'envoi d'inspecteurs, le Reichsführer Himmler a été brillant, comme toujours. Au lieu de leur interdire la visite, il les a encouragés à la réaliser. Nous leur montrerons ce qu'ils veulent voir : des familles juives réunies, des enfants galopant dans Auschwitz.

— Trop de complications...

— Tout le travail qui a été effectué à Theresienstadt n'aura servi à rien si, quand nous recevrons les inspecteurs de la Croix-Rouge internationale, qui arriveront jusqu'ici en suivant la destination des personnes transférées depuis le ghetto, ils voient ce qu'il n'est pas dans notre intérêt de les laisser voir. Nous les inviterons à visiter la maison, mais nous ne leur montrerons pas la cuisine, seulement la salle de jeux. Et ils rentreront à Genève satisfaits.

— Au diable la Croix-Rouge ! Pour qui se prennent-ils, ces froussards de Suisses qui n'ont même pas d'armée, pour venir dire au Troisième Reich ce qu'il doit faire ? Pourquoi est-ce qu'on ne les renverrait pas chez eux à coups de pied dès qu'ils arrivent ? Ou, mieux encore, qu'ils nous les envoient par ici et je les mets dans le four sans même passer par la cuisine.

Mengele sourit avec condescendance en observant que Schwarzhuber devient de plus en plus rouge à mesure que sa crispation va crescendo. Il doit se contenir, car il aurait volontiers pris sa cravache pour la lui briser sur la tête. Non, pas sa cravache, elle a trop de valeur. Mieux encore, il aurait aimé dégainer son pistolet et lui coller une balle dans la tête. Mais c'est le Lagerführer de Birkenau, même si c'est un idiot de première.

— Mon cher commandant, ne sous-estimez pas l'importance de l'image que nous offrons au monde de nous-mêmes et de notre projet. Il nous faut être prudents. Savez-vous quel a été le premier poste à responsabilités que notre bien-aimé Führer a occupé au parti nazi ?

Mengele marque une pause théâtrale ; il sait déjà qu'il va se répondre à lui-même, mais il aime bien humilier Schwarzhuber.

— Celui de chef de la Propagande. Il le raconte dans *Mein Kampf*, vous ne l'avez pas lu ?

Il boit du petit lait en observant l'expression embarrassée du commandant.

— Beaucoup de gens, à l'intérieur et à l'extérieur de l'Allemagne, n'ont pas encore compris la nécessité de nettoyer génétiquement l'humanité en éliminant les dégénérations de la race. Il y aurait des pays qui se mettraient en garde et qui pourraient ouvrir contre nous de nouveaux fronts de guerre. Et ceci, en ce moment, n'est pas du tout dans notre intérêt. Nous voulons être ceux qui décident où et quand ouvrir un front de guerre. C'est comme une opération, *mein Kommandant*, on ne peut pas donner des coups de bistouri à droite et à gauche, il faut choisir quel est l'endroit où il convient d'effectuer l'incision. La guerre est notre bistouri, et nous devons le manier avec précision. Si on le manipule n'importe comment, on peut finir par se blesser.

Schwarzhuber ne supporte pas ce ton paternaliste, celui qu'emploierait un professeur pour faire la leçon à un élève idiot.

— Nom d'un chien, Mengele, vous parlez comme un politicien ! Moi, je suis un soldat. J'ai des ordres et je les suivrai. Si le SS-Reichsführer Himmler dit qu'il faut garder le camp en l'état, il en sera fait ainsi. Mais ce pavillon pour enfants... Qu'est-ce qu'il a à voir avec toute cette histoire ?

— Propagande, *mein Kommandant*... Pro-pa-gan-de. Nous allons faire en sorte que ces détenus écrivent chez eux et qu'ils racontent aux membres de leurs familles juives à quel point ils sont bien traités à Auschwitz.

— Et qu'est-ce qu'on en a à faire, bon sang, de ce que pensent leurs foutues familles juives sur la façon dont ils sont traités ?

Mengele prend une inspiration et compte mentalement jusqu'à trois.

— Mon cher commandant... Dehors, il y a encore de nombreux Juifs qu'il va falloir amener ici progressivement. Un animal qui ne sait pas qu'il va à l'abattoir se laisse conduire plus docilement que celui qui sait qu'on va le sacrifier et qui oppose toutes sortes de résistance. Vous qui êtes né dans un village, vous devriez le savoir.

Ce dernier commentaire irrite Schwarzhuber.

— Comment osez-vous dire que Tutzing est un village ? Apprenez que Tutzing est considérée comme la plus jolie localité de Bavière, et même de toute l'Allemagne, nous pouvons donc dire du monde entier !

— Naturellement, *Herr Kommandant*. Je suis pleinement d'accord : Tutzing est une bourgade enchanteresse.

Schwarzhuber va répliquer, mais il s'aperçoit que ce médecin bourgeois et pédant est en train de le provoquer délibérément et il ne va pas rentrer dans son jeu. Avec un type comme Mengele, il faut redoubler de prudence, on ne sait jamais ce qu'il a derrière la tête.

— Très bien, *Herr Doktor*, un pavillon pour les enfants et une garderie, tout ce qu'il faudra, rugit-il. Mais je ne permettrai pas que cela cause le plus petit contretemps ou désordre dans le camp. Au moindre signe d'indiscipline, il sera fermé. Vous croyez que ce Juif qui est à sa tête saura maintenir la discipline ?

— Pourquoi pas ? Il est allemand.

— Capitaine Mengele ! Comment osez-vous dire d'un répugnant chien juif qu'il appartient à la glorieuse nation allemande ?

— Eh bien, dites-le comme vous le voudrez, mais le rapport du dénommé Hirsch indique qu'il est né à Aix-la-Chapelle, en Rhénanie du Nord. Que l'on sache, c'est l'Allemagne.

Schwarzhuber le carbonise du regard. Mengele lit dans ses pensées : son impertinence lui est insupportable, mais il ne s'en inquiète pas car il détecte également chez son supérieur de la méfiance. Le commandant sait qu'il doit être prudent avec lui parce qu'il a des amis puissants à Berlin. Le Lagerführer a une étincelle de haine dans le regard, comme s'il se pourléchait déjà en pensant au moment où la bonne étoile du médecin déclinera et qu'il pourra se faire le plaisir de l'écraser comme un cafard. Mais Mengele sourit aimablement. Ce moment n'arrivera jamais. Il a toujours un pas d'avance sur tous ces militaires qui, en réalité, n'ont rien compris et ne savent pas non plus pourquoi ils se battent. Lui oui, il le sait. Il lutte pour devenir un homme célèbre. Il dirigera d'abord le *Deutsche Forschungsgmeinschaft*, le

Conseil allemand pour la recherche, et il changera ensuite le cours de l'histoire médicale. Le cours de l'humanité, en définitive. Josef Mengele sait qu'il n'est pas un homme modeste ; il laisse l'humilité aux faibles.

L'Histoire lui donnera une leçon. La plus grande faiblesse entre toutes est, précisément, celle des forts : ils finissent par croire qu'ils sont invincibles. La puissance du Troisième Reich est sa fragilité : se croyant invincibles, ils ouvriront tellement de fronts qu'ils finiront par s'écrouler. Les avions des Alliés commencent déjà à tournoyer au-dessus d'Auschwitz et les premiers bombardements s'entendent dans le lointain.

Personne n'échappe à sa faiblesse.

L'invincible Fredy Hirsch non plus.

Cela se produit quelques jours plus tard. Quand les dernières activités de l'après-midi s'achèvent et que le baraquement se vide, Dita s'empresse de ramasser les livres. Elle les enveloppe dans une toile qui les protège du contact de la terre et se dirige vers la chambre du Blockältester pour les laisser dans leur cachette. Elle veut vite rejoindre sa mère pour lui tenir compagnie.

Elle frappe à la porte et la voix de Hirsch l'autorise à entrer. Elle le voit assis sur l'unique chaise de la pièce, comme souvent. Mais aujourd'hui, il n'est pas occupé à travailler à ses rapports. Il a les bras croisés et le regard perdu. Il y a quelque chose en lui qui a changé.

Elle accède à la petite trappe en bois cachée sous un tas de couvertures pliées et y place les livres. Elle se dépêche afin de sortir au plus tôt et de perturber le chef le moins possible. Mais alors qu'elle a déjà fait demi-tour pour s'en aller, elle entend sa voix dans son dos.

— Edita…

La voix de Hirsch est posée, fatiguée peut-être, dépourvue de cette vibration qui fait que ses harangues illuminent les jeunes qui les écoutent. Ce qu'elle trouve en se retournant vers l'athlète, c'est un homme brusquement épuisé.

— Tu sais quoi ? Peut-être que, quand tout sera terminé, je ne partirai pas en Israël.

Dita le regarde sans comprendre et Fredy sourit avec bienveillance devant son étonnement. C'est logique qu'elle ne le comprenne pas. Cela fait des années qu'il travaille de toutes ses forces pour expliquer aux jeunes Juifs qu'ils doivent se sentir fiers de l'être et se préparer pour retourner à la terre de Sion et faire des sommets du Golan un tremplin pour être plus près de Dieu.

— Regarde, les gens d'ici… Que sont-ils ? Des sionistes ? Des antisionistes ? Des athées ? Des communistes ?

Un soupir gomme un instant ses paroles.

— Quelle importance. Si tu regardes avec un peu d'attention, tu ne vois que des personnes, rien de plus. Des personnes fragiles et corruptibles. Capables du pire et du meilleur…

Et Dita réussit encore à entendre quelques mots que Hirsch, en réalité, comme les précédents, ne lui adresse pas à elle mais ne formule que pour lui-même.

— Tout ce qui était important me semble bien peu de chose à présent.

Il retombe dans le silence et ses yeux regardent le vide, dans cette attitude que nous avons lorsque nous voulons regarder à l'intérieur de nous-mêmes. Dita n'y comprend rien. Elle ne comprend pas pourquoi l'homme qui a tant lutté pour retourner vers la terre promise d'Israël a perdu tout intérêt pour celle-ci. Elle aimerait l'interroger, mais il ne la regarde plus, il n'est plus là. Elle décide de le laisser seul dans son labyrinthe et de s'en aller sans faire de bruit.

Elle comprendra plus tard mais, à ce moment-là, elle n'est pas capable de voir dans son renoncement cette étrange lucidité qui vient aux personnes quand elles atteignent les hautes falaises de leurs vies. Vu du sommet du précipice, tout paraît immensément petit. Les choses qui avaient l'air si grandes semblent tout à coup minuscules, et ce qui paraissait tellement important est désormais ridicule.

Elle jette un regard oblique vers la table. Des papiers y sont posés et portent l'écriture de Hirsch. Mais en regardant avec un peu d'attention, elle se rend compte que ce ne sont pas des rapports ni des notes administratives : ce sont des poèmes. Dessus, comme un rocher qui se serait détaché et aurait tout écrasé, il y a une feuille avec l'en-tête du commandement du camp.

Elle a juste le temps de lire le mot en gras : « Transfert. »

La nouvelle du transfert est parvenue au bureau occupé par le secrétaire Rudi Rosenberg dans le camp de quarantaine. Six mois se sont écoulés depuis l'arrivée du convoi de septembre et, tel que le prédisait leur fiche, les Allemands mettent en marche le traitement spécial, qui a pris le nom de « transfert ».

Pendant qu'il attend avec inquiétude l'arrivée d'Alice à côté des barbelés, il agrafe jusqu'au dernier bouton d'une veste qu'il a obtenue au marché noir. Cet après-midi, il ne peut pas s'arrêter de bouger, ses nerfs sont des câbles électriques mis à nu qui jettent des étincelles.

La veille, dans l'après-midi, il a demandé de l'aide à Alice pour remplir la mission que Schmulewski lui a confiée : vérifier de toute urgence le nombre exact de personnes dont la cellule de la Résistance dispose dans le camp familial. La Résistance opère d'une manière tellement secrète que, bien souvent, même ses propres collaborateurs ne se connaissent pas entre eux. Aujourd'hui, il a appris qu'Alice elle-même, à travers une amie, était liée à la Résistance.

Schmulewski parle peu, rarement plus d'une demi-douzaine de mots à la suite. Cela fait partie de sa technique de survie. Quand quelqu'un lui demande plus d'explications ou lui reproche son laconisme, il lui raconte qu'un ami à lui, avocat pénaliste, lui a dit un jour que les muets faisaient de vieux os. Mais Rudi l'a trouvé particulièrement sombre et, mû par son angoisse, il n'a pas pu s'empêcher de lui demander si les indices étaient mauvais. Ses mots, toujours chiches, toujours voilés, ont été : « L'affaire va mal. »

L'affaire, c'est le camp familial.

Ce que les gardes des miradors voient, c'est le secrétaire du camp de quarantaine et sa petite copine juive du camp familial qui s'approchent de part et d'autre de la clôture, comme bien d'autres après-midis. Une routine à laquelle ils ne prêtent plus attention. Les Allemands, dans cette distance physique et mentale qui les sépare des prisonniers, les voient comme une poignée de chair numérotée, ils ne distinguent pas une Juive squelettique et vêtue de guenilles d'une autre. Ils ne remarquent donc pas que la femme qui vient cet après-midi aux barbelés n'est pas Alice Munk, mais Héléna Rezekova, une de ses meilleures amies et membre coordinateur de l'insurrection. C'est elle qui s'approche pour lui donner l'information confidentielle que lui a demandé le chef de la Résistance : il y a trente-trois membres clandestins divisés en deux groupes. Héléna lui demande si l'on sait quelque chose de plus sur le transfert, mais il y a peu de nouvelles. Une rumeur est parvenue sur un possible transfert au camp de Heydebreck, mais il n'y a pas de détails. Les autorités ne lâchent pas le morceau.

Ils restent un instant à se regarder sans parler : la jeune femme aurait pu être belle dans d'autres circonstances, mais ses cheveux sales et emmêlés, ses joues creuses, ses habits crasseux, ses lèvres ravagées de croûtes à cause du froid font d'elle une mendiante de vingt-deux ans. Rosenberg, si bavard, ne sait pas quoi dire à cette fille au présent meurtri et au futur ténébreux.

Dans l'après-midi, il obtient l'autorisation d'aller jusqu'au camp BIIb au prétexte d'apporter des listes, bien qu'en réalité il aille à la rencontre de Schmulewski. Il le trouve assis sur un banc en bois qui se trouve devant son baraquement, occupé à mâcher une brindille pour remplacer l'absence de tabac. Rudi, qui se débrouille toujours pour être approvisionné en tout, lui tend une cigarette.

Il lui transmet les informations fournies par Héléna concernant le nombre et les activités essentielles des insurgés du camp familial, et l'autre se contente d'acquiescer de la tête. Rudi attend qu'il lui donne une explication sur la situation, mais il n'en reçoit aucune. Comme s'il ne le savait pas, il dit à Schmulewski qu'on est le 4 mars et qu'ils arrivent au bout des six mois depuis l'arrivée du contingent d'Alice, le moment du « traitement spécial ».

— Je préférerais que ce moment n'arrive jamais.

Le Polonais fume et ne parle pas. Rosenberg comprend que la réunion est terminée et il prend congé maladroitement. Il retourne à son camp sans savoir si Schmulewski se tait parce qu'il détient une information cruciale ou si ce que cache son silence, c'est sa plus totale ignorance de ce qu'il est en train de se passer.

L'appel du soir dure plus longtemps que d'habitude. Plusieurs SS viennent prévenir tous les *kapos* de se rendre à l'entrée du camp. Le responsable civil du BIIb (le *camp kapo*, un prisonnier de droit commun allemand appelé Willy) et le Curé les y attendent, flanqués de deux gardes, mitraillette à la main. Les détenus voient les chefs de baraquement s'approcher du sous-officier jusqu'à former un demi-cercle autour de lui.

Fredy Hirsch traverse la *lagerstrasse* de ses foulées énergiques, dépassant d'autres *kapos* qui marchent plus à contrecœur vers la réunion. Même si la nuit est en train de tomber, il est facile de reconnaître la silhouette de Hirsch se dirigeant au rendez-vous, altier et désinvolte.

Le Curé les attend, les mains dans les manches de sa vareuse. Il leur adresse un sourire cynique en les voyant arriver ; il saute aux yeux qu'il est de bonne humeur. Pour le sergent, se débarrasser d'une partie des détenus est une bonne nouvelle : moitié moins de prisonniers, moitié moins de problèmes. Un assistant distribue des listes aux *kapos* avec les noms des personnes du convoi de septembre faisant partie de leurs baraquements et qu'ils doivent avertir de se mettre en rang à l'écart le lendemain matin et de prendre leurs effets personnels (la cuillère et l'écuelle) en vue d'effectuer leur transfert vers un autre camp. Dans le bloc 31 ne dort qu'une seule personne, son propre Blockältester, qui prend la liste la plus courte de toutes, sur laquelle ne figure qu'un seul nom, le sien : Fredy Hirsch. Au milieu du silence, seulement troublé par le froissement des feuilles des listes, il est le seul à oser se frayer un passage et se mettre au garde-à-vous devant le sous-officier.

— Avec votre permission, *Herr Oberscharführer*. Pourrions-nous savoir dans quel camp l'on va nous transférer ?

Le Curé observe Hirsch pendant quelques secondes sans cligner des yeux. Poser une question sans que l'on vous ait préalablement adressé la parole est un outrage avec lequel le sous-officier SS n'a pas pour habitude de transiger. Pour cette fois, cependant, il se limite à être tranchant dans sa réponse.

— Vous en serez informés en temps voulu. Rompez.

Les *kapos* se mettent à bramer devant leurs baraquements la liste des personnes qui seront transférées le lendemain. Les murmures expriment le désarroi : les gens ne savent pas s'ils doivent se réjouir ou non de quitter Auschwitz. La question se répète encore et encore :

— Où nous emmènent-ils ?

Mais il n'y a pas de réponse, ou bien ce sont des élucubrations tellement variées qu'aucune ne sert à rien. Tout le monde a entendu parler du traitement spécial au bout des six mois. En quoi consistera-t-il ? Même les plus optimistes savent que c'est un transfert vers une destination incertaine, on ne sait pas où – vers la vie ou vers la mort ?

Dita a discuté avec Margit, pour essayer de se fabriquer une réponse au milieu de toutes ces questions. Elle retourne à son baraquement, fatiguée d'échafauder des hypothèses. Elle est tellement angoissée par cette nouvelle qu'elle n'a pas pris sa précaution habituelle de regarder derrière elle et de marcher collée aux portes des baraquements au cas où elle devrait rentrer précipitamment à l'intérieur. Une voix en allemand lui parvient et une main se pose sur son bras.

— Jeune fille...

Elle sursaute. Même si le docteur Mengele ne la toucherait probablement pas. C'est Fredy Hirsch, de retour vers son baraquement. Elle voit briller une lueur fébrile dans ses yeux sombres : il est redevenu l'homme énergique et irrésistible qu'il est toujours.

— Qu'allons-nous faire ? demande-t-elle.

— Continuer. Nous sommes dans un labyrinthe dans lequel nous nous sentons parfois perdus, mais reculer serait bien pire. Ne tiens pas compte de ce que te disent les autres, écoute la voix qui est dans ta tête et va toujours de l'avant.

— Mais... où vous emmènent-ils ?

— Nous irons travailler autre part. Mais ce n'est pas le plus important. Le plus important, c'est qu'il y a ici une mission à terminer.

— Le bloc 31...

— Nous devons terminer ce que nous avons commencé.

— Nous continuerons l'école.

— C'est cela. Mais il y a encore une chose importante à faire.

Dita le regarde avec l'air de ne pas comprendre.

— Écoute-moi bien : à Auschwitz, rien n'est ce dont il a l'air. Mais un moment viendra où une brèche s'ouvrira pour la vérité, tu verras. Ils croient que le mensonge est de leur côté, mais nous, nous marquerons un panier à la dernière seconde parce qu'ils seront trop sûrs d'eux. Ils nous croient vaincus, mais nous ne le sommes pas.

Et, ayant dit cela, il reste un instant songeur.

— Je ne pourrai pas être là pour vous aider à gagner la partie. Il faut que tu aies la foi, Dita, beaucoup. Tout ira bien, tu verras. Fais confiance à Miriam. Et, surtout – il la regarde alors dans les yeux avec le plus séduisant de ses sourires –, tu ne dois jamais te rendre.

— Jamais !

Il lui adresse son fameux sourire énigmatique puis il s'en va, porté par ses longues foulées d'athlète, pendant qu'elle reste là, immobile, sans très bien comprendre ce qu'il a voulu dire par cette histoire de panier à la dernière seconde.

C'est une nuit où l'on dort peu dans les baraquements, une nuit lourde de rumeurs chuchotées dans les châlits, de théories plus ou moins tirées par les cheveux, de prières également.

Quelle importance où ils nous emmènent, puisqu'on ne peut pas tomber dans pire endroit ? clament certains. Un encouragement dans le découragement.

La rude gaillarde avec laquelle Dita partage sa couche appartient au convoi de septembre et, par conséquent, elle fait partie des transférés. Elle parle peu, à l'exception des blagues grossières qu'elle sert à ses voisines. À Dita, elle ne dit jamais rien, ni en bien ni en mal. En se couchant à ses pieds, Dita lui souhaite bonne nuit comme tous les jours. Et, comme tous les jours, l'autre ne répond pas. Elle ne marmonne même pas un bruit en guise de réponse comme d'autres fois. Elle fait semblant de dormir, mais elle a les yeux trop fortement serrés. Même la plus dure d'entre les dures n'est pas capable de trouver le sommeil au cours de cette longue nuit qui pourrait être la dernière.

Au matin, un jour nuageux se lève et il fait froid. Les rafales de vent apportent quelques flocons de cendre. Rien de bien différent des autres jours. Il y a eu une certaine confusion au moment de se mettre en rang, étant donné que l'ordre habituel a changé : ceux de septembre se sont mis d'un côté et ceux de décembre de l'autre. Les *kapos* se sont employés à fond pour réussir à former les groupes, les gardes SS se sont également montrés plus nerveux qu'à l'accoutumée, ils ont même flanqué quelques coups de crosse, ce que l'on ne voit habituellement pas se produire lors des appels du matin. L'atmosphère est pesante, les visages sont tendus. L'appel est fait avec une lenteur exaspérante et les assistants des *kapos* inscrivent des croix sur une feuille de registre. Dita a l'impression, plantée là sur ses jambes pendant des heures, qu'elle est en train de s'enfoncer peu à peu dans la boue et que, si l'appel s'éternise, elle finira engloutie par la fange à la façon de ces pierres qui y sombrent comme dans un étang bourbeux.

Enfin, presque trois heures après le début de l'appel, le groupe de septembre commence à bouger. Il compte près de quatre mille personnes. Pour le moment, leur première destination provisoire va être le camp de quarantaine, voisin du leur, et c'est là qu'ils se dirigent d'un pas fatigué. Là-bas, le secrétaire Rudi Rosenberg les observe, la mine très sombre, attentif à tous les mouvements au cas où il y aurait quelque chose d'important à capter, comme si les attitudes et la manière de gesticuler des gardes pouvaient receler une clef qui permettrait de découvrir un indice sur la destination de ces personnes parmi lesquelles se trouve Alice.

Dita et sa mère, à côté des gens de leur convoi, observent en silence. Elles restent en formation à la porte de leur baraquement pendant que les escadrons conduisent en ordre les vétérans de septembre vers la sortie du camp BIIb. C'est un défilé qui n'a rien de festif, bien qu'il y ait quelques détenus qui sourient, persuadés qu'un endroit meilleur les attend. Il y a des têtes qui se tournent pour un dernier au revoir. Des mains qui s'agitent de la part de ceux qui s'en vont et de ceux qui restent. Dita prend la main de sa mère et la serre avec force.

Elle ne sait pas si ce qui lui égratigne l'estomac est le froid ou la peur pour ceux qui partent.

Elle voit s'en aller l'espiègle Gabriel, qui rit aux éclats ; il change de cadence exprès pour faire trébucher une fille élancée qui marche derrière lui et qui le maudit. Une main adulte se tend depuis l'arrière et le tire sévèrement par l'oreille. Madame Krizková est tellement douée pour punir qu'elle est capable de le faire sans perdre la cadence. Passent en direction du camp de quarantaine des connaissances et des professeurs du bloc 31, également beaucoup de visages auxquels elle n'avait jamais fait attention auparavant : des visages graves et émaciés, pour la plupart. Certains saluent les enfants du convoi de décembre qui restent là et qui, infatigables, leur disent au revoir de la main, amusés par cet évènement qui rompt la monotonie du camp.

Le professeur Morgenstern passe en faisant des courbettes ridicules, accoutré de son costume raccommodé et de ses lunettes cassées. En arrivant à la hauteur de Dita, sans s'arrêter ni perdre la cadence pour ne pas gêner ceux de derrière, il redevient tout à coup sérieux et lui adresse un clin d'œil. Puis il continue d'avancer et recommence à faire son petit numéro de courbettes et à lancer ce ricanement de vieux cinglé bien à lui. Cela n'a duré que quelques secondes, mais pendant qu'il la regardait, Dita a vu que le professeur changeait d'expression et que sa physionomie devenait autre, comme s'il avait soulevé un masque le temps d'un instant et lui avait permis de voir son véritable visage. Ce n'était pas le regard étourdi d'un vieil homme dans la lune mais l'expression posée d'une personne profondément sereine. Et soudain Dita n'a plus l'ombre d'un doute.

— Professeur Morgenstern !

Elle lance au professeur un baiser avec sa main et il se retourne pour la remercier d'une révérence pataude qui fait rire les enfants. Il s'incline également devant eux. C'est un acteur qui abandonne la scène à la fin du spectacle et salue son public.

Elle aurait aimé le serrer dans ses bras et lui dire qu'elle sait maintenant, qu'elle l'a toujours su : il n'a pas perdu la tête. Si l'on vous enferme dans un asile de fous, le pire qui puisse vous arriver c'est d'être sain d'esprit. Son étourderie feinte au bon moment l'a sauvée pendant l'inspection du Curé et de Mengele. Probablement lui a-t-il sauvé la vie. À elle et aux autres. Maintenant, elle le sait. Fredy l'a dit : rien n'est ce dont il a l'air. Elle aurait aimé lui donner un gros bisou d'au revoir, mais cela ne va pas être possible. Le professeur s'éloigne en faisant ses pitreries, englouti par la horde des gens qui s'en vont.

— Bonne chance, professeur…

Passe un peloton de femmes. L'une d'elles, l'une des rares à ne pas porter de foulard sur la tête, enfreint les ordres stricts et, sortant du rang d'un pas décidé, se dirige vers elle. Au début, elle ne la reconnaît pas : c'est sa grande gaillarde de camarade de lit. Ses cheveux en bataille et non attachés cachent la cicatrice qui lui fend le visage. Elle se plante devant Dita avec ses yeux de batracien et, pendant un instant, elles se regardent en se faisant face.

— Je m'appelle Lida ! dit-elle de sa grosse voix.

La *kapo* arrive au galop, commence à crier après elle pour qu'elle retourne immédiatement dans la formation et agite un bâton d'une façon menaçante. Tandis qu'elle réintègre rapidement le groupe, elle se retourne encore un instant et Dita lui dit au revoir de la main.

— Bonne chance, Lida ! J'adore ton prénom ! crie-t-elle.

Il lui semble que sa camarade de lit sourit fièrement.

L'un des derniers à passer dans ce défilé d'au revoir, c'est Fredy Hirsch. Il porte sa plus belle chemise propre, sur laquelle se balance doucement son sifflet argenté. Il marche le regard droit et la tête haute avec une martialité rigoureuse, sans détourner les yeux, concentré sur ses pensées, sans prêter attention à aucun salut ni au revoir, bien que certains l'appellent par son nom.

Peu importent son état d'esprit et les doutes qui le tenaillent à l'intérieur. Il s'agit d'un nouvel exode des Juifs, qui sont expulsés à présent même de leur prison, et ils doivent l'affronter avec la plus haute dignité. Il ne faut pas faire preuve de faiblesse ni de mollasserie. Il ne répond donc à aucun salut ni aucun au revoir, dans une attitude que certains interprètent comme de l'orgueil.

Il est fier, c'est vrai, de ce qu'il a réussi : depuis que le bloc 31 existe, pas un seul de ses élèves n'est mort. Garder en vie cinq cent vingt et un enfants pendant des mois est un record que probablement personne n'a jamais battu à Auschwitz. Il regarde droit devant lui, non pas la nuque de la personne qui le précède dans la formation, mais beaucoup plus loin, vers la ligne de peupliers du fond et même encore plus loin, vers l'horizon.

Il faut regarder loin, être ambitieux dans ses objectifs.

Pendant que les détenus de septembre défilent, il court entre les rangs la rumeur qu'ils vont être transférés au camp de concentration de Heydebreck. La plupart pensent qu'il y aura une sélection drastique et que beaucoup d'entre eux n'arriveront pas jusque là-bas. Certains croient même qu'aucun des transférés ne le fera.

18

7 mars 1944

Rudi Rosenberg voit arriver dans le camp de quarantaine BIIa les trois mille huit cents prisonniers du camp familial du convoi de septembre. Les informations que Schmulewski lui a transmises sont désespérantes. N'importe qui en serait profondément déprimé, mais lui, tout ce qu'il recherche avidement dans les rangs, c'est la silhouette élancée d'Alice. Leurs yeux se rencontrent enfin et leurs sourires de satisfaction flottent au-dessus de l'angoisse. Après leur avoir assigné un baraquement, les nazis autorisent les prisonniers à se déplacer librement dans le camp. Rudi réunit dans sa chambre sa petite amie et les deux amies de celle-ci appartenant à la Résistance, Véra et Héléna.

Héléna raconte que la version officielle semble avoir été acceptée par la majorité des prisonniers : ils vont être transférés dans un camp plus au nord, près de Varsovie. Véra a une voix aiguë qui fait encore plus ressembler son visage émacié à la tête d'un oiseau.

— D'importants représentants de la communauté juive du camp considèrent que les Allemands n'oseront pas exterminer les enfants, qu'ils ont peur qu'une information pareille ne se propage.

Rosenberg n'a pas d'autre solution que de leur transmettre les impressions de Schmulewski du matin même, plus directes et crues que jamais :

— Il m'a dit qu'il ne restait plus beaucoup de temps, qu'il avait l'impression que tout le monde pouvait mourir demain.

Ses paroles créent un silence atroce. Les trois femmes savent que le chef de la Résistance est la personne qui connaît le mieux la vérité, car il dispose d'un réseau important d'espions dans tout Auschwitz. Sous le coup de la nervosité, elles commencent à déballer toutes sortes de rumeurs, demi-rumeurs, idées, désirs métamorphosés en idées, fantasmes...

— Et si la guerre s'achevait cette nuit ?

Héléna retrouve un instant sa joie.

— Si la guerre s'achevait cette nuit et que je rentrais à Prague, la première chose que je ferais, ce serait aller chez ma mère et manger une cocotte de *goulash* de la taille d'une barrique.

— Moi, je me mettrais dans la marmite avec une baguette de pain et je la laisserais tellement brillante qu'ensuite je pourrais l'utiliser comme miroir pour m'épiler les sourcils !

Elles peuvent presque sentir le fumet de la viande mijotée et des épices, et elles soupirent de bonheur. Puis elles reviennent à la réalité, à l'odeur de la peur, qui est comme celle de la nourriture froide. Elles tentent une nouvelle fois de remettre leurs idées en ordre dans le but de trouver un indice favorable dans un panorama d'une noirceur insondable, un détail qui leur aurait échappé et qui expliquerait tout d'une manière satisfaisante. Ce clou auquel accrocher leurs vies.

La seule information complémentaire que peut apporter Rudi, qui, en tant que secrétaire, a pu voir les listes du convoi, c'est qu'il n'y a que neuf personnes qui vont rester au camp familial. Quatre d'entre elles sont les deux fratries de jumeaux, que le docteur Mengele a réclamées pour ses expériences. Restent également les trois médecins et le pharmacien de l'hôpital, qui sont venus avec le groupe mais que Mengele a également réclamés. La neuvième personne est la maîtresse de *Herr Willy*, le *kapo* du camp. Les autres se verront destinés au traitement spécial, conformément au plan prévu depuis leur arrivée en septembre.

L'information de Rudi est, en réalité, incorrecte. Il y a d'autres noms dans cette liste de « non transférables », mais les choses sont trop confuses pour le moment. Tout sera dévoilé en temps voulu. Au bout d'une heure d'élucubrations épuisantes qui ne les mènent à aucune certitude, ils sont tellement exténués que le silence se fait.

Véra et Héléna se retirent, et Rudi et Alice se retrouvent seuls. Pour la première fois, il n'y a pas de barbelés entre eux, il n'y a pas de gardes dans les miradors les observant avec leur fusil sur l'épaule, il n'y a pas de cheminées leur rappelant la déchéance qui les entoure. Pendant quelques secondes, ils se regardent, d'abord avec pudeur et une certaine gêne. Puis, peu à peu, avec plus d'intensité. Ils sont jeunes et beaux, ils débordent de vie, de projets, de désirs, d'urgence de boire le présent. Et alors qu'ils se regardent encore, la mèche du désir à présent allumée dans leurs yeux, ils sentent que le bonheur les isole, qu'il les emporte ailleurs, que rien ne pourra les priver de ce moment.

Pendant le peu de temps qu'a duré leur sommeil, Rudi, enlacé au corps d'Alice, a cru que son bonheur était tellement grand que rien ne pourrait le briser. Il s'est endormi en pensant qu'à son réveil, tout le mal se serait effacé et que la vie recommencerait à s'écouler comme avant la guerre, que les coqs chanteraient à l'aube, que l'air sentirait bon le pain tout juste cuit et que le tintement joyeux de la clochette du laitier retentirait au loin. Mais le jour se lève et rien n'est effacé, le paysage menaçant de Birkenau demeure intact. Il est trop jeune encore pour savoir que le bonheur ne peut jamais venir à bout de rien, qu'il est trop fragile, qu'il est toujours terrassé.

Une voix affolée le réveille brusquement et il entend dans sa tête un éclat de verres brisés. C'est Héléna, en proie à une grande agitation. Elle lui dit que Schmulewski le cherche de toute urgence, que tout le camp est infesté de SS, que quelque chose de très grave est sur le point de se passer. Rudi s'efforce de boucler ses chaussures et Héléna, au bord de l'hystérie, le prend par le bras, le tire littéralement hors du lit, tandis qu'Alice se recroqueville somnolente entre les draps, s'accrochant encore un peu au sommeil.

— Bon sang, Rudi, dépêche-toi ! On n'a pas le temps, on n'a pas le temps !

Rudi aussi a l'impression que quelque chose va mal dès qu'il met un pied dehors. Il y a beaucoup de gardes SS, dont un grand nombre qu'il n'a jamais vus auparavant, comme s'ils avaient demandé un renfort spécial à d'autres détachements. Cela ne ressemble pas à la procédure habituelle pour mener un contingent vers un train pour un transfert ordinaire. Il faut immédiatement qu'il voie Schmulewski. En fait, il préférerait ne pas le voir, ne pas parler avec lui, ne pas entendre ce qu'il a à dire. Mais il doit aller à sa rencontre dans le camp BIIb. Étant donné son rang, il n'est pas difficile pour lui de sortir avec l'excuse d'aller chercher des rations supplémentaires de pain manquantes.

Le visage du chef de la Résistance n'est plus un visage, c'est une mer agitée de rides et de cernes. Ses paroles ne prennent plus de détours, elles ne cherchent plus la discrétion ou la réserve, ce sont des couperets.

— Les personnes transférées du camp familial vont mourir aujourd'hui.

Et en disant cela, il n'a pas l'ombre d'une hésitation.

— Tu veux dire qu'il va y avoir une sélection ? Tu veux dire qu'ils veulent se débarrasser des vieux, des malades et des enfants ?

— Non, Rudi. Tous ! Le Sonderkommando a reçu l'ordre de préparer les fours pour quatre mille personnes ce soir même.

Et, presque sans laisser d'espace au silence, il ajoute :

— Nous n'avons pas le temps de nous lamenter, Rudi. C'est l'heure de la rébellion.

Schmulewski est en train d'encaisser une tension extrême, mais son discours, peut-être parce qu'il l'a travaillé et répété des douzaines de fois au cours de cette longue nuit d'insomnie, est absolument précis :

— Si les Tchèques se soulèvent, s'ils tiennent tête et s'ils se battent, ils ne seront pas seuls. Des centaines ou peut-être des milliers d'entre nous seront à leur côté, et avec un peu de chance cela pourrait marcher. Va leur dire. Dis-leur qu'ils n'ont rien à perdre : ils se battent ou ils meurent, il n'y a pas d'autre option. Mais ils n'ont pas la moindre chance sans un dirigeant à leur tête.

Et, devant le visage d'incompréhension du secrétaire, Schmulweski lui fait voir qu'il y a au moins une demi-douzaine d'organisations politiques différentes dans le camp : des communistes, des socialistes, des sionistes, des antisionistes, des sociaux-démocrates, des nationalistes tchèques... Si l'un de ces groupes prend l'initiative, il peut se produire des dissensions, des divergences et des affrontements avec les autres, ce qui rendrait impossible une révolte unanime. Il faut donc quelqu'un que la majorité respecte. Quelqu'un avec beaucoup de courage, qui n'hésite pas, qui élève la voix et que tout le monde soit prêt à suivre.

— Mais qui cela pourrait-il être ? demande Rosenberg, incrédule.

— Hirsch.

Le secrétaire acquiesce très lentement, conscient de l'ampleur qu'ont pris les évènements.

— Il faut que tu parles avec lui, que tu l'informes de la situation et que tu le décides à prendre la tête du soulèvement. Et le temps presse, Rudi. Il y a beaucoup en jeu. Hirsch doit se soulever et soulever tout le monde.

Le soulèvement... Un mot enthousiasmant, magnifique, digne des livres d'histoire. Un mot qui, cependant, chancelle quand Rudi lève les yeux et regarde autour de lui : des hommes, des femmes et des enfants déguenillés, désarmés, mal nourris, face à des mitraillettes installées dans des miradors, des soldats professionnels armés, des chiens dressés, des véhicules blindés. Schmulewski le sait ; il sait que beaucoup mourront, probablement tous. Mais il est possible d'ouvrir une brèche et que quelques-uns, peut-être des dizaines, voire des centaines, puissent s'échapper dans les bois et s'enfuir.

Peut-être que la révolte s'enflammera et qu'ils réussiront à détruire des installations vitales du camp. Ils pourraient ainsi paralyser la machine de mort, même si ce n'est que temporaire, et sauver de nombreuses vies. Peut-être que tout ce qu'ils y gagneront, ce sera de recevoir une rafale de mitraillette dans le corps. Les inconnues sont innombrables face à la certitude de la force écrasante des SS, mais Schmulewski le dit et le répète encore :

— Dis-lui, Rudi : dis-lui qu'il n'a rien à perdre.

Rudi Rosenberg n'a plus l'ombre d'un doute lorsqu'il retourne au camp de quarantaine : leur sentence de mort est scellée, mais ils peuvent se battre pour leur destin. Fredy Hirsch en détient la clef sur sa poitrine, ce sifflet argenté qu'il porte toujours autour du cou : un coup de sifflet qui annoncera le soulèvement unanime et enragé de plus de trois mille âmes.

Tout en marchant, il pense à Alice. Jusqu'à présent, il a agi comme si Alice ne faisait pas partie du contingent de septembre condamné à mort, comme si rien de tout cela ne la concernait. La jeune femme n'est qu'une condamnée parmi les autres, mais Rudi se dit encore et encore que non, qu'il n'est pas possible que la beauté et la jeunesse d'Alice, que ce corps gorgé de merveilles et ce regard de gazelle puissent devenir dans quelques heures de la viande inerte. Ce n'est pas possible, se répète-t-il, cela va à l'encontre de tous les principes de la nature. Comment quelqu'un pourrait-il avoir envie de voir mourir une créature comme Alice ? Cela lui paraît impensable. Rudi accélère le pas et il serre aussi les poings, en proie à une colère qui transforme son abattement en rage. Il se dit que non, non et non, ils n'auront pas leur jeunesse.

Les joues rouges de rage, il arrive au camp de quarantaine. Héléna l'attend, inquiète, à l'entrée.

— Préviens Fredy Hirsch, dit-il à la jeune femme. Il doit venir dans ma chambre pour une réunion urgente. Dis-lui qu'il s'agit d'une affaire de la plus haute importance.

C'est l'heure du tout ou rien.

Héléna se présente peu après accompagnée de Hirsch, l'athlète, l'idole des jeunes, l'apôtre du sionisme, l'homme capable de parler d'égal à égal à Josef Mengele. Rudi l'observe un instant : fibreux, les cheveux mouillés impeccablement coiffés en arrière et ce regard serein, un rien sévère, comme s'il était irrité d'avoir été dérangé et tiré de ses pensées.

Quand Rosenberg lui explique que le plus haut responsable de la Résistance de Birkenau a réuni des preuves concluantes selon lesquelles le convoi de septembre de Terezín allait être entièrement exterminé dans les chambres à gaz le soir même, Hirsch demeure imperturbable, il n'affiche aucune surprise et ne réplique pas. Il garde le silence, presque au garde-à-vous, tel un soldat. Rudi pose les yeux sur le sifflet qui pend à son cou comme une amulette.

— Tu es la seule possibilité, Fredy. Il n'y a que toi qui puisses parler avec les principaux meneurs du camp et faire en sorte qu'ils soulèvent leurs partisans. Qu'ils se lancent tous comme un seul homme contre les gardes et que la révolution éclate. Il faut que tu parles avec tous les meneurs, et ce sifflet que tu portes au cou doit donner le signal que la révolte a commencé.

De nouveau, le silence de l'Allemand. Son visage impénétrable. Son regard planté sur le secrétaire slovaque. Rudi a dit tout ce qu'il avait à dire et il se tait à son tour, attendant la réaction de Hirsch à cette proposition désespérée au milieu d'une situation totalement désespérée.

Et, enfin, Hirsch parle.

Mais celui qui parle n'est pas le meneur social, ce n'est pas le sioniste intransigeant, ce n'est pas le sportif arrogant. Celui qui parle, c'est l'éducateur pour enfants. Et il le fait dans un murmure :

— Et on fait quoi des enfants, Rudi ?

Rosenberg aurait préféré laisser ce point pour plus tard. Les enfants sont le maillon faible de cette chaîne. Dans une révolte violente, ils sont ceux qui ont le moins de chance de survivre. Mais il a également une réponse à cela.

— Fredy, les enfants vont mourir de toute façon. Tu peux en être sûr. Nous avons une possibilité, sans doute faible, mais une possibilité de faire que des milliers de prisonniers se soulèvent derrière cette rébellion, et détruisent le camp et sauvent la vie à beaucoup de déportés qui n'arriveront plus jusqu'ici.

Les lèvres de Fredy restent scellées, mais son regard parle pour lui. Dans une révolte où il faudra lutter au corps à corps, les enfants seront les premiers à être massacrés. Si un trou est ouvert dans une clôture et qu'il y a une bousculade pour s'enfuir, ils seront les derniers à pouvoir se frayer un passage. S'il faut courir sur des centaines de mètres à travers champs sous les balles jusqu'à atteindre le bois, ils seront les derniers à arriver et les premiers à tomber abattus. Et si l'un d'eux arrive jusqu'au bois, que fera-t-il, tout seul et désorienté ?

— Ils ont confiance en moi, Rudi. Comment pourrais-je les abandonner maintenant ? Comment pourrais-je lutter pour sauver ma peau et les laisser se faire tuer ? Et si vous vous trompiez et qu'il y avait un transfert vers un autre camp ?

— Il n'y en aura pas. Vous êtes condamnés. Tu ne peux pas sauver les enfants, Fredy. Pense aux autres. Pense aux milliers d'enfants de toute l'Europe, à tous ceux qui viendront mourir à Auschwitz si nous ne nous rebellons pas maintenant.

Fredy Hirsch ferme les yeux et pose une main sur son front comme s'il avait de la fièvre.

— Donne-moi une heure. J'ai besoin d'une heure pour y réfléchir.

Fredy sort de la chambre en se tenant aussi droit que d'habitude. Personne, le voyant marcher ainsi dans le camp, ne pourrait se rendre compte qu'il porte sur ses épaules le poids insupportable de quatre mille vies. Seul un observateur très attentif pourrait s'apercevoir que, tout en marchant, il caresse d'une manière obsessionnelle son sifflet.

Plusieurs membres de la Résistance au courant de la situation entrent dans la chambre pour savoir ce qu'il s'est passé, et Rosenberg leur raconte le résultat de son entretien avec le responsable du bloc 31.

— Il a demandé un moment pour y réfléchir.

L'un d'eux, un Tchèque au regard de fer, dit que Hirsch cherche à gagner du temps. Tous les autres le regardent pour qu'il s'explique.

— Lui, ils ne vont pas le descendre. Il est utile aux nazis, il leur a fait des rapports non négligeables et, en plus, c'est un Allemand. Hirsch attend que Mengele le réclame, qu'il le sorte d'ici d'un moment à l'autre, voilà ce qu'il attend.

Pendant une seconde, il s'installe un silence pesant.

— Ça, c'est une mesquinerie digne de communistes comme toi ! Fredy a joué sa vie pour les enfants du camp cent fois plus que vous ! lui crie Renata Bubenik.

L'autre se met à crier aussi, la traite de sioniste stupide et lui rétorque qu'ils ont entendu Hirsch demander plusieurs fois au *kapo* de leur baraquement s'il y avait un message pour lui.

— Il attend que les autorités nazies le réclament pour sortir d'ici.

— Tu as la cervelle encore plus pourrie que les ongles !

Rudi se lève et tente de rétablir la paix. Il comprend en cet instant pourquoi il est si important de trouver un chef, une seule voix, quelqu'un capable de rassembler et de convaincre des individus aussi hétérogènes de se soulever comme une seule âme.

Quand ils s'en vont, Alice s'approche de lui pour partager l'attente ensemble, car ils ne peuvent plus rien faire à part attendre la réponse de Hirsch. La présence d'Alice est un baume au milieu du chaos et de l'incertitude. Elle a du mal à croire que les nazis vont tous les tuer, les enfants aussi. La mort est à ses yeux une chose terrible mais étrangère, comme si elle pouvait arriver aux autres mais pas à elle. Rudi lui dit que c'est horrible, mais que Schmulewski ne peut pas se tromper sur ce point. Alors, il lui demande de changer de sujet, et qu'ils parlent de la vie après Auschwitz, des maisons de campagne qui lui plaisent, de ses plats préférés, des prénoms qu'elle aimerait donner à ses enfants un jour… Qu'ils parlent de la vraie vie et pas de ce cauchemar dans lequel ils sont englués. Pendant un instant, l'avenir semble possible.

Les minutes passent. Et elles pèsent d'un poids à la limite du supportable. Rudi pense à l'importance de Hirsch, à sa propre importance. Alice parle et il ne l'écoute plus. Il sent dans l'air une densité asphyxiante. Il a dans la tête une horloge dont le tic-tac infernal va le rendre fou.

Une heure passe et ils n'ont pas de nouvelles de Hirsch.

D'autres minutes passent, une heure encore. Hirsch n'apparaît nulle part.

Cela fait un moment qu'Alice s'est tue, la tête posée sur ses genoux. Rudi commence à être conscient que la mort est très proche. S'il tendait le bras, il pourrait la toucher.

Pendant ce temps, dans le camp d'à côté, les leçons ont été suspendues à l'intérieur du bloc 31. Les professeurs du convoi de décembre, qui se retrouvent en charge de l'école, sont trop soucieux. Quelques-uns ont tenté d'organiser des jeux avec les enfants, mais les petits eux-mêmes étaient inquiets, ils voulaient savoir où étaient partis leurs camarades et ne s'intéressaient ni aux devinettes ni aux chansons. C'est un après-midi d'atonie et de calme tendu. Il n'y a même pas de combustible pour la cheminée, et il fait plus froid que jamais. L'un des assistants arrive et dit que de nouveaux *kapos* ont été désignés pour remplacer les chefs de baraquement juifs du convoi de septembre.

Dita sort toutes les deux minutes pour voir ce qu'il se passe dans le camp BIIa, où se trouve la moitié de ceux qui jusque-là étaient leurs compagnons. Elle voit les gens déambuler dans la rue principale du camp de quarantaine, certains s'approchent jusqu'aux barbelés, mais il y a beaucoup de surveillance et les soldats les font s'éloigner immédiatement.

L'ambiance est tellement pesante que Dita n'a même pas jugé prudent de sortir les livres, restés convenablement cachés dans la chambre du chef de bloc, qui jusqu'à hier encore était la tanière de Hirsch et que Lichtenstern va désormais occuper. Le nouveau responsable du bloc 31 a troqué sa ration de nourriture pour une demi-douzaine de cigarettes. Il les a fumées les unes après les autres et continue de tourner en rond nerveusement dans tout le baraquement comme un félin en cage.

Ils sont tous très inquiets de ce qu'il va arriver aux gens du convoi de septembre. Par solidarité et humanité, bien sûr, mais aussi parce que leur sort peut leur donner un avant-goût de ce qui les attend eux-mêmes dans trois mois, lorsqu'ils arriveront au bout de leurs six mois dans le camp.

19

Dans le BIIa, Rudi ne peut plus attendre.

Il se lève énergiquement et regarde Alice sans rien dire. Il fait craquer les os de ses doigts et décide d'aller jusqu'au baraquement de Hirsch pour l'obliger à prendre une décision. Il n'acceptera aucune réponse qui ne serait pas un « oui ». La révolte doit éclater sans plus tarder.

Il sort très agité de son baraquement, mais à mesure qu'il traverse la rue principale du camp, bourrée de monde, il gagne en assurance et son pas se fait beaucoup plus décidé. Il est prêt à dissiper avec fermeté les doutes et les scrupules de Hirsch. Il marche d'un pas rapide en respirant profondément pour remplir ses poumons et affronter toutes les réserves que le meneur du camp familial pourrait lui présenter : il est prêt à les écraser toutes pourvu que le sifflet retentisse et que la révolution éclate. Pendant son attente, il a effectué un examen exhaustif de toutes les objections que Hirsch peut lui opposer et il a préparé une réponse sans appel pour chacune d'elles. Dans cette haute idée qu'il se fait de lui-même, il est convaincu d'avoir prévu toutes les éventualités et d'être capable de les affronter toutes.

Il est vrai que Rosenberg a des réponses à toutes les questions. Il n'en a oublié aucune et l'on ne peut en aucune façon contrer ses arguments. Mais ce à quoi il ne s'est pas préparé, c'est qu'il n'y ait aucune objection. Pas un seul instant il n'a envisagé la possibilité de se trouver face à la situation qu'il découvre en arrivant dans le baraquement où Hirsch dispose d'une petite chambre individuelle.

Remonté à bloc, le secrétaire entre résolument dans le baraquement, frappe à la porte du réduit et, ne recevant pas de réponse, décide d'ouvrir. Il voit Fredy étendu sur sa paillasse. Comme il s'avance pour le réveiller, il constate avec horreur qu'il respire très difficilement et qu'il a le visage gravement bleuté. Hirsch est à l'agonie.

Affolé, Rudi sort du baraquement à la recherche d'un médecin, sans cesser de crier comme un fou pour demander de l'aide. Il revient avec deux docteurs qui étaient déjà en train de ranger leurs rares instruments et qui s'apprêtaient à regagner le camp BIIb avant la tombée de la nuit, ainsi que le docteur Mengele le leur a indiqué. L'examen est bref. Les médecins le renouvellent par deux fois et murmurent entre eux d'un air sombre.

— C'est un cas très grave d'intoxication due à une surdose de calmants, nous ne pouvons rien faire pour lui.

Ils lèvent les yeux et signalent du regard un flacon vide de Luminal qui se trouve sur la table.

Alfred Hirsch est en train de mourir.

Rudi Rosenberg sent son cœur se retourner dans sa poitrine, il est sur le point de tomber dans les pommes. Il doit s'appuyer sur le mur en bois pour rester droit. Il regarde, sans doute pour la dernière fois, le grand athlète dans ses ultimes râles. Sur la poitrine de Hirsch, le sifflet métallique s'immobilise également. Horrifié, Rudi réalise que le grand homme n'a finalement pas supporté de conduire ses chers enfants à une mort certaine, qu'il n'a pas été capable de prendre une décision aussi tragique et a décidé de partir avant. Ils lui ont demandé de faire une chose qui était au-dessus de ses forces. Au-dessus des forces de n'importe qui.

Rosenberg, en proie à la nervosité, se dit qu'ils ont peut-être encore le temps de trouver un autre meneur, que Schmulewski découvrira une autre façon de faire éclater la révolte. Il se hâte de se mettre en marche. Mais lorsqu'il tente de sortir du camp pour aller à la rencontre du chef de la Résistance, les choses ont changé : il tombe sur une nuée de gardes SS. Le camp de quarantaine a été scellé. Personne ne peut entrer ni sortir sous aucun prétexte.

Le secrétaire va jusqu'à la clôture de séparation avec le camp BIIb pour demander à un membre de la Résistance, qui rôde en permanence de l'autre côté, de s'approcher. Il lui dit qu'il faut immédiatement faire parvenir à Schmulewski une information cruciale :

— Fredy Hirsch s'est suicidé. Fais-lui parvenir le message, pour l'amour du ciel !

L'autre lui dit que c'est impossible, qu'eux non plus ne peuvent pas sortir du camp familial, qu'ils viennent d'en être informés. Rudi rebrousse chemin et traverse péniblement la *lagerstrasse* du camp de quarantaine. Celle-ci s'est transformée en une fourmilière fébrile où déambulent les détenus et les gardes armés, tous sur des charbons ardents, comme ces oiseaux qui volettent de tous côtés avant que la tempête éclate.

Alice, Héléna et Véra viennent à sa rencontre. Il les informe rapidement de la situation : Fredy Hirsch ne pourra plus mener quoi que ce soit et Schmulewski est très loin. Trois camps de distance sont une séparation qui, en cet instant, est devenue un abîme.

— Mais la révolte peut commencer quand même, disent-elles. Toi, donne l'ordre et nous te suivrons.

Il tente de leur expliquer que les choses ne sont pas aussi simples, que ça ne marche pas comme ça, il n'est pas autorisé à prendre une décision d'une telle importance sans que Schmulewski ne l'ordonne. Elles n'ont pas du tout l'air de le comprendre. Rudi est épuisé, broyé comme ces os de hanche que les nazis réduisent en poussière.

— Je ne peux pas prendre cette décision, je ne suis personne…

Le fier Rosenberg a l'impression en cet instant d'être l'homme le plus insignifiant du monde. Il sent non seulement que tout s'effondre autour de lui, mais qu'il s'effondre lui aussi.

Dans le camp familial, la nouvelle se transmet de bouche à oreille. Tellement succincte que l'on dirait un télégramme funèbre. Les phrases les plus courtes sont les plus dévastatrices, celles qui n'admettent aucune réplique. La nouvelle traverse le camp. Elle le parcourt comme un rouleau compresseur, laissant derrière elle une traînée de désolation.

Fredy Hirsch est mort.

La rumeur prend de l'ampleur et l'on commence à entendre le mot « suicide ». On entend aussi le mot « Luminal », un somnifère dont l'ingestion en grandes quantités s'avère mortelle.

Une assistante hongroise appelée Roszi Krousz entre en courant dans le bloc, le visage décomposé. Elle a les yeux embrasés de terreur. Elle ne peut presque pas articuler les mots en tchèque, et son accent singulier n'a rien de drôle en cet instant, il ajoute plutôt une touche encore plus lugubre à la nouvelle : Fredy Hirsch est mort.

Elle ne dit rien de plus. Il n'y a rien à ajouter. Elle se laisse choir sur un tabouret et se met à sangloter.

Certains ne veulent pas la croire, d'autres ne savent pas quoi penser, mais d'autres assistants au visage livide se mettent à arriver et les sourires des enfants s'effacent, leurs chansons se taisent, leurs jeux s'éteignent. Dans leurs yeux, il y a davantage de peur que de tristesse. Un frisson parcourt des centaines d'épines dorsales. Ces six derniers mois, la mort n'avait pas réussi à entrer une seule fois dans le bloc 31. Ils avaient réussi ce miracle de garder tous les enfants en vie. Et maintenant, l'homme des miracles a succombé. Ils veulent tous savoir comment, pourquoi. Dans le fond, ce qu'ils voudraient demander, c'est ce qu'ils vont devenir sans Fredy Hirsch. Des coups de sifflet retentissent et des ordres secs sont criés en allemand pour que tout le monde se rende de toute urgence à son baraquement pour l'appel du soir.

Liesl attend Dita. Elle la serre dans ses bras. Tout le monde sait maintenant que Hirsch est mort.

La mère et la fille n'ont pas besoin de dire un mot, il leur suffit de coller quelques instants leurs joues et fermer les yeux très fort.

La nouvelle Blockältester du baraquement se hisse sur la cheminée horizontale qui traverse le sol et ordonne le silence avec une rage qui fait s'éteindre tous les murmures. Elle est juive, âgée d'à peine dix-huit ans, mais elle a le pouvoir à présent. C'est elle qui va distribuer les rations de pain et de soupe. Elle ne va plus avoir faim et elle ne sera plus obligée de porter ces sabots en bois qui sentent le pourri, parce qu'avec les morceaux de pain qu'elle subtilisera elle pourra s'acheter des bottes au marché noir. Alors elle ne se permettra aucune hésitation, et si le *camp kapo* ou les SS lui demandent de crier, elle criera. Et s'ils lui demandent de frapper les gens avec un bâton, elle les frappera. Mieux encore, elle criera et frappera avant qu'ils le lui demandent. Et deux fois plus fort, pour ne pas être en reste. Pour commencer, elle leur crie brutalement qu'il est interdit de sortir jusqu'à la sonnerie du réveil du lendemain matin. Quiconque quittera le baraquement recevra une balle.

Tout ce temps passé à souhaiter avoir une paillasse pour elle toute seule et, ce soir où elle l'a enfin, Dita ne peut pas dormir. La nuit est tombée sur Birkenau, les camps sont silencieux, et l'on entend seulement dehors le vent et le bourdonnement monotone des clôtures électriques. Dita s'agite nerveusement et se demande si cette grande gaillarde de Lida la regrette elle aussi. Tout ce temps passé à souhaiter dormir seule et maintenant elle ne sait pas ou ne peut pas. Elle saute finalement de son lit et va jusqu'à la paillasse de sa mère, qui dispose elle aussi maintenant d'une couche pour elle toute seule. Elle se blottit à côté d'elle, comme quand elle était petite et que, réveillée par un cauchemar, elle se glissait dans le lit de ses parents, là où rien de mauvais ne pouvait lui arriver.

Rudi essaie encore d'avoir accès au camp BIId pour informer Schmulewski. Pour ce faire, il prend l'excuse d'avoir à remettre là-bas des papiers importants, mais on lui refuse l'autorisation. Il insiste en disant qu'ils doivent transférer le corps de Hirsch, mais c'est à nouveau un refus. Il retourne aux barbelés pour parler avec son contact du BIIb, mais ce dernier n'est pas là, il n'y a plus personne à l'extérieur des baraquements, tout contact est impossible.

Il retourne dans son réduit et, au bout d'un moment, il ressort avec l'espoir que le garde de la porte aura changé et qu'il réussira cette fois à convaincre le sous-officier de le laisser entrer dans le BIId. Au même moment entre dans le camp une horde de *kapos* venus d'autres camps. Ils sont armés de bâtons, et ils se mettent à frapper et à crier aux gens l'ordre de se regrouper, de former en vitesse un peloton d'hommes et un peloton de femmes. Il y a des coups, des cris, des sifflements qui retentissent, des hurlements de douleur et de panique.

Alice court vers Rudi et s'agrippe à son bras. Un garde leur crie violemment de se séparer.

— *Männer hier und Frauen hier*[1] *!*

1. Les hommes ici et les femmes là ! (*N.d.T.*)

Les coups de matraque pleuvent à côté de lui et le sang éclabousse la boue. Alice est séparée de Rudi, sans cesser de le regarder, sans cesser de lui sourire tristement. On la pousse dans un groupe de prisonnières, et on les conduit à toute vitesse vers un camion arrêté à l'entrée du camp. D'autres véhicules arrivent, et il se forme une file de camions vrombissants.

Rudi reste paralysé un instant, puis la foule l'entraîne vers un groupe d'hommes qui s'agglutinent les uns aux autres pour se protéger des matraques. Tout à coup, il réalise qu'il est peu à peu absorbé par ce groupe de personnes que l'on va conduire de force vers les camions de la mort.

Il s'efforce de marcher à contre-courant, vers l'extérieur, avant que la foule ne l'entraîne et ne l'engloutisse. Les *kapos* avec leurs bâtons et les SS avec leurs mitraillettes vérifient que personne ne s'échappe : ils repoussent et frappent de leurs pieds ceux qui essaient. Rudi met une cigarette dans sa bouche, pour feindre un calme qu'il n'a pas, et il bouscule avec force d'autres prisonniers afin de se frayer un chemin jusqu'à un *kapo* qu'il connaît de vue et qui se trouve à la lisière du cercle. Avant qu'il ne brandisse sa matraque contre lui pour le faire retourner vers le centre du groupe, Rudi lui crie qu'il est le secrétaire du baraquement 14...

— Le chef de bloc m'a donné l'ordre de me présenter immédiatement.

Le *kapo* est un Allemand qui porte le symbole des prisonniers de droit commun. Il le regarde un instant au milieu du tourbillon. Il le reconnaît et arrête son bâton en l'air. Il fait signe au soldat à la mitraillette et ils le laissent sortir. Un homme qui s'agrippe à la veste de Rosenberg pour sortir avec lui reçoit un coup dans les côtes donné avec la bouche d'une mitraillette. Il l'entend supplier. Il ne se retourne pas. Il s'éloigne d'un pas rapide ; il essaie de feindre l'indifférence, mais ses jambes le soutiennent à peine.

Pendant qu'il marche vers son baraquement, il entend le bruit des cris, des ordres, des sanglots, des portières de camion qui se referment, des roues qui patinent dans la boue, des moteurs qui s'éloignent. Il pense à Alice. Il revoit ses yeux de biche lorsqu'elle l'a regardé pour la dernière fois et il secoue la tête, comme s'il voulait se débarrasser de ce souvenir pour que son poids ne le plombe pas. Il continue de marcher rapidement, et il arrive enfin à sa chambre et s'y enferme.

Les documents ne disent pas si Rudolf Rosenberg a pleuré.

Dita avait gardé les yeux grands ouverts sur sa paillasse ; aucune femme ne dormait. Il régnait un silence tellement dense que l'on avait d'abord entendu le bruit des freins qui grinçaient à n'en plus finir sur la terre humide et celui des camions qui s'arrêtaient sur le chemin sans éteindre leur moteur. Des camions et encorc dcs camions.

Après, la nuit s'emballe. Dans lc camp voisin jaillissent des cris, des coups de sifflet, des sanglots, des suppliques, des appels à un dieu absent. Un grondement s'élève au milieu du vacarme, le bruit reconnaissable entre mille de la marée humaine. Et, tout à coup, on entend de nouveau le claquement des portières de camion qui se referment et, aussitôt après, le grincement des verrous métalliques.

Les cris de panique généralisée ont cédé la place à une rumeur de sanglots, de gémissements plaintifs, une rumeur de centaines de voix qui s'entremêlent en une nuée confuse de hurlements.

Dans le camp familial, personne ne dort. On ne parle pas et on ne bouge pas non plus. Dans le baraquement de Dita, quand une femme, en proie à la nervosité, demande à haute voix ce qu'il est en train de se passer, ce qu'il va leur arriver, les autres la font rapidement taire d'un « chuuuut » irrité, exigeant un silence absolu. Elles doivent continuer d'écouter pour savoir exactement ce qu'il se passe, ou peut-être que ce qu'elles veulent, c'est le plus grand silence possible afin que les SS ne les entendent pas, ne fassent pas attention à elles et les laissent vivre dans leurs misérables paillasses putréfiées. Au moins, un peu plus longtemps.

Les claquements métalliques de fermeture des camions se succèdent et le murmure des voix diminue. Le changement de régime des moteurs indique que les premiers véhicules chargés de personnes se mettent en marche. Et alors Dita, sa mère et les autres femmes du baraquement croient entendre une musique. Une hallucination produite par l'angoisse, peut-être. Mais peu à peu le volume augmente. Est-ce que ce sont des voix qui chantent ? Le chœur étouffe bientôt le bruit rauque des camions. Une femme le dit à haute voix avec perplexité et les autres le répètent, comme si elles avaient tellement de mal à y croire qu'il leur fallait le raconter aux autres ou à elles-mêmes : ils sont en train de chanter. Les prisonniers et prisonnières qui sont emmenés dans les camions et qui savent qu'ils vont mourir sont en train de chanter.

Elles reconnaissent l'hymne tchèque, le *Kde domov můj ?* Un autre camion, en passant, apporte les notes de la chanson juive *Hatikvah,* et dans un autre on entend *L'Internationale.* Cette musique a inévitablement quelque chose de brisé, comme une fugue, qui décroît à mesure que les camions s'éloignent, et les voix s'amenuisent jusqu'à se perdre. Cette nuit-là, des milliers de voix s'éteignent pour toujours.

Dans la nuit du 8 mars 1944, 3 792 prisonniers en provenance du camp familial BIIb furent gazés puis incinérés dans le crématoire III d'Auschwitz-Birkenau.

20

Au matin, elle n'a pas besoin d'attendre les beuglements de la *kapo* pour se lever car elle n'a même pas réussi à s'endormir. Sa mère l'embrasse et Dita saute du châlit pour aller faire l'appel au bloc 31, comme tous les jours. Pourtant ce n'est pas un jour comme les autres. La moitié des personnes qui étaient à leurs côtés sont parties et ne reviendront plus.

Malgré le risque d'attirer l'attention d'une *kapo* ou d'un garde, elle dévie de la *lagerstrasse* et se dirige vers l'arrière des baraquements afin de se rapprocher de la clôture et regarder le camp de quarantaine, dans le maigre espoir de trouver quelqu'un en vie. Mais rien de vivant ne bouge entre les baraquements du BIIa. C'est tout juste si s'agite un vague lambeau de tissu de quelque habit abandonné sur le sol.

Du vacarme de la nuit précédente, il ne reste rien. Seulement un silence impénétrable. Le camp est désert. Il y règne un calme de cimetière. Dans la boue, on peut voir des chapeaux piétinés, un manteau oublié, des écuelles vides. Au milieu d'autres objets, la tête de l'une de ces poupées d'argile que les fillettes fabriquaient dans le bloc 31 apparaît, cassée, et Dita aperçoit dans la glèbe quelque chose de blanc, un papier froissé. Elle ferme les yeux pour ne plus regarder car elle se rend compte que c'est l'une des cocottes en papier que faisait le professeur Morgenstern. Elle est piétinée. Écrabouillée dans la fange.

Elle a l'impression d'être dans le même état.

Lichtenstern a été chargé de faire l'appel du matin en présence d'un SS à la mine imperturbable, et ils se sont tous un peu détendus quand celui-ci est sorti du baraquement. Pendant tout ce temps, les enfants n'ont cessé de regarder d'un côté puis de l'autre à la recherche des absents. Eux que la routine de l'appel enquiquinait tellement, ce matin, sa brièveté les a mortifiés.

Dita sort à nouveau pour échapper à cette sensation d'oppression qu'elle ressent dans le baraquement. Mais, bien que le jour soit levé depuis un moment, quelque chose trouble l'air, une pluie sèche apportée par la brise, qui salit tout. De la cendre. Une chute de neige noire comme ils n'en avaient jamais vu avant.

Ceux qui travaillent dans les fossés regardent le ciel. Ceux qui charrient des pierres les laissent sur le sol et s'arrêtent. Malgré les cris des *kapos*, les gens des ateliers abandonnent leur travail et sortent pour regarder, et c'est peut-être leur premier acte de révolte : regarder ce ciel noir, indifférents aux ordres et aux menaces.

On dirait que la nuit est tout à coup revenue.

— Mon Dieu ! Qu'est-ce que c'est ? s'exclame quelqu'un.

— Une malédiction de Dieu ! crie quelqu'un d'autre.

Dita lève la tête vers le ciel, et son visage, ses mains, sa robe se tachent de minuscules flocons grisâtres qui se défont entre ses doigts. Les gens du bloc 31 sortent pour voir ce qu'il se passe.

— C'est quoi ? demande une fillette effrayée.

— N'ayez pas peur, leur dit Miriam Edelstein. Ce sont nos amis du convoi de septembre. Ils reviennent.

Enfants et professeurs se rassemblent en silence. Beaucoup prient à voix basse. Dita fait une urne avec ses mains pour recueillir un peu de cette pluie d'âmes et elle ne peut retenir ses larmes, qui dessinent des sillons blanchâtres sur son visage sali de suie. Miriam Edelstein serre son fils Ariah dans ses bras, et Dita se joint à eux.

— Ils sont revenus, Dita. Ils sont revenus.

Jamais plus ils ne quitteront Auschwitz.

Certains professeurs se sont arrêtés et ont dit qu'ils n'allaient pas faire cours. Pour les uns, c'est une forme de protestation ; d'autres s'en voient tout bonnement incapables, sans force ni volonté pour aller de l'avant. Lichtenstern essaie de leur remonter le moral, mais il n'a pas le charisme ni la confiance en soi de Fredy Hirsch. Il ne peut pas non plus dissimuler qu'il est effondré.

Une professeure demande ce qu'il est arrivé à Hirsch. Un petit nombre de personnes s'attroupent, la tête basse, comme à des funérailles. Quelqu'un dit qu'on lui a raconté qu'il avait été embarqué sur un brancard dans l'un des camions, agonisant, ou déjà mort.

— Je crois qu'il s'est tué par fierté. Il était trop fier pour se laisser assassiner par les nazis. Il n'allait pas leur laisser ce plaisir.

— Et moi, je crois que quand il a vu que ses compatriotes allemands l'avaient dupé et trahi, il n'a pas pu le supporter.

— Ce qu'il n'a pas dû supporter, c'est la souffrance des enfants.

Dita écoute et quelque chose s'agite en elle, comme si elle pressentait qu'il y a dans la fin de Hirsch un élément qui échappe aux interprétations classiques. Elle se sent non seulement dévastée, mais aussi désorientée : que va devenir cette école, maintenant que Hirsch n'est plus là pour tout arranger ? Elle s'est assise sur un tabouret le plus loin possible des autres, mais la silhouette maigre et dégingandée de Lichtenstern s'avance vers elle. Il a les nerfs à fleur de peau. Il donnerait dix ans de sa vie pour fumer une cigarette.

— Les enfants ont peur, Edita. Regarde-les, ils ne bougent pas, ils ne parlent pas.

— Nous sommes tous mal en point, monsieur Lichtenstern.

— Il faut faire quelque chose.

— Faire ? Et qu'est-ce que nous pouvons faire ?

— La seule chose que nous puissions faire, c'est aller de l'avant. Il faut que les enfants réagissent. Lis-leur quelque chose.

Dita regarde autour d'elle et s'aperçoit que les enfants se sont assis à même le sol, formant des groupes silencieux, se rongeant les ongles, regardant le plafond. Ils n'ont jamais été aussi abattus, ni aussi taciturnes. Dita est sans force et elle a un goût amer dans la bouche. Ce qu'elle désire le plus en cet instant, c'est rester assise sur ce tabouret, sans bouger, sans parler, et qu'on ne lui parle pas non plus. Ne plus jamais se lever.

— Et qu'est-ce que je vais leur lire ?

Lichtenstern ouvre la bouche, mais il ne trouve pas les mots, alors il la referme et baisse les yeux, un peu honteux. Il avoue qu'il ne connaît rien aux livres. Et ils ne peuvent pas demander à Miriam Edelstein. Elle est très affectée ; elle s'est assise dans le fond, le visage caché dans les mains, et elle ne veut parler à personne.

— Tu es la bibliothécaire du bloc 31, lui rappelle rudement Lichtenstern.

Dita acquiesce. Elle doit assumer sa responsabilité. Pas besoin de la lui rappeler.

Elle se rend dans la chambre du Blockältester et elle se dit qu'elle aimerait bien pouvoir demander à monsieur Utitz, le bibliothécaire de Terezín, quel serait le livre le plus approprié à lire à des enfants en ces circonstances tragiques. Elle dispose d'un roman sérieux, également de livres de mathématiques et de connaissances du monde. Mais, avant même de soulever la pile de vieux chiffons qui dissimule la trappe de la cachette secrète, elle a déjà décidé.

Elle prend le plus démantibulé de tous les livres, à peine une liasse de pages décousues. C'est peut-être le moins indiqué de tous, le moins pédagogique, le plus irrévérencieux, il y a même des professeurs qui désapprouvent sa lecture qu'ils considèrent comme vulgaire, indécente et de mauvais goût. Mais ceux qui croient que les fleurs poussent dans les vases ne connaissent rien à la littérature. La bibliothèque est maintenant son armoire à pharmacie, et elle va donner aux enfants un peu de ce sirop qui lui a permis de retrouver le sourire quand elle croyait l'avoir perdu pour toujours.

Lichtenstern fait signe à un assistant de surveiller la porte, et Dita se perche sur un tabouret au centre du baraquement. Un enfant la regarde avec une curiosité désabusée, mais la plupart continuent de fixer la pointe de leurs sabots. Elle ouvre le livre, recherche une page et se met à lire. Il se peut qu'ils l'entendent, mais personne ne l'écoute. Les enfants restent apathiques, beaucoup sont affalés par terre, comme s'ils somnolaient. Les professeurs continuent de chuchoter et de ruminer ce qu'ils savent sur la mort des gens de septembre. Même Lichtenstern s'est assis sur un tabouret et a fermé les yeux pour disparaître d'ici.

Dita lit pour personne.

Elle égrène une scène dans laquelle les soldats tchèques, qui sont sous les ordres du haut commandement autrichien, voyagent en train vers le front et c'est alors que Švejk et ses opinions extravagantes réussissent à exaspérer un lieutenant arrogant nommé Dub, qui inspecte les soldats lorsqu'ils arrivent à destination. À mesure qu'il passe, on entend sa rengaine habituelle : « Vous me connaissez ? Eh bien, je vous dis que vous ne me connaissez pas vraiment ! Le jour où vous me connaîtrez, bande d'abrutis, je vous ferai pleurer ! » Le lieutenant leur demande s'ils ont des frères, et quand ils lui répondent par l'affirmative, il leur crie que ces derniers doivent être aussi stupides qu'eux.

Les enfants restent dans leur coin, le visage maussade. Certains ont arrêté de se ronger les ongles et quelques-uns ont même cessé de regarder le plafond pour observer Dita, qui continue de hisser des mots dans l'air. Un professeur, sans abandonner tout à fait la conversation, a également un peu tourné la tête vers elle. Ils ne comprennent pas ce qu'elle fabrique perchée là-dessus. Dita continue de lire jusqu'au moment où l'abominable lieutenant se retrouve en face de Švejk, qui critique une affiche de propagande sur laquelle on voit un soldat autrichien pourfendant un Cosaque contre un mur.

— Quelque chose ne vous plaît pas dans cette affiche ? lui demanda rudement le lieutenant Dub.

— Mon lieutenant, ce qui ne me plaît pas, c'est la désinvolture avec laquelle ce soldat manie son arme réglementaire : sa baïonnette pourrait se casser en s'écrasant contre le mur. En plus, ce qu'il fait est plutôt inutile, car le Russe a les mains en l'air, donc il s'est déjà rendu. Par conséquent c'est un prisonnier, et il faut se comporter correctement avec les prisonniers car ce sont des personnes comme les autres.

— Êtes-vous en train d'insinuer que cet ennemi russe vous fait pitié ? lui demanda malicieusement le lieutenant.

— Moi, ce sont les deux qui me font pitié, mon lieutenant. Le Russe parce qu'il s'est fait embrocher, et le soldat parce qu'ils vont le mettre au trou pour avoir fait ça. Sûrement qu'il a cassé sa baïonnette, mon lieutenant, car le mur est en pierre et l'acier est plus fragile. Avant la guerre, quand je faisais mon service militaire, nous avions un sous-lieutenant. Même un vieux soldat n'arrivait pas à dire autant de grossièretés que lui. Sur le terrain d'entraînement, il nous criait : « Quand je vous dis garde-à-vous, vos yeux doivent rester aussi immobiles que ceux d'un chat en train de faire ses besoins. » Mais à part ça, c'était une personne pleine de bon sens. Un jour, pour Noël, il est devenu fou et il a acheté une charrette de noix de coco pour la compagnie. Depuis ce jour, je sais que les baïonnettes sont fragiles : on a cassé la moitié de celles de la compagnie en essayant d'ouvrir les noix de coco, l'une après l'autre, et le sous-lieutenant nous a mis au trou pendant trois jours.

Plusieurs enfants la regardent maintenant attentivement et d'autres, qui se tenaient plus loin, se sont rapprochés pour mieux entendre. Des professeurs continuent de parler, mais les autres les font taire. Dita lit avec une douce obstination. La musique de la narration et les idées saugrenues de Švejk ont éteint les murmures.

— Notre sous-lieutenant a été arrêté aussi, et je l'ai vraiment regretté car c'était quelqu'un de bien, mis à part son obsession pour les noix de coco...

Le lieutenant Dub scruta d'un air mauvais le visage candide du brave soldat Švejk et lui demanda rageusement :

— Vous me connaissez ?

— Oui, mon lieutenant, je vous connais.

Les yeux du lieutenant Dub faillirent lui sortir des orbites, il se mit à taper du pied et à beugler :

— Non, vous ne me connaissez pas encore !

Et Švejk lui répondit de sa voix douce et posée :

— Si, mon lieutenant, je vous connais. Vous appartenez à notre bataillon.

— Je vous dis que vous ne me connaissez pas encore ! cria de nouveau le lieutenant hors de lui. Vous connaissez peut-être mon bon côté, mais quand vous connaîtrez le mauvais, vous tremblerez de peur : je suis dur et je fais pleurer les gens. Alors vous me connaissez, oui ou non ?

— Bien sûr que je vous connais, mon lieutenant.

— Je vous dis pour la dernière fois que vous ne me connaissez pas, bougre d'âne ! Avez-vous des frères ?

— À vos ordres, mon lieutenant. J'en ai un.

Voyant la mine candide et l'expression de bonté de Švejk, le lieutenant s'énerva et cria encore plus fort :

— Alors votre frère doit être un animal comme vous, sûrement qu'il est complètement idiot !

— Oui, mon lieutenant. Complètement idiot.

— Et que fait votre abruti de frère dans la vie ?

— Il était professeur et, quand il est entré dans l'armée à cause de la guerre, ils l'ont nommé lieutenant.

Le lieutenant Dub pourfendit du regard Švejk, qui l'observait d'un air débonnaire. Puis, rouge de colère, il lui cria de se retirer.

Certains enfants rient. Au fond du baraquement, Miriam Edelstein sort la tête d'entre ses mains. Dita continue de raconter les aventures et les péripéties de ce soldat qui, en jouant les imbéciles, ridiculise la guerre, toutes les guerres. La professeure a levé les yeux et regarde sa bibliothécaire. Avec ses histoires, ce petit livre a réussi à rassembler autour de lui la tribu entière.

Quand elle referme le livre, les enfants se lèvent et recommencent à s'agiter et à galoper dans le baraquement. La vie s'est reconnectée au courant après une panne, et Dita caresse le vieux livre reprisé et se sent heureuse, car elle sait que Fredy serait fier d'elle. Elle a tenu la promesse qu'elle lui avait faite : toujours aller de l'avant, ne pas baisser les bras. Cependant, un voile de tristesse se pose sur elle. Pourquoi, lui, les a-t-il baissés ?

21

Mengele franchit la porte d'entrée du camp familial et les walkyries de Wagner y entrent avec lui. Ainsi qu'une rafale d'air froid. Il observe avec attention tout ce qui bouge à la ronde. Ses yeux semblent équipés de rayons X. On a l'impression qu'il cherche quelque chose ou quelqu'un, mais Dita se trouve dans le bloc 31. Elle y est à l'abri... Du moins, pour le moment.

On raconte que l'une des prouesses les plus saluées par le commandant historique d'Auschwitz, Rudolf Höss, est la façon dont le médecin-capitaine enraya, à la fin de l'année 1943, une grave épidémie de typhus qui touchait déjà plus de sept mille femmes à Birkenau. Les baraquements infestés de poux rendaient la propagation incontrôlable. Mais Mengele trouva la solution. Il envoya à la chambre à gaz un baraquement complet de six cents femmes, puis il fit désinfecter le bloc de fond en comble. Des baignoires et un équipement de désinfection furent placés à l'extérieur, et l'on fit passer par celui-ci les femmes du baraquement suivant avant de les installer dans le baraquement propre. Après quoi, le baraquement qu'elles occupaient fut désinfecté à son tour, puis l'on procéda en chaîne de la même façon pour toutes les autres femmes. Ainsi Mengele réussit-il à stopper l'épidémie.

Les hauts dirigeants avaient félicité le docteur, ils voulaient même lui décerner une médaille pour son action, à laquelle il avait pris une part tellement active qu'il avait lui-même contracté le typhus. Ce critère régissait tous ses agissements : les résultats globaux ou le progrès scientifique constituaient l'essentiel, les vies humaines perdues en cours de route n'avaient aucune importance.

Un SS-Oberscharführer lui amène ses fratries de jumeaux. Les enfants s'approchent avec une certaine timidité et le saluent en chœur en disant bonjour à l'oncle Pepi. Mengele leur sourit, il décoiffe les cheveux de la petite Irene, et ils se mettent en marche tous ensemble pour ses dépendances du camp F, que les gardes SS eux-mêmes, quand Mengele n'est pas présent, surnomment le zoo.

Plusieurs pathologistes y travaillent sous les ordres de Mengele. Les enfants y bénéficient de bons repas, de draps propres, et même de jouets et de friandises à leur disposition. Chaque fois que les enfants pénètrent dans cet endroit, tenus par la main du médecin, le cœur de leurs parents s'arrête jusqu'à ce qu'ils en ressortent. Pour le moment, ils en sont toujours revenus contents, avec une viennoiserie en prime dans la poche, et ils racontent qu'on leur a mesuré toutes les parties du corps, qu'on leur a fait des analyses de sang et une fois une injection, mais que le docteur les récompense ensuite en leur donnant des pains au chocolat.

D'autres n'ont pas eu cette chance. À cette époque, Mengele passa du temps à étudier les effets des maladies sur des jumeaux ; il inocula le typhus à plusieurs fratries de jumeaux du camp tsigane pour observer leurs réactions, puis il les exécuta afin d'examiner à l'autopsie l'évolution de l'organisme de chacun des frères.

Mais Mengele caresse la tête de ses petits jumeaux, il leur sourit même affectueusement en leur disant au revoir.

— Et n'oubliez pas votre oncle Pepi ! leur lance-t-il.

Car lui n'a pas l'intention de les oublier.

L'oubli n'est pas une affaire de choix. Les jours passent dans la routine funèbre d'Auschwitz, mais Dita n'arrive pas à oublier. En réalité, elle ne le veut pas. Fredy Hirsch a brutalement refermé le robinet de sa vie. Mais il tombe sur sa tête le goutte-à-goutte d'une question qui perfore son cerveau : pourquoi ? Elle continue de distribuer les livres à chaque changement de cours, accomplissant son devoir de bibliothécaire, mais elle reste repliée sur elle-même. Elle constate avec joie que la vie du bloc 31 suit son cours, malgré tout. Cependant, peut-être parce qu'ils sont moins nombreux à présent, tout lui semble plus petit depuis que Hirsch n'est plus là, plus ordinaire.

Aujourd'hui, son aide est un jeune homme très agréable, et même très beau, au visage moucheté de taches de couleur cannelle. À un autre moment, elle aurait peut-être essayé de se montrer plus aimable avec lui ; les beaux garçons ne sont pas légion. Mais c'est à peine si elle a répondu quand il a tenté d'engager la conversation. Elle est ailleurs.

Elle continue de mouliner dans sa tête la question de savoir pourquoi Hirsch s'est suicidé.

Cela ne lui ressemble pas.

Avec tout ce qu'il avait déjà enduré et le sens de la discipline qui était le sien – sa façon d'être unissait l'esprit juif et le tempérament allemand –, fuir ses responsabilités semble un acte anormal. Dita secoue la tête d'un côté puis de l'autre, et sa chevelure se balance en disant que non, il manque une pièce à ce puzzle. Il lui avait dit lui-même qu'ils étaient des soldats, qu'ils devaient lutter jusqu'au bout. Comment est-il possible qu'il ait abandonné son poste ? Non, ce n'était pas la logique de Fredy Hirsch. C'était un soldat, il avait une mission. C'est vrai que lorsqu'elle l'a vu au cours de ce dernier après-midi, il était plus mélancolique que jamais, peut-être plus fragile. Sans doute savait-il que ce transfert avait toutes les probabilités de mal tourner. Mais elle ne comprend pas pourquoi il s'est suicidé. Et elle ne supporte pas de ne pas comprendre quelque chose. Elle est têtue, sa mère le lui dit. Et c'est vrai : elle est de celles qui n'abandonnent jamais un puzzle sans le finir.

Cet après-midi, une fois son travail au bloc 31 terminé, elle regagne donc son baraquement. Elle profite de ce que sa mère est seule avec madame Turnovská pour aborder cette dernière.

— Excusez-moi, l'interrompt-elle, il y a une chose que j'aimerais vous demander.

— Edita, lui reproche sa mère. Pourquoi faut-il que tu sois toujours aussi abrupte ?

Madame Turnovská sourit, elle aime bien que les jeunes filles viennent la consulter.

— Laisse-la donc. Parler avec la jeunesse me rajeunit, chère Liesl ! dit-elle en lâchant un petit éclat de rire.

— C'est à propos de Fredy Hirsch. Vous voyez de qui je parle, n'est-ce pas ?

Son interlocutrice acquiesce avec suffisance, le doute est offensant.

— J'aimerais savoir ce qu'on dit sur sa mort.

— Il s'est empoisonné avec ces épouvantables comprimés. On prétend que les comprimés guérissent tout, mais je m'en méfie. Quand mon docteur me prescrit des pilules contre le rhume, je ne les prends jamais. J'ai toujours préféré les inhalations de feuilles d'eucalyptus.

— Vous avez bien raison, je faisais la même chose. Avez-vous essayé de faire bouillir de la menthe ? demande madame Adlerova.

— Ma foi, non. Mais mélangée à l'eucalyptus ou bien toute seule ?

Dita soupire.

— Je sais pour les comprimés, mais je veux savoir pourquoi il a fait ça ! Les gens en disent quoi, madame Turnovská ?

— Ah, ma chère enfant, les gens disent tellement de choses ! La mort de cet homme a beaucoup fait jaser.

— Edita a toujours dit que c'était quelqu'un de bien.

— Oh, sans aucun doute. Mais être quelqu'un de bien ne fait pas tout dans la vie. Mon pauvre mari, qu'il repose en paix, était quelqu'un de très bien, mais tellement timide qu'il n'y avait pas moyen de faire marcher notre petit commerce de fruits et légumes. Tous les agriculteurs nous refourguaient les fruits périmés qu'on ne leur acceptait pas ailleurs.

— Bon, les interrompt Dita, à deux doigts d'exploser. Mais les gens disent quoi à propos de Hirsch ?

— J'ai entendu de tout, mon enfant. Les uns disent que c'est la peur de l'asphyxie par le gaz. Les autres disent qu'il était accro à la prise de comprimés et qu'il a eu la main lourde. Quelqu'un a fait remarquer que c'est la tristesse de voir qu'on allait tuer les enfants. Une femme m'a expliqué, comme si c'était un secret, qu'on lui avait jeté un sort, qu'il y avait des nazis qui pratiquaient la magie noire.

— Je crois savoir de qui vous parlez...

— J'ai aussi entendu quelque chose de beau... Quelqu'un a dit que c'était un acte de rébellion, qu'il s'était tué pour que les nazis ne puissent pas le faire.

— Et qui vous semble avoir raison ?

— Quand tu les écoutes, je t'assure que chacun, pris séparément, semble avoir raison.

Dita acquiesce et prend congé des deux femmes. Parvenir à déchiffrer la vérité à Auschwitz équivaut à capturer des flocons avec le filet à papillons du professeur Morgenstern. La vérité est la première victime de la guerre. Mais Dita s'est mis en tête de la découvrir, tout enlisée dans la boue qu'clle soit.

C'est pour cette raison que le soir même, alors que sa mère est déjà montée dans son châlit, elle se faufile jusqu'à la paillasse de Radio Birkenau.

— Madame Turnovská...

— Je t'écoute, Edita.

— Je voudrais vous demander quelque chose. Vous devez certainement le savoir.

— C'est bien possible, répond-elle avec une certaine vanité. Tu peux me demander ce que tu veux, je n'ai pas de secrets pour toi.

— Indiquez-moi une personne de la Résistance avec qui je pourrais entrer en contact.

— Mais, ma petite…

Elle regrette à présent de lui avoir dit qu'elle n'avait pas de secrets pour elle.

— Ces choses-là ne regardent pas les jeunes filles, c'est très dangereux. Ta mère ne m'adresserait plus la parole si je te conduisais jusqu'à la Résistance.

— Je ne veux pas m'enrôler. Même si, maintenant que vous le dites, ce ne serait peut-être pas une mauvaise idée. Mais sans doute qu'ils ne voudraient pas de moi à cause de mon âge. Je veux juste interroger l'un d'eux à propos de Fredy Hirsch. Ils sont certainement les mieux placés pour savoir ce qu'il s'est passé.

— Tu sais sans doute que le dernier à l'avoir vu, c'est ce secrétaire du camp de quarantaine appelé Rosenberg…

— Je sais, mais c'est très difficile d'arriver jusqu'à lui. Si seulement je pouvais parler avec quelqu'un d'ici… S'il vous plaît.

Madame Turnovská bougonne un peu.

— D'accord, mais ne dis pas que c'est moi qui t'envoie. Il y a un homme de Prague appelé Change. Il travaille à l'atelier numéro trois et il est facile à repérer parce qu'il a la tête aussi lisse qu'une boule de billard et un nez énorme comme une aubergine. Mais moi, je ne sais rien.

— Merci, je vous en dois une.

— Tu ne me dois rien, mon enfant. Tu ne dois rien à personne. Ici, nous avons déjà tous largement payé nos dettes.

Dita laisse s'écouler la journée au bloc 31.

Encore une journée aux leçons moins bruyantes qu'avant, avec toujours cette même faim au ventre et la peur que ce jour ne soit le dernier. Quand l'école sera finie pour aujourd'hui, elle ira voir une nouvelle fois si elle arrive à trouver ce fameux Change.

C'est l'un de ces après-midis où Dita aide Miriam Edelstein à donner à un groupe de fillettes de sept ans un cours d'orthographe improvisé qui ressemble davantage à une leçon de travaux manuels. Il pleut dehors, et il n'y a pas de jeux en plein air ni de sports. Les garçons sont en colère car ils n'ont pas pu jouer au mouchoir ou à la marelle, et Dita est contrariée parce qu'il pleut depuis des jours et que les gens se réfugient tout de suite dans leurs baraquements. À cause de cela, elle n'a pas encore pu mettre la main sur l'homme chauve.

Miriam Edelstein dissimule son angoisse devant les enfants, mais la mort de Hirsch l'a plongée dans une profonde solitude. Par ailleurs, elle n'a plus eu aucune nouvelle de son mari, Yakub, dcpuis la visitc d'Eichmann au camp familial, lorsquc cc dcrnicr l'avait informéc qu'il avait été transféré en Allemagne et qu'il allait parfaitement bien. Il lui a menti. Un fois encore, la vérité est autre : il est toujours détenu dans la prison tragique d'Auschwitz I, à trois kilomètres seulement de Birkenau. Dans cette prison, il y a des cellules qui sont des armoires en béton où les prisonniers ne peuvent même pas s'asseoir et doivent dormir debout ; leurs jambes fondent. Les tortures sont méthodiques : décharges électriques, coups de fouet, seringues hypodermiques. Une de celles qui amusent le plus les matons consiste à simuler les exécutions. Ils sortent les prisonniers dans la cour, ils leur bandent les yeux, ils arment leurs pistolets et, quand les détenus tremblent ou que certains se font dessus, le déclic métallique du pistolet sans munition retentit puis ils les ramènent à l'intérieur. En réalité, les exécutions sont tellement fréquentes que le mur n'est même plus nettoyé ; une ligne rougeâtre mouchetée de cheveux et de matière cérébrale ondule sur la paroi et indique la taille moyenne de ceux qui sont morts.

Dita aide les fillettes à aiguiser la pointe de leurs cuillères contre une pierre. Celles dont la cuillère est prête vont avec elle pour tailler en pointe de petits morceaux de bois. Certains bouts de bois présentent des nœuds et résistent ; d'autres, au contraire, ont la pointe qui se casse et il faut recommencer. Au bout d'une heure interminable, elles obtiennent des bâtonnets pointus. Alors, avec le plus grand soin, Miriam fait brûler des copeaux dans une casserole, et elles carbonisent les pointes des bâtonnets dans ce feu. Chaque bout de bois devient un crayon grossier avec lequel il est possible d'écrire trois ou quatre mots. Le papier aussi est un bien rare que le chef de bloc Lichtenstern obtient au compte-gouttes en disant aux nazis qu'il doit élaborer des listes.

Miriam leur dicte quelques mots afin qu'elles les écrivent, et les fillettes s'y emploient soigneusement. Dita se met sur le côté pour les regarder travailler à genoux, le tabouret en guise de table d'appui, et elle les voit s'appliquer à leur calligraphie, bien que tout soit tellement rudimentaire. La bibliothécaire prend l'un des bâtonnets qui tiennent lieu de crayons et un bout de papier. Cela fait tellement longtemps qu'elle ne dessine plus que sa main vole sur la feuille, mais la suie s'épuise tout de suite. Miriam Edelstein se penche dans son dos pour regarder. Elle voit des traits verticaux et un cercle, le maigre charbon n'a pas permis beaucoup plus, mais Miriam écarquille les yeux malgré tout.

— L'horloge astronomique de Prague… dit-elle avec mélancolie.

— Vous l'avez reconnue…

— Je la reconnaîtrais même au fond de l'océan. Pour moi, elle représente la Prague des horlogers et des artisans.

— La vie normale…

— La vie, oui.

Dita sent la main de la directrice adjointe s'introduire dans le haut de sa chaussette en laine, comme si elle y cachait quelque chose, puis elles continuent de corriger les fillettes comme si de rien n'était. En touchant sa jambe, elle sent une petite protubérance. C'est un vrai crayon, avec sa mine en graphite noire. Le plus beau cadeau qu'on lui ait fait depuis des années. C'est pour ce genre de choses que tout le monde appelle Miriam Edelstein tante Miriam.

Dita est très occupée tout le reste de l'après-midi. L'horloge astronomique de Prague, avec son squelette, son coq, ses sphères zodiacales, ses patriarches, ses gargouilles allongées. Plusieurs enfants l'ont découverte en train de dessiner et se sont approchés pour regarder. Certains ne sont pas de Prague et d'autres qui sont nés là-bas ne se souviennent même plus de la ville. Dita leur explique patiemment qu'un squelette agite une clochette à chaque heure pile et que des statuettes se mettent à défiler en sortant par une porte et en rentrant par une autre.

À la fin, elle replie soigneusement son dessin et s'avance vers Ariah, le fils de Miriam Edelstein, qui tient d'autres garçons par la main dans le jeu du télégraphe. Elle glisse la feuille dans sa poche en lui disant que c'est un cadeau pour sa mère.

Comme elle a besoin de s'occuper à quelque chose pour ne pas rester sans rien faire, elle a encore le temps de recoller soigneusement l'essai de Freud, qui a été emprunté dans l'après-midi et qui est revenu avec le dos un peu arraché. Elle passe et repasse aussi la main sur ses pages, lissant, recoiffant chacune d'elles après le tumulte de la journée.

Le caporal-chef SS, Viktor Pestek, est heureux lui aussi de pouvoir coiffer et décoiffer les boucles de Renée Naumann.

Elle le laisse faire. Elle ne lui permet pas de l'embrasser, ni aucun autre contact physique. Mais quand Viktor l'a suppliée de le laisser caresser ses cheveux, elle n'a pas pu, pas su ou peut-être pas voulu refuser.

C'est un nazi, un oppresseur, un criminel... mais il la traite avec un respect qu'elle rencontre rarement dans le camp chez ses propres codétenues. La nuit, Renée doit dormir en gardant son écuelle sous son bras ou attachée à son pied à l'aide d'une ficelle car les vols sont fréquents. Il y a des femmes qui font commerce de leur corps, il y a des délateurs. Il y a aussi des gens très droits, très sérieux et très religieux, qui l'insultent et la traitent de salope parce qu'elle a rapporté à sa mère un morceau de fruit qu'un SS lui avait offert.

En comparaison, ce moment qu'elle passe avec lui est un temps de tranquillité. Viktor lui a raconté, car c'est surtout lui qui parle et elle qui écoute, qu'avant la guerre il travaillait dans une ferme. Elle l'imagine chargeant des bottes de paille. Si cette maudite guerre n'avait pas éclaté, il serait probablement devenu un jeune homme honnête, simple et travailleur comme n'importe quel autre. Qui sait, peut-être même aurait-elle pu tomber amoureuse de lui.

Cet après-midi, Viktor arrive plus fébrile que d'habitude. Chaque fois qu'ils se voient, il lui apporte un cadeau. Il a tiré la leçon du premier jour : aujourd'hui, c'est une saucisse cuite enveloppée dans du papier. Mais le cadeau qu'il veut lui offrir est autre.

— Un plan, Renée.

Elle le regarde.

— J'ai un plan pour nous en aller d'ici, nous marier et commencer une nouvelle vie ensemble.

Elle garde le silence.

— J'ai pensé à tout. Nous sortirons par la porte, sans éveiller les soupçons.

— Tu es fou...

— Non, non. Tu porteras un uniforme SS. Ce sera à la nuit tombée. Je donnerai le mot de passe et nous sortirons tranquillement. Tu ne dois pas parler, bien sûr. Nous prendrons le train et nous irons jusqu'à Prague. J'ai un contact dans cette ville. Je me suis fait des amis dans le camp parmi les détenus, ils savent que je ne suis pas comme les autres gardes SS. Nous obtiendrons de faux papiers et nous partirons pour la Roumanie. Là-bas, nous attendrons la fin de la guerre.

Renée regarde très attentivement ce garde svelte, plutôt petit, aux cheveux noirs et aux yeux bleus, un peu dégingandé.

— Tu ferais ça pour moi ?

— Je ferais n'importe quoi pour toi, Renée. Tu viendras avec moi ?

Il ne fait aucun doute que l'amour partage certains ingrédients avec la folie.

Renée soupire. Sortir d'Auschwitz est le rêve de chacun des milliers de prisonniers pris au piège entre les barbelés et les crématoires. Elle lève les yeux. Elle tire sur une boucle de son front. La mordille.

— Non.

— Mais tu ne dois pas avoir peur ! Tout se passera bien ! Ce sera le jour où des amis à moi seront de garde, il n'y aura aucun obstacle, ce sera très facile... Rester ici, c'est attendre son tour pour aller mourir.

— Je ne peux pas laisser ma mère toute seule ici.

— Mais, Renée... Nous sommes jeunes, elle le comprendra, nous avons la vie devant nous.

— Je ne vais pas laisser ma mère. Ce n'est plus la peine d'en parler. N'insiste pas.

— Renée...

— Je t'ai dit que ce n'était plus la peine d'en parler. Tu peux dire ce que tu veux, je ne changerai pas d'avis.

Pestek reste pensif un instant. Il n'a jamais été un homme pessimiste.

— Nous ferons également sortir ta mère.

Renée commence à s'énerver. Elle a l'impression que tout cela n'est que paroles dans le vent, un divertissement qui ne l'amuse pas du tout. Pestek ne court aucun risque, mais elles deux oui. Dans leur situation, elles ne peuvent pas se permettre de dire n'importe quoi et considérer Auschwitz comme une salle de cinéma d'où vous pouvez sortir si vous vous sentez fatiguées.

— Pour nous, être enfermées ici n'est pas un jeu. Mon père est mort du typhus, mon cousin et sa femme ont été assassinés avec tous ceux du convoi de septembre. Restons-en là. Ce petit jeu de l'évasion n'est pas drôle.

— Parce que tu crois que je plaisante ? Tu ne me connais pas encore. Si je dis que je vous ferai sortir d'ici, toi et ta mère, c'est que je vais le faire.

— Ce n'est pas possible, tu le sais bien ! C'est un petit bout de femme de cinquante-deux ans, et elle a des rhumatismes. Tu vas la déguiser en SS, elle aussi ?

— Nous modifierons le plan. Laisse-moi faire.

Renée le regarde et ne sait plus quoi penser. Y aurait-il une lointaine possibilité pour qu'il soit capable de les faire sortir toutes les deux vivantes d'ici ? Et si elles s'enfuient, que se passerait-il ensuite ? Un traître et deux femmes juives échappées d'Auschwitz seraient-ils capables de se cacher des nazis ? Et quand bien même ce serait le cas, voudrait-elle unir sa vie à celle d'un nazi, même s'il s'agit d'un déserteur ? Accepterait-elle de passer le reste de ses jours avec un homme qui, jusque-là, n'avait pas bronché au moment d'envoyer des centaines de personnes innocentes à la mort ?

Trop de questions.

Une fois de plus, elle se tait. Elle se contente de ne rien dire, et Pestek interprète son silence comme une acceptation, parce que c'est ce qu'il a envie d'entendre.

Il s'est enfin arrêté de pleuvoir et Dita a profité de l'heure de la soupe pour essayer de trouver l'homme de la Résistance, mais on dirait que celui-ci a été avalé par la terre qui, avec toute l'eau tombée, s'est transformée en bourbier pâteux. Elle a tourné autour de l'atelier à l'heure où les prisonniers en sortent, mais elle ne l'a pas vu.

Assise sur son banc, elle défait avec application les plis de ce roman en français sans couverture, puis elle applique sur son dos un peu de la colle que Margit a sortie en cachette de l'atelier de confection de chaussures militaires où elle travaille. Elle veut lui faire une cure complète avant de le laisser à la seule personne qui l'a réclamé : une professeure au caractère plutôt farouche appelée Markéta, aux cheveux lisses, trop blancs pour ses quarante et quelques années, dont les bras ressemblent à des manches à balai. On dit qu'elle a été la préceptrice des enfants d'un ministre du gouvernement avant la guerre. C'est la tutrice d'un groupe de fillettes de neuf ans, et Dita l'a déjà entendue enseigner des mots en français à ses élèves, qui se montraient très attentives car elle leur a dit que c'était la langue des demoiselles élégantes. Ces paroles si mélodieuses font à Dita l'effet d'une langue inventée par des troubadours.

Elle lui a tant de fois demandé ce roman qu'un jour, alors que Markéta se montre généralement plutôt distante et n'incite pas à la conversation, Dita lui a demandé si elle le connaissait. Elle se souvient que la professeure l'avait regardée de haut en bas avec stupéfaction.

Comme si elle lui avait demandé si elle était vierge ou quelque chose dans le genre…

Grâce à elle, Dita a pu correctement répertorier ce livre. Il s'intitule *Le Comte de Monte-Cristo* et son auteur est Alexandre Dumas. La professeure lui a raconté qu'en France, c'est une œuvre célèbre. Elle lui a demandé si elle pouvait l'avoir un moment cet après-midi et, après la réparation du livre, Dita va jusqu'au tabouret où Markéta est assise seule, perdue dans ses pensées. C'est une femme peu causante, qui parle à peine avec les autres, mais la bibliothécaire réfléchit depuis un certain temps à la façon de l'aborder et c'est un moment idéal, le baraquement est plongé dans une tranquillité absolue car le chœur du professeur Avi Ofir est en train de répéter dans le fond et leurs vocalises ont fait fuir tous les autres. Sans attendre d'être invitée à s'asseoir, Dita se laisse choir sur le tabouret d'à côté.

— J'aimerais beaucoup savoir de quoi parle ce roman. Vous pourriez me le raconter ?

Si elle lui dit d'aller se faire cuire un œuf, elle se lèvera et s'en ira. Mais Markéta la dévisage et, contre toute attente, elle ne la chasse pas. Elle semble même apprécier sa compagnie. Et plus étonnant encore, cette femme si peu bavarde se met à raconter avec une effusion insoupçonnée.

Le comte de Monte-Cristo…

Elle lui parle d'un jeune homme qui s'appelle Edmond Dantès, un nom qu'elle prononce à la française, ce qui confère immédiatement à ce personnage un pedigree littéraire indiscutable. Elle lui raconte qu'Edmond est un garçon bien bâti et honnête qui rentre au port de Marseille aux commandes du *Pharaon*, mû par le désir de revoir son père et sa fiancée catalane.

— Il a été obligé de prendre les commandes du navire au cours de la traversée suite au décès du capitaine, qui lui a demandé, comme dernière volonté, d'aller porter une lettre à Paris. Edmond est dans un moment de sa vie où tout lui sourit : l'armateur veut le faire capitaine et sa fiancée, la belle Mercedes, l'aime à la folie. Ils vont se marier sans délai. Mais un cousin de la jeune femme prétend également l'épouser et, avec un officier de bord furieux de n'avoir pas été choisi pour être le nouveau capitaine, ils dénoncent Dantès pour trahison. La lettre du capitaine décédé lui fait alors porter le chapeau. C'est terrible ! Le jour même de ses noces, Dantès passe de la joie à la plus vive amertume quand on vient l'arrêter en pleine cérémonie et qu'on l'emprisonne dans l'épouvantable pénitencier de l'île d'If.

— Où ça se trouve ?

— C'est un îlot en face du port de Marseille. Il y passera de très longues années, enfermé dans une cellule. Mais Dantès rencontrera un compagnon d'infortune dans une cellule voisine, l'abbé Faria. C'est un religieux que tout le monde considère comme fou parce qu'il n'arrête pas de crier aux geôliers de le laisser en liberté, en leur disant qu'en échange il partagera avec eux un fabuleux trésor.

Depuis des années, cet homme creuse patiemment un tunnel avec des outils qu'il a fabriqués de ses mains, mais il se trompe de direction et, au lieu de déboucher à l'extérieur du mur, il émerge dans la cellule de Dantès. Grâce à cela, leurs cellules sont désormais reliées sans que les geôliers le sachent et les deux hommes se tiennent compagnie pour se rendre leur captivité plus douce.

Dita écoute avec une grande attention. Elle s'identifie à Edmond Dantès, un innocent que la méchanceté a jeté dans une réclusion douloureuse et absolument injuste, comme ce qui leur est arrivé, à elle et sa famille.

— Comment est Dantès ?

— Il est fort et il est beau, très beau. Et il possède surtout un cœur en or, plein de bonté et de générosité.

— Et que devient-il ? Est-ce qu'il retrouve la liberté qu'il mérite tant ?

— Faria et lui préparent un plan d'évasion. Ils passent des années à creuser patiemment un tunnel et, pendant ce temps, l'abbé Faria devient une sorte de père et de maître pour lui : il lui enseigne l'histoire, la philosophie et beaucoup d'autres matières pendant toutes ces heures de réclusion. Mais, alors qu'il ne reste plus grand-chose pour achever le tunnel, voilà que l'abbé Faria décède. Leur plan s'écroule. Au moment où Dantès croyait toucher du doigt la possibilité de la liberté, la mort de son ami fiche tout par terre.

Comme si son propre malheur ne lui suffisait pas, Dita plisse les lèvres et se lamente sur la malchance de ce pauvre Dantès. Markéta lui sourit.

— Mais Dantès est un homme plein de ressources et très courageux. Quand les geôliers s'en vont après avoir constaté la mort du prisonnier, il se glisse dans la cellule de Faria grâce au passage secret puis il transporte le cadavre de son vieil ami en rebroussant chemin par le même passage avant de le coucher sur sa paillasse à lui. Il revient finalement dans la cellule de Faria pour s'introduire dans le sac mortuaire où se trouvait le défunt abbé. Lorsque les hommes chargés du transport funéraire arrivent, celui qu'ils portent sur leurs épaules, c'est Dantès. Son idée est d'attendre qu'ils le déposent à la morgue, et de profiter de la première inattention pour se lever et s'enfuir.

— Bonne idée !

— Pas tant que ça ! Ce qu'il ne sait pas, c'est que dans la sinistre prison du château d'If, il n'y a pas de morgue, il n'y a même pas d'enterrement, et les cadavres des reclus sont jetés à la mer. À l'intérieur de son sac, les gardes balancent Dantès dans l'eau depuis une hauteur vertigineuse. Ce qui fait que, lorsqu'ils découvriront la supercherie, ils penseront qu'il est probablement mort noyé.

— Et il meurt ? demande Dita, angoissée.

— Non, le roman est encore très long. Il réussit à sortir du sac et, bien qu'exténué, il parvient à rejoindre la côte à la nage. Mais devine le meilleur ! L'abbé Faria n'était pas fou, il avait vraiment trouvé un trésor ! Edmond Dantès part à sa recherche et avec toutes les richesses qu'il trouve, il adopte une nouvelle personnalité : il devient le comte de Monte-Cristo.

— Et il se consacre à vivre heureux jusqu'à la fin de ses jours ? demande ingénument Dita.

Markéta la regarde avec cette expression bien à elle d'étonnement extrême et de léger reproche.

— Non ! Comment peut-il faire comme si rien ne s'était passé ? Il fait ce qu'il doit faire : se venger de tous ceux qui l'ont trahi.

— Et il y arrive ?

Markéta acquiesce en effectuant des mouvements de tête tellement amples qu'il ne fait aucun doute qu'Edmond Dantès se venge d'une manière implacable. La professeure lui résume les machinations alambiquées et astucieuses de Dantès, devenu le comte de Monte-Cristo, afin de punir cruellement ceux qui ont gâché sa vie. Un plan complexe et machiavélique auquel n'échappe pas même Mercedes, qui avait fini par épouser son cousin, persuadée que Dantès était mort et ignorant tout des mensonges de celui qui deviendrait son époux ; il n'aura pas davantage pitié d'elle. Il se rapproche d'eux, il gagne leur confiance, masqué dans son rôle de comte richissime et mondain, et, finalement, il les écrase.

Le récit de la vengeance impitoyable du comte de Monte-Cristo une fois terminé, elles font silence. Dita se lève comme pour s'en aller, mais elle se retourne un instant vers la professeure.

— Madame Markéta... vous m'avez tellement bien raconté cette histoire que c'est presque comme si je l'avais lue. Voudriez-vous devenir l'un de nos livres vivants ? Comme ça, nous aurions *Le Merveilleux Voyage de Nils Holgersson*, celui des légendes des Indiens d'Amérique, celui de l'histoire des Juifs et maintenant *Le Comte de Monte-Cristo*.

Markéta baisse les yeux et regarde le sol en terre battue. Elle redevient la femme timide et fuyante qu'elle est toujours.

— Je suis désolée, ce n'est pas possible. Faire cours à mes élèves me convient bien. Mais me mettre là, au milieu du baraquement... Cela, vraiment, non.

Dita voit Markéta rougir rien que d'y penser. Elle ne veut en aucune façon le faire. Mais ils ne peuvent pas se permettre de perdre un seul livre et Dita réfléchit très vite à ce qu'aurait dit Fredy Hirsch en pareille circonstance.

— Je sais que c'est un gros effort pour vous, mais... pendant qu'on leur raconte une histoire, les enfants ne sont plus dans cette étable pleine de puces, ils ne respirent plus l'odeur de la chair brûlée, ils n'ont plus peur. Pendant ces quelques minutes, ils sont heureux. Nous ne pouvons pas refuser cela à des enfants.

La professeure acquiesce tristement.

— Non, nous ne pouvons pas...

— Quand nous regardons la réalité qui nous entoure, nous ne pouvons éprouver que du dégoût et de la colère. Il ne nous reste que l'imagination, madame Markéta.

La professeure cesse finalement de contempler le sol et relève son visage anguleux.

— Ajoute-moi à ta liste de livres.

— Merci, madame Markéta. Merci. Bienvenue à la bibliothèque.

La professeure lui dit qu'il est trop tard pour lire à présent, mais elle lui redemandera ce livre demain.

— En plus, il faut que je révise certains passages.

Dita a comme l'impression qu'elle a prononcé ces mots avec une sorte de joie et qu'elle s'éloigne en marchant avec davantage d'aplomb. Peut-être que l'idée de devenir un livre vivant commence déjà à lui plaire. Elle feuillette un instant le livre, murmurant à voix basse le nom d'Edmond Dantès en s'efforçant de le prononcer à la française. Elle se demande si elle arrivera un jour à sortir d'ici, comme le héros du roman. Il lui semble qu'elle n'est pas aussi courageuse, et pourtant, si elle avait une possibilité de se mettre à courir vers la forêt, elle n'hésiterait pas.

Elle se demande également, au cas où elle arriverait à s'enfuir, si elle consacrerait ensuite sa vie à se venger de tous ces gardes et officiers SS, et si elle le ferait aussi méthodiquement et avec une férocité aussi implacable que le comte de Monte-Cristo. Elle adorerait, bien sûr, leur faire subir les mêmes tourments que ceux qu'ils infligent à un si grand nombre d'innocents. Mais elle ne peut s'empêcher d'éprouver une certaine mélancolie en songeant qu'elle préférait l'Edmond Dantès joyeux et optimiste du début de l'histoire à l'homme calculateur et rempli de haine qu'il devient par la suite. Elle se demande si l'on peut vraiment choisir, ou si les coups du destin vous modifient malgré vous, tout comme un coup de hache change l'arbre vigoureux et le transforme en bois sec.

Elle repense alors aux derniers jours de son père, agonisant sur une paillasse sale, sans un seul médicament pour le soulager, assassiné à petit feu par la maladie, dont les nazis se sont fait une alliée dans leur obsession pour la mort. Une pulsation enragée, une faim insatiable de violence lui monte aux tempes à cette pensée. Mais elle se rappelle ce que le professeur Morgenstern lui a appris : « Notre haine est leur victoire. » Et elle acquiesce de la tête.

Si le professeur Morgenstern était fou, je veux bien qu'on m'enferme avec lui.

22

À deux camps de distance du camp familial, il se produit une scène à laquelle aucun détenu ne voudrait assister, mais ils n'ont pas le choix. Rudi Rosenberg, venu apporter des listes, marche dans la *lagerstrasse* du BIId quand une patrouille de SS entre dans le camp, encadrant quatre Russes efflanqués mais encore vigoureux malgré leurs barbes drues, leurs habits déchirés et leurs visages couverts d'hématomes. C'est son ami Wetzler, employé à la morgue du camp, qui lui a raconté que les prisonniers de guerre russes travaillaient à l'agrandissement de Birkenau, à l'extérieur du périmètre. Ils y passent des journées exténuantes à empiler de lourdes planches et des poteaux en bois.

Un matin où le *kapo* des Russes s'était absenté pendant plusieurs heures pour aller batifoler avec la responsable du groupe de femmes qui travaillait au défrichage du terrain d'à côté, ils avaient réussi à construire une petite planque. Ils l'avaient faite en plaçant quatre grosses planches verticalement en guise de murs et une planche par-dessus servant de couvercle. Après quoi, ils avaient empilé des planches tout autour, de façon que le réduit se retrouve enterré au milieu des autres tas. Leur plan était d'ouvrir la planche qui servait de couvercle et de se glisser à l'intérieur de la cachette pendant un moment d'inattention du *kapo*. Lorsqu'on ferait l'appel à l'intérieur du camp, on détecterait leur absence et, les croyant enfuis, les gardes se mettraient à les rechercher dans la forêt et aux alentours, mais personne ne soupçonnerait qu'ils seraient en fait encore cachés à l'extérieur du périmètre électrifié mais à quelques mètres seulement de la clôture du camp.

Les Allemands sont méthodiques. L'état d'alerte pour évasion entraîne une mobilisation extraordinaire de groupes de SS pour effectuer des battues et fait augmenter la vigilance aux postes de contrôle des villages environnants pendant trois jours exactement. Après ce laps de temps, le dispositif spécial prend fin et les SS retournent à leurs gardes routinières. Les Russes devaient donc attendre là-dedans pendant trois jours exactement et profiter de la quatrième nuit pour gagner la lisière de la forêt et entreprendre leur fuite sans la pression du dispositif de chasse à l'homme.

L'idée de l'évasion s'est peu à peu cristallisée dans la tête du secrétaire jusqu'à tourner à l'obsession. Certains vétérans parlent de la fièvre de l'évasion comme d'un mal qui vous attaque à la façon d'une maladie contagieuse. Tout à coup, il arrive un moment où vous commencez à ressentir l'impulsion pressante et irréfrénable de la fuite. Vous vous mettez d'abord à y penser de temps en temps, puis de plus en plus souvent et, finalement, vous n'êtes plus capable de vous concentrer sur autre chose. Vous passez vos journées et vos nuits à planifier le moyen de le faire. La nécessité de l'évasion finit par devenir une pulsion impérieuse, comme une démangeaison soudaine qui va en augmentant et que vous devez gratter de toutes vos forces, quitte à y laisser votre peau.

Quelques jours à peine se sont écoulés depuis la tentative d'évasion des Russes et Rosenberg assiste, mortifié, à l'entrée d'un groupe de SS qui ramènent les fugitifs attachés par des chaînes ; derrière eux, le Sturmbannführer Schwarzhuber ferme le cortège. Les prisonniers ne peuvent presque pas marcher, leurs vêtements sont en lambeaux et leurs yeux tellement tuméfiés qu'il ne leur reste plus qu'une fente par où regarder. Les gardes du camp ordonnent à coups de sifflet à tous les détenus de sortir des baraquements, et ceux qui se trouvent dans la rue sont obligés de contempler le spectacle. Si quelqu'un traîne des pieds, ils le frappent durement. Ils veulent que tout le monde voie leur état car la punition et l'exécution sont pour les nazis de la pédagogie pure. Pour expliquer aux détenus pourquoi ils ne doivent pas s'enfuir, peu de moyens sont aussi pratiques que de leur montrer comment finissent ceux qui essaient.

Le commandant ordonne à la patrouille de s'arrêter devant la porte d'un baraquement équipé d'une poulie dans sa partie supérieure. On pourrait penser qu'elle sert à hisser des bottes de paille ou des sacs de grain mais, en réalité, elle est utilisée pour pendre les personnes. Posément, savourant cet instant, Schwarzhuber prononce un long discours dans lequel il vante l'efficacité du Reich face à ceux qui désobéissent aux ordres et annonce avec délectation le châtiment implacable qui les attend.

Avant de les exécuter, comme une macabre prime de sang, il leur fait donner cinquante coups de fouet. Puis, un à un, on leur passe la corde au cou. Un lieutenant fait signe à une demi-douzaine d'hommes qui regardent et leur dit de commencer à tirer ; devant la seconde d'hésitation des détenus, il porte sa main à son ceinturon comme pour sortir son pistolet et les six hommes se mettent rapidement en mouvement. La corde se tend et, au milieu des coups de pied et des contorsions d'étouffement, le corps du premier prisonnier est hissé peu à peu au-dessus du sol et de la vie.

Rudi Rosenberg voit avec effroi son visage convulsé, ses yeux comme des œufs durs se frayant un chemin entre ses paupières ardentes, sa langue d'une taille démesurée, les cris silencieux de sa bouche tordue. La fin des coups de pied frénétiques, l'écoulement de liquides en tout genre qui tombent au sol. Détournant les yeux, il tombe sur les visages des autres fugitifs, qui tiennent à peine debout en s'appuyant les uns sur les autres, et qui attendent leur tour d'être exécutés. Leurs têtes ne sont déjà plus de ce monde ; la douleur des coups de cravache les a tellement meurtris qu'ils attendent la mort comme une délivrance. Ils se laissent donc mettre docilement la corde au cou, pour que tout s'achève au plus vite.

Si la scène ébranle Rosenberg, elle n'entame pas sa totale détermination : s'échapper coûte que coûte d'Auschwitz II. Alice lui a laissé un souvenir vaporeux et doux-amer, et lui a surtout montré que rien de beau ne pouvait germer dans cet enfer odieux. Le camp l'étouffe tout à coup, la proximité de la mort ne lui est pas supportable plus longtemps. Il faut qu'il tente d'en sortir, quand bien même il finirait par se tortiller au bout d'une corde.

Il a un peu tâté le terrain du côté du camp BIId, où il est en contact avec des types qui se faufilent à travers toutes les fissures du *lager*. Il croise un après-midi František, un secrétaire de baraquement avec qui il est en cheville et qui est un membre important de la Résistance, et il lui parle de son désir de décamper. Beaucoup de *kapos* de baraquement prennent des secrétaires qui jouent le rôle d'assistant et sont sous leur protection. Il lui dit de passer le lendemain dans sa chambre pour prendre un café.

Un café ?

Le café est un luxe uniquement à la portée de ceux qui se débrouillent très bien sur le marché noir. Parce que vous n'avez pas seulement besoin de café : il faut aussi un moulin, une cafetière, de l'eau, une source de chaleur... Naturellement, il va au rendez-vous. Il adore le café, et encore plus être en bons termes avec les gens qui ont de bonnes relations. Il entre dans le baraquement, où il n'y a personne en ce moment car tous les prisonniers du camp sont à l'extérieur en train de travailler à l'agrandissement d'Auschwitz, et il se dirige vers la chambre de František. Il entre sans frapper et c'est lui qui est le plus surpris. Son cœur fait un bond quand il voit à côté du secrétaire un membre de la SS. Le mot « délation » se plante dans sa poitrine.

— Entre, Rudi. Tout est en ordre. Nous sommes entre amis.

Il hésite un instant sur le seuil, mais František est digne de confiance, ou c'est ce qu'il croit. Le

SS s'empresse de se présenter et lui tend la main avec amabilité.

— Je m'appelle Viktor, Viktor Pestek.

Dans son travail de secrétaire, Rudi a entendu bien des choses, mais jamais rien d'aussi surprenant que la demande que ce garde de la SS formule aussitôt après :

— Voudriez-vous vous évader avec moi ?

Il lui raconte son plan dans le détail, et le fait est qu'il n'est pas si abracadabrant, du moins dans sa première partie : sortir vêtu d'un uniforme de SS par la porte principale sans éveiller les soupçons et prendre le train jusqu'à Prague. Quand ils se rendront compte de leur absence le lendemain matin, ils seront déjà en train d'arriver en ville. La deuxième partie lui paraît plus délirante : obtenir des papiers pour eux et deux femmes puis revenir à Auschwitz pour les faire sortir.

Rudi l'écoute attentivement et, en vérité, il pourrait difficilement trouver meilleur moyen pour s'enfuir que de sortir accompagné d'un caporal-chef de la SS, mais quelque chose lui dit que cela ne fonctionnerait pas. C'est peut-être la méfiance profonde qu'il nourrit pour les SS qui dicte à son instinct de refuser. Quoi qu'il en soit, il décide de décliner poliment l'invitation après les avoir assurés de son entière discrétion.

En fin de compte, František ne dispose pas d'une cafetière, mais d'une chaussette qu'il plonge dans une marmite avant de mettre celle-ci sur un réchaud. Le café au pot lui semble malgré tout merveilleusement bon et il repart de là en se disant que ce SS raconte ses plans avec beaucoup trop d'entrain.

Le fait est que Viktor Pestek commence à répandre dangereusement la rumeur d'un SS cherchant de la compagnie pour s'enfuir d'Auschwitz. Mais il se peut que beaucoup n'y croient pas et pensent qu'il s'agit d'une légende parmi d'autres, comme celle du chaudron rempli d'or au pied de l'arc-en-ciel ou la fable du croque-mitaine. Sauf que Pestek existe et persévère dans son obsession. Il pourrait partir tout seul, mais il a besoin de quelqu'un qui connaisse les cercles clandestins de Prague afin de se procurer le plus rapidement possible les faux papiers dont il a besoin pour faire sortir Renée et sa mère.

Il persévère tellement qu'il tombe enfin sur une personne prête à le seconder dans son plan. C'est un détenu du camp familial : Siegfried Lederer, membre de la Résistance. C'est un homme atteint par cette monomanie de l'évasion, prêt à tout pour sortir de là.

Cet après-midi, Pestek a rendez-vous avec Renée. Elle arrive comme à son habitude, la mine sérieuse, vaguement embarrassée, les mains jointes sur son giron et la tête basse.

— C'est notre dernier rendez-vous à Auschwitz.

Cela fait des jours qu'il lui parle de cette évasion, mais elle a du mal à y croire.

— Le grand jour est arrivé, dit-il. Bon, ce n'est que la première partie, bien sûr. Je vais sortir en premier, puis je reviendrai te chercher, toi et ta mère.

— Mais… comment ?

— Il vaut mieux que tu ne saches pas les détails. La moindre erreur pourrait être fatale et il se peut même que je doive modifier le plan en cours de route si les choses ne se passent pas comme prévu. Mais ne t'inquiète de rien. Tu franchiras un jour l'entrée du camp et nous serons libres.

Renée le regarde de ses yeux d'un bleu très pâle et tire coquettement l'une de ses boucles jusqu'à sa bouche, dans ce geste qu'il aime tant.

— À présent, je dois partir.

Elle acquiesce.

Au dernier instant, elle le retient en l'attrapant par la manche de sa vareuse.

— Viktor...

— Quoi ?

— Fais attention.

Et il soupire de bonheur. Maintenant, c'est sûr, rien ne pourra l'arrêter.

Rien non plus ne pourra arrêter Dita dans sa volonté de découvrir ce qu'il est arrivé à Hirsch lors de cet après-midi de mars pour qu'il en vienne à se suicider. Cela fait des jours qu'elle rôde près de l'atelier à la recherche de Change, mais elle n'a pas eu de chance.

La chance, parfois, il faut savoir l'attraper par la peau du cou.

Dita se dirige vers ce qui semble être le dernier groupe d'ouvriers à sortir de l'atelier à la fin de la journée.

— Excusez-moi...

Les hommes la regardent avec une amabilité fatiguée.

— Je suis à la recherche d'un monsieur... sans cheveux.

Les hommes se regardent comme si, à cette heure du jour, leur tête fonctionnait avec lenteur et qu'ils ne comprenaient pas cette jeune fille.

— Sans cheveux ?

— Oui. Chauve, je veux dire. Complètement chauve.

— Complètement chauve ?

— Mais oui ! dit l'un d'eux. Elle parle de Kurt, à tous les coups.

— C'est possible, réplique Dita. Et où peut-on le trouver ?

— Dedans, indiquent-ils. Il sort toujours en dernier. C'est lui qui est chargé de balayer, nettoyer et tout remettre en ordre.

— Une sacrée corvée, commente l'un d'eux.

— Ouais, voilà c'qui s'passe quand, en plus d'être juif, t'es communiste !

— Et chauve ! fait remarquer un autre avec sarcasme.

— Être chauve, ça a ses bons côtés. Au moins, les poux te glissent dessus.

— Les jours où il neige, ils font du patin à glace sur sa tête, dit le sarcastique.

Et ils s'éloignent en riant comme si Dita n'existait pas. Elle attend dehors pendant un long moment et un homme sans cheveux sort enfin. En effet, madame Turnovská avait raison de parler de son nez comme d'une référence.

Dita se met à marcher à ses côtés.

— Excusez-moi, j'ai besoin d'une certaine information.

L'homme la regarde de travers et accélère le pas. Dita trottine un peu et le rattrape.

— Écoutez, il faut que je sache une chose à propos de Fredy Hirsch.

— Pourquoi est-ce que tu me suis ? Je ne sais rien, fiche-moi la paix.

— Je ne voulais pas vous déranger, mais il faut que je sache…

— Et qu'est-ce que j'ai à voir avec ça ! Je ne suis qu'un balayeur d'atelier.

— On m'a dit que vous étiez aussi autre chose…

L'homme freine brusquement et la regarde, furibond. Il jette deux ou trois coups d'œil d'un côté puis de l'autre, et Dita réalise soudain que si Mengele tombait sur elle en cet instant, ce serait la fin.

— On a dû mal te renseigner.

L'homme se remet à marcher.

— Attendez ! hurle Dita avec rage. Je veux parler avec vous ! Vous préférez qu'on le fasse en criant ?

Plusieurs personnes tournent la tête avec curiosité et l'homme peste tout bas. Il empoigne Dita par le bras et la conduit vers la ruelle latérale, entre deux baraquements, où la lumière est plus faible.

— Tu es qui ? Tu veux quoi ?

— Je suis une assistante du bloc 31. Je suis digne de confiance. Vous pouvez demander mes références à Miriam Edelstein.

— C'est bon, ça va. Parle.

— J'essaie de comprendre pourquoi Fredy Hirsch s'est tué.

— Pourquoi ? C'est tout simple : parce qu'il s'est dégonflé.

— Qu'est-ce que vous dites ?

— Ce que tu entends. Il a fait machine arrière. On lui a demandé de prendre la tête du soulèvement et il n'a pas eu le cran. Fin de l'histoire.

— Je ne vous crois pas.

— Je me fiche complètement que tu me croies ou pas. C'est ce qui s'est passé.

— Vous ne connaissiez pas Fredy Hirsch, n'est-ce pas ?

C'est au tour de l'homme de rester figé, comme s'il était surpris en train de faire quelque chose de mal. Tout en parlant, Dita essaie de contrôler sa colère pour qu'elle ne se transforme pas en larmes.

— Vous ne le connaissiez pas. Vous ne savez rien de lui. Il n'a jamais reculé devant rien. Vous croyez savoir beaucoup de choses, vous croyez que la Résistance sait tout… mais vous ne comprenez rien.

— Écoute, petite, tout ce que je sais, c'est que cet ordre lui a été transmis par la direction de la Résistance, et lui, ce qu'il a fait ensuite, c'est se jeter tous ces comprimés dans le gosier pour se rayer de la carte, répond-il avec une certaine gêne. Je ne sais pas pourquoi tu t'intéresses tant à lui. Toute cette histoire du bloc 31 n'est qu'une mascarade. Tout le camp familial en est une. Hirsch et les autres, nous avons tous joué le jeu des nazis, nous avons tous été leurs boniches.

— Qu'est-ce que vous voulez dire ?

— C'est un camp-écran, une couverture. Sa seule fonction, c'est de donner le change devant des observateurs internationaux qui pourraient venir vérifier les rumeurs arrivées dans certains pays, comme quoi les camps allemands seraient des abattoirs. Ce camp familial et ce bloc 31 sont un décor, et nous, les acteurs d'une comédie.

Dita reste muette. Le chauve secoue la tête.

— N'y pense plus. Ton ami Hirsch a pris peur. C'est humain.

La peur…

Elle perçoit tout à coup la peur comme une oxydation qui sape jusqu'aux convictions de fer. Qui ronge tout, qui détruit tout.

Le chauve s'éloigne, en regardant fébrilement à droite et à gauche.

Dita reste dans la ruelle. Les mots résonnent dans sa tête et assourdissent tout ce qu'il y a autour d'elle.

Un décor ? Les acteurs d'une comédie ? Les sous-fifres des nazis ? Tous les efforts qu'ils ont faits dans le bloc 31 ont été au bénéfice des Allemands ?

Elle doit appuyer la main contre le mur du baraquement car elle a l'impression de chanceler. Le camp familial tout entier est donc un mensonge ? Est-ce qu'il n'y a de vérité nulle part ?

Elle commence à croire qu'il doit en être ainsi. La vérité est une composition du destin, ce n'est qu'un caprice du hasard. Le mensonge, au contraire, est humain : fabriqué par l'homme, il est à sa mesure.

Elle se met à marcher en quête de Miriam Edelstein. Elle la trouve dans son baraquement, assise sur sa paillasse. Son fils Ariah prend congé d'elle à cet instant pour aller se promener avec d'autres garçons dans la *lagerstrasse* avant la distribution du quignon de pain du dîner.

— Je vous dérange, tante Miriam ?

— Bien sûr que non.

— En fait…

Sa voix frissonne, elle est tout entière un grand frissonnement. Et ses jambes tremblent à nouveau aussi vite que des bielles.

— J'ai parlé avec un homme de la Résistance. Il m'a raconté une histoire incroyable : que le camp familial est une couverture des nazis au cas où des observateurs d'autres pays viendraient enquêter...

Miriam acquiesce en silence.

— Alors c'est la vérité ! Vous le saviez !

Puis elle murmure :

— Donc... tout ce que nous avons fait pendant tout ce temps, c'était d'être au service des nazis.

— Absolument pas ! Ils avaient un plan, mais nous avons exécuté le nôtre. Ils voulaient un hangar d'enfants remisés dans un coin comme des objets, mais nous avons ouvert une école. Ils voulaient qu'ils soient du bétail dans une étable, mais nous leur avons permis de se sentir des personnes.

— Et à quoi cela a-t-il servi ? Tous les enfants du convoi de septembre sont morts.

— Cela a valu la peine. Rien n'a été en vain. Tu te rappelles quand ils riaient ? Tu te souviens de leurs yeux qui s'écarquillaient quand ils chantaient *Alouette, gentille alouette,* ou quand ils écoutaient les histoires de nos livres vivants ? Tu te rappelles les bonds qu'ils faisaient quand nous mettions un demi-biscuit dans leur écuelle ?

— Et leur joie quand ils préparaient les pièces de théâtre !

— Ils ont été heureux, Edita.

— Mais cela a duré si peu...

— La vie, n'importe quelle vie, dure très peu. Mais si tu réussis à être heureux, ne serait-ce qu'un instant, cela aura valu la peine de vivre.

— Un instant ! Mais court comment ?

— Même très court. Il suffit d'être heureux le temps que met une allumette à s'enflammer et à s'éteindre.

Dita garde le silence et calcule combien d'allumettes se sont enflammées puis éteintes dans sa vie et il y en a eu beaucoup, elle n'arrive même pas les compter. Beaucoup de petits instants pendant lesquels la flamme a brillé, même dans l'obscurité la plus totale. Certains de ces moments se sont produits quand, au milieu du pire des désastres, elle a ouvert un livre et s'est glissée à l'intérieur. Sa petite bibliothèque est une boîte d'allumettes. À cette pensée, elle sourit avec une pointe de tristesse.

— Et maintenant, que vont devenir les enfants ? Qu'allons-nous tous devenir ? J'ai peur, tante Miriam.

— Les nazis peuvent nous prendre nos maisons, nos affaires, nos habits et même nos cheveux, ils peuvent nous dépouiller de tout ce qu'ils voudront, mais ils ne nous enlèveront pas l'espoir. Il nous appartient. Nous ne pouvons pas le perdre. On entend chaque fois plus de bombardements des Alliés. La guerre ne durera pas éternellement, et nous devons aussi nous préparer pour la paix. Les enfants doivent continuer d'étudier parce qu'ils vont se retrouver dans un pays et dans un monde en ruine, et ce sera eux et vous, les jeunes, qui devrez le reconstruire.

— Mais c'est horrible que le camp familial soit une ruse des nazis. Les observateurs internationaux viendront, ils leur montreront ça, ils verront que les enfants survivent à Auschwitz, ils cacheront les chambres à gaz et ils repartiront bernés.

— Ou pas.

— Qu'est-ce que vous voulez dire ?

— Que ce sera à nous de jouer. Nous ne les laisserons pas repartir sans savoir la vérité.

Dita commence alors à se rappeler l'après-midi avant le départ du convoi de septembre, quand elle avait croisé Fredy dans la *lagerstrasse*.

— Je me souviens maintenant de quelque chose que Fredy m'a dit la dernière fois que j'ai discuté avec lui. Il m'a parlé d'un moment où une brèche s'ouvrirait et ce serait l'heure de la vérité. Et qu'il faudrait jouer le tout pour le tout. Il a dit qu'il fallait marquer un panier à la dernière seconde, quand ils s'y attendraient le moins, et leur arracher la victoire.

Miriam fait oui de la tête.

— C'était notre plan. Il m'a laissé des documents avant de partir. Il n'écrivait pas seulement des rapports pour le commandement. Il avait aussi réuni des faits, des dates, des noms, un dossier complet sur ce qu'il se passe à Auschwitz, prêt à être remis à un observateur neutre.

— Fredy ne pourra plus le lui donner.

— Non, il n'est plus là. Mais nous n'allons pas flancher, n'est-ce pas ?

— Flancher ? Même pas en rêve ! Comptez sur moi, quoi qu'il en soit. Quoi qu'il en coûte.

La directrice adjointe du bloc 31 sourit.

— Mais alors, insiste Dita, pourquoi a-t-il flanché au dernier moment, pourquoi s'est-il suicidé ? Ceux de la Résistance disent qu'il a pris peur.

Le sourire de Miriam Edelstein se froisse brusquement sur sa bouche.

— Cet homme de la Résistance a dit qu'ils lui avaient demandé de prendre la tête d'une révolte et qu'il s'est dégonflé. Et je lui ai dit qu'il n'en savait rien, mais il avait l'air tellement sûr de lui...

— C'est vrai, ils lui ont proposé de prendre la tête d'une révolte quand ils ont eu la certitude que le convoi de septembre allait finir tout entier aux chambres à gaz. Une source en qui j'ai confiance me l'a dit.

— Et il a refusé ?

— Une révolte formée par un contingent de familles avec des personnes âgées et des enfants face à des SS armés n'était pas un plan merveilleux. Il a demandé à réfléchir un peu.

— Puis il s'est suicidé.

— Oui.

— Mais pourquoi ?

Le soupir de Miriam Edelstein la vide de l'intérieur.

— Nous n'avons pas toujours réponse à tout.

La directrice adjointe la prend par l'épaule et l'attire contre elle. Elles se serrent pendant un long moment et le silence les unit plus que toutes les paroles qu'elles pourraient prononcer. Elle se séparent affectueusement, puis Dita sort du baraquement. Peut-être n'y a-t-il pas de réponse à tout, en effet, mais Fredy lui a dit de ne jamais flancher, alors elle ne baissera pas les bras dans sa recherche de la vérité.

Le ronron des leçons la tire de ses pensées. Le groupe d'Ota Keller se trouve à quelques mètres. Les enfants suivent très attentivement ses explications, et Dita tend l'oreille pour ne pas perdre ce fil que les nazis ont tranché. L'école lui manque. Elle aurait aimé poursuivre ses études et peut-être devenir aviatrice, comme cette femme qu'elle avait vue dans un magazine illustré de sa mère : elle s'appelait Amelia Earhart et elle apparaissait sur les photos en train de descendre d'un avion dans un blouson en cuir d'homme, avec des lunettes de pilote relevées sur son front et un regard rêveur. Dita se dit qu'il faut certainement beaucoup étudier pour devenir aviatrice. Les murmures croisés de plusieurs professeurs parviennent jusqu'à l'endroit où elle est assise, mais elle n'arrive à suivre aucune explication.

Elle observe le professeur Keller. On dit qu'il est communiste. Le communisme est encore un rêve, il ne s'est pas encore transformé en cauchemar. Ota Keller parle de la vitesse de la lumière et raconte qu'il n'y a rien d'aussi rapide dans l'univers, et ces étoiles qu'ils voient briller dans le ciel sont le résultat des photons de lumière qu'elles ont émis et qui ont parcouru des millions de kilomètres à une vitesse vertigineuse pour parvenir jusqu'à nous avant de pénétrer dans nos pupilles. L'enthousiasme contagieux qui se dégage de lui lorsqu'il raconte des choses hypnotise les enfants. Il arque sans arrêt les sourcils et agite son index comme si c'était l'aiguille d'une boussole.

Dita pense tout à coup que les boussoles sont très difficiles à comprendre. Peut-être qu'elle préfèrerait devenir peintre quand elle sera grande, plutôt qu'aviatrice. En plus, elle est assez douée. Ce serait une façon de voler, mais sans dépendre de tous ces appareils et leviers. Elle peindrait le monde comme si elle volait par-dessus.

Cet après-midi, Margit l'attend à la sortie du baraquement 31 ; elle est venue avec sa sœur Helga, qui est très maigre. Margit lui chuchote qu'elle se fait du souci pour sa sœur parce qu'elle la trouve squelettique. Helga a eu la malchance de tomber dans une brigade des fossés de drainage et, à cause des pluies incessantes du printemps, ils passent leurs journées à retirer la fange qui s'accumule.

Il y a beaucoup de détenus comme Helga : ils souffrent d'une maigreur supérieure à celle des autres, comme si le morceau de pain et la soupe entraient et sortaient de leur corps sans laisser de trace. Peut-être sont-ils aussi décharnés que les autres, mais il y a quelque chose dans leur expression abattue et leur regard vaincu qui les fait paraître encore plus fragiles. On parle beaucoup du typhus, du choléra, de la tuberculose ou de la pneumonie, mais on parle moins de l'épidémie de découragement qui frappe le *lager*. Son père l'avait attrapé. Ce sont des gens qui, brusquement, se mettent à s'éteindre. Ce sont ceux qui ont flanché.

Elles tentent de redonner le sourire à Helga et se lancent dans la conversation la plus amusante possible.

— Dis, Helga, tu as rencontré un beau garçon dans le coin ?

Comme Helga reste bouche bée sans savoir quoi répondre, Dita passe la balle à sa sœur.

— Et toi, Margit ? Tu n'as rien vu qui vaudrait le coup dans ce camp ? Il va falloir demander un transfert au commandement !

— Attends, j'ai vu un garçon dans le baraquement 12. Il est trop chou !

— Trop chou ? Tu entends ça, Helga ? On n'a pas idée de parler d'une façon aussi cucul !

Les trois filles éclatent de rire.

— Et tu lui as parlé, au trop chou ? continue de plaisanter Dita.

— En fait, pas encore. Il doit avoir au moins vingt-cinq ans.

— Holà ! Trop âgé. C'est un vieux. Si tu sortais avec lui, tout le monde croirait que tu es sa petite-fille.

— Et toi, Dita ? riposte Margit. Dans tout ce baraquement, il n'y aurait pas un petit assistant qui vaudrait le coup ?

— Un assistant ! Nooooon. Ça intéresse qui, un garçon au visage plein de boutons ?

— Mais il doit bien y avoir un garçon intéressant !

— Nooon.

— Pas un seul ?

— Eh bien, il y a quelqu'un de différent.

— Comment ça, différent ?

— Pas un mouton à cinq pattes, évidemment. Mais... avoue Dita d'une voix plus grave, c'est un garçon qui a l'air très sérieux, mais qui sait bien raconter les choses. Il s'appelle Ota Keller.

— Un type rasoir, donc.

— Pas du tout !

— Bah ! Tu en dis quoi, Helga ? Assez désastreux l'état des lieux des garçons, pas vrai ?

Sa sœur acquiesce avec un sourire. Elle est embarrassée de parler des garçons avec Margit, qui est toujours tellement sérieuse. Mais c'est différent quand Dita est là, cette dernière réussit à rendre tout plus léger.

Cette nuit-là, pendant que Margit, Helga, Dita et tout le camp familial dorment, un caporal-chef de la SS pénètre dans l'enceinte du camp sans attirer l'attention. Il porte un sac à dos sur son épaule.

Il se dirige vers l'arrière d'un baraquement et fait glisser la planchette qui bloque la porte de derrière. Au même instant, Siegfried Lederer sort de l'ombre et change discrètement de tenue. Il cesse d'être un mendiant et se transforme en un rutilant officier SS. Pestek a préféré se procurer un uniforme et des insignes de lieutenant, car il est plus difficile ainsi qu'on ose ne serait-ce que lui adresser la parole.

Ils sortent par le poste de contrôle, où les deux gardes de la guérite les saluent respectueusement, le bras rigidement levé. Puis ils se dirigent vers l'entrée sous l'énorme mirador, qui a l'aspect d'un château sinistre. Il fait nuit et la partie supérieure du mirador, où se trouve le poste d'observation vitré dans lequel les soldats montent la garde, est éclairée. Lederer transpire dans son uniforme, mais Pestek marche d'un pas très assuré ; il est convaincu qu'ils vont passer le contrôle sans problème.

Ils se rapprochent du poste situé sous l'imposante tour d'entrée et Pestek prend quelques pas d'avance. En le voyant arriver, les gardes se retournent, et avec eux leurs mitraillettes chargées. Il murmure à Lederer de ralentir le pas pour qu'il puisse passer devant, mais de continuer à marcher vers l'extérieur, le plus important est qu'il n'hésite pas, qu'il ne cesse pas de marcher, qu'il ne s'arrête pas. S'il ne doute pas, les sentinelles ne le feront pas non plus. Ils n'oseront pas crier halte à un lieutenant.

Avec une décontraction totale, Pestek s'avance de quelques pas. Il s'approche des gardes et, comme s'ils étaient entre copains et qu'il allait leur faire une confidence, il leur dit en baissant la voix qu'il va emmener un officier transféré depuis peu à Auschwitz faire un petit tour au bordel d'Auschwitz I.

Les gardes ont à peine le temps de lâcher quelques ricanements complices que le lieutenant passe déjà devant eux, droit comme un piquet, et tous se mettent au garde-à-vous, tandis que le faux officier dodeline de la tête de manière indolente pour répondre à leur salut. Pestek rejoint son supérieur et tous les deux se perdent dans la nuit. Les gardes du poste de contrôle pensent que ces deux types sont de sacrés veinards. Ils le sont.

Ils dirigent leurs pas vers la gare d'Oświęcim. Là, ils doivent prendre un train qui part quelques minutes plus tard vers Cracovie. Si tout va bien, ils prendront là-bas un autre train pour Prague. Ils marchent en silence, faisant en sorte de ne pas avoir l'air pressés. La liberté picote le dos de Lederer, à moins que ce ne soit son costume d'officier, ou simplement la peur. Pestek marche plus confiant, il va même jusqu'à siffloter. Il est convaincu que tout va bien se passer. Ils ne pourront pas les attraper car il sait parfaitement comment pensent les SS. Il y a moins d'un quart d'heure à peine, il était encore l'un d'eux.

23

L'appel du matin se fait plus interminable que jamais. Quand il prend fin, des coups de sifflet et des cris en allemand se font entendre. Un SS vient donner l'ordre de recommencer l'appel. Beaucoup de Juifs tchèques parlent l'allemand, si bien qu'un murmure de déception traverse le baraquement. Encore une heure debout… Personne ne sait ce qu'il se passe, mais quelque chose s'est produit, car la nervosité des gardes saute aux yeux. Un mot est chuchoté du bout des lèvres d'un rang à l'autre : évasion.

Ce matin, la chanson de la *Gentille Alouette* retentit de manière assourdissante dans le bloc 31. Avi Ofir dirige le chœur avec sa jovialité habituelle et les enfants, d'âges variés, se régalent avec cette chanson, devenue l'hymne de l'école. Dita aussi se joint au chœur. La musique produit une vibration acoustique qui les enveloppe. Les trois cent soixante enfants du bloc vident presque tous leurs gorges en une seule voix aux nombreuses nuances.

Lorsqu'ils ont terminé, Lichtenstern annonce que ce sera bientôt le Séder de Pessah et que la direction du bloc infantile est à l'œuvre pour que ce soit un grand évènement. Les enfants applaudissent, certains sifflent avec enthousiasme. Le bruit court que le chef de bloc tente depuis des jours d'obtenir sur le marché noir suffisamment d'ingrédients pour la célébration. Ce sont des nouvelles qui égaient le quotidien et qui les enveloppe d'une bulle de normalité. Une autre nouvelle qui court à cette fameuse vitesse de la lumière dont parlait Ota Keller, c'est l'évasion d'un détenu nommé Lederer. Voilà pourquoi on leur a fait recommencer l'appel et pourquoi une coupe de cheveux généralisée a été ordonnée. Les *kapos* répétaient à grands cris le mot « hygiène », mais c'était seulement de la rancœur. Des heures et des heures de queue pour arriver à quelques coiffeurs grecs armés de ciseaux rouillés qui ont probablement coupé moins de cheveux que de tranches de lard dans leur vie civile. La chevelure mi-longue et volumineuse de Dita s'est réduite à quatre poils sur le caillou.

Mais quelle importance.

Les Allemands sont particulièrement irrités par cette évasion car il paraît que Lederer s'est enfui grâce à la collaboration d'un garde SS qui a déserté. Rien ne peut les énerver davantage. Ils ne trouveront pas de corde assez rêche pour le pendre. Margit lui a raconté que ce garde était celui qui venait voir Renée, mais que la jeune fille ne parle avec personne. Ni de cela, ni de rien d'autre.

Et pour le moment, grâce à Dieu, ils n'ont pas été pris.

Le hasard est capricieux. Dita marche dans la *lagerstrasse*, les yeux et les oreilles grands ouverts pour repérer Mengele. Mais celui qu'elle voit arriver est un prisonnier d'un certain statut qu'elle a aperçu un jour de l'autre côté des barbelés. Elle se creuse la tête depuis des semaines pour trouver un moyen de le rencontrer, et le voilà qui arrive, seul et marchant les mains dans les poches. Il porte ce qui semble être une culotte d'équitation, comme si c'était un *kapo*. Mais il s'agit du secrétaire du camp de quarantaine, Rudi Rosenberg.

— Excusez-moi...

Rudi ralentit le pas sans s'arrêter. Il est très concentré sur son plan. Il n'y a plus de marche arrière possible. La démangeaison est insupportable. Il faut qu'il sorte de là, mort ou vif. Il ne peut pas attendre davantage. Le jour est fixé et il n'y a plus qu'un détail à régler pour les provisions. La chance va commencer à tourner et il ne peut se permettre aucune distraction.

— Qu'est-ce que tu veux ? répond-il d'un ton sec. Je n'ai pas de nourriture à te donner.

— Ce n'est pas pour ça. Je travaillais au bloc 31 pour Fredy Hirsch.

Rosenberg acquiesce de la tête mais il ne s'arrête pas, et Dita doit effectuer des foulées de plus en plus longues pour se maintenir à son niveau.

— Je l'ai connu...

— Détrompe-toi, personne ne connaissait cet homme. Il ne le permettait pas.

— Mais il était courageux. Vous a-t-il dit quelque chose qui expliquerait pourquoi il s'est suicidé ?

Rosenberg s'arrête un instant et la regarde d'un air las.

— Il était humain. Vous aviez cru que c'était un patriarche biblique, le Golem de la légende juive ou quelque chose comme ça, dit-il avec un soupire de dédain. Il s'était lui-même fabriqué cette auréole de héros. Mais ce n'était pas le cas. Je l'ai vu. C'était un homme, comme n'importe qui d'autre. Il n'en pouvait plus, c'est tout. Il s'est effondré comme n'importe qui se serait effondré. Est-ce que c'est si dur à comprendre ? Oublie-le. Son heure est passée. À présent, occupe-toi seulement d'arriver à sortir d'ici vivante.

Visiblement de mauvaise humeur, Rudi tient la conversation pour close et se remet à marcher. Dita réfléchit à ses paroles. Également à son ton hostile. Bien sûr que Hirsch était humain, il avait ses faiblesses, elle le savait bien. Il n'a jamais dit qu'il n'avait pas peur, bien sûr qu'il avait peur. Ce qu'il a dit, c'était qu'il fallait ravaler sa peur. Rosenberg est un homme qui sait beaucoup de choses, tout le monde le dit. Il lui a donné un conseil prudent : pense uniquement à toi. Mais Dita n'a pas envie d'être prudente.

Avril a apporté des températures plus clémentes et le froid rugueux de l'hiver s'est adouci. La pluie a transformé la *lagerstrasse* en un bourbier détrempé, et l'humidité a fait augmenter les maladies respiratoires. La charrette qui ramasse chaque matin les morts de la journée traverse le camp remplie de cadavres attaqués par de traîtreuses pneumonies. Le choléra en emporte aussi beaucoup, et même le typhus. Ce n'est pas une mortalité soudaine et généralisée comme lors d'une épidémie, mais le goutte-à-goutte de la mort est un robinet ouvert qui ne s'arrête pas un seul jour de couler dans ces baraquements humides qui constituent un paradis pour les bactéries.

Avril a apporté à Birkenau une pluie d'eau et une autre de convois. Il arrive certains jours jusqu'à trois trains, bondés de Juifs, qui déversent leurs eaux et leurs personnes sur le nouveau quai intérieur. Les enfants sont dans tous leurs états, ils veulent sortir pour voir l'arrivée des trains et s'ébahir des montagnes de valises et de paquets qui restent empilés par terre ; des caisses de nourriture à n'en plus finir qu'ils observent avec des yeux de convoitise et la bouche gorgée de salive.

— Regarde, un fromage énorme ! crie un garçon de dix ans appelé Wiki.

— Et là, sur le sol… on dirait des concombres !

— Mon Dieu, il y a une boîte de marrons !

— Oh, c'est vrai ! C'est des marrons !

— Si seulement le vent pouvait pousser un seul marron ! Je n'en demande pas tant, seulement un ! implore Wiki en se mettant à prier tout bas. Un seul, c'est tout, s'il vous plaît, Dieu du ciel.

Une petite fille de cinq ans au visage sale et aux cheveux broussailleux s'avance de quelques pas quand une main adulte la retient par l'épaule pour qu'elle n'aille pas plus loin.

— C'est quoi, des marrons ?

Les enfants un peu plus âgés la regardent en riant, mais ils se ravisent aussitôt. Cette fillette n'a jamais vu un marron, elle n'a jamais goûté à leur saveur quand ils sont grillés sur le feu ou dans le gâteau aux marrons de novembre. Wiki pense que si Dieu l'écoutait et que le vent lui apportait un marron, il en donnerait la moitié à cette petite fille. On ne peut pas dire qu'on ait connu la vie tant qu'on n'a pas goûté à la saveur des marrons.

Les professeurs, eux, ne voient pas les paquets de nourriture mais plutôt les masses de personnes exténuées que les gardes font mettre en formation en distribuant les coups pour les soumettre à la routine macabre de chaque convoi : séparer ceux qui seront rasés, tatoués et jetés au milieu d'un champ de boue pour y travailler jusqu'à se tuer à la tâche de ceux qui seront directement assassinés. Derrière les barbelés du camp familial, les enfants de six et sept ans font parfois des plaisanteries sur les nouveaux déportés. Il est difficile de savoir s'ils s'en moquent réellement et n'ont rien à faire de la douleur des inconnus ou si jouer les indifférents devant leurs camarades est leur façon à eux de se rendre plus fort et de surmonter l'angoisse.

Au premier soir de Pessah, début avril, les familles se réunissent autour de la table et l'on procède à la lecture de la Haggadah, qui raconte la sortie d'Égypte du peuple hébreu. La tradition dit qu'il faut boire quatre verres de vin en l'honneur de Dieu. On prépare la Kéara, le plateau où sont disposés les aliments suivants : Zeroa (une cuisse de poulet), Beitsa (un œuf dur qui symbolise la dureté du cœur de pharaon), Maror (des herbes amères ou du radis piquant qui symbolisent l'amertume de l'esclavage subi en Égypte), Harosset (une pâte douce à base de pomme, de miel et de fruits secs, qui représente le mortier que les Juifs utilisaient pour fabriquer leurs maisons en Égypte) et Karpass (un peu de persil dans une tasse d'eau salée qui symbolise la vie des Hébreux, qui est toujours baignée de larmes). Mais l'élément le plus important, c'est la Matsa, le pain sans levure, dont tous les convives prennent un morceau. Le dernier repas de Jésus avec ses disciples fut, précisément, pour célébrer le Séder, et l'eucharistie chrétienne provient de ce rite juif. Tout ceci, Ota Keller est en train de l'expliquer à son groupe d'élèves et personne n'en perd une miette : la tradition religieuse et la nourriture sont pour eux des thèmes sacrés.

Lichtenstern a réussi son coup : ils pourront célébrer Pessah. Bien que l'on n'ait pas obtenu tous les ingrédients pour réaliser la célébration de manière orthodoxe, tous les enfants sont attentifs quand le chef de bloc sort de sa chambre en portant un morceau de bois en guise de plateau. Dessus sont placés dans un ordre précis un os de quelque chose qui pourrait être du poulet, un œuf, une rondelle de radis et un bol rempli d'eau salée dans lequel flottent quelques herbes.

Tante Miriam a mis de la confiture de betteraves dans le thé du matin pour créer un ersatz de vin. Par ailleurs, elle a été chargée de pétrir la pâte à pain. Valtr, l'un des hommes qui collaborent habituellement aux tâches d'entretien du baraquement, a obtenu un gros fil de fer et l'a tordu en forme de résistance pour cuire le pain. Les enfants assistent, hypnotisés, à tout le processus. Dans un lieu où la nourriture est un bien tellement rare, ils voient avec stupeur comment d'une poignée de farine et d'un peu d'eau surgit ce pain délicieux, à l'odeur enivrante.

Un miracle, enfin.

Alors, comme certains des plus petits jouent bruyamment à chat dans le fond, on les fait bientôt taire et il flotte dans l'air un silence respectueux imprégné de mysticisme.

Ils obtiennent finalement sept pains, qu'ils posent sur une table au centre. Ce n'est pas beaucoup pour plus de trois cents enfants, mais Lichtenstern ordonne que chacun en prenne un tout petit bout, juste ce qu'il faut pour goûter la Matsa.

— C'est le pain sans levure que nos ancêtres ont mangé pendant leur exode de l'esclavage à la liberté, leur dit-il.

Et tous se mettent à passer en ordre devant lui pour avoir une miette sacrée.

Les enfants retournent s'asseoir en groupes et, pendant qu'ils mangent le pain rituel et boivent le thé coloré à la confiture de betteraves comme si c'était du vin, leurs professeurs leur expliquent l'histoire de l'exode des Juifs. Dita zigzague entre les groupes et écoute l'histoire avec différentes voix, différentes versions des mêmes faits extraordinaires de cette longue marche à travers le désert guidée par le prophète Moïse. Les enfants adorent les histoires et ils écoutent attentivement comment Moïse a gravi la montagne escarpée du Sinaï pour se rapprocher de ce Dieu rugissant avant que la mer Rouge s'ouvre pour leur libérer le passage. C'est probablement la célébration de la soirée du Séder la moins orthodoxe de l'histoire, il ne fait même pas nuit car c'est midi. Et ils ne pourront évidemment pas manger l'agneau traditionnel, il n'y a rien à manger. Comme grand supplément, ils recevront un demi-biscuit chacun. Mais l'ardeur et la foi avec lesquels ils célèbrent la fête, malgré toutes les carences, la transforment en une cérémonie émouvante.

Avi Ofir réunit le chœur, qu'il a fait répéter depuis des jours pour l'occasion, et ils commencent à entonner, d'abord avec timidité, puis avec éclat, l'*Hymne à la joie*, de Beethoven. Comme il est difficile de répéter quoi que ce soit secrètement dans ce baraquement où sont regroupés tous les enfants, la plupart des personnes présentes en connaissent les paroles par cœur à force de l'entendre et se mettent à chanter elles aussi, formant un chœur gigantesque de plusieurs centaines de voix.

La force de la musique franchit les murs et traverse les barbelés. Ceux qui travaillent aux fossés de drainage du camp s'arrêtent un instant et s'appuient sur leurs pelles pour mieux écouter…

Écoutez ! Ce sont les enfants, ils sont en train de chanter…

Dans le baraquement textile et dans celui de mica, où l'on fabrique des condensateurs pour les appareils électroniques et les radars, on ralentit aussi momentanément la cadence pour tourner la tête vers cette mélodie joyeuse surgie d'un lieu qui semble étranger au *lager*.

— Non, non, dit quelqu'un. Ce sont les anges du ciel.

Dans ces tranchées de glèbe épaisse dans lesquelles la cendre ne s'arrête jamais de tomber, où les *kapos* harcèlent les détenus pour qu'ils creusent jusqu'à ce que leurs mains saignent, cette musique et ces voix portées par le vent sont un miracle. Les paroles parlent d'un temps où des millions d'êtres se serreront dans leurs bras, où tout le monde s'embrassera et les hommes seront tous frères. Une demande de paix criée à pleins poumons dans la plus grande fabrique de mort de tous les temps.

L'hymne retentit tellement fort qu'il parvient jusqu'au bureau d'un mélomane notoire. Il relève la tête comme si son nez avait été chatouillé par le parfum d'une tarte délicieuse que l'on ne peut s'empêcher de suivre jusqu'à découvrir le four où elle cuit. Rapidement, il abandonne ses papiers, traverse la *lagerstrasse* du camp familial et se plante sur le seuil du bloc 31.

Ils ont déjà répété plusieurs fois les mesures du premier couplet, celui que tous connaissent, et ils arrivent juste à la fin du refrain quand la silhouette à casquette plate et à tête de mort se plante dans l'encadrement de la porte en projetant une ombre démesurément grande et menaçante. Le sang de Lichtenstern se glace, c'est comme si l'hiver était revenu d'un coup.

Le docteur Mengele…

Le chef de bloc continue de chanter, mais sa voix fléchit : ils n'ont aucune autorisation de célébrer une fête juive. Dita devient momentanément muette, mais elle rattrape tout de suite le train des paroles en marche, car bien que les adultes se soient tus, les enfants ont continué de chanter à pleins poumons comme si de rien n'était.

Mengele reste quelques instants à écouter, le visage neutre, impassible, impénétrable. Il tourne la tête vers Lichtenstern, qui ne chante plus et le regarde avec effroi. Mengele fait un hochement d'acquiescement comme si ce qu'il entendait lui plaisait et il lève sa main gantée de blanc pour les inviter à poursuivre. L'officier tourne les talons et le bloc termine la chanson, toutes les gorges déployées au maximum de leur puissance pour envoyer un message fort à Mengele ; puis ils explosent en applaudissement, des applaudissements adressés à eux-mêmes, à leur énergie et à leur audace.

Peu après la fin de la célébration de Pessah, alors que tout le monde se prépare pour l'appel du soir et que la vibration de l'*Hymne à la joie* résonne encore dans les oreilles, une autre musique se fait entendre dehors. Plus aiguë, plus oppressante, plus monotone, sans traces de joie, même si certains sourient en l'entendant. Ce sont les sirènes d'alarme, qui retentissent dans tout le *lager*.

Les SS courent dans toutes les directions. Les deux soldats qui se trouvaient dans la *lagerstrasse* en train de faire du gringue à une jeune femme, aussi flattée qu'effrayée, abandonnent leurs galanteries et se précipitent vers le poste de garde. Les sirènes annoncent une évasion. Les fuites sont un tout ou rien, la liberté ou la mort.

C'est la deuxième fois que la sirène des évasions retentit en quelques jours. Il y a d'abord eu cet homme appelé Lederer, dont la rumeur dit qu'il appartenait à la Résistance et qu'il s'est enfui avec un déserteur de la SS. On n'a plus eu aucune nouvelle d'eux, et c'est la meilleure nouvelle possible. On raconte que le nazi a fait sortir Lederer habillé en SS, qu'ils sont tranquillement passés par la porte, que les sentinelles qui étaient de garde ont été tellement stupides qu'elles les ont même invités à boire un petit verre de vodka.

Et la sirène retentit à nouveau. Les évasions mettent les nazis à cran : c'est une atteinte à leur autorité, mais c'est surtout une rupture de cet ordre qu'ils ont établi avec obsession. Et deux évasions si rapprochées dans le temps sont un affront pour Schwarzhuber. C'est bien vrai : quand on lui communique la nouvelle, ce dernier se met à donner des coups de pied à ses subordonnés et à réclamer des têtes. N'importe lesquelles.

Les détenus savent que la nuit va être longue et ils ne se trompent pas. Les SS font mettre tout le monde en formation, enfants compris, dans la rue du camp, exposés à tous les vents. On refait l'appel plusieurs fois, plus de trois heures passent et ils restent debout ; c'est un moyen de vérifier qu'il ne manque personne d'autre, mais c'est aussi une façon de se venger parce qu'ils ne peuvent pas déchaîner leur colère sur les fugitifs. Du moins, pour le moment.

Alors que, dans le camp, les courses des gardes se succèdent et que la tension monte, à quelques centaines de mètres de là, le secrétaire Rudi Rosenberg garde le silence à côté d'un autre camarade, Fred Wetzler, au cœur de l'obscurité la plus totale. Ils sont cachés dans une planque minuscule qui a des airs de caveau funéraire, seules leurs respirations agitées confèrent à l'obscurité insondable une composante de vie. Dans leur tête se projette l'image récente des Russes pendus au milieu du camp : leurs langues gonflées et violacées, leurs yeux exorbités pleurant du sang.

Une goutte de sueur descend sur le front de Rosenberg et il n'ose même pas l'essuyer pour ne pas bouger d'un millimètre. À présent, c'est lui qui se trouve avec son ami Fred dans le bunker construit par les Russes. Ils ont décidé de jouer à pile ou face. À tout ou rien.

Les sirènes du camp hurlent. Il tend la main vers Fred et touche sa jambe. Fred pose sa main sur celle de Rudi. Il n'y a plus de retour en arrière désormais. Ils ont attendu plusieurs jours afin de voir si les nazis démontaient la cachette et, comme ils ne l'ont pas fait, ils en sont venus à la conclusion qu'elle était sûre. Cette inconnue se dissipera bientôt.

Dans le camp familial, au terme d'une journée épuisante et avec seulement quelques minutes de libres avant l'extinction des feux, Dita aide sa mère à retirer ses lentes pour éviter qu'elles ne se transforment en poux ; pour y arriver, elle passe et repasse un bout de peigne dans ses cheveux. Sa mère ne supporte pas le manque d'hygiène, ou ne le supportait pas avant, quand elle la grondait chaque fois qu'elle prenait le moindre objet avec ses mains sans se les être lavées au savon auparavant. À présent, il ne lui reste pas d'autre solution que de tolérer la saleté. Dita se rappelle comment était sa mère avant la guerre : une femme très belle, beaucoup plus belle qu'elle, très élégante.

Certaines détenues profitent elles aussi de ce temps libre avant d'aller dormir pour tuer les locataires indésirables qui habitent leurs têtes. Et ce faisant, sans abandonner leur tâche, elles commentent de châlit en châlit l'évènement du jour.

— Je ne comprends pas pourquoi un homme qui a un poste de secrétaire, qui ne connaît pas la faim, qui ne fait pas non plus un travail particulièrement dur et qui ne subit pas les sélections parce qu'il est bien vu par les nazis, se risque ainsi à perdre la vie.

— Personne ne le comprend.

— S'enfuir, c'est du suicide. Ils finissent presque tous ramenés au camp et pendus.

— En plus, on va sortir d'ici dans très peu de temps, souligne une autre. Il paraît que les

Russes sont en train de gagner du terrain sur les Allemands. La guerre pourrait finir la semaine prochaine.

Ce commentaire suscite une multitude de murmures joyeux, des théories optimistes accrues par le désir pressant de voir la fin de cette nuit interminable qu'est la guerre.

— Et puis, dit l'une des femmes qui mène la danse, chaque fois qu'une évasion a lieu, c'est des représailles pour les autres : il va encore y avoir des restrictions, des punitions... Dans certains camps, on a envoyé les gens aux chambres à gaz en guise de représailles. Nous ne savons pas ce qui peut nous arriver. C'est incroyable que quelques-uns soient égoïstes au point de s'en ficher de mettre les autres en danger pour rien.

Toutes les têtes acquiescent.

Liesl Adlerova intervient rarement dans les discussions. Elle n'aime pas attirer l'attention et elle reproche tout le temps à sa fille de n'être pas assez discrète. Il est assez surprenant qu'une femme connaissant plusieurs langues opte si souvent pour le silence. Ce soir, cependant, elle parle.

— Enfin une voix sensée, dit-elle devant une vague de têtes qui acquiescent à nouveau. Enfin quelqu'un pour dire la vérité.

On entend des murmures d'approbation. Liesl poursuit.

— Pour finir, quelqu'un a parlé de ce qui est réellement important : peu nous chaut de savoir si cet homme va s'en sortir vivant ou pas. Ce qui nous inquiète, c'est que cela puisse nous nuire, qu'il y ait une cuillerée de soupe en moins dans nos repas et de devoir rester pendant des heures dehors à faire l'appel debout. Voilà ce qui est important.

Quelques murmures de perplexité s'élèvent, mais Liesl continue de parler.

— Vous dites que l'évasion ne sert à rien. Ils vont devoir lancer des douzaines de patrouilles sur les traces des fugitifs, ce qui oblige les Allemands à envoyer de plus en plus d'effectifs à l'arrière, alors qu'autrement ils seraient en train de se battre sur le front contre les Alliés qui doivent venir nous sauver. Est-ce que ça ne sert à rien de lutter là où nous sommes pour diviser la force des Allemands ? Et est-ce que ça sert à quelque chose de rester là à obéir aux SS jusqu'au jour où ils décideront de nous tuer ?

La stupéfaction a étouffé même les murmures et l'on commence à percevoir une certaine division des opinions. Dita est restée avec le peigne au bout de la main, pétrifiée de stupeur. La seule voix que l'on entend dans le baraquement est celle de Liesl Adlerova.

— Un jour, j'ai entendu une jeune fille nous appeler « les vieilles poules ». Elle avait raison. Nous passons nos journées à caqueter, guère plus.

— Et toi, qui parles si bien, crie la voix énervée de la femme d'avant, pourquoi tu ne t'enfuies pas si c'est si bien que ça ? C'est très joli de parler...

— Je n'en ai pas l'âge, ni la force. Je n'ai pas non plus suffisamment de courage. Je suis une vieille poule. C'est pourquoi je respecte ceux qui ont le courage de faire ce que je ne ferais pas.

Les femmes qui sont autour d'elle non seulement se sont tues, mais elles ont également perdu leur voix. Même la débonnaire et bavarde madame Turnovská, qui mène toujours la danse dans les conversations, regarde son amie avec curiosité.

Dita pose le peigne sur la paillasse et dévisage sa mère comme si elle l'observait au microscope, avec l'étonnement de qui découvre quelqu'un de différent dans la personne qui a toujours été à ses côtés. Elle croyait que sa mère vivait isolée dans son monde, qu'après la mort de son père elle était devenue étrangère à tout ce qui se passait autour d'elle.

— Maman, cela faisait des siècles que je ne t'avais plus entendue parler autant.

— Tu crois que j'ai parlé plus que nécessaire, ma fille ?

— Tu n'as pas dit un seul mot en trop.

À quelques centaines de mètres, au contraire, le silence règne. Et l'obscurité : quand l'un des deux fugitifs lève la main, il ne peut même pas voir ses doigts devant son visage. Dans ce réduit de planches en bois où ils doivent rester assis ou allongés, le temps s'écoule avec une lenteur désespérante, et ils se sentent vaguement nauséeux de respirer cette atmosphère confinée qui pue l'essence. Un vétéran leur a conseillé d'imbiber du tabac avec du kérosène pour tromper les chiens.

Rudi entend à côté de lui la respiration inquiète de Fred Wetzler. Ils n'ont ici rien d'autre que le temps de retourner les mêmes choses dans leur tête des millions de fois. Impossible de ne pas penser encore et toujours à la folie d'avoir abandonné son emploi salutaire au camp, où il aurait pu attendre la fin de la guerre en magouillant comme il l'a fait jusqu'à présent. Mais la soif de l'évasion l'a pris et il n'a plus été capable de la réfréner. Il n'arrivait pas à chasser de sa tête ni le dernier regard d'Alice Munk, ni le visage bleui de Hirsch. Après s'être retrouvé face à quelqu'un d'aussi indestructible que Fredy Hirsch et l'avoir vu s'écrouler, croire en l'immunité devient impossible.

Et que dire de la mort d'Alice ? Comment accepter que sa beauté et sa jeunesse n'aient pas pu arrêter le rouleau compresseur de la haine ? Il n'y a pas de limites pour les nazis. Leur détermination à tuer jusqu'au dernier Juif du dernier recoin de la planète est méthodique et imparable. Ils doivent s'enfuir. Mais pas seulement. Ils doivent aussi tout raconter au monde, à cet Occident apathique qui croit que le front se trouve en Russie ou en France, alors que le véritable carnage est en train de se produire au cœur de la Pologne, dans ces camps qu'ils appellent de concentration, mais où la seule chose qui s'y concentre est l'opération criminelle la plus abjecte de l'Histoire.

Alors, malgré l'angoisse qui décuple le froid dans cette sombre nuit polaire, Rudi décide finalement qu'il est à l'endroit où il doit être.

Le temps passe, mais le minuscule interstice qui laisse à peine passer un filet d'air ne leur permet pas de savoir s'il fait jour. Ils doivent rester trois jours plongés dans la nuit la plus totale. Cependant, ils savent que le soleil s'est levé au bourdonnement d'activité qui leur parvient de l'extérieur.

Il n'est pas facile pour eux d'endurer cette attente, calfeutrés à l'intérieur de la planque. Ils réussissent à somnoler par intermittence mais, à leur réveil, un spasme nerveux les secoue. Quand ils ouvrent les yeux, le monde a disparu, englouti par les ténèbres, jusqu'à ce qu'ils se rappellent être dans ce bunker préfabriqué. C'est une bien maigre tranquillité, car ils sont cachés à quelques mètres à peine des miradors. Tout tourne mille fois dans leur tête. Les peurs sont des plantes nocturnes qui poussent dans le noir.

Ils se sont imposé de ne pas parler, car ils ne savent pas si quelqu'un est en train de rôder à l'extérieur et peut les entendre. Ils ne savent pas non plus si le minuscule interstice dans l'emboîtement des planches sera suffisant pour que l'air ne s'épuise pas. Mais, malgré cela, il arrive un moment où l'un des deux ne peut plus se retenir et demande dans un murmure ce qu'il se passerait si, un matin, ils posaient d'autres planches par-dessus et que le poids deviendrait tel qu'ils ne seraient plus capables de les bouger. Ils le savent tous les deux : cette cachette deviendrait un cercueil scellé dans lequel ils mourraient d'asphyxie ou de faim et de soif, dans une agonie très lente. Pendant cette attente si longue et angoissante, il est inévitable de divaguer, inévitable de se demander, dans le cas où ils se retrouveraient pris au piège, lequel des deux mourrait le premier.

Ils entendent aboyer des chiens, leurs pires ennemis, qui par chance se trouvent assez loin. Mais ils commencent à entendre un autre bruit qui s'approche : des pas et des voix, qui vont en s'amplifiant jusqu'à devenir d'une netteté inquiétante.

Les bottes des gardes vibrent dans le sol. Quant à eux, ils cessent de respirer. Ils ne pourraient pas le faire même s'ils le voulaient, car la peur obture leurs poumons. Ils entendent autour d'eux le bruit sourd des planches que l'on retire. Des SS sont en train de retourner les planches de la zone où ils sont cachés. Mauvaise affaire. Ils sont tellement proches qu'ils captent même des bribes de conversations, des mots énervés des soldats, qui ont vu leur permission annulée pour se retrouver à faire le tour du périmètre du *lager*. Il y a dans leurs phrases beaucoup de haine envers les fugitifs. Ils disent que lorsqu'ils les retrouveront, si Schwarzhuber ne les exécute pas, ils leur ouvriront volontiers eux-mêmes le crâne en deux. Et les mots leur arrivent avec une netteté qui glace le corps de Rudi, comme s'il était déjà mort. Sa vie ne dépend plus que de l'épaisseur de la planche qui les recouvre. Quatre ou cinq centimètres à peine les séparent désormais de la mort.

Le tambourinement des bottes autour d'eux et le mouvement des planches, à présent à côté de leur cachette, marquent la fin de tout. Rudi ressent une angoisse tellement violente qu'il ne désire plus qu'une seule chose, qu'ils ouvrent une bonne fois pour toutes la trappe de leur réduit et regardent à l'intérieur et que tout s'achève au plus vite. Il se dit qu'il préfère qu'ils leur tirent dessus tout de suite, que la colère des gardes leur épargne au moins l'humiliation et la douleur d'être pendus en public. L'instant d'avant, il aspirait à être libre ; maintenant, tout ce qu'il souhaite, c'est mourir vite. Son cœur bat tellement fort qu'il se met à trembler.

Les bottes claquent, les planches sont déplacées dans un frottement de pierres tombales. Rudi commence à se relâcher et il décontracte même sa position pétrifiée ; il n'y a rien à faire. Durant les jours qui ont précédé sa fugue, il pensait et repensait obsessionnellement à l'angoisse du moment où on l'arrêterait, cet instant où l'illusion de la liberté se brise comme un miroir et où s'empare de vous la panique incontrôlable de savoir avec une certitude totale que vous allez mourir. Mais il se rend compte que ce n'est pas le cas, que l'angoisse est antérieure à cet instant. Quand le nazi va vous viser avec son Luger et qu'il va vous dire de lever les mains, ce qui vient est un calme froid, un lâcher-prise, parce qu'il n'y a plus rien à faire ni rien de pire à craindre. Il entend le bruit du bois que l'on déplace et il lève instinctivement les mains. Il ferme même les yeux pour anticiper le flash de lumière après les journées d'obscurité.

Mais l'éclair de lumière ne vient pas. Il lui semble que les bottes martèlent le sol d'une manière un peu plus amortie et que les frottements de bois se font plus sourds. Ce n'est pas un rêve... En tendant l'oreille, il réalise que les conversations et les bruits s'éloignent. À chaque seconde qui passe, semblable à une heure entière, le groupe de chiens d'arrêt s'éloigne également de leur cachette. Finalement, le silence revient, seul un camion lointain ou quelque coup de sifflet résonne encore à l'écart. Mis à part ces bruits, il entend seulement un battement affolé dont il ne sait pas s'il provient de son cœur ou de celui de Fred, ou des deux, en proie à la tachycardie.

Ils s'en sont tirés... pour le moment.

Pour fêter cela, Rudi, presque comme un luxe, s'autorise un long soupir et un léger changement de position. Alors Fred Wetzler tend sa main moite à sa recherche et Rudi la lui saisit. Ils tremblent ensemble.

Quand de longues minutes se sont écoulées et que le danger s'est évanoui, Rudi lui murmure à l'oreille : « Cette nuit on s'en va, Fred, on s'en va d'ici pour toujours. »

Et c'est une vérité qui n'admet pas de réplique : ils s'en vont pour toujours. Quand, à la nuit tombée, ils enlèveront la planche du toit et qu'ils gagneront la forêt à quatre pattes à la faveur de l'obscurité, quoi qu'il advienne, ils ne redeviendront plus jamais des prisonniers d'Auschwitz. Soit ils seront des hommes libres, soit ils mourront.

24

Alors que Birkenau dort d'un sommeil inquiet, une planche en bois coulisse de l'autre côté des barbelés. Elle le fait lentement, comme le couvercle d'une boîte de pièces d'échecs. Dessous, quatre mains la poussent jusqu'à ce que le froid de la nuit s'engouffre à flots dans le minuscule réduit. Deux têtes émergent avec précaution. Elles avalent l'air frais. C'est un festin.

Rudi observe avec attention. Il voit qu'il n'y a pas de gardes dans les parages et que l'obscurité les protège. Le mirador le plus proche se trouve à quarante ou cinquante mètres à peine, mais le garde surveille l'intérieur du camp, et il ne s'aperçoit donc pas qu'à l'extérieur du périmètre, au milieu des panneaux empilés pour les nouveaux baraquements de l'agrandissement du *lager*, deux silhouettes se faufilent accroupies vers la forêt.

Arriver jusqu'aux arbres et se gorger les poumons de leur parfum humide est une sensation tellement nouvelle qu'ils se sentent renaître. Mais l'euphorie causée par la première bouffée de liberté est de courte durée. La forêt, tellement belle et accueillante vue de loin, constitue la nuit un milieu inhospitalier pour l'homme. Ils se rendent vite compte que marcher pratiquement à l'aveuglette à travers les bois est une tâche ardue. Le sol est semé d'embûches, les arbustes griffent, les branches frappent, le feuillage mouille. Ils tentent d'avancer en ligne droite du mieux qu'ils le peuvent et de mettre le plus de distance possible entre eux et le *lager*.

Leur plan est d'atteindre la frontière slovaque dans le massif des Beskides, à cent vingt kilomètres de là, en marchant la nuit et en se cachant le jour. Et en priant. Ils savent qu'ils ne peuvent pas compter sur l'aide de la population civile polonaise car les Allemands fusillent les autochtones qui hébergent les évadés.

Ils marchent dans le noir, trébuchent, tombent, se relèvent, marchent encore. Au bout de deux heures de progression lente et hasardeuse, la forêt s'éclaircit, les arbres se dispersent, et les deux fugitifs traversent des étendues de buissons de petite taille. Ils aperçoivent même la lumière d'une maison à quelques centaines de mètres. Ils débouchent finalement sur un chemin de terre dont ils arrivent à distinguer les bords grâce à la clarté blafarde d'une lune voilée par les nuages. C'est plus risqué mais, comme il n'est pas asphalté, ils se disent que ce doit être un sentier peu fréquenté et, vu la difficulté de gagner le moindre mètre à travers la forêt, ils décident de continuer par-là, le plus près possible du bas-côté et attentifs au moindre bruit. Les chouettes ajoutent une note de frisson à la nuit et les rafales de vent sont tellement glacées qu'elles coupent la respiration. Chaque fois qu'ils se rapprochent d'une maison, ils s'enfoncent à travers champs et la contournent à une distance prudente. À un moment donné, des chiens se mettent à aboyer nerveusement pour signaler leur présence et les deux évadés pressent le pas pour s'éloigner au plus vite.

Quand le ciel commence à pâlir, ils décident à voix basse de s'enfoncer autant que possible dans la partie la plus dense de la forêt et de trouver un grand arbre dans lequel grimper pour passer la journée dissimulés dans sa cime. Le ciel s'éclaircissant, ils distinguent peu à peu les formes et peuvent mieux avancer. Une demi-heure après, la lumière commence à être suffisante pour leur permettre de voir leurs visages. Ils se regardent un instant et ne se reconnaissent pas. Cela fait trois jours qu'ils n'ont pas pu se voir et leurs barbes ont poussé. Il y a aussi une expression différente sur leurs visages, un mélange d'inquiétude et de plaisir d'être en dehors du camp. En réalité, ils ne se reconnaissent pas parce qu'ils sont d'autres hommes à présent, des hommes libres. Ils sourient.

Ils grimpent dans un arbre et s'efforcent de s'installer le mieux possible entre ses branches, mais il est difficile d'y trouver une position stable. Ils sortent de leur sacoche un rogaton de pain qui ressemble à un bout de bois et vident les dernières gorgées d'une petite gourde. Ils attendent avec impatience que le soleil se montre. Ainsi, Fred se repère immédiatement : il lève le doigt et le pointe vers de douces collines.

— Nous sommes bien dans la direction de la frontière slovaque, Rudi.

Quoi qu'il arrive, personne ne leur prendra jamais cet instant de liberté au sommet d'un arbre où ils mâchonnent un bout de pain sans avoir autour d'eux ni nazis en armes, ni sirènes, ni ordres. Il n'est pas facile de garder l'équilibre sans tomber de l'arbre ou d'éviter que ses branches ne se plantent douloureusement dans le corps, mais ils sont tellement fatigués qu'ils réussissent à entrer dans un état de somnolence qui leur permet de reprendre quelques forces.

Plus tard, ils entendent des voix et des pas précipités sur les feuilles mortes. Alertés, ils ouvrent les yeux et voient passer à quelques mètres de l'arbre une horde d'enfants qui arborent des brassards avec le svastika et chantent des chansons allemandes. Les fugitifs se regardent avec affolement : c'est un groupe des Jeunesses hitlériennes en pleine excursion. La malchance veut que le jeune instructeur qui dirige la vingtaine d'enfants décide de les faire s'arrêter pour manger leurs sandwichs dans une clairière à quelques mètres à peine de leur arbre. Les deux évadés se pétrifient comme s'ils étaient une branche parmi les autres et ne bougent plus un seul muscle. Les enfants rient, crient, se chamaillent, chantonnent... De là où ils sont, Rudi et Fred distinguent leurs uniformes kaki et leurs pantalons courts, leur énergie tumultueuse et la façon dont ils s'approchent parfois dangereusement de leur arbre en quête d'une baie à lancer comme projectile sur leurs camarades. Le temps du casse-croûte s'achève et l'instructeur crie aux enfants de se remettre en marche. La troupe désordonnée s'éloigne et, dans les branches d'un arbre voisin, il y a des soupirs de soulagement, des mains qui s'ouvrent et se referment pour retrouver l'irrigation sanguine après cette longue immobilité.

Ils ne ferment plus vraiment l'œil du reste de la journée. Ils comptent tous les deux avec anxiété les heures avant la nuit. Ils profitent des derniers rayons du soleil pour revenir vers le chemin et observent le crépuscule pour repérer l'ouest avec précision.

La deuxième nuit est beaucoup plus exténuante que la première. Ils doivent s'arrêter plus souvent pour se reposer, ils sont épuisés. L'excitation causée par leur évasion, qui leur avait donné des forces la veille, est allée en déclinant. Ils continuent malgré tout d'avancer et, quand la nuit commence à pâlir, ils n'en peuvent plus. Le chemin les a placés devant des croisements et des bifurcations qu'ils ont prises instinctivement, mais en réalité ils ne savent pas où ils sont.

L'épaisse forêt est restée derrière eux et ils sont arrivés dans un paysage beaucoup moins luxuriant, avec des bosquets d'arbres clairsemés, des champs cultivés et des buissons. Ils savent que c'est une contrée habitée, mais ils sont trop fatigués pour s'en soucier. Il fait encore très sombre, cependant ils distinguent une clairière au bord du chemin, entourée de buissons. Ils s'y dirigent, ramassent à tâtons des branchages au feuillage abondant et se fabriquent une cabane improvisée pour dormir quelques heures. Si l'endroit est discret, ils pourraient même y passer la journée entière. Ils se glissent dans leur tanière et referment l'entrée avec des rameaux épais. L'aube est très froide en Pologne, et ils se blottissent l'un contre l'autre pour se réchauffer et réussir enfin à se reposer un peu.

Ils dorment tellement profondément que, lorsque des bruits de voix les réveillent, le soleil est déjà haut et une pointe de panique se plante dans leur estomac. Leur refuge est vraiment loin d'être aussi épais qu'ils l'avaient cru ; les branches qu'ils ont placées pour refermer leur cachette laissent des ouvertures importantes et ce qu'ils voient à travers les trous les remplit d'effroi. Ils ne se sont pas arrêtés pour fermer l'œil dans la clairière d'un bosquet, comme ils le croyaient. Dans l'obscurité de la nuit, sans s'en rendre compte, ils sont arrivés aux abords d'un village et ce qu'ils ont fait, c'est se mettre à sommeiller dans un jardin public. À quelques mètres de ce qu'ils prenaient pour une clairière, ce qu'ils voient, ce sont des bancs et des balançoires.

Ils se regardent du coin de l'œil, pétrifiés, n'osant pas bouger un muscle car des pas précipités se font entendre. En préparant leur évasion, ils avaient imaginé tous les moyens d'éviter les patrouilles SS, les contrôles ou les chiens, mais ce qui vient de se transformer en leur pire cauchemar, ce sont les enfants.

Avant même que la peur puisse se répandre dans leur corps, ils voient se planter devant l'entrée de leur refuge un petit garçon et une petite fille, blonds aux yeux bleus, qui les regardent avec une curiosité aryenne. Un peu plus loin derrière, de hautes bottes noires approchent. Les enfants repartent en courant et crient en allemand :

— Papa, papa, viens voir ! Il y a des hommes bizarres !

La casquette plate d'un Oberscharführer de la SS apparaît, et le nazi les dévisage fixement. Ils restent tous les deux médusés, blottis, serrés l'un contre l'autre, absolument sans défense. Surgie entre les branches, la trogne de l'Oberscharführer semble démesurément grande, comme celle d'un ogre. La tête de mort de sa visière les regarde comme si elle les reconnaissait. En cet instant, les deux évadés voient défiler leur vie entière. Ils voudraient dire quelque chose, mais la peur a fermé le robinet de leur voix, de même qu'elle a pétrifié leurs mouvements. Le sergent nazi les observe, et un sourire malicieux apparaît sur son visage. Ils voient les chaussures à talons de sa femme, qui approche, et ils ne réussissent pas à saisir ce que le mari lui murmure. Ils entendent seulement la réponse à haute voix de cette mère de famille allemande scandalisée :

— On ne peut même plus emmener ses enfants dans un jardin public sans tomber sur deux hommes en train d'avoir des relations dans les fourrés ! C'est une honte !

La femme s'éloigne, indignée, et le sergent, sans effacer ce petit sourire de son visage, réunit les enfants et s'en va à sa suite.

Allongés dans les broussailles, Rudi et Fred se regardent. Ils n'avaient pas réalisé qu'ils étaient encore dans les bras l'un de l'autre, tels qu'ils se sont endormis peu avant le lever du jour. Alors, ils se serrent encore plus fort et bénissent comme jamais cette peur qui les a laissés sans voix. La moindre chose qu'ils auraient pu dire, même un seul mot, les aurait trahis comme étrangers. Il n'y a presque jamais rien de mieux que le silence.

Rudi Rosenberg et Fred Wetzler pensent ne plus être très loin de la Slovaquie, mais ils ne savent pas non plus avec exactitude quel est le meilleur chemin vers la chaîne des Beskides. C'est là leur deuxième problème. Le premier, c'est qu'ils ne sont pas invisibles. Au détour d'un sentier, ils tombent quasiment nez à nez avec une femme. Ils sont dans une contrée de rase campagne très peuplée ; ils ne vont pas pouvoir éviter les rencontres avec les gens, comme cette paysanne polonaise au visage couvert de rides qui les dévisage avec appréhension.

Ils en concluent qu'ils n'ont pas le choix, ils ne peuvent pas faire autrement que courir le risque : il fallait bien qu'ils tombent tôt ou tard sur quelqu'un et, qui plus est, ils ont besoin d'aide. Ils n'ont pas mangé depuis plus de vingt-quatre heures, pas dormi ou presque depuis plusieurs jours et ils ne savent même pas s'ils sont sur la bonne voie pour la Slovaquie. Les deux évadés échangent un bref regard et se mettent instantanément d'accord pour dire la vérité à cette femme qui les observe avec méfiance. Dans un polonais rudimentaire, en ajoutant des expressions en tchèque tout en remuant les mains, en prononçant même les mots tous les deux avec insistance pour tenter de s'expliquer d'une façon plus convaincante, ils lui racontent qu'ils sont des prisonniers évadés d'Auschwitz, des gens pacifiques, qu'ils ont simplement besoin de savoir comment atteindre la frontière slovaque afin de pouvoir rentrer chez eux.

La paysanne n'a pas changé d'expression et les dévisage avec la même méfiance qu'avant ; elle fait même un pas en arrière lorsqu'ils tentent de s'approcher. Fred et Rudi se sont tus. La femme les regarde sans rien dire de ses yeux aussi minuscules que des grains de poivre. Les deux hommes sont fatigués, affamés, désorientés ; effrayés, aussi. Ils implorent son aide avec des gestes et elle regarde vers le sol. Les deux hommes se regardent, et Fred effectue un mouvement de la tête qui indique qu'ils doivent partir de là avant que cette femme ne se mette à crier au secours et ne les trahisse. Mais ils craignent qu'elle ne donne l'alerte dès qu'ils tourneront le dos et cesseront de la regarder.

Ils n'ont pas le temps de battre en retraite. La femme relève les yeux, fait un pas en avant comme si elle avait pris une décision soudaine et saisit Rudi par la manche de son pull-over. Ils comprennent qu'elle veut les observer de plus près et elle les examine sous toutes leurs coutures comme elle le ferait d'un cheval ou d'un veau. Elle veut voir quel genre d'hommes ils sont : leurs barbes de plusieurs jours et leurs habits crasseux ne suffisent pas à la convaincre qu'ils lui ont raconté la vérité. Mais elle voit leurs yeux caves, gonflés par le manque de sommeil, enfoncés dans leurs visages émaciés, presque cadavériques, et elle observe leurs os saillants. Alors, enfin, elle acquiesce de la tête. Elle leur fait un geste de la main pour qu'ils restent ici et un autre mouvement qui leur fait comprendre qu'elle va leur apporter à manger, ils croient même comprendre quelque chose de ce qu'elle leur dit en polonais : quelqu'un et frontière. Après avoir fait quelques pas, la paysanne se retourne et insiste pour qu'ils attendent, qu'ils ne bougent pas d'ici.

Rudi murmure qu'elle pourrait aller les dénoncer aux autorités allemandes et que c'est une patrouille de SS qui risque d'apparaître. Fred lui dit qu'ils peuvent toujours aller se cacher, mais que si l'alerte est donnée que les deux prisonniers échappés d'Auschwitz sont ici, la zone sera bouclée et passée au peigne fin, et qu'il leur sera très difficile de s'échapper.

Ils décident d'attendre. Ils s'installent de l'autre côté d'un pont en bois qui enjambe une petite rivière où ils ont étanché leur soif le matin même, de sorte que si les SS arrivent, ils les verront venir suffisamment à l'avance pour s'enfoncer dans la forêt et gagner au moins un avantage d'une minute sur eux. Plus d'une heure passe et la paysanne aux yeux minuscules n'a pas réapparu. Leurs ventres réclament un peu plus que de l'air.

— Il serait plus sage de retourner dans la forêt, murmure Rudi.

Fred acquiesce, mais aucun des deux ne fait un pas. Ils ne peuvent plus bouger, ils ont épuisé toutes leurs forces. Ils ont brûlé toutes leurs cartouches.

Au bout de deux heures, ils n'attendent plus la venue de personne et se sont roulés en boule l'un à côté de l'autre pour se protéger un peu du froid. Ils se sont même assoupis. Le calme est rompu par un bruit de pas rapides. Qui que ce soit, ils ne vont pas se donner la peine de faire semblant de s'enfuir. Ils ouvrent les yeux et voient que le propriétaire de ces pas est un garçon de douze ans, vêtu d'un pantalon tenu par une corde et d'une veste en toile de jute, qui leur apporte une boîte. Ils réussissent à comprendre que c'est sa grand-mère qui l'envoie. En ouvrant la cassette en bois qu'il leur tend, ils découvrent des pommes de terre cuites fumantes sur deux gros filets de bœuf grillés. Ils ne l'échangeraient pas contre vingt coffres remplis d'or.

Avant que le garçon s'en aille, ils tentent de l'interroger sur la frontière slovaque. Le garçon leur dit d'attendre. Ils restent donc là où ils sont, un peu plus rassurés par le geste cordial de la nourriture et tonifiés par les aliments, qu'ils ont dévorés avec une joie empressée. La nuit tombe vite et la température baisse. Cela fait un moment qu'ils ont décidé de marcher en rond pour se dégourdir les jambes et se réchauffer un peu.

Enfin, des pas se font à nouveau entendre, plus prudents cette fois et couverts par l'obscurité. Le clair de lune ne leur permet de distinguer un homme qu'au moment où celui-ci leur tombe presque dessus ; il est habillé en paysan mais il a un pistolet à la main. Les armes sont synonymes de mauvaises nouvelles. L'homme se plante devant eux et craque une allumette, qui éclaire un instant leur visages à tous les trois. Il a une moustache de couleur châtaine, aussi épaisse qu'une brosse à lustrer les chaussures. Il baisse la main qui tient le pistolet et leur tend l'autre à serrer.

— Résistance.

Il n'ajoute rien, mais c'est suffisant. Rudi et Fred bondissent de joie, se mettent à danser et se serrent dans les bras jusqu'à tomber par terre en roulant. Le Polonais les regarde avec perplexité. Il se demande s'ils n'auraient pas bu. Ils sont ivres de liberté.

Le partisan se présente comme Stanis, mais ils soupçonnent que ce n'est pas son vrai nom. Il parle en tchèque et leur explique que la méfiance de la femme qui les a trouvés était due à ce qu'elle n'était pas sûre qu'ils ne soient pas des agents de la Gestapo déguisés à la recherche des Polonais qui collaborent avec la guérilla. Il leur dit qu'ils sont tout près de la frontière, qu'il faut faire attention aux soldats allemands, mais qu'il connaît les horaires des patrouilles : elles sont d'une telle exactitude qu'elles passent chaque nuit au même endroit à la même minute, ils pourront donc les éviter sans difficulté.

Le partisan leur demande de le suivre. En silence et dans le noir, ils marchent pendant un long moment sur des sentiers solitaires jusqu'à atteindre une cabane en pierre abandonnée dont le toit de paille est défoncé. La porte en bois cède facilement quand on la pousse. À l'intérieur, la végétation et l'humidité ont pris possession du quadrilatère de pierre. Alors le Polonais se penche et craque une allumette, il retire quelques planches pourries par l'humidité et saisit un anneau. En tirant, il ouvre une trappe. Il sort une bougie de sa poche et l'allume. À sa lueur, ils descendent un escalier vers une ancienne grange à foin construite sous la cabane. Il y a là des paillasses, des couvertures et des provisions. Ils dînent tous les trois de quelques boîtes de soupe réchauffées sur un réchaud à gaz et, pour la première fois depuis bien longtemps, Fred et Rudi dorment en paix.

Le Polonais est un homme peu causant, mais d'une efficacité redoutable. Ils partent tôt le matin et l'homme prouve qu'il connaît les chemins avec la précision d'un sanglier. Après une journée entière sans pratiquement aucun arrêt dans les bois, ils passent la nuit dans une grotte. Et le lendemain, ils ne s'arrêtent plus. Ils montent et descendent à travers la montagne en évitant les patrouilles comme on laisse passer les trains, en cherchant des rochers abrités derrière lesquels se retrancher jusqu'à ce que le danger se soit éloigné et qu'ils puissent continuer d'avancer. Ce matin, enfin, ils foulent la terre de Slovaquie.

— Vous êtes libres, leur dit le Polonais en guise d'au revoir.

— Non, répond Rudi, nous ne le sommes pas encore. Il nous reste un devoir à remplir. Il faut que le monde entier sache ce qu'il se passe.

Le Polonais acquiesce de la tête, et sa grosse moustache bouge de haut en bas.

— Merci, merci beaucoup, lui disent-ils. Tu nous as sauvé la vie.

Stanis hausse les épaules, il n'a rien à répondre.

La seconde partie de leur voyage va consister à faire en sorte que le monde entier apprenne ce qu'il se passe véritablement à l'intérieur du Reich, ce que l'Europe ne sait pas ou n'a pas voulu savoir : qu'il ne s'agit pas d'une simple guerre de frontières, que l'on est en train d'exterminer une race entière.

Le 25 avril 1944, Rudolf Rosenberg et Alfred Wetzler comparurent devant le porte-parole des Juifs slovaques, le docteur Oscar Neumann, dans les quartiers généraux du Conseil juif de Zilina. La position de secrétaire de Rudi lui permit d'élaborer un rapport truffé de statistiques à faire froid dans le dos (il estimait à 1,76 million le nombre de Juifs liquidés à Auschwitz), décrivant pour la première fois le mécanisme d'assassinat de masse mis en place, ainsi que l'exploitation physique du travail esclave, l'appropriation des effets personnels, l'utilisation des cheveux humains pour la confection de tissus ou encore l'extraction des prothèses dentaires en or et en argent dans le but de les faire fondre et de les transformer en argent pour le Reich.

Rudi racontait comment l'on conduisait des cohortes de femmes enceintes avec leurs enfants accrochés à leurs basques jusqu'à l'intérieur de ces douches dans lesquelles jaillissait un gaz empoisonné, il parlait de ces cachots de la taille d'un tiroir en béton où les prisonniers ne pouvaient même pas s'asseoir, de ces longues journées de travail que les détenus passaient dehors, dans la neige jusqu'aux genoux, couverts d'une simple chemise légère et avec un bol de soupe claire pour toute pitance quotidienne. Il racontait et racontait, et les larmes lui montaient parfois aux yeux, mais il continuait de raconter, possédé par le désir impérieux de crier, à la face de ce monde assourdi par les bombardements de la guerre, qu'il existait une guerre encore plus sale et plus terrible à l'intérieur des murs et qu'il fallait l'arrêter à tout prix.

Quand Rudi eut achevé de dicter son rapport, il se sentit exténué mais satisfait, en paix avec lui-même pour la première fois depuis de longues années. Son rapport fut aussitôt transmis en Hongrie. Les nazis avaient pris ce pays et étaient en train d'y organiser le transport des Juifs vers les camps, que tout le monde croyait être des camps de concentration ou de regroupement, sans savoir qu'il s'agissait en réalité d'industries de la mort.

Mais la guerre ne détruit pas seulement les corps, fauchés par la mitraille et les explosions, elle anéantit également la raison, elle tue les âmes. Ses mises en garde parvinrent au Conseil juif de Hongrie, mais personne ne les écouta. Les dirigeants juifs préférèrent croire les promesses des nazis et continuèrent d'œuvrer à la répartition des gens dans les convois à destination de la Pologne, ce qui se traduisit par une augmentation massive des arrivées de Hongrois à Auschwitz. Après tant de douleurs et de souffrances, après la jubilation de la liberté, Rudi dut boire à la coupe amère de la déception. Son rapport ne sauva pas les vies hongroises qu'il croyait pouvoir sauver. Une guerre est une rivière en crue : elle est difficile à canaliser. Si vous lui opposez une petite barrière, elle l'emportera sur son passage.

Rudi Rosenberg et Fred Wetzler furent évacués en Angleterre, où ils présentèrent leur rapport. Ils y furent enfin écoutés. Mais, depuis les îles Britanniques, on ne pouvait pas faire grand-chose. Tout au plus lutter avec une détermination encore plus forte pour stopper ce délire qui ravageait l'Europe.

25

Le 15 mai 1944, un nouveau convoi en provenance de Terezín arriva au camp familial avec 2 503 déportés. Un autre suivit le lendemain, avec 2 500 personnes supplémentaires. Et un troisième contingent arriva le 18 mai. À eux trois, 7 503 personnes, dont près de la moitié étaient des Juifs allemands (3 125), en plus des 2 543 Tchèques, des 1 276 Autrichiens et des 559 Hollandais.

Le premier matin a été chaotique. Cris, coups de sifflet, confusion. Dita et sa mère se sont vues obligées non seulement d'utiliser la même paillasse, mais aussi de la partager avec une troisième prisonnière : une Hollandaise complètement terrifiée qui, en deux jours, n'a pas été capable de leur dire ne serait-ce que bonjour. Elle passe ses nuits à trembler.

Dita se rend à toute allure au bloc 31 car Lichtenstern et son équipe sont débordés par la réorganisation du baraquement-école. La situation est anarchique parce qu'en plus, comme il y a maintenant des Tchèques, des Allemands et des Hollandais, tout ce petit monde est incapable de se comprendre. Dita a reçu l'ordre de Lichtenstern et de Miriam Edelstein de suspendre provisoirement le service de bibliothèque jusqu'à ce que les groupes soient organisés et que la situation s'éclaircisse. Trois cents enfants supplémentaires sont arrivés dans le convoi de mai, ils doivent donc former de nouveaux groupes scolaires.

Les petits sont très agités, il y a quelques altercations, des bousculades, des chamailleries, des bagarres, des pleurs et une confusion qui semble aller crescendo. Ils n'arrivent pas à tenir en place, les enfants sont à bout de nerfs à cause des piqûres de punaises, de puces, de poux et de tous les acariens qui nichent dans les matelas de paille humide. Le beau temps ne fait pas seulement éclore les fleurs, mais aussi les insectes en tout genre.

Miriam prend une décision drastique : elle va utiliser la dernière portion de charbon qu'ils gardaient en cas d'urgence pour faire chauffer des seaux et laver sur place les sous-vêtements des enfants. Il se produit un chahut énorme, et le temps manque pour faire entièrement sécher les habits sur la cheminée, si bien que les enfants doivent les réenfiler mouillés, mais au moins la moitié des insectes semblent s'être noyés et le calme revient au cours de la journée.

Les détenus qui ont été désignés pour travailler dans le bloc 31 ont cru, en arrivant dans cette enfilade de baraquements donnant sur une rue boueuse, qu'ils débarquaient dans un bourbier. Mais découvrir l'existence d'une école clandestine les a laissés sans voix. Sans voix et pleins d'espoir.

Lichtenstern les réunit en fin de journée, une fois que les groupes ont été organisés et qu'une certaine routine scolaire a pu débuter. Il leur présente une jeune fille aux jambes de danseuse et aux hautes chaussettes en laine qui se balance nerveusement sur ses sabots en bois. Quelqu'un qui l'observerait distraitement pourrait croire qu'elle est frêle, fragile même, mais quand on l'examine avec attention, on voit qu'il y a du feu dans son regard. Elle a l'air de se déplacer avec timidité, mais elle observe cependant tout ce qui l'entoure avec effronterie. Il leur dit que c'est la bibliothécaire du bloc.

Quelques-uns lui ont demandé de répéter car ils ont du mal à y croire : il y a aussi une bibliothèque ? Mais les livres sont interdits ! Ils ne comprennent pas comment une affaire aussi dangereuse et délicate peut être confiée à une gamine. Alors Miriam lui demande de grimper sur un tabouret pour que tout le monde puisse l'entendre.

— Bonjour. Je suis Dita Adlerova. Nous avons une bibliothèque de huit livres de papier et une demi-douzaine de livres vivants.

L'expression d'ahurissement de certains nouveaux arrivants est telle que Dita, qui avait commencé très sérieusement afin d'assumer à la perfection ses responsabilités devant ce public d'adultes, ne peut empêcher un léger rire de lui échapper.

— Ne vous inquiétez pas. Nous ne sommes pas devenus fous. Les livres ne sont pas vivants, bien sûr. Les vivants, ce sont les gens qui les racontent aux enfants. Vous pourrez venir les emprunter pour les activités de l'après-midi.

Dita s'explique en tchèque et en allemand avec une aisance stupéfiante. Devant elle, les professeurs qui viennent d'être nommés sont encore abasourdis par la contradiction de parler du fonctionnement normal d'une école dans l'endroit le plus anormal du monde. Quand elle termine, Dita incline la tête d'une manière un peu exagérée, comme le faisait le professeur Morgenstern, et c'est tout juste si elle réussit à s'empêcher de rire en se voyant si protocolaire. Elle a encore plus envie de rire quand elle découvre que certains la regardent bouche bée lorsqu'elle se fraye un chemin pour revenir occuper une place plus discrète.

— C'est la bibliothécaire du bloc 31, murmure-t-on.

Dans l'après-midi, il règne une telle pagaille qu'il lui est impossible de se cacher pour lire. Elle a voulu se retirer dans son recoin derrière les planches, mais elle y a trouvé un groupe d'une demi-douzaine d'enfants en train de jouer à martyriser des fourmis.

Pauvres fourmis, pense-t-elle. À Auschwitz, les fourmis doivent en voir de toutes les couleurs pour dégoter une miette.

Elle dissimule donc la *Brève histoire du monde* sous ses vêtements, se faufile jusqu'aux latrines et se cache derrière des bidons placés dans le fond. Le fait est que l'on y voit mal et que l'odeur est encore pire, à tel point que les gardes SS viennent très rarement promener leurs casquettes dans les parages. Ce que Dita ne sait pas, c'est que, précisément pour cette raison, les latrines sont le lieu de prédilection des magouilleurs du marché noir.

C'est presque l'heure de la soupe et, donc, le moment des affaires. Un Polonais dont le travail consiste à effectuer des réparations dans les différents camps s'accroupit sous l'un des robinets comme s'il était en train de rafistoler une tuyauterie. C'est l'un des trafiquants les plus actifs : du tabac, un peigne, un miroir, une paire de chaussures… C'est un Père Noël à la trogne de prisonnier auquel vous pouvez demander n'importe quoi, à condition d'être prêt à donner quelque chose en échange. Dita entend des voix dans le bâtiment et commence à tourner les pages un peu plus silencieusement. Le dialogue s'infiltre doucement dans ses oreilles. L'une des voix est celle d'une femme.

Dita ne la voit pas, mais Bohumila Vlatava a un nez pointu et retroussé vers le haut qui lui donne un air prétentieux. Ses paupières enflées, molles, très violacées, ternissent son regard.

— J'ai un client. Il m'en faut une pour après-demain après-midi, avant l'appel du soir.

— Tata Bohumila peut arranger ça, mais la *kapo* de notre baraquement est un peu inquiète et il va falloir lui donner un peu plus.

— Tu abuses, Bohumila.

Sa voix monte alors d'un ton :

— Ce n'est pas pour moi, idiot ! Je te dis que c'est la *kapo*. Si elle n'est pas d'accord pour fermer les yeux et nous laisser sa chambre, vous pourrez dire au revoir à votre petit festin.

Arkadiusz parle plus bas, mais sa voix résonne aussi crispée et menaçante :

— On avait dit une ration de pain et dix cigarettes. Tu n'auras pas une miette de plus. Vous vous partagerez ça comme ça vous chante.

Même Dita entend la femme grommeler.

— Avec quinze cigarettes, l'affaire serait réglée.

— Pas possible, je t'ai dit.

— Fichu usurier polonais ! D'accord, je filerai deux cigarettes en plus sur ma commission à la *kapo*. Mais si je perds mes revenus et que je ne peux plus acheter de nourriture au marché noir, je vais tomber malade. Et qui va vous trouver de jolies petites femmes juives ? Pour le coup, vous la pleurerez, votre tata Bohumila, je peux te le dire, et vous regretterez d'avoir été vaches avec moi.

On n'entend plus un mot. Il y a toujours un silence au moment des échanges, comme si les deux commerçants avaient besoin d'une concentration particulière. Arkadiusz sort cinq cigarettes. Bohumila demande toujours la moitié d'avance. L'autre partie du paiement, la ration de pain, est celle qui est payée aux femmes au moment du rendez-vous.

— Je veux voir la marchandise.

— Attends.

Le silence revient pour quelques minutes et, peu de temps après, la voix nasillarde de la femme se fait entendre à nouveau.

— La voilà.

Dita ne résiste pas à la tentation de tendre le cou et de jeter un coup d'œil en profitant de la pénombre. Elle distingue la haute silhouette du Polonais et celle, volumineuse, de Bohumila, qui est loin d'avoir l'air sous-alimentée. Il y a une autre femme, plus maigre, les mains jointes sur son giron et la tête baissée.

Le Polonais soulève sa jupe et tâte ses parties intimes. Puis il écarte ses bras et lui tripote les seins, les lui pétrissant soigneusement pendant qu'elle reste immobile.

— Elle n'est plus toute jeune…

— Encore mieux, comme ça elle sait ce qu'elle doit faire.

Beaucoup de femmes recrutées par Bohumila sont des mères de famille. Elles veulent la ration de pain supplémentaire parce qu'elles ne supportent pas de voir leurs enfants mourir de faim.

Le Polonais acquiesce et s'en va.

— Bohumila, murmure timidement la femme, c'est un péché.

L'autre la regarde avec une grimace d'une gravité comique.

— Ne t'inquiète pas pour ça, ma chère. C'est la volonté de Dieu : tu dois gagner ton pain à la sueur de ta chatte.

Et elle part d'un gros éclat de rire obscène. Elle sort des latrines en riant, suivie par l'autre femme, qui traîne les pieds, la tête basse.

Dita sent dans sa bouche une salive amère. Elle ne peut même plus continuer à lire et retourner dans sa cachette de la Révolution française. Elle regagne son baraquement, toute pâle, et sa mère abandonne ses causeries en la voyant arriver. Elle laisse même une dame au beau milieu d'une phrase et va serrer Dita dans ses bras. En cet instant, elle se sent redevenir petite et vulnérable, et elle voudrait rester là, à vivre jusqu'à la fin des temps dans les bras de sa mère.

La pluie de trains chargés de Juifs hongrois qui s'abat sur le *lager* – 147 convois de marchandises avec 435 000 personnes – ajoute encore à la fébrilité ambiante. Des groupes d'enfants restent en permanence à proximité de la clôture du camp, fascinés par le spectacle des arrivées : tous ces gens désorientés après lesquels on crie, que l'on secoue, que l'on dépouille, que l'on frappe.

— *Das ist Auschwitz-Birkenau !*

La perplexité de leurs visages montre que ce nom ne signifie rien pour eux. Beaucoup ne sauront même pas où ils vont mourir.

Dita ne sait pas à quel moment viendront les observateurs internationaux ni quand s'ouvrira cette fameuse fenêtre pour crier la vérité dont parlaient Hirsch et tante Miriam. Elle ne sait pas non plus si, pour le faire, ils devront se jeter dans le vide. Quand elle ferme les yeux, elle voit le docteur Mengele avec son expression neutre, en train de l'attendre vêtu d'une blouse blanche à côté d'un lit en marbre.

Malgré ses angoisses, elle n'arrive toujours pas à se sortir de la tête la fin de Hirsch. On lui a dit qu'il avait décidé d'abandonner la partie et, contre toute évidence, Dita ne veut pas le croire. Aucune explication n'a réussi à la satisfaire, certainement parce qu'aucune n'est celle qu'elle voulait entendre. Ils disent qu'elle est têtue. Ils ont raison. Peut-être qu'il y a un moment pour baisser les bras. Mais elle ne veut pas encore le faire et elle se rend au baraquement 32, le bloc médical, bien disposée à utiliser la dernière cartouche qu'il lui reste. Ces gens-là sont les derniers à avoir vu Fredy Hirsch respirer, ce sont eux qui ont entendu ses dernières paroles.

À l'entrée de l'hôpital, une infirmière est occupée à plier des draps aux auréoles noirâtres répugnantes.

— Je voudrais voir les docteurs.

— Tous, petite ?

— L'un d'eux…

— Tu es malade ? Tu l'as dit à ta *kapo* ?

— Non, je ne veux pas qu'ils s'occupent de moi, je veux juste leur demander quelque chose.

— Dis-moi ce qui t'arrive. Je sais soigner tout ce qu'il y a à soigner ici.

— C'est une question à propos d'une chose qui s'est passée avec le convoi de septembre.

L'infirmière se crispe et la regarde avec méfiance.

— Et qu'est-ce que tu veux demander ?

— C'est à propos de quelqu'un.

— Une personne de ta famille ?

— Oui, mon oncle. Je crois que les docteurs du convoi de septembre qui étaient dans le camp de quarantaine se sont occupés de lui avant sa mort.

L'infirmière la dévisage. À ce moment, l'un des docteurs s'approche d'elles ; il porte une blouse blanche pleine d'auréoles jaunâtres.

— Docteur, voilà une jeune fille qui a une question à propos d'une personne du convoi de septembre dont elle dit que vous vous êtes occupé dans le camp de quarantaine.

Le docteur a des poches sous les yeux et un air fatigué. Mais il ébauche malgré tout un sourire qui se veut aimable.

— Et qui est cette personne dont tu dis que nous nous sommes occupés dans le camp de quarantaine ?

— Il s'appelait Hirsch, Fredy Hirsch.

Le sourire disparaît de son visage comme si l'on tirait un rideau. Il devient subitement hostile.

— Je l'ai déjà répété mille fois ! Nous n'avons rien pu faire pour lui sauver la vie !

— Mais ce que je voulais…

— Nous ne sommes pas des dieux ! Il est devenu tout bleu, personne n'aurait rien pu faire. Nous avons fait ce que nous avions à faire.

Dita veut l'interroger sur ce qu'il a dit, mais le docteur fait demi-tour, très perturbé, et s'en va sans dire au revoir, visiblement irrité.

— Si ça ne te dérange pas, ma jolie, nous avons du travail, dit l'infirmière en lui désignant la porte.

Lorsqu'elle s'en va, Dita s'aperçoit que quelqu'un l'observe. C'est un grand gamin aux longues jambes qu'elle a souvent vu aller et venir au bloc-hôpital. Apparemment, il travaille comme coursier. Elle part, dégoûtée du mauvais accueil qu'elle a reçu, et se met en quête de Margit. Elle la trouve occupée à retirer les poux de sa sœur à l'arrière de leur baraquement et elle s'assoit sur une pierre à côté d'elles.

— Comment ça va, les filles ?

— Depuis que le convoi de mai est arrivé, il y a beaucoup plus de poux.

— Ce n'est pas leur faute, Helga. Il y a plus de gens, donc il y a plus de tout, lui dit Margit, conciliante.

— Plus de chaos, plus de cohue…

— Oui, mais avec l'aide de Dieu, nous nous en tirerons, les encourage Margit.

— Je n'en peux plus, je veux partir, je veux rentrer à la maison… sanglote Helga.

Sa sœur, plutôt que lui chercher des poux, lui caresse la tête.

— Bientôt, Helga, très bientôt.

L'obsession de tous à Auschwitz est de s'en aller, de sortir de là et de laisser cet endroit derrière soi pour toujours. Rentrer à la maison est le seul rêve qui existe et la seule supplique adressée à Dieu. Cependant, il est une personne portant une montre dont les aiguilles tournent à l'envers. Une personne qui revient à Auschwitz. À l'encontre de toute logique, de toute prudence, de tout bon sens, Viktor Pestek voyage dans un train à destination d'Oświęcim, ce village dans les faubourgs duquel a été érigé le plus grand camp d'extermination de l'Histoire.

Le 25 mai 1944, Viktor Pestek rebrousse le chemin qu'il a parcouru six semaines plus tôt. Après être sorti à pied par la porte du *lager* avec Lederer, ils avaient pris un train à Oświęcim, selon le plan prévu. Le Tchèque, vêtu en lieutenant, avait fait semblant de dormir dès qu'ils avaient occupé leurs sièges, et aucune des patrouilles qui avaient passé le train au peigne fin n'avait même osé envisager de déranger cet officier SS qui se reposait tranquillement en direction de Cracovie.

Une fois là-bas, sans sortir de la gare, ils avaient aussitôt pris un train pour Prague. Il se souvient de leur instant d'hésitation au moment de descendre à Hlavní Nádraží, l'énorme gare centrale aux immenses toits en fer, qui était bourrée de gens. Il se souvient tout particulièrement du regard qu'ils avaient échangé, Lederer et lui : l'heure était venue d'abandonner le refuge relativement sûr du compartiment du train et de se lancer au péril de leur vie dans un lieu plein d'yeux qui surveillaient. La consigne donnée par Pestek était claire : la tête haute, le regard droit devant, le visage sévère, et ne pas s'arrêter.

Le hall de la gare était infesté de soldats de la Wehrmacht, qui regardaient leurs uniformes noirs de SS avec un mélange de respect et de méfiance. Les civils n'osaient même pas lever les yeux pour les regarder. Personne ne s'était aventuré à leur adresser la parole. Lederer avait suggéré qu'ils se dirigent vers Plzeň, où il avait des amis. C'était là qu'ils avaient caché leurs habits de SS et trouvé refuge dans une cabane abandonnée dans une partie boisée aux abords du village. Lederer avait localisé avec précaution ses contacts pour obtenir des faux papiers pour eux et les deux femmes. Cela leur avait pris des semaines. Ce qu'ils ne savaient pas, c'était que la Gestapo était à leurs trousses.

Dans ce voyage à l'envers qui le ramène à Auschwitz, Pestek porte une tenue de civil et un sac à dos dans lequel il a rangé, parfaitement plié, son uniforme de SS afin de l'utiliser une dernière fois.

Depuis son siège à côté de la fenêtre, il réexamine mentalement un plan qu'il a déjà exécuté des milliers de fois dans sa tête. Dans le bureau du camp, il avait pris une feuille portant le sceau du commandement de Katowice, et il a préparé une autorisation de transfert au nom de Renée et de sa mère. À Katowice se trouvait le centre de détention le plus important du secteur, et il était fréquent que la Gestapo demande l'envoi de prisonniers pour les interroger. On sollicitait un transfert, les prisonniers étaient conduits au poste de garde de l'entrée et une voiture du commandement de Katowice les récupérait pour les emmener à l'interrogatoire. Beaucoup ne revenaient jamais.

Il connaît parfaitement la procédure. Il sait le code et les mots qui sont utilisés. Il téléphonera pour demander que les deux prisonnières soient mises à la disposition de la Gestapo. Et un SS viendra les récupérer en voiture à Auschwitz-Birkenau. Ce sera Lederer, avec l'autorisation tamponnée qu'il a préparée avant leur évasion. Son compagnon de fuite parle un allemand parfait. Il récupérera les deux femmes, viendra le rechercher à un point proche et, ensuite, la liberté.

Lederer a pris un jour d'avance pour rejoindre des contacts de la Résistance, qui leur fourniront un véhicule approprié. Il doit être sombre, discret. Et allemand, bien entendu.

Son unique incertitude se présente à lui quand il essaie d'imaginer quelle sera la réaction de Renée lorsqu'ils se retrouveront en liberté. Il ne sera plus un SS, ni elle une prisonnière. Elle sera libre de l'aimer ou de le répudier à cause de sa vie antérieure. Elle est restée tellement silencieuse pendant leurs rendez-vous qu'il s'aperçoit qu'il ne sait pratiquement rien d'elle. C'est un cahier aux pages vierges. Mais peu importe : ils ont la vie entière devant eux pour le remplir.

Le train entre tout doucement dans la gare d'Oświęcim. L'après-midi est opaque. Il avait déjà oublié la couleur sale du ciel à proximité d'Auschwitz. Il n'y a pas grand-monde dans la petite gare, mais il aperçoit Lederer assis sur un banc, occupé à lire un journal. Il avait craint que le Tchèque ne se ravise au dernier moment car ce qu'il lui a demandé de faire met sa vie en danger, mais Lederer lui a dit dès le départ qu'il pouvait compter sur lui et il est là. Plus rien ne saurait mal tourner.

Il descend avec son sac à dos, content d'être aussi proche de Renée. Il l'imagine en train de sourire et de tirer sur l'une de ses boucles pour la porter à sa bouche. Lederer se lève du banc pour marcher vers lui. Mais deux colonnes de gardes SS déboulent, mitraillette à la main, le dépassent et le renversent presque en courant sur le quai.

Viktor le sait dès qu'il les voit. Ils viennent l'arrêter.

L'officier qui commande s'époumone dans son sifflet et pousse des cris. Pestek dépose tranquillement son sac sur le sol. Des SS lui vocifèrent de lever les mains et d'autres lui hurlent de ne pas bouger, ou ils le tueront sur-le-champ. Cela semble chaotique, mais c'est exactement ainsi qu'il faut faire. Ils crient des ordres contradictoires pour déconcerter et paralyser le suspect. Il a un sourire amer. Il connaît par cœur la procédure d'arrestation. Il l'a lui-même exécutée de nombreuses fois.

Lederer recule lentement sur le quai. Ils ne l'ont pas vu, et il profite du tumulte de l'arrestation pour s'éclipser. Alors qu'il marche en essayant de garder son calme, il maudit le ciel et la terre entière : la Résistance est criblée de mouchards et d'infiltrés, et quelqu'un les a dénoncés. Dans le centre du village, il trouve une motocyclette sans chaîne, grimpe dessus et ne regarde pas en arrière.

Viktor Pestek fut conduit aux dépendances centrales de la SS. On le tortura pendant des jours. Ils voulaient savoir pourquoi il était revenu à Auschwitz, ils voulaient des informations sur les cellules de la Résistance, mais il savait peu de choses à leur sujet et il ne lâcha pas un mot sur sa relation avec Renée Naumann. La peine pour les déserteurs est toujours la mort. Il fut incarcéré jusqu'à son exécution, le 8 octobre 1944.

26

Margit et Dita sont assises à l'arrière du baraquement. Les jours ont rallongé et il commence même à faire assez chaud. La chaleur d'Auschwitz est une chaleur poisseuse, souillée de volutes de cendre. La discussion entre les deux amies s'est progressivement éteinte et personne n'a songé à la rallumer. Leur amitié a atteint ce point où les silences ne dérangent pas. Ils font même partie de la conversation. Une vieille connaissance se plante devant elles.

— Renée... Ça fait un bail !

La jeune fille aux cheveux blonds esquisse un léger sourire à cet accueil. Elle tire sur l'une de ses boucles et la mordille. Ces derniers temps, pratiquement plus personne ne la traite avec amabilité.

— Vous êtes au courant pour l'évasion de Lederer avec un caporal-chef SS qui ne voulait plus être nazi ?

— Oui...

— C'était ce nazi dont tu nous avais raconté qu'il te regardait...

Renée acquiesce très lentement.

— En fin de compte, c'était quelqu'un de pas méchant, leur dit-elle. Ce qui se passe ici ne lui plaisait pas du tout, c'est pour ça qu'il a déserté.

Dita et Margit se taisent. Pour un Juif, un nazi de la SS qui travaille comme bourreau dans un camp d'extermination peut-il être en fin de compte « quelqu'un de pas méchant » ? Ce n'est pas facile à admettre. Et pourtant, chacune d'elles a observé plus d'une fois l'un de ces jeunots presque imberbes revêtus de l'uniforme noir et chaussés de hautes bottes. En le regardant dans les yeux, elles n'ont pas vu un bourreau ni un garde, elles n'ont vu qu'un jeune homme.

— Cet après-midi, deux gardes de la patrouille se sont approchés de moi. Ils me montraient et ils riaient. Ils m'ont dit qu'il y a deux jours ils ont arrêté mon… Enfin, ces porcs disaient que c'était mon amant, mais c'est un sale mensonge. Qu'ils l'ont arrêté à la gare d'Oświęcim.

— À trois kilomètres d'ici ! Mais il s'est enfui il y a presque deux mois ! Pourquoi est-ce qu'il n'est pas parti se cacher plus loin ?

Renée reste songeuse un instant.

— Je sais pourquoi il se trouvait tout près.

— Il était resté caché dans la ville pendant tout ce temps ?

— Non. Il revenait de Prague, à tous les coups. Il venait me sortir d'ici. Moi et ma mère, bien sûr. Jamais je ne serais partie sans elle. Mais ils l'ont pris… avant-hier.

Les deux autres gardent le silence. Renée baisse les yeux jusqu'à regarder ses pieds et regrette de s'être confiée à elles. Elle fait demi-tour et se met en route pour son baraquement.

— Renée ! l'appelle Dita, et l'autre se retourne. Ce Viktor… peut-être que c'était quelqu'un de pas méchant, après tout.

Renée acquiesce très lentement. De toute façon, elle ne pourra jamais plus le savoir.

Margit s'en va pour passer un moment avec sa famille et Dita se retrouve seule. Il n'y a pas de détenus ce jour-là dans le camp de quarantaine et le camp adjacent, de l'autre côté, le BIIc, est lui aussi momentanément vide après que toutes ses locataires ont été évacuées. Nul ne sait si elles se trouvent en dehors d'Auschwitz ou en dehors de la vie. Que les deux camps voisins soient vides est une coïncidence peu fréquente et, à cause de cet après-midi anormalement chaud, qui a reclus les gens dans leurs baraquements, il règne un silence tellement peu habituel ces derniers jours que Dita s'arrête un instant pour en profiter.

Elle s'aperçoit alors que quelqu'un l'observe. Dans le camp BIIc, une silhouette solitaire la salue et lui fait des signes. C'est un prisonnier, un jeune homme qui semble travailler à une réparation. En s'approchant de la clôture de son côté et en regardant mieux, elle voit qu'il porte une tenue rayée plus neuve que celles que l'on voit d'ordinaire sur les prisonniers des camps voisins, et son béret indique qu'il appartient au personnel de maintenance, un rang privilégié. Elle se souvient de ce Polonais qui travaillait à recouvrir les toitures de toile goudronnée et qui en profitait pour faire des affaires au bureau des latrines. Leur habileté pour les réparations en tout genre leur permet d'avoir accès à tous les camps et, mieux encore, leurs rations de nourriture sont plus complètes. On les reconnaît donc tout de suite, comme ce garçon, qui a l'air bien portant et dont les os du visage ne saillent pas au milieu des joues.

Dita s'apprête à s'en aller, mais il gesticule de plus belle et lui fait comprendre de s'approcher. Il semble être un garçon agréable et, entre deux sourires, il lui dit des mots en polonais que Dita ne comprend pas ; elle parvient seulement à déchiffrer le mot « *jabko* », qui en tchèque veut dire « pomme ». Un mot fétiche. Tout ce qui désigne de la nourriture l'est. Dita dresse la tête et lui dit :

— *Jabko* ?

L'autre sourit et lui dit non avec le doigt.

— Pas *jabko... Yayko* !

Elle se sent un peu déçue... Il y a tellement longtemps qu'elle n'a plus goûté à la saveur délicieuse d'une pomme qu'elle ne sait presque plus comment c'est ! Elle croit se rappeler que les pommes étaient sucrées et un peu acides, mais ce dont elle se souvient le mieux c'est du croquant de leur chair blanche et juteuse. Elle en a l'eau à la bouche. Elle ne sait pas ce que ce garçon veut lui dire. Peut-être rien, peut-être ne veut-il que lui faire du gringue, mais elle souhaite en avoir le cœur net. Bien que ce soit embarrassant, dans le fond, il ne lui déplaît pas non plus que des garçons un peu plus âgés la remarquent, à présent que ses cheveux ont repoussé.

La clôture électrifiée lui fait peur, la frôler signifie une mort effroyable. Elle a déjà vu un détenu résolu et fébrile marcher en ligne droite jusqu'à la clôture pour recevoir une décharge mortelle. Ils ont été plusieurs à en finir ainsi, mais elle n'a regardé que la première fois ; ensuite, chaque fois qu'elle a vu quelqu'un se diriger vers les barbelés électrifiés avec un regard exorbité, elle a tourné la tête et elle s'est éloignée le plus rapidement possible pour ne plus être là lorsque seraient poussés les premiers cris d'effroi. Elle n'a jamais pu oublier la première étincelle, les cheveux hérissés de cette femme toute chétive, son corps brusquement noirci et l'odeur aigre de la chair cramée, les filets de fumée qui sortaient de sa peau carbonisée.

Elle n'aime pas du tout s'approcher de la clôture, mais la faim est un termite qui ronge le ventre sans arrêt. C'est à peine si le quignon de pain et le soupçon de margarine arrivent à vous rassasier le soir et, si vous n'avez pas la chance de pêcher un morceau qui flotte dans la soupe, vous devez attendre encore vingt-quatre heures avant de pouvoir vous mettre quelque chose de solide dans l'estomac. Dita n'a pas l'intention de refuser la moindre opportunité d'avoir un aliment dans le ventre, même si elle ne comprend pas bien ce Polonais.

Afin de ne pas attirer l'attention d'un soldat qui pourrait la voir depuis un mirador, elle lui fait un geste de la main pour qu'il l'attende et elle s'introduit dans le baraquement des latrines. Dita traverse ensuite l'étable puante à toute vitesse et ressort par la porte de derrière. Ainsi, elle parvient discrètement à la partie arrière du baraquement, proche de la clôture. Elle a peur de trouver des corps par terre car on a l'habitude de traîner jusqu'ici les personnes mortes pendant la nuit pour que la charrette des défunts les ramasse et les porte aux crématoires, mais la zone est dégagée. Le Polonais est un garçon au nez crochu et aux oreilles en feuilles de chou ; il n'est pas très beau, mais il a un sourire tellement joyeux que Dita le trouve drôle. Il lui fait signe d'attendre un moment et il disparaît par l'ouverture arrière d'un baraquement comme s'il partait chercher quelque chose.

La seule personne en vue dans cette partie arrière du BIIb est un prisonnier à l'apparence étique qui a allumé un feu à quelques baraquements de là et qui est en train de brûler des brassées d'habits loqueteux. Dita ne sait pas si on lui a ordonné de les brûler parce qu'ils sont infestés de poux ou pour avoir appartenu à une personne qui est morte d'une maladie contagieuse. Manipuler des haillons infectés n'est pas un travail formidable, mais il est meilleur que celui de beaucoup d'autres, obligés de drainer les fossés ou de transporter des pierres et des matériaux de construction toute la journée. De loin, n'importe qui dirait que c'est un vieillard ; probablement n'a-t-il même pas quarante ans.

Tout en attendant le retour du charpentier, elle se distrait en regardant cet individu brûler peu à peu les haillons et ces derniers rétrécir, se déformer dans les flammes et finir par se dissoudre dans une fumée épaisse. Tout à coup, elle sent une présence à ses côtés, quelqu'un qui s'est approché d'elle très discrètement. En se retournant, elle découvre à deux pas la grande silhouette noire du docteur Mengele. Il ne siffle pas, il ne bouge pas, il ne parle pas. Il la regarde simplement. Peut-être l'a-t-il suivie jusqu'ici. Peut-être a-t-il pensé que ce jeune Polonais était un contact de la Résistance. L'homme chargé de brûler les vêtements se lève et décampe. Cela a donc fini par arriver : elle se retrouve seule avec Mengele.

Elle se demande comment elle justifiera les poches intérieures de sa robe quand ils la fouilleront à fond. Ou si cela vaudra même la peine de justifier quoi que ce soit. Mengele n'interroge pas ses prisonniers, c'est un travail trop vulgaire pour lui. Il ne s'intéresse qu'aux organes des détenus : il les extirpe afin qu'ils lui révèlent cette aberrante vérité scientifique qu'il recherche.

Le médecin-capitaine ne dit rien. Elle se sent poussée à excuser sa présence près de la clôture.

— *Ich wollte mit dem Mann dort sprechen.*

« Je voulais parler à cet homme penché sur le feu là-bas », lui dit-elle sans grande conviction. L'homme penché sur le feu n'est plus là.

Il la regarde plus intensément, et Dita s'aperçoit qu'il plisse un peu les yeux, car il fait la tête d'une personne qui s'efforce de retrouver un souvenir sur le point de remonter dans sa mémoire. Elle se rappelle ce que la couturière lui a dit : « Tu mens mal. » Elle a en cet instant la certitude que le docteur Mengele ne l'a pas crue et elle sent son corps se refroidir d'un coup, comme si elle percevait déjà le contact froid de cette table en marbre où il va l'ouvrir en deux comme un veau.

Mengele acquiesce légèrement. En effet, il essayait de se souvenir et il y est arrivé. Sa mémoire lui jouait des tours, mais il a retrouvé ce qu'il cherchait. Il semble presque sourire avec une lueur de triomphe dans les yeux. Sa main se dirige vers son ceinturon, à quelques centimètres de l'étui de son pistolet, et Dita prend sur elle pour ne pas trembler. Avec cette capacité que les êtres humains ont de marchander avec leurs dieux jusqu'à la dernière minute, elle demande alors une toute petite chose, une concession minuscule : elle prie seulement pour ne pas trembler au dernier instant, pour ne pas se faire pipi dessus, pour pouvoir s'en aller dignement.

Rien de plus.

Mengele continue d'acquiescer et, finalement, il siffle quelques notes. Et Dita réalise qu'il ne la regarde pas précisément, mais que son regard passe à travers elle. La jeune fille est tellement insignifiante à ses yeux qu'il ne l'a même pas remarquée. Il tourne les talons et il s'en va en sifflotant, satisfait.

Cet air de Bach lui échappe parfois.

Dita regarde sa grande silhouette noire et tragique s'éloigner. Et à cet instant elle comprend.

— Il ne se souvient absolument pas de moi. Il ne sait pas qui je suis. Il n'a jamais été à ma poursuite...

Il ne l'a jamais attendue à la porte de son baraquement, pas plus qu'il ne l'a dévisagée autrement qu'il ne dévisage tout le monde. La noter dans son carnet, la menacer de sa salle d'autopsie... tout ceci n'était qu'une blague macabre ordinaire venant d'un homme qui dit aux enfants de l'appeler oncle Pepi, qui leur caresse les cheveux en souriant et qui leur plante ensuite une injection d'acide chlorhydrique pour observer leur réaction foudroyante. Sa peur avait réussi à lui faire croire qu'un nazi aspirant à percer les mystères de la génétique universelle allait se soucier d'une morveuse comme elle et perdre son temps à la suivre.

Une fois de plus, la vérité était autre.

Elle soupire, soulagée, car elle peut au moins retirer de ses épaules le poids de cette ombre.

Mais, bien sûr, elle reste quand même en danger de mort.

On est à Auschwitz...

La prudence voudrait qu'elle se dirige d'un pas rapide vers son baraquement car Mengele pourrait revenir et sa chance risquerait de tourner ; les serpents font volte-face avec une rapidité insoupçonnée. Mais elle est trop curieuse de savoir pourquoi ce charpentier polonais l'appelait d'une façon si pressante avec des gestes qui semblaient dire qu'il avait quelque chose pour elle. Était-ce seulement une promesse d'amour ? Elle n'est pas intéressée par les prétendants et les romances, encore moins avec un Polonais qu'elle ne comprend pas et dont les oreilles ressemblent à des assiettes.

Elle ne veut pas d'un prétendant qui lui dise ce qu'elle doit faire. Mais elle s'obstine malgré tout à rester plantée là, à se mordiller les lèvres avec ces dents un peu écartées qu'elle a, qui ne lui plaisent pas car elle a l'impression qu'elles lui donnent l'air d'une gamine.

Le Polonais a vu venir Mengele et est resté caché à l'intérieur du baraquement vide, où il a travaillé à réparer quelques infiltrations. Quand il le voit partir, il réapparaît de l'autre côté. Dita ne le voit rien apporter dans sa main et se sent déçue. Le garçon regarde d'un côté puis de l'autre et, en quelques enjambées, il s'empresse d'arriver à quelques centimètres de la clôture. Et il sourit toujours. Dita trouve ses oreilles beaucoup moins grandes, son sourire efface tout.

Son cœur s'arrête dans sa poitrine quand le jeune charpentier introduit son poing serré dans une brèche des barbelés de la clôture. Quand il ouvre la main, quelque chose de blanc tombe et roule aux pieds de la jeune fille. À première vue, on dirait une perle énorme. Et c'est une perle : un œuf dur. Elle n'a plus mangé d'œuf depuis deux ans, elle a presque même oublié leur goût. Elle le prend entre ses deux mains, comme s'il s'agissait d'un objet délicat, et elle lève les yeux vers le garçon, qui a de nouveau retiré sa main à travers les milliers de volts qui serpentent dans les barbelés.

Ils ne peuvent pas se comprendre, il ne parle qu'en polonais et elle ne le sait pas. Mais la façon dont Dita s'incline et, surtout, la manière dont ses yeux étincellent de joie sont un langage qu'il comprend mieux que tous les discours. Il incline également la tête, amusé, d'une manière cérémonieuse, comme si au lieu d'être dans un camp d'extermination ils se trouvaient à une réception dans un palais.

Dita le remercie dans toutes les langues qu'elle connaît. Il lui adresse un clin d'œil en lui disant très lentement : « *Yayko.* » Elle lui envoie un baiser de sa main avant de se mettre à courir pour retourner à son baraquement. Le Polonais fait mine de sauter et de l'attraper en l'air sans cesser de rire.

Pendant qu'elle court avec son trésor blanc à la recherche de sa mère pour célébrer un banquet, elle se dit que ce cours de langue l'accompagnera pendant tout le temps qu'il lui reste à vivre : en polonais, un œuf est un *yayko*. Les mots ont leur importance.

Ceci va se révéler particulièrement évident le lendemain. Pendant l'appel du matin, on les informe qu'après l'appel du soir, on remettra une carte postale à chaque détenu majeur pour qu'ils puissent écrire à leurs proches. Le *camp kapo*, un Allemand au triangle de prisonnier sur sa veste, répète entre les rangs que les messages défaitistes et diffamatoires contre le Reich ne seront pas acceptés : dans ce cas, ils détruiront les cartes postales et puniront sévèrement leurs auteurs. Et il souligne le mot « sévèrement » avec une animosité qui donne un avant-goût du châtiment.

Les *kapos* des différents blocs reçoivent des instructions encore plus précises : sont interdits des mots tels que faim, mort, exécution... Sera écarté le moindre mot qui tenterait de mettre en doute la grande vérité : qu'ils ont le privilège de travailler pour la gloire du Führer et de son Reich. Lichtenstern explique à la pause de midi que le *camp kapo* a exigé d'eux qu'ils ordonnent à leurs baraquements respectifs d'écrire des cartes joyeuses. Le directeur du bloc 31, dont les yeux sont de plus en plus enfoncés au fil des jours et le visage de plus en plus creusé par son régime de cigarettes et soupe de navets, leur dit d'écrire ce qu'ils veulent, car il a honte d'ordonner une chose pareille.

Toute la journée, on entend les commentaires les plus variés. Il y a des personnes surprises par ce geste humanitaire des nazis qui les laissent prendre contact avec leurs familles et leur permettent de demander l'envoi de paquets d'aliments. Mais, bien vite, les plus vétérans leur expliquent que les nazis sont, avant tout, pragmatiques. C'est dans leur intérêt que les familles envoient des paquets au camp, car ils en garderont la meilleure partie. S'ils confisquent quatre ou cinq éléments dans chaque paquet, en multipliant cela par des centaines ou des milliers de paquets, la quantité de vivres qu'ils vont obtenir est importante. Et au passage, les Juifs de l'extérieur reçoivent des messages rassurants de leurs proches qui contredisent d'autres informations et jettent le doute sur ce qu'il se passe à Auschwitz.

Il y a aussi un grand nombre de commentaires préoccupés : on avait également donné des cartes postales à écrire aux gens du convoi de septembre juste avant de les envoyer aux chambres à gaz. Le convoi de décembre est sur le point d'arriver au bout des six mois de séjour dans le camp, le délai dont disposaient leurs camarades assassinés. Ils marchent dans leurs pas. C'est glaçant.

Cependant, il n'y a pas, cette fois, de distinction entre les convois : les nouveaux arrivants du mois de mai vont recevoir aussi des cartes postales. Ce changement par rapport à mars décuple les spéculations. À la faim et à la peur habituelles s'ajoute une incertitude contagieuse qui rend la journée au bloc 31 encore plus désordonnée qu'à l'ordinaire. Dans l'après-midi, il n'est même pas possible de coordonner convenablement les jeux et les chansons.

Les cartes postales sont enfin distribuées après l'appel du soir, uniquement aux adultes. Beaucoup de gens d'autres blocs sont allés faire la queue devant le trafiquant Arkadiusz, qui est venu apporter les paquets de cartes et, discrètement, a fait savoir qu'il disposait de plusieurs feutres et qu'il les louerait pour une tranche de pain. D'autres sont allés trouver Lichtenstern, qui dispose de quelques crayons à l'usage de l'école et qu'il a cédés à son corps défendant.

Dita s'est assise à la porte de son baraquement, à côté de sa mère, et elle observe le manège des gens qui déambulent nerveusement, leurs bristols à la main. Sa mère lui a donné sa carte en lui demandant d'écrire à sa tante, dont elles n'ont aucune nouvelle depuis près de deux ans. Dita se demande ce que ses cousines ont pu devenir, ce qu'il a bien pu se passer là-bas dans le monde.

Elle a divisé mentalement l'espace et a calculé qu'il y tient à peine une trentaine de mots. Si c'est la chambre à gaz qui les attend après cette carte postale, ces trente mots seront les derniers qu'elle écrira. Sa seule possibilité de laisser quelque part une trace de son passage fugace dans la vie, probablement au pire moment possible de l'Histoire et à l'endroit le moins propice. Et elle ne peut même pas dire ce qu'elle ressent vraiment, car si la lettre est lugubre ils ne la laisseront pas l'envoyer et ils puniront sa mère. Vont-ils réellement lire plus de quatre mille cartes postales ? Qui sait, se dit-elle.

Les nazis sont affreusement méthodiques.

Et elle continue de retourner ces trente mots dans sa tête. Elle a entendu l'une des professeurs dire qu'elle mettrait dans sa lettre qu'elle est en train de lire un livre de Knut Hamsun, en pensant que ses proches comprendraient ainsi qu'elle cherche à leur indiquer le titre de son roman le plus célèbre : *Faim*. Dita trouve que c'est tiré par les cheveux. D'autres essayaient d'imaginer des subterfuges pour raconter la situation de génocide qu'ils voient quotidiennement, certains ingénieux, d'autres tellement métaphoriques que personne n'y comprendrait rien. Les uns voulaient demander la plus grosse quantité possible de nourriture, les autres des nouvelles du monde extérieur, beaucoup simplement dire qu'ils sont en vie. Et les professeurs se sont lancés dans l'après-midi dans une sorte de joute pour voir qui serait capable de déguiser au mieux les messages subversifs qu'ils voulaient faire parvenir à leurs familles.

Dita dit à sa mère qu'elles devraient raconter la vérité.

— La vérité...

Sa mère murmure le mot « vérité » sur un ton légèrement scandalisé, comme si c'était un blasphème. Raconter la vérité signifie relater des péchés horribles et coucher par écrit des aberrations. Comment envisager de raconter ne serait-ce qu'une partie d'une chose aussi abominable ?

Liesl Adlerova a honte de son destin, comme si la personne qui connaît un tel sort devait forcément être coupable de quelque chose. Elle regrette que sa fille soit tellement impulsive et tête brûlée, qu'elle ne prenne pas la mesure de l'importance des choses et ne soit pas plus discrète. Finalement, elle lui reprend le papier et décide d'écrire elle-même un mot dans lequel elle dira qu'elles vont bien toutes les deux, Dieu soit loué. Que son bien-aimé Hans, que Dieu le bénisse, a succombé à une maladie contagieuse. Qu'elles ont très envie de tous les revoir. Dita la regarde de travers pendant une seconde, et sa mère lui dit qu'elles savent à présent que cette carte postale arrivera bel et bien à destination et qu'elle les maintiendra en contact avec leur famille.

— Comme ça, ils auront de nos nouvelles.

Cependant, même avec cette prudence un brin pusillanime, sa mère n'atteindra pas son objectif :

quand cette carte postale arrivera à destination, il n'y aura plus personne pour la recevoir.

Les bombardements aériens des Alliés sont devenus de plus en plus fréquents, on raconte que les Allemands perdent des positions sur le front, que le vent de la guerre a tourné et que la fin du Troisième Reich pourrait être proche. S'ils arrivent à franchir l'écueil des six mois et à rester en vie, peut-être qu'ils pourraient bien voir la fin de la guerre et rentrer chez eux. Mais plus personne ne se montre très optimiste : cela fait des années qu'ils entendent parler de la fin d'une guerre qui se révèle plus longue que bien des vies.

Le lendemain matin, Dita étale une fois de plus sa bibliothèque sur le banc en bois et, alors que les groupes s'installent sur leurs tabourets, Miriam Edelstein vient jusqu'à elle et approche la tête pour ne pas avoir à parler fort.

— Ils ne vont pas venir, murmure-t-elle.

Dita affiche un visage d'incompréhension.

— Schmulewski l'a appris. Il semblerait que les observateurs internationaux soient allés à Terezín et les nazis avaient tout parfaitement organisé. Alors ils n'ont pas demandé à voir autre chose. Les observateurs de la Croix-Rouge internationale ne viendront pas à Auschwitz.

— Mais… et notre moment ?

— Je ne sais pas, Edita. Je veux croire qu'il y a toujours un temps pour la vérité. Il nous faudra être attentives, avoir de la patience. Si la Croix-Rouge ne vient pas, probablement que le camp familial cesse d'avoir une utilité pour Himmler.

Dita se sent désabusée. Tout le monde croyait que la Croix-Rouge viendrait avec son bistouri pour ouvrir les entrailles de l'holocauste et les révéler au monde, mais ils se sont présentés avec des pansements. D'autre part, si leurs vies ne valaient pas grand-chose jusque-là, à présent, elles ne valent plus rien.

— C'est mauvais, très mauvais… murmure-t-elle.

Miriam ne se trompe pas et les évènements ne tardent pas à se précipiter. Un matin apparemment comme les autres, Lichtenstern annonce la fin des cours cinq minutes avant l'heure, mais personne d'autre que lui ne le sait parce qu'il est le seul de tout le camp à posséder une montre. Miriam Edelstein l'accompagne et ils grimpent tous les deux, non sans quelques difficultés, sur le conduit d'évacuation horizontal de la cheminée qui traverse le baraquement. Les enfants, croyant que c'est la fin des leçons du matin juste avant la soupe, s'agitent, rient, se font de joyeuses blagues. Personne ne s'attend donc que le chef de bloc porte son sifflet à sa bouche et souffle de manière stridente pour demander l'attention.

L'espace d'un instant, ce son rappelle aux vétérans le regretté Fredy Hirsch et ils gardent le silence, pressentant que quelque chose de grave doit être en train de se passer pour que Lichtenstern utilise l'objet emblématique du fondateur de l'école.

D'une voix très sérieuse, il leur dit que Miriam Edelstein va leur communiquer une chose importante. Elle a l'air fatiguée, mais sa voix est ferme.

— Professeurs, élèves, assistants… J'ai le devoir de vous informer que le commandement d'Auschwitz-Birkenau nous a fait savoir que le camp familial allait être fermé immédiatement.

Aujourd'hui a été la dernière journée d'école du bloc 31.

Des murmures nerveux inondent le baraquement et Miriam doit faire un geste pour les apaiser.

— Demain, les SS effectueront une sélection. Deux groupes seront formés : ceux qui seront transférés dans un autre camp et ceux qui resteront ici.

— Quel genre de sélection ? demande un professeur.

— On ne nous a pas fourni plus d'explications, je n'en sais pas plus.

Les murmures nerveux s'emparent du baraquement. « Sélection » est un mot que personne ne veut entendre. Les nazis font tourner la roulette. Si la chance vous tourne le dos, c'est votre vie que vous perdez.

Miriam, au-dessus du tourbillon de commentaires qui s'élève, leur annonce qu'ils devront effectuer l'appel du matin chacun devant son baraquement et qu'ils recevront ensuite les ordres du *camp kapo* à propos de la sélection. Le brouhaha a tellement grossi que seuls ceux qui se trouvent juste en dessous l'entendent clore sa brève allocution en leur souhaitant de tout cœur bonne chance à tous.

Dita secoue lentement la tête. Peut-être que la chance ne peut plus rien pour eux.

L'après-midi, le bloc 31 est désert. Il est redevenu un hangar. Elle a frappé plusieurs fois à la porte et, comme Lichtenstern ne répond pas, elle utilise la clef qu'ils ont mise à sa disposition quelques semaines plus tôt. Il y a des boîtes de conserve vides, des lambeaux de tissu tachés, quelques draps pas trop propres et des habits jetés sur des emballages en carton aux maigres provisions.

Elle profite du fait que Lichtenstern ne soit pas là et du peu de temps qu'il lui reste avant l'heure du couvre-feu pour sortir tous les livres un par un.

Il y avait des jours qu'elle n'avait plus feuilleté l'atlas et elle ressent un plaisir immense à suivre à nouveau le tracé sinueux des côtes, à monter et descendre les cordillères du bout de son doigt, à susurrer le nom de villes comme Londres, Montevideo, Ottawa, Lisbonne, Pékin. Tout en faisant cela, il lui semble entendre à nouveau la voix de son père lorsqu'il faisait tourner le globe terrestre. Elle sort aussi l'exemplaire jauni du *Comte de Monte-Cristo*, un livre dont les secrets, bien qu'ils soient en français, lui ont été révélés grâce à Markéta. Elle prononce à haute voix le nom d'Edmond Dantès, en essayant d'imiter l'accent français jusqu'à se sentir satisfaite. Le moment est venu d'abandonner la prison du château d'If.

Elle place également H.G. Wells, son professeur particulier d'histoire des derniers mois. Puis la grammaire russe, le livre de Sigmund Freud et le traité de géométrie. De même pour ce livre russe sans couverture dont elle n'a pas réussi à déchiffrer le mystérieux cyrillique. Avec un soin extrême, elle sort de la cachette le dernier, l'édition aux pages arrachées des *Aventures du brave soldat Švejk*. Elle ne peut pas résister à la tentation de lire quelques lignes pour s'assurer que le malicieux Švejk est toujours là, tapi entre les pages. Le voilà, en grande forme, en train d'essayer de calmer le lieutenant Lukás après sa dernière bévue.

Il manque la moitié de cette assiette de bouillon que vous m'avez rapportée des cuisines du régiment !

— Oui, mon lieutenant. C'est qu'elle était tellement chaude qu'elle s'est évaporée en cours de route.

— Elle a plutôt dû s'évaporer dans votre ventre, espèce de porc effronté !

— Mon lieutenant, je peux vous assurer que tout a été causé par l'évaporation, ce sont des choses qui arrivent : un jour, un muletier qui faisait la route de Karlovy Vary et qui transportait des jarres de vin chaud...

— Hors de ma vue, animal !

Elle serre ce tas de feuilles dans ses bras comme un vieil ami.

Avec le plus grand soin, elle s'applique à recoller avec un peu de gomme arabique l'un des dos décousus. Puis elle frotte avec un chiffon propre et de la salive une couverture crottée par la terre de la cachette. Elle soigne les blessures des livres, sans doute pour la dernière fois. Quand elle ne peut rien faire de plus pour les réparer, elle lisse leurs pages pour enlever quelques plis, passant et repassant la main dessus. Bien plus que défroisser les pages, elle est en train de les caresser.

Les livres alignés forment un rang minuscule, un modeste défilé de vétérans. Mais ces derniers mois, ils ont permis que des centaines d'enfants puissent se promener à travers la géographie du monde, qu'ils découvrent l'histoire et apprennent les mathématiques. Qu'ils explorent, aussi, les sentiers détournés de la fiction et que leurs vies soient multipliées par de nombreuses autres. Ce n'est pas si mal pour une pauvre poignée de vieux livres.

27

Juillet 1944

Les ateliers et le bloc 31 ont été fermés. Sa mère discute, ou plutôt elle assiste à la discussion que d'autres femmes sont en train d'avoir sous la houlette de madame Turnovská. Dita a le dos appuyé contre la partie arrière du baraquement. Il y a tellement de monde qu'il est difficile d'y trouver de la place pour s'y adosser. Margit arrive à côté d'elle et s'installe comme elle le peut sur le bout de couverture que Dita lui laisse. Son inquiétude est visible à sa façon de se mordiller la lèvre inférieure.

— Tu crois vraiment qu'ils vont nous envoyer quelque part ?

— Ça, ça ne fait pas l'ombre d'un doute. J'espère juste que ce ne sera pas dans l'autre monde.

Margit s'agite à ses côtés, anxieuse. Elles se prennent par la main.

— J'ai peur, Ditinka.

— Nous avons tous peur.

— Mais toi, tu es si tranquille. Tu plaisantes même de ce transfert. J'aimerais être courageuse comme toi, mais j'ai très peur. Je tremble des pieds à la tête. Il fait chaud et j'ai froid.

— Un jour où j'avais les jambes qui n'arrêtaient pas de trembler, Fredy Hirsch m'a dit que les vrais courageux sont ceux qui ont peur.

— Comment ça ?

— Parce qu'il faut être courageux pour avoir peur et continuer d'avancer. Si tu n'as pas peur, quel mérite y a-t-il à faire une chose plutôt qu'une autre ?

— Il m'est arrivé de voir passer monsieur Hirsch dans la *lagerstrasse*. Il était très beau ! J'aurais bien aimé le connaître.

— C'était quelqu'un que l'on n'arrivait pas facilement à connaître. Il passait tout son temps dans sa chambre. Il animait les discussions du vendredi et organisait les activités sportives. Dès qu'il y avait un problème, il apparaissait et arrangeait tout, il était très gentil avec tout le monde… puis il disparaissait dans sa chambre. C'était comme s'il voulait rester isolé.

— Tu crois qu'il était heureux ?

Dita se tourne vers son amie et la regarde d'un air sceptique.

— Sacrée question, Margit ! Qui pourrait le savoir ? Je ne sais pas… Je crois que oui. Ça n'a pas été facile pour lui, mais je crois qu'il aimait les défis. Et il n'a jamais reculé.

— Tu l'admirais, pas vrai ?

— Comment ne pas admirer la personne qui vous a appris à être courageuse !

— Mais… répond Margit en soupesant les mots car elle sait qu'elle va dire une chose douloureuse,

Hirsch a pourtant reculé au dernier moment, il n'a pas tenu jusqu'au bout.

Dita pousse un profond soupir.

— J'ai réfléchi bien des fois à sa mort. On m'a dit une chose et son contraire. Mais je persiste à croire qu'il manque une pièce, qu'il y a quelque chose là-dedans qui ne colle pas. Hirsch, baisser les bras ? Noooon.

— Mais le secrétaire Rosenberg l'a vu mourir...

— Mmmm...

— Même si j'ai aussi entendu dire qu'on ne pouvait pas complètement se fier à tout ce que racontait Rosenberg...

— On dit tellement de choses... Mais je crois que cet après-midi du 8 mars, il s'est passé une chose qui a tout changé. Le problème, c'est que nous ne pourrons plus jamais lui demander quoi.

Dita se tait et Margit respecte son silence pendant quelques secondes.

— Et qu'est-ce que nous allons devenir maintenant, Ditinka ?

— Personne ne le sait. Donc cela ne vaut pas trop la peine de s'inquiéter. Toi et moi, nous ne pouvons rien faire. Si quelqu'un décide d'organiser une révolution, nous le saurons bien assez tôt.

— Tu crois qu'il va y avoir une révolte ?

— Je ne crois pas. Si elle n'a pas eu lieu avec Fredy, sans lui, c'est impossible.

— Alors nous allons devoir prier.

— Essaie.

— Tu ne vas pas prier ?

— Prier ? Qui ça ?

— Comment ça, qui ça ? Dieu ! Tu devrais le faire toi aussi.

— Des centaines de milliers de Juifs ne cessent de prier depuis 1939 et il ne les a pas écoutés.

— Peut-être que nous n'avons pas assez prié, ou pas assez fort pour qu'il nous écoute.

— Arrête, Margit. Dieu est capable de savoir si tu as recousu un bouton de chemise le jour du shabbat pour te punir et il ne s'est pas aperçu qu'on était en train d'assassiner des milliers d'innocents et que des milliers d'autres étaient prisonniers et traités pire que des chiens ? Tu crois vraiment qu'il n'est pas au courant ?

— Je ne sais pas, Dita. C'est un péché de se demander pourquoi Dieu fait les choses qu'il fait.

— Alors je suis une pécheresse.

— Ne dis pas ça ! Dieu te punira !

— Encore plus ?

— Tu iras en enfer.

— Ne sois pas naïve, Margit. Nous sommes déjà en enfer.

Les rumeurs continuent de serpenter dans le camp comme des anguilles. Certains disent que la sélection est une farce tragique, qu'ils vont tous les tuer. D'autres croient que non, qu'ils vont garder la main-d'œuvre apte à travailler et qu'ils tueront le reste.

Contre toute attente, le Curé entre dans le camp accompagné de deux gardes armés. Les gens font comme s'ils ne le regardaient pas, mais ils ne quittent pas des yeux cet oiseau de mauvais augure qui ne peut rien venir faire de bon en dehors des heures d'appel. Ils s'arrêtent à la porte d'un baraquement, et la *kapo* apparaît aussitôt.

Elle tourne nerveusement dans les environs jusqu'à désigner une détenue, assise sur le côté du baraquement avec un enfant qui a posé la tête sur ses genoux. C'est tante Miriam et son fils Ariah. Le sergent l'informe qu'il a des ordres directs du commandant Schwarzhuber : ils vont la transférer, elle et son fils, avec son mari.

Eichmann lui a menti : son mari Yakub n'est pas à Berlin. En réalité, il n'est jamais parti d'Auschwitz. Il lui a également dit qu'ils seraient bientôt réunis. Sur ce point, il lui a dit la vérité. Mais les vérités d'Eichmann sont encore pires que ses mensonges.

Ils conduisent Miriam et son fils en jeep à Auschwitz I, à trois kilomètres, où se trouve la prison des prisonniers politiques, membres de la Résistance, espions et autres menaces pour l'intégrité du Reich. En réalité, toutes sortes de détenus ont fini par passer par ses cellules oppressantes, construites pour causer les plus atroces souffrances et le pire confinement possible. Dans cette prison, personne ne voulait sortir dans la cour car l'on n'y sortait que pour mourir fusillé.

Quand ils les firent entrer dans la pièce où deux gardes retenaient Yakub, menotté et fermement tenu par les bras, Miriam Edelstein eut du mal à le reconnaître dans cette tenue rayée crasseuse et, ce qui fut encore pire, sous cette peau écorchée qui lui collait aux os. Quant à lui, il dut mettre un instant à la reconnaître parce qu'il ne portait plus ses lunettes rondes en écaille. Il les avait certainement perdues peu de temps après son arrivée et dès lors tout avait dû lui paraître flou.

Miriam et Yakub Edelstein étaient des personnes d'une intelligence aiguë. Ils comprirent sur-le-champ la raison pour laquelle on les avait réunis.

Ce qui dut leur traverser l'esprit à ce moment-là, personne ne peut arriver à l'imaginer.

Un caporal SS sortit un pistolet et visa le petit Ariah. Il tira à bout portant. Ensuite, il abattit Miriam. Quand ils tirèrent sur Yakub Edelstein, sans doute celui-ci était-il déjà mort intérieurement.

Au moment de la mise en marche du processus de fermeture du camp BIIb, le 11 juillet 1944, il y avait douze mille prisonniers. Le docteur Mengele organisa la sélection, qui dura trois jours. Parmi tous les baraquements, il choisit pour sa réalisation le numéro 31 parce qu'il offrait un espace plus dégagé, étant donné qu'il n'était pas encombré de châlits. Mengele commenta à ses assistants que c'était le seul baraquement où l'odeur n'était pas nauséabonde. Malgré sa grande passion pour les autopsies, il s'agissait d'une personne raffinée qui ne supportait pas les mauvaises odeurs.

Le camp familial touche à sa fin. Dita Adlerova et sa mère se préparent à passer au crible du docteur Mengele, qui décidera si elles vivent ou non. Après l'infusion lavasse du petit-déjeuner, les *kapos* ont ordonné de se mettre en formation par baraquement. Tous les habitants du camp sont tendus, les gens s'agitent nerveusement et vont dans tous les sens, profitant de leurs possibles derniers moments. Les maris courent faire leurs adieux à leurs femmes, et les femmes à leurs maris. Un grand nombre de couples se tiennent au milieu de la *lagerstrasse*, à mi-chemin de leurs baraquements. Il y a des étreintes, des baisers et des larmes, des reproches aussi. Il y a toujours quelqu'un pour dire : « Ah, si seulement nous étions partis en Amérique quand je te l'avais dit… ! » Chacun investit à sa façon ces minutes qui peuvent être les dernières. Les *kapos* soufflent furieusement dans leurs sifflets pour que tout le monde retourne à son baraquement sous le regard indifférent des SS qui arrivent dans le camp.

Madame Turnovská s'approche pour souhaiter bonne chance à Liesl.

— Quelle chance, madame Turnovská ? dit une autre femme du groupe des châlits. Ce qu'il nous faut, c'est un miracle !

Dita s'éloigne de quelques pas au milieu de cette cohue de gens qui vont et viennent fébrilement. Elle sent quelqu'un se placer juste derrière elle, elle peut même percevoir son haleine sur sa nuque.

— Ne te retourne pas, ordonne-t-il.

Tellement habituée aux ordres, Dita reste plantée sur place sans regarder en arrière.

— Tu as interrogé les gens à propos de la mort de Hirsch, pas vrai ?

— Oui.

— Eh bien, je sais des choses… mais ne te retourne pas !

— Tout ce qu'on m'a dit jusqu'à présent, c'est qu'il avait pris peur. Mais la peur de mourir n'a pas pu le faire reculer, je le sais.

— Là-dessus, tu as vu juste. J'ai lu la liste des détenus que les SS allaient réclamer pour les faire sortir du camp de quarantaine et les remettre dans le camp familial. Hirsch était dessus. Il n'allait pas mourir.

— Alors pourquoi s'est-il suicidé ?

— Là-dessus, tu as tout faux, dit l'autre.

Mais sa voix hésite pour la première fois, comme s'il ne savait pas jusqu'où il peut aller.

— Hirsch ne s'est pas suicidé.

Dita veut tout savoir et se retourne vers son mystérieux interlocuteur. Mais celui-ci se met aussitôt à courir à toute vitesse au milieu des gens. Elle le reconnaît : c'est le garçon qui travaillait comme coursier au bloc-hôpital.

Elle va pour s'élancer à sa poursuite quand sa mère l'attrape par l'épaule.

— Il faut se mettre en formation !

La *kapo* de leur baraquement commence à distribuer des coups de bâton et les gardes donnent à leur tour des coups de crosse de tous côtés. Le temps presse. À contrecœur, Dita se place dans le rang à côté de sa mère.

Qu'est-ce que ça veut dire, Hirsch ne s'est pas suicidé ? Alors quoi ? Il ne serait donc pas mort comme on le lui a raconté ? Elle a l'impression que ce garçon a peut-être tout inventé. Mais quel intérêt aurait-il eu à faire ça ? Est-ce que ce n'était qu'une blague, ce qui expliquerait qu'il soit parti en courant quand elle s'est retournée ? C'est possible. Mais quelque chose lui dit que non ; durant le court instant où elle l'a regardé, il n'y avait pas de rire dans ses yeux, absolument pas. Plus que jamais, elle est convaincue que ce qu'il s'est passé ce jour-là dans le camp de quarantaine n'est pas ce que les gens de la Résistance lui ont raconté. Et pourquoi auraient-ils menti ? Ou alors, c'est peut-être qu'ils ne savent pas non plus le fin mot de l'histoire ?

Trop de questions à un moment où toutes les réponses arrivent peut-être trop tard. Ils sont des milliers dans le camp familial et ils vont tous devoir passer par ce chas d'une aiguille qu'est le regard dément du docteur Mengele… La vie ou la mort.

Les groupes entrent et sortent depuis des heures par la porte arrière du bloc 31 et personne ne sait avec certitude ce qu'il se passe. On leur a servi la soupe à midi et elles ont pu s'asseoir par terre, mais la fatigue et la nervosité de l'attente entament les femmes de son groupe. Et les rumeurs courent, bien sûr. Il semble se confirmer que la sélection est réelle : on sépare les détenus en bonne santé relative des malades et des improductifs. Certaines femmes commentent que le docteur Mengele décide qui vivra et qui mourra avec son flegme habituel. Les prisonniers et prisonnières doivent entrer nus dans le baraquement pour que le médecin capitaine les examine. Quelqu'un fait remarquer que Mengele a au moins eu la décence de faire entrer séparément les hommes et les femmes. On dit qu'il ne regarde même pas les prisonnières nues d'un œil libidineux, qu'il observe tout le monde avec la plus totale indifférence, qu'il bâille parfois, blasé et assommé par sa mission d'examinateur d'êtres humains.

Un cordon de SS interdit à quiconque d'approcher du bloc 31. Les groupes qui ne vont pas passer la sélection ce jour-là se promènent nerveusement dans le camp. Les instructeurs essaient d'occuper les enfants jusqu'au dernier moment. Quelques groupes s'installent à l'arrière des baraquements et tentent d'organiser des jeux de devinettes ou autre. N'importe quoi pourvu de calmer l'angoisse. Même la professeure Markéta, si guindée, s'est mise à jouer au mouchoir avec certaines de ses élèves. Chaque fois qu'elle s'empare du mouchoir, elle le porte discrètement à son visage pour sécher ses larmes : ses élèves de onze ans galopent, pleines de vie, se disputent et se chamaillent pour savoir qui a réussi à toucher le tissu avant l'autre... considéreront-ils l'une d'elles assez âgée pour servir de main-d'œuvre ou vont-ils toutes les tuer ?

Enfin, Dita est en formation avec les femmes de son baraquement devant le bloc 31 : elles sont les prochaines à entrer. Ils les obligent à se déshabiller et leur font empiler leurs habits en une montagne qui commence à former une cordillère de haillons sur la terre boueuse.

Elle éprouve plus de gêne pour le corps nu en public de sa mère que pour le sien. Elle détourne la tête pour ne pas voir sa poitrine fripée, son sexe au grand jour, son exposition d'os saillant sous la peau. Certaines femmes croisent les bras de manière à cacher le mieux possible leurs parties intimes, mais la plupart n'en ont plus rien à faire. De chaque côté des rangs, il y a de petits groupes de SS désœuvrés, en dehors de leur service, qui passent la matinée à reluquer les femmes nues avec un malin plaisir et à commenter à haute voix quelles sont leurs préférées. Les corps sont décharnés, les côtes forment plus de courbes que les hanches, il y a des jeunes filles qui présentent à peine un léger duvet pubien entre les jambes, mais les soldats sont avides de distractions et ils ont tellement l'habitude de voir la maigreur squelettique des détenus qu'ils acclament les femmes comme s'il s'agissait de beautés plantureuses.

Dita tente de se mettre sur la pointe des pieds pour voir à travers la muraille des gardes ce qu'il se passe à l'intérieur. Bien que sa vie et celle de sa mère soient en péril, elle ne peut pas s'empêcher de penser avec tristesse à sa bibliothèque. Les livres sont à l'abri dans leur cachette, rangés sous terre, plongés dans un profond sommeil jusqu'au jour où quelqu'un les retrouvera par hasard et les ramènera à la vie en les ouvrant, comme ce Golem de la légende de Prague qui demeure inanimé dans un endroit secret dans l'attente d'être ressuscité. Elle regrette à présent de n'avoir pas laissé un message avec les livres, au cas où un autre prisonnier coincé à Auschwitz les découvrirait. Elle aurait aimé pouvoir lui dire : prends soin d'eux et ils prendront soin de toi.

Les femmes doivent encore attendre sans vêtements quelques heures de plus. Leurs jambes deviennent douloureuses et fragiles. L'une d'elles s'est assise parce qu'elle n'en pouvait plus et, malgré les cris et les menaces de la jeune *kapo*, elle a refusé de se lever. Deux gardes l'ont traînée de force dans le baraquement comme s'ils portaient un sac de pommes de terre. Les autres soupçonnent qu'ils ont dû la jeter directement dans le tas du matériel inutilisable.

Enfin, au milieu des murmures et des prières, le tour de leur groupe vient et Dita franchit l'entrée du bloc 31 avec sa mère. La femme qui se trouve juste devant elle marche en sanglotant.

— Ne te mets pas à pleurer, Edita, lui chuchote sa mère. C'est maintenant qu'il va falloir te montrer forte.

Elle acquiesce. Une fois dedans, malgré la tension qui flotte dans l'air, les SS armés et cette table devant la cheminée où Mengele prononce ses sentences, Dita se sent, d'une certaine manière, protégée. Les SS n'ont pas décroché des murs les dessins des enfants. Voici Blanche-Neige et ses sept nains dans différentes versions, des princesses, des animaux de la jungle, les bateaux colorés des premiers jours lorsqu'il y avait encore un peu de peinture... Elle réalise à quel point il lui a manqué à Auschwitz de pouvoir peindre, comme elle le faisait à Terezín, et métamorphoser ainsi le désordre de ses émotions en paysage.

Cependant, même si les tabourets et les dessins sont encore là, le bloc 31 n'existe plus. Ce n'est plus une école. Ce n'est plus un refuge. Maintenant, à peine entrées, elles tombent sur un bureau et, derrière celui-ci, le docteur Mengele est assis à côté d'un secrétaire, flanqué de deux gardes armés de mitraillettes. Au fond du baraquement, les deux groupes sélectionnés se forment peu à peu. Celui de gauche va rester à Auschwitz et celui de droite sera envoyé travailler dans un autre camp. Dans un groupe se trouvent les femmes jeunes et d'âge mûr qui semblent en bonne santé ; c'est-à-dire celles qui peuvent encore travailler. L'autre, beaucoup plus nombreux, se compose de petites filles, de vieillardes et de femmes à l'apparence maladive. Quand ils ont dit que le groupe de gauche resterait à Auschwitz, ils ont dit la vérité : leurs cendres se déposeront sur le limon de la forêt et se mêleront pour toujours à la boue de Birkenau.

Le médecin nazi, imperturbable, déplace sa main gantée de blanc à droite et à gauche, aiguillant les gens d'un côté ou de l'autre de la vie. Il le fait avec une aisance étonnante. Sans hésiter.

La file de devant se vide peu à peu. La femme qui pleurait a été envoyée à gauche, avec les faibles et les inutiles au Reich.

Dita respire à fond : son tour est venu.

Elle fait quelques pas et s'arrête devant la table du médecin capitaine. Le docteur Mengele la regarde. Elle se demande s'il la reconnaîtra réellement comme membre du bloc 31, mais il est impossible de savoir ce qu'il pense. Ce qu'elle voit dans les yeux du médecin lui donne la chair de poule : il n'y a rien, aucune émotion. C'est un regard tellement vide et tellement neutre qu'il saisit d'effroi.

Il lui récite la demande qu'il répète mécaniquement depuis des heures à chaque détenue :

— Nom, numéro, âge et profession.

Dita sait que la consigne donnée à tous est d'indiquer une profession qui puisse être utile aux Allemands (charpentier, agriculteur, mécanicien, cuisinière…), et la consigne aux mineurs de mentir à la hausse et d'augmenter leur âge pour passer le couperet. Dita le sait, il faut qu'elle soit prudente, mais sa nature lui demande autre chose.

Devant le tout-puissant docteur Josef Mengele, maître de la vie et de la mort tel un dieu de l'Olympe, elle décline son nom, Edita Adlerova, son numéro, 73 305, son âge, seize ans (elle s'en rajoute un), et, au moment d'annoncer sa profession, elle hésite un instant. Au lieu de citer une profession pratique et utile qui plaira à ce SS à la croix de fer sur la poitrine, elle dit finalement :

— Peintre.

Mengele, blasé, assommé par ce qui n'est pour lui qu'une routine, la regarde alors dans les yeux avec une plus grande attention, comme les serpents redressent soudain la tête quand une proie passe à leur portée.

— Peintre ? Tu peins des murs ou des portraits ?

Dita sent son cœur marteler sa cage thoracique mais elle répond dans son allemand impeccable et avec une trempe qui tient ici de la révolte.

— Je peins des portraits, monsieur.

Mengele la regarde en plissant un peu les yeux, esquissant un semblant de sourire ironique.

— Tu pourrais me peindre, moi ?

Dita n'a jamais eu aussi peur de sa vie. On ne peut pas être dans une situation plus vulnérable : à quinze ans, seule et nue devant des hommes armés de mitraillettes qui décideront dans un instant s'ils vont la tuer ou s'ils la laisseront vivre encore un peu. La sueur coule sur sa peau nue et les gouttes tombent jusqu'au sol. Mais elle répond avec une vigueur inattendue.

— Oui, monsieur !

Mengele l'observe attentivement. Il n'est pas bon que le médecin capitaine s'arrête pour réfléchir. N'importe quel vétéran dirait que rien de bon ne peut sortir de cette tête. Dans le baraquement règne un silence total, on n'entend même pas les respirations. Même les SS armés de mitraillettes n'osent pas perturber le moment de réflexion du docteur. Finalement, Mengele sourit d'un air amusé et, faisant un geste de sa main gantée, il l'envoie à droite : le groupe des valides.

Mais elle ne soupire pas encore de soulagement ; derrière elle vient sa mère. Elle ralentit le pas et tourne le cou pour la voir.

Liesl est une femme au visage et au corps tristes, aux épaules tombantes, ce qui accentue son aspect maladif. Elle est elle-même convaincue qu'elle ne passera pas le couperet, est déjà vaincue avant même d'avoir commencé à lutter. Elle n'a aucune chance, et le médecin ne perd pas une seconde.

— *Links !*

Gauche. Le groupe le plus nombreux, celui des non valides.

Cependant, sans prétendre se rebeller contre quoi que ce soit, simplement par pure étourderie, ou c'est ce qu'il semble à Dita, Liesl se dirige vers la droite, derrière sa fille, et se met dans le rang qui ne lui correspond pas. La jeune fille en a le souffle coupé : qu'est-ce que sa mère fait là ? Ils vont la sortir de cette file à bout de bras et cela va être une scène terrible. Elle s'enchaînera à sa mère, quoi qu'il arrive. Qu'ils les emmènent toutes les deux !

Mais le hasard, qui les a tellement maltraitées jusque-là, veut alors qu'à ce moment précis, aucun des gardes, tous lassés par la docilité ennuyeuse des prisonniers et plus occupés à scruter les filles les plus jolies qu'à les surveiller, ne remarquent rien. Mengele non plus, distrait à cet instant précis par le secrétaire, qui n'a apparemment pas compris l'un des numéros dictés et lui demande son aide. Parmi les autres femmes qu'ils ont envoyées à gauche, certaines ont hurlé, ont supplié, se sont jetées à terre, et les gardes ont dû les traîner de force. Mais Liesl ne s'est pas plainte et n'a pas protesté. D'une docilité absolue, elle est passée nue sous les yeux de la mort avec une indolence et un naturel qui aurait brisé les nerfs du plus courageux parmi les courageux.

Dita doit poser la main sur sa poitrine pour empêcher son cœur d'en sortir. Elle dévisage sa mère, qui se tient derrière elle et la regarde d'un air absent, apparemment étrangère à ce qu'elle a fait : désobéir à Mengele, demeurer un instant immobile puis s'en aller vers le côté opposé à celui indiqué pendant qu'ils examinaient les listes sur la table et que les soldats reluquaient les filles. C'est dû à la distraction de sa mère, bien sûr, qui n'a pas compris l'ordre. Elle n'est pas assez courageuse pour faire une chose pareille de manière préméditée… mais Dita ne sait plus quoi penser. Sans rien dire, elles se prennent très fort par la main, serrent jusqu'à la limite de leurs forces. Elles se regardent et se disent tout dans ce regard. Une autre femme arrive dans le rang, se plaçant derrière sa mère et la cachant à la vue des gardes.

On les envoie dans le camp de quarantaine. Il y a des scènes d'embrassades joyeuses entre ceux qui se retrouvent dans ce groupe, qui sont momentanément sauvés, et des visages abattus qui attendent près de l'entrée des membres de leur famille ou des amis qui n'arrivent pas. Madame Turnovská n'est pas avec elles, ni aucune des amies de discussion de sa mère. Les enfants ne viennent pas non plus. Et Dita ne sait pas ce qu'il est advenu de Miriam Edelstein. Mais il est vrai qu'il règne une confusion énorme et que l'on commence à évacuer les premiers groupes vers le quai alors même que les dernières sélections ne sont pas terminées dans le BIIb. Margit non plus n'est pas là.

Le fait est qu'elles ont momentanément esquivé la mort. Mais survivre est une consolation minuscule quand tant d'innocents restent là pour y connaître leur fin.

28

Printemps 1945

De nouveau, le train. Huit mois ont passé depuis la liquidation du camp familial et elles sont encore une fois enfermées dans un wagon à bestiaux où elles continuent de voyager sans savoir où on les envoie. Ç'avait d'abord été de Prague à Terezín. Puis de Terezín à Auschwitz. Plus tard, d'Auschwitz à Hambourg. Et maintenant, Dita ne sait plus où la conduit cette diaspora de voies ferrées sur laquelle sa jeunesse a déraillé.

Sur le quai d'Auschwitz, elles avaient été entassées de force dans un train de marchandises et envoyées avec un groupe de femmes en Allemagne. Ç'avait été un voyage de faim, de soif, de mères sans enfants, de filles sans mère, de sœurs sans sœur. En ouvrant le wagon à Hambourg, les SS avaient découvert un container rempli de poupées cassées.

Quitter la Pologne pour l'Allemagne n'avait pas amélioré les choses. Les SS y recevaient davantage de nouvelles de la guerre et l'énervement se propageait. L'Allemagne reculait sur tous les fronts et le rêve fébrile du Troisième Reich commençait à se fissurer. Ils défoulaient leur colère et leur frustration sur les Juifs, qu'ils accusaient de leur défaite désormais irrémédiable.

Elles avaient été envoyées dans un camp où la journée de travail était tellement longue que les jours semblaient durer beaucoup plus de vingt-quatre heures. De retour au baraquement, elles n'avaient même plus la force de se plaindre. Elles arrivaient juste à boire leur soupe en silence et à s'étendre sur leur paillasse pour tenter de reprendre des forces pour le lendemain.

De ces mois passés à Hambourg, Dita garde une image gravée dans sa mémoire : celle de sa mère devant la machine à empaqueter les briques tandis que la sueur coulait du foulard noué sur sa tête. Elle transpirait, mais son visage restait aussi neutre, concentré et serein que si elle était en train de préparer une salade d'aubergine.

Dita souffrait pour sa mère, si fragile que même avec la légère amélioration des rations par rapport à Auschwitz, elle ne grossissait pas d'un gramme. Il était interdit de parler pendant le travail mais, quand elle passait en transportant des matériaux à côté du poste de sa mère, elle lui adressait un signe pour lui demander comment elle allait et Liesl acquiesçait toujours de la tête et souriait. Elle allait toujours bien.

Dita reconnaît que ça la sort parfois de ses gonds : si sa mère répond toujours qu'elle va bien quel que soit l'état dans lequel elle se trouve, comment peut-elle savoir pour de vrai quand elle se sent bien et quand elle se sent mal ?

Mais madame Adlerova va toujours bien pour Edita.

En ce moment, dans le train, Liesl fait semblant de dormir, la tête appuyée contre la paroi du wagon. Elle sait qu'Edita veut qu'elle dorme mais, en réalité, cela fait des mois qu'elle peut à peine fermer les yeux la nuit. Bien sûr, elle ne va pas le raconter à sa fille. Dita est trop jeune pour comprendre la tragédie que suppose pour une mère le fait de ne pas pouvoir donner à son enfant une vie heureuse.

Tout ce que Liesl Adlerova peut faire pour sa fille, qui est déjà beaucoup plus forte, dégourdie et courageuse qu'elle, c'est ne pas rajouter à son inquiétude, lui dire toujours qu'elle va parfaitement bien, même si, depuis la mort de son mari, elle sent en elle une blessure qui ne se referme pas, qui saigne à l'intérieur sans pouvoir s'arrêter.

L'emploi à l'usine n'avait pas duré longtemps. L'énervement des instances dirigeantes nazies rendait les ordres contradictoires. Quelques semaines plus tard, elles avaient été transférées dans une autre usine, où l'on recyclait du matériel militaire. Dans l'un des ateliers, on réparait des bombes défectueuses qui n'avaient pas explosé. Personne ne semblait très inquiet de travailler dans cet endroit, elles deux non plus ; on travaillait à l'abri et elles n'étaient pas mouillées quand il pleuvait.

Un soir, après le travail, en se dirigeant vers son baraquement, Dita avait vu sortir d'un atelier Renée Naumann, qui parlait d'un air enjoué avec d'autres filles. Elle s'était arrêtée et presque dirigée vers elle. Elle se réjouissait réellement de la voir. Renée lui avait souri gentiment mais elle l'avait saluée de loin d'un geste fugace et elle avait continué de marcher, absorbée par sa conversation avec ses camarades, sans s'arrêter. Elle s'est fait de nouvelles amies, avait pensé Dita, des personnes nouvelles qui ne savent pas qu'elle a eu autrefois un ami chez les SS et à qui elle n'a plus d'explications à donner. Elle n'avait pas voulu s'arrêter pour bavarder avec son passé.

On les avait à nouveau mobilisées, sans les informer de leur destination. Une fois encore, elles sont devenues du bétail à transporter.

— Ils nous traitent comme des moutons qu'ils mènent à l'abattoir, se lamente une femme à l'accent des Sudètes.

— Même pas ! Les brebis qu'ils mènent à l'abattoir, ils leur donnent à manger.

Le wagon de marchandises tangue dans un raffut de machine à coudre : c'est comme un four en métal dans lequel cuit la sueur. Dita et sa mère sont assises à même le sol, à côté d'un contingent de femmes aux nationalités variées, pour beaucoup des Juives allemandes. Des mille et quelques détenues qui sont sorties huit mois plus tôt du camp familial d'Auschwitz-Birkenau, la moitié est restée à Hambourg pour travailler dans un atelier situé dans un faubourg de la ville, près des bords de l'Elbe. Elles sont épuisées. Ces derniers mois ont été d'un travail exténuant dans les usines, avec des journées très longues dans des conditions extrêmes. Dita regarde ses mains ; ce sont celles d'une vieille femme.

Mais la fatigue est peut-être autre. Cela fait des années qu'elles vont d'un endroit à l'autre, bousculées, menacées de mort, dormant mal et se nourrissant de la pire des manières, sans savoir si tout cela sert à quelque chose, si elles vont vraiment arriver à voir la fin de cette guerre.

Le pire de tout, c'est que Dita commence à n'en avoir plus rien à faire. L'apathie est le pire de tous les symptômes.

Non, non, non… je ne vais pas flancher.

Elle se pince le bras jusqu'à avoir mal. Elle se pince encore plus fort et se fait presque saigner. Elle a besoin que la vie lui fasse mal. Si quelque chose vous fait mal, c'est que ce quelque chose compte pour vous.

Elle se souvient de Fredy Hirsch. Elle avait moins pensé à lui ces derniers mois parce que les souvenirs finissent par trouver leur place. Mais elle se demande encore ce qu'il lui est arrivé cet après-midi-là. Le garçon aux longues jambes a dit qu'il ne s'était pas suicidé… Alors a-t-il eu la main lourde avec les calmants ? Elle veut croire qu'il n'a pas voulu se supprimer, que c'était une erreur. Mais elle sait que Hirsch était très méthodique, très allemand. Comment a t-il pu avaler par erreur une vingtaine de comprimés ?

Elle soupire. Peut-être que plus rien de tout cela n'a d'importance : il n'est plus là et il ne reviendra pas. Tant pis.

La rumeur court dans le train qu'elles sont envoyées dans un endroit appelé Bergen-Belsen. Elles entendent certaines conversations spéculer sur ce nouveau camp. Des femmes ont entendu dire que c'était un camp de travail, qu'il n'avait rien à voir avec Auschwitz ou Mauthausen, où la seule industrie est celle de tuer les gens. Elles ne sont donc pas menées à l'abattoir. Cela semble des nouvelles rassurantes mais la plupart des prisonnières se taisent parce que l'espoir a désormais l'épaisseur d'une lame de rasoir. Et chaque fois que vous posez la main dessus, vous vous coupez.

— Moi, je viens d'Auschwitz, affirme l'une d'elles. Rien ne peut être pire.

Les autres ne disent rien. Elles n'en sont pas convaincues. Elles se montrent réticentes face à un tel raisonnement logique. Elles ont découvert ces dernières années que l'horreur n'avait pas de fond. Elles ne s'y fient plus. Ce sont des chattes échaudées qui craignent l'eau froide. Elles se méfient. Mais le plus terrible, c'est qu'elles vont avoir raison.

Le voyage de Hambourg à Bergen-Belsen est un court trajet mais le train met plusieurs heures avant de s'arrêter dans un grincement de dents. Elles doivent marcher depuis le quai jusqu'à l'entrée du camp des femmes, où elles sont conduites par des gardes de la section féminine de la SS qui les bousculent violemment et leur crient des grossièretés. Il y a une haine bleue dans leur regard. Une détenue se met à regarder une geôlière et celle-ci lui crache à la figure pour qu'elle tourne la tête.

— Sale truie, murmure Dita à voix basse.

Sa mère la pince pour la faire taire.

Dita se demande pourquoi les gardiennes sont aussi furieuses après elles, puisque ce sont elles qui sont humiliées et privées de tout, puisqu'elles ont à peine mis un pied dans le camp et qu'elles n'ont fait de mal à personne, puisqu'elles ne vont faire qu'obéir et travailler fébrilement pour le Reich sans demander leur reste. Et pourtant, ces gardiennes potelées, bien nourries et confortablement vêtues semblent exaspérées. Dita n'y comprend rien. Mais les gardiennes les houspillent, leur frappent les côtes de leurs bâtons, les injurient de phrases obscènes et s'emportent contre ces femmes dociles qui viennent d'arriver. Une fois de plus, elle ne peut s'empêcher d'être étonnée par cette irritation des agresseurs, par leur indignation après ceux qui ne leur ont rien fait.

Lorsqu'elles sont en formation, la gardienne en chef apparaît. C'est une femme grande, blonde, aux larges épaules et à la mâchoire carrée. Elle se déplace avec les gestes pleins d'assurance des personnes habituées à commander et à qui l'on obéit immédiatement. Elle les informe de sa voix forte de l'interdiction de sortir des baraquements après le couvre-feu de sept heures du soir, sous peine de mort. Elle marque une pause et recherche avec avidité le regard des détenues, qui gardent les yeux rivés droit devant elles.

Une jeune fille commet l'erreur de lui renvoyer son regard et la gardienne en chef se plante devant elle en deux enjambées avant de la saisir violemment par les cheveux. Elle la traîne hors du rang et la jette au sol devant la formation. On a peut-être l'impression que personne ne regarde directement, mais toutes voient. Elle frappe la jeune fille avec son bâton une première fois. Puis une autre. Et encore. La fille ne crie pas, elle sanglote seulement. Après le cinquième coup, elle ne sanglote même plus, elle geint à peine. Les détenues n'entendent pas ce que la gardienne en chef lui dit quand elle approche sa bouche de son oreille, mais la prisonnière se relève, dégoulinante de sang, et revient en titubant à sa place dans le rang.

La gardienne en chef de Bergen-Belsen s'appelle Elisabeth Volkenrath. Après sa formation comme geôlière à Ravensbrück, elle est passée par Auschwitz, où elle s'est forgé une solide réputation en raison de sa facilité à ordonner des exécutions capitales à la moindre faute. Au début de l'année 1945, elle a été envoyée à Bergen-Belsen.

En chemin, elles dépassent plusieurs zones grillagées qui délimitent les différents camps dont elles auront connaissance plus tard. Le camp des prisonniers masculins, le camp de l'étoile pour les détenus destinés à l'échange de prisonniers de guerre, le camp neutre pour plusieurs centaines de Juifs porteurs de passeports de pays neutres, le camp de quarantaine pour isoler les malades du typhus, le camp hongrois et le redoutable camp-prison, qui est en réalité un camp d'extermination dans lequel sont enfermés les prisonniers malades en provenance d'autres camps de travail, forcés à travailler dans des conditions extrêmes afin de les épuiser jusqu'à leur mort au bout de quelques jours.

Son groupe arrive enfin au petit camp de femmes qui a dû être aménagé précipitamment sur un terrain vague à côté du grand camp, à cause de l'énorme quantité de déportées arrivées à Bergen-Belsen ces derniers mois. C'est un camp provisoire aux baraquements en préfabriqué, sans canalisations ni égouts ; ce ne sont que quatre fines parois en planches.

Dans le baraquement attribué à Dita et sa mère, ainsi qu'à une cinquantaine d'autres femmes, il n'y a pas de dîner, il n'y a pas de lits et les couvertures sentent l'urine. Elles doivent dormir à même le sol en bois, et même sur le sol il n'y a pratiquement pas de place.

Bergen-Belsen était à l'origine un camp de prisonniers de guerre supervisé par la Wehrmacht, mais la pression des troupes russes en Pologne a provoqué un détournement des prisonniers des camps polonais vers Bergen-Belsen, si bien que les SS en ont pris le contrôle. Les arrivées de nouveaux convois sont constantes et les installations débordent. La surpopulation, le manque de vivres et les conditions d'hygiène déficientes ont fait grimper en flèche la mortalité des détenus.

Mère et fille se regardent. Liesl ébauche une moue de désolation en voyant leurs nouvelles camarades de baraquement, tellement squelettiques et maladives. Mais le pire, c'est le rictus d'un grand nombre d'entre elles, leur regard égaré, tellement apathique pour la plupart qu'on a l'impression qu'elles considèrent leur vie comme perdue. Dita ne sait pas si la moue de sa mère est dédiée aux prisonnières faméliques ou à elles-mêmes, dans la mesure où cette apparence est exactement celle qu'elles auront très rapidement. Les vétéranes réagissent à peine au tapage de leur arrivée. Beaucoup ne se lèvent pas de leurs lits improvisés, faits de vieilles couvertures entassées. Certaines, même si elles le voulaient, ne pourraient plus le faire.

Dita étale sur le sol la couverture de sa mère et lui dit de s'allonger. Madame Adlerova obéit et se blottit. Elle approche son visage de la couverture et voit sauter dessus un bataillon de puces, mais elle ne bronche pas. Elle s'en fiche à présent. Une des nouvelles venues demande à une vétérane quel genre de travail on effectue ici.

— Ici, on ne travaille plus, répond mollement une femme allongée. On survit seulement tant que c'est possible.

Durant la journée, elles ont entendu les explosions de l'aviation alliée et, la nuit, elles voient la lueur des bombes. Le front est maintenant très proche, elles pourraient presque le toucher du bout des doigts. Une certaine euphorie se répand parmi les prisonnières. Le bruit des bombes des Alliés est un orage qui se rapproche. Certaines femmes parlent de ce qu'elles feront quand la guerre sera finie. Une prisonnière édentée dit qu'elle plantera des tulipes plein son jardin.

— Sois pas stupide, rétorque une voix aigre. Moi, si j'avais un jardin, j'y planterais des pommes de terre, pour ne plus jamais avoir faim un seul jour de ma vie.

Au matin, elles comprennent les paroles de la détenue qui disait qu'à Bergen-Belsen on ne travaillait pas, qu'on survivait seulement. Deux gardiennes SS les réveillent avec des cris et des coups de pied. Les détenues s'empressent alors de sortir pour se mettre en formation. Mais les gardiennes disparaissent et les prisonnières restent pendant un très long moment à la porte du baraquement, à attendre des instructions qui ne viennent pas. Certaines des vétéranes ne se sont même pas levées de leurs couvertures et elles ont enduré stoïquement les coups de pied sans bouger.

Plus d'une heure après, une gardienne apparaît et exige d'elles en criant qu'elles se mettent en rang pour faire l'appel, mais elle réalise aussitôt qu'elle n'a pas la liste et elle appelle la kapo du baraquement. Personne ne répond. Elle appelle trois fois, de plus en plus furieuse.

— Maudites filles de chienne ! Où est la *kapo* de ce foutu baraquement ?

Personne ne répond. Rouge de colère, la gardienne attrape violemment une prisonnière par le cou et lui demande où est la *kapo*. C'est une nouvelle arrivée et elle lui dit qu'elle n'en sait rien. Alors la gardienne se retourne vers une vétérane, facilement reconnaissable à sa maigreur squelettique, et elle lui répète la question en la pointant de son bâton.

— Réponds !

— Elle est morte il y a deux jours, dit l'autre.

— Et la nouvelle *kapo* ?

La détenue hausse les épaules.

— Il n'y en a pas.

La gardienne reste pensive et ne sait pas quoi faire. Elle pourrait nommer *kapo* n'importe laquelle de ces femmes, mais il n'y a pas de prisonnières de droit commun, ce ne sont que des Juives dans ce baraquement. Elle pourrait avoir des ennuis. Elle fait finalement demi-tour et s'en va sans explications. Les détenues vétéranes rompent les rangs de leur propre initiative et retournent dans le baraquement. Les nouvelles se regardent les unes les autres, toujours debout devant la porte. Dita préfère presque rester dehors ; les puces et les poux l'ont assaillie à l'intérieur et elle ressent des picotements intenses dans tout le corps. Mais sa mère est fatiguée et lui adresse un signe de la tête pour retourner dedans.

En rentrant, elles interrogent une vétérane à propos de l'heure du petit-déjeuner. Sa grimace épouvantable, qui cache un sourire amer, est éloquente.

— L'heure du petit-déjeuner ? dit une autre. Prions déjà pour qu'aujourd'hui il y ait une heure du déjeuner.

Elles restent toute la matinée sans rien faire jusqu'à ce que quelqu'un crie « *Achtung !* » d'un ton hostile, ce qui les fait se lever rapidement. La gardienne en chef entre dans le baraquement, suivie de deux assistantes. De son bâton, elle désigne une vétérane et elle lui demande s'il y a eu des pertes. La prisonnière montre le fond du baraquement et une autre détenue à cet endroit montre le sol. Une femme ne s'est pas levée en entendant le cri. Elle est morte.

La Volkenrath promène rapidement son regard et désigne quatre prisonnières : deux vétéranes et deux nouvelles. Elle ne prononce pas un seul mot, les vétéranes savent ce qu'il faut faire. Elles s'empressent de s'approcher du cadavre avec un enthousiasme inattendu et elles le prennent chacune par un pied. Elles savent qu'il faut prendre un bon endroit : du côté des jambes, les cadavres pèsent moins lourd ; ils sont également moins désagréables. La rigidité cadavérique a déplacé la mâchoire de celui-ci, et il a gardé la bouche et les yeux épouvantablement ouverts. De la tête, elles indiquent aux deux autres prisonnières de venir leur donner un coup de main. À elles quatre, elles se fraient un passage jusqu'à la sortie en portant la défunte.

Les gardiennes disparaissent à nouveau et personne n'entre plus dans le baraquement jusqu'au soir. Alors une geôlière apparaît et désigne quatre détenues pour aller chercher à la cuisine la marmite de soupe. Une agitation se produit et il y a des cris de joie.

— On va dîner !

— Merci, mon Dieu !

Les détenues réapparaissent, portant la marmite à l'aide de deux longs tasseaux de bois afin de ne pas se brûler. Ce soir, on dîne de la soupe.

— Ce cuisinier a été à la même école que celui de Birkenau, dit Dita entre deux gorgées.

Et sa mère ébouriffe sa courte chevelure, qui commence à rebiquer vers le haut.

Au cours des jours suivants, l'anarchie va en augmentant. Certains jours, elles mangeront une assiette de soupe à midi, mais il n'y aura pas de petit-déjeuner ni de dîner ; un jour seulement, elles mangeront à midi et dîneront le soir ; parfois, elles ne recevront aucun aliment de toute la journée. La faim devient une torture et une source d'anxiété qui bloque les pensées ; la seule chose qu'elles font, c'est attendre avec angoisse le repas suivant. Toutes ces heures vides, mêlées à l'angoisse causée par la faim, font que la raison devient peu à peu aqueuse et que tout commence à se déliter.

29

Au cours des semaines suivantes, d'autres détenus arrivent et les repas continuent à s'espacer encore plus. La mortalité augmente de manière exponentielle. Même sans chambre à gaz, Bergen-Belsen se transforme en une machine à tuer. Il faut retirer chaque jour une demi-douzaine de cadavres du baraquement. Officiellement, ils sont répertoriés comme des décès par mort naturelle. La mort est aussi naturelle à Bergen-Belsen qu'une mouche dans une étable.

Quand les geôlières arrivent pour sélectionner les prisonnières qui devront porter les défuntes, toutes les détenues se pétrifient et espèrent ne pas remporter cette loterie. Dita essaie de se rendre encore plus invisible que les autres.

Mais ce matin, cela tombe sur elle.

La geôlière SS la désigne indubitablement de son bâton. Elle a été la dernière à être choisie, si bien que les places des pieds sont déjà prises quand elle arrive au cadavre. Elle et une femme à la peau très mate, qui ressemble à une Tsigane, doivent prendre la morte par les épaules. Elle a déjà vu beaucoup de cadavres au cours de ces dernières années, mais elle n'en a jamais touché aucun. Elle ne peut pas faire autrement que frôler la main de la défunte et sa froideur de marbre lui donne la chair de poule.

La femme à la peau mate et elle doivent porter la plus grosse partie du poids. Le fait que les bras ne se balancent pas, qu'ils restent rigides et qu'ils gardent leur position à moitié repliée, comme si ce corps n'était qu'une poupée articulée, met Dita mal à l'aise.

L'une des femmes portant le cadavre par les pieds montre le chemin et elles arrivent jusqu'à une zone de barbelés. Deux gardes armés de mitraillettes leur ouvrent le passage. Elles sortent dans un terrain vague et un officier allemand en manches de chemise vient à leur rencontre et leur ordonne de s'arrêter. Elles s'immobilisent sans lâcher la défunte, et il l'examine d'un coup d'œil. Il leur demande le numéro de baraquement et le nom de la morte. Il en prend note dans un carnet, puis il leur fait signe de continuer. L'une des vétéranes chuchote que c'est le docteur Kline et qu'il est chargé de contrôler les apparitions de typhus. S'ils détectent la maladie dans un baraquement, ils effectuent une sélection drastique et envoient les malades mourir dans un camp de quarantaine.

À mesure qu'elles avancent, l'odeur se fait de plus en plus nauséabonde. Elles voient plusieurs hommes aux muscles secs en train de travailler non loin ; les mouchoirs sales dont ils ont recouvert leur nez leur donnent des airs de hors-la-loi. Devant eux, un autre groupe de femmes dépose un cadavre à côté d'autres corps. D'un geste, l'un des hommes leur indique de laisser le leur par terre. Les hommes balancent les morts dans une immense fosse comme s'il s'agissait de sacs de pommes de terre. Dita regarde un instant et ce qu'elle voit lui donne tellement le vertige qu'elle s'agrippe à l'une de ses camarades.

— Mon Dieu...

C'est une tranchée colossale remplie de cadavres. Ceux du fond sont carbonisés, ceux du dessus empilés les uns sur les autres dans un embrouillamini de corps et un amas de bras, de têtes et de peaux jaunâtres. Dans ce lieu, la mort perd toute dignité et réduit les personnes à la catégorie de déchets.

Dita sent son estomac se soulever mais, surtout, ses convictions les plus intimes vaciller.

C'est donc là tout ce que nous sommes ? Une poignée de matière en décomposition ? Quelques atomes réunis, comme ceux d'un saule ou d'une chaussure ?

Même la vétérane, qui est déjà venue plusieurs fois, a l'air perturbée. Personne ne parle pendant le trajet du retour. Vue de cette façon, la mort plonge n'importe qui dans une confusion profonde et secoue tout ce que vous aviez cru jusque-là : que la vie est sacrée.

Vue ainsi, elle semble ne rien valoir.

Des personnes qui, quelques heures auparavant, pensaient et sentaient finissent à la poubelle comme si elles n'étaient que des ordures. Les ouvriers portent des foulards, apparemment pour supporter la puanteur. Mais Dita croit maintenant qu'ils les portent pour cacher leur visage.

Ils ont honte d'être des éboueurs d'êtres humains.

Quand Dita arrive et que sa mère lui demande du regard comment cela s'est passé, elle cache sa figure dans ses mains. Elle aimerait rester seule. Mais sa mère la prend dans ses bras et lui tient compagnie.

Le chaos va en augmentant. Les groupes de travail organisés ont disparu et on leur donne l'ordre de rester toute la journée aux alentours de leur baraquement au cas où l'on aurait besoin d'elles. Une SS apparaît de temps à autre, brassant l'air énergiquement, arborant ses mollets brillants et bien nourris. Elle crie à tue-tête une poignée de noms qui doivent venir avec elle participer à l'entretien des tranchées de drainage ou occuper des places vacantes dans l'un des ateliers. Dita est recrutée plusieurs fois pour travailler dans un atelier où l'on perfore des ceinturons et des pattes d'uniforme. Les machines sont très vieilles et il faut appuyer très fort pour que le poinçon percute les bandes de cuir avec la pression suffisante.

Un matin, alors que l'appel se termine, la gardienne en chef Volkenrath se présente devant le groupe en formation. On la reconnaît facilement à son chignon prétentieux, qui laisse toujours quelques mèches de sa tignasse blonde s'échapper çà et là, de sorte qu'elle finit par avoir l'air plus ébouriffée que coiffée. Elle ressemble à quelqu'un qui se serait fait faire une coiffure luxueuse chez un coiffeur pour aller ensuite se rouler dans une grange. Dita a entendu dire qu'elle était coiffeuse dans la vie civile, ce qui explique ces chignons si sophistiqués qu'elle arbore pour évoluer au milieu des immondices, des poux et du typhus de Bergen-Belsen.

La Volkenrath arrive avec son éternel froncement irrité, qui terrorise même ses propres assistantes. Dita se prend à penser que, si Hitler n'était pas arrivé au pouvoir et si la guerre n'avait pas éclaté, cette femme sans scrupules, qui surgit à présent devant elles avec une lueur assassine dans le regard, serait l'une de ces sympathiques coiffeuses légèrement potelées qui font des anglaises aux petites filles et qui commentent joyeusement les potins du quartier avec leurs clientes. Ces dernières, y compris les Juives allemandes, inclineraient leur cou et, ses ciseaux à la main, elle leur couperait les cheveux sans que nul ne s'inquiète le moins du monde de confier sa nuque aux mains de cette rude gaillarde adepte des chignons un poil fantaisistes. Si les années passant, quelqu'un en venait à insinuer qu'Elisabeth Volkenrath pouvait être une meurtrière, toute la communauté s'indignerait d'une telle calomnie. « Notre brave Elisabeth ? Voyons, cette femme ne ferait pas de mal à une mouche ! » rétorqueraient-ils, révoltés. Ils exigeraient de l'auteur de la calomnie qu'il se rétracte sur-le-champ. Et peut-être auraient-ils raison. Mais les choses en sont allées autrement. À présent, quand l'une des femmes qui arrivent dans son établissement n'agit pas à son goût, l'inoffensive jeune fille du salon de coiffure lui met la corde au cou et la fait pendre.

Elle est plongée dans ces pensées quand le cri pénètre son cerveau comme le poinçon métallique de l'atelier perçant le cuir.

— Elisabeth Adlerova !

À Bergen-Belsen, la pagaille administrative est telle que les gardes se sont remis à appeler les détenus par leur nom, au lieu de leur numéro. La voix de la SS (autoritaire, ferme, agressive, militaire, impatiente) réclame de nouveau… Elisabeth Adlerova !

Sa mère était un peu distraite. Elle ébauche un mouvement comme pour sortir du rang mais Dita est beaucoup plus rapide et bondit résolument hors de la formation.

— Adlerova, présente.

Adlerova, présente ? Liesl écarquille les yeux, elle est tellement abasourdie par l'audace de sa fille qu'elle ne sait plus quoi faire pendant quelques secondes. Lorsqu'elle se décide enfin à avancer pour dissiper ce malentendu auprès des gardiennes, on crie le fameux « Rompez les rangs ! » Le flot de femmes se déplaçant énergiquement d'un côté à l'autre bloque madame Adlerova et, quand ce nœud de gens se défait, sa fille a déjà disparu à l'intérieur du baraquement pour transporter les morts du jour. Liesl reste plantée là, entravant le passage de ses camarades, qui font preuve d'une hâte inutile, comme si elles ne se rappelaient pas qu'elles ne peuvent aller nulle part. Peu après, Dita sort en charriant un cadavre avec trois autres détenues. Sa mère, toujours plantée au même endroit, seule désormais au milieu de l'allée boueuse, regarde sa fille s'éloigner d'un air contrarié.

Encore un voyage à l'ultime frontière de la condition humaine.

Dita se penche à nouveau au bord de la fosse et revient blafarde à cause de la nausée. Elles disent toutes que c'est la puanteur qui les fait tourner de l'œil, mais ce qui perturbe en vérité, c'est cette vision des vies jetées à la décharge, une image à laquelle il n'est pas facile de s'habituer.

Dita espère ne jamais s'y habituer.

Quand elle retourne au baraquement, sa mère est toujours plantée près de l'entrée, comme si elle n'avait pas encore rompu les rangs après l'appel. Elle semble profondément mécontente, voire même en colère.

— Est-ce que tu es stupide ? Tu ne sais pas que prendre l'identité d'un autre prisonnier est puni de mort ? lui crie-t-elle.

Dita avait presque oublié la dernière fois où sa mère lui a crié après. Une détenue passant par là se retourne pour la regarder et Dita sent la honte lui cuire les joues. Cela ne lui semble pas juste et, bien qu'elle ne veuille pas pleurer, ses yeux se sont remplis de larmes. Seule sa fierté parvient à les retenir difficilement au bord de ses paupières. Elle acquiesce d'un mouvement de tête et fait demi-tour.

Elle ne supporte pas que sa mère la traite comme une petite fille. Elle n'a pas été juste avec elle. Elle a fait cela précisément parce qu'elle sait que Liesl est faible et qu'elle n'a pas la force de porter un cadavre. Mais elle ne l'a même pas laissée s'expliquer. Dita croyait que sa mère serait fière d'elle pour ce qu'elle a fait, mais elle s'est gagné la pire réprimande dont elle se souvienne depuis la gifle qu'elle lui avait donnée à Prague.

Elle n'apprécie rien de ce que je fais...

Dita se sent incomprise. Elle se trouve dans un camp de concentration mais elle n'est pas différente des millions d'autres adolescents du monde entier qui sont sur le point d'avoir seize ans.

Cependant, la jeune fille a tout faux. Liesl est très fière de sa fille. Mais elle ne va pas le lui dire. Pendant toutes ces années, elle a été torturée par la question de savoir quel genre de personne sa fille deviendrait après avoir grandi dans la répression militaire, sans scolarité convenable, à barboter dans des antres infestés de haine et de violence. Et ce geste généreux confirme toutes ses intuitions et ses espoirs : elle sait que si Edita survit, elle sera une femme bien.

Mais elle ne peut pas le lui dire. Se montrer satisfaite d'une action aussi téméraire lui donnerait des ailes et l'encouragerait à mettre encore sa vie en danger pour lui éviter, à elle, les difficultés. En tout état de cause, c'est elle, en tant que mère, qui veut les éviter à sa fille. Car la vie ne va plus être ni pire ni meilleure pour Liesl. L'existence est devenue une chose qui la laisse indifférente, comme ces poissons bouillis qui n'ont aucun goût quand vous les portez à votre bouche. Sa seule joie est celle qui brille dans les yeux de sa fille. Mais Dita est encore trop jeune pour le comprendre.

Le lendemain, une geôlière que Dita a baptisée « Tête de Corbeau » se présente dans le baraquement et leur ordonne de sortir se mettre en formation.

— Toutes ! Celle qui ne se lève pas, je l'achève moi-même d'une balle !

De mauvais gré, sans trop se presser, les détenues commencent à se mobiliser.

— Prenez vos couvertures !

Voilà qui est nouveau. Elles se regardent les unes les autres, mais l'énigme s'éclaircit bientôt. Elles sont transférées dans le grand camp des femmes afin de laisser la place à un nouveau contingent qui vient d'arriver. Les détenues y sont tout aussi faméliques et l'eau manque, on ne l'utilise plus que pour boire de manière rationnée, personne ne peut rien laver. Le chaos est tel que certaines prisonnières ne portent même pas l'uniforme rayé. D'autres portent sur leur camisole de prisonnière un gilet ou n'importe quel autre habit assorti. La crasse assombrit tellement la peau des femmes que vous ne savez même plus si ce sont des lambeaux de tissu ou des bouts de peau pelée et noircie. Un SS surveille un groupe de femmes qui travaillent en serrant les dents dans le fossé de drainage ; leurs bras se confondent avec les manches de leurs houes.

Le baraquement est bondé mais il présente le petit avantage de disposer de châlits comme ceux d'Auschwitz, c'est-à-dire d'une couche de paille crasseuse où grouillent les punaises, mais grâce à laquelle, au moins, vous ne vous plantez pas vos propres os dans la peau. Il y a beaucoup de femmes allongées ; la plupart sont malades et ne se lèvent simplement plus. Les gardiennes ne s'en approchent pas car elles ont une peur bleue d'attraper le typhus. Quelques-unes font semblant d'être malades, afin qu'on ne les dérange pas.

Dita et sa mère s'assoient sur une paillasse vide qu'elles se partageront ; Liesl est très fatiguée, mais la curiosité pousse Dita à se lever et à explorer le camp. En réalité, il n'y a rien à voir : des baraquements et des clôtures. Il y a des groupes de femmes qui bavardent encore avec entrain, celles qui sont arrivées dans les derniers convois et qui ont encore des réserves d'énergie dans le corps, mais beaucoup d'autres n'ont même plus la force de parler. Vous les regardez et elles vous évitent. Elles ont renoncé.

Dita aperçoit alors, sur le côté d'un des baraquements, une jeune fille qui porte l'habit rayé des prisonnières et un foulard sur la tête, étonnamment blanc au milieu de ce gigantesque dépotoir. Elle la regarde et elle referme aussitôt les yeux car il lui semble avoir mal vu. Mais elle les ouvre à nouveau et ce n'était pas une hallucination. Elle est là.

— Margit...

Elle se met à courir et elle crie son prénom avec une force qu'elle ne croyait pas avoir conservée dans son corps.

— Margit !

Son amie redresse soudain la tête et s'apprête à se relever, mais elle est emportée par Dita, qui se jette sur elle, et elles roulent toutes les deux en riant sur la terre du camp. Elles se prennent très fort par les avant-bras et se regardent. Si l'on peut encore parler de bonheur dans de telles circonstances, en cet instant elles sont heureuses.

Elles se prennent par la main et vont rejoindre Liesl. Dès qu'elle la voit, Margit s'approche d'elle et, bien qu'elle ne l'ait jamais fait auparavant, elle la serre dans ses bras. En réalité, elle se pend à son cou ; elle avait besoin depuis très longtemps d'un endroit protégé pour pouvoir pleurer.

Après s'être abandonnée aux larmes, elle leur raconte que la sélection dans le camp familial a été terrible : sa mère et sa sœur ont été envoyées dans le groupe des condamnées. Elle explique, avec la précision millimétrique d'une personne qui a vécu de nombreuses fois la scène dans sa tête, comment elles ont été envoyées dans la file des faibles.

— Je ne les ai pas quittées des yeux un seul instant dans le baraquement, jusqu'à ce que la sélection se termine. Elles se tenaient toutes les deux par la main, très sereines. Ensuite, le groupe le plus petit, celui des femmes valides, a reçu l'ordre de sortir. Je ne voulais pas m'en aller, mais un flot de femmes m'emportait vers l'extérieur. Et je voyais Helga et maman de l'autre côté de la cheminée du baraquement, de plus en plus petites, entourées de vieilles femmes et de petites filles. Elles me regardaient partir. Et tu sais quoi, Ditinka ? Pendant qu'elles me voyaient m'en aller... elles souriaient ! Elles me disaient adieu de la main et elles souriaient. Tu peux le croire ? Elles étaient condamnées à mort et elles souriaient.

Margit se remémore cet instant, gravé au fer rouge dans sa mémoire, et elle secoue la tête comme si elle n'arrivait pas à le croire.

— Est-ce qu'elles réalisaient qu'être dans ce groupe de vieillards, de malades et d'enfants, c'était une sentence de mort pratiquement assurée ? Peut-être que oui, qu'elles le savaient et qu'elles étaient contentes pour moi, parce que j'étais dans le groupe de ceux qui pouvaient s'en sortir.

Dita hausse les épaules et Liesl caresse ses cheveux. Elles imaginent la mère et la sœur de Margit dans ce moment où vous vous trouvez de l'autre côté des choses, quand la lutte pour la survie est finie et que la peur n'existe plus.

— Elles souriaient... susurre Margit.

Elles lui demandent des nouvelles de son père ; depuis ce matin-là dans le BIIb, elle ne l'a pas revu.

— Je me réjouis presque de ne pas savoir ce qu'il est devenu.

Peut-être qu'il est mort ou peut-être pas. L'incertitude lui tient compagnie.

Margit a dix-sept ans, mais madame Adlerova lui dit d'apporter sa couverture. Le chaos est tel que personne ne s'en apercevra et ainsi elles dormiront toutes les trois dans cette paillasse.

— Ce sera moins confortable pour vous, dit Margit.

— Mais nous serons ensemble.

Et la réponse de Liesl n'admet aucune réplique.

Elle la prend sous son aile comme une deuxième fille. Pour Dita, Margit est cette sœur ainée qu'elle aurait voulu avoir. Comme elles sont toutes les deux brunes et qu'elles ont un sourire doux aux dents légèrement écartées, beaucoup de gens au camp familial étaient persuadés qu'elles étaient sœurs et cette confusion les réjouissait.

Personne ne va rien dire à Margit si elle s'installe dans le baraquement de Dita. Personne ne veut plus rien savoir. Tout est sans importance. Ce n'est pas un camp de prisonniers, c'est un camp de vaincus.

Elles n'arrêtent pas de se regarder tout l'après-midi.

— Nous ne sommes pas très séduisantes dans ces robes du soir, fait remarquer Dita en montrant les manches énormes de son habit rayé, trois fois trop grand.

Elles se regardent. Elles se trouvent plus maigres et abîmées, mais aucune ne le dit à l'autre. Elles se remontent le moral. Elles parlent, même s'il n'y a pas grand-chose à se raconter dans cet endroit.

Le chaos et la faim, la déréliction totale, les infections et les maladies. Rien de nouveau.

À quelques rangées de leur châlit, deux sœurs atteintes du typhus sont en train de perdre le combat pour la vie. La plus petite, Anne, s'agite sur sa couche dans un délire fébrile. Sa sœur Margot va encore plus mal. Elle gît sur la paillasse du bas, immobile, reliée au monde par un filet de respiration qui va en s'éteignant.

Si Dita s'était approchée pour regarder la jeune fille qui vit encore, elle aurait vu qu'elle lui ressemble beaucoup : une adolescente, un sourire doux, des cheveux foncés, des yeux rêveurs. Comme Dita, c'est une fille énergique à la langue bien pendue, un peu fantaisiste et un poil rebelle. C'est aussi une jeune fille qui, au-delà de son apparence indocile et dégourdie, possède une voix intérieure réfléchie et mélancolique, mais c'est son secret. Les deux sœurs sont arrivées à Bergen-Belsen en octobre 1944 en provenance d'Auschwitz, où elles avaient été déportées depuis Amsterdam. Leur délit, comme celui de toutes les autres, est d'être juives. Cinq mois, c'est trop de temps pour arriver à tromper la mort dans ce marécage. Le typhus n'a eu aucun respect pour leur jeunesse.

Anne meurt sur sa misérable litière, dans la solitude la plus totale, un jour après sa sœur. Leurs dépouilles resteront pour toujours dans cette décharge humaine que sont les fosses communes de Bergen-Belsen. Mais Anne a fait quelque chose qui finira par devenir un petit miracle : son souvenir et celui de sa sœur Margot resteront vivants bien des années après. Dans la cachette où elles sont restées cloîtrées avec leur famille à

Amsterdam, elle a écrit, pendant deux ans, des notes sur sa vie dans la « maison de derrière », une annexe au bureau de son père qu'ils avaient discrètement scellée et transformée en abri. Pendant deux ans, sa famille y a vécu cachée avec les Van Pels et Frits Pfeffer, grâce à l'aide d'amis qui leur fournissaient des vivres. Peu de temps avant de s'y installer, elles avaient fêté leur anniversaire, et parmi les cadeaux, il y avait un carnet. Comme elle ne pouvait pas avoir d'amie intime à qui raconter ses sentiments, Anne a décidé de le faire dans ce carnet qu'elle a baptisé Kitty. Elle n'a pas pensé à donner un titre à cette esquisse de sa vie dans la maison de derrière, mais la postérité se chargera de le faire. Il entrera dans l'Histoire comme *Le Journal d'Anne Frank*.

30

La nourriture est devenue chose rare. C'est à peine si elles reçoivent quelques morceaux de pain pour tenir la journée. De temps en temps seulement, une marmite de soupe apparaît. Dita et sa mère ont maigri encore plus qu'à Auschwitz. Les détenues les plus anciennes, qui croupissent dans cette situation depuis très longtemps, ne sont plus ni maigres ni faméliques : ce sont des marionnettes en bois aux bras et aux jambes semblables à des bâtons. L'eau manque et il faut faire la queue pendant des heures pour remplir une écuelle à un robinet d'où s'écoulent encore quelques gouttes.

Un nouveau convoi de femmes arrive encore dans ce camp plein à craquer où ne règnent plus que les infections et les maladies. Ce sont des Juives hongroises. L'une des nouvelles arrivantes demande où sont les latrines. Naïvement.

— Nous avons des salles de bains avec des robinets en or. Demande à la Volkenrath de t'apporter un flacon de sels de bain !

Et certaines éclatent de rire.

Il n'y a pas de latrines. Elles ont creusé des trous dans la terre, mais ils sont déjà pleins.

Une autre des femmes du convoi se dirige comme une furie vers l'une des gardiennes, qui entrent à cet instant, pour lui dire qu'elles sont des ouvrières, qu'il faut les envoyer dans une usine et les sortir de ce tas de fumier. Elle a le manque de discernement d'aller le dire à la moins indiquée. Une vétérane lui souffle qu'il s'agit de la gardienne en chef des geôlières, la Volkenrath, et qu'il faut la fuir comme le typhus, ou même plus, mais la mise en garde arrive trop tard.

La SS arrange tranquillement son chignon blond un peu tombant puis elle sort un pistolet Luger de son ceinturon et elle lui plante le canon sur le front. Elle lui jette aussi un regard enragé, comme celui de ces chiens qui crachent de l'écume par la gueule et que Pasteur s'est consacré à étudier. La prisonnière lève les bras et ses jambes tremblent tellement qu'elle semble en train de danser. La Volkenrath rit.

Elle est la seule à rire.

Le pistolet est une barre glacée sur le crâne de la prisonnière et une urine chaude se met à couler entre ses jambes. Uriner devant une gardienne en chef n'est pas très respectueux. Toutes les détenues serrent les dents et se préparent à entendre la détonation. Certaines femmes baissent les yeux pour ne pas voir la tête exploser en morceaux. Entre ses deux sourcils, la Volkenrath possède une ride verticale qui remonte jusqu'à la racine de ses cheveux, tellement nette et profonde qu'on croirait une cicatrice noire. Ses doigts serrés sur le pistolet sont blancs de la colère avec laquelle elle l'empoigne. Elle pointe rageusement l'arme sur le front de la femme, qui pleure et urine en même temps. Enfin, elle relève son pistolet. Sur le front de la prisonnière, un cercle rougeâtre reste marqué dans la peau. D'un geste du menton, elle la renvoie à sa place.

— Je ne vais pas te faire ce plaisir, chienne juive. Ce n'est pas ton jour de chance.

Et elle lâche un ricanement dément qui rend un bruit de scie.

Dans la nuit, une femme aux cheveux blancs se met à pleurer la mort de sa fille. Elle ne sait même pas de quoi elle est décédée. Au matin, elle s'agenouille derrière le baraquement et se met à creuser la terre avec ses mains pour construire une tombe pour la jeune fille. Elle réussit seulement à faire un trou minuscule où tiendrait à peine un moineau. La femme se laisse choir sur la terre boueuse, et une camarade de lit s'approche pour la consoler.

— Personne ne va m'aider à enterrer ma fille ? crie-t-elle depuis le sol.

Les détenues n'ont plus beaucoup de forces, et aucune ne trouve très judicieux de les dépenser pour une chose irrémédiable. Plusieurs femmes proposent malgré tout de l'aider et elles se mettent à creuser. Mais la terre est dure et leurs mains fragiles sont vite en sang. Épuisées et endolories, elles s'arrêtent sans avoir réussi à déplacer plus que quelques poignées de terre.

Son amie la persuade de l'emmener à la fosse.

— La fosse... Je l'ai vue. Non, s'il te plaît, pas là-bas. Cela offense Dieu...

— Elle sera avec tous les autres innocents. Ainsi, elle ne sera pas seule, lui disent-elles.

La femme acquiesce très lentement. Aucune consolation ne vaut.

Le camp empeste. Il est inondé par les déjections des malades de la dysenterie, qui s'appuient contre les murs en bois des baraquements et s'écroulent dans leurs propres excréments sans que personne ne leur vienne en aide. Quand le défunt a des proches ou des amis, ces derniers le portent jusqu'à la fosse. Sinon, le corps reste au milieu des rues boueuses du camp jusqu'à ce qu'un SS sorte son pistolet et oblige une poignée de détenus à l'emporter à bout de bras.

Elles marchent lentement le long du camp, et le panorama est aussi désespérant de tous les côtés. D'une main, Dita prend la main de Margit et de l'autre celle de sa mère, qui tremble, de fièvre ou d'horreur. Impossible de distinguer la maladie de la décrépitude.

Elles regagnent leur baraquement et c'est encore pire. L'odeur aigre des maladies, les lamentations, les soupirs, le murmure monotone des prières. Beaucoup de malades ne peuvent même plus descendre de leur paillasse ; beaucoup d'entre eux se font tous leurs besoins dessus, la puanteur est insupportable.

L'intérieur du baraquement ressemble à un asile d'aliénés. De fait, c'en est un. Dita regarde la pénombre désespérante des châlits ; autour de certains, des proches et des amis tentent de soulager les malades. Dans beaucoup d'autres, les malades souffrent seuls, agonisent seuls, meurent seuls.

Dita et sa mère décident d'abandonner le baraquement. Le mois d'avril est arrivé, mais il continue de faire un froid intense en Allemagne, un froid qui fait mal aux dents, qui engourdit les doigts et gèle le nez. Comme toute personne restant dehors, elles grelottent.

— Il vaut mieux mourir de froid que de toute cette saloperie, dit Dita à sa mère.

— Edita, ne sois pas grossière.

Beaucoup d'autres détenues ont choisi, comme elles, de rester dehors. Liesl et les deux jeunes filles ont trouvé un bout de mur extérieur libre contre lequel appuyer leur dos et elles y restent, enveloppées dans des couvertures qu'elles préfèrent ne pas regarder de trop près. Le camp est fermé, plus personne n'y entre ni n'en sort et de rares gardes surveillent du haut des miradors avec des mitraillettes. Elles devraient tenter de s'échapper – si on les rattrapait, au moins mourraient-elles plus rapidement –, mais il ne leur reste même plus la force d'essayer. Il ne reste rien.

À mesure que les jours passent, tout s'effondre. Les gardes SS ont cessé de patrouiller dans le camp, qui s'est transformé en cloaque. Il n'y a plus de nourriture depuis des jours et même l'eau est définitivement coupée. Certaines femmes boivent dans les flaques à même le sol, et peu de temps après elles sont pliées en deux par des maux de ventre et meurent du choléra. Dita regarde autour d'elle et ferme les yeux pour ne plus voir la vie pourrir obscènement devant elle. Il fait de plus en plus chaud et les cadavres se décomposent plus rapidement. Il n'y a même plus de bras pour les retirer.

Pratiquement plus personne ne se lève de l'endroit où il est. Beaucoup de détenues ne se relèveront plus jamais ; certaines essaient, mais leurs jambes en fil de fer flanchent et elles s'écroulent sur le sol, où elles s'embourbent dans les défécations. D'autres chutent brutalement sur un cadavre. Il devient difficile de distinguer les vivants des morts.

Les explosions des combats sont de plus en plus proches, de plus en plus nettes. Les tirs se font plus retentissants, la vibration des bombes leur chatouille les jambes, et le seul espoir qu'il leur reste, c'est que cet enfer se termine à temps. Mais la mort semble progresser beaucoup plus vite et résolument sur son propre front.

Dita serre sa mère dans ses bras. Elle regarde Margit, qui a fermé les yeux, et elle décide qu'elle ne va plus continuer de se battre. Elle ferme les paupières à son tour : le rideau tombe. Elle avait promis à Fredy Hirsch qu'elle tiendrait bon. Elle n'a pas flanché mais son corps, oui. De toute façon, Hirsch lui-même a finalement baissé les bras… Ou pas ? Quelle importance à présent !

Quand elle ferme les yeux, l'horreur de Bergen-Belsen disparaît et elle se retrouve dans le sanatorium Berghof de *La Montagne magique*. Il lui semble même sentir une bouffée de ce vent frais et cristallin des Alpes.

La faiblesse générale alimente une mollesse mentale qui fait que les cadenas se défont, que les portes des souvenirs cèdent et que tout commence à s'amonceler confusément dans son esprit. Les moments, les lieux et les personnalités qu'elle a connus dans la réalité se mélangent à d'autres qu'elle a connus dans les livres, et Dita n'est plus capable de distinguer les souvenirs réels de ceux qui ont été pétris avec la farine de son imagination.

Elle ne sait pas lequel est le plus vrai de l'arrogant docteur Behrens, de l'institut Berghof – le médecin qui soignait Hans Castorp –, ou du docteur Mengele ; à un moment donné, elle est capable de les voir se promener ensemble dans les jardins du sanatorium. Ils semblent bavarder avec entrain. Tout à coup, elle entre dans une salle à manger et elle trouve assis autour de la table, couverte de mets magnifiques, le chevaleresque docteur Manson de *La Citadelle*, le bel Edmond Dantès dans sa camisole de marin déboutonnée, et madame Chauchat, d'une grande élégance et très séduisante. Elle regarde un peu mieux et elle voit que l'homme installé au bout de la table est le docteur Pasteur, qui, au lieu de couper la dinde juteuse, rôtie au four, pour la manger, est en train de la disséquer avec un bistouri. Passe par là madame Krizková, qu'elle appelait toujours « madame Cou de Dindon », rabrouant un serveur qui essaie de filer en douce ; le visage de ce dernier est celui de Lichtenstern. Un autre serveur, plus bedonnant, s'approche en portant sur un plateau une délicieuse tourte à la viande ; mais, dans une maladresse inouïe, il trébuche et renverse brusquement le plat sur la table, éclaboussant de graisse les convives, qui le regardent avec réprobation. Le serveur s'excuse, vraiment navré de sa bêtise, et il incline plusieurs fois la tête avec soumission tout en s'empressant de ramasser les restes de la tourte éclatée. Alors Dita le reconnaît : c'est cet espiègle de Švejk, en train de faire des siennes ! De retour en cuisine, il organisera sûrement un festin pour les commis avec les morceaux de tourte refusés.

Sa raison fond comme du beurre. C'est mieux ainsi. Elle est en train de se détacher de la réalité, elle le sait. Et elle s'en moque. Elle se sent heureuse, comme quand elle était petite et qu'en refermant la porte de sa chambre elle laissait le monde dehors et plus rien alors ne pouvait lui faire de mal. Elle a la tête qui tourne, le monde s'assombrit et commence à se déliter. Elle voit le bout du tunnel.

Dita entend résonner dans sa tête des voix extravagantes, d'un autre monde. Elle sent qu'elle a franchi la frontière, qu'elle est de l'autre côté des choses, dans un lieu où des voix masculines vigoureuses parlent dans une langue incompréhensible, un galimatias énigmatique que seuls les élus peut-être savent déchiffrer. Jamais elle ne s'était demandé quelle langue on parlait au ciel. Ou au purgatoire. Ou en enfer. C'est une langue qu'elle ne comprend pas.

Elle entend aussi des cris d'hystérie. Mais ces voix aiguës... ces voix sont trop pleines d'émotion, ce ne peut pas être l'au-delà. Ce sont les hurlements de ce monde répugnant. Elle n'est donc pas encore morte. Elle ouvre les yeux et voit certaines détenues se lever et crier comme des folles, en proie à une hystérie soudaine. Les gens hurlent, balbutient, il y a du bruit, des coups de sifflet, et l'on entend le vacarme des pas. Dita est tellement hébétée qu'elle n'y comprend rien.

— Ils sont tous devenus fous, murmure-t-elle. Ce camp est un asile de fous...

Margit ouvre les yeux et la regarde avec frayeur, comme si elles avaient encore quelque chose à craindre. Elle touche le bras de sa mère, et celle-ci ouvre également les yeux.

Alors elles voient : les soldats sont en train d'entrer dans le camp. Ils sont armés, mais ils ne sont pas allemands. Ils portent des uniformes marron clair différents des uniformes noirs qu'elles ont vus jusqu'à présent. Les soldats braquent d'abord leurs armes dans toutes les directions, puis ils les baissent aussitôt et certains placent leur fusil en bandoulière et mettent leurs mains sur leur tête :

— *Oh, my God !*

— Qui c'est, maman ?

— Ce sont les Anglais, Edita.

— Les Anglais...

Margit et elle ouvrent grand la bouche et écarquillent les yeux.

— Les Anglais ?

Un jeune sous-officier se juche sur une caisse en bois vide et place ses mains en porte-voix. Il parle dans un allemand rudimentaire :

— Au nom du Royaume-Uni de la Grande-Bretagne et de ses alliés, ce camp est libéré. Vous êtes libres !

Dita donne un coup de coude à Margit. Son amie est paralysée, elle ne peut plus parler. Alors qu'elle croyait ne plus avoir de forces, Dita réussit à se mettre debout et pose une main sur son épaule et une autre sur celle de sa mère, qui regarde également avec hébétude. Elle prononce enfin cette phrase qu'elle a passé toute son enfance à attendre de pouvoir dire :

— La guerre est finie.

Et la bibliothécaire du bloc 31 se met à pleurer. Elle pleure pour tous ceux qui n'ont pas pu arriver jusqu'ici pour voir ça : son grand-père, son père, Fredy Hirsch, Miriam Edelstein, le professeur Morgenstern, pour tous ceux qui ne sont pas là pour assister à ce moment. C'est l'amertume de la joie.

Un soldat s'approche des survivantes de leur secteur et il leur crie dans un allemand à l'accent gallois que le camp a été libéré, qu'elles sont libres.

— Libres ! Libres !

Une femme se traîne jusqu'à attraper la jambe du soldat dans ses bras. Celui-ci se penche, souriant, prêt à recevoir le remerciement des prisonniers libérés. Mais la femme cadavérique lui parle sur un ton de reproche amer :

— Pourquoi est-ce que vous avez mis si longtemps ?

Les soldats britanniques s'attendaient à être reçus par une population joyeuse et euphorique. Ils s'attendaient à des rires et des hourras. Ce à quoi ils ne s'attendaient pas, c'était cet accueil de gémissements, de soupirs et de râles, ces gens qui pleurent avec un mélange de joie d'être sauvés et de peine profonde pour les maris, les enfants, les frères, les oncles, les cousins, les amis, les voisins, tant et tant d'autres qui n'ont pas réussi à survivre.

Certains soldats affichent des mines de compassion, d'autres d'incrédulité, beaucoup aussi de dégoût. Jamais ils n'avaient pensé qu'un camp d'internement de Juifs pouvait être un tel bourbier de corps où les vivants et les morts se confondent, entassés les uns sur les autres dans la boue. Les vivants sont encore plus squelettiques que les morts. Les Anglais pensaient qu'ils allaient libérer un camp de prisonniers, mais ils sont tombés sur un cimetière.

Quelques voix sont encore capables d'acclamer modestement la nouvelle. Mais la plupart des personnes encore vivantes ont tout juste la force de regarder avec incrédulité. Plus encore quand elles voient passer devant elles un peloton de détenues. Dita doit cligner des yeux pour le croire. Pour la première fois de sa vie depuis qu'elle possède l'usage de la raison, les prisonniers ne sont pas juifs. En première ligne, flanquée de soldats britanniques armés, Elisabeth Volkenrath marche la tête haute, son chignon défait sur son visage.

31

Les premiers jours de la liberté ont été étranges. Il s'est produit des scènes que Dita, même dans son imagination la plus débridée, n'aurait jamais pu concevoir : les geôlières nazies traînant les morts de leurs propres mains ; la Volkenrath, tellement impeccable autrefois, maintenant les cheveux gras et vêtue d'un uniforme maculé de fange, portant à bout de bras les cadavres jusqu'à la fosse. Les Britanniques ont chargé le docteur Kline de descendre les corps que lui passent les gardes SS, transformés en prisonniers condamnés aux travaux forcés.

La liberté est arrivée mais personne n'est joyeux à Bergen-Belsen. La quantité de morts est affligeante. On se rend bientôt compte que l'on ne peut pas agir avec les défunts avec autant de respect qu'on le voudrait car la propagation des maladies est en passe de devenir vertigineuse. Finalement, on ordonne aux SS d'empiler les corps et une pelleteuse bulldozer les pousse jusqu'à la fosse. La paix a ses exigences : elle doit effacer au plus vite les effets de la guerre.

Margit fait la queue pour recevoir la ration de midi quand une main se pose sur son épaule. C'est un geste insignifiant. Mais il y a quelque chose dans ce geste-là qui fait que, tout à coup, sa joie déborde. Avant même de se retourner, elle sait que c'est la main de son père.

Dita et Liesl se réjouissent pour elle. Elles sont heureuses de la voir heureuse. Quand Margit leur dit que les Anglais ont attribué à son père une place dans un train pour Prague et qu'il a pu tout arranger pour qu'elle l'accompagne, elles lui souhaitent bonne chance dans sa nouvelle vie. Tout est en train de changer à une vitesse folle.

Margit prend un visage grave et les regarde avec beaucoup d'intensité.

— Ma maison sera votre maison.

Ce n'est pas une formule de politesse. Dita sait que c'est la déclaration d'amour d'une sœur. Son père leur écrit sur un bout de papier l'adresse d'amis tchèques non juifs dont il espère qu'ils seront toujours là et pourront les héberger à Prague.

— On se retrouvera à Prague ! lui déclare Dita lorsqu'elles se serrent les mains pour se dire au revoir.

Il s'agit cette fois d'un au revoir plein d'espoir. Un au revoir suivi d'un « À bientôt ! » qui, enfin, a du sens.

La confusion des premiers jours est énorme. Les Britanniques étaient entraînés pour combattre dans les tranchées, pas pour s'occuper de centaines de milliers de personnes désorientées et sans papiers, pour la plupart sous-alimentées ou malades. Le bataillon anglais a un bureau pour organiser le rapatriement des détenus, mais ils sont débordés et la délivrance des papiers provisoires est d'une lenteur insupportable. Au moins, les reclus recommencent à recevoir des rations de nourriture, des couvertures propres, et des hôpitaux de campagne ont été installés pour les milliers de malades.

Dita n'a pas voulu gâcher la joie de Margit en lui révélant qu'elle est inquiète : sa mère ne va pas bien. Bien qu'elle se soit remise à manger correctement, elle ne grossit pas et elle commence à avoir de la fièvre. Elle ne va pas pouvoir faire autrement que la conduire à l'hôpital. Elles doivent donc différer leur départ.

L'hôpital de campagne, installé par les troupes alliées dans l'ancienne infirmerie du camp pour soigner les survivants de Bergen-Belsen, semble ne pas être au courant que la guerre est terminée. L'armée allemande s'est rendue, Hitler s'est suicidé dans son bunker et les officiers SS sont devenus des prisonniers en attente d'un procès sommaire ou bien se terrent comme des proscrits. Mais, dans les hôpitaux, la guerre refuse obstinément de jeter son éponge sanglante. L'armistice ne fait pas repousser les membres amputés des mutilés, il ne soigne pas la douleur des blessés, il n'éradique pas le typhus, il ne rattrape pas les moribonds dans leur chute, il ne rend pas ceux qui sont partis. La paix ne soigne pas tout, du moins pas si rapidement.

Liesl Adlerova, qui a résisté comme un roseau à toutes les pénuries, les tragédies et les malheurs de ces dernières années, tombe gravement malade à l'arrivée de la paix. Dita ne peut pas croire qu'après tout ce qu'elle a surmonté, sa mère ne puisse pas sauter cette ultime barrière qu'il leur reste à franchir avant de vivre en paix. Ce ne serait pas juste.

Liesl est allongée sur un lit de camp, mais à présent les draps sont propres, ou du moins ils semblent propres, comparés à ceux qu'elle a eus sur le corps ces dernières années. Dita prend sa mère par la main et lui murmure des paroles encourageantes à l'oreille. Les médicaments la maintiennent dans un état de sédation.

Au fil des jours, les infirmiers s'habituent à la présence de cette jeune fille tchèque au visage d'ange espiègle qui ne quitte pas le chevet de sa mère. Dans la mesure du possible, ils essaient aussi de prendre soin de Dita : ils veillent à ce qu'elle avale sa ration de nourriture et sorte par moments de l'hôpital, qu'elle ne reste pas là de longues heures d'affilée, qu'elle porte un masque quand elle s'approche de sa mère.

Un après-midi, elle voit l'un des infirmiers, un garçon à la bouille très ronde couverte de taches de rousseur appelé Francis, occupé à lire un roman. Elle s'approche du livre et observe son titre avec avidité. C'est une histoire de cow-boys et la couverture montre un chef indien coiffé d'un impressionnant panache de plumes, les joues ornées de peintures de guerre et un fusil à la main. Se sentant observé avec insistance, l'infirmier lève les yeux de son livre et lui demande si elle aime les histoires de cow-boys. Dita avait lu un roman de Karl May et elle aimait bien le courageux Old Shatterland et son ami apache Winnetou, qu'elle s'imaginait en train de vivre des aventures extraordinaires dans les immenses prairies d'Amérique du Nord. Elle s'approche et touche le livre du bout du doigt, comme si elle le caressait, en suivant lentement son dos de haut en bas. Le soldat la regarde, un peu étonné. Il se dit que cette jeune fille est peut-être légèrement dérangée. Ce qui ne surprendrait personne après l'enfer dans lequel elle a vécu.

— Francis...

Dita désigne le livre puis se désigne elle-même. Il a compris qu'elle souhaitait qu'il le lui prête. L'infirmier lui sourit. Il se lève et sort de la poche arrière de son pantalon deux autres romans de même facture : petits, souples, au papier jauni et aux couvertures pleines de couleurs vives. L'un est une histoire de cow-boys et l'autre un roman policier. Il les lui donne et Dita s'éloigne avec. Alors l'infirmier interpelle tout à coup Dita :

— *Hey, sweetie ! They're in English !* crie-t-il avant de traduire lui-même dans un allemand maladroit : Gentille fille ! Ils sont dans anglais !

Dita se retourne et lui sourit sans s'arrêter pour autant. Elle sait bien qu'ils sont en anglais et qu'elle ne va rien y comprendre. Mais peu importe. Pendant que sa mère dort, elle s'assoit sur un lit vide et hume l'odeur de pâte à papier des romans, elle feuillette rapidement les pages sous son pouce et leur bruissement de jeu de cartes la fait sourire. Elle ouvre une page et le papier crisse. Elle caresse encore une fois le dos des livres et elle sent les épaisseurs de colle sous les couvertures. Elle aime le nom des auteurs, ce sont des noms anglais aux consonances exotiques. Tenir à nouveau des livres entre ses mains permet à la vie de reprendre sa place et aux pièces d'un puzzle que quelqu'un avait brisé à coups de pied de revenir peu à peu s'emboîter.

Mais il y a une pièce qui s'est tordue et qui ne veut pas s'emboîter : sa mère ne se rétablit pas. Le temps passe et elle va chaque jour un peu moins bien, la fièvre la fait fondre et son corps devient de plus en plus transparent. Le médecin qui s'occupe d'elle ne parle pas allemand mais, à sa façon de gesticuler, Dita sait parfaitement comment vont les choses : pas très bien.

Un soir, Liesl empire, sa respiration se fait entrecoupée et elle s'agite sur son lit. Dita décide d'essayer une dernière fois, de jouer sa dernière cartouche, le tout pour le tout. Elle sort et marche dans la nuit jusqu'à s'éloigner des lumières clignotantes fournies par les générateurs de l'hôpital. Elle recherche l'obscurité et la trouve sur une esplanade à quelques centaines de mètres. Quand elle atteint la solitude la plus totale, elle lève son visage vers le ciel nocturne et nuageux, dans lequel il n'y a ni lune ni étoiles. Elle tombe à genoux et demande à Dieu de sauver sa mère. Après tout ce qu'il s'est passé, ce n'est pas possible qu'elle meure sans pouvoir ne serait-ce que rentrer à Prague, alors qu'il ne lui reste plus qu'à monter dans un train et partir. Il ne peut pas lui faire ça. Il le lui doit. Cette femme n'a jamais fait de mal à personne, elle n'a jamais offensé ni dérangé personne, elle n'a pris une miette de pain à personne. Pourquoi la châtier ainsi ? Elle adresse à Dieu des reproches, des prières, des supplications humbles de ne pas laisser mourir sa mère. Elle fait toutes sortes de promesses pour sa guérison : devenir la plus dévote des dévotes, aller en pèlerinage à Jérusalem, consacrer sa vie entière à louer Sa gloire et Sa générosité infinies.

À son retour, elle voit une grande silhouette mince qui regarde la nuit depuis la porte éclairée de l'hôpital. C'est Francis, l'infirmier. Il est en train de l'attendre. Le soignant, très grave, s'avance d'un pas vers elle et pose une main affectueuse sur son épaule. Une main qui pèse lourd. Il la regarde et secoue la tête d'un côté puis de l'autre pour lui dire que non, cela n'a pas été possible.

Elle part en courant vers le lit de sa mère et le docteur est là, refermant sa mallette. Sa mère n'est plus. Il ne reste qu'une petite carcasse humaine, le corps d'un minuscule oiseau. Rien de plus.

Effondrée, elle s'assoit sur le lit. L'infirmier aux taches de rousseur s'approche d'elle.

— *Are you OK ?* dit-il en levant son pouce pour qu'elle comprenne qu'il lui demande si elle va bien.

Comment peut-elle aller bien ? Le destin, ou Dieu, ou le diable, ou quoi que ce soit n'a pas épargné à sa mère une seule minute de souffrance pendant ces six années de guerre, mais on ne l'a pas non plus laissée profiter d'un seul jour de paix. L'infirmier continue de la regarder comme dans l'attente d'une réponse.

— Merde, lui répond-elle.

L'infirmier fait cette tête comique que font les Anglais quand ils ne comprennent pas quelque chose, le cou redressé et les sourcils très relevés.

— *Shit*… merde, lui dit Dita, qui a appris ce mot ces derniers jours.

Alors l'infirmier acquiesce.

— *Shit*, répète-t-il.

Et il s'assoit à ses côtés en silence.

Il reste à Dita la consolation que sa mère a exhalé son dernier soupir en étant redevenue une femme libre. Mais cela lui semble une consolation bien faible pour une douleur si grande. Elle se tourne pourtant vers l'infirmier, qui la regarde avec une certaine inquiétude, et elle lève son pouce pour lui dire qu'elle va bien. Le jeune soignant, rassuré, se lève pour aller donner de l'eau à une patiente qui lui en demande sur un autre lit de camp.

Pourquoi ai-je dit à cet infirmier que j'allais bien alors que je suis au plus mal, que rien ne pourrait être pire ? se demande-t-elle. Elle connaît la réponse avant d'achever la question : parce que c'est mon ami et que je ne veux pas l'inquiéter.

Voilà que je me comporte comme ma mère…

Comme si elle prenait le relais.

Le docteur lui dit le lendemain qu'ils vont accélérer les démarches pour qu'elle puisse rentrer immédiatement à la maison. Il espère que cela lui fera plaisir, mais Dita l'écoute comme une somnambule.

Rentrer ? se demande-t-elle. Mais où ça ?

Elle n'a pas de parents, pas de maison, même pas un seul document d'identité disant qui elle est. Reste-t-il encore un endroit où rentrer ?

32

La vitrine des magasins Hedva de la rue Na Příkopě lui renvoie l'image d'une inconnue : une jeune femme vêtue d'une robe de drap bleu, coiffée d'un modeste chapeau en feutre gris orné d'un nœud en tissu. Dita la regarde avec attention et ne la reconnaît pas. Elle n'arrive pas à accepter que cette étrangère, ce reflet sur cette vitre, ce soit elle.

Le jour où les Allemands sont entrés dans Prague, elle n'était qu'une fillette de neuf ans, marchant dans la rue, tenant la main de sa mère. Elle est aujourd'hui une femme solitaire de seize ans. Elle frissonne encore au souvenir de la trépidation des tanks traversant la ville. Tout est terminé, mais dans sa tête, rien n'est fini. Rien ne finira jamais.

Après le tapage de la victoire et les festivités de la fin de la guerre, après les bals organisés par les troupes alliées et les discours ronflants, la réalité de l'après-guerre se montre telle qu'elle est : muette, âpre, sans fanfares. Les orchestres sont partis, les défilés sont terminés et les grands discours se sont tus. La vérité de la paix, c'est que s'ouvre devant elle un pays en ruine, sans parents ni fratrie, sans maison, sans études, sans autre propriété que les vêtements qu'on lui a donnés au secours civil, ni d'autre moyen de survie que la carte de rationnement qu'elle a pu obtenir après des démarches administratives alambiquées. Cette première nuit à Prague, elle va dormir dans une auberge qui a été aménagée pour les rapatriés.

Tout ce qu'il lui reste, c'est un bout de papier sur lequel est griffonnée une adresse. Elle l'a regardée tant de fois qu'elle la connaît par cœur. La guerre change tout. La paix aussi. À présent que tout est fini, que va-t-il rester de la fraternité qu'il y avait entre Margit et elle dans les camps de concentration ? Elle pensait que sa mère et elle prendraient le train au bout d'un ou deux jours, mais la maladie de Liesl a différé son retour de plusieurs semaines. Pendant ce temps, il se peut que Margit ait lié de nouvelles amitiés et que son seul but soit maintenant d'oublier tout ce qui précède. Comme Renée, qui l'avait saluée de loin sans s'arrêter, comme si elle voulait s'éloigner de la contagion du passé.

L'adresse notée par Margit est celle d'amis non juifs qu'ils n'avaient plus contactés depuis des années. En réalité, en partant de Bergen-Belsen, son père et elle ne savaient pas non plus où ils iraient vivre, ni ce qu'ils feraient de leur nouvelle vie. Ils ne savaient même pas si leurs amis se trouveraient toujours à cette adresse après toutes ces années de guerre ou s'ils voudraient avoir de leurs nouvelles. Le bout de papier se froisse lentement dans sa paume et commence à devenir illisible.

Elle erre dans le nord de la ville à la recherche des coordonnées écrites, interrogeant les gens et s'efforçant de suivre leurs indications à travers des rues où elle n'était jamais passée. Elle ne sait plus s'orienter dans Prague. La ville lui semble immense et labyrinthique. Le monde vous paraît énorme quand vous vous sentez petite.

Elle aboutit finalement à la place aux trois bancs cassés qu'on lui a indiquée ; le numéro 16 de la rue inscrite sur le papier se trouve à côté. Elle pénètre dans l'entrée et sonne au 1er B. Une dame lui ouvre, blonde, assez dodue. Elle n'est pas juive ; les Juifs corpulents sont une espèce éteinte.

— Excusez-moi, madame. C'est bien ici qu'habitent monsieur Barnash et sa fille Margit ?

— Non, ils n'habitent pas ici. Ils sont partis vivre loin de Prague.

Dita acquiesce. Elle ne leur en veut pas. Peut-être l'ont-ils attendue plusieurs jours, mais elle a mis tellement longtemps à revenir qu'il est trop tard. Ils ont dû redémarrer à zéro dans un autre endroit. Après ce qu'il s'est passé, il ne suffit pas de tourner la page ; vous devez fermer un livre et en ouvrir un autre.

— Ne reste pas devant la porte, dit la femme. Entre et viens manger un morceau de tarte, elle sort du four.

— Non merci, ne vous dérangez pas. On m'attend, pour de vrai. Une obligation familiale, vous savez. Je m'en vais. Une autre fois...

Elle fait demi-tour pour partir au plus vite et redémarrer elle aussi à zéro. Mais la femme l'interpelle.

— Tu es Edita... Edita Adlerova ?

Elle s'arrête, un pied déjà dans l'escalier.

— Vous connaissez mon nom ?

La femme acquiesce.

— Je t'attendais. J'ai quelque chose pour toi.

Elle la présente à son mari, un homme aux cheveux blancs et aux yeux bleus qui est resté beau malgré son âge avancé. La femme lui apporte une énorme part de gâteau aux myrtilles et une enveloppe à son nom.

Ce sont des personnes tellement aimables que Dita ne ressent pas de gêne à ouvrir l'enveloppe devant eux. Dedans, il y a une adresse à Teplice, deux billets de train et un mot de Margit tracé avec cette écriture bien à elle, si scolaire :

« Chère Ditinka, nous vous attendons à Teplice. Venez vite. Un bisou énorme de ta sœur… Margit. »

Une personne qui vous attend quelque part est comme une allumette que l'on craque dans un bois au cœur de la nuit. Peut-être qu'elle ne pourra pas éclairer toute l'obscurité, mais elle vous montrera tout de même le chemin pour rentrer à la maison.

Pendant qu'elle mange, les époux lui expliquent que monsieur Barnash a trouvé du travail dans la ville de Teplice et qu'il s'est installé là-bas avec Margit. Ils lui racontent que Margit a passé des après-midis entiers à parler d'elle.

Avant de partir pour Teplice, elle doit s'occuper de ses papiers, ainsi qu'on le lui a indiqué au bureau du Conseil juif. Alors, de bon matin, elle se met dans la très longue queue du bureau de délivrance des documents d'identité.

Des heures d'attente ; faire la queue, encore une fois. Mais ce n'est pas comme à Auschwitz, car ici, pendant qu'ils attendent, les gens font des projets. Il y a aussi des personnes en colère, encore plus irritées que dans ces autres queues où elles patientaient dans plusieurs centimètres de neige et au bout desquelles ne les attendait qu'une assiette de soupe ou un quignon de pain. Les gens s'énervent parce que cela traîne en longueur ou parce qu'on les informe mal ou à cause de la quantité de papiers dont ils ont besoin. Dita sourit intérieurement. La vie reprend son cours quand les gens se fâchent pour des broutilles.

Quelqu'un arrive dans la queue et se place juste derrière elle. En regardant du coin de l'œil, elle s'aperçoit que c'est un visage connu. C'est l'un des jeunes professeurs du camp familial. Il semble lui aussi surpris de la trouver là.

— La bibliothécaire aux jambes fines ! s'exclame-t-il.

C'est Ota Keller, ce jeune professeur dont on disait qu'il avait été communiste et qui inventait des histoires de Galilée pour ses élèves. Elle reconnaît tout de suite ce regard ironique plein d'intelligence qui l'intimidait un peu.

Mais elle voit à présent dans le regard du jeune professeur une chaleur singulière. C'est comme si, tout à coup, il la reconnaissait. Il reconnaît non seulement la camarade de camp qu'elle a été dans un moment critique de leurs vies, mais il découvre aussi en elle un fil qui les unit. Dans le bloc 31, c'est à peine s'ils se sont parlé. En réalité, personne ne les a jamais présentés l'un à l'autre, ce sont deux personnes qui ne se connaissent apparemment pas. Mais lorsqu'ils tombent l'un sur l'autre dans Prague, c'est comme si deux vieux amis se retrouvaient.

Ota la regarde et sourit. Ses yeux vifs et légèrement espiègles disent à la jeune fille : je suis heureux que tu sois vivante, je suis heureux de te rencontrer à nouveau. Elle lui sourit aussi, sans très bien savoir pourquoi. C'est le fil. Ce fil qui unit certaines personnes. Qui se transforme en petite pelote.

Il lui communique aussitôt sa bonne humeur.

— J'ai trouvé un travail de préposé aux comptes dans une usine et un logement modeste… Bon, sachant d'où l'on vient, je dois dire que c'est un palace !

Dita sourit.

— Mais j'espère trouver quelque chose de mieux. On m'a proposé un travail comme traducteur d'anglais.

La queue est longue, mais Dita trouve le temps court. Ils parlent sans s'arrêter, sans silence embarrassant, avec cette intimité des vieux camarades. Ota lui parle de son père, l'homme d'affaires sérieux qui, en réalité, avait toujours voulu devenir chanteur.

— Il avait une voix extraordinaire, explique-t-il avec un sourire de fierté. En 1941, ils lui ont pris l'usine, ils l'ont même incarcéré. Puis ils nous ont tous envoyés à Terezín. Et de là, au camp familial. À la sélection de juillet 1944, quand le camp BIIb a été dissous, il n'a pas passé le couperet.

Ota, tellement énergique et loquace, sent les paroles s'étrangler dans sa gorge, mais il n'a pas honte que Dita voie ses yeux s'embuer.

— Parfois, la nuit, j'ai l'impression de l'entendre chanter…

Quand l'un d'eux détourne le regard pour se remémorer un moment difficile ou douloureux de ces dernières années, l'autre dirige également ses yeux vers ce point de fuite dans lequel nous ne laissons nous accompagner que les personnes qui partagent notre intimité la plus profonde, celles qui nous ont vu rire et nous ont vu pleurer. Ils visitent ensemble tous les moments qui les ont marqués pour toujours. Ils sont tellement jeunes que se raconter ces années, c'est se raconter une vie entière.

— Qu'a bien pu devenir Mengele ? Est-ce qu'ils l'ont pendu ? se demande Dita.

— Pas encore, mais ils le cherchent.

— Est-ce qu'ils le trouveront ?

— Bien sûr qu'ils le trouveront ! Il a une demi-douzaine d'armées à ses trousses. Ils l'attraperont et ils le jugeront.

— Qu'ils le pendent directement, c'est un criminel.

— Non, Dita. Il faut le juger.

— Pourquoi perdre du temps avec de la paperasse ?

— Parce que nous sommes mieux qu'eux.

— C'est aussi ce que disait Fredy Hirsch !

— Hirsch...

— Comme il nous manque.

Leur tour au guichet arrive et ils règlent leurs formalités. Voilà. Ils ne sont finalement que deux inconnus, c'est le moment de se souhaiter bonne chance et de se dire au revoir. Mais Ota lui demande où elle compte aller ensuite. Elle lui répond qu'elle va au Bureau de la Communauté juive ; elle veut savoir si c'est vrai, ainsi qu'on le lui a dit, qu'elle peut demander une petite pension comme orpheline.

Ota lui dit que, si cela ne la dérange pas, il peut l'accompagner.

— C'est sur mon chemin, dit-il avec un tel sérieux qu'elle ne sait pas si elle doit le croire.

C'est une excuse pour rester avec elle, mais ce n'est pas un mensonge. Les pas de Dita sont désormais son chemin.

Quelques jours plus tard, à Teplice, à plusieurs kilomètres de la capitale, Margit Barnash balaye l'entrée de son immeuble. Elle le fait distraitement, tout en songeant à ce jeune homme qui effectue des commissions à vélo et qui utilise sa sonnette avec joie chaque fois qu'il passe près d'elle. Elle se dit que le moment est peut-être venu de commencer à se coiffer un peu mieux le matin et se mettre un bandeau neuf dans les cheveux. Tout à coup, elle aperçoit du coin de l'œil une ombre qui apparaît dans l'entrée.

— Tu as sacrément grossi, ma fille ! lui lâche-t-on.

Sa première réaction est de répondre grossièrement à cette voisine mal embouchée. Mais, l'instant d'après, le balai est en passe de lui tomber des mains.

C'est la voix de Dita.

Margit est la plus âgée des deux, mais elle s'est toujours sentie comme la petite sœur. Elle se lance dans les bras de Dita comme le font les jeunes enfants, sans calculer son élan, sans rien retenir.

— On va tomber par terre ! s'écrie Dita en riant.

— Quelle importance, puisqu'on est ensemble !

C'était vrai, enfin quelque chose était vrai. On l'attendait.

Épilogue

Ota n'était pas un ami comme les autres. Il descendait du train les après-midis où Dita n'était pas prise par les emplois occasionnels qu'elle parvenait à décrocher. Elle combinait ces derniers avec les cours qu'elle suivait à l'école de Teplice, où Margit et elle rattrapaient un peu le temps perdu. Si tant est que cela soit possible.

Teplice est une ville balnéaire très ancienne, fort réputée pour ses eaux. Pour finir, Dita avait trouvé son Berghof. Ce n'étaient pas les Alpes, comme dans *La Montagne magique*, mais les hautes terres de Bohême n'étaient pas loin. Elle aimait se promener dans ses rues au pavé géométrique, même si la guerre avait durement frappé cette ville magnifique aux bâtisses seigneuriales. Elle se demandait parfois ce qu'avait pu devenir madame Chauchat, qui avait quitté le sanatorium en quête de nouveaux horizons. Elle aurait aimé lui demander conseil à propos de ce qu'elle allait faire de sa vie.

La belle synagogue avait brûlé et ses ruines noircies rappelaient l'horreur de ces années calcinées. Le samedi, Ota l'accompagnait dans ses promenades. Il lui parlait de mille et une choses. C'était un jeune homme d'une curiosité vorace, tout l'intéressait. Il se plaignait parfois un peu de devoir faire plusieurs changements de train et d'autobus pour parcourir les quatre-vingts kilomètres qui séparaient Prague de Teplice. En fait de se plaindre, il ronronnait plutôt comme un chat.

Ce furent des mois de flâneries agréables à travers ces places qui, peu à peu, retrouvaient leurs parterres fleuris et recommençaient à donner à Teplice ses airs coquets de station thermale. Au cours de ces promenades, Ota et Dita s'enroulèrent peu à peu dans le fil. Un an après leur rencontre dans la queue du bureau administratif, Ota lui dit une chose qui allait tout changer :

— Pourquoi ne viens-tu pas à Prague ? Je ne peux pas t'aimer à distance !

Pendant tous ces après-midis, ils s'étaient raconté leur vie entière. Le moment était venu de repartir à zéro, de débuter une nouvelle vie.

Ota et Dita se marièrent à Prague et leur premier enfant naquit en 1949.

Après des démarches ardues, Ota réussit à récupérer l'usine de lingerie féminine de son père et il en prit la tête dans le but de la faire prospérer à nouveau. C'était un projet enthousiasmant car, d'une certaine manière, Ota pouvait ainsi revenir en arrière dans le temps. Rien ne pouvait effacer les absences et les cicatrices, mais c'était pour le moins une façon de revenir à la Prague de 1939, que symbolisait cette entreprise familiale. Ota n'était pas certain de vouloir devenir un homme d'affaires. Il lui arrivait un peu la même chose qu'à son père, qui préférait les partitions d'opéra aux feuilles de bilan. Lui préférait le langage des poètes à celui des avocats.

Mais il n'eut guère le temps d'éprouver le blues du businessman. Les empreintes des bottes nazies n'avaient pas encore refroidi dans les rues de Prague que les Soviétiques y entraient en écrasant tout sur leur passage. Avec cette détestable obstination de l'Histoire à se répéter encore et encore, on leur confisqua de nouveau l'usine. Cette fois, ce n'était pas au nom du Troisième Reich, mais du parti communiste.

Ils se retrouvèrent une nouvelle fois sans rien. N'importe qui serait tombé dans le désespoir. Ota ne s'avoua pas vaincu. Dita non plus. Ils étaient faits pour nager à contre-courant. Grâce à sa maîtrise de l'anglais et à ses connaissances en littérature, le jeune homme décrocha un emploi au ministère de la Culture ; son travail consistait à sélectionner les nouveautés éditoriales suffisamment intéressantes pour être traduites en tchèque. Il était le seul employé de sa catégorie à ne pas être affilié au parti communiste. Beaucoup, en ce temps-là, n'avaient que Lénine à la bouche. Mais personne n'allait lui donner de leçons, il en savait plus long sur le marxisme que n'importe lequel d'entre eux. Il avait lu plus que tous les autres. Il savait mieux que personne que le communisme était un merveilleux chemin qui débouchait sur un précipice.

On intrigua contre lui, on se mit à l'accuser d'être un ennemi du parti, les choses devinrent de plus en plus compliquées. En 1949, Ota et Dita décidèrent d'émigrer en Israël pour recommencer à zéro. Finalement, ils allaient transformer en réalité le rêve de Fredy Hirsch.

Une fois là-bas, ils travaillèrent dur dans un kibboutz et Dita acheva ses études. En fait, ce fut en Israël qu'ils retrouvèrent une autre vieille connaissance du bloc 31, le professeur Avi Ofir, qui transformait un modeste baraquement d'enfants prisonniers en un joyeux orphéon. Ce fut lui qui leur donna un coup de main pour qu'ils commencent à travailler à l'école Hadassim, près de Netanya. Là-bas, Ota et Dita exercèrent comme professeurs d'anglais et comme éducateurs dans l'un des centres scolaires les plus réputés d'Israël, qui accueillit de nombreux enfants arrivés avec la marée immigratoire consécutive à la fin de la Seconde Guerre mondiale. Par la suite, l'école en vint à s'occuper d'enfants issus de familles à problèmes et d'élèves en risque d'exclusion sociale. Elle disposait de professeurs particulièrement impliqués dans ce genre de questions, mais on pouvait difficilement trouver plus sensibles à la souffrance des autres qu'Ota et Dita.

Ils eurent trois enfants et quatre petits-enfants. Ota, qui avait été un grand raconteur d'histoires dans le bloc 31, écrivit plusieurs livres. L'un d'eux, *The Painted Wall*, raconte sous forme de fiction les expériences d'une série de personnages dans le camp familial BIIb. Dita et Ota vécurent ensemble les hasards et les écueils de la vie durant cinquante-cinq ans. Ils ne cessèrent pas un seul jour de s'aimer et de se soutenir mutuellement. Ils partagèrent les livres, ils partagèrent un sens de l'humour indestructible, ils partagèrent une vie entière.

Ils vieillirent ensemble. Cette union de fer, forgée dans les moments les plus terribles qu'une personne puisse vivre, ne put être dissoute que par la mort.

Étape finale

Il reste encore des choses importantes à raconter sur la bibliothécaire du bloc 31 et sur Fredy Hirsch.

Ce récit est construit à partir de matériaux réels, qui ont été unis dans ces pages grâce au mortier de la fiction. Le vrai nom de la bibliothécaire du bloc 31, dont la vie a inspiré cet ouvrage, était – pour son nom de jeune fille – Dita Polachova, et le professeur Ota Keller du roman s'inspire de celui qui deviendrait son mari, le professeur Ota Kraus.

La mention faite par Alberto Manguel, dans *La Bibliothèque, la nuit*, de l'existence d'une minuscule bibliothèque dans un camp de concentration a constitué le point de départ de l'enquête journalistique qui a donné lieu à ce livre.

Certains ne partageront peut-être pas cette fascination pour le fait qu'une poignée de personnes aient joué leur vie afin de garder ouvertes une école secrète et une bibliothèque clandestine à Auschwitz-Birkenau. Certains penseront peut-être qu'il s'agit d'un acte de bravoure inutile dans un camp d'extermination, où il y a d'autres préoccupations plus impérieuses : les livres ne soignent pas les maladies et ils ne peuvent pas non plus être utilisés comme des armes pour renverser une armée de bourreaux, ils ne remplissent pas l'estomac et n'étanchent pas la soif. C'est vrai : la culture n'est pas nécessaire à la survie de l'homme, seuls le sont le pain et l'eau. Mais si l'homme peut survivre en ayant du pain à manger et de l'eau à boire, quand il n'a que cela, c'est l'humanité tout entière qui s'éteint. Si l'homme n'est pas ému par la beauté, s'il ne ferme pas les yeux pour mettre en marche les mécanismes de son imagination, s'il n'est pas capable de se poser des questions et d'entrevoir les limites de son ignorance, c'est un homme ou c'est une femme, mais ce n'est pas une personne ; rien ne le distingue d'un saumon, d'un zèbre ou d'un bœuf musqué.

Sur Internet, des tonnes d'informations sur Auschwitz sont disponibles, mais les documents vous parlent uniquement du lieu. Si vous voulez que le lieu vous parle, vous devez vous rendre sur place et y rester suffisamment longtemps pour entendre ce qu'il aura à vous dire. En quête d'un vestige du camp familial ou d'une quelconque piste à suivre, je suis allé à Auschwitz. Il ne fallait pas seulement des données chiffrées et des dates, il était également nécessaire de ressentir les vibrations de cet endroit maudit.

J'ai pris l'avion jusqu'à Cracovie et, de là, un train pour Oświęcim. Rien dans cette petite bourgade paisible ne fait penser à l'horreur vécue à ses abords. Tout y est tellement calme quand vous arrivez aux portes du camp en autobus.

Auschwitz I possède un parking pour les autocars et une entrée semblable à celle d'un musée.

C'était autrefois une ancienne caserne de l'armée polonaise et ses agréables bâtiments rectangulaires en brique, espacés de larges avenues pavées où picorent des oiseaux, ne présentent à première vue aucun stigmate de l'horreur. Mais il y a plusieurs pavillons dans lesquels vous pouvez entrer. L'un d'eux a été aménagé comme un aquarium : vous traversez un couloir sombre et, sur les côtés, d'immenses vitres éclairées montent jusqu'au plafond. Ce qu'elles contiennent, ce sont des souliers esquintés, des tas, des milliers de vieux souliers. Deux tonnes de cheveux humains qui forment une mer ténébreuse. Des prothèses hors d'usage semblables à des jouets cassés. Des milliers de lunettes brisées, presque toutes rondes, comme celles du professeur Morgenstern.

Le camp familial BIIb s'élevait à trois kilomètres de là, à Auschwitz II-Birkenau. À l'heure actuelle, il reste le mirador fantasmagorique de l'entrée du *lager*, avec un tunnel à sa base, qui permettait, à partir de 1944, au chemin de fer d'entrer à l'intérieur. Les baraquements d'origine ont été brûlés après la guerre. Il y a quelques baraquements reconstruits dans lesquels vous pouvez entrer : ce sont des étables à chevaux qui, même propres et aérées, s'avèrent lugubres. Derrière cette première ligne de baraquements dans ce qui devait être le camp de quarantaine, s'ouvre un immense terrain vague qui était occupé par les autres camps. Pour voir l'emplacement que le BIIb occupait à l'époque, il faut abandonner le circuit des visites guidées, qui ne va pas au-delà des répliques de baraquements de la première rangée, et longer tout le périmètre. Il faut rester seul. Marcher en solitaire dans

Auschwitz-Birkenau signifie endurer un vent très froid qui charrie l'écho des voix de ceux qui sont restés là pour toujours et font partie de la glèbe que nous foulons. Du BIIb, il ne reste que la porte métallique d'accès au camp et une immense solitude où quelques buissons végètent péniblement. Il ne reste que des cailloux, du vent et du silence. Un lieu paisible ou spectral ; cela dépend de ce que savent les yeux qui regardent.

De ce voyage, j'ai rapporté beaucoup de questions et pratiquement aucune réponse, quelques aperçus seulement de ce que fut l'Holocauste qu'aucun livre d'histoire ne pouvait m'enseigner et, par pur hasard, une édition d'un livre important : *Je me suis évadé d'Auschwitz,* la traduction française des mémoires de Rudolf Rosenberg (*I Cannot Forgive*) que j'ai trouvée à la librairie du musée Juif Galicja de Cracovie.

Un autre livre m'intéressait tout particulièrement. Je me suis mis à le rechercher dès mon retour. C'était un roman qui se déroulait dans le camp familial, écrit par un certain Ota B. Kraus, intitulé *The Painted Wall.* Un site web offrait la possibilité d'acheter ce livre et de le recevoir contre remboursement. Mais ce n'était pas une page très professionnelle, on ne pouvait pas effectuer le paiement par Carte Bleue, il y avait une adresse à contacter. J'ai écrit en expliquant mon intérêt pour le livre et en demandant où je pouvais effectuer le versement correspondant. J'ai alors reçu l'un de ces courriers électroniques qui prouvent que la vie est une croisée des chemins. La réponse, très polie, était que je pouvais envoyer l'argent à travers Western Union. C'était une adresse à

Netanya (Israël), et ces quelques lignes étaient signées D. Kraus.

Avec le plus grand tact possible, j'ai demandé à cette personne si elle était Dita Kraus, la jeune fille qui s'était retrouvée dans le camp familial d'Auschwitz-Birkenau. C'était elle. La bibliothécaire du bloc 31 était vivante et m'envoyait un mail ! La vie est surprenante, mais elle peut parfois être extraordinaire.

Dita n'était plus une jeune fille, elle avait alors quatre-vingts ans, mais elle était restée la même personne dévouée et combattive qu'en ce temps-là, et elle se battait maintenant pour que les livres de son mari ne tombent pas dans l'oubli.

À partir de là, nous avons commencé à nous écrire. Son amabilité extrême facilitait notre compréhension malgré mon mauvais anglais. Finalement, nous avons décidé de nous rencontrer en personne à Prague, où elle passe quelques semaines par an, et elle m'a emmené voir le ghetto de Terezín. Dita n'est pas une petite grand-mère paisible à l'ancienne. C'est un tourbillon de gentillesse qui m'a aussitôt trouvé un hébergement près de chez elle et qui a tout organisé. Quand je suis arrivé à la réception de l'hôtel Tříska, elle m'attendait dans le hall, assise sur un canapé. Elle était comme que je me l'étais imaginée : mince, nerveuse, active, sérieuse et souriante à la fois, absolument charmante.

Sa vie n'a pas été facile, ni pendant la guerre, ni après. Ota et elle sont restés très unis jusqu'à ce qu'il décède, en l'an 2000. Ils ont eu deux garçons et une fille ; la jeune femme est morte à l'âge de dix-huit ans des suites d'une très longue maladie.

Mais Dita ne s'est pas laissé abattre par les coups de hache du destin, elle ne l'a pas fait autrefois et ne le fera jamais.

Il est impressionnant qu'une personne ayant porté autant de souffrance sur ses épaules soit capable de ne pas perdre le sourire. « C'est la seule chose qu'il me reste », me dit-elle. Mais il lui reste bien d'autres choses encore : son énergie, sa dignité de lutteuse contre tout et contre tous qui fait d'elle une femme de quatre-vingts ans droite dans ses bottes et aux yeux crachant du feu. Elle refuse que nous prenions un taxi et je n'ose pas contrarier son sens de l'économie, typique d'une personne ayant vécu des temps très difficiles. Nous nous déplaçons en métro et elle reste debout. Il y a des sièges libres mais elle ne s'y assoit même pas. Celui qui fera plier cette femme n'est pas encore né. Le Troisième Reich tout entier n'a pas eu raison d'elle.

Infatigable, ou fatiguée, mais jamais résignée à flancher, elle me demande de lui donner un coup de main parce qu'elle va porter cinquante exemplaires de *The Painted Wall* à la boutique du mémorial de Terezín, où le livre est épuisé. Nous ne louons même pas une voiture, elle insiste pour que nous y allions en autobus. Nous effectuons le même trajet que celui qu'elle a effectué il y a près de soixante-dix ans, mais elle traîne aujourd'hui une valise remplie de livres. J'ai un peu peur qu'elle ne soit affectée par ce voyage dans le temps, mais c'est une femme forte. En cet instant, son plus gros souci est de réapprovisionner en livres la librairie du ghetto.

Terezín semble une cité paisible aux bâtisses à angles droits, ponctuée de parterres arborés et baignant dans la lumière étincelante du mois de mai. Dita dépose les livres, mais, aussi bagarreuse que d'habitude, elle m'obtient également une entrée gratuite pour l'exposition permanente.

C'est une journée pleine de moments très émouvants. Parmi les tableaux exposés des détenus du ghetto, il y en a un de Dita elle-même, un tableau sombre et ténébreux qui montre une ville beaucoup moins lumineuse que celle que nous parcourons. Il y a aussi une pièce avec les noms des enfants qui sont venus à Terezín. Dita parcourt leurs noms et sourit en se rappelant certains d'entre eux. Pratiquement tous sont morts.

Des écrans diffusent le témoignage de survivants qui expliquent leur existence à Terezín. Et sur l'un des quatre téléviseurs, un homme d'âge mûr à la voix grave apparaît : c'est Ota Kraus, son mari. Il parle en tchèque et, bien que ses paroles soient sous-titrées en anglais, je n'y suis pas très attentif, sa voix m'hypnotise trop. Un tel aplomb s'en dégage que vous ne pouvez que l'écouter. Dita le fait en silence. Elle est grave, mais elle ne verse pas une larme. En sortant, elle me dit que nous allons voir l'endroit où elle vivait. Cette femme est en fer, ou elle en a l'air. Je lui demande si ce n'est pas dur pour elle. « Ça l'est », répond-elle, mais elle ne s'arrête pas pour autant et continue d'un bon pas. Jamais je n'avais rencontré une femme d'une bravoure aussi extraordinaire sur tous les fronts de sa vie.

L'ancien bloc où elle avait été logée durant son séjour au ghetto de Terezín est maintenant un inoffensif ensemble de résidences. Elle lève les yeux vers le troisième étage. Elle me raconte qu'un cousin à elle, charpentier, avait fait un appui de fenêtre. Elle me raconte bien des choses encore pendant que nous nous dirigeons vers un autre bâtiment dont un étage a été conservé en guise de musée, avec ses chambrées pleines de châlits, comme à l'époque du ghetto. C'est un endroit oppressant, trop petit pour autant de lits. Il y a même la cuvette en faïence qu'ils utilisaient comme salle de bains communautaire.

— Peux-tu imaginer l'odeur ? me demande-t-elle.

Non, je ne le peux pas.

Nous entrons dans une autre salle, où se trouve une gardienne ; des tableaux et des posters de l'époque sont accrochés aux murs. Dans cette salle, on entend l'opéra de Viktor Ullmann, un pianiste et compositeur célèbre devenu l'un des animateurs culturels les plus actifs de Terezín. Dita s'arrête au milieu de la salle vide, occupée seulement par la gardienne qui s'ennuie, et elle commence à chantonner doucement l'opéra d'Ullmann. Sa voix est la voix des enfants de Terezín, qui s'élève à nouveau ce matin pour un public très réduit, mais pas moins surpris pour autant. Inutile de dire que la gardienne n'ose pas l'interrompre. C'est un autre de ces moments où le temps revient en arrière et Dita redevient Ditinka, chantant l'opéra *Brundibár* avec ses chaussettes en laine et ses yeux rêveurs.

Sur le trajet du retour, de Terezín à Prague, Dita a énergiquement demandé au chauffeur de l'autobus de bien vouloir ouvrir le toit coulissant afin que nous n'étouffions pas de chaleur dans un véhicule où l'on ne peut ouvrir les fenêtres. Comme le chauffeur ne l'a pas écoutée, elle s'est elle-même mise à tirer sur la trappe, et moi ensuite. À nous deux, nous avons réussi à ouvrir.

C'est dans l'autocar que la question qui me trottait dans la tête depuis des mois a surgi dans la conversation : que s'est-il passé dans l'après-midi du 8 mars, quand Fredy Hirsch est allé réfléchir à la proposition de la Résistance de mener le soulèvement du camp face à l'imminence de l'extermination du convoi de septembre dans les chambres à gaz ? Pourquoi un homme aussi posé que Fredy Hirsch s'est-il suicidé d'une overdose de Luminal ?

Dita me regarde et tout un monde de non-dits m'apparaît dans ses yeux. Je commence à comprendre. Je lis dans son regard ce que j'ai lu dans les lignes écrites par Ota dans son livre, mais que j'avais pris pour une licence romanesque ou une hypothèse singulière. Après tout, *The Painted Wall* n'était il pas un ouvrage de fiction ? Ou l'était-il uniquement pour camoufler certaines choses qui auraient pu attirer à Ota de sérieux ennuis si ce dernier les avait dites dans un autre contexte ?

Dita m'a demandé de la discrétion, car elle pensait que ce qu'elle m'a raconté pouvait lui créer des problèmes.

Pour cette raison, au lieu d'expliquer ce qu'elle m'a dit, je vais reproduire ce que Ota B. Kraus a écrit et publié dans son roman situé dans le camp familial, *The Painted Wall*. L'un des rares personnages à apparaître sous son vrai nom dans ce livre est l'instructeur du bloc 31, Fredy Hirsch. Voici ce que raconte le livre à propos de ce moment crucial où, après que les SS ont transféré le convoi de septembre dans le camp de quarantaine, la

Résistance demande à Hirsch de prendre la tête d'un soulèvement et que ce dernier demande un moment pour y réfléchir :

Au bout d'une heure, Hirsch se leva de son lit pour aller trouver l'un des médecins.

— J'ai pris ma décision, dit-il. Dès qu'il fera nuit, je donnerai l'ordre. J'ai besoin d'un comprimé pour calmer mes nerfs.

[...]

Une mutinerie contre les Allemands était une folie, pensa le docteur ; c'était la mort de tous : du convoi condamné, des prisonniers du camp familial et même de l'équipe de l'hôpital réclamée par Mengele. Cet homme était devenu fou, il n'avait à l'évidence plus toute sa tête et, si personne ne l'arrêtait, les docteurs juifs allaient mourir avec les autres détenus.

— Je vais te donner quelque chose, un sédatif, dit le médecin – et il se retourna vers le pharmacien.

Ils étaient constamment à court de médicaments, mais ils avaient un petit stock de calmants. Le pharmacien lui tendit un flacon de pilules pour dormir. Le docteur versa son contenu et referma sa main dans un mouvement rapide. Il avait un peu de thé froid dans sa tasse et il l'agita jusqu'à dissoudre les tablettes dans le liquide trouble.

Il y a des mots dans le code pénal pour décrire ce qu'il est réellement arrivé à Fredy Hirsch au cours de cet après-midi de l'année 1944. La fiction des romans cache parfois des vérités qui ne peuvent pas être racontées autrement.

D'autres témoignages invalident chaque jour un peu plus la thèse du suicide que l'on peut lire dans les comptes rendus officiels. Michael Honey, un survivant du camp familial qui travaillait comme coursier pour l'équipe médicale, met en doute le témoignage que fait Rosenberg dans son livre de mémoires sur les évènements du 8 mars 1944 : « *He was given an overdose of Luminalets when he asked for a pill because of a headache.* » (On lui a donné une surdose de tablettes de Luminal quand il a demandé un comprimé pour le mal de tête.)

Puisse ce livre servir également à réhabiliter la personnalité de Fredy Hirsch, quelque peu entachée par l'idée fausse qu'il s'est donné la mort. À cause de cette idée, son intégrité dans les moments décisifs a été mise en doute pendant des années. Fredy Hirsch ne s'est pas suicidé. Il n'aurait jamais laissé seuls les enfants. C'était un capitaine : il aurait sombré avec son navire. C'est ainsi qu'il faut se souvenir de lui : comme d'un combattant d'un courage extraordinaire.

Naturellement, ce livre est également un hommage à Dita, dont j'ai tellement appris.

Notre bibliothécaire du bloc 31 vit toujours à Netanya et elle se rend quelques jours par an dans son petit appartement de Prague. Elle continuera de le faire tant que sa santé la laissera en paix. C'est encore une femme d'une curiosité, d'une lucidité, d'une amabilité et d'une intégrité qui dépassent tout ce qui est imaginable. Jusqu'à ce jour, je n'avais jamais cru aux héros, mais je sais maintenant qu'ils existent : Dita est l'un d'eux.

Qu'est devenu... ?

Rudi Rosenberg

Après la guerre, il changea son nom pour celui de Rudi Vrba. Suite à son évasion d'Auschwitz, il s'empressa de rédiger pour les dirigeants juifs de la ville de Žilina un premier rapport sur ce qu'il arrivait réellement aux déportés d'Auschwitz et qui n'avait rien à voir avec les mensonges nazis. Ce rapport fut envoyé à Budapest, mais certains hauts dirigeants juifs n'y prêtèrent pas la moindre attention et, à partir du mois de mai, les nazis commencèrent à envoyer jusqu'à douze mille Juifs par jour à Auschwitz. En arrivant en Grande-Bretagne, Rudi Rosenberg rédigea, avec son camarade d'évasion Fred Wetzler, un autre rapport détaillé qui servit à faire connaître au monde la terrible vérité sur ce qui avait lieu dans les camps de concentration. Ce texte fut l'une des preuves utilisées lors des procès de Nuremberg. Après la guerre, Rosenberg fut décoré. Il étudia la chimie à l'université de Prague et devint un professeur respecté dans le domaine de la neurochimie. Il vécut au Canada et mourut en 2006. Ses critiques acerbes à l'égard de certains membres de premier plan de la communauté juive hongroise, qui joueraient ensuite un rôle important dans la fondation de l'État d'Israël, ont eu pour conséquence, pendant des décennies, la remise en question par certains secteurs de l'État hébreu de ses témoignages et de sa personnalité. Il reste aujourd'hui encore un personnage controversé dans ce pays.

Elisabeth Volkenrath

Elle était coiffeuse de profession mais son adhésion au parti nazi la conduisit à s'enrôler dans la SS. Elle effectua une période de formation au camp de Ravensbrück puis elle fut affectée à Auschwitz en 1943 au poste de SS-Aufseherin. En novembre 1944, elle fut promue SS-Oberaufseherin. C'est à ce poste qu'elle ordonna une quantité terrible d'exécutions. Au début de l'année 1945, elle fut transférée au camp de Bergen-Belsen comme gardienne en chef. Quand les Alliés libérèrent le camp, elle fut arrêtée par les troupes britanniques et se retrouva sur le banc des accusés. À l'issue du procès qui eut lieu pour élucider les responsabilités des gardiens de Bergen-Belsen, elle fut condamnée à mort par pendaison. Elisabeth Volkenrath fut exécutée le 13 décembre 1945 dans la commune de Hamelin.

Rudolf Höss

Le commandant d'Auschwitz avait reçu une éducation catholique stricte et son père voulait même qu'il soit ordonné prêtre. Höss opta finalement pour l'armée : il était fasciné par l'ordre et la hiérarchie. Durant son mandat, ce sont entre un et deux millions de personnes qui furent assassinées à Auschwitz. À la fin de la guerre, Höss échappa au filet des Alliés, qui s'étaient lancés à la poursuite des principaux criminels de guerre, en utilisant une fausse identité afin de se faire passer pour un soldat de l'armée de terre. Pendant presque un an, il travailla comme agriculteur, jusqu'à ce que les Alliés obligent son épouse à révéler sa cachette et puissent enfin l'arrêter. Il fut jugé en Pologne et condamné à mort. Avant son exécution, il écrivit en prison des mémoires dans lesquelles il ne niait pas les centaines de milliers de crimes et les justifiait en affirmant que, du fait de son rang militaire, il devait obéir aux ordres reçus. Il se flattait même de ses talents d'organisateur capable de gérer une machine de mort aussi complexe que celle d'Auschwitz. Il fut pendu à Auschwitz I où, aujourd'hui encore, on peut voir l'échafaud où il fut exécuté.

Adolf Eichmann

Il fut l'un des principaux idéologues de ladite solution finale pour exterminer la race juive. Eichmann fut chargé de la logistique des déportations vers les camps de concentration. Il fut également l'artisan des *Judenräte*, ou Conseils juifs, qui collaboraient aux déportations. À la fin de la guerre, Eichmann fut capturé par les troupes américaines, mais il se fit passer pour Otto Eckmann et les Américains ne s'aperçurent pas qu'il s'agissait de l'un des nazis les plus recherchés. Après s'être caché en Allemagne puis être passé par l'Italie, il prit en 1950 un bateau pour l'Argentine. Il y retrouva sa famille et vécut sous un faux nom en travaillant comme ouvrier dans une usine de voitures. En 1960, grâce aux informations fournies par le chasseur de nazis Simon Wiesenthal, un groupe d'élite du service d'espionnage israélien (le Mossad) le retrouva à Buenos Aires. Au cours d'une opération audacieuse, ils capturèrent Eichmann en pleine rue, le mirent à la hâte dans une voiture et partirent pour l'aéroport. De là, ils le sortirent clandestinement du pays dans un avion de la compagnie israélienne El Al en le faisant passer pour un mécanicien de bord en état d'ébriété. Cette affaire provoqua un vif conflit diplomatique entre l'Argentine et Israël. Le lieutenant-colonel SS fut jugé à Jérusalem et condamné à mort. La sentence fut exécutée le 1er juin 1962.

Petr Ginz

Le rédacteur en chef de la revue *Vedem*, que les jeunes de Terezín réalisaient bénévolement, naquit à Prague le 1er février 1928. Ses parents étaient des espérantistes passionnés et des personnes d'une grande curiosité culturelle. En octobre 1942, Petr fut déporté à Terezín avec plusieurs centaines d'autres habitants sur ordre de la Gestapo, alors que ses parents et sa sœur restèrent momentanément à Prague. Petr était l'un des rares enfants à s'être retrouvés seuls à Terezín, même si ses parents lui envoyaient fréquemment des colis de nourriture et du papier pour écrire. Dans une lettre qui a été conservée, Petr demandait à sa famille des chewing-gums, des cahiers, une cuillère, du pain, des dessins à recopier... et un livre de sociologie. Il partageait les colis avec ses camarades de chambrée. Sa générosité, son intelligence et ses manières affables firent de lui l'un des garçons les plus aimés de ses camarades et de ses professeurs. En 1944, il fut déporté de Terezín et, à la fin de la guerre, il ne rentra pas chez lui. Son nom n'apparut sur aucun registre de décès, et pendant dix ans sa famille conserva le maigre espoir de le revoir. Mais ils furent finalement contactés par Jehuda Bacon, qui avait été déporté dans le même convoi que lui et qui leur expliqua qu'ils avaient été envoyés à Auschwitz. Une sélection avait été effectuée sur le quai : ceux de droite allaient au camp, et ceux de gauche directement aux chambres à gaz. Jehuda avait vu Petr partir dans la file de gauche.

David Schmulewski

Le chef polonais de la Résistance à Auschwitz était déjà un vétéran gauchiste avant d'être arrêté : il avait lutté dans les Brigades internationales pendant la guerre civile espagnole et il avait ensuite combattu les nazis. La guerre terminée, il occupa des postes importants au sein du parti communiste polonais. Une affaire trouble dans laquelle il se vit impliqué – en rapport avec le trafic d'œuvres d'art – l'obligea à démissionner du parti et il finit par s'exiler à Paris, où il vécut jusqu'à sa mort. On ne sait pas jusqu'à quel point son implication dans le trafic d'œuvres d'art fut une manœuvre de certains dirigeants du parti communiste pour le discréditer, étant donné que sa condition de héros de guerre le rendait intouchable. Son petit-neveu, le brillant et polémique intellectuel anglais Christopher Hitchens, décédé en 2011, a raconté certains épisodes de sa vie dans son livre *Hitch-22*.

Siegfried Lederer

Il fut le camarade d'évasion du caporal-chef SS Viktor Pestek, qui paya de sa vie sa désertion. Lederer échappa de justesse à la Gestapo et devint un membre actif de la Résistance. À Zbraslav, il réussit à se faire passer pour un général SS afin d'aider les groupes locaux de la Résistance. Il finit par partir en Slovaquie, où il se consacra pendant toute la guerre à aider les partisans locaux.

Hans Schwarzhuber

Il fut nommé responsable du secteur masculin d'Auschwitz-Birkenau (auquel était rattaché le camp familial) en novembre 1943. En 1944, il fut affecté au camp de Ravensbrück en tant que sous-commandant. En 1945, l'armée britannique l'arrêta et des preuves furent trouvées sur place indiquant qu'il avait envoyé au moins 2 400 personnes à la chambre à gaz au cours des derniers mois. Il fut jugé et condamné à mort. En 1947, il fut exécuté par la méthode qui lui plaisait tant lorsqu'il était commandant : la pendaison.

Josef Mengele

En janvier 1945, quelques jours avant que les troupes alliées ne s'emparent du camp d'Auschwitz, Mengele se mêla à un bataillon d'infanterie qui battait en retraite. Il fut ainsi fait prisonnier avec des centaines de soldats et réussit à passer inaperçu. Outre le chaos qui régnait pendant les premières semaines qui suivirent la fin de la guerre, il bénéficia du fait que les Alliés reconnaissaient les membres de la SS à ce qu'ils portaient tous sur le bras un tatouage indiquant leur groupe sanguin. Mengele, toujours prévoyant, ne s'était jamais fait faire ce tatouage. Il réussit à s'enfuir d'Allemagne grâce au soutien économique de son influente famille d'industriels et il se réfugia en Argentine. Il y vécut paisiblement, bénéficiant d'un haut niveau de vie en tant qu'associé d'une entreprise pharmaceutique. À la fin des années cinquante, le chasseur de nazis Simon Wiesenthal retrouva sa trace grâce au jugement de divorce signé de sa main, une formalité que le médecin capitaine avait effectuée avec sa femme par lettre. Quelqu'un réussit cependant à le prévenir et Mengele partit pour l'Uruguay. Il y vécut sous une nouvelle fausse identité mais dans de plus grandes difficultés matérielles, dans une modeste favela et avec l'angoisse de se savoir traqué. Il ne fut finalement jamais capturé. Il mourut alors qu'il se baignait dans la mer (probablement d'un infarctus) en 1979, à l'âge de soixante-huit ans. Dans la biographie de Mengele écrite par Gerald Posner et John Ware, les auteurs racontent que son fils Rolf alla lui rendre visite avant sa mort après avoir gardé pendant des années un contact épistolaire intermittent. Rolf put enfin lui poser la question qui le rongeait depuis son enfance : était-il vraiment coupable des crimes atroces qu'on lui imputait ? Il est difficile pour un fils d'accepter que son père, si attentionné et courtois dans ses lettres, puisse être ce monstre sanguinaire décrit par les journaux. Quand il lui demanda les yeux dans les yeux s'il avait vraiment fait exécuter des milliers de personnes, Josef Mengele lui affirma qu'il s'agissait, en fait, du contraire. Très sûr de lui et avec une froideur absolue, il lui dit que, grâce à ses sélections – au cours desquelles il séparait les Juifs qui iraient travailler de ceux qui seraient assassinés –, il avait sauvé des milliers de Juifs de la mort en les envoyant dans la file des personnes valides.

Seppl Lichtenstern

Seppl Lichtenstern passa la sélection de juillet 1944 dans le camp familial et fut envoyé au camp de Schwarzheide, en Allemagne. Il fut placé dans une usine qui fabriquait du diésel à base de lignite. À la fin de la guerre, les nazis organisèrent une marche macabre, sans vivres, avec des milliers de prisonniers des camps qui étaient sur le point de tomber aux mains des Alliés, dans une fuite vers nulle part. On l'appela « la marche de la mort » car des milliers de prisonniers moururent au cours de cette marche forcée où les armes parlaient à la première occasion et où ceux qui flanchaient étaient exécutés sur le bord de la route. Lichtenstern périt durant ce dernier acte de la folie du nazisme et sa dépouille repose au cimetière de Saupsdorf, en Allemagne.

Margit Barnai

Elle se maria et vécut toute sa vie à Prague. Même si Dita émigra en Israël, elles ne perdirent jamais le contact. Elles s'écrivaient et s'envoyaient des photos de leurs enfants. Margit eut trois filles. La troisième vint de manière inattendue alors qu'elle avait déjà quarante ans et Margit la baptisa du prénom de Dita. Elle mourut trop jeune, à cinquante-quatre ans. Dita Kraus est toujours en contact avec les filles de Margit : elle est comme une tante pour elles et toutes continuent de se voir chaque fois qu'elle vient à Prague.

Sept années miraculeuses

Quand un livre paraît et qu'il vous regarde depuis l'étagère d'une librairie ou l'écran d'une boutique en ligne, on a l'impression qu'il est arrivé au terme de son processus d'années de recherches, d'écriture, de malaxage et de publication, que tout est terminé. En réalité, tout ne fait que commencer. Le livre est un pain pétri d'une levure qui continue de croître intérieurement, il est vivant tant qu'un regard transforme ses pages de pâte à papier en émotions. Depuis la parution de *La Bibliothécaire d'Auschwitz* à l'automne 2012, il s'est encore passé des choses importantes, certaines extraordinaires.

Une jeune fille m'envoie un courrier de Hollande me disant que ce livre l'a aidée à surmonter un moment difficile ; une professeure d'espagnol en Australie prénommée Lilit a un coup de cœur pour ce livre et convainc une amie, éditrice chez MacMillan, qu'il faut le publier aux États-Unis ; le traducteur chinois vient me rendre visite à Barcelone ; je reçois une photo de la mise en place du livre dans les librairies de Tokyo, avec un message enthousiaste de sa traductrice japonaise, Kyoko Obara. Le monde est très grand, mais nous sommes tous beaucoup plus proches que nous le croyons.

Je crois aux miracles laïques. Il m'est impossible de ne pas croire en eux après que cette histoire d'une école modeste et d'une minuscule bibliothèque, où des gens au courage exemplaire ont craqué de petites allumettes au milieu des ténèbres les plus terrifiantes, a traversé les frontières et les océans, fait le tour du monde et reçu des prix comme celui de la Fondation Troa au roman porteur de valeurs, le prix Booklog des lecteurs japonais, le Sydney Taylor Book Award décerné par les librairies juives des États-Unis, le Red Dot Book Award organisé par l'association des bibliothèques scolaires de Singapour... et bien d'autres récompenses comme celle d'arriver à l'Institut Cervantès de Belgrade et voir une bibliothécaire serrant ce livre contre elle comme un enfant ou encore se rendre au salon du livre de Porto Alegre et y recevoir la même affection qu'à Málaga ou Cuenca.

Toutefois, le miracle le plus extraordinaire, c'est que Dita Kraus continue de sourire, de me donner de bons conseils dans notre échange épistolaire par courrier électronique, de m'éclairer, de me dire ce qu'elle trouve bien et ce qu'elle trouve mal avec une sincérité dénuée d'hypocrisie dont je lui sais toujours gré. Elle a fêté ses quatre-vingt-dix ans cet été, mais le temps a tellement de respect pour elle qu'il la laisse faire. Sept années ont passé. À travers le courrier électronique et quelques rencontres, nous continuons de tisser le fil.

Barcelone, octobre 2012

Le livre vient de paraître et je lui demande si elle aimerait venir à sa présentation à Barcelone. Elle me répond clairement que la question lui semble absurde : bien sûr qu'elle va venir ! La maison d'édition lui cherche un hôtel à proximité de la partie haute des Ramblas.

Dita est austère, le luxe l'indiffère, on peut même dire qu'il l'irrite. Ce qu'elle aime, en revanche, c'est la ponctualité et que chaque chose soit à sa place. Le premier soir, je veux l'emmener dîner dans l'un de ces restaurants de tapas modernes près de l'hôtel, mais il y a une longue queue de touristes. Elle n'a pas besoin de me le dire, je lis sur son visage que faire la queue pour dîner dans un endroit simplement parce qu'il est à la mode ou parce que les plats sont plus alambiqués lui semble une sottise. Elle respecte trop l'acte de manger pour en faire un jeu d'enfants capricieux. Nous allons dans un endroit plus simple, moins fréquenté, qui ne casse pas trois pattes à un canard car, dans le centre de Barcelone, les restaurants sont franchisés et tout a la même texture faussement sophistiquée. Mais nous sommes au calme, elle me parle de ses petits-enfants et elle sourit. Venir à Barcelone était un rêve pour elle et son mari, Otto, qui est mort en l'an 2000. Elle me raconte que, dans sa jeunesse, Otto avait envisagé de partir se battre dans les Brigades internationales pendant la guerre civile et qu'il avait même étudié l'espagnol. Otto Kraus (Ota est son prénom en tchèque et sa façon à elle de le nommer) était un écrivain et un poète, un intellectuel toujours plongé dans ses livres et ses rêveries.

Je lui dis – car je connais un peu le sujet – qu'il faut avoir une patience particulière avec les créateurs… « Dans mon cas, être l'épouse d'un auteur a été très bénéfique pour moi. Je tapais ses manuscrits à la machine à écrire, j'ai appris à corriger les fautes ou les omissions. Et cela m'a permis de jeter un coup d'œil à ce qu'Otto appelait "la cuisine de l'écrivain". » À tel point qu'avec les années elle s'est décidée à écrire ses propres mémoires, qui seront publiées en anglais en 2020, en même temps que la réédition, en anglais également, du roman de son mari se déroulant dans le camp familial, *The Painted Wall*. Deux lectures qui offrent une vision beaucoup plus complète de ce qu'il s'est passé dans le camp BIIb d'Auschwitz. Un autre petit miracle accompli par ce livre : le roman d'Ota, décatalogué pendant des décennies, introuvable à l'exception des rares exemplaires que Dita gardait en sa possession et qui semblait condamné à l'oubli, sera de nouveau édité.

Je lui demande dans la voiture s'ils évoquaient ensemble l'époque de Terezín et Auschwitz à la maison ou si c'était un sujet à éviter… « Nous parlions souvent de Terezín et des camps de concentration, en particulier quand nous étions en compagnie d'anciens camarades de prison. Je connais toutes ses expériences et il connaissait toutes les miennes. Ce n'était pas un problème pour nous si nos enfants étaient présents et qu'ils écoutaient ces histoires. »

Dita aime beaucoup la musique, et pour répondre à son invitation à un concert auquel nous avons assisté dans une petite église la première fois où je lui ai rendu visite à Prague en 2009, j'ai pris deux places pour le Palau de la Música, qui donne un concert de guitare espagnole. Je veux lui montrer ce bijou du modernisme catalan le plus débridé conçu par Domènech i Montaner, qui mêle de manière exubérante vitraux, sculptures, mosaïques et fers forgés enveloppés de musique. Quand je lui demande, avec cette fierté locale un peu ridicule, si l'endroit lui plaît, elle me répond sobrement, avec la sécheresse de la sincérité : « C'est bien, mais trop tarabiscoté à mon goût. Je préfère les choses simples. » Son regard profond sur les choses me renvoie à la réalité : le Palau de la Música est un projet financé par la bourgeoisie catalane et il a quelque chose de l'exhibitionnisme des nouveaux riches, de même que le concert de guitare, un pot-pourri vaguement mauresque de mélodies populaires, n'est jamais rien d'autre qu'un souvenir pour touristes.

Je décide alors de lui montrer mon quartier. Elle adore la vue sur le port depuis Montjuïc et nous descendons jusqu'à La Barceloneta, le quartier portuaire, où je lui raconte que c'est là que j'ai grandi, entre les sirènes de bateaux et les petits boulots. En 2012, le tourbillon de touristes est un peu moindre qu'aujourd'hui et nous pouvons nous déplacer à notre aise sur la promenade qui, depuis quelques années, s'appelle Joan de Borbó. Je lui explique que l'épisode final de *Don Quichotte* se déroule sur la plage, qui était alors un lieu en dehors de la ville, et cela l'intéresse beaucoup. Elle marche lentement, mais nous arrivons jusqu'à la plage et elle ouvre ses yeux qui embrassent tout. Tout intéresse sa curiosité vorace. Je l'emmène dans l'un des derniers bastions de ce qui fut un quartier de pêcheurs et d'ouvriers portuaires. Devant quelques plats simples, nous laissons le jour tomber en parlant d'enfance, d'enfants, de petits-enfants et d'arrière-petits-enfants.

Prague, octobre 2013

J'ai reçu une invitation de mon éditeur d'Akropolis, Filip Thomas, et de l'Institut Cervantès de Prague pour aller présenter mon roman en République tchèque. Mon traducteur, monsieur Zajac, vient m'accueillir à l'aéroport avec Dita. C'est un homme cérémonieux, comme d'une autre époque. Il porte un costume sombre rigoureux digne d'un ancien fonctionnaire, mais c'est une personne d'une chaleur extraordinaire.

Je loge dans une résidence annexe au Musée juif de Prague. À la réception se trouvent des agents de sécurité vêtus dans le style militaire. Ils me font l'effet de soldats, peut-être en sont-ils. C'est un petit bunker avec un déploiement d'écrans qui montrent par caméras interposées tous les recoins du bâtiment. On y voit un labyrinthe de couloirs vides et j'ai l'impression d'être l'unique résident de cet édifice silencieux aux ailes que l'on traverse en passant par des portes en bois anciennes aux poignées en céramique, mais que l'on ne peut franchir qu'avec la carte magnétique donnée à l'entrée. La numérotation des chambres n'est pas consécutive, comme si l'on avait voulu contribuer à l'égarement. De fait, quand je vais pour sortir, car monsieur Zajac m'attend pour m'emmener, je me perds dans les couloirs. Je franchis de mauvaises portes que la carte magnétique ne me permet plus de retraverser quand j'essaie de revenir sur mes pas, et j'ai l'impression de déambuler dans cet édifice où l'on instruit le procès de Josef K. dans le roman de Kafka, avec des couloirs qui donnent sur d'autres couloirs et dans lesquels plus vous marchez vers la sortie, plus vous vous en éloignez. Après de longues déambulations, je sors au rez-de-chaussée, pratiquement en face de la réception. Le réceptionniste militaire me salue d'un air impassible alors qu'il m'observait probablement avec attention par caméras interposées comme quelqu'un regarde un hamster angoissé dans le labyrinthe d'un laboratoire.

Dita attend également dans la voiture. Nous nous dirigeons vers la ville de Tabor, où se tient un festival littéraire. Nous y donnerons une brève conférence sur le roman. Pendant que le véhicule roule, je lui parle du labyrinthe de couloirs qui m'a fait penser au roman de Kafka et elle me raconte que c'était une métaphore de la bureaucratie de l'État, une prémonition de ce qui viendrait des années plus tard, après la guerre. En rentrant à Prague, après la fin du Troisième Reich, Otto avait tenté de récupérer la petite usine textile de son père, mais celle-ci s'était retrouvée aux mains de l'État tchèque à cause d'une dette d'impôts. Il avait dû attendre deux ans pour qu'elle lui soit rendue. Peu après, le rideau de fer de l'administration communiste était tombé et ç'avait été encore pire. Ils lui avaient pris l'usine et ils les avaient sommés de quitter les dépendances qu'ils utilisaient comme logement pour eux deux et leur fils nouveau-né, tout en refusant de leur accorder un autre appartement où aller. Dita et Otto ne pouvaient pas rester ni partir, ils étaient coincés là. La directrice de l'usine imposée par l'administration communiste avait interdit aux ouvriers de leur adresser la parole et on avait coupé l'électricité dans leur appartement. Une nuit, un cambriolage avait eu lieu dans l'usine et la directrice avait accusé Otto de complicité, de sorte qu'il fut jugé pour sabotage. Tel un Josef K. désorienté, il avait essayé de trouver un avocat s'y connaissant dans ce genre d'accusation, mais aucun n'avait osé défier la confuse loi de l'État. Il s'était présenté seul au tribunal et, quand il avait voulu exposer ses arguments, le juge lui avait âprement dit de se taire car il ne parlait pas avec des bourgeois capitalistes. Ce fut le procès le plus silencieux que l'on puisse imaginer. Après des allées et venues du juge, des consultations chuchotées avec ses assistants et des regards jetés à des livres poussiéreux, l'affaire fut classée. Dita fronce les sourcils : la guerre mondiale était terminée, mais leur lutte continuait. Peu de temps après, ils ont décidé d'émigrer en Israël et de repartir à zéro.

Tabor est une ville sur les bords de la Lužnice, avec un centre historique du XVe siècle. Dita me conduit dans une petite librairie où j'achète un carnet cousu à la main. Quand je voyage, les carnets sont mes souvenirs de prédilection.

Le lendemain, de retour à Prague, nous nous promenons dans le centre. Quand je suggère à Dita d'aller manger quelque part, elle met les mains sur sa tête, horrifiée par les prix des restaurants du quartier. Nous franchissons une porte et montons des escaliers jusqu'au deuxième étage pour entrer dans le Café Louvre, fondé en 1902, et qui conserve le bel aspect rococo des cafés de l'Empire austro-hongrois. À ses tables se sont assis Kafka ou Albert Einstein et, alors qu'il a maintenant été restauré après avoir été transformé en bureau pendant l'époque communiste, c'est nous qui nous y installons. Le grand-père de Dita aussi avait l'habitude d'y venir. Je lui demande quelle a été la première fois de sa vie où elle a entendu le mot « nazi »... « Un dimanche, peu après l'occupation de la Tchécoslovaquie par les armées d'Hitler, mon père, ma mère et moi marchions dans un parc et nous avons vu des hommes vêtus de pantalons courts en cuir, de chaussettes blanches aux genoux et d'un chapeau vert à plumes. Mon père m'a dit que c'étaient des nazis. »

Le secret des enfants, c'est leur capacité à créer des mirages dans le désert et en faire un terrain de jeux. Dita Kraus a vu les tanks de l'Allemagne nazie entrer dans Prague en 1939, alors qu'elle avait dix ans, et elle s'en souvient encore. Des nombreuses choses qu'elle m'a racontées lors de notre première rencontre, une de celles qui m'ont le plus ému était que, en plus de toutes les interdictions cruelles et les humiliations faites aux Juifs, depuis celle de ne pas pouvoir monter dans un tramway jusqu'à celle de ne pas pouvoir aller au cinéma ni vivre dans leurs propres maisons – qu'ils ont dû abandonner pour aller s'entasser dans des appartements partagés par plusieurs familles dans le quartier juif –, ils avaient interdit aux enfants d'aller à l'école et, dans un exercice extrême de méchanceté, de jouer même dans les parcs. Ils interdisaient aux enfants de glisser sur un toboggan ou de s'amuser sur une balançoire. Ils leur interdisaient d'être des enfants. Le seul endroit auquel il était permis aux Juifs d'entrer était des moins joyeux : le vieux cimetière juif. Les enfants n'ont pas déprimé ni désespéré pour autant, ils ont transformé un lieu silencieux et mélancolique en un joyeux jardin : ils jouaient à chat entre les tombes et riaient. Comme ils riaient ! Les plus grands s'asseyaient à l'ombre des arbres et Dita, en rougissant un peu mais avec des yeux lumineux, m'a raconté que c'est là qu'un camarade de classe lui avait d'abord souri, puis lui avait donné son premier baiser innocent. L'armée nazie tout entière et son millier de tanks avaient échoué contre une poignée d'enfants car ils n'ont pas réussi à écraser leur rire.

Pendant que nous marchons vers la synagogue espagnole, aux arcs en fer à cheval et à l'aspect andalou, je lui demande comment il était possible de rester enfant dans une Prague sombre occupée par les nazis : « Un enfant reste un enfant même quand le monde qui l'entoure est détruit. Nous avons tous vu des photos d'enfants jouant au milieu des ruines de leurs maisons. Nous aussi, les enfants juifs, nous avons continué nos activités d'enfants, même les garçons et les filles qui tombaient amoureux. » Le poète Hölderlin l'a écrit : « Là où croît ce qui vous condamne naît aussi ce qui vous sauve. »

Nous recherchons des noms de personnes décédées pendant l'Holocauste dans la très longue liste exposée sur les murs de la synagogue Pinkas. Elle me montre d'un doigt tremblant le nom de son père, celui du père d'Otto et celui du frère d'Otto, Harry. Elle m'explique une chose surprenante qui s'est passée dans l'usine textile décrépite de la famille Kraus qu'ils avaient réussi à récupérer momentanément après la guerre : « Un jour, nous sommes montés au grenier pour voir ce qu'il y avait. Au milieu des toiles d'araignée et des meubles mis au rebut, Otto a vu une valise couverte de poussière. Quand il l'a ouverte, il est resté pétrifié, en état de choc. La valise était remplie des accessoires de magie d'Harry, ses anneaux en métal, ses faux pouces, sa baguette magique, ses balles truquées... Harry avait été l'apprenti d'un magicien appelé Borghini, avec qui il s'était produit en public, souvent même dans les installations sportives de Hagibor. Harry était mort, mais sa valise avait survécu. »

Les mythiques installations de Hagibor, en dehors de Prague, étaient moins soumises à la pression des gardes de la Gestapo. Là, quelqu'un qui n'a pas survécu non plus organisait des activités sportives avec les jeunes : Fredy Hirsch. Pendant que nous marchons vers le Café Savoy, où le grand-père de Dita avait son cercle et de nombreux intellectuels pragois du début du siècle se réunissaient, elle sourit en évoquant son souvenir : « Je voyais souvent Fredy sur le terrain de jeux de Hagibor. C'était un très bel homme ! » Nous parlons de lui. Du fait qu'il aurait pu partir en Israël avec un groupe d'enfants avant la fermeture des frontières, de son choix de rester, et de la façon dont il a été injustement oublié pendant longtemps : « Pendant bien des années après la guerre, Fredy n'a presque jamais été mentionné. Le régime communiste a supprimé la mémoire de la souffrance juive, ils n'ont reconnu que les victimes politiques. Mais nous autres qui l'avions connu, nous pensions à lui et nous nous le rappelions mille fois. »

Nous nous séparons dans le vieux cimetière de Prague où les enfants jouaient à la paix au milieu de la guerre. C'est l'automne, le ciel est nuageux et l'air est frais. Les tombes ressemblent à des vagues de pierre sur l'océan du temps. Vues de loin, on dirait qu'elles s'entrechoquent, qu'elles se bercent. Elles sont tellement vieilles qu'il n'y a plus rien de mortuaire en elles, tout est retourné à la terre.

Israël, juin 2015

Dita habite un rez-de-chaussée simple et accueillant dans la ville de Netanya, à trente kilomètres de la capitale d'Israël. Aux murs sont accrochés ses tableaux de fleurs. Des fleurs, rien que des fleurs. Et les livres, les siens et ceux d'Otto : Shakespeare, Dostoïevski, les œuvres d'Otto, *Les Buddenbrook* de Thomas Mann, David Grossman, Philip Roth, Isabel Allende, Jonathan Franzen, Milan Kundera, Saul Bellow, Henry James... Elle conserve le meuble-bibliothèque qu'ils avaient confié aux bons soins d'une voisine avant de partir en déportation pour la ville de Terezín. Elle conserve également le secrétaire de son père, que son mari utilisait. « Une armoire, un bureau et un canapé que nous avions laissés chez une voisine, c'est tout ce que j'ai pu récupérer de l'époque de Prague. »

Dita, cependant, n'utilise pas le secrétaire de son père, elle a son propre bureau, beaucoup plus fonctionnel, dans une autre pièce. L'ordinateur est là et je peux l'imaginer le soir, assise pour répondre aux courriers électroniques. C'est d'ici qu'elle m'écrit depuis des années, me racontant ses joies et ses peines, laissant se dérouler la vie à travers les lignes de la correspondance éphémère de l'e-mail.

Tout chez elle possède une dignité modeste et ce minimalisme des gens qui vivent seuls. Elle nous a préparé du poulet pour le dîner – ma femme est cette fois du voyage. Nous nous asseyons à la table de la cuisine, ce qui est pour moi un honneur beaucoup plus grand que de dîner à la table d'un château. Cela signifie qu'elle nous considère comme des amis.

Nous nous promenons sur la plage de Netanya. Ici, la Méditerranée semble plus océanique, les vagues sont plus longues et le vent souffle plus fort. Il n'y a pas de baigneurs mais les surfeurs profitent des vagues devant nous. Dita se plaint de ne plus pouvoir se promener avec la même facilité qu'avant. Ses jambes ne répondent plus aussi bien, mais je trouve qu'elle se déplace avec une agilité d'oiseau. En vérité, elle n'arrête pas. Elle se réunit avec sa famille, elle s'occupe de son fils aîné qui a des problèmes de santé, elle assiste à des concerts et joue même ses parties de cartes : « J'ai beaucoup d'amies survivantes. Avec deux d'entre elles, je joue au bridge. » Elle me raconte que « les survivants sont comme une famille et, avec ceux qui ont été dans les mêmes camps, une connexion s'est créée. Certains sont encore en vie mais, à chaque heure qui passe, quelqu'un s'en va. Nous gardons le contact même avec ceux qui vivent dans d'autres pays et nous essayons de nous voir une fois par an. Nous avons réussi à être jusqu'à deux cents mais cette année, nous n'étions plus que cinq. »

Dita nous conduit jusqu'à Jérusalem, pour rendre visite à son petit-fils. Non seulement elle continue de prendre la voiture à quatre-vingt et quelques années, mais elle le fait avec une énergie impressionnante. Elle klaxonne et sort la tête par la vitre pour houspiller ceux qui manœuvrent d'une manière inadéquate. Je crois que si l'engin s'arrêtait au milieu de la route, elle en sortirait et le pousserait jusqu'à Jérusalem.

Elle gare la voiture chez son petit-fils et c'est lui, Udi, qui se propose aimablement de nous conduire jusqu'à la vieille ville, où bat le cœur de Jérusalem, parfois d'un sang bouillant. L'accès est coupé par un contrôle de l'armée israélienne, si bien qu'il doit s'arrêter afin que nous puissions descendre de voiture près de la porte de Damas. Il va alors se garer avec Dita, trop fatiguée pour faire le trajet à pied. Devant le coup de sifflet du garde qui lui ordonne de démarrer, il n'a que le temps de nous dire à travers la vitre qu'il nous donne rendez-vous « au Kotel ». Ma femme et moi échangeons un regard. Il faudra chercher où se trouve ce Kotel dont nous parle Udi. Mais dès que nous nous procurons un plan de la vieille ville, nous comprenons que Kotel est la façon hébreu de désigner le Mur des Lamentations.

Nous effectuons une visite rapide de l'église du Saint-Sépulcre. Les gens touchent et embrassent avec dévotion une énorme pierre plate qui se veut être la pierre tombale qui a recouvert Jésus-Christ après sa descente de la Croix, bien qu'un panneau indique que la pierre – qui ne doit pas résister à une telle dévotion – est changée toutes les x décennies. Le sépulcre de Jésus est un trou dans la roche couvert d'une vitre, et il y a des religieux catholiques et arméniens qui se meuvent dans une atmosphère sombre où brûlent des centaines de fines bougies. Dans l'intention d'arriver au Mur des lamentations où les Juifs se recueillent, nous empruntons la rue principale sinueuse qui se transforme en souk aux boutiques de babouches, souvenirs, épices et petit artisanat traditionnel. Mais, tout à coup, un flot d'hommes arabes commence à venir en sens contraire. Apparemment, c'est la sortie de la prière du vendredi dans la grande mosquée. Une avalanche humaine déferle dans la rue. Nous nous réfugions dans le renfoncement d'une porte, car non seulement nous ne pouvons pas avancer à contre-courant, mais on dirait bien qu'ils vont nous emporter avec eux dans leur retour précipité vers leurs quartiers. Jérusalem n'est pas une ville faite de pierres et de mortier, elle est bâtie avec la foi. Une ville si compacte qu'elle risque en permanence l'explosion. Pour accéder au secteur du Mur, il faut traverser un contrôle militaire avec des barrières de détection, comme l'accès d'un aéroport, devant des militaires fortement armés. Ici, les femmes vont d'un côté et les hommes, coiffés de la kippa, de l'autre. Les croyants qui inclinent la tête en silence ne manquent pas. On a beaucoup de raisons de se lamenter à Jérusalem.

Le dîner du vendredi préparé par la mère d'Udi ressemble à un banquet des *Mille et Une Nuits*. Il y a une telle variété de plats et de couleurs qu'il n'est pas nécessaire de manger pour se sentir comblé. La table est bénie très respectueusement. En Israël, la foi fait partie du quotidien. Dita ne croit pas en Dieu, elle a cessé de croire à Auschwitz, quand ils L'ont tant attendu et qu'Il n'est jamais venu, mais elle est absolument respectueuse de tous les rituels et traditions de la culture juive.

Je sors prendre l'air avec Udi après le dîner et il me dit que sa grand-mère « est une personne très équilibrée, incroyable. Malgré la vie qu'elle a eue, elle veille à tout. Elle s'occupe de moi comme une mère. C'est une personne très forte. Et très ouverte d'esprit... Ce n'est pas une grand-mère ordinaire. Avec elle, vous pouvez même parler de sexe ! »

Le lendemain, nous allons visiter le kibboutz où ils ont vécu les premières années de leur immigration en Israël. Après la fin de la guerre et avec la substitution de la botte nazie par les tentacules de Moscou, Otto et elle, avec leur fils aîné nouveau-né, ont décidé de prendre un nouveau départ en Israël, en quête d'un endroit où vivre en paix. La terre promise n'était pas du gâteau, évidemment. Au début, ils ont dû s'installer dans une chambre sans cuisine ni électricité dans une maison en bois pour six familles. Dita se souvient que son mari Otto avait dû transporter sur plusieurs kilomètres le lit en métal et le matelas donnés par le gouvernement, depuis le centre de Netanya jusqu'à la maison... « Rien n'était dur parce que j'avais vingt ans et Otto vingt-huit, et nous étions libres ! » Au bout d'un an de travail, ils n'avaient pas mis un sou de côté et ils sont partis dans un kibboutz où ils ont résidé pendant sept ans. Finalement, l'excès de contrôle communautaire les a poussés à vivre de manière indépendante à Netanya.

À l'heure actuelle, le kibboutz n'a plus ce caractère de société fermée et collective, et il fonctionne presque comme un hameau résidentiel. Un joyeux cours de danse est organisé dans le bâtiment central et des arbres ponctuent les avenues piétonnes. Nous allons rendre visite à une amie peintre de Dita, elle aussi survivante de l'Holocauste, mais elle est absente. Elle vit dans un spacieux bungalow en bois décoré par ses soins de joyeux dessins colorés dans le style fauve. Nous sommes venus ici pour une raison importante : la tombe d'Otto s'y trouve. Sur un côté, au milieu des arbres, sans cette architecture lugubre des cimetières, plusieurs tombes reposent à l'air libre. Dita change consciencieusement les fleurs et veille à ce que tout soit à sa place.

Sur la route du retour pour Netanya, nous bifurquons sur un chemin au milieu de la campagne. Dita s'arrête sans rien dire. Elle se dirige vers des massifs de modestes fleurs sylvestres et cueille un bouquet. « Pour peindre », me dit-elle. Des fleurs, toujours des fleurs. Je lui demande si c'est à Terezín qu'elle a appris à peindre. « Je peignais déjà avant. Peindre et dessiner était mon activité favorite bien avant d'aller à Terezín. J'adorais dessiner des robes pour mes poupées de papier, peindre des cartes d'anniversaire. J'ai même gagné un peu d'argent en peignant du faux carrelage décoratif. Mais Friedl a ouvert mes yeux à l'art des grands peintres. Peindre des portraits de fleurs est devenu ma passion seulement ces dernières années. Quand je m'assois en face de mes "modèles" et que j'observe le bouton qui s'ouvre et se transforme en fleur, je suis totalement hypnotisée, j'oublie ce qu'il y a autour de moi. » Friedl, c'est Fredericke Dicker-Brandeis, une merveilleuse artiste autrichienne formée à l'école du Bauhaus de Weimar et qui, à cause de sa condition de Juive, a été déportée à Terezín (elle était mariée à un Tchèque). Elle y a donné des leçons à des centaines de garçons et de filles, dont Dita faisait partie. Quand elle a reçu l'ordre de se rendre à la gare pour être transférée à Auschwitz, elle a laissé une valise avec quatre mille cinq cents dessins et peintures de ses élèves afin qu'elle soit conservée. Les peintures ont survécu à la guerre, pas Friedl : elle est morte assassinée à Auschwitz-Birkenau.

Nous rendons visite au fils de Dita, Ronnie, psychologue et professeur d'université. Après avoir vécu de longues années aux États-Unis, il s'est installé avec sa famille en Israël. Nous parlons des tableaux de fleurs de sa mère : « Il y a deux sortes de survivants : les uns restent là-bas à jamais, ils ont ça à l'intérieur de la tête, ils deviennent fous. Les autres vont de l'avant. Ma mère peint des fleurs parce qu'elle veut regarder le positif. C'est une femme admirable qui est toujours allée de l'avant malgré tous les malheurs qu'elle a connus. » Il me remercie d'avoir écrit une partie de son histoire : « Autrement, j'aurais été obligé de l'écrire moi-même, et ç'aurait été une tâche ardue ! »

Le soir, Dita nous invite à un concert au palais de l'Opéra de Tel-Aviv, une ville de gratte-ciel moderne et active. Le Palais de l'Opéra est un édifice moderne magnifique, impeccable, entouré de jardins. Elle sort un carnet d'abonnement de douze concerts par an. Tout en conduisant et en jouant sa propre symphonie de klaxon, elle me dit que « les musiciens talentueux t'élèvent, ils te font toucher le ciel ».

Prague, décembre 2018

Je viens accompagner Dita à la présentation de son livre de mémoires dans une librairie de Prague, la Palace of Books Luxor. C'est une librairie de deux étages avec un café et un espace enfants très animé.

Trois ans ont passé depuis notre dernière rencontre et je me demande si je la retrouverai en forme. Dita apparaît dans un tailleur-pantalon hivernal très élégant. Elle est magnifique. Elle se montre souriante, dans ce temps suspendu qui est le sien où l'âge ne compte pas. Je m'assois discrètement à côté d'un monsieur qui tient *La Bibliothécaire d'Auschwitz* contre sa poitrine, mais la directrice de la librairie me demande aimablement de monter sur l'estrade et de dire quelques mots en anglais. Je le fais le plus dignement possible et je souligne l'importance des mémoires de Dita parce qu'elle y raconte sa vie telle qu'elle a été ou, du moins, telle qu'elle se souvient qu'elle a été, car aucune mémoire n'échappe aux jongleries du cerveau avec les souvenirs. Ce que j'ai écrit est un roman, le récit de certains évènements projetés sur le papier par mes déductions, mon imagination et mes rêveries. À l'époque, j'avais rêvé plusieurs fois du bloc 31 et, avec cette logique anarchique des rêves, j'avais vu le professeur Morgenstern chasser des papillons de cendre dans la nuit, j'avais vu trembler Fredy Hirsch sous sa peau d'athlète. Des amis de Dita, comme Eva et Ivan, viennent me saluer et me demander de leur signer leurs exemplaires de *La Bibliothécaire*. Les Tchèques sont des gens très chaleureux. Nous dînons des délices tchèques dans un restaurant situé dans un passage où Dita nous emmène, son petit-fils Udi et moi, pour fêter la sortie du livre.

Dans la matinée, je me rends à pied jusque chez elle dans une rue tranquille du quartier de Flora. Un livre est posé sur la table. Je lui dis que, lors de ma première visite, elle m'avait raconté ses lectures d'enfance avant que tout ne s'écroule, comme *La Citadelle*, de Joseph Cronin, ou *Chasseurs de microbes*, de Paul de Kruif. Je lui raconte que quelques mois plus tôt, dans un cours d'été de l'Université de Barcelone sur les liens entre la littérature et la médecine, j'ai justement parlé à mes étudiants du docteur Andrew Manson et de sa lutte dans les bassins miniers du pays de Galles racontée par Cronin, qui était médecin et écrivain, dans *La Citadelle*. « C'était mon premier livre pour adultes, je l'ai lu à onze ou douze ans. » Je suis impressionné. De nos jours, on verrait difficilement un enfant de cet âge lire un livre avec cet arrière-fond social. « Nous lisions certainement plus de livres que les enfants d'aujourd'hui. Nous n'avions ni télévision ni téléphone portable plein de jeux. La plupart de nos parents lisaient aussi, pour le plaisir et pour s'instruire. Il était donc naturel que cela influence leurs enfants. » Les années passant, Dita, la bibliothécaire aux jambes fines, a continué d'être une lectrice vorace. Je lui demande si elle lit encore. « Je lis couchée ! À côté de mon lit, il y a toujours un livre. En ce moment, je lis un texte très instructif et drôle intitulé *Catch The Jew*, de Tuvia Tenenbom. Il pèse tellement lourd que je mets un oreiller sur ma poitrine pour m'appuyer. Je ne dors pas sans avoir lu, même s'il s'agit parfois seulement de quelques pages. Mais quand l'histoire est captivante, je lis des douzaines de pages. Souvent en anglais, parfois en tchèque et en allemand. Mon problème avec l'hébreu, c'est que je le lis lentement et je perds patience. J'ai malgré tout quelques auteurs hébreux favoris pour lesquels je suis prête à faire un effort : Meir Shalev, David Grossman ou Amos Oz. »

Puisque nous parlons d'écrivains, je lui dis que j'aimerais visiter le musée Kafka, même si je sais que les musées d'écrivains sont comme les musées de sciences naturelles, des endroits où la vie palpitante de la littérature est absente, où vous ne pouvez voir que des coquilles vides de mollusques et des feuilles disséquées. Avant que j'aie pu fermer la bouche, elle a déjà pris sa carte du métro et sa veste. Dita est l'amphitryonne la plus efficace et rapide que l'on puisse imaginer. Kafka, comme la majeure partie des Juifs de Prague, comme Dita elle-même, avait pour première langue l'allemand. Dita le parle parfaitement mais, pendant des décennies, elle a été incapable de retourner en Allemagne malgré les invitations reçues après la guerre. Ces derniers temps, toutefois, elle m'avait envoyé des courriers électroniques me racontant un voyage au pays teuton où elle était traitée avec les plus grands respect et considération. « Je vais en Allemagne pour parler aux jeunes de l'Holocauste. Je montre le numéro tatoué sur mon bras, bien qu'il soit presque invisible depuis une blessure que je me suis faite là, mais il persiste. L'Allemagne ne me plaît toujours pas, mais je sens que j'ai l'obligation de le faire pour ceux qui sont morts. »

Kafka est mort de la tuberculose en 1924, mais ses trois sœurs – Elli, Valli et Ottla – ont été assassinées dans les chambres à gaz, deux au camp de Chełmno et la plus jeune, après être passée par Terezín, à Auschwitz.

Le regard de Kafka est fondamental pour pénétrer dans cette Prague intérieure qui palpite sous ses apparences de ville de carte postale : ses musiciens et marionnettistes sur le pont Charles, ses maisons de conte de fées, son horloge astronomique où, lorsque les heures sonnent, une porte s'ouvre par laquelle défilent les statuettes mécaniques des douze apôtres, mais accompagnées d'un squelette, afin que nous n'oubliions pas que le temps défait la chair aussi rapidement que l'ingéniosité mécanique escamote à nouveau les automates dans le mur. Kafka nous dit : « Ceci n'est pas une ville, c'est le fond accidenté d'un océan de temps, couvert par les galets des rêves et des passions éteintes, entre lesquels nous nous promenons comme dans un scaphandre de plongeur. »

Dita, dont le sens de l'humour est irréductible, me signale à l'entrée du musée une fontaine métallique singulière. Dehors, beaucoup de touristes rient et photographient la statue des deux hommes, haute de deux mètres. Ils urinent et bougent comme des pistolets à eau leurs pénis qui servent de tuyaux à la fontaine. C'est une sculpture de David Černý – il y en a plusieurs éparpillées dans toute la ville. Cela semble une œuvre d'un goût douteux qui déplairait à Kafka, si pudique et même effarouché quant aux questions sexuelles, mais son sens est plus profond. Les pisseurs urinent sur un bassin dont la forme rappelle celle du territoire de la République tchèque. Ce qu'ils tracent dans leur mouvement d'arrosage, ce sont des phrases de célébrités et de personnages respectables de leur pays. C'est cette irrévérence des Tchèques qui m'avait donné envie de faire apparaître la tête rondouillarde et bêtasse du soldat Švejk dans le bloc 31.

Parmi les livres du baraquement, Dita se souvenait de la grammaire russe, du livre d'algèbre ou de celui de H.G. Wells, mais elle ne se souvenait pas du titre d'un livre en tchèque sans couverture auquel il manquait quelques pages. Et avec ce ciment de l'imagination qui n'invente pas mais fait émerger les épaves enfouies dans la mer, j'ai voulu croire que ce livre que lisaient les professeurs du bloc 31 à ces enfants dans la capsule du baraquement avait pu être *Les Aventures du brave soldat Švejk*, qui représente cet esprit espiègle, critique et irrévérencieux des Tchèques. Leur culture, enserrée dans le poing de la rigide culture germanique tout d'abord, de la culture russe ensuite, nous donne à lire une littérature où l'ironie à l'égard du pouvoir, le sarcasme envers la religion, l'utilisation du parler autochtone et les histoires populaires de taverne illustrant la vie des gens de la rue deviennent des éléments de résistance.

En nous promenant vers la vieille ville, nous passons justement devant un restaurant qui évoque la figure de Švejk, un personnage plus populaire encore que Sancho Panza en Espagne. Je demande alors à un passant de nous prendre en photo.

Comme je suis incapable de prononcer décemment le nom Švejk, Dita me corrige en souriant mais avec méthode jusqu'à ce que je sois plus ou moins capable de cesser de prononcer la lettre « j » comme si c'était du papier de verre. Seulement alors est-elle satisfaite. Grâce à ses années en tant que professeure d'anglais, elle m'aide parfois à polir certaines de mes phrases dans cette langue que je manie mal.

Nous arrivons sur les berges de la Vltava, pleine de cygnes, où nous nous asseyons sur un banc. Elle me raconte que dans son enfance, quand les hivers étaient plus froids qu'aujourd'hui, la rivière gelait et se transformait en grande patinoire. Après ce moment de bonheur dans cette Prague accueillante, la glace avait craqué sous le poids des tanks et tout s'était brisé en mille morceaux. Près de soixante-quinze ans ont passé depuis Auschwitz et Bergen-Belsen, mais il est toujours douloureux pour elle de repenser à ces jours-là : « Plus je me fais vieille, plus je ressens la tragédie de la perte. Non seulement de mes pauvres parents, mon père de quarante-quatre ans, ma mère de quarante-deux ans, mais aussi ces enfants, ces enfants merveilleux et talentueux, les mères qui entraient dans les chambres à gaz avec leurs bébés... » Elle se tait un instant et son regard se perd sur les méandres de la rivière sous les ponts.

Dita rentre chez elle prendre un encas et faire une petite sieste. Ces habitudes sont sans doute le secret de sa vigueur à quatre-vingt-neuf ans. J'en profite pour rendre visite à un autre écrivain qui brosse le caractère de la République tchèque. Si Kafka le fait avec la distance de la langue allemande, celle des Juifs tchèques, Bohumil Hrabal le fait en suivant la tradition de Jaroslav Hasek et du Brave Soldat Švejk, cet humour qui gratte toutes les plaies ouvertes. Je me rends à U Zlatého Tygra (la taverne du Tigre doré) où le grand écrivain tchèque passait ses après-midis. Au fond, un tableau aux dimensions imposantes est accroché. Sur celui-ci, Hrabal nous observe avec un tigre blanc à ses côtés. Le serveur, avec son tablier et sa langue bien pendue, ressemble à ces drôles de lascars de bar telle cette grande gueule d'Oncle Pepin de Hrabal ou Švejk lui-même. Je lui demande où se trouve la table de Hrabal et il me conduit dans un coin discret sous un tas de banderoles sportives. Je le sollicite à nouveau pour savoir ce que faisait le maître. Il me regarde comme si j'étais idiot. Je le suis. Il me répond qu'il « venait, il bavardait avec ses potes, il s'envoyait dix bières et il rentrait chez lui ». Un bar de vieux tigres tchèques.

La bière du Tigre doré m'amène à un certain état de lévitation jusqu'à mon rendez-vous avec Dita, en l'église Saint-Nicolas, à côté de la place de la Vieille-Ville, où nous allons écouter un concert au cours duquel l'orgue se mêle aux voix des chanteurs. Ils ont beau avoir mis des chauffages verticaux comme ceux des terrasses de café, il y fait un froid de canard. Nous sortons avec les doigts gelés. Un marché de Noël déploie ses étals et des gens mangent des plats chauds sur des bancs en bois. La température est d'un degré en dessous de zéro, Dita et moi grelottons. Toujours économe, elle rejette de la main l'idée de rentrer dans un café ou un restaurant. Nous regagnons donc son quartier en tramway. Nous entrons dans un supermarché où elle achète de délicieuses saucisses de poulet et prépare aussitôt chez elle un dîner auquel ne manque pas, peut-être est-ce son seul péché mignon, un dessert sucré : de petites viennoiseries fourrées à la compote de prunes et saupoudrées de sucre à la cannelle.

Dans la matinée, Dita me montre quelques coins secrets de Prague, comme un petit jardin public qui s'ouvre à l'improviste à l'intérieur de blocs d'appartements. Kafka avait raison : bien qu'elle soit devenue une ville où les guides vont et viennent en menant leurs troupeaux de touristes avec leur bavardage de disque rayé, Prague possède des doubles fonds et des passages secrets. Depuis le charmant Café Slavia, un luxe qu'elle ne s'accorde certainement qu'à cause de ma présence de touriste, nous observons de l'autre côté de la rivière l'île de Kampa avec ses sentiers et son musée d'art moderne un peu à l'écart qui présente en ce moment des œuvres de Picasso. Dita regarde au loin par la baie vitrée. Selon elle, au printemps, cette île resplendit de fleurs. Ses yeux s'illuminent. « J'ai cette ville dans la peau », me murmure-t-elle. En marchant vers la station de métro où j'irai prendre l'autobus pour l'aéroport, elle déplore la laideur de l'édifice que les communistes ont érigé pour cacher la vue du Théâtre national, qui leur semblait trop bourgeois. Malgré toutes les bottes qui ont foulé ses rues – celles de l'Empire austro-hongrois, celles des nazis, celles du communisme soviétique –, Prague a résisté à tous les assauts avec une fière dignité. Dita Kraus explique elle-même mieux qu'aucun manuel d'histoire cette fière dignité de la ville, indomptable et tenace. Prague est la métaphore de Dita Kraus.

Sa vie a été la plus difficile que j'aie connue. Cependant, à un âge où beaucoup d'autres ont jeté l'éponge, elle continue d'être une personne pleine de projets et reste forte. Je lui demande quel message elle enverrait aux jeunes d'aujourd'hui, qui commencent à lutter pour la vie : « Mon message est toujours le même : apprends à tes enfants à ne pas haïr, apprends-leur à accepter l'autre. »

Dita se fâche car, sous ma plume, son personnage apparaît comme une héroïne. Pour moi, les héros ne sont pas les individus baraqués des films. Ce sont ceux qui tombent et se relèvent, ceux qui, après être tombés cent fois, continuent d'aller de l'avant cent une fois. Elle est la plus grande héroïne que j'aie connue. Au moment où j'écris ces lignes, au cours de l'été 2019, Dita fête ses quatre-vingt-dix ans. Nous avons rendez-vous à Prague en septembre. L'allumette craquée au milieu de la nuit continue de brûler.

Antonio Iturbe

Bibliographie principale consultée

ADLER, Shimon, *Block 31 : The Children's Block in the Family Camp at Birkenau*, Yad Vashem Studies XXIV, 1994.

DEMETZ, Peter, *Prague in Danger*, Farrar, Straus and Giroux, 2009.

GUTMAN, Yisrael, et Michael Berenbaum (eds.), *Anatomy of the Auschwitz Death Camp*, Indiana University Press, 1994.

KRAUS, Ota B., *The Painted Wall*, Yaron Golan Publ., 1994.

KRIZKOVA, Marie Rút, Kurt Jirí Kotouc et Zdenek Ornest, *We Are Children Just the Same. Vedem, the Secret Magazine by the Boys of Terezin*, Aventinum Nakladatelství, 1995.

LEVINE, Alan J., *Captivity, Flight and Survival in World War II*, Praeger, 2000.

MILLU, Liana, *La Fumée de Birkenau*, éd. Cerf, 1993.

POSNER, Gerald L. et John Ware, *Mengele, the complete story*, Cooper Square Press, 2000.

VENEZIA, Shlomo, *Sonderkommando*, Le Livre de Poche, 2009.

VRBA, Rudolf, et Alan Bestic, *Je me suis évadé d'Auschwitz*, Éditions J'ai lu, 2004.

13256

Composition
NORD COMPO

Achevé d'imprimer à Barcelone
par CPI Black Print
le 25 juillet 2021.

Dépôt légal : juillet 2021.
EAN 9782290253991
OTP L21EPLN002982N001

ÉDITIONS J'AI LU
87, quai Panhard-et-Levassor, 75013 Paris

Diffusion France et étranger : Flammarion